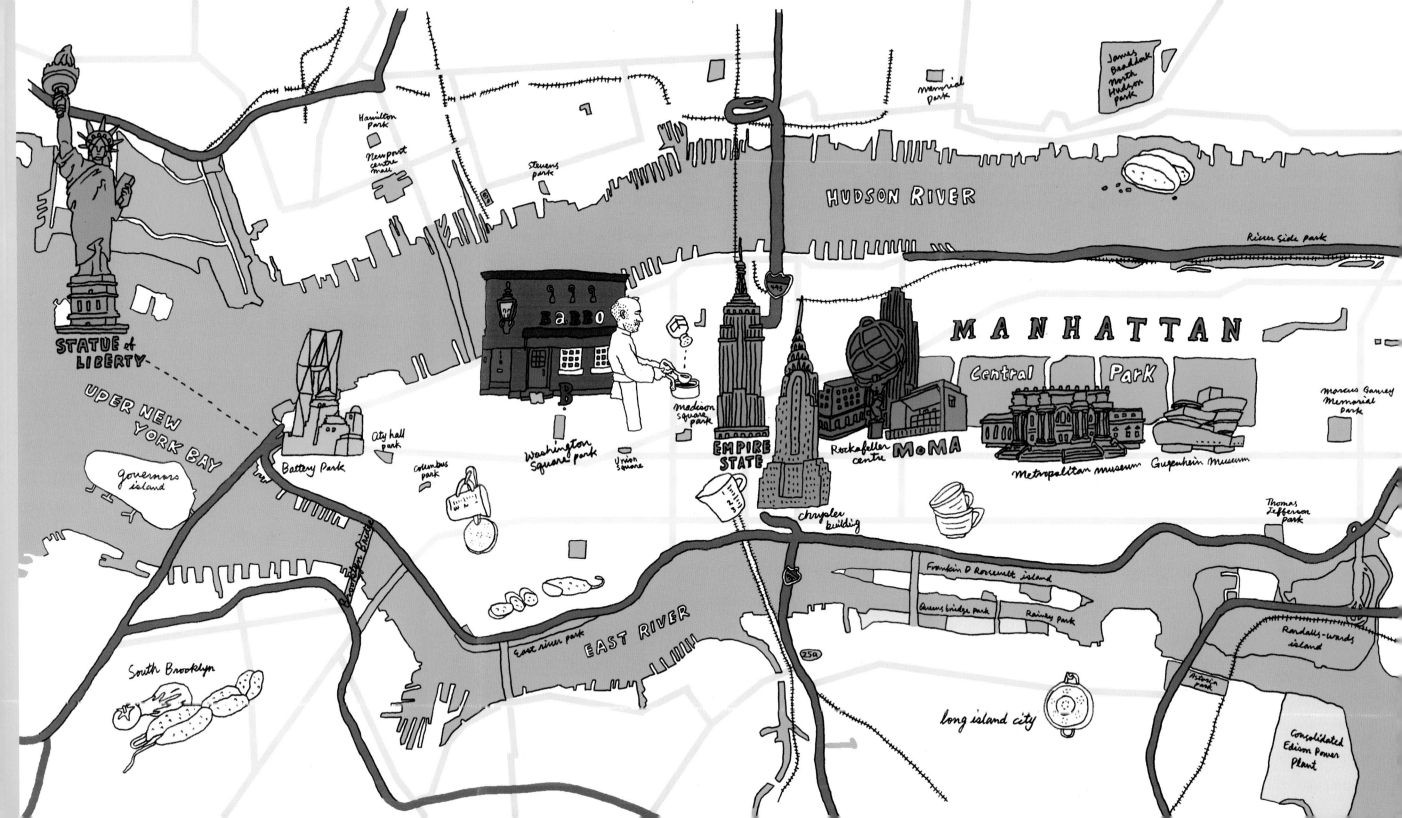

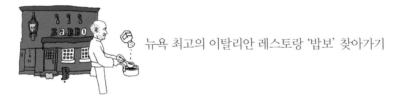 뉴욕 최고의 이탈리안 레스토랑 '밥보' 찾아가기

앗 뜨거워

# 앗 뜨거워
# Heat

빌 버포드 지음 | 강수정 옮김

해냄

제시카, 태양과 다른 모든 별들을 움직이는 이에게…….

# 차례

마리오와
함께한
저녁 식사

인간이란 본질적으로 음식을 담는 자루다. 신에 더 가까운 건 다른 재능과 능력이겠지만 그런 것들은 시간상 더 나중에야 나타난다. 죽어 땅에 묻히는 순간 생전에 했던 모든 말과 행동은 스러져도 인간이 먹었던 음식만큼은 자손의 단단한, 혹은 썩어 문드러진 뼈로 남는다.

개인적인 생각으론 섭생의 변화가 왕조, 심지어 종교의 변화보다 더 중요하다고 말해도 지나치지 않을 것 같다. 세계대전만 하더라도 통조림이 발명되지 않았다면 일어날 수 없었을 것이다. 중세 말에 구황작물을 비롯한 여러 채소가 들어오지 않고, 무알코올음료(차, 커피, 코코아)나 맥주 정도를 마시던 이곳 사람들에게 생소했던 증류주가 소개되지 않았다면 지난 400년 동안의 영국 역사는 전혀 딴판이 됐을 것이다.

그런데도 음식의 중요성이 정당하게 평가되지 않는 건 희한한 노릇이다. 정치인과 시인과 주교의 동상은 곳곳에 서 있는 반면, 요리사나 베이컨 숙성 전문가, 채소 재배 농부의 동상은 좀처럼 찾아볼 수 없다.

—조지 오웰, 『위건 부두로 가는 길(*The Road to Wigan Pier*)』

# "이 사람이 그 유명한 마리오 바탈리?"

주변에서 '마리오의 신화'라고 일컫는 것을 처음 경험한 건 2002년 1월의 어느 추운 토요일 저녁이었다. 나는 생일잔치에 마리오 바탈리를 초대했다. 뉴욕에서 '밥보(Babbo)'라는 이탈리아 레스토랑을 운영하는 그는 워낙 유명하고 실력이 뛰어나기 때문에 식사초대를 받아 누군가의 집에 가는 일이 거의 없지만, 이번엔 이례적이라는 게 본인의 설명이었다. 그는 직접 담근 모과 향 그라파(와인을 만들고 남은 찌꺼기를 증류해서 3년 정도 숙성시키는 술인데, 열매를 넣어서 그나마 마실 만하다)와 노치노(같은 원리지만 이번엔 포도가 아니라 호두다), 와인 한 아름, 조직이 치밀하고 하얀 라르도(원래는 돼지비계를 뜻하는데, 그가 허브와 소금으로 숙성시켰다)를 가지고 왔다. 나는 기껏해야 요리에 관심이 많은 사람, 그나마도 자신감이 실력을 앞지르는 사람이었다. 다시 말하자면 의욕만 넘치고 요령은 없는 사람. 그런 주제에 바탈리같이 유명한 요리사와 망신살 뻗친 내 모습을 지켜보는 재미가 쏠쏠할 거라는 기대에 부푼 친구 여섯 명을 초대할 배짱이 어디서 나왔는지 지금도 놀라울 따름이다. 바탈리는 내 오랜 친구의 친구라 그냥 쉽게 생각했지만—그럼 그 사람도 초대하지 뭐!—그가 초대를 받아들였다는 게 더 의외였다. 이 얘기를 했더니 아내인 제시카는 놀라다 못해 거품까지 물고 소리쳤다. "자기, 도대체 생각이 있는 사람이야? 그렇게 유명한 사람을 이 아파트로, 게다가 저녁을 먹자고 초대했단 말이야?"

하지만 막상 닥쳤을 때 코미디라고 할 만한 상황은 벌어지지 않았다. 그건 전적으로 바탈리가 그럴 기회를 허락하지 않았기 때문이다. 바탈리의 고기 요리가 완성됐는데도 그걸 은박지에 말아두는 건 '멍청이들이나'하는 짓이라는 얘기를 듣는 순간, 나는 흔쾌히 뒤로 물러나 바탈리에게 전권을 일임했다. 물론 그가 이미 모든 걸 장악한 후이기도·했다. 그는 앞에서 말한 라르도를 얇게 저며서 당황스러울 만큼 친한 척을 하며 직접 먹여주었고, 입 안에서 비계를 녹여야 맛을 제대로 느낄 수 있다고 속삭였다. 그건 여생의 마지막 몇 달을 오로지 사과와 호두와 크림만 먹다가 340킬로그램의 생을 마감한 돼지("돼지 멱따는 소리 중에 단연 최고였죠")의 비계였고, 바탈리는 비계가 녹을 때 돼지의 행복한 마지막 만찬이 "거기, 입 뒤쪽에서" 느껴질 거라고 장담했다. 그날 모인 사람 중에 돼지비계만 따로 먹어본 사람은, 아무튼 돼지비계인 줄 알면서 먹어본 사람은 아무도 없었고("웨이터들에겐 프로슈토 비앙코라는 말을 쓰게 하죠"), 바탈리의 강권에 못 이겨 세 조각째를 먹을 땐 콜레스테롤 수치가 상승해서 그런지 다들 심장이 쿵쾅거렸다. 바탈리는 워낙에 두주불사—듣자니 밥보의 공동운영자인 조 바스티아니크와 이탈리아에 갔을 때 저녁 식사를 하면서 와인 한 궤짝을 비웠다고 한다—였고, 다른 사람들이야 주량은 훨씬 적었지만 어느새 자꾸 목이 타는 데다(라르도의 짠맛, 즐거운 분위기와 사람들이 뿜어내는 열기) 옆에서 부추기는 통에 우리도 모르게 연방 술을 마셔댔다. 사실은 잘 모른다. 기억이 나지 않으니까. 아무튼 그라파와 노치노가 있었다. 그리고 그날 내 뇌리에 남은 바탈리의 마지막 이미지는 새벽 3시에 떡 벌어지고 퉁퉁한 체구를 잔뜩 구부린 그가 눈을 감은 채 불도 붙이지 않은 담배를 입에 물고서 빨간 꽁지 머리를 흔들고 빨간 캔버스 운동화로 바닥을 쿵쿵 울리며 닐 영의 노래에 맞춰 손으로 기타 치는 시늉을 하던 모습이다.

그때 바탈리의 나이 마흔한 살이었고, 다 큰 어른이 기타 치는 시늉을 하는 건 오랜만에 본다고 생각했던 기억이 난다. 그러다 부에나비스타 소셜 클럽의 CD를 찾아내고는 여자 한 명을 붙들고 살사를 추려 했지만 그 여자는 소파에 쓰러지듯 몸을 던져버렸다. 그 여자의 애인마저 꼼짝을 하려 들지 않자, 이번엔 톰 웨이츠의 음악을 틀어놓고 노래를 따라 부르며 설거지를 하고 바닥을 닦았다. 그는 내게 다음 날 약속을 잊지 말라고 당부했다. 저녁 초대를 받은 답례로 뉴욕자이언츠의 미식축구 시합을 보러 가기로 했던 것이다. 그 표는 밥보에서 식사를 한 NFL 커미셔너가 준 것이었다. 그러고는 자기가 새벽 5시까지 영업하는 술집들을 꿰고 있다며 이 흥겨움을 이어가자고 내 친구들 세 명을 데리고 나갔다. 그들은 빌리지에 있는 매릴루에 갔다고 한다. 바탈리 말로는 "아무리 늦은 시간에도 뭐든 구할 수 있지만 제대로 된 건 하나도 없는 헛똑똑이들의 술집"이었다.

바탈리는 날이 훤해진 다음에야 집에 들어갔다. 이 얘기는 다음날 아침에 그의 아파트 수위에게서 들었다. 우리는 바탈리를 깨우려고 애를 썼다. 밖에는 커미셔너가 보낸 자동차가 기다리고 있었다. 45분이 지나서야 바탈리가 나타났지만, 속옷 차림으로 현관에 선 그는 내가 왜 거기 있는지 모르겠다는 표정이었다. 배 둘레가 범상치 않은 사람의 그런 차림은 당혹스러웠다. 그러더니 이내 바탈리 복장으로 변신해서 돌아왔다. 그건 반바지에 클로그(뒤가 트인 신발. 원래는 바닥을 나무로 만들었기 때문에 나막신이라는 뜻의 클로그라는 이름이 붙었지만 지금은 신기 편한 실외용 슬리퍼 같은 신발을 통칭한다]를 신고 얼굴을 감싸는 선글라스에 꽁지 머리를 질끈 묶은 것을 뜻한다. 조금 전까지 속옷 차림의 뚱뚱한 클라크 켄트였던 사람은 어느새 '몰토 마리오'로 변신했다. 몰토 마리오는 그가 진행하는 요리 프로그램의 제목인데, 다양한 뉘앙스를 담고 있지만 문자 그대로 옮기면 '대단히' 마리오라는 뜻이다—이를테면 과장된 마리오, 강렬한 마리오랄까. 프로그램 이름 하나는 잘 지었다는 생각이 든다. 아무튼 그는 커미셔너의 초대를 받은 손님으로서 구장의 문이 열리기 전에 입장할 수 있는 특권과 내가 미처 다 깨닫지 못했던 엄청난 명성을 누리는 유명인사로 변신했다.

뉴욕 자이언츠의 팬들은 지나치게 과격한 나머지 희화적으로(예를 들어 겨울에 맨가슴을 드러낸 채 안전모만 썼다거나, 아무튼 부엌일을 도와주는 가정적인 남자와는 거리가 먼 모습으로) 표현될 때가 많은데, 그런 사람들이 팔짱을 낀 채 씩 웃는 꽁지 머리 주방장을 다 알아보는 것이었다. "안녕하세요, 몰토!" 사람들이 소리쳤다. "오늘은 무슨 요리죠?" "마리오, 파스타 좀 만들어줘요!" 당시에 〈몰토 마리오〉는 케이블에서만, 그것도 오후에 방영되던 터라, 일이 끝나기 무섭게 브로콜리를 살짝 데치고 오레키에테[작은 귀 모양의 파스타]를 직접 만들어 포크로 모양 내는 법을 배우기 위해 서둘러 집으로 달려가는 근육질의 도시 남자들을 상상하려니 머리가 다 어지러울 지경이었다. 내 옆에 서 있던 경비원마저 통통한 몸과 옷차림으로 "이봐, 파티가 어디에서 열리지?"라고 묻는 듯한 이 남자를 보며 말했다. "너무 좋아요. 저분을 보는 것만으로도 허기가 느껴진다니까요." 그러다가 사람들과 합세해서 이렇게 외쳐댔다. "몰토! 몰토! 몰토!"

마리오 바탈리는 세계 그 어느 곳보다 요리사가 많은 이 도시에서도 가장 유명한 요리사다. 꼭 텔레비전 프로그램이나 광고 출연이 아니라도 누구 못지 않는 열정의 소유자이며, 어디에도 빠지지 않는 존재다. 뉴욕의 어떤 주방장보다 많이 먹고, 많이 마시고, 더 활동적이라 해도 그리 틀린 말은 아닐 것이다. 뉴욕에 사는 사람이라면 언젠가는 그를 만나게 된다. 저녁 모임이 새벽 2시에 끝나는 경우가 다반사인 사람은 그 시점이 좀더 빨리 다가올 것이다. 그는 사업 파트너인 조와 함께 레스토랑을 두 개 더 운영하고 있으며(에스카와 루파), 이탈리아 와인숍도 갖고 있다.

내가 처음 만났을 때 두 사람은 피자 레스토랑을 개점하는 것과 투스카니에 포도밭을 구입하는 문제를 따져보고 있었다. 그래도 왕국의 수도는 밥보였다 밥보는 그리니치빌리지의 워싱턴스퀘어 바로 옆에 있는데, 19세기에 마차 보관소로 쓰던 건물이라고 한다. 레스토랑은 크지 않다. 공간은 비좁고 혼잡하고 시끄럽다. 미국식으로 변형되지 않은 정통 이탈리아 요리를 표방하며, 바탈리답다고밖에 표현할 수 없는 과도한 현란함이 특징이다. 그리고 이곳을 찾는 사람들이 기대하는 것도 바로 그런 과도함이다. 가끔은 바탈리가 전통적인 의미의 요리사라기보다 터무니없는 식욕을 자극하고(그게 뭐가 됐든) 그걸 열정적으로 만족시켜 주는(방법이야 어찌 됐든) 모호한 직업의 소유자가 아닐까 싶기도 했다.

술 한잔 하러 갔다가 바탈리에게 붙들려 여섯 시간 내리 먹고 마셨다는 한 친구는 그 대가로 사흘 동안 과일과 물만 먹는 다이어트를 실시했다. "이 사람은 중용이라는 걸 몰라. 과하다, 지나치다, 말은 하지만, 그건 완전히 새로운 경지였어. 먹고 마시고, 먹고 마시고, 먹고 마시고! 나중엔 꼭 약에 취한 것 같더라니까." 가끔 다른 레스토랑의 요리사들도 이곳을 찾는데, 그러면 그 사람들은 그렇잖아도 과도한 것의 극단을 경험하게 된다. "한번 죽어보라고 해." 바탈리는 아무 생각 없이 일곱 코스의 맛보기 메뉴를 시킨 라이벌 요리사의 음식을 준비하면서 흡사 광인 같은 미소를 짓는다. 그러고는 치명적인 코스를 만들어낸다. 첫 번째 코스인 스타터는 론자(크림과 호두를 먹여 키운 돼지의 허리 훈제)부터 코파(어깨 부위), 튀긴 족발, 바탈리가 직접 만든 판체타(생베이컨)를 곁들인 포르치니[향이 좋아서 버섯의 황제라고도 불리는 이탈리아 버섯] 구이까지 전부 돼지고기로만 채웠고, 여기에("끝까지 가보자고!") 구완치알레(돼지의 볼 살)를 얹은 파스타를 추가했다. 바탈리는 새로운 좌우명을 추구하는 모양이었다. "극단적인 과도함만으로는 충분하지 않다."

바탈리는 1960년에 시애틀 외곽에서 태어났고, 〈비버는 해결사〉라는 TV 드라마의 말썽꾸러기 꼬마 같은 어린 시절을 보냈다. 어머니는 영국과 프랑스 혈통이 섞인 캐나다 분으로, 아들이 불타는 붉은 머리와 이탈리아 사람답지 않은 흰 피부를 갖게 된 건 어머니쪽 물림이었다. 이탈리아의 피는 아버지에게서 받았다. 아버지는 1890년에 미국으로 건너온 이민자의 손자였다. 아버지는 보잉사 부품 구매 파트의 중역이었고, 1975년에는 유럽 공장의 생산관리를 위해 에스파냐로 발령이 났다. 마리오의 여동생인 지나는 오빠가 그때부터 변하기 시작했다고 말한다.

"오빠는 그때부터 극단적인 것을 시험하려 들었어요." 프랑코의 시대가 끝난 마드리드는 방종이 허용되는 흥분되는 곳이었고(나이 제한을 두지 않는 술집, 짜릿한 아지트, 역사상 가장 오래됐다는 직업이 갑자기 합법적이 됐다), 바탈리는 그곳이 제공하는 모든 재미를 두루 맛봤다. 가족과 함께 살던 아파트 옥상에서 마리화나를 기르다 적발되기도 했다(이건 이후로도 반복되는 주제의 첫 번째 사건이었다. 대학에서는 마약거래 혐의로 기숙사에서 쫓겨났고, 멕시코의 티후아나에서는 유치장 신세까지 졌다).

마리화나 얘기는 바탈리가 만들었다고 기억하는 최초의 요리를 떠올리게 한다. 양파를 캐러멜 색이 돌게 볶고, 에스파냐 치즈와 얇게

저민 초리소[멕시코와 에스파냐 요리에서 많이 사용하는 소시지. 마늘과 고춧가루 같은 매운 양념이 들어가 맛이 강하다]를 넣어 만든 파니니 샌드위치였다. "그걸 먹고 있으면 약에 취한 것처럼 황홀했어요. 나랑 내 동생 데이나는 전형적인 마리화나 키드였죠. 참 행복했는데."

미국으로 돌아와 뉴저지에 있는 럿거스 대학에 다니던 바탈리는 유럽으로 돌아갈 마음을 먹었다. "에스파냐에서 은행가로 살고 싶었어요. 돈을 왕창 벌고 마드리드에서 호화판으로 사는 상상을 하곤 했죠." 부전공으로 경영학과 에스파냐 연극을 택했다는 것도 의외다. 그런데 기숙사에서 쫓겨나 '스터프 유어 페이스'라는 (이름에서부터 어딘가 운명의 손길이 느껴지는) 레스토랑에서 접시닦이로 일하면서 인생이 바뀌게 됐다. 요리사에 이어 라인쿡(한 부문, 또는 한 계통을 맡아 그 음식만 만드는 전문요리사)으로 승진하고, 지배인을 맡아달라는 제안까지 받았지만 거절했다. 책임을 지는 자리에 앉고 싶지 않았다.

스터프 유어 페이스에서의 삶은 빠르고(25년이 지났는데도 한 시간에 가장 많은 피자를 만든 그의 기록은 아직 깨지지 않았다고 한다), 섹시하고("뉴욕에서 가장 예쁜 웨이트리스들!"), 몽롱한 환락("약쟁이로 비치긴 싫지만, 뒤집은 팬에 코카인을 뿌려서 가지고 오는데 어떻게 마다하겠어요?")의 시기였다. 그리고 3학년 때 대기업 취업박람회에 갔다가 마침내 자신의 생각이 틀렸다는 걸, 자신이 은행가 재목이 아니라는 걸 깨달았다. 그는 요리사가 되기로 결심했다.

"어머니랑 할머니는 늘 나보고 요리사가 되라고 하셨거든요. 대학 진학을 준비할 때도 어머니는 요리학교를 권하셨죠. 그런데 내가 뭐라고 대답했는지 아세요. 엄마, 그런 덴 게이들이나 가는 거예요. 호모들이나 다니는 요리학교는 가고 싶지 않다고요." 5년 후, 바탈리는 런던에 있는 세계적인 요리학교 코르동 블루에 다니고 있었다.

아버지는 여전히 보잉의 해외지사를 관리했고, 이 무렵엔 마침 영국 발령을 받았다. 동생인 지나도 영국에 있었다. 지나는 아침에 학

교 갈 준비를 할 때나 오빠의 얼굴을 볼 수 있었다고 한다. 바탈리는 낮에 수업을 듣고 술집에서 일을 한 다음 밤새 엉뚱한 짓을 벌이다 그제야 집에 들어오는 길이었다. 바탈리가 첼시의 킹스로드에 있는 식스벨이라는 자칭 미국식 바에서 바텐더를 할 무렵("내가 뭘 하는지도 몰랐어요") 뒤쪽에 값비싼 식당이 문을 열었다. 그곳의 주방장은 마르코 피에르 화이트라는 요크셔 출신의 남자였다. 요리학교의 느슨한 속도가 지루했던 바탈리는 그 주방장의 노예로 들어갔다.

마르코 피에르 화이트는 영국에서 가장 영향력이 큰 주방장으로 손꼽히는 인물(성격도 가장 괴팍하고 다혈질이며 직원을 들들 볶는)인데 20대 초반에 이 두 사람이 비좁은 주방에서 함께 일했다는 건 희한한 우연이 아닐 수 없다. 바탈리는 눈앞에서 펼쳐지는 것들을 제대로 이해하지 못했다. 그의 레스토랑 경험이라곤 뉴브런즈윅에서 스트롬볼리[안에 모차렐라와 각종 토핑을 넣어 겹친 모양의 피자]를 만들어본 것뿐이었다. "다른 사람들은 다 알고 있는 거겠거니 했어요. 미식혁명이 싹트고 있다는 생각은 하지 못했죠. 이 사람이 그렇게 유명해질 거라곤 꿈에도 생각 못했지만, 그래도 판에 박힌 메뉴에서 벗어나 있다는 정도는 알 수 있었어요. 접시 위의 천재랄까. 그때까지는 요리를 접시에 담는 데에도 기술이 필요하다는 걸 몰랐거든요."

화이트는 바질 잎으로 걸쭉한 퓌레를 만들고 거기에 버터소스를 얹어 녹색의 퓌레는 이쪽으로, 흰색의 소스는 저쪽으로 휘저어 빙글빙글 도는 그림을 그렸다. "소스 두 개로 그런 그림을 그리는 건 처음 봤어요." 화이트는 장을 보러 갈 때 바탈리를 데려갔고("그의 시종이었죠. 네, 주인님! 분부대로 하겠습니다, 주인님!"), 두 사람은 영국 레스토랑에 있을 법하지 않은 메뉴의 재료들을 사 들고 왔다. 소스에 넣어 졸인 가재, 캐비아를 얹은 굴, 구운 오터런(아주 작은 멧새의 한 종류인데 입만 다물고 숨은 붙어 있는 듯한 것을 마치 갑각류처럼 내장까지 통째로 씹어 먹는다). "모든 메뉴가 빌어먹을 프랑스어로 적혀

있었어요."

바탈리는 화이트가 근본적으로 무식했지만 직관이 뛰어나고 몸이 좋아서("떡 벌어진 어깨와 잘록한 허리까지 완벽하고 고전적인 몸매는 정말 조각처럼 아름다웠어요") 아무도 하지 않았던 시도를 할 수 있었다고 말했다. "소스를 아주 힘껏 저어 거의 크림 같은 할렌다이즈소스를 만들어냈어요. 사바용소스처럼요." 화이트는 끊임없이 뭔가를 썰고 졸여서 바탈리한테 체에 거르게 했다. "그 체라는 게 차 여과기만한 크기였거든요. 기본적으로 술집이었으니까 그것밖에 없었기 때문이죠. 그 조그만 것에 가재 졸인 걸 붓고 나무 주걱으로 하루 종일 으깨는 걸 상상해 보세요."

화이트는 그를 토공이라고 불렀다. 바탈리는 당시를 이렇게 회상했다. "주방엔 우리 둘뿐이었는데 그가 보기에 나는 튀김이든 주키니든, 하여간 제대로 하는 게 하나도 없는 인간이었어요. 나한테 깍지완두를 볶으라고 해놓고 자기는 저쪽 구석에서 왕새우 여섯 마리를 가지고 뭔가 대단한 걸 만들다가 느닷없이 깍지완두를 가져오라고 소리쳤죠. '당장 가져와!' 물론 지체 없이 대령했죠. 하지만 딱 보자마자 모양새가 마음에 안 든 거예요. '이건 글렀어, 멍청아. 너무 익었잖아. 망할 놈의 자식. 네가 콩을 망쳐버렸어. 이 빌어먹을 토공 자식.' 토공은 영국에서나 사람을 비하하는 말로 쓰였기 때문에 나는 그 의미를 제대로 파악하지 못해서 이런 식으로 대꾸를 했죠. '맨날 토공이 어쩌고저쩌고, 내 콩이 마음에 안 들면 직접 하면 될 거 아니에요.' 당연히 그는 더 화가 났죠."

그는 리조토를 바탈리의 가슴에 끼었고, 설거지 담당인 아일랜드 남자 애를 두들겨 팼다. "험악했죠." 그곳에서의 생활은 넉 달 만에 끝났다. "생명에 위협을 느낄 정도였어요. 비열한 개자식." 바탈리는 뵈르 블랑[어패류 요리에 사용하는 소스]에 소금 두 줌을 집어넣고 나와버렸다.

"평생 못 잊을 친구죠." 런던에서 만난 화이트는 이렇게 말했다. "장딴지가 우라지게 크지 않나요? 죽으면 주방에 기증을 해야 마땅하다고 생각해요. 진짜 근사한 오소부코[송아지 정강이 살에 화이트와인과 양파 등을 넣어 찐 요리]를 만들 수 있을 텐데. 지금 마주치더라도 장딴지만 보면 단번에 알아볼 수 있을 것 같아요." 화이트는 바탈리가 자신의 말을 건성으로 들었다고 했다. "그리고 잠 때문에 글렀어요." 자명종이 울릴 때만 일어났어도 정말 뛰어난 주방장이 될 수 있었을 거라는 얘기였다. 한번은 바탈리한테 열대과일을 사 오라고 시켰다. "달랑 아보카도 네 알을 들고 왔더군요. 그런데도 녹초가 돼 있었어요. 뭐가 어떻게 돌아가는지도 모르고, 새벽 4시에나 집에 들어가고. 막무가내에 구제불능이었어요. 조이 디비전[1970년대 말에 활동한 영국의 포스트펑크 밴드]이라는 밴드를 제일 좋아한다니, 그것만 봐도 알조 아닌가요." 화이트는 손가락으로 코끝을 튕기며 콧방귀를 뀌었다. "무슨 말인지 알죠? 당시엔 열정이 재능을 훨씬 능가했다고 하면 정확하려나? 어때요, 요즘은 재능이 좀 따라붙었던가요?"

화이트의 주방에서 바탈리는 낙제생이었고, 그의 입장에선 그때의 기억을 깨끗이 지워버리고 싶겠지만 그럴 수 없다는 건 본인도 잘 알고 있다. 어쨌거나 화이트는 주방장이 뭔지를 보여준 사람이고, 그렇기 때문에 바탈리에겐 애증의 대상이었다. 20년이 지난 지금까지도 바탈리는 음식의 잠재력을 깊이 이해했던 인물에게서 인정을 못 받고, 함께 일해내지 못한 것에 속상해한다. "그건 무방비 상태에서 치른 게임이었다고요."

바탈리는 화이트에게서 음식은 보기에도 좋아야 한다는 철학과 신속함, 체력과 집중력을 요하는 요리를 배웠다. 그리고 또 한 가지, 프랑스적인 것에 대한 혐오감도 얻었다. 바탈리는 졸인 소스, 그러니까 육수를 걸쭉한 시럽 상태가 될 때까지 끓이는 소스를 쓰지 않는다. "손가락으로 그었을 때 자국이 남으면 내 스타일이 아니에요. 우리는 그런 걸 쓰지 않아요. 그건 너무 프랑스적이에요." 느닷없이 내지르는 호통도 금지다. "그건 너무 구시대적이죠. 영화가 확산시킨 편견이에요." 하지만 무엇보다 자신이 얼마나 더 배워야 하는지를 깨달았다.

화이트에게서 자극을 받은 바탈리는 유럽의 유명한 레스토랑들을 순례하기 시작했다. 제 핏줄을 찾아가는 사람처럼 화이트가 지닌 재능의 뿌리를 따라간 것이다. 파리의 '투르 다르장'과 프로방스의 '물랭 드 무갱', 그리고 당시 영국 최고라는 평을 들었던 런던 외곽의 '워터사이드 인' 등이었다. "넉 달이면 기본이야 터득하지만, 제대로 배우고 싶으면 1년 동안 사계절을 모두 지내며 요리를 해봐야 해요. 그런데 나는 마음이 너무 급했죠." 대부분의 경우 바탈리는 반복적인 일에서 벗어나지 못했다. 밤마다 한 방울이라도 더 짜내기 위해 고안된 기구로 오리의 육즙을 짜서 오리고기 스톡에 넣고, 그걸 "걸쭉하고 끈끈한" 소스로 졸이는 일을 했다. 그랬으니 졸여 만드는 소스에 염증을 느낄 법도 했다. "정말로 일을 배우게 되는 곳은 주방이에요. 책이나 TV나 요리학교가 아니라 그곳에 요리를 배우는 왕도가 있죠."

나도 그 왕도를 걸어보고 싶었다. 마리오 바탈리의 노예가 되어 그의 주방에서 일을 해보고 싶었다.

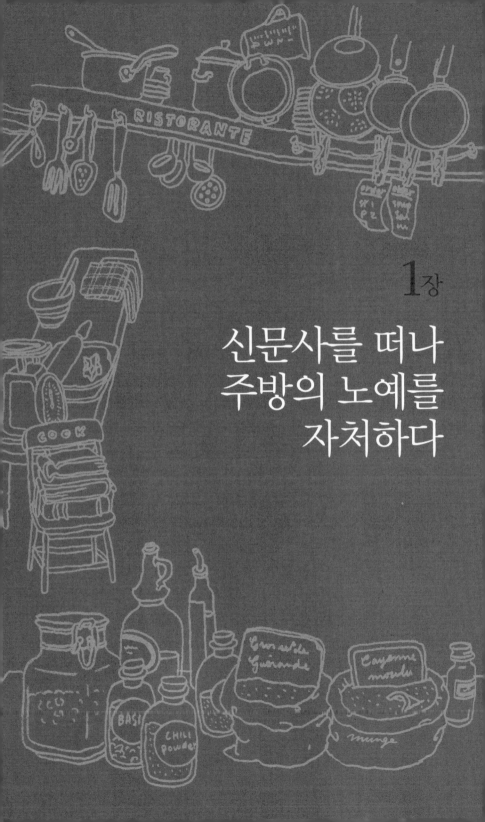

1장

신문사를 떠나
주방의 노예를
자처하다

나는 우연한 기회에 요리를 하는 남자가 꽤나 매력적인 존재라는 걸 알게 됐다. 한 여자를 저녁 식사에 초대했다. 편의상 매리 앨리스라고 부르자. 에롤 가너와 마일스 데이비스, '문글로'나 〈피크닉〉의 주제곡처럼 영화에서도 가장 낭만적인 장면에 나왔던 낭만적인 노래를 틀고, 미리 준비해 놨던 첫 번째 코스인 슈림프 로스차일드를 내갔다. 이건 어떻게 만드냐면, 빵의 속을 파내고 정제버터에 살짝 구워서 피시 스톡에 익힌 새우를 그 안에 넣는다. 이때 스톡은 거의 시럽 상태가 될 때까지 졸여야 한다. 거기에 스위스 치즈와 송로버섯 썬 것을 얹고 오븐에 넣어 위만 살짝 구워낸다. 이 요리를 여자에게 가져갔다.

"와!" 여자는 감탄을 하더니 투르네도 로시니—소 안심 스테이크에 프와그라와 송로버섯, 화이트와인 소스를 얹은 요리—를 만들 때는 부엌으로 따라와 옆에서 지켜봤다.

"어머나." 그녀는 요리뿐만 아니라 나에 대해서도 시시콜콜한 것들을 묻기 시작했다.

마지막은 눈까지 즐겁게 해주는 탈레랑이라는 요리였다. 통조림 체리와 아몬드 가루와 설탕으로 만들어, 그 위에 머랭을 덮는다. 그리고 머랭에 달걀 껍질 반쪽을 얹어서 굽는다. 조명을 끄고 오븐에서 바로 꺼낸 달걀 껍질에 버찌 브랜디나 럼을 부어 불을 붙이면 마치 작은 화산처럼 보인다. 분위기를 촉촉하게 해주는 데는 그만이다.

매리 앨리스의 눈도 반짝반짝 빛이 나는 게 뭔가를 갈구하는 듯했다. "당신은 내가 본 남자 중에 가장 심오하고 세련된 사람이에요. 당신의 지식과 손가락을 사랑해요……. 하지만 오늘 밤 10시에 다른 데이트가 있어서." 그러고는 다른 남자를 만나러 가버렸다. 기껏 애를 써서 남 좋은 일만 한 셈이다! 그런데도 그 인간은 고맙다는 전화 한 통 하지 않았다.

—조녀선 레이놀즈, 『악마와의 만찬(Dinner with Demons)』

# 뉴욕 최고의 이탈리안 레스토랑
# 밥보의 주방

나는 일단 시험 삼아 '안에' 들어가게 됐다. 마리오는 "문제는 공간"이라고 했다. "한 사람 더 들어갈 공간이 있나?" 없었다. 이미 들어가 있는 사람들도 옴짝달싹할 틈이 없었다. 그래도 아무튼 비집고 들어갔다. 우선 이틀 정도 파스타를 접시에 담고, 금요일엔 재료준비 팀의 일을 돕기로 했다. 마리오는 그러고 나서 토요일 아침의 주방회의에 참석하라고 했다. 그날이 2002년 1월 26일이었다.

위층의 기다란 테이블에 20명이 모여 앉았다. 마리오는 가운데 자리를 차지했다. 4월에 『밥보 요리책(*Babbo Cookbook*)』이 출간될 예정인데, 마리오는 거기에 여러 가지 의미가 함축되어 있다고 설명했다. "사람들이 더 꼼꼼하게 우리를 지켜볼 거야. 방송국에서도 오고 손님도 늘어나고, 제일 중요한 건 비평가가 다시 올 거라는 거지." 밥보는 별 셋을 받은 레스토랑이었고, 마리오의 얘기는 그 별점이 유효한지 재평가될 가능성이 높다는 것이었다. 《뉴욕타임스》에 새로 온 음식비평가가 출간을 계기로 찾아올지 모르니 다들 만반의 준비를 하고 있으라고 지시했다. "또 한 가지 중요한 건 책에 우리의 비법이 공개되니까 메뉴를 변경해야 한다는 거야."

그는 메뉴와 관련해서 아이디어를 내고, 예전의 레시피는 꼼꼼히 살펴서 새롭게 바꿀 만한 것을 찾아보라고 했다. 그리고 모두에게 레스토랑의 본질 세 가지를 일깨웠다. 우리가 거기서 일하는 건 "재료를 사서, 음식을 만들고, 그걸 팔아 이윤을 남기기 위해서"라는 것이었다. 그러기 위해선 일관성이 기본이었다. "언젠가 먹었던 맛을 못 잊어 다시 찾아온 사람의 기대를 충족시키지 못하는 건 천하에 쓸모없는 머저리야." 미국 최고의 이탈리아 레스토랑이 된 밥보의 성공은 독특한 스타일에서 나왔다. "우리의 스타일은 남성적이 아니라 여성적이야. 사람들이 음식을 먹었을 때 주방 안에서 할머니가 요리를 하고 있을 것 같은 느낌을 받아야 해."

마리오의 뒤를 이어 주방의 총책임자인 앤디 누서가 현장 보고를 했다. 앤디는 마리오와 동갑인 마흔한 살이었지만, 겉모습은 전혀 달랐다. 그의 상사가 디오니소스라면 그는 아폴로였다. 180센티미터의 키에 어깨는 수영선수처럼 떡 벌어지고, 잘생긴 동안에서 나이를 짐작할 수 있는 건 희끗희끗 세기 시작한 머리뿐이었다. 그는 개점했을 때부터 여기서 일을 했다. 엄격하고 진중하고 늘 서두르는 태도에서는 군대에 버금가는 규율과 규칙을 중시하는 마음을 읽을 수 있었다. 앤디는 얼마 전에 요리사 한 명을 해고했는데, 그 이유는 그 사람이 성질을 다스리지 못했기 때문이라고 설명했다. 솥을 쾅쾅 내려놓고 주방도구를 내던져서 "주방을 분노로 오염"시켰는데, 그런 행동은 용납될 수 없다는 것이었다. 마리오는 앤디의 말을 중간에 자르고 영업을 시작하기 전에 조금 쉬라고 했다. 안 그러면 "스트레스가 요리에 스며들어 사람들이 그 맛을 느끼게 될 것"이라면서. 그는 일주일의 전략을 이렇게 정리했다. "하루를 쉬고 나온 첫날은 늘 힘들지." 그날은 열세 시간이나 열넷, 어쩌면 열다섯 시간을 내리 일해야 할 수도 있지만, "둘째 날은 조금 더 수월하고, 마지막 날은 거의 소풍이나 다름없잖아. 2시에 나와도 되고." 일은 새벽 1시에 끝난다. 오후 2시부터 시작한다고 해도 일하는 시간은 무려 열한 시간이었다.

"참고 견디자고." 앤디가 덧붙였다. "우리가 여기서 일하는 건 언젠가 레스토랑을 직접 운영하고 싶다는 꿈이 있기 때문이잖아."

사람들을 둘러봤다. 평균 연령 30대, 대부분이 남자였다. 얼굴은 희고 수염이 덥수룩했다. 영어가 형편없는 사람도 많았다. 이 사람들이 과연 자신의 레스토랑을 열고 싶다는 희망으로 여기에 와 있는 걸까?

그 다음 금요일 아침 7시. 재료준비팀장을 찾아갔다. 엘리자 사르노는 40대의 건장하고 잘생긴 여자였다. 나는 열의와 희망과 의욕에 가득했지만 엘리자는 그다지 달가운 눈치가 아니었다.

재킷에 앞치마를 두르고 한 바퀴를 따라 돌았다. 주방 한쪽엔 워크인 냉장고가 있었다. 바닥부터 천장까지 선반이 빼곡하고 크기는 소형 트럭만했다. 문에는 그 주의 《뉴욕타임스》 레스토랑 리뷰가 붙어 있었다. 경쟁심을 고취하고 밥보가 얻은 별 세 개의 의미(심지어 별 두 개도 극히 소수라고 한다)를 상기시키기 위한 것이었다. 또다른 쪽은 설거지 공간이었다. 솥과 프라이팬과 다양한 플라스틱 통이 머리 위까지 차곡차곡 쌓여 있었다.

엘리자가 그 통들을 설명하는 사이에 나는 설거지 담당에게 한눈을 팔았다. 젊은 남자가 툴툴거리면서 물을 사방으로 튀기며 거리의 대형 쓰레기통만한 솥과 씨름을 하고 있었다(그때는 인사를 나누지 못했지만, 나중에 그의 이름이 알레한드로라는 걸 알게 됐다). "이건 1쿼트예요." 그러는 동안에도 엘리자는 설명을 계속했다. "그리고 이건 2쿼트, 이건 4쿼트, 6쿼트, 그리고 8쿼트. 뚜껑 색깔로 구분을 하죠. 호텔팬과 하프호텔팬은 저기 있고, 시트트레이와 하프시트트레이는 저쪽." 재료준비팀의 존재를 증명해 주는 도구는 바로 이 용기였고—여기서 하는 모든 작업은 용기에 담아둬야 저녁때 사용할 수 있다—그 엄청난 무게는 아무렇지 않게 오가는 이런 얘기에서 익히 짐작할 수 있었다. "이걸(닭발, 소의 두툼한 볼 살, 기타 등등) 6쿼트에 담을까요? 아니면 4쿼트에도 들어가려나?" 나는 주방에서만 오가는 폐쇄적인 언어에 대해 생각하고 있었다. 주변의 모든 사람들은 그 언어에 능통해 보였다. 이건 요리학교에서 배우나? 호텔팬이며 그런 것들을? 그때 엘리자가 말을 뚝 멈추고 물었다. "칼은 어딨어요?"

"칼이오?"

"칼이 없어요?"

"칼이 있어야 되나요?"

"맙소사. 할 수 없죠. 다음주엔 가지고 오세요." 그리고 혼잣말처럼 중얼거렸다. "에이. 칼 빌려주는 거 정말 싫은데."

그러고는 워크인에 들어가서 속사포처럼 설명을 쏟아냈다. 어서 일과를 시작하고 싶은 것 같았다. "여긴 그릴 스테이션에서 쓰는 재료를 놔두는 곳이에요." 그녀는 녹색 뚜껑 용기가 빼곡한 선반을 가리켰다. 하지만 내 눈엔 똑같이 녹색 뚜껑 용기가 들어찬 다른 선반과 구분이 되지 않았다. "이건 파스타 선반, 이건 식료품 저장 선반, 이건 튀김용 선반. 아, 그리고 이건 짐 테이프. 모든 것엔 라벨을 붙여서 날짜를 적어요. 펜은 어디 있죠? 펜을 안 가지고 왔어요?"

채소는 뒤쪽에 있었다. 당근과 셀러리와 양파가 몇 상자씩 가득가득 담겨 있고 생선은 바닥에 쌓여 있었다. 내가 오기 전에 배달됐는데 지중해에서 잡았다는 기괴하게 생긴 은빛 생선이었다.

"오리의 뼈를 발라야 해요. 따라오세요."

상자 네 개에 오리가 여섯 마리씩 들어 있었다.

"카운터를 닦고 행주에 물을 축여서, 행주가 어딨는지는 기억하죠? 도마를 가져와요."(그것들이 다 어디 있죠? 나는 당황해서 물었다.) "8쿼트 하나, 4쿼트 하나, 그리고 호텔팬 하나."(호텔팬이 뭐였더라?) "그리고 양피지 시트도. 디저트 스테이션에 가면 있어요. 4쿼트 통엔 모래주머니를 담을 거예요. 자, 내 칼을 써요. 다음주엔 꼭 칼을 가져와요."

네, 네, 물론이죠.

"오리는 위부터 갈라야 피가 사방에 튀지 않아요. 모래주머니를 잘라내고, 간은 여기에, 콩팥은 저기에 따로 담아요. 다리는 콩피〔고기의 경우 자체에서 나온 기름에 재는 방식을 뜻한다〕를 만들 거니까 이 초퍼〔고기나 야채를 잘게 써는 데 사용하는 주방기구〕로 발바닥의 혹을 잘라내세요. 자요. 이걸 써요." 그녀가 건네주는 건 거의 토마호크 수준이었다. "그 다음엔 가슴살을 도려내요. 오리 뼈 바르는 법은 알고 있죠?"

"음, 네, 아마도. 그러니까, 해보긴 했어요." 언제? 지금 언제 적 저녁 파티 생각을 하고 있는 거야? 그때가 1993년이었던가?

"그리고 고기의 굴이라는 건 알아요?"

"굴이요?" 나는 동물의 분류법을 단순하게 정리해 봤다. 오리는 날개가 달린 동물이고, 그건 조류라고 하잖아. 굴? 그건 날개가 없는 덩어리 같은 거 아니야? 연체동물. 오리는 굴이 없고, 굴에는 오리가 없지. "굴이라고요?"

"네, 그건 살코기 덩어린데 빼먹으면 안 돼요. 여기, 이 부분이에요." 그녀는 가슴살을 날렵하게 반으로 가르고는 허벅지 가장자리를 칼로 쓱쓱 그었다. 칼 놀림이 섬뜩할 정도로 가벼워서, 힘이 전혀 안 들어간 것 같은데도 살이 반으로 쓱 갈라졌다. 어떻게 하면 저런 솜씨를 배울 수 있을까. 나는 이런 생각을 하느라 오리의 굴이라는 것의 위치를 제대로 듣지 못했다. 허벅지 앞이랬나, 뒤랬나. 하지만 엘리자는 이미 가버린 후였다. 배달부가 나타났다. 고기 상자를 들고,

부엌을 둘러봤다. 디저트 주방장이 내 옆에 있고, 파인애플을 자르는 사람이 둘 있었다. 앞쪽 벽에는 스토브들이 줄지어 있고, 그 위에 얹힌 커다란 통에서 뭔가가 끓고 있었다. 뒤에서는 두 사람이 파스타를 만들었다. 바닥에 놓인 거대한 믹서가 큼지막한 반죽을 리듬 있게 철썩철썩 내리쳤다. 아침 7시 15분이었다.

오리 한 마리를 집어 들어 날개를 잘라내고, 굴이 어디 있나 두리번거렸다. 이 녀석의 허벅지 어딘가에 있다는 굴이 접시에 올라가게 해서 녀석의 명예를 살려줘야 한다는 의무감이 가슴을 눌렀다. 그런데 이 망할 놈의 콩알맹이가 어디 있다는 거야?

나는 느릿느릿 첫 상자의 오리를 잘라서 각각의 부위를 도마 위에 쌓았다. 생각대로라면 엘리자처럼 칼을 휙휙 휘둘러서—엘리자는 칼날을 세워서 힘들이지 않고 무슨 마술처럼 고기를 열어젖혔다—각 부위를 정해진 용기에 척척 던져 넣어야 했다. 하지만 내가 제대로 하고 있는 건지 확신이 서지 않아 허벅지 살을 도마 한쪽에 쌓았다. 처음에 난도질을 친 건 그나마 잘된 것들 밑에 안 보이게 파묻었다. 그때 마침 엘리자가 검사를 하러 돌아왔다.

그녀는 고기 상자를 열어보고 있었다. "냉동이잖아." 그녀는 배달부에게 말했다. "나는 냉동 고기는 못 받아." 배달부는 대꾸 없이 나만 빤히 쳐다봤다. "이 양 다리 세어봤어? 도대체 숫자가 맞을 때가 없어. 양 다리가 몇 개인지 모르면 주방을 꾸려나갈 수가 없단 말이야." 저 남자 왜 저래? 나는 자꾸만 그의 시선에 신경이 쓰였다. 이 사람아, 그렇게 할 일이 없어? 굴을 못 찾아서 앙트레 스물네 접시를 망친 사람 쳐다보는 게 그렇게 재미있어?

나는 맞은편 끝의 요리사를 쳐다봤다. 그는 메추리의 뼈를 발라내는 것 같았다. 훨씬 까다로운 작업인데도 엄청난 속도로 해치우고 있었다. 배달부는 꿈쩍도 하지 않았다. 아니, 고개를 저었던가? 그러는 사이에 나는 나도 모르게 엘리자의 칼을 들고 부드럽고도 우아한 동작으로 내 검지의 끝부분, 그러니까 첫 마디부터 손톱 끝까지를 쓱 훑었다. 찰나의 시간이 흘렀다. 그러니까 내가 했다고 생각하는 짓을 정말로 한 거 맞아? 응, 맞아. 그리고 손끝에서 피가 콸콸 솟구쳤다.

"손을 벴어요?" 양 다리를 세던 엘리자가 물었다. 그녀의 억양에 선 이런 뉘앙스가 역력했다. 여기 온 지 얼마나 됐다고, 고작 30분 만에 벌써 사고를 쳐?

"네. 하지만 걱정 안 해도 돼요." 나는 더럽고 두꺼운 천으로 손가락을 둘둘 말았다. "늘 이 모양인걸요. 손만 봐도 알죠. 흉터에 칼자국 천지거든요. 안경을 써야 할까 봐요. 근시라서. 아니, 원시인가. 사실, 둘 다예요. 아무튼, 제가 워낙 그런 인간이에요."

"병원에 가야 하는 거 아니에요?" 어쩐지 비난하는 투였다.

그녀가 걱정하는 게 조금 걱정이 돼서 고개를 저었다. 피가 꽤 많이 났다.

"냉장고에 반창고가 있어요." 그녀가 말했다. "고무장갑을 껴야겠네요. 반창고가 젖을 테니까."

나는 홀에 나가 반창고를 붙이고 외과용 장갑에 손가락을 우격다짐으로 쑤셔 넣은 후 다시 돌아왔다. 시간은 9시를 향해 달려갔고, 내 도마에는 12~13센티미터 정도의 공간만 남아 있었다. 나머지는 물론 오리고기의 차지였다.

하던 일을 계속했다. 자르고 저미고 두드리고 용기에 넣고. 그러다 보니 어느새 반창고가 헐거워지고 투명장갑은 늘어져 피로 흥건한 물풍선이 되어 있었다. 살점이야 늘 잘라냈지만 여기서 이 장갑을 내 살점 썰듯이 썰어낸다면 고기가 엉망이 되리라는 건 불 보듯 뻔했다. 그러자니 속도가 느려졌고, 엘리자가 나를 쳐다봤다.

그리고 허벅지 살을 집어 들었다. 내가 보기엔 굴을 떼어낸 것 같았다. 그 물건이 어디 붙어 있건, 앞으로 보나 뒤로 보나 살이 통통했다. 문제는 그게 아니었다.

"비계가 너무 많아요." 그녀는 비계를 잘라내면서 중요한 핵심을 빠뜨렸다는 듯이 덧붙였다. "이걸 손님들한테 내갈 거라는 걸 알고 있겠죠?"

재료준비팀은 이를테면 주방의 신병훈련소였다. 요리사가 되기 위해 필요한 기본기, 그중에서도 칼 다루는 기술을 배운 처음 몇 주 동안은 그런 느낌이 특히 강했다. 여태까지는 어떻게 쓰는지도 모르면서 칼을 다뤄온 것 같았다. 첫날에 내 칼, 그러니까 엘리자에게서 빌린 칼을 갈려고 일을 잠시 멈췄더니 엘리자도 하던 일을 멈추고 나를 물끄러미 쳐다봤다. 내 동작이 거꾸로였기 때문이다. 칼질에도 문제가 있었다. 재료를 썰 땐 칼끝을 도마에 고정시키고 칼날을 앞뒤로 움직이면 힘들이지 않고 미끄러지듯 재료를 썰 수 있고, 칼을 다루기도 한결 수월했다. 요리 좀 한다는 사람들은 이걸 다 알고 있는 모양인데, 나는 통 몰랐다.

성가신 기술도 있었다. 당근은 마음에 상처를 남겼다. 오래도록 끓이는 육수에는 셀러리, 양파, 허브, 그리고 당근이 들어간다. 이런 것들이 육수를 부드럽게 해준다. 이건 나도 알고 있었다. 아무튼 안다고 생각했다. 집에서도 육수를 끓여봤으니까. 수프, 닭고기 스톡, 뭐 그런 것들. 그럴 때 나는 당근을 그냥 던져 넣었다. 썰어서 넣기도 했지만 아닐 때도 있었다. 몇 시간이나 끓일 건데 무슨 상관이람. 하지만 땡! 틀렸다.

당근을 준비하는 데에는 단 두 가지 방법만 있는 듯했다. 대충썰기와 작은깍뚝썰기. 대충썰기는 당근을 길게 2등분한 다음—탁, 탁, 탁—완벽하게 똑같은 반달 모양으로 써는 것이었다. 내가 보기엔 전혀 대충 써는 게 아니었다.

악몽은 작은깍뚝썰기였다. 당근을 꽁다리까지 남김없이 1밀리미터 정육면체로 썰어야 했다.

당근이란 것이 정육면체 모양으로 생겨먹지 않았으니 우선 기다란 직사각형으로 다듬고, 그걸 얇은 1밀리미터 두께로 저며서, 다시 1밀리미터로 길게 자르고, 탁탁탁 썰면 1밀리미터 정육면체가 나온다. 처음 한 통은 거의 제대로 한 듯했다. 아니면 시간이 너무 오래 걸려 다른 사람들이 급히 서두르는 나머지 내가 만든 기하학적 모양새를 아무도 꼼꼼히 살피지 않았던 건지도 모른다.

평소에는 엘리자가 불쑥 나타나서 내가 재료를 엉망으로 망치고 있지 않나 확인하는 게 보통인데, 당근은 잘할 거라고 믿었는지—하긴 당근 가지고 뭘 어쩌겠어?—거의 끝날 무렵에야 나타났다. 그러곤 보자마자 비명을 질렀다. "작은깍둑썰기라고 했잖아요! 이게 작아요? 이게 뭔지는 몰라도 아무튼 틀렸어요!" 두 시간 동안 썬 당근이 전부 버려졌다. 그 정도로 엉망이었다. 울고 싶은 심정이었다. 그 사건을 누군가에게 털어놓기까지 사흘이 걸렸고("그 여자가 내 당근을 버렸어, 전부 다!"), 그때까지도 분한 마음에 목소리가 파르르 떨렸다. 당근을 제대로 써는 데 성공한 건 한 달 후였다. 비록 그 성취감("와!" 엘리자는 4쿼트 용기를 들어 국통에 쏟으며 말했다. "이건 괜찮네요")이 내가 시시때때로 불완전한 것들을 몰래몰래 집어먹었다는 사실에 훼손되긴 했어도.

라구에 쓸 돼지고기를 썰고(첫 통은 되돌아왔다. "이건 덩어리잖아요. 정육면체라고 말했을 텐데!"), 소 옆구리 살에서 비계를 잘라내는 법을 배웠다. 허리 살 묶는 법을 배웠을 땐 어찌나 흥분이 됐던지 집에 가서도 연습을 했다. 그리고 자랑스럽게 엘리자에게 말했다. "모든 걸 묶었어요. 양 다리, 식기, 의자, 퇴근한 아내까지 묶었다니까요." 엘리자가 고개를 절레절레 흔들었다. "철 좀 드세요." 그리곤 하던 일을 계속했다.

주방에서는 냄새에 사로잡히게 된다. 오전이 절반쯤 지나갈 때면 준비가 거의 끝나 빠른 속도로 척척척 음식이 만들어지고, 이러저러

냄새가 파도처럼, 또는 음악처럼 흐르며 스며들었다. 고기 냄새가 풍기면 주방은 겨울 양의 깊고 질척한 냄새에 뒤덮인다. 몇 분이 지나면 쇠 주발에서 초콜릿 녹이는 냄새가 난다. 그러다 느닷없이 내장처럼 속을 뒤집어놓는 냄새가 퍼지고(코끝을 간질이는 초콜릿과 내장 끓이는 냄새 사이의 분열감은 흥미롭다), 뭔가 잘 익은 해산물(뜨거운 통속에서 푹푹 삶는 문어), 조금 짓무른 듯한 파인애플 냄새가 뒤를 잇는다. 그렇게 차례차례 월귤나무, 닭고기 육수, 그리고 어디서 볼로냐 라구를 준비하는지 쇠고기와 돼지고기와 우유가 뒤섞여 마음이 훈훈해지는 냄새가 난다.

그때까지는 책에서 읽은 것이 내 요리 인생의 토대였다. 나는 집에서도 늘 간단하게 해 먹는 식사 이상의 실력을 발휘하고 싶었다. 비록 그 요리라는 것이, 특히 친구들을 초대해서 음식을 만들 때는, 열의와 미숙이라는 양립할 수 없는 특징으로 인해 스트레스의 원인이 되긴 했지만. 친구들은 얼마쯤 늦게 도착해야 하는지를 미리 계산해서 나타났다. 시간 계산을 잘못하면 어떤 광경을 목격해야 하는지 잘 알았기 때문이다. 주인이라는 인간이 요리를 옷으로 했는지 온통 얼룩이 진 채 거의 공황 상태에 빠져 친구고 뭐고 다 사라져주길 바라는 광경. 한번은 불이 났을 때 사람들이 도착했다. 큰불은 아니었다. 주방에서는 검은 구름이 피어나고 혼이 빠진 나는 기름에 붙은 불을 어떻게 꺼야 하는지 우왕좌왕하다 문을 열었다.

전문 주방에선 일을 해본 적이 없고, 그런 사람들을 늘 우러러봤다. 그들은 내가 모르는 걸 알고 있었다. 그런데 이제 그 사람들 틈에 들어와 있었다. 일단 기본기를 익히고 나자 더 이상 남의 시선을 의식하지 않게 됐다. 나는 주방의 일원이 됐고, 이 폐쇄된 뒤쪽 공간의 도마 위에서 움직이는 칼의 리듬 속엔 내 칼도 섞여 있었다. 여긴 창문이 없고, 자연광이라곤 한 줄기도 스며들지 않았으며, 외부와의 연결도 끊어진 곳이었다. 바깥 날씨는 짐작도 할 수 없고, 전화가 한 대

있기는 하지만 그 번호는 어디에도 실려 있지 않았다. 밖으로 연락은 할 수 없어도 축제의 음식을 준비하는 이 과밀한 공간에 들어와 있다는 건 더할 나위 없는 기쁨이었다.

# 할머니의 요리를
# 흉내 내고 싶었던 마리오

1985년 봄, 캘리포니아. 유럽에서 돌아온 마리오는 샌프란시스코로 갔다. 베이에어리어에서 부는 요리혁명에 대해 들었던 터라 그 흐름에 동참하고 싶었다. (그 현상을 다룬 《라이프》의 기사는 이렇게 시작됐다. "요식업계에 끓어오르는 이 현상. 새로운 미국 음식은 미국의 재발견이 아닐 수 없다.") 그 요리혁명은 현지에서 생산되는 재료로 과감한 시도를 하는 게 특징이었지만 마리오가 들어간 대형 출장연회업체에서는 현지의 재료나 과감한 시도를 거의 찾아볼 수 없었다. 700명 규모의 애플컴퓨터 회사 파티는 야구장에서 열렸고, 마리오는 새우 담당이었다. 새우 카트를 밀고 다니면서 삽이나 다름없는 주걱으로 퍼 담았다. ("그러니 무슨 재미가 있었겠어요?") 시애틀에 살던 동생 데이나가 내려왔고, 집을 빌려서 같이 살기 시작했다. 어떤 상황이 벌어질지는 충분히 예상할 수 있는 일이었다. 데이나의 직장은

40분 거리였고, 아침에 일어나면 파티의 숨이 마침내 끊어지는 그 마지막 순간을 목격하곤 했다. 생전 처음 보는 요리사들이 다양한 냄새와 취기를 풍기며 거실에 널려 있었다. 집 안엔 담배 연기가 자욱하고, 음악은 쿵쿵 울리고, 빈 병이 발에 차였다.

여섯 달 후 마리오는 포시즌즈 호텔에 있는 '클리프트'라는 레스토랑에 취직했고, 다시 여섯 달 후엔 그곳의 수석주방장이 됐다. '스터프 유어 페이스' 이후 처음 맡는 자리였다. 이번엔 캘리포니아였고, 당시의 시류에 따라 여기서도 온갖 희한한 조합(칠리와 레몬그래스와 중국 검은콩, 새로운 라틴 스타일과 아시안 퓨전과 옆집 사과가게 아가씨)이 시도되었다. 캘리포니아 요리혁명을 다룬 글들이 쏟아졌고, 그 중엔 조롱과 비아냥거림도 적지 않았다. 과감하다 못해 제정신이라고 보기 힘든 요리까지 선보이는 베이에어리어의 실험정신이 낳은 요리의 포스트모던 시대라는 평가도 있었다.

나는 1979년까지 버클리에서 학교를 다녔는데, 지척에 있었던 유명한 레스토랑 '셰 파니스'가 이른바 요리혁명의 발원지였다는 걸 이제야 깨달았다. 나는 거기서 두 번 식사를 했고, 두 개의 추억을 갖고 있다. 요리가 이국적이고 섬세했다는 흐릿한 기억(달팽이였나 뭐였나를 직접 길러서 키위 젤로에 넣고 식용 꽃으로 장식한 요리가 있었는데 "나를 찬미하라!"라고 외치는 것 같았다), 그리고 소설가이자 영문과 교수였던 레너드 마이클스가 바로 옆 테이블에 앉았던 기억이다. 마이클스는 뉴욕 동남부 출신답게 도회지 사람의 노회한 인상을 풍겼고, 캘리포니아의 엉뚱한 열정을 미심쩍게 여기는 모습이 신선했다.

그런데 이날은 황홀한 표정의 제자들에게 둘러싸여 평소와는 달리 활기차게 음식—아스파라거스 순—을 먹고 있었다. 손가락으로 집어든 그것이 단순한 녹색 채소가 아니라 대단히 중요한, 이를테면 밀턴이나 수잔 손탁의 원고쯤 되는 것처럼 다뤘다. 저녁 식탁은 지적 공간으로 변했다. 미국에서 음식이 지적 탐구의 대상이었던 적은 하번도 없었다. 그 아스파라거스에는 혁명이 담겨 있었다.

그 혁명가 가운데 한 명인 제레미아 타워가 셰 파니스의 수석주방장이었다. 마리오가 캘리포니아에 왔을 즈음엔 셰 파니스를 떠나 스타즈라는 레스토랑을 열었다. 그도 《라이프》에 소개되었다. 타워가 애정 어린 눈으로 누비아[수단 북동부의 지명]산 염소들을 바라보는 사진 밑엔 이런 설명이 달려 있었다. "저는 저 녀석들의 표정이 너무 좋아요." 타워는 자신의 요리가 캘리포니아 스타일의 프랑스 요리라고 설명했다. 프랑스 테크닉에 미국의 재료와 재기발랄함을 담은, 이른바 "새롭고도 새로운 세팅에 담아내는 새롭고도 오래된 음식"이라는 얘기였다. 『캘리포니아 요리—내가 경험하고 직접 만든 미국의 요리혁명(*California Dish—What I Saw and Cooked at the American Culinary Revolution*)』이라는 그의 자서전에는 마리화나 콩소메(줄기와 씨를 볶다가 닭고기 육수를 부어 끓인다)나 중국의 스프링롤에 대한 새로운 해석(밀가루 반죽 대신 지방이 풍부한 생선 껍질을 사용한다), 그리고 장어 피에 뭉근히 끓인 장어를 얹어내는 성게 수플레 같은 레시피가 등장한다. 그는 성적 에너지가 넘치고("저 뒤에 있는 내 메르세데스에서 자위 한 번 할까?" 마리오는 타워를 처음 만났을 때 그가 이렇게 말했던 걸 기억하고 있다), 자기파괴적인 행동을 서슴지 않으며(예를 들어 유대인 모임에 새끼 돼지로 만든 요리를 낸다거나), 연극적인 효과에 능했다.

책에는 1983년도 언론인 오찬 얘기가 나온다. "나는 요리사들에게 샴페인 잔을 하나씩 내려놓고 커다란 팬 두 개를 들게 했다." 그 순간은 캘리포니아 요리가 널리 인식되는 계기가 됐다. "내가 신호를 보내자 다들 팬에 열대과일과 라즈베리, 시계풀열매 설탕시럽 등을 채웠고, 오믈렛을 만들 듯이 그걸 동시에 공중에서 뒤집었다. 우리는 기립박수를 받았다." 마리오에게 샌프란시스코 시민회관에 있던 스타즈는 "그 시절의 완벽한 레스토랑"이었다. 당시에 웨이터로 일했던 스티브 크레인은 "그곳이 트렌드의 진원지"라는 이유로 마리오("얼룩말 무늬의 스즈키1100을 탄 광대")와 함께 그곳에서 시간을 보냈던 걸 기억한다. 사실 모든 요리사들이 일이 끝나면 스타즈를 찾았다.

마리오는 이렇게 말했다. "타워는 활력과 스타일이 넘치고 개성과 에너지가 뚜렷한 요리를 만들었어요. 솔직히 그 이후에 내가 한 모든 행동은 대부분 거기서 영감을 얻었다고 해도 지나치지 않아요. 자신의 솜씨를 표현하고 싶어하는 요리사들을 만난 건 캘리포니아 요리 부흥기의 스타즈가 처음이었죠. 그리고 미각이라는 게 대단히 개인적인 감각이라는 걸 알게 된 것도 거기였어요." 감귤 맛이 감도는 비네그레트소스와 화려한 색의 살사, 날해산물과 진한 향의 마리네이드에 절인 조개처럼 강한 풍미와 강렬한(또는 극단적인) 대비는 요리에 개성을 실어주었다. 마리오는 그때부터 식초와 레몬의 맛을 터득했다고 한다. "원래부터 좋아했지만 그때 이후로 내 요리는 늘 산도가 높았어요. 모든 음식에 식초를 넣고, 식초로 간을 맞춰요. 프랑스인간들이 만든 엉터리 음식도 식초를 가미하면 활짝 피어나면서 군침이 돌거든요."

마리오가 클리프트에서 2년 정도 일했을 때 포시즌즈는 샌타바버라에 고풍스러운 에스파냐 식민지풍 건물을 구입해서 빌트모어라는 호텔로 꾸몄고, 마리오에게 그곳 식당을 맡아주지 않겠냐고 제안했다. 호텔에서 마리오를 원하는 이유는 명백했다. 그를 고용했던 총지배인 브라이언 영은 "에너지, 예리함, 열정, 젊음" 등을 꼽았다.

'라 마리나'를 맡은 마리오는 스물일곱의 나이에 호텔에서 가장 높은 급여를 받는 젊은 주방장이 됐다. 당시 컴퓨터 디자이너였던 앤디 누서는 심야의 환각 파티에서 마리오를 만났다. 마리오는 염소 가죽으로 만든 술 자루를 들고 얼굴에 술을 쏟아가며 마시고 있었다. 누군가 푸아그라를 가져왔는데, 아무도 그걸 어떻게 먹는지 몰랐다. 앞에 뭐가 놓였든 그것으로 요리를 만들 수 있어야 훌륭한 요리사라는 부추김에 마리오는 오렌지 맛 탄산음료를 달콤한 식초처럼 졸이고 새콤한 캐러멜을 준비했다. ("먼저 캐러멜을 소스팬에 넣고 제일 약한 불에서 밝은 색 시럽 상태가 될 때까지 녹여요. 그리고 소스는 따로 절반으로 줄 때까지 끓이죠.") 누서는 결과가 아주 맛있었고, 너무 인상적이었던 나머지 그 자리에서 요리사가 되기로 결심했다고 한다.

연말이 되자 호텔에서는 하와이의 고급 레스토랑을 맡아달라면서 더 높은 연봉을 제시했지만("거의 간청을 했어요. 절박했다는 거죠"), 마리오는 그 제안을 거절하고 사표를 던졌다. 샌타바버라와 포시즌즈가 지루했고 "양복을 입은 총무과 스타일의 인간들"에게 넌더리가 났다. 샌프란시스코의 정신없는 나날 속에 배움은 중단됐지만 노는 건 그만둘 수 없었다. 그는 자신이 맡았던 레스토랑의 메뉴조차 제대로 기억하지 못했다. "순한 맛의 파스타와 훈제 송아지 고기, 아티초크 튀김을 얹은 가재구이." 흐릿한 기억뿐이었다. "사실, 그 시절에 대한 기억이 별로 없어요. 아주 늦게까지 놀았거든요. 아주아주 늦게야 집에 들어가곤 했죠." 그리고 연봉만 해도 그렇다. "옷을 산 것도 아니에요. 어느 구석 하나 고액 연봉을 과시한 게 없었어요. 그런데 그게 다 어디로 갔을까요? 그게 어디로 갔죠?" 그는 떠나야 했다. 이탈리아를 생각했다. 할머니처럼 요리하는 법을 배우고 싶었다.

마리오 바탈리의 할머니 레오네타 멜리노 바탈리는 워싱턴 주 최초의 이탈리아 수입품 가게 딸이었다. 1903년에 시애틀에서 문을 연상점은 1960년대 말에 팔렸는데, 아버지가 그걸 인수하지 않았다는 사실이 두고두고 마리오를 괴롭혔다. 온 가족이 할머니네 집으로 점심을 먹으러 갔던 기억은 아직도 생생하다. 테이블엔 할머니가 직접 만든 라비올리가 올라왔다. 할아버지는 마리오가 여섯 살 때 돌아가셨는데, 돼지를 키워서 손수 프로슈토〔돼지 다리 살로 만든 이탈리아 햄〕와 블랙푸딩〔돼지고기와 선지, 보리, 허브와 향신료 등으로 만든 소시지], 헤드 치즈[돼지나 송아지의 머리나 다리를 고아서 치즈처럼 만든 것], 소시지 등을 만들어 인근 인디언 보호구역에 사는 미국 원주민들의 사슴이나 엘크와 바꾸곤 했다. 할머니는 집안 대대로 내려온 아브루초[이탈리아 중부에 있는 주의 이름] 지방의 레시피(송아지 골, 돼지고기 소시지, 닭고기, 근대, 파르메산 치즈, 로마노 치즈)를 이용해서 "깔깔한 결이 마치 고양이 혀" 같은 라비올리를 1,000개, 가끔은 1,200개까지 넉넉히 만들었지만 아이들에겐 한 사람 앞에 여섯 개씩밖에 주지 않았다. "더 있는 줄 다 아는데! 눈에 뻔히 보이는데!" 어린 지나는 그게 섭섭했지만, 할머니는 전통 요리를 이탈리아식으로 먹는 법을 가르쳐주고 싶었다. 전채 요리—살루메[소금에 절여 만든 햄이나 소시지 같은 가공식품], 마리네이드에 절인 채소—와 세콘도—고기 요리, 가끔 양고기일 때도 있었고, 로즈마리는 빠지는 법이 없었으며, 언제나 바싹 구웠다—사이에 파스타가 나온다는 것을 가르쳐주려는 것이었다.

지금도 크리스마스 때면 마리오의 남동생이 그걸 만든다. 할머니한테는 워낙 손에 익은 음식이라 레시피라는 개념 자체가 없어서 만드시는 모습을 비디오로 찍으면서 궁금한 것들을 물어봤다. 살을 떼어 낸 갈비로 만드는 파스타 소스(마리오는 "분홍빛이 도는 돼지고기 맛"이 났다고 기억한다), 내장 요리, 섣달그믐의 특별 요리로 뜨거운 폴렌타[보리나 옥수수 가루에 소금과 물을 넣고 끓인 걸쭉한 죽]와 함께 먹는 짭짤한 바칼라(소금을 뿌려 말린 대구인데 우유로 살을 불려서 사용한다) 등을 비롯한 다른 요리법은 단어장 크기만한 카드 2,000여 장에 담겼다.

마리오의 아버지가 그걸 내게 보여줬다. 수많은 카드를 통해 죽은 이와 산 사람이 나누는 부엌의 대화는 감동적이었다. 나는 음식이란 살기 위해 먹어야 한다는 필요 속에 농축된 문화의 메신저라는 생각을 자주 하는데, 시애틀 식료품 가게의 뒷방에서 어머니가 딸에게 가르쳐줬을 유서 깊은 아브루초의 조리법을 보고 할머니의 독특한 레시피에 대해 주고받는 마리오 형제들의 얘기를 듣고 있으면 그런 생각이 더 강해진다.

마리오는 아버지에게 전화를 걸었다. 혹시 이탈리아에서 할머니 요리사에게 일을 배우고 숙식도 제공받을 만한 곳 아는 데 없으세요? 아버지는 몰랐지만 친구들에게 수소문을 했고, 다섯 명의 후보에게 편지를 보냈다. 그리고 한 통의 답장을 받았다. 보잉의 부품 공장이 있는 마을 위쪽의 트라토리아[이탈리아어로 양식당을 뜻하는데, 지금은 작은 이탈리아 식당을 통칭하는 말로 쓰인다]에서 온 편지였다. 아르만디노 바탈리의 아들이라고? 게다가 포시즌즈 레스토랑의 수석 주방장 출신? 언제부터 시작할 수 있나요?

# 사랑으로 만드는 요리가
# 가장 맛있다

　뉴욕의 레스토랑에는 무보수로 일을 하고 그 경험을 바탕으로 리포트를 작성하려는 요리학교 '연수생'이 많다. 대개는 요리학교를 졸업하기 위한 마지막 과정이다. 미국에는 공인된 요리학교만 229개가 있으며, 해마다 2만 5,000명의 졸업생이 배출된다. 그중엔 요령은 없어도 늘 요리사의 꿈을 간직해 온 (나 같은) 늦깎이도 적지 않다.

　요리계의 아이비리그라면 미국요리학교를 꼽을 수 있다. 허드슨 강변을 따라 뉴욕에서 북쪽으로 2시간 거리에 있는데, 4년 과정이며 한 해 학비는 약 2만 달러다. 앞치마와 칼은 포함된 가격이다. 저렴하다고는 할 수 없지만 밥보의 요리사들은 대부분 그곳 출신이다. 나는 그제야 연수생이 떠나면서 생긴 자리를 내가 차지했다는 걸 알았고, 그걸 행운으로 여겼다. 그리고 어느 날 아침에 그 학생의 리포트를 읽었는데 75인분의 양 내장 요리 만드는 법과 대형 토르텔로니[속을 채운 파스타. 토르텔로보다 큰 것을 토르텔로니, 작은 것을 토르텔리니라고 한다) 1,500개를 만들기 위한 밀가루와 달걀과 염소 치즈 같은 재료들의 양이 적혀 있었다. 유람선을 타고 대서양을 건너갈 거라면 쓸모가 있을 것도 같았다. 요리사들이 한 명도 남김없이 갑자기 죽고, 승객 중에 밥보의 '키친 바이블'—이곳에서 만들었던 모든 요리법을 담고 있는 푸른색 공책—에서 두 가지 레시피를 통달한 사람이 있다는 소문이 돌아 굶어 죽지 않으려는 사람들이 나를 우격다짐 취사실에 밀어 넣는다면. 그리고 찬장과 냉장고를 뒤진 끝에 이 지식을 활용할 만한 충분한 양의 내장을 찾아낸다면.

엘리자는 대략 3개월에 한 번씩 아침 7시에 연수생을 데리고 주방을 돌며 설명을 했다. 그들은 학업을 마치기 위해 엘리자의 도움이 필요했고, 놀랍지만 그녀 역시 하루의 일을 끝마치려면 그들이 필요했다. 연수생과 나의 차이는 명백했고, 그건 내 시련이 끝나지 않았다는 뜻이었다. 엘리자에게 나는 무슨 일을 하는지 끝없이 깨우쳐줘야 하는 인간이었다. 하루는 지하실에 가서 오렌지 25개와 레몬 50개를 가져오라고 시키면서 "앞치마를 쓰라"고 덧붙였다.

어리둥절한 내 표정을 읽었는지, 한숨을 폭 쉬고는 자신의 앞치마 양쪽 끝을 그물침대처럼 들어 올렸다. 과일을 가져왔더니 그녀는 제스터를 집었다. 오렌지나 레몬 등의 껍질을 벗기는 데 사용하는 강판 비슷한 도구였다. "제스터를 어떻게 쓰는지는 알죠?" 하지만 그녀의 표정연기는 속내를 감추기엔 역부족이었다. 이게 뭔지 모를 정도로 무식하다는 말은 제발 하지 말아줘. 나는 그제야 그녀가 준 제스터가 너무 무뎌서 도마가 뭉개진 오렌지와 레몬의 전쟁터가 될 지경이라는 얘기를 우물거렸다. 날이 너무 무뎌서 과일이 다 망가졌어요. 그리고 이 제스터가 주방에서 제일 좋은 게 아닌 모양이라고 허둥지둥 덧붙였다.

내 위치의 교묘함이 확인된 건 어느 금요일이었다. 언제나처럼 고되고 힘든 날이었다. 그날 저녁에 쓸 것만이 아니라 주말에 필요한 재료까지 준비해야 하는 날이기 때문이다. 워크인에 들어가 곰보버섯 트레이를 어디에 놓을까 두리번거리는데, 자리가 없었다. 엘리자는 닭고기 스톡을 20쿼트짜리에서 12쿼트짜리로 옮겨 담고 있었다. 20쿼트짜리 통이 필요해서였다. (이곳에서 감내할 수 있는 유일한 육수는 닭고기 스톡이었다. 다른 고기로 만든 것들은 프랑스 냄새가 너무 강했다. 아침마다 솥에 닭발을 넣고 몇 시간을 고았다. 닭발은 정말이지 쉽게 지워지지 않는 인상을 남긴다. 엄지가 떨어져 나간 사람의 앙상하게 곱은 손 같은 그 모습. 거대한 솥에 둥둥 뜬 그것들을 처음 봤을 땐 부글부글 넘실대는 물에서, 구석진 벽 앞이라 가장 뜨거운 그 지옥에서 탈출하려고 안간힘을 쓰는 사람의 손 같았다.)

앤디도 워크인에 들어와 '워크인 스페셜'로 통하는 주말의 특별 요리를 고안 중이었다. 그건 남은 재료를 말끔히 해치울 요리를 의미했다. 결국 '바삭한 브란지노(농어)'로 낙착을 봤다. "하루에 20인분을 요량하고 생선을 구매했는데 아홉 접시 밖에 못 만들고 어느새 주말이 됐으니, 이렇게 해치우지 않으면 버리게 되잖아. 포르치노도 남았고. 이유가 뭘까. 판체타야 늘 있으니까 포르치노와 바삭한 판체타를 얹은 색다른 요리로 이 생선을 다 팔아치우자고."

지나 데팔마도 워크인에 있었다. 그녀는 골치였다. 지나는 디저트 스테이션을 맡고 있었으며, 엘리자처럼 선임 라인쿡이었다. 이 두 여자가 아침의 주방을 맡았다. 엘리자는 6시에 나와 저녁때 쓸 재료를 준비했고, 지나는 2시간 늦게 나와 디저트를 만들었다. 공통점도 많았지만—예를 들어 조부모들이 모두 이탈리아계여서 일요일마다 푸짐한 점심을 먹으며 자랐다거나—다른 점은 더 많았다.

엘리자는 날씬하고 날렵했다. 쉬는 날에는 마라톤으로 몸매를 가꾸고, 새벽에 거의 10킬로미터에 가까운 거리를 뛰어서 출근할 때도 있었다. "깨끗하고 산뜻한 차림으로 출근하는 게 의미가 없잖아요?"

머리는 희끗희끗 세기 시작했고, 갸름한 얼굴에 광대뼈가 나왔다. 반면에 지나는 운동과는 거리가 멀었다. 검은 머리는 숱이 많고 확실히 더 통통했다. 종일 시럽과 초콜릿과 크림을 입에 달고 사니 그럴 만도 했다. 유일하게 휴대전화를 갖고 있는 사람이기도 했다. 주방에서 사적인 통화는 금지였다. 재료를 직접 구매하고 주문을 넣는다는 이유를 대지만, 엘리자가 일하는 쪽에 걸린 전화를 쓰기 위해 주방을 가로질러 가기 싫다는 게 진짜 이유였다. (문제는 거리가 아니라 거기서 마주쳐야 하는 사람이었다.) 게다가 워낙 수다쟁이라 전화 없이는 못 살았다.

엘리자는 말하는 걸 좋아하지 않았다. 한마디도 없이 아침이 지날 때도 있었다. 효율을 중시하는 태도와 몸놀림, 허튼수작을 용납하지 않겠다는 굳은 표정의 얼굴, 모든 것에서 진지함이 드러났다. 골이 나서 통통 부어 있을 때도 있지만 이유는 알 수 없었다. ("엘리자의 기분이 저조하면 주방 전체가 그걸 알게 돼요." 지나는 못마땅해했다.) 엘리자의 사생활은 알려진 게 별로 없었다. 지나에 대해서는 몰라도 될 것까지 죄 알게 됐다. 지난해 언제쯤에 아무개라는 애인이 있었는데 이러저러한 일로 헤어졌고, 이제 다시 연애라는 걸 할 수 있을지 모르겠다고 큰 소리로 한탄했다.

"비행기 시간에 늦지 않았나요?" 지나가 물었다. 아침에 수다를 떨다 그 얘기가 나왔다. "진심으로 하는 얘긴데, 그만둬요. 연수생들한테 하는 것 보면 뻔하지. 당신도 무보수잖아요."

나는 예의상 고개를 끄덕였지만 연수생이라는 개념을 자세히 몰랐던 때라 조금 어리둥절했다. (지금 와서 생각해 보면 이런 역학관계가 아니었나 싶다. 연수생은 엘리자의 지시를 받고, 지나는 엘리자가 차갑고 퉁명스러운 노예감독이라고 믿었던 것 같다. 아니면 자기한테는 노예가 없어서 질투가 난 것일 수도 있고.)

지나는 나를 뚫어지게 쳐다봤다. 나는 곰보버섯 트레이를 들고 멍

46

청히 서 있었다.

"정말로! 빨리 가요, 당장!"

그러곤 어깨를 들썩하더니 나가버렸다. 브란지노의 수를 세어보고 흡족한 앤디도 그 뒤를 따라 나갔다. 남은 건 엘리자와 나뿐이었다.

"저 여자 하는 말에 일일이 대꾸하지 말아요." 나직한 목소리는 화가 난 듯했다. 그녀는 여전히 바닥에 쭈그려 앉아 있고, 나는 여전히 곰보버섯 트레이를 들고 서 있었다. "알아들어요? 당신은 내가 가도 된다고 할 때 가는 거예요. 당신의 상관은 나고, 당신이 언제 가는지는 내가 정해요. 내 말 알아듣겠어요?"

나는 바보처럼 우물거렸다. 4시였다. 평소 같으면 재료준비팀의 일이 끝났을 때지만, 그날은 아직 할 일이 많다는 걸 알 수 있었다.

결국 곰보버섯 트레이를 든 채 다시 주방으로 나와 워크인 안에서의 상황을 되짚어봤다. 불필요한 감정의 충돌이 놀라웠다. 주방에서 괜히 어깨를 치고 지나가는 날카로운 도발 정도는 익히 알고 있었다. 메모 트레비노라는 친구와 엘리자 사이에서도 그런 모습이 엿보였다. 메모는 두 명의 수석주방장 가운데 하나였다. 전체적인 비례에서 벗어난 큰 머리에 검은 곱슬머리를 하고, 스물여덟이라는 나이에 걸맞지 않은 권위가 느껴지는 거구였다. 메모가 본의 아니게 사람을 밀어서 넘어뜨린다면 그 힘은 커다란 배에서 나오는 게 아니라, 늘 샅을 내밀고 다니는 걸음걸이 때문일 것이다. 그런 모습에 창과 투구를 쓴 이미지―어디서 그런 이미지를 봤는지는 기억이 나지 않지만―가 느닷없이 떠오른 적이 한두 번이 아니었다. 그는 추장이라도 되는 것처럼 거들먹거렸다.

메모가 나를 살짝 불러내서 엘리자의 요리에 대해 어떻게 생각하냐고 물은 건 내가 재료준비팀에서 일한 지 3주째가 됐을 때였다. 누가 내 의견 따위를 물어볼 거라고는 전혀 상상도 못했을 때라 무슨 말을 하는지 제대로 알아듣지 못했다.

"엄밀히 말해서 완벽하다고는 할 수 없잖아요?"

"뭐가 완벽하지 않다는 거야?" 내가 물었다.

"요리요."

무슨 얘기를 하는 건지 통 감을 잡을 수 없었다.

"엘리자가 음식을 태우는 걸 본 적이 없단 말이에요?" 메모가 목소리를 낮춰 소곤거렸다.

내 눈으로 본 적은 없었지만 그건 사실이었다. 탄 기색이 역력한 소의 볼 살이 트레이에 담겨 있는 걸 보긴 했다.

"그렇다니까요. 어떻게 그런 일이 있을 수 있어요. 그녀가 쓰는 칼이 얼마나 무딘지도 봤죠?"

곰곰이 기억을 더듬어봤다. 그녀의 칼을 직접 써본 적이 있지만 무디다는 생각은 들지 않았다.

"이런 식으로 생각해 봐요. 그녀가 칼 가는 걸 한 번이라도 본 적 있어요?"

"그럼. 몇 번 봤는데." 그곳엔 칼을 섬기는 의식 같은 게 있었다. 프랭크 란젤로는 칼에 대한 자부심이 특히 대단했다. 프랭크도 수석 주방장이었다. 메모와 비슷한 연배의 이탈리아계 미국인이고, 검은 곱슬머리에 신기할 정도로 긴 속눈썹, 1940~1950년대의 애수 어린 가수들, 이를테면 젊었을 때의 시나트라를 연상시키는 날씬하고 잘생긴 친구였다. 프랭크와 메모는 '르 시르크'라는 별 다섯 개짜리 레스토랑에서 함께 일한 적이 있었다. 그리고 주방의 규범을 제대로 이해하는 극소수의 사람임을 자처했다. 그 규범 중에 칼 간수하는 법이 포함돼 있는 건 말할 나위가 없었다. 프랭크는 저렴한 칼을 쓰는데, 칼 가는 막대에 너무 가열차게 비벼대는 통에 칼날이 남아나지 않았다. 그런데도 날을 더 바짝 세우려고 가끔 숫돌에 갈기까지 했다. 그리고 팔뚝의 털을 밀어서 날의 예리함을 확인했다. "털이 자라면 숫돌을 또 꺼내야죠."

메모가 고개를 절레절레 저었다. "내 말이 바로 그거예요. 몇 번! 엘리자가 칼을 가는 걸 본 게 고작 몇 번이라니. 글쎄 내 말이 맞다니까요. 그건 칼이 아니라 꼬챙이예요. 문제가 뭔지 알아요? 엘리자에겐 헌신적이고 진지한 태도가 부족해요. 위대한 주방장은 만들어지는 게 아니라 태어나는 거예요. 열정이라는 자질은 핏속에 흐르거나 흐르지 않거나, 둘 중 하나죠."

무슨 말을 해야 할지 알 수 없었다. 그렇게 강경한 태도를 보이기엔 너무 좁은 공간이었다. 메모는 진지함이 부족하다는 이유로 엘리자를 싫어했다. 지나가 엘리자를 싫어하는 이유는 지나치게 진지하기 때문이었다. 엘리자도 지나가 진지하지 않다며 싫어했다. "대부분의 레스토랑엔 진짜로 일을 하는 디저트 주방장들이 있건만." 아침에 지나가 휴대전화에 대고 재잘거리고 있으면 엘리자는 이렇게 말하곤 했다.

그날 워크인에서의 경험은 또다른 면에서 눈을 뜨는 계기가 됐다.

처음에 주방의 노예니 뭐니 했던 건 그냥 우스갯소리였지만, 이제 새로운 통찰력을 갖게 됐다. 나는 정말로 주방의 노예였던 것이다. 그게 내 역할이었다. 오전에 주방에서 일하는 노예. 나는 도제살이를 시작한 셈이었다. 아침이면 엘리자에게 내 시간을 바치고, 그녀는 내게 명령을 내렸다. 내 시간을 독점하고 지나 같은 사람들이 함부로 내게 이래라저래라 할 수 없을 만큼 그 명령은 중요했다.

다른 사람들도 일하는 요령을 가르쳐주었지만("나는 뛰어난 선생이에요." 메모는 멧돼지 어깨 살 발라내는 시범을 보이며 말했다. "사람들은 나한테 가르치는 방면으로 나가라는데, 문제가 하나 있어요. 내가 참을성이 부족하다는 거죠"), 대부분은 엘리자에게서 배웠다. 놀랍게도 그녀는 나를 진지하게, 하나의 프로젝트로 받아들였다. 나는 요리사가 되는 법을 배우고 있었다.

워크인에서의 갈등, 지나와 엘리자가 나를 놓고 밀고 당기기를 했다는 사실은 솔직히 뿌듯했다. 주방에는 할 일이 너무 많아서 하다못해 내 힘까지 필요했다. 나는 필요한 존재가 되고 싶었다. 내가 있고 없음이 확연히 차이 나는 날이 오길 바랐다. 첫 주방회의에 참가한 다음부터 시간이 흘러 라인쿡이 되는 날을 상상하곤 했다. 어쩌면 급한 일이나 예상치 못한 사태로 생긴 누군가의 공석을 메울 수도 있겠지. 이런 생각을 마리오나 엘리자나 메모에게 털어놓지는 않았다. 아직도 손바닥을 베지 않고는 양파 하나 자르지 못하는 인간이었기 때문에 차마 그런 얘기는 할 수가 없었다. 그런 나도 한자리를 차지했다. 나는 자리를 비울 수 없었다.

어쩌면 사실은 훨씬 단순했을지도 모른다. 엘리자에겐 일손이 필요했고, 그저 그 손이 내 손이었던 것뿐인지도 모른다.

엘리자는 때때로 나를 놀라게 했다. 눈썹이 휘날릴 속도로 일을 하면서 엘리자가 나타나 시킨 일 다섯 가지를 다 마쳤는지 확인하고 또 다른 과제를 안겨줄까 봐 노심초사하고 있을 때(물론 언제나 다섯 가지 일 중에서 첫 번째 일을 하고 있을 때) 느닷없이 다가와 핫초콜릿이나 고기 한 점을 줬다. "우와, 고마워요!" 저녁에 쓸 스커트 스테이크를 준비할 땐—소의 뱃살에서 질이 떨어지는 부분을 '스커트'라고 하는데, 이건 얇게 저며서 센 불에 빠르게 익혀야 한다—공격적인 태도로 간을 한 뒤 플랫톱 위에 던지듯 놨다가 커다란 접시에 얹었다. 플랫톱은 말 그대로 가스버너 위에 놓인 납작한 철판을 말한다. 용접을 해서 열이 거의 빠져나가지 않고, 일반 스토브보다 더 많은 양을 올려놓을 수 있으며, 굉장히 뜨겁게 달아오른다. 스커트 스테이크는 몇 초 안에 익혀야 한다.

한번은 엘리자가 칠면조의 뼈를 발라서 민들레 잎과 염소 치즈에 돌돌 마는 걸 본 적이 있다. 엘리자의 요리는 대체로 단백질 함량이 높고 아주 짜다. 그걸 만드는 그녀의 모습은 머릿속에서 노랫가락이

울리기라도 하는 것처럼 조금 넋이 나간 표정이었다. 엘리자가 여유를 만끽하는 유일한 시간이었다. 실제로 미소를 짓진 않았지만—그 정도로 마음을 놓은 적은 없었다—미소 짓는 걸 생각하는 듯했다.

음식 만드는 건 모두가 하는 일이었다. 레스토랑 손님을 위해서가 아니라 주방 식구들을 위해서. 오후 네 시쯤에도 간식을 넉넉히 만들어 다 함께 먹었고, 누군가는 늘 그걸 만들고 있었다. 흔히 '사랑으로 만드는 요리'라고 하는 건 바로 이걸 뜻하는 듯했다. 사랑으로 만들지 않은 음식은 실패작이다. 보기만 해도 사랑이 듬뿍 담긴 요리가 성공한 요리다. 사랑으로 요리를 하면 어떤 음식이든 그것 자체만으로 하나의 이벤트가 된다. 그걸 먹으려고 기다리는 사람을 잊으면 안 된다. 이 경우엔 내 손으로 만들어 내 손으로 담은 음식이 내 입으로 들어갔다.

하루는 토요일이었는데 앤디도 엘리자도 보이지 않았다. 메모가 나를 불렀다. "사랑으로 요리하는 법을 보여줄게요." 그는 즉석에서 사람들과 먹을 간식을 만들 생각이었다. 워크인에서 소의 혀를 몇 개 찾아냈다. 특별 요리를 위해 남겨놓은 것 같았지만, 아무튼 이제 그의 차지였다. 그리고는 데치고, 굽고, 저며서, 그릇에 담아 손수 만든 핫소스로 양념을 했다. "이게 타코 만드는 법이에요." 직접 만든 것을 접시 위에 멋스럽게 담으며 말했다. 토르티야를 겹겹이 쌓고, 엄청난 양의 혀와 토마토, 그리고 레몬 제스트를 곁들였다. 5층 타코는 처음이었다. 전에 보던 타코와는 전혀 달랐다. 5층인 데다 옆에 크림치즈까지 뿌렸더니 웨딩케이크처럼 보였지만, 맛은 지금껏 먹어본 중에 최고였다.

바쁠 때는 이런 식으로 요리를 할 수 없어도, 모두들 가끔씩은 시간을 내서 자신만의 개성이 담긴 음식을 만들었다. 그건 요리사가 되고자 하는 마음의 핵심인 것 같았다. 엘리자는 "친구들을 식탁에 앉혀놓고 집에서만 요리를 하면" 좋겠다는 얘기를 한 적이 있다. 지나의 표현은 좀더 강했다. "누군가를 집에 초대해 놓고, 그가 먹을 음식을 하루 종일 준비해서 그걸 먹는 얼굴을 쳐다보고 있으면 그 사람이 나한테 최고라고 말하겠지? 와, 진짜 근사하지 않아요?"

하루는 지나가 새로운 디저트를 만들었다. "아몬드가 너무 많이 들어갔나?" 그러면서 그걸 손으로 직접 먹여주었다.

사실 지나에게 내 의견 따위는 안중에 없었다. "아니요, 지나. 완벽한데요."

"아몬드가 너무 많이 들어갔나?" 그녀는 아티초크 배달부의 입에도 한 조각을 넣어줬고, 짐을 들고 어정쩡하게 서 있어서 손을 움직이지 못하는 남자의 아랫입술에 묻은 부스러기까지 털어주었다.

"음……." 그는 케이크를 우물거리며 말했다. "맛있어요."

"아몬드가 너무 많이 들어갔나?" 정오가 막 지나서 들어오는 앤디에게도 물었다. 앤디는 몸을 앞으로 기울이고 입맞춤을 바라는 듯이 입술을 쭉 내민 채 지나가 케이크 조각을 넣어주길 기다렸다.

"지나, 당신은 천재야."

그렇게 모두 열 명이 지나가 손으로 먹여주는 케이크 맛을 봤다.

헨리 필딩의 소설에서 톰 존스를 유혹하는 워터스 부인이 떠올랐다. 나는 앨버트 피니가 젊었을 때 출연한 영화로 그걸 봤다. '육욕과 식욕'의 경계가 흐려지고, 워터스 부인의 부드러운 한숨과 로스트비프를 쓱쓱 잘라 기운차게 먹는 톰의 모습이 뒤엉켰다. 음식에는 늘 에로틱한 연상이 담기고, 그렇다면 '사랑으로 만드는 요리'라는 건 또 다른 원칙이 뒤집힌 게 아닌가 싶기도 했다. '사랑받기 위한 요리'라는 원칙. 낭만적인 식사에는 한 가지 욕구를 자극해서 만족시킨다면 또다른 욕구도 비슷하게 충족되리라는 전제가 담겨 있다. 미디움레어 스테이크를 먹는 톰 존스의 식욕이 워터스 부인의 욕망을 얼마나 자극했는지만 봐도 충분히 알 수 있다.

마리오도 버터를 넣은 프레시 파스타가 이 두 가지 욕구의 결합을 극단적으로 보여준다는 얘기를 한 적이 있다. "자극을 받은 여자처럼 부풀어 오르죠." 마조람(향기가 아주 강한 허브의 일종)이 여자의 몸에서 나는 기름진 체취와 비슷하다는 말을 하기도 했다. "제일 섹시한 허브예요." 조 바스티아니크의 어머니인 리디아는 더 노골적이었다. "다른 사람의 몸에 달리 뭘 더 집어넣겠어요?" 언젠가 점심 식사를 하러 만났을 때 그녀는 이렇게 물었다. "내 말 알아듣겠어요?"

# 라 볼타에서 시작된
# 최고의 요리

1989년, 포레타 테르메. '라 볼타'라는 작은 레스토랑은 볼로냐와 피렌체 사이의 계곡을 굽어보는 포레타 테르메 마을의 언덕 높이 자리 잡고 있었다. 마리오가 기차를 타고 그곳에 도착한 건 11월의 어느 월요일 오후였다. 수백 킬로미터 반경 안에서는 골프 코스를 찾아볼 수 없는데도 골프채와 소형 붐 박스 앰프("볼륨을 3에 놓으면 소리가 완전히 뭉개져요"), 그리고 전기기타를 들고 왔다. 돈이 떨어지면 거리에 나가 연주를 해서 용돈을 벌 요량이었다. 파자마 같은 바지에 붉은 클로그 차림이었다. 그런데 마중 나온 사람이 없었다. "게딱지 같은 역에 나 혼자 떨어진 거예요."

전화를 거는 법도 몰랐고, 물론 이탈리아 말도 할 줄 몰랐다. 우여곡절 끝에 그를 찾아낸 로베르토와 잔니 발디세리는 눈을 의심했다. 웬 알바니아 소작농이 앞에 서 있었다. 도저히 포시즌즈에서 고액 연봉을 받았다는 주방장으로는 보이지 않았다.

테르메는 '목욕'이라는 뜻인데, 현지에 유황온천이 있어서 붙은 지명이었다. 밥보에서 휴가를 얻어 그곳에 갔던 첫날에 나는 비만 노인들을 위한 아쿠아로빅 트레이너의 확성기 소리에 잠을 깼다. 이탈리아 사람들은 정부의 지원으로 1년에 두 번 이곳에 올 수 있다. 장에 탈이 난 사람, 온몸이 달아오르는 폐경기 여자, 무릎이 삐걱거리는 사람. 가지각색(코, 직장, 질)의 증상을 위한 온천이 마련되어 있다. 마을의 구지대에는 평원의 열기를 피해 이곳을 찾았던 볼로냐 가문의 18세기 여름 별장이 즐비하다. 높은 천장의 웅장한 방과 창문에는 합스부르크 왕정 시대의 빈을 연상시키는 오렌지옐로 색 나무 셔터가 달려 있다. 대부분 빈집들이다. 옛날 역사(驛舍)도 방치되어 있다. 산자락을 깎아 제정 시대풍으로 지은 건물이다. 거의 2세기 가까이 이탈리아 반도를 종단하는 아펜니노 산맥을 넘어갈 최선의 방법은 기차였고, 기차는 포레타 역에 정차했다. 플랫폼에서는 프로슈토 샌드위치와 과일, 파르메산 치즈 한 덩이, 그리고 람브루스코 와인 반 병을 담은 '포레타 도시락'을 팔았다.

이제 관광객들은 목욕 모자를 쓴 채 전세 버스로 도착한다. 여행 안내서를 아무리 뒤져도 포레타는 찾을 수 없었지만, 마리오가 도착했던 해에 나온 페이스 윌링거의 『이탈리아에서 식사하기(Eating in Italy)』 초판은 찾아냈다. 포레타는 언급하지 않아도 인근의 보르고 카판네라는 마을의 라 볼타에는 "포레타나(계곡 아래쪽을 지나는 오래된 고속도로)의 떠오르는 별"이라는 설명을 달아놓았다. "잔니 발디세리가 낡은 식당을 맡고 그의 아내가 주방에서 일을 한다. 직접 만든 살라미, 손으로 빚은 프레시 파스타는 필히 맛볼 것."

보르고 카판네는 포레타에서 위쪽으로 약 10킬로미터 거리에 있다. 가파른 언덕길을 따라 갈짓자로 달리다 보면 그곳에 도착하게 된다. 피에브라는 마을 초입의 교회까지 처음 1 6킬로미터는 깎아지른

절벽 그 자체다. 피에브는 이탈리아 고어로 '마을 교회'라는 뜻이다. 다시 1.6킬로미터를 가면 땅이 얼마간 평평해지면서 채소밭이 펼쳐진 오르티라는 마을이 나오는데, 오르토가 작은 채소밭이라는 뜻이다. 그 다음 마을은 언덕 꼭대기의 포지오이고, 아니나 다를까 언덕이라는 뜻을 가지고 있다. 이제 마침내 보르고 카판네에 도착한다. 카판나는 산골의 오두막, 그리고 보르고는 마을이라는 뜻이다. 그리하여 산골 오두막 마을이라는 뜻을 가진 보르고 카판네에는 서로 등을 맞댄 집들이 옹기종기 모여 있다. 방어의 목적—야생, 늑대, 길에서 불쑥 튀어나올지 모를 것들— 때문인지 모든 집들이 벌집 모양으로 연결돼 있다. 벌집 안으로 들어가려면 돌 아치를 지나야 한다. 아치가 이탈리아어로는 볼타이고, 그것이 레스토랑의 이름이 됐다. 식당 위층의 방이 마리오의 새 거처였다.

마리오가 도착한 날은 라 볼타의 휴일이었지만 계절 요리가 그를 기다리고 있었다. ("그건, 세상에 맙소사, 이를테면 간식이었는데, 글쎄 그게 흰 송로버섯이었다니까요!") 그리고 돌아가면서 자기소개를 했다. 로베르토는 퇴근 후에 이곳에서 일을 도왔다. 그는 2차대전 때부터 비행기 부품을 만들어온 공장의 엔지니어였다. 당시 무솔리니는 산속에 비행기 공장을 숨겨놨다. 로베르토의 형인 잔니가 지배인이고, 그의 아내인 베타가 요리를 했다. 베타의 아버지인 퀸틸리오("퀸틸리오 카나리오, 카나리아의 다섯 번째 아들, 아름다운 남자의 아름다운 이름이죠")는 산림의 약탈자이자 송로버섯 채취꾼이며 약초 재배자였는데, 마리오와는 즉시 마음이 통했다. "마을에 미국인이 와서 살게 됐다는 걸 너무 즐거워하셨어요."

마리오는 다음날 아침에 일을 하러 내려갔다. 베타는 2시간 후에 나타나 손으로 파스타 반죽을 대단히 크게 밀었다. "그게 내가 본 첫 번째 요리였어요." 하지만 2주 동안은 반죽에 손도 대지 못했다. 그는 공책에 기록을 하면서 '여자들의 수제 파스타 비법'을 터득하기 위한 6개월간의 수습 과정에 돌입했다. 베타는 나비넥타이 모양의 파스타인 스트리케티를 만들어서 올리브기름에 볶은 포르치니와 붉은 양파를 얹었다. 다음날에는 또다른 파스타와 뿔닭의 다리에서 살이 떨어져 소스에 녹아 들어갈 때까지 익히는 라구를 만들었다. 에밀리아-로마냐 지방의 유명한 미트소스 파스타인 볼로네제를 만든 건 한달쯤 지나서였다. "그곳 사람들이야 그걸 물리게 먹었을 테니까." 마리오가 말했다. "그래도 나한테 만드는 법을 가르쳐줬고, 나는 일주일에 한 번씩 그걸 만들었어요. 송아지고기와 쇠고기, 돼지고기, 판체타를 올리브기름과 버터에 서서히 볶아요. 고기에서 나오는 기름 때문에 완전한 갈색이 되진 않지만, 아무튼 갈색이 되도록 볶다가 화이트와인과 우유를 넣고, 마지막에 토마토 페이스트를 조금 넣으면 분홍빛이 감도는 갈색을 띠죠."

퀸틸리오("큼지막한 발과 우악스러운 손, 깊은 목소리와 이탈리아 특유의 펄럭이는 귀, 셔츠 단추를 맨 위까지 채우고 재킷을 입은 세상의 소금 같은 양반")를 따라 나무 열매를 따고 버섯을 캐러 다녔다. 퀸틸리오에겐 포르치니를 캐는 원칙이 있어서, 떡갈나무와 밤나무 근처의 것만을 캤다. 소나무나 포플러 밑동에서 자라는 건 질이 떨어진다는 이유였다. 그의 진정한 재능은 송로버섯 채취에서 발휘됐다. 이듬해에 마리오를 찾아온 아르만디노에게 그는 이렇게 말했다고 한다. "나보다 한발 먼저 신이 지나가시는 모양이에요. 송로버섯이 도처에 있으니."

얼마 후부터 마리오와 퀸틸리오는 아침을 함께 먹었다. 레드와인 한 잔과 올리브기름을 두른 달걀 프라이, 그리고 폰티나 치즈(살균이나 탈지 과정을 거치지 않은 원유를 사용해서 매우 부드럽고 탄력이 있으며, 디저트로 많이 먹는 이탈리아 치즈) 한 조각이었다. 크리스마스 점심때는 퀸틸리오가 마리오에게 전통적인 브로도 만드는 법을 보여주었다. 그건 토르텔리니와 함께 먹는 크리스마스의 전통 고기구이었다. 여기에는 더 이상 알을 낳지 못하는 늙은 닭과 쇠뼈 약간, 프로 슈토를 만들고 남은 뼈, 양파와 당근이 필요하다. 채소를 통째로 넣어야 국물이 맑다. 봄에는 퀸틸리오네 마당에서 밥을 먹었다. 거기서는 달의 주기에 따라 식물을 심었다(상추는 달이 찼을 때, 사탕무와 파스닙은 달이 이울 때).

퀸틸리오는 "거기서 자라는 오묘한 작은 양갓냉이"와 야생 양파, 그리고 쌉쌀한 야생 민들레를 보여준다며 마리오를 레노 강에 데려갔다. 퀸틸리오는 이 야생 민들레를 45분간 삶은 후 올리브기름과 발사믹 식초를 뿌려 먹었다. 밥보에서는 퀸틸리오가 마리오에게 가르쳐준 방식으로 채소를 조리한다. "푹푹 삶은 후에 올리브기름과 마늘을 넣고 달달 볶으면 훨씬 좋아요. 그러면 정말로 씹어 먹을 만한 상태가 돼요." 마리오에게 퀸틸리오는 땅에서 나는 것을 찾아 지금 여기, 오로지 이 계절의 이 순간에만 누릴 수 있는 걸 먹어야 한다는 사실을 몸소 보여준 최초의 인물이었다.

하지만 처음 몇 달은 쉽지 않았다. 데이나의 말을 빌리자면, 마리오는 굴욕과 "자신이 만들고 싶은 음식이 조롱의 대상이 되는 것"을 감수해야 했다. 그래도 마리오가 만든 요리들(생새우, 부추 수플레, 그라파에 재운 연어)이 인정을 받고, 얼마 전까지 존경받는 주방장이었음을 일깨워주었던 것 같다. 그러나 마리오의 아버지도 아들의 편지에서 힘들어하는 느낌을 받았다. 마리오 본인은 그때를 자신의 인생에서 마지막으로 외로웠던 시기, 우울함이 적당히 찰랑거렸던 시기로 기억한다. "행복한 슬픔"이랄까.

저녁 식사가 끝나면 방에 올라가 촛불을 켰다. 자기연민에 싸여 헤드폰으로 톰 웨이츠의 발라드를 듣고 책을 읽었다. 이때 포크너의 소설을 독파했다. 바깥으로 눈을 돌리면 산과 레노 강이 보였고, 누군가 옆에 있길 바랐지만 없는 편이 더 낫다는 생각도 들었다. "엄청난 돌진이었죠. 첫 주에 음식을 보는 순간, 내가 옳은 결정을 내렸다는 걸 알았어요. 익숙한 음식이 아니었어요. 전통이 깃든 요리였죠. 단순한 음식. 소스도, 스팀테이블[요리를 그릇째 보관하는 금속 보온대]도, 송아지고기 스톡이 담긴 팬도 필요 없는. 내가 그때까지 배웠던 것과는 아무 관련도 없는 요리."

아버지는 이탈리아가 아들을 변화시켰다고 말했다. "처음 갈 때만 해도 천방지축이었죠. 술을 마셔대고 담배를 피우고 여자 꽁무니나 쫓아다니고. 앞으로 뭘하고 살지 아무 생각도 없었어요. 그러더니 이탈리아에서 집중해야 할 목적을 얻고 자신만의 문화를 찾아낸 거예요."

샌타바버라에서 양조장을 운영하고 있으며, 한때 마리오와 심야의 향락을 함께 즐겼던 짐 클레넌던은 그의 변화를 좀더 자세히 묘사했다. 마리오의 이곳 생활이 5개월째에 접어들었을 때 클레넌던이 찾아왔다. "도대체 무슨 일이 벌어진 건지. 마지막으로 봤을 때는 서부해안 출신이면서도 뉴저지 억양을 쓰는 친구였죠. 보세요, 붉은 머리에 흰 피부. 어디 이탈리아 사람처럼 보이나요? 마리오 바탈리가 아니라 마크 배틀이라고 해도 될 정도죠. 그런데 그랬던 사람이 갑자기 마리오 바탈리가 된 거예요! 엄청난 변화였죠."

클레넌던의 방문은 다른 면에서도 엄청났다. 열한 가지 요리에 와인 열한 병. 저녁 식사는 새벽 4시에 끝났고, 숙취는 이루 말로 못 했으며, 마리오는 계속 이탈리아어를 썼다. "비록 캘리포니아에서 온 친구를 참아줄 만큼은, 딱 그만큼만, 미국적이었지만." 아직 메뉴를 완전히 자기 것으로 만들지는 못했어도 엄청난 변화의 기로에 서 있었다는 게 클레넌던의 회상이다. "정상은 아직 멀었지만 금방이라도 대박을 터뜨릴 뭔가를 발견하리라는 건 알 수 있었어요." 그게 4월이었고, 그의 변신은 여름 무렵에 완성됐다.

그곳에 간 마지막 날에 잔니, 로베르토와 함께 베타와 두 아이들이 만들어준 저녁을 먹었다. 베타는 칠흑 같은 머리에 거의 창백할 정도로 흰 피부를 가진 40대의 인형 같은 여자이고, 아이들은 에밀리아노와 밀라인데, 에밀리아노는 스물여덟이고, 마리오가 부엌 바닥에 내려놓은 바구니 속 갓난아기로 기억하는 밀라는 이제 열여섯이었다. 이탈리아에 출장차 왔던 조 바스티아니크도 합류했다. 마리오가 포레타 시절 얘기를 워낙 많이 늘어놓는 터라 조도 그곳이 궁금했다. 나는 조를 잘 몰랐다. 밥보에서는 손님을 상대하고 와인을 취급했기 때문에 주방에서는 볼 기회가 거의 없었다. 밥보의 사무실을 못 견뎌서 낮에도 좀처럼 보기 힘들었다. 마리오에 비해 차분하고 경계심이 있어서 자칫 수줍어한다는 오해를 사기도 했다. 하지만 거의 호전적일 정도인 사업 파트너에 비해 덜 사교적일 뿐이었다. 그리고 그 파트너와 함께 있을 땐 주변의 관심을 놓고 경쟁을 벌이지 말아야 한다는 걸 알 만큼 현명하기도 했다. (어느 날 마리오는 이렇게 말했다. "조한테는 내가 필요해요. 나 없으면 아무것도 못 해요." 그런가 하면 조는 둘의 관계를 이렇게 설명했다. "마리오는 요리사고 나는 웨이터예요.")

잔니와 로베르토는 조에게 호기심을 보였다. 잔니는 부드러운 남자다. 두툼한 팔목과 커다란 손, 그리고 퉁퉁한 허리는 그가 결코 운동 따위에 시간을 낭비한 적이 없음을 잘 보여준다. 하지만 먹는 모습은 즐겁다. 양도 많고 가리는 게 없기 때문에 그가 먹는 모습은 늘 행복해 보인다. 표정이 살아 있는 두툼한 눈썹으로 숲의 짐승처럼 늘 알쏭달쏭한 표정을 짓는 그는 얼굴도 미남이다.

동생인 로베르토는 좀더 소박하다. 다부진 체구와 각진 얼굴, 각진 몸, 한결같은 태도. 머리가 벗겨진 형과는 달리 숱은 많지만 뻣뻣한 지푸라기 같은 머리카락이 네모진 머리에 얹혀 있어 언뜻 헬멧을 쓴 것처럼 보이기도 한다. 양복에 넥타이를 맨 모습도 충분히 상상할 수 있지만, 오늘은 아펜니노 산맥의 차가운 날씨에 걸맞게 면 셔츠 위에 짙은 색 울 스웨터를 입었다.

두 형제는 갈데없는 음식의 낭만주의자다. 마리오도 셋이서 지역의 특색이 두드러진 음식을 먹으러 돌아다녔던 얘기를 했었다. 한번은 가을 호박을 넣은 환상적인 라비올리를 먹겠다고 네 시간이나 차를 몰아 만토바까지 갔는데, 한 입 베어무는 순간 수제가 아니라 기계 파스타라는 걸 알고는 용납할 수 없다며 자리를 박차고 일어나 집에 오는 길에 카페에서 산 파니니로 허기를 달랬다고 한다. 로베르토는 아직까지도 마리오가 스파게티 알라 카르보나라를 만들 때 달걀을 반죽에 섞지 않고 위에 올렸던 걸 기억했다. "그걸 내 이 두 눈으로 직접 봤다니까요! 위에 얹었어! 누가 알까 겁나는 일이지!"

조 바스티아니크는 낭만주의자가 아니다. 퀸즈의 이민자 레스토랑에서 어린 시절을 보낸 그는 현실적이고 정확한 경제관념의 소유자다. 그는 잔니와 로베르토를 이해하지 못했다. 그의 태도는 이렇게 말하는 듯했다. "산은 우라질 산. 레스토랑은 사업이라고! 어떻게 이 지경으로 살 수 있지?" 조의 부모인 펠리스와 리디아 바스티아니크는 모두 이민자이고, 조가 태어난 1968년에 30석 규모의 '라 부오나 비아'라는 레스토랑을 운영했다. (리디아는 현재 미드타운에서 텔레비전 프로그램을 제작하고, 직접 레스토랑을 운영하며 요리책도 낸 유력인사다.)

조의 어린 시절 추억에는 "먹고살기 위해 음식을 만드는 퍽퍽한 현실"이 가득하다―파리 끈끈이를 치우고, 방역회사에서 왔다 간 후에 죽어 뒹구는 벌레들을 쓸어내고, 곳곳에 밴 구두약 냄새와 "경마 순위를 확인하는 뚱뚱한 이탈리아 사람들과 크로아티아 사람들의 땀 냄새"로 가득한 탈의실의 악취 같은 것들. 조는 거기서 숙제를 하고 토마토 상자 위에서 잠이 들었다가 부모님의 품에 안겨 집에 가곤 했다. 지금도 그는 월계수 잎이라면 질색을 한다. "그것 때문에 질식하기 직전인 사람의 목에서 잎사귀를 세 번 꺼내봤어요. 아홉 살 때 우리 할머니를 포함해서요. 도대체 그게 왜 필요하죠? 그것의 풍미가 그렇게 중요한가요?" 닭에도 진저리를 치는데, 아버지를 따라 '제일 싼 닭고기'를 사러 도매시장에 갔던 경험 때문이다. 산처럼 쌓아 올린 닭이 상하지 않도록 사이사이 얼음을 섞어놨는데, 그 얼음이 녹으면서 분홍색 '닭 물'이 됐고 그게 어린 조의 등에 튀었다. 조는 레스토랑을 경영하고 싶은 마음이 없었다. 돈을 벌겠다는 생각으로 월스트리트의 증권업자가 됐지만, 막상 되고 보니 그 일이 너무 싫었다. 결국 첫 번째 보너스를 받을 때까지 카운트다운을 하며 참았다가 그걸 현금으로 바꾼 후 사무실로 돌아와 바로 사표를 썼다. 그러고는 JFK 공항으로 가서 이탈리아 트리에스테행 표를 끊었다. 1년간 폴크스바겐 버스에서 생활하며 레스토랑이나 포도밭에서 일을 했고, 차츰 묘미를 깨달아가는 그 생활이 자신의 인생이라는 사실을 받아들였다.

조는 마리오보다 여덟 살 어리지만 진지한 태도 때문에 열두 살은 더 많아 보였다. 머리는 바짝 밀었다. 살이 찐 건 아니지만 체구가 크고, 그 체구에 힘이 실렸다. 다리를 벌리고 당장이라도 한 방 날릴 듯이 손을 옆에 붙인 채 권투선수처럼 어기적거리며 걷는다. 언젠가 그의 가족 행사에 가봤더니 네 살짜리 아들이 벌써 아빠의 걸음걸이를 흉내 내고 있었다. 베타가 준비한 만찬—화이트피자[토마토소스를 빼고 흰 양파에 치즈와 파슬리 등을 뿌린 피자]와 메추리 라구를 곁들인 녹색 파파르델레[토스카나 방언으로, 폭이 넓고 길이가 긴 생파스타를 말한다], 그 뒤를 이어 걸쭉한 크림소스의 토르텔리니—을 먹는 동안, 잔니와 로베르토는 조와 마리오의 동업자 관계를 나름대로 분석하기 시작했다.

"당신이 소금이겠군요." 로베르토가 운을 뗐다. "마리오가 후추고."

"당신은 자본가예요." 잔니가 모호한 말을 바로잡았다. 말하자면 조가 마리오를 손아귀에 넣고 통제할 거라는 추측이었다.

조는 어깨를 들썩이고는 나를 쳐다봤다. "아무려면 어떠냐는 말을 이탈리아어로 어떻게 하죠?"

로베르토와 잔니는 아랑곳하지 않았다. 1989년에 어릿광대 같은 차림으로 기차역에 내렸던 남자가 훨씬 현실적인 누군가의 도움도 없이 자신들을 떠나 유명한 주방장이 됐을 거라고는 믿기 힘들었다. 마리오는 마을의 광대였다. 아무튼 그곳의 가장 향락적인 주민으로 살았던 건 확실했다. 해마다 열리는 포레타의 장기자랑에 3인조 밴드를 결성해서 참가하기도 했다. ("그 밴드 말고는 열서너 살의 여자 아이들이 대부분이었어요." 로베르토는 말했다.) 마을 이발사가 드럼, 비석 만드는 이가 색소폰을 맡고, 마리오가 전기기타를 잡고서 지미 헨드릭스의 '헤이 조'를 우렁차고도 길게 연주했다. 디스코장에 열심히 드나들며 우체국장인 부르노를 데리고 집에 와 새벽까지 추수철의 노래를 불러댔다. 마을 사람들은 그렇게 술을 많이 마시는 사람은 살다 살다 처음이었다.

"앉은자리에서 위스키 열다섯 잔을 마셨으니, 상상이나 할 수 있어요?" 로베르토가 말했다.

"스무 잔이었어." 잔니가 고개를 저었다. "내가 직접 셌다니까."

그 뚱뚱한 사내는 여자 친구를 열두 명쯤 갈아치웠는데, 사람은 바뀌어도 이름은 줄기차게 제니퍼였다. "이탈리아 아가씨도 제니퍼였죠." 로베르토가 전했다.

"여자들은 왜 뚱뚱한 남자를 더 좋아하는 거지?" 잔니는 궁금했다.

"지금은 더 뚱뚱한가? 아니면 살이 좀 빠졌나요?" 로베르토는 대답 대신 이렇게 물었다.

"저기." 맞은편에 앉아 있던 조가 내게 속삭였다. "더 이상은 못 들어주겠어요." 그는 오페라 아리아를 흥얼거렸다.

마리오는 3년 후에 이탈리아를 떠났고, 잔니와 로베르토의 삶도 달라졌다. 마리오가 돌아간 것에 때맞춰 발디세리 집안의 가세가 기운 듯했다. 마리오가 미국으로 돌아가 돈을 벌 때 잔니와 로베르토는 돈을 잃기 시작했다.

레스토랑의 음식 값이야 전에도 비쌌지만, 몇 달 사이에 마을의 돈 줄이 말랐다. 1992년은 유럽 전역에 걸쳐 불황이 시작된 해였는데, 잔니나 로베르토는 바깥세상의 사정을 알 길이 없었다. 그저 저번 달에는 손님이 많아 바쁘더니 이번 달에는 그렇지 않다는 것만을 알 뿐이었다. 로베르토가 다니던 공장도 수주량이 줄었고, 외국 간부들의 발길도 뜸해졌다. 볼로냐에서 찾아오는 가족들도 예전 같지 않고 별장을 빌리는 사람들도 없었다. 같은 값이면 남태평양의 해변에 갈 수 있는데, 집에서도 실컷 먹는 스파게티를 먹자고 산골까지 찾아오는 사람이 없었다. 잔니의 어머니와 베타의 아버지가 세상을 떠났다. 게다가 노름빚까지 졌다—노름은 잔니의 남 모르는 고질병이었다.

라 볼타는 다른 사람에게 팔렸다. 여전히 같은 자리에 레스토랑이 있긴 하지만 프랑스 이름을 달고 생선 요리를 판다. 내가 갔을 때는 두 번 다 문이 닫혀 있었다. 잔니가 새 식당, '라 카판나'라는 피자 레스토랑을 열 자금을 마련하기까지는 9년이라는 세월이 걸렸다. 새 식당은 강변 공원에 있기 때문에 더운 여름밤에는 야외에서 먹을 수도 있다. 하지만 여름은 너무 덥고, 매출은 형편없었다. 우리가 저녁을 먹은 식당은 여기였는데, 그날은 밖에 앉기엔 너무 추웠다. 노동자 행색의 손님 대여섯 명이 피자에 맥주를 마시고 있었다. 눈가의 자글자글한 주름에서 잔니의 형편이 넉넉지 않다는 걸 알 수 있었다. 그의 여동생인 밀라는 다음날 보르고 카판네를 구경시켜 주며 언덕 위의 이 작은 마을은 이제 사양길에 접어들었다고 말했다. 피우 베스티에 케 페르소네. 사람보다 애완동물이 더 많아요.

마리오는 불황이 닥치기 전에 럿거스 동창인 아르투로 시기놀피의 도움을 받아 이곳을 떠났다. 아르투로는 포레타로 마리오를 찾아왔다. 그도 이탈리아 요리에 조예가 깊었다. 25년 동안 '로코'라는 미국식 이탈리아 레스토랑을 운영해 온 아버지가 은퇴를 앞두고 있었다. 아르투로는 50 대 50으로 함께 그 레스토랑을 운영하자고 제의했다.

아르투로는 홀의 서비스를 맡고 마리오는 주방을 맡았다. 위층에 살림집이 있어서 마리오는 거기서 생활할 수 있었다. 새로운 로코는 라 볼타에서 얻은 영감을 바탕으로 이탈리아 정통성이 짙은 메뉴를 선보였다.

# 칼도 없이
# 주방에 들어가다니!

wild king Salmon

밥보의 주방은 사실상 여러 개의 주방으로 이루어졌다고 할 수 있다. 폭 7.5미터에 길이 3미터 남짓한 이 공간에서 아침에는 엘리자의 재료준비팀이 일을 한다. 저녁에 영업이 시작되면 앤디가 지휘봉을 잡는다. 하지만 1시부터 4시 30분 사이에는 다양한 주방(공간의 개념이라기보다 은유적인 차원에서)이 겹치고 포개진다.

앤디는 제일 먼저 나오지만 일부러 정오에서 1~2분을 넘겨 나타난다. 지휘권이 다른 오전을 침범하지 않으려는 정중한 제스처다. 수석주방장 중에서 선임인 메모는 1시간 후에 도착하고, 두 번째 수석인 프랭크와 나머지 사람들이 느지막이 일어나 커피를 홀짝이고 젖은 머리에서 비누 냄새를 풍기며 하나둘씩 그 뒤를 잇는다. 맨 꼴찌는 '파스타 가이'로 통하는 닉 안데레다. 그는 테니스 선수처럼 키가 크고 몸매가 날씬하며, 유라시아 사람답게 갈색 눈에 검은 머리를 가졌다. 그리고 이마에는 늘 푸른색 머리띠를 동여매고 다닌다. 닉의 아버지는 독일계고 어머니는 일본계 미국인이라서 사람들은 그를 '치노'라고 부른다. (이상적인 곳이라면 치노나 자포 같은 인종차별적인 별명 대신 그저 닉이라고 불렀겠지만.) 그가 맡은 스테이션은 꾸미기는 제일 쉬워도 일은 제일 힘들다. 거의 모든 손님이 파스타를 주문하기 때문이다. 닉이 도착하는 2~3시쯤이면 주방은 상당히 분주해진다.

이제 열여덟에서 스무 명 정도가 주방에서 복작댄다. 재료준비팀은 미친 듯이 일을 마무리하고, 라인쿡들은 첫 주문이 들어오기 전에 준비를 마치지 못할까 봐 전전긍긍한다. 오후의 주방은 여러 면에서 뉴욕과 레스토랑 사업의 특징을 함축적으로, 또는 과장되게 보여준다(너무나 많은 사람들이 작은 섬에 밀집한 나머지 공간 부족으로 값이 폭등하는 뉴욕과 공간이 곧 값이라 주방의 크기를 줄여야 더 많은 테이블을 놓을 수 있는 레스토랑). 공간의 중요성은 이루 말할 수 없었다. 점심에 영업을 하지 않는 건 재료준비팀의 일이 아직 끝나지 않아서이기도 하지만, 또다른 이유는 레스토랑에서 사용하는 많은 것들, 식탁보, 식기, 접시, 잔이 점심 식사를 하는 손님들이 앉을 장의자 밑에 담겨 있기 때문이다.

레스토랑은 아침에 쪼개졌다가 오후에 다시 합쳐진다. 밥보의 사무실이라는 건 지하실 한편에 달랑 의자 두 개와 컴퓨터 하나를 가져다 놓은 공간을 말한다. 배관이 드러나 있어서 날림 공사를 한 곳처럼 보인다. 온수 탱크가 터졌을 땐 며칠 동안 설거지할 물을 끓여서 사용한 건 물론이고, 탱크를 수리하기 위해 '사무실'을 비워줘야 했다. 마리오의 비서가 쓰는 책상은 개수통 아래로 들어가 음식 찌꺼기가 둥둥 떠다니는 물을 뒤집어썼고, 그 냄새는 한참 동안 빠지지 않았다.

오후에는 공간의 서열이 존재했다. 자꾸 이리 치이고 저리 치이다 못해 내가 거추장스러운 존재인 모양이라고 푸념을 했더니 마리오는 이렇게 말했다. "사람들이 그러는 건 그럴 수 있기 때문이에요. 당신을 당신이 있어야 할 자리에 밀어 넣는 거죠." 다음날은 작정을 하고 세어봤더니 총 마흔 번을 부딪쳤다. 공간은 앤디의 최대관심사였다. 그는 나오자마자 워크인에 들어가 커다란 용기에 담긴 것을 작은 용기로 옮겨 담을 수 있는지부터 살펴봤다. 그럴 수 없으면 재료준비팀에서 한 일을 보관할 공간이 없다는 뜻이었다. 한번은 그가 허브샐러드를 만들 때 풍미가 짙어지도록 줄기를 다듬어내는 일을 도와준 적이 있었다. 주방에는 자리가 없어서 홀에 나가 일을 했는데, 테이블을 정리하기 시작하자 어두컴컴한 커피 스테이션으로 자리를 옮겼고 급기야 여자 화장실 앞에 딱 붙어 선 채 일을 해야 했다.

오후에 주방에서 자리를 잡고 나면 웬만해선 자리를 뜨지 않는다. 전화도 받지 않고, 다른 일도 하지 않고, 커피를 끓이지도 않고, 심지어 화장실에도 가지 않는다. 그랬다간 공간을 빼앗기기 때문이다. 2시쯤에 기름에 튀겨 약한 불에 익힌 고기를 오븐에서 꺼내도 달리 마땅한 곳이 없어 쓰레기통 위에 놓기도 한다. 트레이들을 차곡차곡 쌓고, 그 위에 또 트레이를 올려놓는다.

마리오는 교대할 때쯤 불쑥 나타난다. 더 이상 주방을 진두지휘하지 않지만 일이 잘 돌아가고 있는지 보기 위해 슬그머니 나타나거나, 기분이 내킬 때 한 번씩 들르기도 한다. 사람들은 그가 매일 밤 여기서 모든 음식을 만든다고 생각하는데, 특별한 손님이 주문한 요리를 보란 듯이 받아 들고 나가기 때문에 그 오해는 좀처럼 사라지지 않는다. 마리오는 이곳을 개점한 해에 뇌동맥류 진단을 받아 주위 사람들을 걱정시켰다. "이를 어쩌나, 큰일 났네." 동생인 데이나는 당시 가족의 마음을 이렇게 전했다. "이를테면 마릴린 먼로의 순간이랄까, 마리오가 모든 에너지를 소진한 순간에 이르렀다고 생각했죠." 그런 마음은 손님들도 마찬가지여서 예약취소가 줄을 이었다. "예약을 하지 않고 그냥 와서 식사를 할 수 있었던 유일한 시기였어요." 엘리자는 그때를 이렇게 기억했다.

어느 날인가는 마리오가 오후에 치오피노라는 특별 요리를 만들러 나왔다. 전날에도 준비를 했지만 4인분밖에 나가지 않았다. "오늘은 웨이터들에게 총공세를 펴게 해. 다 팔지 못하면 해고야." 그는 명랑하게 말했다. 치오피노는 "체 운 포?"에서 나온 말인데, "여기 뭐가 들었냐?"라는 뜻이다. 이탈리아 이민자들이 남은 재료와 어부들에게 얻어온 '자질구레한 것들'로 끓여 먹던 수프다. 밥보에서는 그 '자질구레한 것들'이 게살이었지만, 마리오는 요리의 이데올로기에 걸맞게 주방을 돌아다니며 쓸 수 있는 재료들을 긁어모았다. 토마토를 구우면서 나온 즙과 과육, 당근 꽁다리, 양파의 바깥 부분 한 무더기 등등. 그 수프에는 29달러라는 가격표가 붙었다.

마리오는 소테 담당인 도미니크 치폴로네가 일하던 자리를 차지했다. 도미니크는 밥보에서 2년을 일했다. 레스토랑은 여기가 처음이었다. ("그가 어떤 재목이 되건 그걸 만든 건 우리인 거죠." 마리오는 이렇게 말했다.) 진중하고 무뚝뚝한 태도에 수염을 안 깎은 고인돌 가족의 프레드 플린스톤 같은 외모를 지녔다. 그가 뚱하게 몸을 돌리다 마리오와 부딪쳤다.

"도미니크, 지금 나를 친 거야." 마리오가 말했다.

도미니크는 사과를 했지만 목소리는 냉소적이어서 이런 뉘앙스가 담긴 듯했다. 그래요, 내가 쳤어요. 당신이 사장이긴 해도 내 자리를 차지하고 나를 방해한 건 당신이잖아요.

그의 사과에도 마리오의 마음은 누그러지지 않았다. "도미니크, 다신 이러지 마."

도미니크는 뭐라고 대꾸를 해야 할지 몰랐다. 농담인가?

"난 자네한테 치이고 싶지 않아. 저 카운터 보이지? 내 거야. 이 바닥도 보여? 이것도 내 거야. 여기 있는 거 전부 다 내 거야. 알으로 날

치지 마."

도미니크는 워크인에 들어가 있었다. "마리오가 내 스테이션을 차지했어요. 그 뒤처리는 내 몫이고, 나한테 부딪친 것도 그인데, 나는 지금 여기 들어와 있는 신세예요." (그날 밤에 치오피노는 서른네 그릇이 팔렸다. "웨이터들이 해냈어요." 다음날 아침에 나갔더니 마리오가 장의자에 비스듬히 앉아 위스키를 홀짝이며 말했다. "아주 흡족해요.")

일단 주방을 떠나면 마리오는 언제 다시 올지 알 수 없었다. 엘리자는 초창기에, 특히 차이나타운 시절에 그가 특별 요리용 재료를 사들고 들이닥칠 때의 공포와 전율을 떠올렸다. 오리의 발이나 혀 같은 것들이었다. "너무너무 작은 데다 뒤에는 뼈가 있는데, 그걸 제거한다는 건 거의 불가능에 가까웠어요." 해파리를 들고 올 때도 있었다. 현지에서 생산되는 신선한 재료를 이탈리아 방식으로 조리한다는 방침에 따라 가늘게 채를 쳐서 올리브기름과 레몬 즙을 뿌리고 바질과 함께 날것 그대로 샐러드를 만들었다. "아주 고약했죠."

마리오가 빈손으로 와도 신경이 곤두서긴 마찬가지였다. 그럴 때는 달리 집중할 게 없어서 쓰레기통을 뒤지기 시작했다. 그 광경을 처음 목격했을 땐, 과연 독특하기 이를 데 없었다. 그렇게 덩치가 커다란 남자가 검은 비닐 자루에 팔꿈치까지 몸을 박고 버려진 음식 재료를 뒤적였다. 나도 모르게 그에게 검사를 당했다. 나는 셀러리에서 꽃이 달린 머리 부분을 내버리고 깍둑썰기를 하고 있었다. 말이야 바른 말이지, 잎을 어떻게 정육면체로 썬단 말이야? 향으로 치면 꽃이 더 짙기 때문에 그걸 내버리는 게 옳지 않다는 건 알았지만, 어쨌거나 그렇게 하고 있었다. 다듬어야 할 셀러리가 산처럼 쌓여 있었다.

"이게 뭐야?" 마리오가 셀러리 잎을 한 줌 집어 들고 묻더니, 그 안에 또 뭐가 있는지 보려고 비닐 자루 속으로 몸을 숙였다. 그 안엔 물론 셀러리의 꽃 부분이 수백 개나 들어 있었다. 그는 그걸 꺼내 들고 잎에서 기름기를 닦아냈다. 그날 저녁에 스테이크와 함께 낼 예정이었다. "뭣들 하고 있는 거야?" 그는 경악한 표정이었다. "셀러리의 가장 좋은 부분을 내버리고 있잖아. 이봐요, 기자 양반. 당신 해고야! 우리의 원칙이 뭔지 잊어버렸어? 재료를 사서, 음식을 만들고, 그 비용을 다른 사람들에게 넘겨서 돈을 버는 거라고! 재료를 사서 내버리면 어떻게 돈을 벌어." 마리오가 쓰레기통을 뒤지는 건 몇 번 더 목격했다. 그때마다 콩팥("엘리자, 양의 콩팥은 내버리는 게 아니야")과 생마늘쫑("프랭크, 뭐 하는 거야? 수프에 넣으면 완벽한데"), 그리고 야생 양부추의 지저분한 윗부분("누구 채소 담당자한테 말 좀 해. 그 친구가 나를 죽일 작정이군")을 찾아냈다. 뭐든 조금이라도 먹을 수 있는 걸 내버릴 때는 마리오가 주방에 없는지부터 확인해야 했다.

저녁에 나는 파스타를 접시에 담기 시작했다.

"이렇게 하는 거예요. 파스타를 작은 산처럼 봉긋하게 쌓는데 그 사이에 최대한 공기를 많이 넣어야 해요." 마리오는 파스타에 이어 토르텔로니를 설명했다. "소스는 한 번 뿌리는 정도로만 담아야 해요. 중요한 건 파스타지 소스가 아니니까." 귀에 못이 박이도록 들은 이 말은 미국식 이탈리아 레스토랑과 확연히 구분되는 점이었다. (그런 곳들을 흔히 레드소스 레스토랑이라고 하는 이유도 그 때문이다. 거기서는 파스타보다 소스와 소스에 갈아 넣은 고기, 미트볼이나 소시지 등을 더 중시하고 후추와 양파 피클, 고추 저민 것에 중점을 둔다.)

마리오는 숟가락을 어떻게 쥐어야 하는지 직접 시범을 보였다— 토르텔로니는 집게를 사용하면 바스러진다. "당신은 아줌마가 아니에요. 손잡이를 잡지 말고 여기 아래쪽, 뜨는 부분을 꽉 쥐어요. 일하기가 한결 수월해요. 좀 뜨겁다 뿐이지." (바보 같으니. 나는 민망한 마음에 미래의 식기, 오목한 부분만 있고 손잡이는 아예 없거나 겁쟁이들을 위해 한쪽으로 1센티미터만 돌출한 포스트모던한 스푼을 상상했다.)

마리오는 이어서 토르텔로니의 성분을 설명했다. 토르텔로니는 부드라운 베개 같은 파스타인데, 염소 치즈로 안을 채우고, 말린 오렌지 껍질과 회향 가루를 약간 뿌린다. 회향의 풍미가 한층 짙은 이 가루는 피렌체에 사는 미국인 음식전문가 페이스 윌링거가 발견했다. 그녀는 미국에 가면서 100그램짜리 비닐봉지에 회향 가루를 꽉 눌러 담아 옷 가방에 넣고 밀수꾼처럼 몰래 들여왔다. 오렌지 껍질을 넣는 이유는 오렌지와 회향이 예전부터 잘 어울리는 궁합이었기 때문이다. 이 두 가지는 부드럽고 순한 요리에 톡 쏘는 맛을 더해준다.

나는 한 걸음 물러나서 저녁이 되자 모든 것이 얼마나 달라졌는지 둘러봤다. 카운터엔 흰 식탁보를 덮고, 앤디는 거기 서서 손님들에게 내가는 요리를 점검하고 있었다. 중앙에 있는 기다란 작업대도 달라졌다. 낮에는 내가 도마를 올려놓고, 재료준비팀의 아벨라르도 아레돈도와 세자르 곤잘레스도 거기서 일을 했는데 지금은 '통관대'가 됐다. 주방을 지휘하는 앤디가 한쪽 끝에 서서 주문을 외치고 라인쿡들이 놓는 요리를 통과시켰다. 뒤쪽 벽엔 각종 요리기구들이 즐비했다. 한쪽 구석엔 못생긴 파스타 괴물과 부글거리는 온수기가 뿌연 김에 가려져 있었다. 또 한쪽엔 그릴과 청황색 불꽃이 너울대는 네모난 철판이 있었다.

중간에는 요리사 세 명이 나란히 서서 섭씨 260도에 맞춘 오븐을 하나씩 맡고 있었다. 열기가 대단했다. 앤디 근처에 서 있는데도 더운 기운이 느껴졌다. 요리가 어떻게 됐나 슬쩍 살펴보려고 조금 다가서면 그 강렬함은 이루 말할 수 없었다. 구름처럼 피어오르는 열기에는 물리적인 면(목덜미의 모근이 쩌릿쩌릿했다)과 추상적인 면이 있지만, 이 추상적인 면도 너무나 생생했다. 보이지는 않아도 분명히 존재하는 뜨거운 벽. 그 건너편에 있다는 게 행복할 따름이었다.

파스타 쿠커 앞에 서 있는 닉의 얼굴은 김에 휩싸였고, 땀을 비오듯 흘렸다. 플랫톱에 얹은 팬에서는 소스가 끓었다. 여기가 파스타 스테이션이었다. 스토브 앞에 서 있는 도미니크는 오븐에서 뭔가를 다시 익히는 중이었다. 거기는 소테 스테이션이다. 소테와 그릴 사이엔 양쪽을 오가는 이른바 깍두기가 있는데, 왼쪽과 오른쪽을 오가면서 바쁜 쪽의 요리를 접시에 담아준다거나, 하여간 양쪽 요리사를 도와주는 역할을 했다. 그릴을 맡은 사람은 마크 배럿이었다. 그 일을 시작한 지는 얼마 되지 않았다. 키가 크고, 점이 많고, 예리하지만, 덥수룩한 수염과 곱슬머리에서는 이제 막 잠자리에서 일어난 늦잠꾸러기 같은 인상을 풍겼다.

그는 다른 사람들과는 조금 달랐다. 그 점에 있어서는 닉도 마찬가지였다. 두 사람은 전문직을 가진 부모 밑에서 풍족하게 자랐다. 꼭 요리사가 되어야 할 필요는 없었다. 주방에서 일하는 걸 서커스에 들어가는 것 정도로 생각해서 걱정이 태산인 부모들을 안심시켜야 하는 것도 똑같은 두 사람이 중산층의 무단침입자처럼 보일 때도 종종 있었다.

닉은 컬럼비아대학교에서 역사를 전공했고, 아버지는 일본문학을 가르치는 교수이다. 필수과목이라는 이유로 이탈리아어를 배우고, 로마를 중심으로 1년간 유럽에서 지내다 돌아왔을 땐 고대 건축의 토대나 르네상스 회화, 아무튼 부모가 대주는 돈으로 비싼 값을 내고 해외에서 배운 것에는 더 이상 관심이 없었다. 그는 파스타에 눈을 떴고 요리사가 되고 싶었다.

마크도 인문학(영문학)을 전공했고 아버지가 전문직 종사자이며(피부과 의사), 지적인 여행 중에 비슷한 깨달음을 얻었다. 그는 조이스와 예이츠와 베케트의 발자취를 따라 더블린으로 여행을 갔는데, 그 대신 소규모 낙농장에서 만든 우유와 크림과 버터와 달걀의 맛에 푹 빠져 작은 음식점에서 돈을 벌며 생활을 했다. 집에 돌아온 다음엔 아일랜드 문학을 포기하고 요리학교에 입학했다. 오하이오 소도시 출신의 청년은 넓은 세상에 나갔다가 문화적 충격을 받았다. 지금은 얼굴이 붕대와 반창고로 뒤덮였는데, 레스토랑이 쉬는 날 콘서트에서 펄쩍펄쩍 뛰다 넘어져 코가 깨졌다. 그것마저도 그에게 어울렸다. 과연 대학까지 나온 피부과 의사 아들이 주말에 할 만한 일인 것 같았다.

지금까지 나는 밥보의 메뉴를 잘 안다고 생각했다. 추천도 할 수 있었다. 파파르델레—둘이 먹다 하나가 죽어도 몰라요. 시실리 인명 구조대 스타일의 2분 칼라마리—매콤한 맛은 필히 느껴보셔야 해요. 그런데 사실은 아무것도 몰랐다. 밥보의 푸른색 키친바이블에서 세어봤더니 파스타만 쉰 가지였다. 그렇게까지 많을 줄은 몰랐다. 앙트레는 예순 가지, 스타터는 마흔 가지. 통관대 위쪽으로, 이탈리아의 온갖 잡동사니가 들어찬 선반 밑에 있는 메뉴를 넘겨봤다. (선반 얘기가 나왔으니 말이지만, 크기가 보통의 두 배나 되는 올리브기름과 발사믹 식초 등이 놓인 그 선반은 여행 잡지에 실릴 법한 이탈리아 주방을 그린 정물화 같았고, 화장실에 가던 손님이 슬쩍 들여다봤을 때 보게 되는 건 바로 그 풍경이었다. 주방의 열기에 와인이 갈색으로 변하고 올리브기름의 맛도 고약해지고 이탈리아를 닮기는커녕 낭만이라곤 손톱만큼도 찾아볼 수 없는 현실 속의 주방이 그 너머에 감춰져 있는 줄도 모르고 창문으로 이 정물화를 힐끔 보고 지나는 사람들은 이렇게 생각했다. 저것 좀 봐, 낭만적인 이탈리아의 모습 그대로야.)

메뉴는 네 페이지였다. "엄청나죠." 앤디도 인정했다. 라인쿡들은 어찌나 빨리 움직이는지, 눈으로 쫓아가는 것도 숨 가쁠 지경이었다. 주문은 밖에서 입력을 하면 주방에 있는 기계에 자동으로 찍혀 나왔다. 줄줄이 늘어지는 주문을 앤디가 큰 소리로 외치면 모두의 손놀림이 일순간에 빨라졌다. 그들의 동작에서는 신속함과 다급함이 느껴졌다. 저녁 영업이 끝날 때면 내가 뭘 봤는지 표현할 길이 없었다. 음식은 허공을 나르고, 극단적으로 다른 삶의 방식들이 어지럽게 뒤섞였다. 불을 다루는 태도는 공격적이고 선명하다. 길게 일어난 불꽃은 팬 너머로 넘실댄다. 손으로 요리를 담고, 허브의 잎과 채소를 가지

74

런히 정렬하고, 그림에 서명을 하듯 플라스틱 병에 담긴 색색의 액체로 선을 그려 마무리를 하는 모습은 예술가처럼 섬세하다. 나로서는 차마 이해할 수 없는 경지였다. 화성에라도 온 듯한 기분이었다.

계속 전진할 것인가, 아니면 물러설 것인가. 나는 기로에 서 있었다. 물러선다면 이렇게 말하겠지. 맞아주셔서 감사합니다. 너무 재미있었어요. 그건 내 스타일이 아니었다. 하지만 전진을 해? 전진을 어떻게 해? 그들은 한 수 위였다. 그들은 생각이라는 걸 하지 않았다. 그들의 기술은 너무나 깊이 뿌리를 내린 나머지 거의 본능처럼 발휘됐다. 나는 그런 기술이 없거니와, 그걸 어떻게 터득했는지 상상조차할 수 없었다. 나는 어떤 경계선에 서 있었다. 길고 험하고 자신감을 뒤흔드는, 굴욕의 늪에 몸을 담가야 하는 곳과의 경계선.

그때 마리오가 홀에 내가는 요리를 점검하고 있었다. 예기치 못한 방문이었다.

스커트 스테이크를 보더니 마크를 불렀다. "그릴! 녹색 살사가 중간에 끊어졌잖아. 기름기가 너무 많다는 거지. 게다가 접시가 너무 뜨거워. 다시 담아." 스테이크를 다시 담는 마크의 동작에는 놀랍도록 가속이 붙었는데, 흡사 비디오를 빨리 감는 느낌이었다. "자, 카운트다운에 들어가겠어. 열, 아홉, 여덟, 일곱…… 자네들의 말소리가 내 귀에 들린다면 얘기 소리가 너무 크다는 뜻이야."

주방은 거의 도서관 수준이었다. 마리오는 소테 스테이션에서 내놓은 오리 요리를 꼼꼼히 살피고는 손가락으로 찍어서 맛을 봤다. "도미니크, 소스를 좀 묽게 해." 너무 짜서 물을 타야 했다. "그리고 고기." 가슴살을 한 조각 집어 들고서 그가 말했다. "기름기가 있는 부분은 시간을 더 줘야지. 이 고기는 좋아." 드문 일이었다. "하지만 비계를 좀더 익혀." 나는 도미니크가 오리 가슴살의 비계 부분을 아래로 가게 해서 낮은 불로 15분간 익히는 걸 봤는데, 마리오는 그 시간을 늘려서 겉을 좀더 바삭하게 하라는 주문이었다.

그런데 칭찬에 마음이 들뜬 탓인지 도미니크의 손에서 접시가 미끄러졌고, 소스에 빠졌다가 바닥에 떨어져 깨졌다. 토마토소스에는 송아지 췌장이 들어갔고, 닭고기 스톡에는 토마토소스가 들어갔고, 바닥엔 깨진 사기 조각이 뒹굴었다. 도미니크는 송아지 췌장을 건져내려고 허둥대다 그만 또다른 소스에 빠뜨렸다. 마리오는 한마디도 하지 않았지만, 발을 벌리고 팔짱을 낀 채 앞에 버티고 서서 그를 노려봤다. "도미니크는 평가를 너무 개인적으로 받아들여요." 마리오는 나중에 내게 말했다. 도미니크는 진땀을 흘렸다. 다른 곳이라면 고성이 터졌겠지만 마리오가 불만을 표현하는 방식은 바로 그런 노골적인 시선이었다. (프랑스 레스토랑에서 일한 경험이 있는 메모는 '접시뒤집기'라는 관행이 있었다고 했다. 주방장이 접시를 뺏어 들고 바닥에 내던진다는 것이었다. 그것도 으레 가장 바쁜 시간에. 그러면 그걸 깨끗이 치우고 새 요리를 담아야 한다. 메모는 그게 자신의 "인생에서 가장 치욕스러운 순간이었고, 두 번 다시 일어나지 않았다"라고 말했다.)

반쯤 먹은 오레키에테가 돌아왔다. 지배인인 존 마이니에리가 그걸 들고 와서는 이런 말을 전했다. "브로콜리에 꽃 부분이 충분하지 않다네." 다섯 명이 접시를 에워싸고 먹기 시작했다. "저번에 먹었을 땐 꽃이 더 풍성했대." 다들 꽃을 하나씩 집어 들고 들여다봤다.

"맞는 말이야." 마리오가 말했다. "그랬지. 하지만 지금은 자연이 그런 걸 안 만들어주는데 어쩌라고." 마리오는 새로 담은 파스타를 웨이터에게 넘겨줬다. "이걸 주면서 자네의 거시기로 한 방 먹여."

30분쯤 지났을까, 같은 테이블에서 또 음식을 돌려보냈다. 이번엔 여자였고, 스테이크였고, 질기다는 이유였다. "새로운 요리는 원치 않고, 스테이크를 제대로 익혀달라는군." 요리사들이 죄 덤벼들어 손으로 고기를 찢으며 말했다. "뭐, 이게 질기다고?"

스테이크는 또 되돌아왔다. 이번엔 너무 익혔다는 게 이유였다. 그리고 부위도 마음에 차지 않았다.

"이런 우라질 경우가 있나. 저 인간들 이름 좀 알아와. 다시는 발도 들여놓지 못하게." 마리오는 잠시 멈췄다가 이렇게 물었다. "술은 뭘 마시고 있어?"

"솔라이아 1997년산이요." 한 병에 475달러짜리였다.

"그럼 그냥 놔둬." 마리오는 이렇게 말하고는 앙트레를 준비시켰다.

# 밥보의 청소년기, 포

cheese tasting

1992년, 뉴욕. 새로 단장해서 문을 연 로코의 모든 요리는 하나하나 가 마리오의 자서전 같았다. 그가 살아온 구체적인 순간들과 너무 밀접하게 연결된 나머지 인생의 굽이굽이를 다루는 꼭지의 소제목으로 붙여도 손색이 없을 것 같았다. 회고록 역할을 하는 요리. 쇠골과 근대로 속을 넣은 라비올리는 할머니의 레시피다. 《뉴욕》이라는 잡지의 음식평에서는 "볼로네제 라구를 얹은 전통적인 탈리아텔레[폭이 8밀리미터이고, 두께는 1밀리미터 정도인 생파스타]"를 특별하게 언급했다. 마리오가 라 볼타에서 만들던 바로 그 라구였다. 포르치니와 크레미니 버섯을 곁들인 스트리케티는 마리오가 라 볼타의 주방에 들어간 첫날 베타가 만들었던 걸 변형한 요리였고, 부추 수플레(그라파에 숙성시킨 연어를 곁들인)는 이탈리아에서 맞은 첫 크리스마스 점심으로 만들었던 요리다. 마침내 뉴욕에 입성한 마리오 앞에는 그동안 보고 익힌 요리를 선보일 멍석이 깔렸다.

그렇게 두 달쯤 지난 후엔 장래의 아내도 만났다. 수지 칸은 시내 레스토랑에 유기농 채소와 염소 치즈를 납품하는 사람이었다. 치즈는 부모님이 만들었고 채소는 뉴욕 북쪽의 땅에서 직접 재배했다. 2주 후에 수지는 부모님과 로코에서 저녁 식사를 했다. 자신의 생일을 기념하기에 적당한 레스토랑이라고 판단했기 때문이다. 때마침 마리오의 가족도 뉴욕에 와 있었고 공교롭게도 역시 생일이었는데, 이쪽 집에서 생일을 맞은 사람은 마리오의 어머니였다. 저녁 식사 자리는 새벽 3시가 되도록 끝나지 않았다. 수지는 그 자리가 술에 취하고 흥에 넘친 잔치였다고 흐릿하게 기억했다. 마리오는 분주하게 주방을 드나들며 놀랠 만한 것들을 연방 들고 나왔다. 새로운 요리, 또다른 와인, 또 한 병의 그라파. 자리를 파할 무렵엔 아버지가 아코디언을 켜고 모두 어우러져 꼬부라진 목소리로 이탈리아 노래를 불렀다.

수지는 많은 면에서 마리오와 달랐다. 작은 몸집에 검은 머리뿐만 아니라 마리오는 서부 출신인데 그녀는 동부 출신이고, 마리오는 가톨릭인데 그녀는 유대계였다. 마리오는 새벽까지 노는 데 익숙하지만 그녀는 일찍 자고 일찍 일어나는 편이고, 사교적이고 충동적인 마리오와 달리 수지는 내성적이고 섬세했다. 그런데도 수지는 마리오의 천생배필이었다. "저는 정말, 너무나 달라요." 우리가 처음 만났을 때 그녀는 내게 말했다. 어쩐지 이런 의미를 담고 있는 듯했다. "당신도 정신 차리세요. 마리오는 절대로 변할 수 없는 사람이에요." 사업 파트너였던 아르투로는 겉으로 보기엔 별로 다른 것 같지 않았지만 사업을 시작한 지 9개월 만에 두 사람은 갈라섰다.

손님이 없었다. 데이나조차 영문을 알 수 없었다. "음식은 좋았어요. 그런데 왜 아무도 오지 않는지 알다가도 모를 일이었죠." 원인이야 뭐였든, 단골들은 혼란스러웠다. "마리오한테 천천히 시작하자고 부탁했어요." 마이애미로 떠난 아르투로를 수소문해서 연락이 닿았을 때 그는 이렇게 말했다. 그는 거기서 바텐더로 일하고 있었다. "나도 이탈리아에서 살아봤고 뭐가 좋은지도 알아요. 케케묵은 스타일을 좋아하는 것도 아니에요. 하지만 젠장, 마리오는 자기 방식만 고집했어요. 거긴 우리 아버지 레스토랑이었고, 25년 동안 손님을 맞았던 곳이라고요. 메뉴를 본 단골들은 왜 장난을 치느냐며 발길을 끊었어요." 돈 때문에 말다툼을 벌이기도 했다. 마리오는 늘 덤을 주고, 심지어 아예 음식 값을 안 받을 때도 있었다. "그라파도 자기가 다 마셨어요."

결별은 쓰라렸다. "나는 푸드채널을 못 봐요. 그가 언제 나올지 모르니까. 어젯밤에도 사람들을 초대해서 저녁을 먹는데 그 사람들이 〈몰토 마리오〉 얘기를 하는 거예요. 어떻게 내 앞에서 그 얘기를 하는지. 그리고 당신도 마찬가지예요." 그는 별안간 분통을 터뜨렸다. "어떻게 불쑥 전화를 해선 그 인간 이름을 입에 올릴 수 있죠? 당신 때문에 저녁 기분을 잡쳤잖아요."

마리오는 집도 절도 없는 실업자 신세가 됐다. 아버지가 시애틀에 와서 함께 레스토랑을 하자고 했다. 아버지도 가족이 운영하던 가게를 인수하지 못한 것이 두고두고 한스럽던 차였다. 마리오는 아버지의 제안을 거절했다. 괜찮은 장소를 찾아냈기 때문이다. 인도 음식점을 하다 문을 닫은 곳이었다. 이전 세입자가 야반도주를 해서 심란해진 주인이 싸게 내놔 월세도 상당히 저렴했다. 마리오는 수중에 돈이 없었지만 수지에게 조금 빌리고("그의 성공을 티끌만큼도 의심하지 않았어요"), 샌프란시스코에서 알게 된 스티브 크레인에게 동업을 제안했다. '포'는 6주 후에 조용히 문을 열었다. 1993년 5월 말이었다. 자금이 충분하지 않고(그랬으니 당연히 많은 장비들이 부족하고), 주류 판매 허가도 받지 못하고, 뉴욕이 기상관측 사상 두 번째로 더운 여름을 맞기 직전이었는데도 에어컨을 달 여력이 없었다. 그래도 영업은 시작했고, 8월 말에 무심코 식사를 하러 왔던 《뉴욕타임스》의 음식평론가는 미국식으로 오염되지 않은 정통 이탈리아 스타일에 압도됐다. "내가 뉴욕에 선보이고 싶은 음식을 뉴욕이 먹고 싶어한다"라는 사실을 확인한 건 무척 감동적이었다. (그후 아르만디노는 마리오의 권유로 예순한 살의 나이에 보잉을 그만두고 이탈리아에서 가장 유명한 푸주한이라는 다리오 체키니를 찾아가 그의 밑에서 무보수로 일을 배웠다. 이런 경우는 자전부전이라고 해야 하는 걸까.)

포는 밥보의 청소년기라고 할 수 있다. 테이블은 안에 열세 개, 문앞에 두 개를 더 놓았고, 메뉴에서는 라 볼타의 흔적이 강하게 느껴졌다. 스티브 크레인에겐 처음 2년이 최고였다. 그가 홀의 서비스를 맡고 마리오는 주방을 맡아 "의욕적으로" 일했다. 얼마 지나지 않아 포는 요리사들이 일을 끝내고 찾아오는 곳이 됐다. 마리오는 만나는 사람마다 막무가내로 손에 명함을 쥐어주며 입소문을 퍼뜨렸고, 초대를 받고 온 손님에겐 극진한 VIP 대접을 하며 명성을 다져나갔다. (밥보에서는 이 전략을 좀더 세련되게 다듬었고, 마리오가 얼굴이 붉으락푸르락해질 정도로 화를 내는 건 VIP를 격에 맞게 대접하지 않았을 때다. 원래 고함을 잘 치지 않는 사람인데도 지배인이 유명한 음반 프로듀서를 알아보지 못하고 바에 앉혔을 땐 격하게 화를 냈다. "이 멍청아! 이 빌어먹을 놈의 멍청아!" 그러고는 토하기 직전인 사람처럼 주방에서 뛰쳐나갔다. "VIP 테이블의 주문은 들어오는 즉시 만들어." VIP는 다른 사람보다 먼저, 신속하게 대접해야 한다는 원칙을 강조하며 요리사들을 다그쳤다. "이것저것 다 하고 시간이 남았을 때 만드는 게 아니야. 자네들이 뭐가 대단하고 뭘 많이 안다고 VIP를 기다리게 해? 예술가? 웃기는 소리 하지도 마. 지금부터 카운트다운에 들어가겠어. 10초야. 10초 안에 스타터를 내가야 해. 십, 구, 팔, 칠……." 그러면 거의 병적인 흥분 상태에서 미친 듯이 스타터가 준비되고, 그걸 만드는 요리사의 얼굴은 공포에 질려 창백해진다.)

크레인을 개국한 지 얼마 안 되는 푸드네트워크의 담당자가 마리오에게 프로그램의 오디션을 권하면서 포에 문제가 생겼다고 했다. 마리오가 유명한 주방장이 되자 동업자 사이엔 갈등의 골이 깊어갔다. "사람들이 이 친구 사인을 받겠다고 줄을 서 있는데 내가 어떻게 홀을 통제하겠어요? 레스토랑에 들어와 보면 알지도 못했던 사진 촬영이 진행 중이기 일쑤고, 나는 '어이, 거기 당신 좀 비켜!' 이런 소리나 듣고." 크레인은 당시를 이렇게 회상했다. ("난들 어쩌겠어요. 사람들이 지배인한테는 관심이 없다는데." 마리오는 반문했다.)

1999년에 마리오는 레스토랑 가격을 감정받아서 크레인에게 선택의 기회를 줬다. 돈을 내고 인수하든지, 돈을 받고 나한테 넘기든지. 크레인은 돈을 내는 쪽을 택했다. 서류에 서명을 할 때 마리오의 눈엔 눈물이 고였다. "마리오는 내가 아는 최고의 터프가이예요. 배를 잔뜩 내밀고 힘껏 치라며 허세를 부리는 스타일이죠. 그가 울먹이는 건 그때 처음 봤어요." 마리오는 고통스러운 순간이었다고 털어놓았다. 크레인이 레스토랑을 원할 줄은 몰랐다. 돈까지 내고 인수하겠다고 나설 줄은 꿈에도 몰랐다. "내가 레스토랑을 인수하겠다고 했더니 충격을 받더군요. 자기 없이 나 혼자 운영할 수 있을 거라고는 생각하지 못했으니까." 하지만 사실 크레인은 그곳을 혼자 운영하는 게 아니다. 마리오의 존재감은 아직도 유령처럼 그곳에 스며 있다. 라볼타의 흔적이 엿보이는 메뉴뿐 아니라 직원과 손님들의 마음속에도 그는 여전히 그곳에 존재한다.

"마리오가 여기 있나요?" 주말에 식사를 하면서 웨이트리스에게 슬쩍 물어봤다.

"오늘 밤엔 안 나오시는데요." 똑같은 질문에 대답하기도 지친다는 표정이었다.

# 쟁쟁한 실력의
# 요리사 집단

3월의 두 번째 주. 봄의 기운이 완연했고, 사람들은 새로운 메뉴를 원했다. 토끼고기는 어린양배추가 아니라 스프링피라는 콩과 어린 순, 어린당근 등을 넣은 오렌지 비네그레트를 곁들여 냈다. "단순한 토끼고기가 아니라 토끼의 생각까지 담아내는 거죠." 마리오는 메뉴의 변화를 이렇게 설명했다. "토끼를 먹으면서 토끼가 먹고 싶어하는 것까지 함께 먹는 거니까!"

잠두가 도착했다. 브로도 피라미드라는 요리에 병아리콩 대신 쓸 예정이었다. 파스타를 피라미드처럼 쌓고, 오리에서 뼈를 발라내고 남은 콩팥이나 심장을 살코기와 섞어 만든 라구랑 오리고기 스톡에 끓인 리조토와 함께 냈다. "그 속에 뭐가 있는지는 아무도 몰라요." 마리오는 말했다. "제프리 다머의 거시기일 수도 있고, 돈 한 푼 안 들인 재료일 수도 있고, 어쨌든 돈은 안 들고 사람들은 좋아하죠." 맑은 수프는 칠면조와 오리의 뼈로 국물을 낸다. 오리만 쓰면 너무 걸쭉하다. 마리오가 용납할 수 없는 프랑스 스타일이다.

쐐기풀을 주문했는데 오지 않았다. "그럴 줄 알았어." 지나가 말했다. "날이 풀리면 다들 봄을 원하거든. 잠두, 완두, 갓 딴 나무 열매. 물건을 제대로 받을 수 있을지 걱정이네. 분명히 인근에서 난 게 아닐 거야." 유니언스퀘어의 유기농시장은 올해 들어 처음 수확한 부추 말고는 아직 황량했다. 양부추는 스파게티에도 넣고, 돼지 안심을 묶을 때도 쓰고, 여름에 먹을 수 있게 피클을 만들거나, 이탈리아 피에 몬테산 치즈를 뿌려 그대로 내기도 한다. "양부추가 이렇게 나올 때면 더 바랄 나위가 없어요." 마리오는 행복한 목소리로 말했다. 주방 사람들도 전부 그걸 먹었다. 플랫톱 위에 되는대로 얹었다가 기름을 뿌리고 한 번 뒤집어서 집게로 건져낸다. 섬세하고 부드러운 질감에 소박하고 환한 녹색의 신선함을 담은 양부추는 따뜻한 계절을 알리는 전령이었다.

주방에 변화가 있었다. 닉이 그만둘 예정이었다. 그렇잖아도 로마가 그리웠던 닉은 마리오의 포레타 이야기에 솔깃해져서 이탈리아로 돌아가겠다고 결심했다. 그 얘기는 "스승님, 스승님이 걸어오신 길을 따라 걷고 싶습니다"라는 뜻을 담고 있었기 때문에 마리오는 우쭐해져서 공공연하게 닉을 제자로 거둬들였다. "이탈리아로 가는 것, 요리를 배울 길은 그 길뿐이야." 그러고는 온갖 충고를 분수처럼 뿜어냈다. "레스토랑 운영이 자네의 목표라면 신중하게 선택해야 해. 앞으로 하고 싶은 요리를 배울 수 있는 곳으로 가야겠지. 5,000달러는 필요할 거야. 그리고 신용이 좋은 카드도 하나 있어야 해."

어느 지역으로 갈지도 고민이었다. "남쪽은 음식은 좋은데 사냥감이 없어. 재미 볼 생각은 아예 접어야 할 거야." 그러니 문제였다. 어디로 갈 것인가. 마리오는 생각나는 대로 여기저기 주워섬기고, 닉은 바에 앉아 마리오가 체치노라는 로마의 트라토리아로 낙착을 볼 때까지 조용히 기다렸다. 마리오는 월요일에 전화를 걸어주겠다고 했다. 닉이 일과 고향을 버리고 떠나는 건 주방 안에서도 큰 사건이었다. 모두들 이탈리아가 아닌 곳에서 이탈리아 요리를 배우는 데에는 한계가 있다는 걸 새삼 깨달았다.

지나가 데리고 있던 스테이시 카사리노가 다시 오전의 재료준비팀으로 돌아왔다. 시험 삼아 저녁 영업에 투입했었는데 속도를 따라가지 못했다. "안타깝게도 그녀는 시집을 낸 시인이에요." 앤디는 더 무슨 설명이 필요하냐는 투였다. "생각이 너무 많아요." 주방엔 빈자리가 네 개였다. 한꺼번에 그렇게 된 건 아니지만 거의 동시다발적으로 일어났다. 마리오와 앤디는 신속하게 대처해야 했다.

완벽한 사람이 나타난 덕분에 한 자리는 즉시 채워졌다. 토니 리우가 지나의 디저트 스테이션에 새로 합류했다. 토니는 화려한 이력을 지녔는데도 굳이 밥보에서 일을 하고 싶어했다. 하늘이 내려준 선물이었다. 키가 작고 바짝 자른 검은 머리에 근육질의 어깨를 지녔으며 태도가 신중했다. 하와이 출신으로 여름엔 서핑을 하고 겨울엔 스노보드를 즐기는 사람답게 걸음걸이에서도 만능 스포츠맨의 매력적인 탄력이 느껴졌으며, 몇 달 동안 햇볕을 못 봐서 창백하고 신경질적인 도시의 요리사들 사이에서 딴 세상 사람처럼 보이기도 했다. 하지만 밥보의 장점을 배우겠다는 뜻을 세웠고, 그 목표에서 벗어나지 않는 듯했다. 사람들을 다정하게 대하면서도 미소를 짓는 법이 없다는 것이 한 예였다. 그리고 정오에 주방에 나오면 라틴아메리카 출신의 재료준비팀원들에게 일일이 에스파냐어로 인사를 했다. 아무도 하지 않던 일이었다.

토니는 별 네 개짜리 프랑스 레스토랑에서 일을 했고, 에스파냐에 가서 바스티앙 외곽에 있는 미슐랭 별점 셋짜리 레스토랑에서 근무한 경력도 있었다. 유럽의 두 가지 요리를 통달했다고 여긴 그가 다음으로 도전한 것이 이탈리아 요리였다. 그는 말로 보나 행동거지로 보나 나무랄 데가 없었고, 오래지 않아 주방의 일원으로 어우러졌다.

애비 보디커의 경우는 조금 달랐다. 푸드네트워크 재료준비팀에서 일하던 사람이라 다들 우려했다. 텔레비전 스튜디오는 레스토랑이 아니고, 메모와 프랭크는 애비가 자격미달에 경험부족이며 여자인 데다 그것도 모자라 여성적이기까지 하다고 평가했다. 간단히 말해서 라인에 투입할 재목이 못 된다는 뜻이었다. 메모와 프랭크는 둘만의 언어를 사용하는 고약한 쌍둥이처럼 위협적인 2인조로 돌변할 수도 있었다. 말은 거의 하지 않지만 눈썹이나 고갯짓으로 의사소통을 했고, 필요하다고 생각되는 상황, 이를테면 음식을 만들거나 특별 요리를 구상하거나 신참의 혹독한 신고식에서도 언제나 의기투합했다. 특히 프랭크는 애비의 일거수일투족에 딴죽을 걸었다—거봐, 내가 뭐랬어? 그러다 보니 반감이 없을 수 없었다. 애비는 확실히 여성적이었다. 깡총하게 묶은 금발, 작은 체구와 살짝 올라간 들창코, 이목구비도 오밀조밀했다. 주방에 오고 며칠 지나지 않아—새로 오면 누구나 스타터 스테이션부터 시작한다—더 강해진 것처럼 보였고, 가면을 쓴 것처럼 얼굴에서 표정이 사라졌다.

"여자들은 다 이 단계를 거쳐요." 엘리자가 말했다. "네안데르탈인이 재료준비팀장일 땐 더 심했죠." (엘리자는 네안데르탈인이 조와 리디아 바스티아너크가 새로 연 레스토랑을 맡기 위해 피츠버그로 떠나면서 그 자리를 이어받았다.) 엘리자는 마리오에게 불만을 토로하곤 했다. "그는 무례하고, 여성차별적이고, 성희롱을 서슴지 않아요." 브로콜리라베를 줄여 부르는 말(레이프라고 하는데, 이건 강간이라는 뜻이다)을 들을 때마다 섬뜩하고, 매춘부와 뒹군 얘기를 시시콜콜히 늘어놓는 것도 기겁할 일이었다. 하지만 마리오는 자기가 어떻게 할 수 있는 일이 아니라고 말했다. "생각을 해봐. 여긴 뉴욕이야. 현실을 받아들여야지." 네안데르탈인은 피츠버그에서 오래 버티지 못하고 해고됐다.

그러다 송아지 췌장과 관련된 대화에서 그런 상황을 직접 목격하게 됐다. 엘리자와 메모는 1인분으로 적당한 양을 놓고 이견을 좁히지 못하고 있었다. 엘리자는 6온스[약 170그램]가 좋겠다면서 저울을 사용하자고 했지만, 메모의 생각은 달랐다.

"B컵으로 하죠. 내 말을 믿어요, 엘리자. 남자들은 B컵이 어느 정도인지 다 안다니까." 그러면서 그 말을 증명이라도 하려는 듯이 양손으로 자신의 가슴을 움켜쥐었다. "송아지 췌장의 적당량은 B컵으로 정하면 돼요."

엘리자는 얼굴이 빨개졌다. "나······나······나는 저울을 사용해야 한다고 생각해." 그리곤 제3자 증인을 원하는 것처럼 나를 쳐다봤다. "왜 다들 그 모양이죠? 앞치마를 둘러야 하기 때문인가?"

아직도 빈자리는 두 개가 더 남았고, 우연찮게 마리오와 앤디가 동시에 자리를 비울 예정이라 마리오는 마음이 더 급했다. 앤디는 오래전부터 원했던 에스파냐 여행을 더는 미룰 수 없었다. 앤디는 8년 동안 마리오의 2인자 역할을 하면서 주방장들이 하나둘씩 떠나 마리오와 조의 후원 속에 자신의 레스토랑을 여는 걸 지켜봤다. 이젠 앤디차례였다. "언젠가는 나도 내 레스토랑을 열고 싶어요." 한번은 이렇게 속내를 털어놓았다. "밥보를 내 것처럼 생각한대도, 돈이 내 계좌로 들어오지 않는데 무슨 재미가 있겠어요?" 앤디도 마리오처럼 에스파냐에서 산 적이 있고, 적당한 곳이 나타나면 이베리아 스타일로 레스토랑을 꾸밀 생각이었다. 이번 여행은 영감을 얻기 위해서였고, 그는 사흘 동안 마흔여덟 군데의 레스토랑에서 식사할 계획을 세웠다.

빈자리 중 하나는 키가 멀대 같이 크고 붉은 머리에 흰 피부를 가진 스물여덟의 선머슴 같은 홀리 벌링이 채웠다. 면접을 보기는 했지만 마리오는 진작에 마음을 정했다. 홀리는 이탈리아에서 일한 경험이 있었다. 뭐가 더 필요하겠는가? 오래 있었던 건 아니지만(뇨키와 수제 파스타 만드는 법을 배우기 위해 아그리투리즈모라고 부르는 민박

농가에서 몇 주 머물렀던 게 전부다), 중요한 건 이탈리아어를 배웠고 현지의 주방을 겪어봤다는 것이다. "도전했고 배웠잖아요."

그리고 두 사람이 얘기를 나누는 모습이나 마리오가 홀리를 같은 부류로 여기는 걸 지켜보자니, 여자가 더 뛰어난 요리사 재목이라고 생각하는 그의 믿음이 더욱 굳어지는 듯했다. 마리오는 엘리자를 밥 보에서 최고의 주방장으로 여겼다. "경험이 가장 많아서가 아니라 여자이기 때문이죠. 말이 안 된다고 생각하겠죠. 나도 이해를 할 수가 없어요. 하지만 그런 증거가 반복해서 나타나는 걸요. 여자들이 더 월등해요. 음식을 대하는 태도 자체가 달라요." 과학적인 근거는 없을지 모르지만 조의 생각도 같았다. 엘리자가 재료준비팀을 맡은 후 볼로네제소스를 맛본 조는 저절로 고개가 끄덕여졌다고 한다. 이제껏 찾던 맛을 마침내 찾은 것 같았다. "사실이에요. 여자는 음식을 다루는 방법이 달라요. 저번 남자보다 훨씬 나았어요." 저번 남자란 네안데르탈인을 뜻했는데, 사실 볼로네제소스를 만든 사람은 따로 있었다. 당시에 재료준비팀의 일을 도맡아 하던 미구엘 곤잘레스의 솜씨였다.

홀리는 근로계약을 맺었다. 주급 500달러, 2년차부터 휴가 5일. 병가수당에 대한 언급은 없었다. 아프면 안 된다는 건 암묵적으로 이해된 조건이었다. 나는 독감에 걸렸을 때 이 사실을 깨달았다. 아픈 사람이 주방에 있으면 안 되니까 하루 쉬겠다고 엘리자에게 전화를 걸었더니 수화기 너머에서는 한동안 싸늘한 침묵이 흘렀다. 이런 것들은 명시되지 않았다. 나중에 메모는 열이 나서 재채기를 하고 소매로 연방 코를 훔치면서도 집에 가지 않겠다고 버티면서 내게 그 이유를 설명해 줬다. "주방장이 되겠다고 결심하는 순간 평생 병가를 내지 않겠다는 데 동의한 거예요. 이 직업이 요구하는 희생 가운데 하나죠."

마지막 한 자리가 골치였다. 앤디가 원하는 수준의 경력자를 채용할 예산이 없었다. 그러다 오전에 파스타를 만드는 '라틴계'의 마르셀로를 쓰면 어떨까 고민했다. 하지만 라틴계를 저녁 영업시간에 투입해도 될지 확신이 서지 않았다.

"괜찮을지 모르겠어요. 포에서는 그렇게 했지만 밥보는 다르니까요."

사람들은 '라틴계'를 이런 식으로 얘기했다(따옴표를 한 까닭은 어쨌거나 라틴아메리카가 광활한 지역이기 때문이다). 그렇기는 해도 이해가 안 되는 건 어쩔 수 없었다. 별 세 개짜리 레스토랑을 찾는 사람들은 멕시코 사람이 만든 음식을 좋아하지 않는다는 걸까?

"아니, 아니, 그런 게 아니에요. 여긴 주방이 더 크고, 하던 일을 중단하고 통역을 해야 하는 상황을 원치 않는 거죠." 그건 사실이었다. 마르셀로의 영어 실력은 초보 수준이었고, 마리오는 에스파냐어로 면담을 했다. 저녁 영업시간에 일할 마음의 준비가 되어 있나? 자네가 주방에서 유일한 라틴계가 된다는 걸 알아? 그 중압감을 견뎌낼 수 있겠어?

팔뚝에 붕대를 감은 마르셀로는 주의 깊게 듣고 대답했다. 네, 할 수 있어요. 마르셀로는 마리오의 축소판이었다. 작고 다부진 몸매, 질끈 동여맨 붉은 꽁지 머리, 고등학교 때 미식축구부에서 센터를 맡았을 것 같은 두툼한 목, 둥글둥글 다정한 얼굴. 그의 태도는 예의 바르고 신중했다. 나중에야 너무 긴장된다고 털어놨지만, 마리오도 다 알고 있었다. 그는 사람을 상대하는 직업 때문인지 태도에서 드러나는 불편한 기색을 예리하게 포착했다. "나는 사람들이 긴장하는 게 좋아요. 그런 모습을 보면 기분이 아-아-아-주 좋아요."

마리오는 마르셀로에게 다른 곳에서도 일을 하고 있냐고 물었다. 많은 '라틴계'들이 겹치기로 일을 했다.

"네." 마르셀로는 시간과 보수를 말했다.

"여기서 얼마를 받고 있지?" 마리오가 물었다. 그러면서 앤디를 쳐다봤다. 앤디는 정확한 액수를 몰랐다.

"일주일에 375달러예요." 마르셀로가 말했다.

"지금부터는 다른 데서 일하지 말게. 일주일에 550달러씩 줄 테니."

그건 엄청난 변화였다. 그리고 위상도 달라졌다. 마르셀로도 이제 당당히 '우리'의 일원이 된 것이다. 그는 주방으로 돌아갔다. 표정은 진지했지만 걸음은 한결 가벼웠다. 물풍선 위로도 너끈히 걸어갈 것처럼 가벼웠다.

나는 작은 레스토랑의 작은 역사에서 소박한 이정표가 될 만한 귀중한 순간을 목격했다. '라틴계'는 뉴욕의 어느 주방에서나 볼 수 있었다. 그들은 음식을 나르고 설거지를 한다. 그들은 이른바 가스타르바이터, 다시 말해 외국인 근로자였고, 그건 그들이 설거지처럼 고된 일을 하러 미국에 왔다는 걸 뜻했다. 하지만 대부분의 음식을 만드는 것 역시 그들인데도 라인의 노른자위는 백인들 차지였다. 엘리자의 재료준비팀에서 생산성이 가장 높은 요리사는 스무 살인 세자르와 스물한 살인 아벨라르도, 둘 다 '라틴계'였다. 엘리자는 아침마다 두 사람에게 작업지시서—서른 가지 일을 해야 할 때도 있었다—를 줬고, 오후가 중반을 넘어갈 무렵이면 저녁에 레스토랑에서 판매할 대부분의 것이 두 사람의 손을 거쳐 준비됐다. 그런데도 다른 사람들의 눈에 그들은 보이지 않는 존재였다. 심지어 고용인들에게도 그들은 대체가능한 인력일 뿐이었다(그들은 멕시코인이나 우루과이인, 또는 페루인이 아니라 '라틴계'라는 인종이었다). 영어도 제대로 못하고, 아무도 안을 들여다보고 싶어하지 않는 변두리 아파트에 우글우글 모여 사는 사람들. 그러니 마리오도 앤디도 마르셀로의 보수를 몰랐다. 이때까지 그의 존재를 온전히 인식하지 못했다.

"그럼 설거지할 사람이 필요하겠군." 면담을 마무리지으면서 마리오가 마르셀로에게 말했다. "혹시 아는 사람 있나?" 마리오는 그 일을 할 사람을 어디서 찾을지 알 수 없었다. 라틴계들끼리는 연결 고리가 있었다. 지금 설거지 담당인 알레한드로는 마르셀로의 뒤를 이어 파스타를 만들게 될 것이다. "사촌이나 가족 중 누구라도."

나는 급여가 나오는 어느 금요일 오후에 헤수스 살가도와 함께 있었다. 문을 연 그 다음날부터 밥보에서 일했다는 헤수스는 여성적인 볼로네제를 만들던 미구엘의 사촌이었다. 미구엘은 죽었다. 5월 19일이 1주기였는데, 그날의 일을 얘기하는 사람들의 목소리엔 수심이 가득했다. 미구엘을 직접 만난 적은 없지만 엘리자에게서 얘기는 들었다. 칼 다루는 솜씨며 요리에 대한 깊은 이해, 화려한 옷차림과 카리스마 등은 미구엘의 뒤를 이은 사촌 케사르에게서도 고스란히 반복되는 특징이지만, 엘리자의 말을 빌리자면 미구엘이 "훨씬 더 섹시"했다고 한다.

미구엘이 죽었을 때 케사르를 추천한 건 헤수스였다. 헤수스의 추천으로 들어온 건 미구엘도 마찬가지였다. (헤수스와 미구엘은 "형제 같은" 사이여서 한 명함에 이름을 함께 넣어 썼을 정도인데, 헤수스가 아직도 그 명함을 사용하는 걸 보면 조금 오싹한 기분이 든다.) 헤수스는 오후에 레스토랑을 청소하는 자리에 친동생인 움베르토를 추천했고, 재료준비팀의 마르코는 그의 사촌이다. 이 사람들이 전부 자신의 추천으로 들어왔기 때문에 헤수스는 책임감을 느낀다. 누가 지각을 하거나 나오지 않으면 헤수스가 해명을 해야 한다. '라틴계'와 나머지 사람들의 거리가 더 벌어지긴 했어도 고용자 입장에선 확실한 연락책을 둔 셈이었다. 고용자는 사회보장카드가 있는 사람이면 아무라도 상관없었다. 이 카드가 없으면 일자리도 구할 수 없지만 9·11 사태 이후에도 싼값에 카드를 손에 넣는 건 여전히 가능했다.

헤수스는 타고난 가부장 스타일이었다. 급여를 받는 날이면 일종의 확대가족이랄 수 있는 사람들을 죄 불러 모았다. 움베르토는 가죽 재킷에 가죽 신발을 신었다. 나이가 어린 케사르와 마르코는 펑퍼짐한 힙합 청바지에 빨간색 운동화를 신고, 헤드폰에서 나오는 랩음악에 맞춰 웅얼거리며 몸을 흔드는 것도 똑같았다. 헤수스가 지하실에 내려가 급여를 받아왔고, 모두를 이끌고 8번가에 가서 수표를 현금으로 바꿨다(은행 계좌를 튼 사람은 아무도 없었다). 케사르와 마르코는 저만치 떨어져 흥겹게 몸을 흔들며 어슬렁어슬렁 따라왔다. 우리는 워싱턴스퀘어 공원 벤치에 자리를 잡았다. 나는 헤수스에게서 미구엘 얘기를 듣고 싶었다.

헤수스는 멕시코시티에서 2시간 거리인 푸에블라 출신이고, 수많은 사촌들 역시 마찬가지다. 밥보에는 세상에서 파스타를 제일 잘 만드는 건 푸에블라 출신이라는 생각이 퍼져 있다. 그걸 제일 먼저 깨달은 사람은 조였다. 레스토랑 재료준비팀의 뛰어난 요리사 세 명이 전부 같은 곳 출신이라는 걸 알게 된 것이다. 나는 헤수스에게 푸에블라 출신들은 전부 파스타를 잘 만드냐고 물어봤다.

"글쎄요, 그건 간단한 얘기가 아니죠. 모두가 푸에블라 출신이긴 해요. 뉴욕에 사는 멕시코 사람 대부분이 푸에블라 출신이에요." 라미그라. 헤수스는 멕시코 이민을 그렇게 불렀다. 푸에블라는 인구밀도가 높은 가난한 도시인데 누군가 뉴욕에 성공적으로 정착하면서 그 뒤를 따르는 이민 행렬이 줄을 잇게 됐을 뿐이다. "푸에블라 사람들은 패스트푸드라는 걸 몰라요. 직접 만든 음식만 알죠. 맥도날드가 있긴 하지만 나는 거기서 한 번도 뭘 먹어본 적이 없어요. 그만한 돈을 낼 능력이 없으니까요. 우리한테는 거기가 별 세 개짜리 레스토랑이나 다를 게 없어요. 햄버거 하나가 일주일 급여와 맞먹죠. 그러니까 다들 음식을 직접 만들어 먹을 수밖에요."

헤수스는 고향에 가면—8년 동안 한 번도 가지 않았다—할머니가 염소를 잡아 잔치를 벌여줄 거라고 했다. 아보카도 잎으로 염소 고기를 문지르고("잎에서 나오는 기름이 염소의 누린내를 없애주거든요") 호박씨와 땅콩 초콜릿과 정향을 버무린 반죽으로 잘 감싸서 뜨겁게 달군 석탄 사이에 묻어둘 것이다. "양 머리도 비슷한 방식으로 조리해요. 밥보의 조리방식은 상당히 시골풍이기 때문에 우리에겐 익숙하죠. 스커트 스테이크는 멕시코식이고 그릴도 비슷해요. 우리는 바비큐를 바르바코아라고 부르는데, 고기를 그런 식으로 조리하죠. 큼지막한 고깃덩어리는 기름에 살짝 볶다가 뭉근한 불에서 익히고, 바뇨 마리아라고 부르는 중탕냄비는 타말레를 만들 때 써요. 밥보 정도 되는 주방에서는 배울 게 많지만 이미 알고 있는 것들도 많아요." 주말엔 퀸즈에서 결혼식이 열릴 예정이었다. "다들 음식을 가져올 거예요. 돼지고기, 칠면조고기, 닭고기." 크리스마스 때도 마찬가지다. "그날은 다 같이 모여 음식을 만들어 먹는 날이죠." 엘리자는 미구엘과 나눴던 대화를 기억하고 있었다. "미구엘은 집에서 만드는 음식 얘기를 자주 했어요. 케사르도 비슷해요. 그들에겐 주방을 전체적으로 보고 흐름을 파악하는 능력이 있어요. 워크인에 뭐가 있고, 어떤 걸 새로 주문해야 하는지도 알고 있죠. 요리학교를 졸업한 웬만한 사람들보다 더 많이 알아요."

뉴욕에 처음 도착한 미구엘을 돌봐준 건 헤수스였다. 그들은 함께 살았다. 형제, 사촌, 친구까지 모두 아홉 명이 한 가족이 되어 브롱크스에 있는 방 세 개짜리 아파트에 모여 살았다. 미구엘은 밥보에 일자리를 얻은 후에 영어학원에 다니기 시작했고, 그곳의 강사인 미라벨라라는 푸에르토리코 여자와 사귀기 시작했다.

엘리자도 그 여자를 기억했다. "둘 사이엔 문제가 있었고, 여자는 시도 때도 없이 전화를 했어요. 목소리를 듣고 연상이라는 건 짐작했지만 장례식에서 얼굴을 보기 전까진 몇 살 차이인지 몰랐죠. 미구엘은 스물두 살이었는데, 여자는 마흔둘이었어요. 마흔둘 먹은 여자가 뭐 하자고 스물두 살짜리랑 데이트를 하는지 몰라."

크리스마스 때 미구엘은 헤수스에게 조언을 구했다. 한동안 미라벨라와의 관계가 격렬했던 건 사실이지만 미구엘은 원만히 해결됐다고 말했다. 미라벨라는 미구엘에게 자기 집으로 들어오라고 했다. 그녀는 브루클린에 아파트가 있었다. 두 사람은 이듬해 6월에 결혼할 예정이었다.

"그때까지 여자를 본 적이 없었어요." 헤수스는 내게 말했다. "미구엘은 한 번도 여자를 집에 데려오지 않았어요. 그걸 어떻게 해석해야 할지 모르겠어요. 다른 문제도 걸려 있었죠. 여자는 늘 돈에 쪼들렸어요. 심장이 안 좋다나, 전문의를 찾아가야 한다고 했죠. 미구엘도 넉넉하진 않았어요. 심장이 좋지 않은 연상의 애인한테 돈을 대줄 여력은 없었어요. 미구엘이 내 의견을 묻더군요. 나는 여자네 집에 들어가면 안 된다고 했어요." 미구엘은 같이 사는 다른 사람들에게도 물어봤다. 다들 가지 말라고 했다.

해가 바뀌고, 미구엘은 여자의 아파트로 거처를 옮겼다.

싸움은 그치지 않았다. 이제 미라벨라는 하루가 멀다고 주방으로 전화를 걸었다. 엘리자는 여자의 억양에서 독단적이고 오만한 기운을 느꼈다. "주방 사람들은 그 여자가 신분증 암거래를 한다고 수군거렸어요. 신분증을 사고판다는 거죠." 당시 사회보장카드를 손에 넣는 값은 65달러였다. 영주권인 그린카드는 좀더 비쌌다. 여권의 값은 천차만별이어서 좋은 건 몇백 달러까지 나가기도 했다.

"이 친구들은 아무도 서류가 없어요." 엘리자의 말이었다. "어쩌면 그 여자가 미구엘의 처지를 약점으로 잡고 협박을 한 건 아닐까, 그런 의구심이 들기도 해요. 그는 자기가 곤란해지면 모두를 나락으로 끌고 들어가지 않을까 두려웠겠죠."

둘 사이의 관계는 개선되지 않았다. 헤수스는 이렇게 말했다. "미구엘은 우리에게 조언을 구했고, 우리의 반대를 무릅쓰고 집을 나갔기 때문에 다시 돌아올 수 없다고 느꼈던 거예요. 부끄러워서. 그에겐 갈 곳이 없었어요."

마지막 출근이 된 5월 18일에 미구엘은 엄청난 양의 일을 해치웠다고 한다. 한 주 동안 쓸 재료를 준비했다. "그러고는 자기가 생선 다듬을 때 쓰던 칼을 비닐봉지에 넣어서 제게 줬어요. 저는 그게 무슨 뜻인지 몰랐죠. 그냥 고맙다, 멋지다, 이렇게 말하고 말았어요."
그는 다음날 브루클린 아파트에서 샤워 고정장치에 목을 맸다. 헤수스는 소식을 듣자마자 당장 달려갔다. 여자의 아파트에 간 건 그때가 처음이었다. 경찰은 미구엘의 시신을 보여주지 않았다.

헤수스는 서른셋이지만 그보다 늙어 보였다. 숱이 무성한 검은 머리는 지푸라기에 까만 타르를 칠해놓은 것처럼 뻣뻣하고, 강인해 보이는 각진 코와 흉터에서는 묵직한 인상이 풍겼다. 그는 미구엘의 아버지이자 자신의 삼촌에게 전화를 걸었다. "삼촌의 비통함은 이루 말할 수 없었어요. 어떤 말로도 이해시킬 수 없었죠."

헤수스는 잠시 말을 멈췄다. 우리는 여전히 공원 벤치에 앉아 있었고, 우리를 에워싼 사촌과 형제들은 서두르는 기색 없이 참을성 있게 쳐다보고 있었다. 헤수스는 내게서 고개를 돌려 허공을 응시했다. 눈가에 고이는 눈물을 들키고 싶지 않아서였다. 그는 숨을 들이쉬더니 말을 이었다. 장례식을 마친 후 시신을 멕시코에 보내기 위한 절차를 밟았다. 앤디가 편지를 썼다. "미구엘이 얼마나 훌륭한 사람이었는지에 대한 내용이었죠. 이 상황을 이해하지 못할 부모님들에게 보내는 편지였어요. 이해하지 못한 건 우리도 마찬가지였고, 지금도 이해가 되지 않아요."

헤수스가 자리에서 일어났다. 모두가 따라 일어났다. "우리는 아주 가깝게 지냅니다." 그가 다른 사람들을 가리키며 말했다. "두 번 다시 이런 일이 일어나길 원치 않아요. 얘기도 자주 하고, 외로움을 느끼는 사람이 없도록 신경을 써요." 그는 지하철역을 향해 걸음을 옮겼고, 한 무리가 그 뒤를 따랐다. 모두들 주체할 수 없는 슬픔에 어깨를 축 늘어뜨리고 걸어갔다.

경찰에 전화를 걸었다. 헤수스는 담당 형사의 이름과 연락처를 간직하고 있었다. 람포소네 형사였는데, 그의 동료와 통화를 할 수 있었다.

"아, 네. 기억나네요. 멕시코 친구였죠. 아주 끔찍했는데. 친구들이랑 술을 마시고 권총을 가지고 장난을 치다가 내기에서 진 거였어요. 엉망이 됐죠."

이게 무슨 소리람. 그래서 헤수스가 시신을 볼 수 없었던 걸까? "아니에요." 나도 모르게 말이 불쑥 튀어나왔다. "러시안룰렛 얘기를 하는 사람은 아무도 없었는데요."

형사도 당황했다. "가만있자, 람포소네와 직접 얘기를 해보시는 게 좋겠네요. 내가 다른 사건하고 혼동한 것 같아요."

람포소네는 다른 관할에 근무했고, 그 사건을 기억하지 못했다. 이름과 정황, 날짜를 말해줬는데도 여전히 아무것도 떠올리지 못했다. "죄송합니다. 다 잊어버렸어요."

다시 열 달쯤 흐른 어느 날, 나는 마르셀로의 후임인 알레한드로와 파스타를 만들고 있었다. 내가 밥보에 처음 왔을 땐 설거지 담당이었던 알레한드로는 푸에블라 외곽의 농장에서 태어나 열여섯 살 때 그곳을 떠났다. 뉴욕에 온 지는 4년이 됐다. 아직 어린애였다. (어느 날 오후에 재료준비팀 사람들이 지하실에서 평상복으로 갈아입고 있는데—작은 옷장의 절반만한 공간에서 다 같이 옷을 갈아입는다—엘리자가 알레한드로의 배를 빤히 쳐다봤다. 그렇게 어린 친구인데도 물렁물렁한 뱃살이 볼록 튀어나왔다. "멕시코 남자들은 다 이래요." 그는 배를 철썩 내리치면서 명랑하게 말했다. "마초 배불뚝이죠.")

나는 에스파냐어를 조금 할 줄 알고, 알레한드로의 고향집 얘기를 듣고 싶었다. 그 농장에서는 어떤 가축을 키우고, 어떤 채소를 기르고, 가족이 둘러앉은 식탁에서는 뭘 먹는지. 그런 질문에 대답하는 거야 어렵지 않지만, 알레한드로에겐 "주방을 전체적으로 파악하는 능력"이 없었다. 그에게 이곳은 직장일 뿐이었다. 흠잡을 데 없이 훌륭한 요리사이긴 해도 음식 얘기에는 흥미가 없었다. 그가 관심을 갖는 건 미국 여자를 만나는 일이었다. 그는 내게 에스파냐어 공부를 도와주겠다고 하더니, 클럽에 데려가 준다면 농장의 채소 얘기를 들려주겠다고 했다. 그때 마르셀로가 들어왔다. 아내는 밖의 차에서 기다리고 있었다. 그는 얼마 전에 태어난 아기에게 주방을 보여주고 싶었다. 마리오와 면담을 한 직후에 가져서 몇 주 전에 태어난 조그만 아기가 담요에 싸여 아빠의 품에 안겨 있었다. 새로운 직책은 그에게 자신감과 안정감을 줬고, 마르셀로는 아이를 가져도 되겠다고 생각했다.

뉴욕에 살지 않는 사람들은 이민자들이 다시 한 번 이 도시의 풍경에 영향을 미치고, 이 도시의 현상이 곧 전체로 확산된다는 걸 잘 이해하지 못한다. 1892년에 뉴욕 사람 열 명 중 네 명은 해외에서 태어났다. 그리고 그 비율은 1998년 이후에 다시 회복됐다. 라틴아메리카와 러시아, 아시아, 알바니아, 그리고 발트해 연안국에서 흘러드는 합법, 또는 불법 이민자들 덕분이다.

조의 부모님도 이민자였다. 티토의 주도로 유고슬라비아에 통합됐을 때 이스트리아 지역에 살던 이탈리아 소수민족이었다. 전쟁 이후 미운털이 박힌 이탈리아 사람들은 융화되거나, 그러지 못하겠으면 떠나라는 통고를 받았다. 조의 아버지는 배에 몸을 싣고 불법으로 뉴욕에 도착했다. 열다섯 살 때였다. 어머니인 리디아는 좀더 일반적인 수순을 밟아 망명자 수용소에 들어갔다. "레스토랑은 뉴욕 이민자들의 밥줄이에요." 조가 말했다. 그의 아버지가 처음으로 구한 일자리도 레스토랑이었다. 그가 얻은 첫 번째 거처는 이민자가 운영하는 빵가게 위의 살림집이었다. 35년이 흐른 지금, 그 아들은 번듯한 레스토랑의 공동사장이 되어 또다른 세대의 이민자들에게 밥줄을 제공하고 있었다. 그는 아르헨티나에서 온 마르셀로(파스타 만드는 실력은 뛰어나지만 푸에블라 출신은 아니다)를 고용했다. 그리고 마르셀로는 이제 이 나라에서 가정을 꾸릴 만큼 안정감을 느꼈다. 누군가는 죽고, 어딘가에서는 새 생명이 태어났다

언젠가 마리오에게 그의 주방에서 뭘 배울 수 있냐고 물어봤다.

"집에서 만드는 음식과 전문적인 요리 사이의 차이점이죠. 레스토랑 주방의 현실을 알게 될 겁니다. 집에서야 뭐든 원하는 대로 원하는 시간에 만들어도 상관없죠. 토요일에 친구들을 초대해 놓고 양고기를 레어로 익혔다가 이듬해에 다시 초대했을 땐 웰던으로 익혔다 해도 문제될 게 없어요. 하지만 여기서는 지난번에 먹었던 그대로를 기대합니다. 일관성에 대한 부담감이 커요. 바로 그게 이곳의 현실이죠. 그 엄청난 부담감." 그는 잠시 생각하더니 말을 이었다. "주방을 인식하는 능력도 확장될 거예요. 오감을 다 사용하고, 시각정보에 전적으로 의존하는 게 아니라는 걸 실감할 거예요. 뭔가가 다 익었을 때 나는 소리, 요리가 다 됐을 때의 냄새를 알게 되죠."

언젠가 프랭크도 "주방의 인식"이라는 말을 한 적이 있다. 마치 그 강좌를 신청해서 듣고 있는 것 같았다. 라인쿡들이 냄새에서 신호를 감지하고 조리하는 음식을 다루는 모습이나 소테 팬에서 나는 소리를 듣고 재료를 뒤집는 것 같은 모습에서 그걸 본 것 같기도 했다. 하지만 그렇다고 해서 나도 그런 능력을 갖게 될 거라고 기대하는 건 무리였다. 주방은 여전히 불가해한 공간이었다. 그곳은 하루 종일 정신없이 돌아갔다. 그런데 나도 모르는 사이에 정신없이 돌아가는 그 속에서 교육을 받고 있었다. 정신없이 돌아가는 중에 반복이 이루어졌고, 반복하고 또 반복하며 냄새를 맡고 또 맡았다. 그러다 어느 순간, 그게 무슨 음식이라는 건 물론이고 지금 어떤 상태인지까지 알아차릴 수 있게 됐다. 다음날에도 똑같았다. (그때 나는 공식적으로는 다른 라인 소속이었지만 이러저러한 이유로 재료준비팀에서 일을 하고 있었다.)

언젠가 앤디가 했던 말이 떠올랐다. "요리학교에서는 칼을 쓰는 기술을 익히지 못해요. 왜냐하면 거기서는 양파를 여섯 알밖에 주지 않으니까. 양파 여섯 개는 아무리 집중을 해봐야 여섯 개일 뿐이고,

100개를 자르는 것만큼 배울 순 없어요." 하루는 양의 혀를 100개하고도 50개를 더 받았다. 양의 혀를 만져보는 건 처음이었는데, 미끈거리면서도 사람의 혀와 너무 비슷해 심란할 지경이었다. 그래도 150개를 만지고 다듬고 껍질을 벗기고 썰었더니 어느새 전문가가 되어 있었다.

한번은 엘리자가 배달된 재료를 받으러 자리를 비운 사이에 양 다리 냄새에서 변화가 감지됐다. 3미터쯤 떨어진 곳에서 커다란 팬에 담겨 노릇노릇 익어가는 중이었다. 나는 뭔가에 홀린 듯이 다가가 양 다리를 뒤집은 다음, 하던 일을 계속했다. 내 코는 그것들이 충분히 익어서 1분만 더 놔뒀다간 못 쓰게 된다고 말해줬다. 엘리자가 다시 돌아왔을 땐 그것들을 내려놓고 다른 양 다리를 불에 올려놓은 후였다. 엘리자는 놀란 표정으로 나를 쳐다봤다.

그건 자그마한 도약이었고, 나는 요리를 하게 됐다. 처음으로 맡은 건, 당연하게도, 양 다리였다. 그 다음으로 맡은 건 소의 볼 살이었는데 조리하는 방식은 기본적으로 똑같았다. 노릇하게 굽다가 와인과 물을 적당히 넣고 살이 떨어질 때까지 뭉근히 끓이는 것이었다. 이런 조리방식을 브레즈라고 했다. 오리의 허벅지 살과 토끼고기 라구, 소 혀, 뿔닭 다리 등을 차례로 맡았다. 한번은 볼 살을 조리할 때였는데, 오븐에 1시간은 더 둬야 하는 상황에서 다 익은 냄새가 났다. 나는 그걸 바로 꺼내지 않았고, 그건 실수였다. 고기는 거의 다 타버렸다. 하지만 그 대신 내 감각을 믿어도 된다는 확신을 얻었다.

# 하늘에서 내려준 맛,
# 쇼트립

쇼트립에 대해 이해할 필요가 있었다. 그게 뭔지 정확히 몰랐기 때문이다. 엘리자가 준비하는 걸 돕기도 하고, 그 메뉴가 없는 레스토랑이 없다는 것도 알고 있었다. 이름깨나 날린다는 뉴욕의 레스토랑은 전부 쇼트립을 요리하는 것 같았다. 그뿐만 아니라, 이게 등장한 건 벌써 15년 전의 일이었다. 사람들은 잘 모르지만 도시마다 그곳의 레스토랑에서만 접하게 되는 메뉴가 있다. 어떤 재료나 조리법은 희한할 정도로 자기복제에 가깝게 퍼져나간다(그런데 다른 지역으로 확산되는 경우는 거의 없다. 최근까지도 보스턴이나 시카고의 레스토랑 메뉴에서는 쇼트립을 찾아볼 수 없었다). 그 이유는 주방장들이 여기저기 쉽게 옮겨 다니기 때문이다. 한곳에 진득하게 머무는 사람이 없고, 맨해튼에서는 그런 경향이 특히 심하다. 마리오가 1년을 채우지 않고 나가는 사람에게 추천서를 써주지 않는 이유도 그 때문이다.

("내가 왜? 평생에 걸쳐 고안한 내 아이디어를 훔쳐가라고?")

쇼트립은 본질적으로 전용될 수밖에 없는 재료인데, 레스토랑마다 고유한 스타일에 맞춰 재해석하기가 무척 수월하기 때문이다. 별 네 개짜리 프랑스 레스토랑에서는 프랑스 음식이 되고(송아지 스톡에 삶은 것을 기름을 두른 팬에서 굽고, 거기에 셀러리를 얹어낸다), 화려한 장식의 별 네 개짜리 유로-아시안 레스토랑에선 퓨전으로 변신하며(흰쌀밥과 청경채와 마름을 밑에 깔고 그 위에 쇼트립을 얹는다), 현금만 받는 베트남 식당에 가면 완전히 이국적인 음식이 된다(레몬그래스 줄기를 꽂고 자두소스를 곁들인다). 그리고 이탈리아 레스토랑에서는 이탈리아를 상징하는 것들—예외 없이 폴렌타—을 함께 낸다. 밥보에서는 파슬리와 레몬 제스트, 그리고 고추냉이를 듬뿍 얹는다(고추냉이는 전통적으로 쇠고기와 궁합이 잘 맞을 뿐 아니라, 고추냉이와 레몬은 마리오 바탈리가 지향하는 매콤하고 새콤한 맛을 내준다). 밥보에서는 이 요리에 브라자토 알 바롤로라는 이름을 붙였는데, 바롤로에 넣고 브레즈 조리법으로 익혔다는 뜻이다. 바롤로는 이탈리아 북부에 있는 피에몬테 지역에서 나는 좋은 레드와인이다.

약한 불에서 서서히 찌는 조리법인 포트로스트의 변형인 브레즈는 고기에 물—와인이나 육수, 또는 두 가지를 섞어서—을 붓고 아주 서서히 익히는 방식이다. 브레즈로 조리하는 고기는 으레 다리나 어깨처럼 한참 두드려야 씹을 수 있는 단단한 부위를 큼직큼직 잘라낸 것들이다. 이탈리아에서는 오래전부터 겨울에 이 조리법을 활용했고, 난방용 장작 스토브에서 익힌 요리에는 뿌리채소의 은근한 풍미가 담긴다. (예를 들어 이탈리아에서 가장 오래된 요리책으로 예수가 살았던 시대에 마르쿠스 가비우스 아피시우스라는 사람이 라틴어로 쓴 『요리법에 대하여(De re coquinaria)』라는 책에도 브레즈 조리법이 수록되어 있다. 그는 야생 오리나 뻣뻣하고 질겨서 다른 방법으로는 도저히 먹을 수 없는 엽조(獵鳥)류에 시간을 망각해야 하는 이 방법을 귀했다.)

피에몬테 와인을 들먹인 밥보의 요리에서 한 가지 짚고 넘어가야 할 사실은 바롤로가 들어가건 들어가지 않건, 피에몬테 지방에서는 쇼트립 브라자토를 찾아볼 수 없다는 점이다. 내가 다그쳐 물었더니 마리오는 요리의 작명에 약간의 창의력이 발휘됐음을 시인했다. 그 역시 1993년 겨울에 도미니크 스트리트에 있는 '앨리슨'이라는 레스토랑에서 그걸 맛볼 때까지 쇼트립이라는 게 뭔지 전혀 몰랐다. 거기서는 쇼트립을 북아프리카 스타일로 요리해서 쿠스쿠스[밀가루를 쪄서 고기나 야채 등을 얹어내는 북아프리카 요리]를 곁들여 냈다. 2002년 발렌타인데이까지도 뉴욕에서 가장 낭만적인 레스토랑으로 손꼽혔던 앨리슨은 이제 문을 닫았지만, 그곳의 주방장이었던 톰 발렌티에게 연락을 해봤다. 발렌티는 1980년대 말에도 양 다리로 큰 반향을 일으켰는데, 조리의 원칙은 같았다. 저렴하고 근육이 발달된 살코기(정강이 살)에 와인과 육수를 붓고 뼈에서 살이 떨어질 때까지 익히는 것이다.

이 요리가 큰 인기를 끌면서 너도나도 따라하자 발렌티는 같은 방법으로 요리할 다른 고기를 찾아 나섰다. "쇠고기로 뭔가를 만들고 싶었지만 비프스튜는 질색이었어요. 퍽퍽하고 질기잖아요. 여기저기 뒤지다가 쇼트립을 이용한 옛날 레시피를 보게 됐죠. 나는 소의 다른 부위보다 쇼트립이 좋았어요. 맛도 깊고 마블링도 뛰어나고 비계도 적당히 섞여 있어서 퍽퍽해지는 법이 없거든요." 1990년에는 쇼트립에 작은 필레를 곁들였다. "쇠고기를 두 가지 방법으로 요리한 셈이죠. 쇼트립이 싫으면 다른 걸 선택할 수 있도록 배려한 거예요." 현재 발렌티가 운영하는 레스토랑에서도 쇼트립은 고정 메뉴다. 6개월 정도 메뉴에서 뺐더니 "손님들의 질타가 쏟아졌다"고 한다. 1990년엔 450그램에 45센트하던 쇼트립이 지금은 발렌티 덕분에 5달러가 넘는다.

하지만 구체적으로 소의 어느 부위를 말하는 걸까? 엘리자는 대답을 하지 못했다. 4년 동안 만졌으면서. 심지어 발렌티조차 확실히 말해주지 못했다. 밥보와 마찬가지로 그 역시 도축장에서 잡아 서너 개 단위로 진공포장된 고기를 받아서 쓴다. 나는 동네 정육점을 찾아갔다. 웨스트빌리지에서 정육점을 하는 베니의 설명은 명쾌했다. 갈비는 양쪽으로 각각 13개의 뼈가 있는데, 그중 가장 길고 살이 많은 여섯 개는 프라임립이라고 해서 우리가 흔히 먹는 립로스트의 재료가 된다. (워터스 부인의 유혹을 받을 때 톰 존스가 먹었던 건 프라임립일 게 분명하다. 갈비를 양손으로 잡고 두툼한 고깃점을 뜯어 먹었으니까.) 그런데 아래쪽 서너 개와 어깨 쪽 서너 개의 길이는 짧다. 그래서 이걸 쇼트립이라고 하고, 서너 개 단위로 포장되는 것도 그 때문이다. 아래의 서너 개와 위의 서너 개. 게다가 위쪽은 비계가 너무 많아 못 쓰는 경우도 많다.

사실은 그렇게 짧은 것도 아니다. 상대적으로 짧다 뿐이지 대략 30센티미터 정도 된다. 살도 놀랄 만큼 많다. 스페어립이라고 부르는 돼지 갈비랑 비슷하지만, 먹을 게 훨씬 더 많다.

일단 갈색이 되도록 굽는 것부터 시작한다. 그리고 "포장을 뜯고 위로" 꺼내야 한다. 엘리자가 이 말을 해줬을 땐 이미 옆으로 꺼낸 다음이었다. "그래야 피가 옷에 튀지 않아요." 내 옷은 온통 피투성이가 됐다. 그 다음에는 갈빗대 사이의 살코기 부분을 잘라서 하나씩 떼어낸다. "조심해요." 엘리자가 말했다. "제발." 갈비를 호텔팬에 놓고 양쪽으로 소금과 후추를 듬뿍 뿌린다. 그러면 주근깨투성이가 된다. (알고 봤더니 호텔팬이라는 건 사실상 팬이라기보다 트레이에 가까웠는데, 오븐에 들어가는 가장 큰 트레이여서 호텔에서 필요로 할 만큼 크다는 이유로 그렇게 불렀다.)

밥보에서는 한 번에 소 세 마리에 해당되는 쇼트립을 조리한다. 최대 48개지만, 넷 중 하나는 어처구니없을 만큼 비계가 많아서 도저히 쓸 수가 없고, 휘어지거나 기형이거나 너무 못생겨서 쓰지 못하는 것들도 있다. (나는 부메랑처럼 휘어진 뼈다귀를 들고 목장의 취미생활에

'소 권투' 같은 게 포함되어 있는 건 아닌가, 한가한 생각에 잠겼다. 그게 아니라면 이 소한테는 대체 무슨 일이 있었던 걸까?) 아무튼 이 부위가 원래 그렇기 때문에—돌연변이 같은 것들이 나오기 때문에—집에서 쇼트립 요리를 할 때도 필요한 양의 두 배, 4인분이라면 여덟 개쯤 구입하는 게 좋다. 남은 걸로는 다른 요리를 만들 수 있다. 밥보에서는 못 쓰는 갈비에서 떼어낸 고기를 파르메산 치즈에 버무려서 라비올리 속으로 쓴다. 케사르가 먼저 가져다가 얼얼하게 매울 정도로 고추를 듬뿍 넣고 타코에 채워서 다 같이 간식으로 먹을 때도 있다. 흰 밀가루로 반죽한 토르티야는 센 불에서 굽는다.

고기를 갈색이 되게 굽는 이유가 육즙이 빠져나가는 걸 막기 위해서가 아니라는 사실은 이제 널리 알려졌다. 진짜 이유는 풍미를 좋게 하기 위해서다. 바삭한 겉 부분이 이를테면 단백질 랩 같은 역할을 한다는 잘못된 믿음은 19세기 독일 화학자인 유스투스 폰 리비히의 검증되지 않은 추론에서 비롯됐다. 단백질이 고온에서 응고되면 피가 흐르는 상처를 소작(燒灼)할 때처럼 봉인효과가 발생한다는 그의 이론은 과학적 근거로 포장되어 육수에 넣어 서서히 익히던 전통적인 방법을 밀어내고 센 불에 빨리 익히는 새로운 조리법을 대중적으로 확산시켰다. 그 이론은 놀랍게도 거의 한 세기 동안 의심 없이 받아들여지다가 1984년에야 화학자이자 음식전문가인 해롤드 맥기에 의해 그런 봉인효과란 존재하지 않으며 우리가 고기를 갈색으로 구워 먹는 이유는 맛 때문이라는 사실이 밝혀졌다.

고기가 갈색이 되는 이유는 열에 의해 단백질이 분해된 결과인데—표면이 캐러멜화되고(정말로 더 달고 향도 짙어진다) 조직이 변한다—그만한 열을 가하려면 최소한 170도가 되어야 한다. 그리고 냉압착방식으로 추출한 엑스트라버진 올리브기름은 180도에서 연기가 나기 시작한다. 그러니까 신중을 기한다면 10도의 온도 차이에서 행복을 찾을 수 있다. 그 좁은 틈에서만 주방과 동료들의 폐를 오염시키지 않으면서 올리브기름으로 고기를 갈색이 되게 구워낼 수 있는 것이다. 그런데 아뿔싸, 밥보에서는 이게 통하지 않았으니! 바닥이 두꺼운 커다란 팬—지름이 약 90센티미터인 '론도'—을 플랫톱에 얹고 바닥에서 연기가 올라오기 시작하면 올리브기름을 안에 부어야 한다.

처음에는 조금 주저됐다. 악당을 향해 발사하려는 권총처럼 양손에 갈비를 들고 정말이지 뜨거운 그 안을 들여다봤다. 뜨겁게 달궈진 올리브기름은 마치 해류처럼 흐름을 그리고 있었다. 올리브기름 해류라는 건 생전 본 일이 없었고, 어쩐지 마음에 들지 않았다. 그렇게 서 있자니 어딘가에서 작은 목소리가 들려왔다. 내 뇌의 뒷방쯤에 살고 있는 작은 남자, 상식이라는 이름의 그 남자가 말을 걸었다. 요리학교 같은 데는 다녀본 적이 없는 상식 씨는 뜨거운 팬, 뜨겁다 못해 기름이 평평 튀는 팬 바닥에 손을 집어넣을 생각일랑 하지 말라고 충고했다. 그래, 그래야겠지? 당연하지!

그래서 그냥 갈비를 넣기 시작했다. 나는 갈비가 바닥에 닿기 전에 그걸 손에서 놨다. 갈비가 바닥에 떨어지는 순간 뜨거운 기름이 사방으로 튀었고, 팬의 가장자리로 사납게 튀어 오른 기름이 내 손가락을 뒤덮었다. 이루 말할 수 없는 강력한 고통에 피부가 즉각적인 반응을 보였고, 손끝과 첫 마디 사이의 그 여린 부위에 지구본만한 물집이 부풀어 올랐다. 엄지를 제외한 네 손가락에 각각 하나씩. 그 지구본은 나름대로 아름다워서 언뜻 보면 빛나는 작은 보석 같기도 했다.

오케이, 알았어. 나는 그렇게 해서 온 세상 사람들이 진작부터 알고 있던 걸 터득했다. 뜨거운 기름 속으로 다이빙을 할 땐 배치기를 해서 기름이 사방으로 튀게 하면 곤란하다는 걸. 갈비는 아직도 마흔여섯 개가 남았으니, 이제부턴 바닥으로 조심스레 미끄러뜨려야겠다고 다짐했다. 그런데 문제가 있었다. 손가락마다 달린 이 지구본만한 보석이 열에 민감한 반응을 보여서 기름에 다가갈라치면 못 참겠다고 난리를 부렸다. 그리고 아주 희한한 일이 일어났으니, 갈비를 막

넣으려는 찰나, 이놈의 손가락들이 줄을 풀고 달아나는 강아지처럼 제멋대로 도망을 치며 갈비를 떨어뜨린 것이다. 갈비는 또 배치기를 했다. 기름은 또 튀었다. 이번에도 뜨거운 기름은 포효하며 솟아올라 이번엔 손가락 마디가 아니라 거기 돋아난 보석 같은 물집을 뒤덮었다. 물집 위에 또 물집. 고기에 일으켜야 할 작용이 고스란히 내 손에서 일어나고 있었다. 고열로 단백질 조직을 분해하는 것.

하지만 이런 생각은 나중에야 들었고, 그땐 오로지 한 가지 생각뿐이었다. 이 고통의 원천에서 벗어나야 한다는 생각. 나는 공중으로 펄쩍 뛰었고, 위로 솟구쳐 오르는 동시에 불구가 된 관절들을 사타구니 사이에 끼우며 울부짖었다. 남자들은 왜 이렇게 하는 걸까? 남자들은 거기서 위안을 찾게 되어 있는 걸까? 아무튼 다시 착지를 했더니 멕시코 요리사들이 안쓰러운 표정으로 쳐다보고 있었지만, 그 표정에 담긴 메시지에는 오해의 여지가 없었다. 아이고, 세뇨르. 당신은 진짜 멍청이로군요. 케사르가 자기 집게를 건네줬다. 이걸 쓰세요.

아하. 그렇게 해서 또 한 가지를 터득했으니, 집게를 쓸 것.

고기를 갈색이 되게 구운 다음엔 복잡할 게 없다. 하긴 집게를 쓰면 갈색이 되게 굽는 것도 복잡할 게 없지만. 아무튼 이제 다섯 단계가 남았다.

1단계. 갈색을 띠고 윤기가 도는 갈비를 '집게를 써서' 론도에서 꺼내고, 브레즈 조리를 위한 육수를 준비한다. 갈비를 담가 익히기 위한 것이다. 여기서 육수는 중요하지만 갈비가 충분히 담길 정도만 되면 구체적으로 어떤 육수를 사용하는가는 그리 중요하지 않다. 아일랜드 포트로스트에서는 그냥 물을 쓴다. 물론 와인과 고기 육수에 채소를 듬뿍 넣으면 맛과 향이 좋아서 더 이상적이긴 하다. 밥보에서는 1.5리터들이 대용량 와인 세 병을 붓는다. 요리 이름에 붙인 것처럼 바롤로를 쓰진 않지만, 저렴하면서도 질이 좋은 캘리포니아산 멀롯을 사용한다. 고기 육수는 닭고기 스톡 같은 걸 쓰면 된다. 채소로는 당근 약간, 양파 하나, 셀러리 두 줄기, 깐 마늘 다섯 쪽을 대강 썰어서 갈비를 꺼내고 나서 론도가 아직 뜨거울 때 살짝 볶는다. 와인과 육수, 토마토 통조림 하나를 붓고 5분간 끓인다.

2단계. 갈비를 로스트 팬에 넣고 만들어놓은 육수를 붓고, 로즈마리와 타임을 적당히 얹은 다음, 뚜껑을 덮어 오븐(175도)에 넣고 잊어버린다.

3단계. 세 시간이 지나 갈비가 다 익었으면, 브레즈 육수로 소스를 만든다. 그런데 잠깐. 소스가 뭐지? 여기서는 이렇게 한다. 일단 갈비는 다른 그릇에 옮겨 식힌다. 그리고 육수는 체에 걸러 다른 냄비에 따른다. 갈비에 붓고 익히기 전에도 육수는 상당히 기름지고 진했다. 닭발로 만든 육수에 채소와 허브, 와인을 듬뿍 넣었고, 거기에다 갈비까지 넣었으니. (고기의 뼈를 낮은 불에서 서서히 익히면 육수가 진해진다. 여기서 우리는 이중표현을 접하게 된다. 육수로 만든 육수.) 그렇잖아도 진하고 향기롭고 고도로 농축된 육수지만, 달리는 말에 채찍질하는 마음으로 불에 올려놓고 다시 팔팔 끓인다. 센 불에 그슬리듯 와르르 끓인다. 노란 거품처럼 표면에 뜬 기름기를 건어내고 반으로 줄 때까지 끓인다. 그러면 짜잔. 그렇게 해서 완성된 것은 육수나 브레즈 용액이 아닌 소스이고 정말이지, 정말정말이지, 진하다. (이건 거의 프랑스 스타일에 가깝다.)

4단계. 갈비가 식으면 뼈가 쏙 빠진다. 그렇게 분리된 고기는 사실 모양새가 썩 좋지는 않다. 그것은 억센 힘줄과 살코기로 이루어져 있는데, 야구의 포수가 쓰는 미트 같은 힘줄은 손으로 떼어낼 수 있다. 이 미트는 볼썽사나운 것도 모자라 먹을 수도 없다. 이건 즐거운 마음으로 던져버리면 된다. 살코기는 지방을 제거하고 반듯하게 다듬어야 하지만, 맛은 상당히 좋다. 그런데 적잖은 돌연변이가 좋은 쇼트립과 섞여 있는 건 참 희한한 노릇이다. 왜 그런지는 알 수 없지만 돌연변이들은 이 두 가지, 다시 말해서 포수의 미트와 우리의 저녁거리 사이에 구분이 없다. 완전히 뒤죽박죽이어서 고기를 난도질하지 않고서는 도저히 잡아뗄 수가 없다. 그래서 그렇게 한다. 고깃점은 떼어내서 다른 데 쓰거나 케사르가 간식으로 만든다.

5단계. 합친다. 이제 고기는 드러누운 장난감 병정처럼 단정하게 놓여 있다. 기름기를 걷어내고 졸인 소스는 할리우드의 남자 배우들처럼 걸쭉하고 진하고 짙어졌다. 모든 준비가 끝났다. 이제 오븐에 잠깐 집어넣었다가 꺼내야 한다. 이를테면 하프호텔팬(이것도 팬이라기보다 트레이인데, 보통 집에서 과자를 구울 때 사용하는 트레이를 생각하면 된다)에 쇼트립 여섯 개를 놓고 고기를 적실 만큼 소스를 붓고 비닐랩으로 전체를 감싼 다음 다시 은박지로 빈틈없이 덮어준다. 워크인 바닥에 쌓아놓고 발로 밟더라도(저녁 영업이 시작된 후 정신없이 뛰어다니다 보면 충분히 일어날 수 있는 일이고, 또 실제로도 일어난다) 국물이 새어 나와 신발에 묻어 간신히 화장실에 다녀올 틈이 났을 때 보기 흉한 발자국을 찍는 일이 없을 정도가 되어야 한다. 이제 일반적으로 레스토랑에서 필요한 조리준비는 끝났다. 레스토랑에서는 주문이 들어오기 전에 대부분의 일을 끝마친다. (레스토랑에서 그렇게 한다면 집에서도 그럴 수 있지 않을까?) 이 상태로 일주일간 보관할 수 있다.

고기를 갈색으로 굽고, 육수를 만들고, 고기를 육수에 넣어 익히고, 고기를 익히고 남은 육수를 졸여 소스로 만드는 이런 단계들은 세계 곳곳에서 동일하게 활용되는 브레즈 조리법이다. 양 다리도 이 방식으로 조리하고, 양의 어깨 살과 송아지 다리, 멧돼지 넓적다리, 사슴 어깨 살도 다르지 않다. 전부 똑같다.

그러다 2003년 12월 2일에는 가볍게 던졌지만 요리 역사에 한 획을 그을 만한 잠재력을 가진 의견이 나왔다. 밥보에 고기를 납품하는 팻 라 프리다는 엘리자에게 살치 살[chuck flaps: 등심 위쪽과 목아래 부채뼈 속에 있는 부위]을 한번 써보지 않겠냐고 물었다.

"살치 살이 뭔데요?" 그녀가 물었다.

"쇼트립이 없는 쇼트립 같은 거예요." 그가 말했다.

"쇼트립 없는 쇼트립이라고요? 그렇다면 내버려야 할 못난이들이 없다는 말이에요?"

"바로 그거예요. 완벽한 쇼트립이랄까요. 꿈의 쇼트립, 천상의 쇼트립, 쇼트립의 플라톤적 이상향인 거죠."

그렇게 해서 다음 목요일부터 밥보의 겨울 메뉴에서는 쇼트립이 빠졌다. 5년 만의 퇴장이었다. 그 자리를 대신 살치 살이 차지했다. 요리의 이름은 그대로 브라자토 알 바롤로였고("이제 와서 뭐 하러 이름을 바꿔요?") 쇼트립을 넣고 끓여서 더 진해졌던 소스의 강렬함이 조금 사라진 듯도 하지만, 전반적으로는 맛에 큰 차이가 있는 것 같지 않았다. 물론 이번에도 살치 살이 뭔지, 도대체 어느 부위인지 아는 사람은 아무도 없었다. 그래도 톰 발렌티는 좋아했다. 엘리자가 재료를 바꾸고 얼마 지나지 않아 그가 밥보에서 저녁을 먹었는데 살치 살을 특히 좋아했다. 알 게 뭐람.

그렇게 해서 쇼트립은 새로운 시작과 함께 막을 내렸다. 아무튼 내가 보기엔 그랬다. 그러다 얼마 전에 1979년에 영국의 음식전문가인 제인 그릭슨이 『잃어버린 시간을 찾아서(la recherche du temps perdu)』에 언급된 요리를 재현해 보려 했던 기록을 접하게 됐다. 프루스트 소설의 제2권은 저녁 식사 장면으로 시작되는데, 그 식탁에 뵈프 알라모드가 포함되어 있었다. 그릭슨은 쇠고기의 이급 부위를 브레즈 방식으로 서서히 익히고 조리과정에서 만들어진 젤라틴을 곁들인 요리라고 설명했다. 이급 부위는 말 그대로 이름 있는 부위를 제외하고 남은 고기인데, 이 요리에도 여러 부위가 쓰였다.

그릭슨은 에든버러의 찰스 맥스원 앤 선에서 납품하는 것을 선호한다면서 이런 설명을 덧붙였다. "특별한 부위는 어깨뼈 안쪽의 길고 기름기가 적은 근육 부위인데, 여러 가지 이류으로 유통되지만 주로 어깨 살 필레라고 부르고 연어 컷이나 생선 꼬리라고도 한다. 나는 프랑스 푸줏간에서 그걸 처음 봤는데, 왜 영국에서는 팔지 않는지 이해할 수 없었다." 어깨뼈 안쪽의 길고 기름기가 적은 부분이라고? 단골 정육점의 베니에게 가서 그 부위를 뭐라고 부르는지 물어봤다. "글쎄요. 여러 가지가 있어요. 머시 스테이크, 플랫 스퀘어, 아니면 스코치 텐더. 부르는 이름이야 많죠. 또는 살치 살이라고 할 수도 있어요." 살치 살이라고? 여기 내포된 뜻은 의미심장했다. 밥보의 브라자토 알 바롤로에는 바롤로가 안 들어가고, 피에몬테에서 유래되지도 않았을뿐더러, 그건 프랑스 방식이었던 것이다!

어느 날 마리오 옆에서 일을 하던 나는 인생의 흐름을 바꿔놓을 과감한 질문을 던졌다. 그는 언젠가 라인쿡을 맡아보라고 했었는데, 그 말을 상기시킨 후 이렇게 물었다. 언제부터 시작할 수 있나요?

"지금 당장은 어때요?" 그가 그릴쿡을 불렀다. "마크, 이리 와봐. 오늘부터 신참 훈련 좀 시켜."

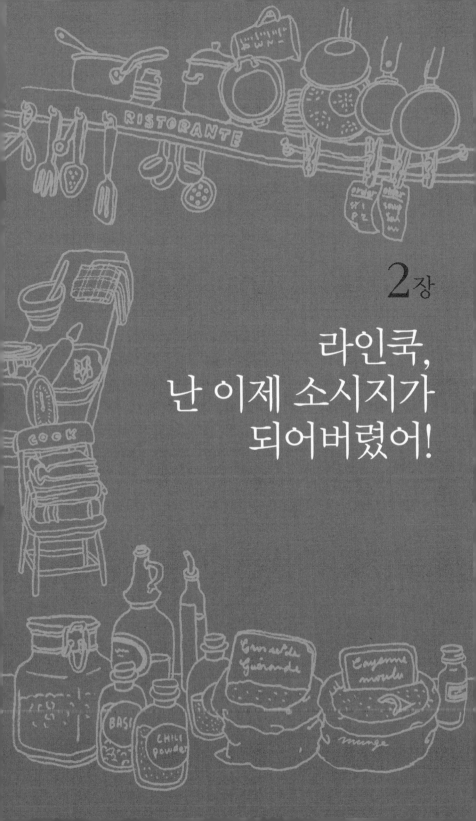

2장

라인쿡,
난 이제 소시지가
되어버렸어!

대규모 만찬을 준비하는 커다란 주방을 상상해 보자. 뜨거운 가마솥 같은 주방 안에서 스무 명의 요리사가 분주히 움직이고 있다. 1세제곱미터 정도 되는 엄청난 양의 숯이 쌓여 있다. 앙트레를 만들기 위한 것이다. 수프와 소스, 라구를 만들기 위한 숯과 튀김용 숯, 그리고 물을 끓이기 위한 숯 더미도 각각 쌓여 있다. 거기에 화덕 네 개와 장작더미도 더해야 한다. 화덕 위에서는 20~27킬로그램의 쇠고기, 15~20킬로그램의 송아지고기, 그리고 가금류와 엽조류가 꼬챙이에 꽂힌 채 돌아가고 있다.

이 가마솥 안에서 모든 사람이 빠르게 움직인다. 아무 소리도 들리지 않는다. 말을 할 권리가 있는 건 주방장뿐이고, 모두가 내 말에 복종한다. 그리고 낙타를 주저앉히는 마지막 지푸라기가 있었으니 요리가 식지 않도록 창문까지 꼭꼭 닫아둔 것이다.

우리는 인생의 가장 아름다운 시기를 그렇게 보낸다. 기진맥진할 지경에조차 지시에 따라야 하지만, 우리를 죽이는 건 타는 숯이다. 하지만 그게 뭐 중요한가. 삶이 짧을수록 영광은 드높은 법이거늘.

—앙토넹 카렘〔19세기 프랑스의 유명한 요리사〕, 1833


요리는 강력한 돌진이다. 누구보다 놀라운 발기력도 모자라 비아그라의 힘까지 빌리고, 그게 12시간 동안 지속되는 것과 같다.

—고든 램지〔영국의 요리전문가〕, 2003

# 난타당한 그릴 가이

그릴 스테이션은 지옥이다. 거기 5분만 서 있으면 이런 생각이 절로 든다. 단테가 머릿속에 그렸던 곳이 바로 여기야. 그곳은 어두침침하고 뜨겁다. 뜨거운 주방에서도 제일 뜨겁다. 평생토록 경험한 그어느 곳보다 더 뜨겁다. 얼마 전에 냉방장치를 설치하긴 했지만 영업시간 중의 그릴에는 어림도 없다. 그렇지 않고서는 일관된 고온을 유지할 수가 없다. 하지만 조명까지 시원찮은 건 아무도 원치 않는 자리라는 느낌을 강화하겠다는 것 말고 다른 이유를 찾기 힘들다. 기름기가 과하고 기분이 나빠지는 곳이라는 것만으론 충분치가 않은 것이다. 그곳에 존재하는 빛이라곤 그릴의 불꽃뿐인 것 같다. 그 불은영업 시작 1시간쯤 전에 켜서 8시간을 내리 켜놓는다.

스테이션에서 뭘 배울 것인지 곰곰이 따져본 적은 없다. 이 구석에서 일하는 내 모습을 떠올려본 적도 없다. 마리오가 나를 이곳으로 보냈다. 언젠가 마음속으로 그려봤던 열의 벽, 살갗이 터질 것 같은 갑작스러운 온도의 상승이 온몸으로 느껴졌다. 가까이서 보니 내게 일을 가르치라는 특명을 부여받은 마크 배럿은 다른 시대 사람 같았다. 손에는 19세기의 엄격한 기운이 어려 있고, 손톱에는 검은 때가 초승달처럼 걸려 있었다. 팔뚝에 털은 없이 덴 자국들만 보라색 무늬를 그렸다. 큰 눈은 굵은 테 안경 너머에서 깜빡였고, 부러진 코에 붙인 붕대에는 기름때가 번져 검은 줄이 갔다. 근시의 굴뚝청소부라고 해도 될 것 같았다. 그에게서는 땀내가 났다.

마크가 스테이션을 설명했다. 그릴 외에 조리기구가 두 개 더 있었다. 오른쪽의 오븐은 큰 것, 이를테면 두께가 7~8센티미터쯤 되는 스테이크(그릴을 거쳐 오븐에 들어간다) 같은 걸 조리할 때 쓰고, 왼쪽의 플랫톱은 주 요리에 곁들이는 콘토르니를 만들 때 쓴다. 마크는 뒤쪽에 있는 한 100개쯤 될 것 같은 작은 트레이들을 가리켰다. 그 안에는 허브, 완두콩, 아티초크 심, 사탕무, 그리고 도무지 정체를 알 수 없는 것들이 담겨 있었다. 대부분 빨갛거나 녹색이거나 노란색이었다. 그걸 보면서 생각했다. 나는 절대로 못 해. 다시 구석을 돌아봤다. 열기가 몸을 칭칭 동여매는 느낌이었다. "옷옷에 신경을 써야 해요. 등을 그릴에 대고 있으면 실이 녹아서 살에 달라붙거든요." 그리고는 업무를 나누자고 했다. 내가 그릴을 맡고 자기가 접시에 담고. 일을 그렇게 나누는 게 거의 모든 레스토랑의 관행이라고 했다.

나는 신이 났다. 이 레스토랑의 모든 고기를 내가 요리한다는 거야? (그뿐만 아니라 콘토르니를 배우지 않아도 된다는 뜻이잖아?)

마크가 과정을 말해줬다. 고기는 불에서 건져놓아야 하기 때문에 주문이 들어오면 조리를 시작한다. 한 시간을 그렇게 둬둬야 한다고 해도. (그러다 주문을 '쏘면' 고기를 재빨리 다시 데워서 접시에 담는다.) 주문을 외치는 건 엑스퍼다이터[말 그대로 옮기면 업무를 촉진하고 재촉하는 사람이라는 뜻으로, 주문을 원활히 처리하고 각 테이블마다 식사 속도에 맞춰 코스를 내가도록 조정해 주는 주방의 총책임자를 뜻한다)의 몫인데, 일주일에 닷새는 앤디가 맡고, 다른 날은 수석주방장인 메모나 프랭크가 한다. 그리고 해당 스테이션에서 제대로 들었다는 뜻으로 주문을 반복한다. 이런 식이다. 앤디가 "키노 둘"이라고 외치면 닉이 화답한다. "키노 둘." 키노는 주방에서 파스타 쪽 메뉴를 줄여서 부르는 말이다. 또 이렇게 말하기도 한다. "이어서 러브, 스위티, 버트." 다음 코스가 러브레터라는 이름의 파스타와 송아지 췌장(스위트브레드), 그리고 넙치(핼리버트)라는 뜻이고, 그러면 파스타 주방장이 "러브", 소테 주방장인 도미니크가 "스위티, 버트"라고 반복한다. 주방이라는 공간을 감안하지 않고 들으면 전혀 다른 줄거리가 연상될 수도 있는 단어의 조합이다. 이런 것도 있다. "바, 루저, 텐더." 바에 혼자 앉은 사람(얼간이 루저)이 돼지고기 안심을 주문했다는 뜻이다.

주문을 받아서 외치고, 콘토르니 작업대 밑의 '낮은' 냉장고에서 돼지고기를 꺼낸다. 모든 게 동선을 최소화하는 방향으로 배치됐기 때문에 농구선수처럼 한쪽 발을 축으로 몸을 돌릴 수 있다. 생고기를 트레이에 얹고 양쪽에 소금과 후추를 뿌려 간을 한다. 다 익으면 다른 트레이에 옮겨놓는다. 주문이 들어온 걸 전부 조감할 수 있어야 하는 게 원칙이다. 바닥엔 뜨거운 비눗물이 담긴 커다란 플라스틱 양동이가 있다. "손이 기름과 비계 범벅이 돼요. 재료를 놓쳐서 떨어뜨리지 않으려면 한 번씩 이 물에 손을 담가줘야 해요. 너무 바빠서 물을 갈아주지 못한다는 게 유감이지만." 1시간쯤 지나면 물은 미지근하고 거품도 사라진다. 사실, 1시간쯤 지난 다음엔 쳐다보고 싶지도 않은 상태가 된다. 손을 담글 땐 눈을 감는다. 일이 끝나갈 무렵엔 그마저도 그만둔다. 그 물에 손을 담그면 더 미끈거리는 것 같다.

브란지노. 메뉴 중에서 가장 쉽다는 그 요리가 나의 첫 악몽이 됐다. 지중해산 농어는 재료준비팀에서 이미 깨끗이 다듬어 회향과 구운 마늘을 채워놓았다. 어려운 건 그 다음이었다.

오븐 뚜껑만한 그릴에서는 불꽃이 길게 일어났고, 생선은 그 위에 비스듬히 놓여 있었다. 각도가 중요했다. 처음에는 오른쪽 모퉁이를 가리킨다. 이건 고기도 마찬가지다. 북동쪽을 가리키게 대각선으로 놓을 것. 살이 다 익으면 90도를 틀어서 껍질을 바삭하게 굽는 동시에 그릴 자국이 엇갈리게 한다. 이렇게 하면 고기가 지금 어느 단계에 와 있는지도 한눈에 알 수 있다. 1단계: 오른쪽을 가리킨다. 2단계: 왼쪽을 가리킨다. 3단계: 뒤집어서 왼쪽을 가리킨다. 마지막 단계: 다시 오른쪽을 가리킨다. 말로 하면 그리 복잡할 게 없지만, 그릴이 바쁠 때는 모든 게 복잡한 법이다.

그릴 자국이 엇갈리게 브란지노의 방향을 돌릴 때는 집게 한쪽을 그릴 사이로 밀어 넣고 다른 쪽으로 위를 집는다. (불 위에 얹은 신발을 집을 때와 다르지 않다. 처음에는 이게 부담스러웠다. 생선을 망칠 것 같은 까닭 모를 불안감이 엄습했다.) 한쪽이 다 익으면 생선을 부드럽게 뒤집어 반대쪽을 익힌다. 까다로운 건 마지막 단계인데, 행주로 머리를 잡고 집게 한쪽을 꼬리 밑에 집어넣은 다음 마지막 무늬를 만들기 위해 들어올린다. 여기서는 세 가지 사태가 발생할 수 있다. 자칫 힘의 균형을 잃으면 생선이 반토막 난다. 너무 서두를 경우 껍질이 그릴에 눌어붙는다. 그리고 너무 천천히 하다가는 팔뚝이 불에 그슬린다.

첫날엔 유난히 브란지노 주문이 많았다. 7시쯤 되자 팔뚝의 털은 거의 사라지고 팔꿈치에 듬성듬성 남은 것마저 숯검정 수준이었다. 분지른 생선도 셀 수 없었다. 마크가 따져봤더니 주문은 스물한 건이었는데, 총 서른아홉 마리를 썼다고 한다. 어찌된 영문인지 활활 타는 불 속으로 달려들어 생선의 머리를 움켜잡는 데는 영 요령이 붙지 않았다. 나는 겁에 질려서 너무 꾸물거리거나 그렇지 않으면 너무 서둘러서 살점을 잔뜩 뜯겼다. 그날 밤에 집에 가기 전에 집게로 브란지노 한 마리를 들고 주방을 걸어 다녀야 했다. 멍청이가 된 기분이었다. 분주하게 일하는 사람들 틈에서 나는 생선을 들고 주방을 돌고 있었다. 하지만 둘째 날부터는 요령이 붙은 것 같았다. 이런 게 무자비한 반복학습이 낳는 기적이라는 걸까? 브란지노 쉰 마리를 작살내고 났더니 나 같은 인간마저 요령을 익혔다.

고기 조리법을 익힌다는 건 다양성과 즉흥성을 수월하게 여기는 법을 배우는 것이다. 고기는 유기적인 조직이고, 특징이 전부 제각각이기 때문이다. 그러면서 요리사에 두 종류가 있다는 걸 깨닫게 됐다. 고기를 다루는 요리사와 반죽을 만지는 요리사. 반죽 요리사는 과학적이고 예측이 가능한 정확한 계량과 일정한 재료를 사용한다. 정해진 양의 우유와 달걀과 설탕과 밀가루를 혼합하면 빵이 되고 과자가 된다. 버터가 과하면 바스러진다. 달걀이 많으면 질척거린다. 반면에 고기는 다 됐다는 느낌이 들어야 다 된 것이다. 메추리나 비둘기 같은 새는 경험상 다 됐다 싶을 때까지 익힌다. 또는 나처럼 경험이 없는 사람이라면 속을 벌려서 안을 들여다보든가. 스테이크는 '불꽃'이 다 됐다고 말해줄 때까지 익힌다.

요리책으로는 이런 걸 배울 수 없다. 이런 느낌, 냄새처럼 기억에 저장될 때까지 반복해서 경험해야 하는 것. 나는 그런 것들을 익히려고 안간힘을 쓰고 있었다. 고기, 예를 들면 양고기는 만져봤을 때 일정한 부드러움이 느껴지면 미디움레어 상태라고 한다. 마리오는 두툼한 손에서도 가장 부드러운 부분을 누르면서 고기에 "이 정도의 탄력", 그러니까 팽팽한 트램펄린의 탄력이 있어야 한다며 시범을 보였다. 하지만 그건 전혀 도움이 안 되는 게, 그의 손은 특이하고 남달라서 지나치게 통통하고 넓적하기 때문이다. 나는 영 감을 익히지 못했고, 손은 타들어가는데 이게 어떤 상태인지 알 수가 없었다.

결국 고기가 다 됐는지 확인하기 위해 계속 만져보기 시작했다. 주문이 들어온 양고기, 모양이 전부 제각각인 다섯 조각을 그릴에 얹고, 아직 부드럽고 축축한 상태라는 걸 알면서도 그중 하나를 만져봤다. 고기의 방향을 틀고 다시 만져봤다. 여전히 물에 적신 울처럼 부드러웠다. 만져보고, 또 만져보고, 또다시 만져보다가, 드디어 고기가 단단해지기 시작했다. 하지만 아직은 막 단단해지기 시작했을 뿐이다. 조금 더 단단해졌다. 만져봤다. 변화가 없다. 만져봤다. 됐다.

완성 여부를 확인하는 방법은 립아이 스테이크도 다르지 않았다. 고기를 그릴에 얹었다가 오븐에 넣고 타이머를 5분에 맞춰놓는다. 그런 다음 고기를 꺼내 쇠꼬챙이를 찔렀다가 그걸 입술에 가져가서 고기가 익은 상태를 확인한다. 꼬챙이는 차갑다. 다시 오븐에 넣고 타이머를 맞춘다. 다시 쇠꼬챙이를 확인한다. 여전히 차갑다. 다시 오븐에 넣고 타이머를 2분에 맞춘다. 이번엔 온도가 변했지만 그저 감지할 수 있는 수준이다. 입술보다 조금 따뜻한 정도. 체온을 약간 상회한다는 뜻이다. 그건 아주 레어, 그러니까 덜 익은 상태다. 오븐에 1분간 더 넣었다가 또 쇠꼬챙이로 확인한다. 이번엔 체온보다 따뜻하다. 미디움레어. 더 따뜻하면 미디움. 뜨거우면 웰던. 입술엔, 이런 젠장, 물집이 잡힌다. 그래도 쇠꼬챙이로 확인하는 방법을 권하고 싶은데 위부터 아래까지 전체를 촉감으로 확인할 수 있기 때문에 온도계보다 정확하다.

그릴 생활을 시작한 지 두 달이 됐을 때, 주방에서 쓰는 표현을 빌리자면 나는 완전히 "난타당했다." 바야흐로 더위가 시작되는 6월이었다. 메뉴에 다시 변화가 있었다. 양 다리와 쇼트립이 빠지고, 오리고기에는 보리 대신 설탕에 졸인 체리와 체리 비네그레트를 곁들였다. 브란지노에는 아홉 가지 허브 샐러드를 함께 냈는데, 골파와 오레가노, 카모마일 꽃, 파슬리, 처빌이라는 또다른 종류의 파슬리, 미나리, 셀러리 꽃 부분, 어린 브론즈펜넬, 그리고 여름에 나는 '샐러드 오이풀' 등, 앤디와 함께 이리 밀리고 저리 차이면서 만들었던 바로 그 샐러드였다.

바깥의 온도는 34도였다. 안은? 그걸 누가 안담? 아무튼 더 더웠다. 영업이 시작되면 그릴 위의 냉방장치를 껐다. 프랭크는 물 주전자를 준비해 놓으라고 했다. 날이 더워지면 다들 그릴 요리를 주문한다. (왜? 메뉴에 '시골, 야외, 이탈리아'라는 설명이 적혀 있어서? 아니면 뜨거운 주방에서도 가장 뜨거운 곳에서 만든다는 걸 알기 때문에? 그릴 요리사들, 어디 한번 맛 좀 보라는 거야?) 5시 30분에 주문 찍히는 소리가 들렸다. "게임 시작." 메모가 말했다. 존 마이니에리의 차트에 의하면 약 250명의 손님이 올 전망이었다. 실제로 온 사람은 더 많았고, 영업을 시작하고 처음 90분 사이에 가장 많은 주문이 집중됐다.

레스토랑의 미스터리 중 하나는 모두가 똑같이 주문하는 듯한 요리가 있는데, 그게 뭐가 될지는 아무도 모른다는 것이다. 하루는 그게 오리와 브란지노여서 도미니크와 내가 가장 바빠졌다. 브란지노 25인분과 오리 23인분. 뜨거운 밤이었다. 그릴에 구운 생선 요리의 매력은 이해한다. 하지만 오리는 뭐지? 또다른 날은 토끼고기가 그 자리를 차지했고, 그러다 아예 한 건도 없이 자취를 감추기도 했다. 오늘 그 영광의 주인공은 양 갈비 미디움이다. 느끼기는 미디움레어가 쉽고, 만들기는 웰던이 쉽다. 그냥 덮어놓고 구우면 되니까.

"주문! 브란지노, 양 미디움 둘, 양 웰던 하나, 양 미디움레어 하나." 앤디가 외쳤다.

내가 따라 외쳤다. "브란지노, 양 미디움 둘, 양 웰던 하나, 양 미디움레어 하나." 그러다 이런 생각이 들었다. 아니, 어째서 이탈리아 레스토랑에 와서 양 갈비를 시키는 걸까? 양 갈비 밑에는 종잇장처럼 얇게 저며서 살짝 볶은 예루살렘 아티초크와 더 진한 색을 내기 위해 사탕즙을 넣은 붉은 양파, 민트 잎과 레몬 제스트, 그리고 상큼한 요구르트를 깐다. 마리오의 메뉴에서 기대할 수 있는 모든 재료가 들어간다는 얘기다. 하지만 그래도 양 갈비구이는 양 갈비구이일 뿐이다.

고기 바깥쪽에는 지방이 한 겹 들어가 있는데, 그릴에 양쪽을 다

구운 다음에 갈빗대 위로 살을 얹어서 지방을 적당히 잘라낸다. 그러다 보면 뜨거운 지방이 그릴 밑에 고이기 시작하고, 불이 붙기도 한다. 지방에 붙은 불은 뜨겁기도 뜨거울뿐더러 끄기도 어렵다. 불 위에서 고기를 익히기는 해도 불이 나면 곤란하고—그을린 플라스틱 맛이 난다—재빨리 불을 꺼야 한다. 하지만 메모는 지방이 너무 많을 때는 그냥 타게 놔두라고 했다. 고인 지방을 없앨 수 있는 유일한 방법이니까 요리하면서 불꽃이나 잘 피하라고 했다. 몸을 연방 숙여야 하는 그릴 바닥에서 불이 활활 타고 있는데도, 주문은 계속 들어왔다.

"주문!" 앤디가 노래를 불렀다. "양 미디움 둘, 비둘기, 텐더, 립아이." 몸을 빙그르 돌려 낮은 냉장고에서 재료를 꺼내고 다시 몸을 돌려 고기를 생고기 트레이에 얹은 다음 간을 했다. 양 갈비는 그릴에 다섯 개씩 두 줄로 얹었다. 모두 우향우. 다른 쪽에 돼지고기 안심과 립아이를 얹었는데, 비둘기는 놓기도 전에 새로운 주문이 쏟아졌다. "주문! 브란지노 셋, 양 갈비 둘 미디움레어." 똑같은 과정이다. 우향우 양 갈비 두 줄이 추가됐지만 이전 주문(지금은 방향을 좌향좌로 바꾼)과는 다른 쪽에 놓았다. 이번 건 미디움레어이기 때문이다. 하지만 브란지노는 어쩌지? 남은 자리가 없었다.

그래도 주문은 계속 찍혔다. "주문! 양 갈비 셋 미디움, 브란지노, 토끼." 아니, 또? 하던 일을 멈췄다. 새로 들어온 주문을 생고기 트레이에 얹고 간을 해야 했다. 그것만이라도 해둬야 했다. 그렇지 않으면 다음주문이 들어왔을 때 잊어버릴 테고, 내가 주문 속도를 따라가지 못하면 주방이 혼란에 빠질 것이기 때문이다. 요리되지 않은 고기들이 쌓였다. 그릴에 빈자리가 없었다. 메모가 옆에서 지켜보면서 내가 감당하지 못하는 사태가 벌어지면 뛰어들 준비를 하고 있었다. 머리가 처리할 수 있는 한계를 넘어가 버리는 그런 상태를 주방에서는 '용해' 또는 '파산'이라고 불렀다.

또다시 주문 찍히는 소리. 이젠 무슨 운동 시합이라도 하는 기분이었다. 코끝에서 땀은 뚝뚝 떨어지고, 집중력을 유지할 수 있는 한도 내에서 최대한 빨리 움직이며, 몸을 돌리고 뒤집고 찌르고 태우고, 한 줄은 우향우, 또 한 줄은 좌향좌, 다시 한 번 찌르고, 고기는 쌓여가고, 한 자리 차지하려고 기다리던 브란지노로 달려가는데, 그릴 한쪽에선 새로 얹은 재료에서 흐르는 지방을 연료 삼아 불이 여전히 활활 타고 있었다. 무심한 주문은 계속 들어오고. 한계에 다다른 내 머릿속에서는 한 가지 잡념, 한 가지 질문만이 되돌이표라도 찍힌 것처럼 반복됐다. 내가 이 속도를 못 쫓아가면 어떻게 될까. 그러는 사이에도 주문은 계속됐다. 양 미디움, 양 미디움레어. 이게 도대체 웬일이야? 나는 고기에 둘러싸였다. 그릴 위에 고기, 양념 트레이 위에 고기, 익혀서 얹어놓는 트레이에도 고기. 고기가 산처럼 쌓였다. 너무 많아 이젠 고기처럼 보이지도 않았다. 아니, 어쩌면 이제야말로 진짜 고기처럼 보였는지도 모른다. 조직과 근육과 힘줄로 이루어진 고기. 물밀 듯 밀려드는 주문.

"무슨 유행인가 보군." 아직도 내 뒤에 있던 메모가 속삭였다. "이런 게 우리 인생이야." 통관대에서 접시를 집어 들던 앤디는 이렇게 말하고는 알쏭달쏭한 말을 덧붙였다. "정말 기분 째지게 좋다." 그 말은 뇌리에 박혀 사라지지 않았고, 나는 내가 어떤 기분인지 곰곰이 생각해 봤다. 유쾌함, 두려움, 불가해함, 몸에 엔도르핀이 솟구치는 느낌. 그런데, 좋은 건가? 그건 마리오가 "주방의 현실"이라고 표현한 걸 처음으로 경험한 순간이었다. 주방엔 엔도르핀 중독자들이 가득했다.

그러다 문득 저녁의 첫 사이클이 끝났다.

사이클은 세 번 더 반복되고, 세 번의 '대박'을 터뜨리며 11시 30분에야 숨통이 트였지만, 속도가 느려졌을 때 누군가 간식을 만들었다. 생선이었는데 열기와 기름에 뒤범벅된 상태에서 먹는 그 맛은 정갈

하고 소박하고 건강했다. 주방 식구들이 전부 칼칼한 오징어를 원해서 일주일 동안 매운 육수에 조리한 오징어를 먹었다. 동료들과 간식을 나눠 먹는 시간이 그렇게 행복한지 미처 몰랐다. 요리사들이 카운터에 몸을 기댄 채 똑같은 음식을 먹으며 영어와 에스파냐어를 뒤섞어 대화를 나누는 풍경. 그럴 때면 마크는 주방에서 올바르게 처신하는 법—어떻게 해야 눈에 띄지 않고, 어떻게 해야 위계질서를 어기지 않는지—을 알려주었고, 나는 그의 놀라운 밤놀이, 몇 시간 후면 어김없이 시작되는 심야의 생활에 대해 물어보곤 했다. "레몬그래스 줄기에 꿰어 구운 참치." 그는 비번이었던 날 어떤 여자에게 이 요리를 만들어줬다고 했다. "이건 백발백중이에요. 늘 행운을 안겨다 주죠. 하지만 주중에 하루걸러 한 번씩 내 저녁 시간이 새벽 2시에야 시작된다는 걸 알게 되면 더 이상 진도가 나가지 않아요."

내 친구들이 홀에 와 있다는 전갈을 받았다. 나가서 친구들을 만나고 싶었다. 우선 열기부터 좀 식혀야 했다. 얼굴에 얼음물을 끼얹었고, 워크인에 들어가 머리에 차가운 수건을 뒤집어쓰고 서 있었다. 웃옷에서 김이 솟았다. 머리띠를 벗어 물기를 짰다. 그때 도미니크가 워크인에 들어오다가 뭉게뭉게 피어오르는 안개 속에 유령 같은 사람이 서 있는 걸 보고 기겁을 했다. 웃옷을 갈아입고 새 앞치마를 둘렀다. 나는 요리의 화학작용, 열전이, 재료를 그릴에 어떻게 얹어야 분자구조가 바뀔 만큼의 열을 흡수하게 되는지에 대해 생각했었다. 그런데 이제는 열원, 분자구조를 바꾸는 그 동력이 그릴의 불꽃이 아니라 주방 전체라는 생각을 떨쳐낼 수 없었다. 작업 공간 자체가 오븐이었다. 세수를 하고 홀로 나갔다. 잘 차려입은 문명인들이 가득했다. 나는 그 사람들을 보며 생각했다. 다들 어떻게 된 거 아니야? 전부 양 갈비를 먹고 있잖아.

주방과 홀 사이의 변화는 극단적이었다. 요리사들은 보통 홀에 나오지 않는다. 손님들이 볼 수 있도록 저녁때 잠시 바에 앉아 있는 마리오를 제외하면(그를 보려고 오는 사람들도 적지 않으니까) 요리사는 주방을 벗어나지 않는다. 시중을 드는 쪽과 시중을 받는 쪽의 문화는 전혀 다르다. 남들이 놀 때 요리사는 일을 한다. 남들이 더 놀 수 있도록, 그 일을 해서 번 돈으로는 사 먹지도 못할 음식을 만든다. 주방을 벗어나지 않는 편이 낫다. 그러면 이런 모순에 느닷없이 사로잡힐 일도 없다. 딱 한 번, 요리사들이 홀에 나가는 걸 본 적이 있다. 존 마이니에리가 불쑥 들어와 이런 소식을 전하고 나갔다. "32번 테이블에 포주가 왔어." 그러자 다들 차례차례 나갔다 들어와서 그 여자의 값을 따졌다. 신참 한 명과 저녁 팀의 여자 요리사만이 어중간한 도덕관념 때문에 혼란스러운 표정을 지었다. 나도 나가서 봐야 하나?

저녁 시간은 어딘가 과장된 느낌을 줬다. 재료준비팀과는 확실히 달랐다. 저녁이 되면 사람들의 태도가 달라졌다. 거칠고 투박하고 성적인 표현도 많아졌다. 나는 그게 싫지 않았다. 그건 다들 마찬가지였을 것이다. 주방의 현실은 냉혹하고 변명의 여지가 없었다. 하지만 내가 뭘 안단 말인가. 하룻밤 난타당했을 뿐인데. 그나마 일도 절반만 했을 뿐인데. 콘토르니를 준비하고 요리를 접시에 담는 나머지 반은 마크가 처리했다. 나는 내 일만으로도 너무 바쁘고 정신없고 겁을 집어먹은 나머지 그가 어떻게 하고 있는지 돌아볼 생각도 하지 못했다.

그렇게 해서 나는 이른바 '그릴 가이'가 됐다. 마리오는 한동안 주방에 들어오지 않았다. 뭔가를 홍보하러 어딘가에 갔었고, 그릴 가이 생활이 한 달쯤 됐을 때야 다시 돌아왔다. 어쩌면 자만했는지도 모른다. 어쩌면 분수를 망각했는지도 모른다. 어쨌든 그는 돌아온 그날로 나를 그릴에서 해고했다. 고기 두 가지를 잘못 요리했고, 그 접시가 둘 다 통관대에 놓여 있었다.

"돼지고기를 충분히 익히지 않았어. 다시 해." 마리오는 돼지 안심을 뒤집어보면서 덜 익었다는 판정을 내렸다. "그리고 이 토끼고기는 너무 익혔어." 그는 하얀 살코기를 엄지와 검지로 지그시 누르며 말했다. 이상적인 요리법은 아니지만 돼지고기는 철판을 한 번 거치면 해결될 수 있는 문제였다. 그렇게 처리를 하면 고기의 분홍빛이 가시고, 입맛을 돋우지 않는 회색빛이 감돌았다. 하지만 토끼고기는 어떻게 손을 써볼 도리가 없었기 때문에 그냥 내갔다. 마리오는 메모와 프랭크를 불러놓고 내 쪽으로 등을 돌린 채 낮은 소리로 웅얼거렸는데, 그중 한마디가 내 귀에 꽂혔다. "용납할 수 없어." 그러곤 화가 난 듯한 걸음걸이로 성큼성큼 나가버렸다. 워크인에서 일을 하던 메모가 내게 오더니 뒤로 물러나라고 했다.

"나도 이러긴 싫지만 위에서 시키니 어쩌겠어요." 그리고는 내 자리에서 일을 했다.

뒤로 물러나긴 했는데 갈 곳이 없었다. 곤혹스러웠다. 집에 가야 하나? 1시간 동안 어떻게 할지를 궁리했다. 길고 긴 1시간이었다. 몸을 최대한 똑바로 세웠다. 립아이 스테이크를 마무리하는 뜨거운 오븐이 몸에 닿았다. 작아지려고도 했다. 공간을 차지하지 않으려고 노력했다. 해야 할 일이 있는 사람들이 내 옆을 바쁘게 오갔다. 스타터 담당이 그릴에서 문어를 다시 익힐 땐 방해가 되지 않도록 오븐에 찰싹 붙어 있어야 했다. 그러다 조금이라도 도움이 되고 싶은 마음에 메모가 준비하는 고기에 간을 하기 시작했다. 내가 하던 일이었다. 소금을 치고, 후추를 치고, 다시 고기 주문이 들어올 때까지 한참을 기다리고, 그러면서도 곰곰이 생각했다. 지금 이대로 나가버린다면 이 상황을 받아들이지 못하겠다는 뜻이 될 거야. 그러면 다시는 돌아올 수 없을 거야. 나는 고기에 계속 간을 했다.

주방은 조용했다. 아무도 나와 눈을 마주치지 않았다. 달리 할 일이 없어서 사람들을 쳐다봤기 때문에 그들이 내 눈을 피한다는 걸 확실히 알 수 있었다. 나는 내 눈을 피하는 사람들을 바라봤다. 그 많은 시간, 그 모든 스트레스, 다 같이 힘을 합쳐 일할 수밖에 없는 주방은 동지의식을 길러주고, 지금처럼 누가 명백하고 공공연한 질책을 받으면 모두가 불편해졌다. 이런 게 이 공간의 일원으로 존재하는 핵심인 것 같았다. 마리오가 노린 게 그거였을까? 불협화음을 일으켜 이곳에 친구란 없으며, 오로지 일의 결과만이 있다는 걸 모두에게 일깨워주려는 것이었을까? 내가 너무 스스럼없이 군 걸까? 어쩌면 마리오의 심기가 불편했는지도 모른다. 돼지고기는 정말로 그렇게 덜 익었던 걸까? 언젠가 마크가 했던 말이 떠올랐다. 마리오는 고함을 치는 법이 없지만, 주방에서는 전혀 딴판이 되어 사람을 묵사발로 만든다는 것이었다.

그때 마리오가 다시 들어왔다. 젠장, 이번엔 또 뭐야? 그는 가운데 플랫톱에서 피자를 만들기 시작했다. 새로 개업하는 피자 레스토랑에서 선보일 번철 피자였다. 요즘 그의 생각은 온통 피자에 집중됐고, 여기 사람들에게도 맛을 보여주고 싶어했다. 그는 여러 개를 만들었다. 라르도를 턱턱 얹고 매운 칠리소스를 발랐다. 끈적하게 녹아내리는 조합이었다. 마리오가 그걸 한 입 베어 물자 턱을 따라 기름기로 반짝이는 붉은 물줄기가 흘러내렸다. 나는 그 모습을 지켜보고 있었는데, 이번에도 딱히 할 일이 없었기 때문이다. 그는 내가 서 있는 곳으로 성큼성큼 걸어와 손에 들고 있던 피자를 내 입에 밀어 넣었다. 빠르고 힘차게.

"바로 이게 미국이 기다리는 맛이지." 그는 얼굴을 내게 바짝 들이대고 말했다. "이게 바로 미국이 기다리는 맛이라고 생각하지 않아요?" 이번엔 권투선수처럼 머리를 뒤로 기울였다. 턱을 내밀고 코를 보호하는 자세였다. 양발을 넓게 벌린 모습은 호전적이고, 표정은 느끼하다 못해 냉소적이기까지 했다. 그는 내가 동의하길 기다리며 빤히 쳐다봤다.

"이건," 내가 입을 열었다. "미국이 기다리는 맛이군요."

마리오는 흡족해서 피자를 들고 손님들이 기다리는 집으로 갔다. 그리고 메모는 나를 다시 그릴에 세웠다. "마리오는 갔어요 당신우

감을 되찾아야 해요." 그건 인정 있는—너그럽고, 반항적이고, 올바른—행동이었다. 나는 팀에 복귀했다.

프랭크가 설명했다. "다 겪는 일이에요. 그러면서 배우는 거죠. 그게 주방의 현실이에요. 밥보의 주방에 오신 것을 환영합니다."

다음날 마리오를 찾아가 실수를 사과했다.

"다시는 그러지 않겠죠." 그가 말했다. 그리고 그의 말은 옳았다. 나는 두 번 다시 그러지 않았다.

# 미치광이 천재 주방장,
# 마르코 피에르 화이트

마리오는 마르코 피에르 화이트에게서 뭘 배웠을까? 그리고 그게 뭐였든, 나도 배워야 하는 걸까? 두 사람이 함께 보낸 시간은 여전히 내 호기심을 자극했고, 그러다 흥미로운 우연의 일치를 발견했다. 마리오는 이걸 몰랐다. 거기서 나온 후 화이트와 얘기를 나눠본 적이 없기 때문이다. 아무튼 마리오가 그만두고 며칠 후에 화이트도 그만뒀다. 그는 주방 문을 잠그고 나가 두 번 다시 돌아가지 않았다. 그리고 마리오처럼 그 역시 혹독한 궁핍과 인고의 세월을 견뎌야 하는 배움의 길에 접어들었다. 주방장을 지냈으면서도 그는 5년에 걸친 재교육에 돌입했다.

마리오에게 그 술집은 태평천하였고, 끝이 안 좋았던 게 아쉽기는 하지만 자신이 얼마나 부족한지를 깨닫게 해준 모험이었다. 화이트는 더 큰 대가를 치렀다. 그에겐 첫 번째 식당이자 꿈이었는데, 그 꿈이 실패로 돌아갔다. 하지만 실패에도 전환점은 있었다. 그 역시 자신이 얼마나 더 배워야 하는지를 깨달았다. "마리오와 나, 우리 둘뿐이었죠. 나이도 어린 두 사람이 하루에 100명씩 손님을 맞고, 하나도 모르면서 대단히 잘난 것처럼 굴었어요." 화이트가 보기에 두 사람이 간신히 현상유지만 했다는 건 둘 다 얼마나 무지했는가를 말해주는 것이었고, 마리오가 그만두고 바로 그 다음날 화이트는 미슐랭 가이드 별점을 받은 레스토랑 중에 가장 가까운 '라 탕트 클레어'에 가서 주인인 피에르 코프만을 만났다. 무보수로 저를 써주실 수 있나요? 화이트는 거기서 6개월간 일했다. ("내 레시피를 훔쳐낼 때까지만 있을 거라는 걸 알았어요." 코프만은 말했다.) 그것으로도 성이 덜 찬 화이트는 가장 가까운 별 두 개짜리 레스토랑인 레이몽드 블랑의 '르 마누아'에 갔고, 거기서는 2년을 머물렀다. 별점 순서대로 이번에는 파리의 별 세 개짜리 레스토랑을 찾아갈 생각이었는데, 운명의 계시인지 레스토랑을 열 만한 곳을 발견했다. 사우스런던의 하비스였다.

하지만 그 우연은 너무나 신기했고, 그걸 알고 나자 선술집의 손바닥만한 주방 생활이란 게 과연 얼마나 열악한 건지 궁금증이 가시지 않았다. 대체 얼마나 끔찍했기에 우두머리 수컷 두 사람이 그 지옥 같은 곳에 있느니 무보수로 일하는 게 낫다고 생각한 걸까. 그건 뭐라도 그것보단 낫다는 뜻일 텐데. 그리고 그 우연의 일치는 교훈적이기도 했다. 이 일을 배우기 위해 내가 뭘 해야 할지를 일러줬기 때문이다. 내가 계속 노예로 일해야 한다는 것, 그것도 여러 명의 주인을 하나씩 차례차례, 능숙해질 때까지(그게 어떤 수준이든), 아니면 누구보다 더 많이 안다는 판단이 설 때까지, 섬겨야 한다는 뜻이었다. 런던에 가야겠다고 생각했다. 마리오가 배운 것을 나도 배워야 했다. (이런 과정을 뜻하는 표현은 왜 없을까. 굴욕을 자처함으로써 스스로 터득하는 것, 또는 내 경우처럼 멍청한 짓을 벌이고서야 교훈을 얻는 과정.)

나는 런던에 다섯 번 갔다. 비록 기대했던 가르침은 아니었지만 갈 때마다 화이트에게서 뭔가를 배웠다. 섭생과 생사와 전통이 한줄기로 합쳐지는 신비로운 작용에 따라 마르코는 자신의 어머니가 돌아가신 나이인 서른여덟에 요리를 그만뒀다. 1999년 12월 23일이었다. 그 대신 이제는 요리사들에게 요리를 가르치거나, 새로운 요리를 개발하거나, 기존의 조리법을 변형하거나, 다른 사람의 투자를 받아 레스토랑을 세웠다. 한번은 내가 찾아갔더니 화이트와 그의 '패거리'가 이스트런던의 작은 가게 터를 매입해서 한 주 만에 가벼운 카페로 꾸몄다. 메이페어에 있는 '마담 프루니에'라는 거대한 레스토랑도 손에 넣었고, 두 달 후에 다시 찾아갔을 땐 세인트제임스 스트리트에 있는 카지노를 구입했다.

운신의 폭―레스토랑 열세 군데에 5층짜리 도박장―만으로 판단한다면 최첨단 사무실에 많은 직원을 거느린 재벌 총수 정도가 떠오를 법도 하다. 최소한 팩스 하나에 비서 한 명쯤은 있어야 할 것 같다. 그러나 화이트의 삶은 충동적인 혼란이 가득하고, 옆에서 지켜보기에도 놀랍기 그지없었다. 비서도 없고 사무실도 없으니 팩스도 둘 데가 없다. 타자도 못 치고 컴퓨터도 없고 휴대전화는 '휴대'해야 한다는 사실마저 번번이 잊어버린다. 그래도 운전기사는 있다. 다카노리 이시이 씨는 주로 화이트의 사냥이나 낚시에 동행한다. 거기 따라갔다 오는 길에 화이트의 다이어리―이시이 씨가 보관하고 있었다―를 보게 됐는데, 숲 속의 동물과 새를 쫓아다닐 일정이 빼곡했다. 사업이나 뭐 그런 건, 자신이 세운 레스토랑 중 한 곳에서 식사를 하며 처리했다.

마담 프루니에의 리모델링 작업을 맡은 건축가와 일을 처리하는 모습을 지켜볼 기회가 있었다. 화이트가 건축사무실에 가기로 되어 있었지만, 장소를 잘못 알고 '미라벨'이라는 자신의 레스토랑에 그것도 2시간 늦게야 나타났다. 대수롭지 않은 듯이 그곳으로 소환된 건

축가는 커다란 리모델링 모형을 들고 간신히 문을 통과했는데, 그의 표정엔 이런 생각이 역력했다. 나한테 이런 일을 시키다니 있을 수 없는 일이야. 그런데 거기까지 와서도 화이트의 관심을 얻기 위해 안간힘을 써야 했다. 화이트 자신도 모르는 다른 약속들이 있었기 때문이다.

"아니, 윌. 반가워요." 화이트는 《푸드 일러스트레이티드》의 기자인 윌리엄 시트웰에게 인사를 건넸다. "좋은 자리를 잡아드려야겠네. 누구랑 식사를 하시죠?" 시트웰은 어안이 벙벙해졌다.

"어, 그게, 당신인데요, 마르코. 점심 약속을 하지 않았던가요." 《이브닝 스탠더드》의 기자가 도착하자 테이블을 합쳤고, 리조토와 와인 한 병을 시켰다. 변호사까지 등장하자 화이트는 당황했다. 이 사람들이 자신과의 점심 약속을 이렇게 중요하게 생각할 줄은 미처 몰랐다.

《인터내셔널 헤럴드 트리뷴》의 기자가 오고 와인 한 병과 리조토 1인분이 추가됐다. 이어 지나가던 화이트의 부인("아니, 이런!")이 나타나고 그의 홍보담당이자 절친한 친구인 앨런 크롬튼-바트까지 합류했을 땐 어느새 14병으로 불어난 와인병 너머로 화이트는 앨런을 '삼인칭 여자'로 지칭하기 시작했다. "저 여자는 점심을 먹은 후엔 별로야. 내 말 무슨 말인지 알죠."

화이트를 자세히 살펴봤다. 무릎까지 올라오는 긴 부츠에는 누런 진흙이 덕지덕지 묻어 있고, 지푸라기가 군데군데 보이는 두툼한 스웨터 밑에는 격자무늬 셔츠를 받쳐 입었는데, 단추를 여미지 않아 소맷자락이 물갈퀴처럼 펄럭였다. 전체적으로 정신없고 단정하지 못한 인상에, 들쭉날쭉 삐쳐 새집 같은 머리는 젊은 베토벤을 연상시켰다. 그에게선 흙냄새가 풍겼는데, 만나는 사람마다 어제 사냥꾼 숙소의 소파에서 잤다고 변명을 했다. 짙은 색 머리와 올리브색 피부만 보면 지중해 사람 같고, 말하는 걸 들으면 노동자 같은데, 옷차림은 술 취한 시골 영주였다.

가운데 이름이 피에르지만, 마르코 피에르 화이트는 프랑스 혈통이 아니고 파리는 단 하루, 그것도 경마장에서 보낸 게 고작이다. 반은 영국계고, 반은 마리오처럼 이탈리아계다. 어머니가 제노바 인근에 있는 바골리노 출신이다. 어머니는 스물두 살 때 영어를 배우러 영국에 왔다가 아버지를 만났다. 아버지는 술을 좋아하고 "빈방에서도 시비를 걸 수 있는 능력"을 지닌 주방장이었다. 형제들 이름인 클라이브, 크레이크, 그레이엄은 아버지가 지었는데, 마르코의 이름은 어머니가 지었다. "이건 여자 이름을 가진 것이나 매한가지였어요. 나는 정말 톰이나 존이 되고 싶었어요. 또는 개리. 개리였어도 좋았을 것 같아요. 아니면 제리라도. 마르코 피에르만 아니면 아무거나. 친구들한테 돈을 주면서 내 이름을 부르지 말라고 부탁하기도 했죠. 하지만 누구나 차츰 자기 이름에 익숙해지는 법 아닌가요? 혹시 아는 사람 중에 니겔이라고 있어요? 전부 니겔처럼 생기기 않았나요?"

화이트의 어머니는 넷째 아이를 낳고 세상을 떠났다. 여섯 살이었던 화이트는 어머니가 쓰러지는 걸 직접 봤다. 그리고 26년이 흘러 개인적으로 어려운 시기를 맞았을 때 그는 어머니의 모습이 담긴 유년시절의 추억을 되돌려봤다. 이탈리아에서 보낸 대부분의 기억은 오래된 흑백영화 같았다. 하늘은 파란색이 아니라 하얗고, 무화과나무는 회색, 여름 비에 물이 불어난 강은 아무 색도 없었다. 형제들이 다 같이 잤던 나무 바닥은 차가웠다. 그리고 어린 시절에 살았던 집. 어머니가 쓰러진 녹색 카펫. 아버지가 어머니를 안아다 누인 파란 소파와 빨간 담요. 녹색 언덕 너머로 사라지던 앰뷸런스의 하얀 에나멜 문짝. 화이트는 자신이 개발한 유일한 메뉴인 굴과 캐비아를 얹은 탈리아텔레를 어머니에게 바쳤다('임 메모리암 마리아 칼리나 화이트'). 이탈리아보다는 프랑스에서 영감을 받은 흔적이 뚜렷하다. 그리고 루 형제의 '위트르 프랑시'과 레이몽 블랑의 '탈리아텔레 랑구스티네'

처럼 자신의 정신적 스승들이 만든 요리를 근간으로 했다.

영국에서 이탈리아 요리는 존재감이 없다. 이탈리아계 미국인에 해당되는 영국계 이탈리아인의 역사가 없기 때문이다. 화이트의 표현을 빌리자면 거기엔 "로큰롤이 없었다." 아버지는 낙제생이던 화이트가("나는 글을 읽지 못했어요") 열여섯 살이던 해에 해러게이트라는 온천 마을로 보내며 누가 일자리를 준다고 할 때까지 주방 문을 두드리라고 했다. 그래서 결국 일자리를 얻었다. 세인트조지 호텔 푸줏간의 노예였다. 거기서 "전통적으로 칼 다루는 법"을 익히고, 남은 재료들을 쓸어 모아 푸줏간 식구들이 먹을 간식을 만들면서 차츰 요령을 터득했다. 거기 사람들이 만드는 건 철저하게 프랑스 정통 메뉴였다. 당시엔 프랑스 요리가 강세였기 때문이다. 명실상부 마르코 피에르가 되기 시작했고, 프랑스 밖의 최고 프랑스 요리사가 되는 길에 올라섰다. "어머니가 최고의 이름을 주셨던 거죠."

화이트의 첫 레스토랑인 '하비스'는 1988년에 미슐랭의 별을 처음으로 획득했다. 문을 연 이듬해였다. 두 번째 별은 1990년에 받았다. 5년 후에는 새롭게 옮긴 곳에서 세 번째 별을 받았다. 이 시기에 그는 연극적인 기질로 명성을 얻었다. 팽팽한 줄처럼 과민하고 예측불허의 다혈질이었다. 1990년에는 호흡항진 발작을 일으켜 몸의 왼쪽이 마비되는 바람에 병원 신세를 지기도 했다. 사람들은 예기치 못한 일을 기대하며 그의 레스토랑을 찾았다. 그는 이때의 얘기를 하면서도 의자에서 상체를 일으켜 세우더니 눈을 크게 뜨고, 목소리를 높이면서 그때만큼이나 흥분하며 열을 올렸다.

단골손님들("뚱뚱하고 못난 잡놈들")이 웰던으로 고기를 주문하면 주방에 대한 모욕으로 여겼고, 식사를 마치기도 전에 나가달라고 요구한 적도 두 번 있었다. ("열 달 후에야 처음으로 고객을 내쫓았어요." 그리고는 약간의 과장을 덧붙여 일단 한 번 맛을 들였더니 도무지 중단할 수가 없었다고 했다.) 누군가 감자튀김을 주문했을 땐 너무나 심한 모욕감을 느낀 나머지, 손수 만들어주고 500달러를 요구했다. "정신 병자처럼 굴었어요." 물건들을 집어던지고 깨부쉈다. 한번은 치즈 요리가 마음에 안 들어 냅다 집어던졌다. 벽에 들러붙은 치즈는 저녁 내내 조금씩 미끄러지며 카망베르 자국을 남겼다. 넘어져서 다리가 부러진 수석주방장에겐 욕을 퍼부었다. "감히 어떻게? 네놈이 말이었다면 당장 총으로 쏴버렸을 거야." 한번은 주방의 느린 속도에 짜증이 치솟아 한창 바쁠 시간에 요리사들을 한쪽 구석으로 불러 모았다. "장난치는 거야? 좋아, 그래. 너희들 다 그 구석에 서서 내가 니들 일을 하는 걸 지켜보라고. 양심이 있다면 거기 손을 얹어보란 말이야."

비슷한 얘기를 들어본 적이 있고, 15년 전인가 피카딜리 근처에 있는 '크리테리온'을 화이트가 인수한 직후에 그 광경을 직접 본 적도 있다. 다혈질이라는 소문을 익히 들었던 차였는데, 주방 문이 벌컥 열리더니 창백하게 겁에 질린 표정의 웨이터들이 민망해서 어깨를 웅크린 채 우르르 쏟아져 나왔다. 고약한 마음이지만 구경하기는 재미있었다. (그걸 보러 갔던 걸까?) 화이트는 아쉬운 기색 하나 없이 이렇게 말했다. 당시에 주방장이 된다는 건 호통을 칠 권리를 갖는 것이었다고. 사람들은 그에게 호통을 치고, 그는 또다른 사람들에게 호통을 쳤다. 그는 호통을 즐겼고, 남들도 그랬노라고 말했다. 물론, 그걸 당하는 사람의 심정은 달랐다.

화이트는 더 이상 호통을 치지 않는다. 이제 주방에 들어가지 않기 때문이다. 그래도 다혈질인 성격은 그대로다. 한번은 어처구니없는 일—한 미국인이 주방장이 미쳤다더라고 얘기하는 걸 들었다—을 당했던 얘기를 하다가 너무 흥분한 나머지 그 얘기를 왜 시작하게 됐는지도 잊어버렸다. 그의 마음은 그에게조차 예측불허였다. "아무튼 내가 그 테이블로 가서 말했죠. '내가 미쳤다고요? 제기랄, 내가 미쳤다고요?' 발작을 일으킨 거예요. 그러면서 이 자식의 버릇을 단단히 고쳐주겠다고 작정했죠. '제가 한 말씀 드려도 되겠습니까?' 남자는 겁에 질려서 기어들어 가는 목소리로 그러라고 하더군요. '내가 어떤 잡스러운 인간인지는 모르지만, 제기랄, 미치진 않았다고. 알아들었어요? 나 안 미쳤다고.' 물론 내가 생각하기에도 우라지게 미쳤다는 사실을 확인해 준 셈이었지만요."

아무렇지 않아 보이는 상황에서도 화이트는 무모한 분위기를 풍겼다. 6월에는 홀란드파크에 있는 '벨베디어'에서 같이 점심을 먹고 있었다. 원래는 차로 일가를 이룬 리용 가문에서 운영하던 찻집이었다. 영국인들이 애지중지하는 곳을 인수해서 개조하는 건 화이트의 전략 가운데 하나였다. 더운 날이었고, 공원은 사람들로 북적였다. 화이트는 담배꽁초를 난간 너머로 던졌다. 나는 그 모습을 보면서 생각했다. 저래도 되는 거야?

그때 여자의 비명이 들리고, 이어 짜증이 극에 달한 목소리가 이렇게 외쳤다. "마르코!"

우리는 둘 다 일어나 난간 너머를 바라봤다. "아니, 어떻게 이런 일이. 내 아내예요. 저 여자가 저기서 뭘 하고 있지?" 그녀는 유모차를 밀고 있었는데, 화가 머리끝까지 난 듯했다. 아빠가 던진 담배꽁초는 딸의 무릎에 떨어졌다. 모녀가 화난 눈초리로 우리를 노려봤다. 엄마는 엉덩이에 손을 얹고, 딸은 팔짱을 낀 채.

한번은 사냥 여행에 따라갔다가 런던으로 돌아가는 길이었다. 화이트는 앞자리에서 부츠 신은 발을 계기판 위에 올리고, 구부정한 자세로 앉아 있었다. 그때 환한 푸른색의 꽃밭이 그의 눈에 들어왔다. 산울타리 너머의 꽃 위로 이른 아침의 붉고 촉촉한 태양이 떠올라 밝은 빛을 뿌리고 있었다. 화이트는 기사에게 꽃밭으로 다시 돌아가 달라고 했다.

"저걸 좀 봐요. 멋지지 않아요. 저건 아마씨 꽃인데 해가 떠오를 때 피어요. 조금만 더 일찍 지나갔어도 꽃이 핀 걸 못 봤을 뻔했네요." 그러면서 부츠로 유리창을 차서 깨버렸다. 무척 흥분한 상태였다. ("이런 미안해요, 이시이 씨. 새로 갈아야겠군요.")

여름이 끝나갈 무렵에 다시 한 번 사냥길에 따라나섰는데, 이번 행선지는 햄프셔에 있는 드넓은 귀족의 영지였다. 그곳엔 사슴이 많았다. "저 빛깔 좀 봐요. 언덕과 똑같은 회갈색으로 변하는 게 보이죠. 동물의 가죽이 나무와 하늘과 이 모든 것에 섞여들었잖아요." 그때 사냥개를 앞세운 남자 네 명이 나타났다. "안 좋아, 안 좋아." 아일랜드 이민 노동자인 그들은 거칠고, 어쩐지 눈을 피하는 듯했다. 한 명은 뺨에 초승달 모양의 흉터가 있었다. "우린 그냥 저녁 산책 삼아 나왔을 뿐이에요." 사냥감이 지칠 때까지 쫓아다니다가 갈기갈기 물어뜯어 피를 보는 불법 사냥 훈련을 받은 개들이 뒷발로 서서 사나운 눈으로 쳐다봤다. "이 손엔 휴대전화가 있고, 이 손엔 엽총이 있지." 화이트가 그들에게 말했다. "지금 사냥터지기에게 전화를 걸 텐데, 전화가 연결될 때까지 당신들이 여기서 나가지 않으면 저 개들을 쏴 죽여버리겠어." 그러고는 턱과 어깨 사이에 전화를 낀 채 라이플을 창턱에 얹고 개를 겨냥했다. 전화번호를 다 누른 다음엔 안전판을 풀었다.

"제발," 나는 목소리를 낮춰 애원했다. "그냥 가세요. 이 사람은 진짜로, 정말로, 저 개들을 쏠 거예요. 그 다음엔 당신들까지 쏠지도 몰라요." 그들은 고맙게도 서둘러 사라졌다. 그 사람들이 두려움을 느끼는 것도 당연했다. 화이트가 금방이라도 총을 쏠 태세라는 건 누가 봐도 알 수 있었다. 나중엔 문득 이런 생각이 들었다. 나는 왜 이 사람이 무장을 했을 때 계속 따라다니는 걸까?

마지막 여행이 된 9월 막바지의 그날, 빛이 사라지기 직전에 우리는 어린 수사슴을 사냥했다. "내가 직접 잡은 사슴만한 게 없지. 그렇잖아요, 빌? 오래전부터 고기를 좋아했어도 직접 잡은 것이기 때문에 그 맛을 더 깊이 느낄 수 있어요." 사냥해서 잡은 고기가 가장 순수하지만 지방이 적어서 요리하기는 까다롭다는 얘기에 흥미가 동했다. 더 깊이 배울 만한 주제라는 생각이 들었고, 화이트도 해줄 말이 많았다. 특히 엽조류에 대해서는 그가 얼마 전에 인수한 '50세인트제임스'에서 저녁 식사로 뇌조를 먹으며 많은 얘기를 들었다.

영국인들은 뇌조에 자긍심을 느낀다. 사냥철이 시작되는 8월 12일은 '영광의 12일'이라고 부르고, 브레드소스[빵가루를 넣은 진한 소스]와 튀긴 빵조각, 가끔은 마가목 젤리와 크루통[빵을 주사위 꼴로 썰어 기름에 튀긴 것으로 샐러드나 수프에 넣어 먹는다], 고추냉이, 와인으로 만든 소스를 뇌조 고기에 뿌리고 독특한 분홍빛이 날 때까지 굽는 전통 요리도 있다. 우리 테이블을 담당한 웨이터는 화이트를 보자 겁에 질린 나머지 퇴행성 질환에라도 걸린 것처럼 굴어서(식기와 냅킨을 떨어뜨리지 않나, 의자에 부딪히지 않나) 주 요리가 나왔을 땐 화이트가 너그럽게도 웨이터가 할 일을 넘겨받아 직접 고기를 썰었다. 웨이터는 한 걸음 물러나 축 늘어진 표정으로 우리 테이블을 지켜봤다.

화이트가 고기의 맛을 봤다. 브레드소스를 살짝 찍어서. 나도 먹어봤다. 브레드소스를 살짝 찍어서. 그러고는 그가 어떻게 생각하는지 보려고 고개를 들었다. 사실은 입 안에 감도는 느낌이 놀라울 정도로 만족스러워서 그의 표정에서도 같은 느낌을 찾으려 했을 것이다. 법규상 엽조류도 농장에서 사육한 걸 써야 하는 미국의 레스토랑에서는 접할 수 없는 맛이었다.

"닷새." 그가 말했다.

"닷새요?" 내가 물었다.

"닷새. 이 새는 닷새 동안 숙성한 거예요."

"그렇군요. 닷새."

거의 대부분의 고기는 숙성을 시킨다. 숙성을 시키면 조직 분해 효소가 증가해서 육질이 부드러워지고, 수분이 증발하면서 풍미가 더 짙어진다. 야생 동물일 경우 특유의 냄새도 강해진다. 영국에서는 새의 목 살이 짓물러서 갈라질 때까지 갈고리를 꿰어 걸어두는 풍습이 있다. 그때쯤 되면 구더기가 생기기 직전인데(운이 나쁜 경우라면 직후), 이렇게 짓무른 것을 엄청난 허세로 치장해 레어 상태로 냈다. 엽조 고기를 좋아하신다면서요? (키득키득.) 나는 오래전부터 여기에 모종의 음모가 있지 않을까, 의심이 들었다. 미국에서는 대체로 가난한 사람들이 사냥을 즐기는 반면, 영국에서는 그게 지주들의 취미생활이었다. 자신들의 눈을 피해 사냥을 하지 않게 하려면 역겨운 마음이 절로 드는 맛을 시시때때로 보여주는 것보다 더 좋은 방법이 있었을까?

화이트는 또 한 점을 먹었다. 나도 또 한 점을 먹었다.

"나라면 조금 더 숙성시켰을 텐데. 아주 많이는 아니지만." 그러면서 언젠가 해봤던 숙성 실험 얘기를 들려주었다. 그가 한 말을 고스란히 옮겨보겠다. "나는 새를 하루, 이틀, 사흘, 나흘, 닷새, 엿새, 이레, 여드레, 아흐레, 열흘, 열하루, 열이틀, 열사흘, 열나흘, 열닷새, 열엿새, 열이레, 열여드레, 열아흐레, 스물, 스무하루 동안 숙성시켜봤어요."

"그래서 결론은요?"

"스무하루는 너무 길더군요."

"봐줄 수 없을 정도로 상했나요?"

"비위가 뒤집힐 정도였죠."

우리는 식사를 계속했다. 그가 한 입을 먹었다. 나도 한 입을 먹었다.

"크루통을 제대로 만들지 않았군." 화이트가 말했다.

나는 크루통을 먹었다. 화이트는 음식에서 벌레라도 나온 것처럼 크루통을 포크로 찍어서 유심히 살폈다. "심장과 간으로 더 짙게 만들었어야 했는데." 그는 또 말했다. "심장과 간을 이용해서는 일종의 페이스트를 만들죠."

그가 소스의 맛을 봤다. "이건 제대로 된 게 아니야. 안 그래요, 빌?"

나는 소스의 맛을 봤다. 그건 뭐랄까, 소스 맛이었다. 제대로 됐냐고? 나로서는 알 수 없었다.

"새고기에 소스를 곁들일 수는 있지만, 소스가 가벼워야 해요. 개인적으로는 구울 때 나오는 육즙을 선호하죠. 그게 내가 사용하는 소스예요. 고기에서 나온 천연 육즙 외에 아무것도 넣지 않은. 이건 너무 멋을 부렸군." 그는 다시 한 번 맛을 봤다. "송아지 스톡을 졸여서 만들었네. 그렇죠, 빌?"

다시 맛을 봤다. 아무래도 나는 이 방면엔 소질이 없는 모양이었다. 그건 정말이지 뭐랄까, 소스 맛이었다.

"거기에 포트와인과 마데이라 와인을 넣었어. 그렇죠, 빌? 그리고 막판에 버터. 이런 소스는 다 필요 없어요. 너무 강해서 정작 새의 맛을 즐길 수가 없잖아."

그가 한 점을 더 먹었다. 나도 한 점을 더 먹었다.

"빵가루. 이것도 실망스럽군. 그렇지 않아요, 빌?"

"그런가요?" 나는 말 잘 듣는 학생처럼 빵가루를 먹었다. 그런다고 뭘 알겠어? 지금껏 맛있게 먹었다는 것밖에 나는 아는 게 없었다.

"뭐랄까. 완전히 익히지를 않았어요. 그렇잖아요?" 그러면서 포크로 빵가루를 헤집었다. 그의 표정은 더 이상 불쾌함을 숨기지 않았다. "금빛을 띠어야지. 빵가루 말이에요. 그렇잖아요, 빌?"

그가 한 입을 먹었다. 나도 한 입을 먹었다.

"버터소스." 이번엔 버터소스 차례였다. "그러니까, 이건 정말이지 거품이 나야 해요. 그리고 브레드소스. 정향을 너무 넣었네. 뇌조 요리에서 브레드소스는 아주 중요해요." 몹시 화가 난 선생님의 말투였다. "양파를 넣잖아요. 그렇죠? 반쪽, 정향을 박아서. 우유를 붓고 끓이다가 빵을 넣죠. 하지만 너무 멋을 부리면 안 돼요. 정향은 하나. 내 말 알겠어요, 빌? 빌어먹을 정향은 딱 하나. 이건 빌어먹을 디저트를 만드는 게 아니니까." 그는 흥분하기 시작했다. 화이트 등 뒤로 지나가는 웨이터 옆에 요리사 한 명이 따라붙은 게 보였다. 그들은 자신들의 미래를 보고 있었고, 그걸 썩 기꺼워하지 않는 눈치가 역력했다.

화이트는 말을 이었다. "그리고 허브도 너무 많아. 새 요리는 허브를 넣으면 망칠 수도 있어요. 조심해야 해요. 우리는 새를 먹으러 온 거 아닌가요, 빌? 우리가 그것 때문에 온 거잖아요. 빌어먹을 새를 먹으러?" 웨이터 옆에는 또다른 요리사가 동행했다. 화이트는 어느새 테이블 앞으로 바짝 당겨 앉은 채 눈을 부릅뜨고 있었다. "빌어먹을 허브 농장에 온 게 아니라고요. 샐러드를 먹고 싶었으면 왜 뇌조를 시켰겠어요? 그리고 이 파슬리. 이걸 좀 봐요. 이게 무슨 의미가 있어요. 안 그래요, 빌?" 그는 어수선한 시선으로 식당을 이리저리 훑었다. 그의 시선에는 이런 의미가 담겨 있는 듯했다. 어떤 빌어먹을 자식이 이따위 짓을 한 거야. 내가 찾아내고 말겠어. "이게 왜 들어갔는지 모르겠군. 당신은 알아요, 빌? 이 빌어먹을 파슬리가 어째서 뇌조 위에 뿌려졌는지 누가 좀 말해주겠나?" 화이트는 소리쳤다. "누가 좀 말해주면 좋겠군. 나는 도저히 모르겠거든."

그러더니 한숨을 푹 쉬었다. "모든 건 다 잘 먹기 위해서죠." 이 얘기를 할 때는 목소리가 나직했다. "좋은 냄새, 좋은 맛. 더하고 뺄 것 없이, 너무나 영국적이죠. 불필요한 장식은 들어가지 않아요. 문제는 단순한 걸 제대로 해내기가 굉장히 어렵다는 거예요. 나는 과도하고 강렬한 맛의 간섭 없이 엽조의 순수한 맛을 즐기고 싶어요. 여기 입천장 뒤쪽에서. 무어인을 떠올리게 하는 제2의 맛. 그 나머지는 다 접시 위에 있어요. 새, 브레드소스, 빵가루, 그레이비소스. 고기를 저미는 것도. 다 눈앞에 있어요. 대단히 시각적이죠. 자연이 예술가예요."

흔히 단순하다는 말은 쉽다는 뜻으로 해석되지만, 주방장이 그 말을 할 땐 "터득하는 데 한평생이 걸린다"라는 뜻이다. 내가 화이트에게 정말 단순한 것에 대해서만 물어본 것도 그 때문이다. 나는 그에게 달걀을 어떻게 요리하는지 물었다.

"음. 달걀은 아주 중요해요. 달걀을 다루는 걸 보면 어떤 요리사인지 알 수 있죠. 달걀을 요리하려면 많은 게 필요해요. 우선 달걀을 이해해야 하죠. 특히 자기가 먹으려고 할 때는."

달걀 얘기는 다음날에도 계속됐다. 마르코 피에르 화이트 같은 사람은 달걀 프라이를 어떻게 할까?

"팬의 온도를 확인하는 것부터 시작해요. 버터를 넣고 녹이는데, 너무 뜨거우면 안 되고, 버터에서 거품이 부글거려도 안 돼요. 달걀을 깨고 만져봐야 돼요. 계속해서 만져봐요. 단백질이 단단해지되 완전히 익지는 않도록. 그리고 달걀의 온도는 언제나 자신의 체온보다 높아야 해요. 마지막에 버터를 한 숟가락 떠서 위에 놓습니다."

그렇다면 스크램블은?

"팬에서, 절대로 미리 풀어놓지 말고, 팬에서 달걀을 휘저어서 아주 서서히 익힙니다."

다른 음식에 대해서도 물어봤다. 자연산 연어 한 조각이 있다면 어떤 요리를 할까?

"연어가 아니라 팬에다 간을 하고 즙이 나오면 뒤집어요. 그 즙에다 익히는 거죠. 기름은 절대로 넣으면 안 돼요. 그리고 소스를 만들기 전에 팬을 깨끗이 닦아야 해요."

푸아그라는?

"신발 가죽처럼 딱딱해지지 않도록 하는 게 관건이죠. 밑에 종이를 받쳐야 해요. 안 그러면 너무 빨리 익어요."

감자는 어떻게 튀길까?

"좋은 감자를 써야죠. 감자는 비탈진 밭에서 자라는데, 높은 데서 거둔 감자라야 좋은 감자칩이 나와요. 아래쪽 건 못 써요. 이틀간 물에 담가서 녹말을 빼고, 얇게 썬 다음 뜨겁게 달군 기름에서 반쯤 익었을 때 건져내요. 색이 변할 때까지 익히면 가운데가 단단해지는데, 이렇게 반쯤 익혔다 다시 한 번 튀겨내면 가운데가 부드러우면서도 바삭하죠. 프랑스 사람들은 땅콩기름을 좋아하지만 나는 쇠기름 정화한 걸 써요."

비계에 대한 생각은?

"익힌 건 맛있어요. 익히지 않은 건 안 그렇고. 거위나 오리의 속을 왜 채우는지 알아요? 요즘 주방장들은 그걸 모르는데, 기본을 배우지 않기 때문이에요. 새의 속을 채우는 것은 서서히 익히기 위해서예요. 속이 비어 있으면 그곳에 열기가 차기 때문에 속부터 익고, 지방보다 살이 먼저 익거든요. 사과와 세이지 잎으로 속을 채우면 지방이 먼저 익죠."

하루는 '드로운스' 클럽에서 같이 점심을 먹었다. 그가 사교적인 회원제 클럽으로 운영하는 레스토랑이었는데, 공간이 좁고 나무를 댄 벽에는 가슴이 엄청나게 큰 여자들을 그린 엄청나게 큰 그림이 걸려 있었다. 화이트는 그곳을 별채 정도로 생각하는 듯했지만(벽난로 위에 아이들 사진과 그의 신발 한 켤레가 놓여 있었다), 남자들의 클럽 분위기가 나기는 했다. 점심때 이곳을 찾는 사람들은 빳빳하게 다린 흰 셔츠와 귀밑머리가 희끗한 남자들이었다. 옆 테이블에서는 테헤란에서 온 사업가와의 협상이 한창이었다. 그런가 하면 연말연시 장식을 한 40년 전 라스베이거스 카바레의 풍경 같기도 했다. 천장에는 분홍색 풍선과 디스코 조명등이 걸려 있고, 밤이 되면 "양복 입은 사람들이 환상적인 영계들로 대체"됐다.

여기는 화이트가 음악을 틀도록 허용한 최초의 레스토랑이었다. 주로 딘 마틴의 음악을 튼다. "어딘지 뉴욕 클럽 같지 않아요?" 그러자 역시 화이트가 경영하는 '맥스'에서 그가 던졌던 또다른 질문이 떠올랐다. "여기는 파리의 비스트로 같죠?" 화이트는 비행공포증이 있기 때문에 파리의 비스트로나 뉴욕의 클럽엔 가본 적이 없다. 드로운스는 전혀 뉴욕 스타일이 아니었다. 그곳은 화이트가 저녁 시간을 보내고 싶은 분위기로 꾸며졌을 뿐이다.

누군가 화이트에게 우편물을 건네줬다. 화이트가 해러게이트 호텔을 나와 들어갔던 요크셔 '박스트리'의 사장인 말콤 리드의 편지도 끼어 있었다. "박스트리는 흑백이던 내 인생을 총천연색으로 바꿔준 곳이에요." 화이트는 테이블 위에 편지를 내려놓았다. 나는 건너편에서 그걸 넘겨보다가 화이트가 제대로 놓고 읽으면서도 쩔쩔맨다는 걸 알게 됐다. 어찌나 힘겨운지 표정까지 일그러졌다. 첫 번째 문단을 넘어가지 못했다. "난독증이에요. 아주 심하죠. 아이들 선생님이 그 문제를 상의할 때까지도 그걸 몰랐어요. 난독증은 유전될 때가 많거든요. 얘기를 듣고서야 생각이 미쳤죠. 어, 나도 그렇잖아!" 그는 얼마 전에 아이들을 데리고 낚시를 갔었다. "보트를 빌리러 가는 길이었는데, 표지판 글자가 뒤엉켜서 보였어요. 이렇게 써 있는 거예요. '고등어 낚시 벅스버니.' 저게 무슨 말이야. 벅스버니? 웬 벅스버니? 다시 한 번 읽어봤죠. 여전히 똑같았어요. '고등어 낚시 벅스버니.' 통 이해할 수 없었죠. 세 번을 읽고서야 아들에게 물어봤어요. 벅스버니가 어떻다는 거냐고." 표지판에 적힌 글은 고등어 낚시 옴니버스였다. 셔틀 보트를 운행한다는 뜻이었다. 마르코는 익숙한 글자를 떼어낸 다음에 앞뒷말을 뒤섞어 버렸고, 그 말이 일단 뇌리에 박힌 다음에는 다른 식으로 읽을 수가 없었던 것이다.

난독증은 언어처리 중추에 문제가 있는 신경장애다. 대부분의 난독증 환자처럼 마르코도 문자 이외의 정보에 더 잘 반응한다. 《타임스》 한 페이지를 1시간 동안 읽고도 아무것도 기억하지 못할 수도 있지만 "누가 큰 소리로 읽어주면 단어 하나까지 전부 외울 수" 있다. 난독증 환자 중에는 시각정보를 처리하는 능력이 이례적으로 발달하는 경우도 있다. 마르코는 비율을 감지하는 능력이 탁월하다. "저 디스코 조명 있잖아요. 다들 저게 문을 통과하지 못할 거라면서 길이를 재기 시작했어요. 하지만 난 1밀리미터의 여유가 있다는 걸 알았죠."

숫자 감각도 뛰어나다. "그건 뇌의 반대편에서 처리하거든요." 시각 정보를 처리하는 능력은 소름이 돋을 정도다. 크롬튼 바트는 화이트가 어떤 요리든 한 번 보면 사진을 찍은 듯이 정확하게 기억한다고 말했다. 그는 지난 20년간 먹었던 모든 요리를 기억한다.

나는 어느새 음식의 시각적인 요소를 강조하는 마르코처럼 생각하고 있었다. 사람들은 오래전부터 요리의 독특하고 풍부한 표현을 보며 그가 주방에 있다는 걸 알았다. 그리고 일출이나 일몰, 또는 빛의 변화 같은 풍경에 몰입하는 그의 모습도 신기했다. 그는 사냥철의 푸줏간이 "하나의 예술 작품"이라고 했다. "산토끼와 꿩이 그 나름의 색감과 풍미를 간직한 채 창가에 걸려 있죠."

그는 첫 번째 직장에서 모셨던 윗사람의 칼 다루던 솜씨를 세세한 부분까지 대단히 정확하게 묘사했다. "손바닥과 손가락을 이용해서 살을 도려내는 모습이 너무 멋있었어요. 힘이 전혀 안 들어갔죠. 게다가 칼을 손의 연장인 듯 쓰는 그 모습이라니. 그게 칼이라는 걸 잊어버릴 정도였어요. 이 손가락 끝으로 그냥 스르르 밀고 들어가요. 칼은 손가락 끝을 길게 늘인 것이었어요. 그게 칼의 규범이고, 그게 모든 것의 핵심이죠. 나는 그냥 옆에서 지켜봤어요. 내 나이가 열여섯이고 그는 50대였죠. 그렇게 지켜본 끝에 칠면조 다리에서 뼈를 발라내고 힘줄을 정리할 수 있을 정도가 됐어요. 그게 내가 처음으로 맡은 본격적인 일이었는데, 그냥 지켜보는 것만으로 그 방법을 터득한 거예요."

얘기를 듣고 있으면 괴짜라는 생각이 절로 들었다. 그와 나는 바라보는 세상이 달랐다. 어쩌면 학창시절의 키가 컸던 친구 같을지도 모른다. 큰 키 덕분에 누구보다 농구를 잘할 수 있었던 그런 친구. 화이트는 주방에서 살아남을 수 있는 엄청난 능력을 지녔던 것이다. 본인도 그 사실을 깨달았지만 다른 사람들에게는 말하지 않았다. "일을 시작한 초기에 사진에 가까운 기억력을 지녔다는 사실을 알았지만 주방장에겐 말하지 않았어요. 어떤 일을 맡아서, 이를테면 스타터를 담당할 때도 늘 다른 스테이션을 유심히 관찰하며 머릿속에 담아뒀죠. 언제든 그 자리를 맡으면 정확히 되풀이할 수 있도록. 다들 저를 천재라고 생각했어요."

화이트의 천재성은 마리오가 "주방의 인식능력"이라고 부르는 것의 특별한 변주에 지나지 않을 수도 있지만, 아무래도 나는 이런 시각적인 능력을 개발하기는 힘들겠다는 생각이 들었다. 나는 글을 다루는 사람이고, 지금껏 내가 받은 거의 모든 교육은 언어를 통해 이루어졌기 때문이다. 대도시에서 직장을 다니는 사람들은 대부분 언어 위주의 삶을 산다. 도회적이고 연역적이고 생각과 독서와 추상에 좌우되며 아침에 눈을 뜨면 오늘은 뭘 입을지부터 고민하고 그 결정을 내리기 위해 일기예보를 뒤적이는 사람들. 그전까지 내가 요리에 대해 알고 있던 모든 것의 출처는 책이었다.

그런데 주방에서 12시간씩 일을 하기 시작하자 다른 방식이 작동했다. 글을 읽지 않았고 생각도 하지 않았다. 관찰하고 흉내 냈다. 이건 아무래도 성인보다는 아이의 뇌가 작용하는 방식에 더 가까울 것이다. 양 다리의 뼈를 발라내는 건 공 던지기를 배우는 것과 같다. 나는 메모가 넓적다리 뼈를 발라내는 모습이나 고기를 묶는 모습을 머릿속에 떠올릴 수 있다. 이런 걸 이른바 뇌상(腦相)이라고 한다. 비닐주머니를 이용해서 접시에 녹색이나 검은색이나 진갈색 원을 그리고, 채소를 캐러멜화되도록 볶고, 회향을 넣어 뭉근히 끓이고, 민들레가 삶은 빨래처럼 흐물거려야 다 익었다는 것도 그렇게 해서 알게 됐다. 브란지노의 껍질이 바삭해졌을 때 나는 냄새로 익은 정도를 파악하고, 모든 게 뒤섞이도록 팬을 흔들거나 가장자리에 있는 것만 뒤집어지도록 흔드는 법도 배웠다. 요리를 접시에 어떻게 담는지, 좌우가 대칭을 이루지 않는 재료를 어떻게 좌우대칭처럼 보이게 하는지, 이 모든 걸 사실상 어린이의 방식으로 배웠다.

나한테는 마조히스트적인 기질이 있는지, 화이트의 주방에서 일을 해보지 못한 게 아쉬웠다. 그는 제자리에 머물러 있지 않았다. 얼마 후 50세인트제임스와 드로운스를 매각했는데, 음식보다는 부동산 쪽이 더 수익성이 높다는 걸 깨달았기 때문인지도 모른다. 나는 그에게서 뭔가를 배웠다. 온 세상이 다 아는 것, 그러니까 주방장이라는 족속이 세상에서 제일가는 미치광이라는 것 외에 내가 아직도 갈 길이 멀다는 사실을 배웠다.

# 이탈리아에서 만난
# 수제 파스타

이탈리아에 갔다. 첫 번째 점심으로 수제 파스타를 먹었는데, 그건 내 인생에 소소하지만 지워지지 않는 영향을 미쳤고 내 인생은 그걸 먹기 이전과 결코 같지 않았다.

마리오가 그려준 여정대로 포 강을 따라 짧은 미각 여행을 하는 중이었지만 친구의 추천을 받아 그 길에서 조금 벗어나 지벨로라는 곳에 들렀다. 파르마에서 약 32킬로미터 떨어진 그곳은 이탈리아 축산 농업의 중심지였다. 어딜 가도 돼지 냄새가 떠나지 않았고, 내 머리나 옷에 들러붙는다는 생각만으로도 끔찍한 미립자들이 둥둥 떠다니는 느낌이었다. 파스타를 만들어준 미리암 레오나르디는 5대째 '트라토리아 라 부카'를 운영하고 있었다. 미리암은 철저하게 이탈리아 스타일을 고수했다. 주문이 들어오기 전까지는 양파 하나 썰지 않았고, 한 코스가 끝나면 성큼성큼 다가와 그 다음에 뭘 먹을 건지 묻는 식이었다. 얼마 전에 예순둘이 됐다는 미리암은 꼭 맞는 흰색 주방장 모자—모자라기보다 스카프에 가까웠지만—를 쓰고 짙은 눈썹에 남자 같은 매부리코를 지녔다. 키는 150센티미터 남짓했지만, 다리를 벌리고 천천히 걷는 모습에서는 편안함과 자신감이 느껴졌다. 주방에서 테이블 사이를 바로 그런 걸음걸이로 45년 동안 오갔으니 그럴 만도 했다.

친구는 파스타 외에도 뱀장어, 개구리 다리, 내장, 그리고 이 마을의 대표적인 요리인 쿨라텔로[돼지 넓적다리 살로 만든 소시지. 파르마 근처의 지벨로에서 만든 게 유명하다] 등 여러 가지 요리를 언급했다. 쿨로는 '엉덩이'라는 뜻이고, 쿨라텔로는 대충 '엉덩이 쪽'이라는 뜻답게 돼지의 그 부분으로 만든다. 뼈를 발라내고 방광을 채워 2년간 눅눅한 지하실에 저장한다. 미국농무부에서는 그 방법이 현대적이지 못하다는 판정을 내렸고, 쿨라텔로의 미국 반입을 금지했다. 미리암의 식당을 추천해 준 친구는 이 맛에 푹 빠진 나머지 불법으로 미리암의 쿨라텔로를 들여오고 있다.

쿨라텔로 위에는 얇게 저민 버터를 얹었다. 짙은 적갈색에 보풀처럼 보드랍고 밝은 것들이 섞여 있었다. 확실히 기름지긴 했지만, 완전히 비계는 아니었다. 돼지고기에서 맛보지 못했던 강렬함이 느껴졌다. 미리암은 쿨라텔로 만드는 걸 지켜봐도 좋다고 했다. 주방 뒤에 저장고가 있었는데, 거기에는 열 개씩 백 줄이나 되는 쿨라텔로가 서까래에 매달린 채 포 강에서 부는 바람에 신선하게 보관되어 있었다. 미리암은 프로푸모 프로폰도 델라 미아 카르네, 그러니까 "내 고기의 향기"라고 말했지만 그 낭만을 느끼고 싶어 숨을 한껏 들이마셨을 땐 숙성되어 가는 고기의 눅눅함과 돼지 방광 수천 개에서 발산되는 톡 쏘는 암모니아 냄새에 질겁했다. 그 향기에 익숙해지는 데에는 아무래도 시간이 필요할 듯했다.

나는 마리오 바탈리에게서 고기 가공하는 법을 배워보려 한다는 얘기를 했다. 알고 보니 트라토리아를 물려받아 6대째 주인이 될 미리암의 딸이 얼마 전에 뉴욕 여행을 갔다가 밥보에서 식사를 했는데, 다른 건 다 괜찮았지만 내장이 약간 불만이었다고 한다. 딸의 표현을 빌리자면 "퀴퀴한 냄새가 부족"했다는 것이다. 오후 내내 미리암은 마리오를 "유명한 뉴욕 주방장"이라고 부르며 키득거렸다. "그는 아마 냉장고를 쓰겠지. 너무 똑똑하니까." 그러고는 요란하게 웃어젖혔다. "내가 이 주방에서 만드는 건 우리 할머니에게서 배운 거라오. 할머니는 할머니의 할머니에게서 배웠지. 그 할머니는 또 그 할머니의 할머니에게서 배웠고. 내가 유명한 뉴욕 주방장한테 관심이나 있을 것 같아?" 뉴욕이라는 부분에선 입 안에 탁한 맛이라도 감도는 듯한 말투였다.

거기서 먹은 파스타는 두 가지였다. 하나는 토르텔리니였는데, 정체를 알 수 없는 고기를 채우고 작고 복잡한 매듭을 지은 파스타였다. 다른 하나인 커다란 베개만한 라비올리는 얇고 헐렁헐렁 가벼운 것이 독특한 느낌을 줬다. 어디서도 먹어본 적 없는 맛이었다. 겉에는 버터와 꿀을 바르고 속에는 호박을 채워서, 한 입 베어 물면 예상치 못한 맛의 향연이 펼쳐졌다. 볶은 호박에 파르메산 치즈를 섞은 속을 먹자 입 안 가득 가을이 퍼졌다. 아침에 일어나 창밖의 나무에 울긋불긋 단풍이 든 걸 발견했을 때의 느낌이랄까. 요리의 이름은 토르텔리 디 주카였는데(주카는 주키니호박을 뜻한다), 너무 인상적이어서 그 유래가 궁금했다.

이탈리아 밖에서는 토르텔리보다 라비올리를 더 자주 접하게 되지만, 사실 두 단어는 몇 세기 동안 혼용되어 왔다. 엄밀히 따지자면 라비올리는 속이 중요하고(아예 라비올리 누디, 즉 누드 라비올리를 만들 수도 있다), 토르텔리는 겉이 중요하다. 토르텔리는 작은 타르트를 뜻하는 토르타의 축소형인데, 토르타는 이탈리아 반도에서 가장 오래된 음식 가운데 하나다. 중세에는 이 말이 밀가루 반죽에 속을 넣은 음식을 일반적으로 지칭했다. 아무래도 맛있는 파이와 파스타를 모두 뜻한 것 같긴 하지만, 파스타보다는 파이나 타르트의 비중이 더 컸을 것이다. 음식과 관련해서 이탈리아 최초의 책이라고 일컬어지는 13세기의 『요리책(Liber de coquina)』을 보면 이 레시피가 나온다. 미리암이 만들어준 또다른 파스타인 토르텔리니는 훨씬 작고(이건 토르텔리의 축소판이기 때문에) 시기도 더 나중이어서 르네상스 초기 정도로 추정되는 볼로냐의 대표 요리다. 흔히 하는 얘기로는 어떤 솜씨 좋은 제빵사가 불륜 사이인 유부녀의 배꼽 모양으로 파스타를 만든 게 그 유래라고 한다. 어찌나 똑같았던지 여자의 남편이 알아차렸을 정도란다.

이 당시에 내 자료 조사는 비공식적이고 제한적일 수밖에 없었는데, 이탈리아어를 배우고 있긴 했지만(그리니치빌리지의 학원에서 토요일 아침마다 2시간짜리 수업을 듣고 지하철에서는 단어장을 넘기며 동사변화를 암기했다), 제대로 읽을 수가 없었고 이탈리아 음식과 관련된 옛날 책 중엔 영어로 번역된 것이 거의 없었다. 그런데 단 한 권, 아마도 제일 중요하고 설명도 뛰어난 책이 눈에 띄었다. 미리암의 파스타처럼 이 책도 작지만 지속적인 차원에서 내 인생을 바꿔놓았다. 라틴어로 된 텍스트는 마에스트로 마르티노라는 15세기 요리사의 영감을 받아 데 오네스타 볼룹타테 에트 발리투디네, 즉 "참된 기쁨과 행복한 건강에 대하여" 다뤘다는 설명이 붙어 있었다. 15세기에 출판된 직후 유럽의 거의 모든 언어로 옮겨져서 범유럽 대륙 최초의 베스트셀러가 되었으며, 2세기 동안 가장 큰 영향력을 행사한 요리책이었음에도 영어 번역은 근래에야 이루어졌다.

저자는 요리사가 아니라 바티칸의 사서였다. 롬바르디아 사람 플라티나는 인문학자이자 미식가였다. 그는 교황의 전기를 집필하고 전쟁과 평화, 그리고 사랑과 증오에 대한 논문과 책을 썼다. 마흔한 살에 로마에 와서 그 이듬해인 1463년에 전설적인 식도락가였던 루도비코 트레비잔 추기경의 초청으로 한여름의 로마 더위를 피해 알바노 언덕에 있는 추기경의 별장을 찾았다. 마에스트로 마르티노는 추기경의 요리사였다.

마르티노도 플라티나처럼 롬바르디아 사람이었고, 밀라노 귀족의 주방에서 일하다 로마에 온 지 얼마 되지 않았을 때였다. 아마 나이도 비슷했을 터여서 두 사람은 곧 마음이 통했다. 마르티노에게 플라티나는 요리사가 아니면서 위대한 요리사의 재능을 간파한 최초의 인물이었다. 그리고 플라티나에게 마르티노의 음식은 하나의 계시, 요리를 예술로 인식하게 해준 최초의 사례였다. 플라티나는 여름내 마르티노가 가르쳐줄 수 있는 모든 것을 배웠다. 이 비공식적인 수업은 사실상 최초의 '주방 OJT'였다고 볼 수 있다. 신참이 고참을 따라다니며 그가 가진 기술을 보고 배우는 현장 트레이닝이었던 것이다.

플라티나의 책은 두 부분으로 나뉜다. 하나는 잘 먹고 잘 사는 법에 대한 인문학적 고찰로, 플리니우스의 『자연의 역사』처럼 잠이나 소금, 무화과 등, 한 가지 주제를 정해 논하다가 건강 유지에 대한 교훈으로 마무리를 지었다. 술 마시기 전에 아몬드 다섯 알을 먹으면 술에 취하지 않는다거나 정기적으로 호저 고기를 먹으면 야뇨증이 완화된다거나, 고환은 어느 동물이나 새끼의 것이 더 좋은데 수탉은 예외라는 등의 내용이었다. 수탉의 고환은 어리거나 늙거나 상관없이 좋고, 송아지 발과 향신료를 로마식으로 곁들여 먹으면 그 효과가 더 탁월하다고 했다.

그러다가 책의 중반쯤에서 문체가 급격히 변했다. "오, 불사의 신들이여. 대체 저의 친구 마르티노에게 무슨 능력을 내리신 건가요." 그는 화이트소스를 설명하다 말고 이렇게 탄식했다. 마르티노의 달변에 대한 칭찬을 늘어놓다가 그의 요리에서 미래를 목도하고 있다고 주장했다. 재료를 진지하게 고찰하고 "날카로운 논의"의 주제로 삼은 "근대적 요리 학파"라는 것이었다. 나머지 부분은 마르티노의 레시피로 채웠는데 문체가 확연히 다른 것으로 보아 마르티노의 것을 그대로 옮긴 듯했다. 레시피를 훔쳐낼 때까지만 주방에 머물렀던 플라티나는 그 방면(레시피 도둑)에서도 선구자였고, 15세기 이탈리어로 쓰여진 마에스트로 마르티노의 레시피 원고는 464년이 지나서야 고서점에서 어느 미국 음식전문기자의 눈에 띄었다. 플라티나는 스승을 어찌나 철저하게 표절했던지 레시피가 다른 건 단순한 실수거나(기본적인 재료를 빠뜨리는 것처럼), 마리화나 미트볼(오파 칸나비나) 레시피에 플리니우스 스타일로 의학적인 고찰을 덧붙일 때뿐이었다. 그는 이 요리가 "영양에 좋지 않고, 구토를 유발하며, 위와 내장에 통증을 일으키고, 눈을 흐리게 하므로 피해야 한다"고 말했다. 책에는 마리화나를 이용한 레시피가 여러 개 나오는데, 바티칸 서재를 어슬렁거리는 15세기 약쟁이의 모습을 연상시켜서 현대 독자의 마음을 불편하게 만들 수도 있다.

재능이 뛰어나다는 데에는 이론의 여지가 없지만, 마에스트로 마르티노는 과시욕도 강했다. 블랑망주(다진 닭 가슴살과 아몬드 기름으로 만든 달콤한 화이트소스)를 만들 때도 그걸 둘로 나눠서 한쪽에 달걀노른자와 사프란을 섞어 흰색과 노란색이 소용돌이치는 모양을 만들었다. (그렇게 따지면, 바질과 뵈르블랑, 이 두 가지 소스를 화려하게 섞어낸 마르코 피에르 화이트의 솜씨가 사실상 프랑스가 아니라 이탈리아에서 유래됐다는 얘기가 되는 걸까.)

플라티나의 눈에 마르티노는 너무 요란했다. 그래서 마르티노의 구운 달걀을 "요리사의 우매함과 장난이 결합된 멍청한 조합"이라고 비난하기도 했다. (마르티노는 달걀에 바늘을 조심스레 꽂아 불 위에 걸고 꼬치처럼 살살 돌리며 익혔다.) 마르티노가 고기로 토르타 속을 채운 것도 프랑스적이고 허세가 과하다는 이유로 비난을 샀다. 플라티나는 "우리 시대 사람들의 입맛을 망쳐놓을" 지름길이라고 르네상스의 성대한 만찬을 꼬집었다. "사람들은 위장도 모자라 목구멍까지

탐닉에 빠져" 채소가 아닌 새와 가축의 고기를 넣은 토르타를 원하고 "태어나면서부터 먹어온 근대와 호박, 순무, 파스닙, 지치[향긋하고 달콤해서 향미료나 샐러드에 사용하는 허브]를 넣으면 못마땅해한다"라고 했다.

나는 본론을 벗어나 야유를 쏟아내는 여담에 더 호기심이 동했다. 플라티나가 전통적이라고 여기는 방법은 따로 있었다. 그가 보기엔 토르타와 토르텔리의 속을 채소로 채우는 것이 제대로된 방법이었다. 공정을 기하기 위해 마르티노에게도 반론의 기회를 준다면, 그가 사용한 대부분의 레시피 역시 기존에 통용—빠르게는 1465년부터—되던 것들이었다. 마르티노는 토르타 디 주카를 만들 때 호박을 갈아서 우유를 붓고 끓인 뒤 파르메산 치즈와 생강, 계피, 그리고 사프란을 조금 넣으라고 했는데, 모두 르네상스 시절에 흔히 쓰던 향신료들이다. 이 방법은 그때 이미 전통이었고, 그 전통은 지금까지 이어져, 미리암은 그 방법대로 내게 토르텔리 디 주카를 만들어줬다(르네상스의 풍미는 빠졌다).

실제로 내가 마르티노의 레시피를 보면서 받은 느낌과 짜릿한 즐거움은 이질감(이국적인 향신료, 설탕의 찬미, 오븐 대신 불 위에 건솥)뿐만 아니라 압도적일 만큼 엄청난 동질감이기도 했다. 트라토리아 라 부카를 돌이켜 생각해 보면 새삼 놀랍다. 그곳에서 먹은 모든 요리를 플라티나의 책에서 찾을 수 있기 때문이다.

내장만 하더라도 마르티노는 그걸 맛있게 요리하는 비법이 두 번 익히는 것인데, 첫 번째에는 소금을 사용하지 말고(그러면 질겨진다), 돼지 뼈를 넣어야 한다고(맛이 한결 좋아진다) 했다. 그건 미리암이 쓰는 바로 그 방법이었다.

라 부카에서는 뱀장어도 먹었다. 저녁을 먹으러 다시 라 부카에 갔었는데, 뱀장어를 먹겠다고 사람들이 멀리서 차를 몰고 찾아왔다. 마르티노는 뱀장어 조리법으로 꼬챙이에 꿰거나 브레즈 방식을 권했고, 후자를 택할 경우 파슬리와 식초를 넣으라고 했다. 미리암이 바로 그렇게 했다.

개구리 다리 요리법도 똑같았다. 마르티노는 곡물 가루를 묻히고 미리암은 빵가루를 묻혀서 둘 다 올리브기름에 튀겼다. 장식은 마르티노가 훨씬 화려했다. 살사베르드와 회향 가루를 곁들인 것—밝은 녹색 소스 위에 황록색 회향 가루—에서 뛰어난 감각을 확인할 수 있다.

"나는 창의적이지 않아요." 미리암이 내게 말했다. "그건 내 몫이 아니야. 나는 전수받은 대로 할 뿐이지. 열 세대 전부터, 기록이 없으니 알 수 없는 노릇이지만 어쩌면 그보다 더 오래전부터 우린 허기를 채우는 게 목적이 아닌 사람들을 위한 요리를 해온 거예요." 미리암의 선조들도 중세 귀족들의 입맛을 만족시키기 위한 요리법을 배웠다. 마르티노가 처음으로 일을 했던 주방, 중세 밀라노 귀족의 주방은 요리 역사의 지도 위에서 그리 멀리 떨어져 있지 않다. 이건 단순한 우연일까?

# 주방 사람들은
# 남이 실수하는 것을 좋아한다

나는 파스타를 배워야 했다. 밀라노의 한 주방장이 로마에 입성한 1460년대에 이미 확고히 자리를 잡고 기록되었던 전통에 빠져보고 싶었다. 그뿐만 아니라 밀가루와 물, 대체로 달걀 하나거나 끓는 물 한 주전자 정도면 그만인 단순한 재료가 요리하는 손에 따라 그렇게 달라질 수 있다는 게 이해되지 않았다. 여기서 말하는 파스타는 미리 암의 경우처럼 손으로 만든 부드러운 면, 파스타 프레스카, 즉 프레시 파스타를 뜻한다. 파스타슈타라고 부르는 건조 파스타는 이제 기계로 찍어낸 공산품으로 보였고, 진짜 음식 같지가 않았다.

다시 밥보로 돌아갔다. 3개월 만이었다. "마리오, 파스타 스테이션에서 일하고 싶어요."

"안 돼요. 당신 상태를 좀 봐요. 그런 몸으로는 못 해요. 40대 후반인데, 그 일을 하기엔 너무 늙었어요. 거기서 일하려면 20대여야 해요. 일이 얼마나 빠른데. 당신은 감당 못 해요." 그의 단언은 한동안 나를 셰익스피어적인 절망에 빠뜨렸다. 한계에 봉착한 삶의 무기력함, 나이가 들면서 능력 밖으로 저만치 멀어진 고등수학이나 분자생물학 같은 것을 놓고 탄식하다, 그럴 일만은 아니라는 생각이 들었다. 뜨거운 물에 면 삶아내는 게 힘들면 얼마나 힘들겠어? 그러자 마리오도 한발 물러섰다. 엄밀히 말해서 동의한 건 아니었다. "그렇다면 좋아요. 하지만 분명히 경고했어요." 어디로 보나 용기를 주는 승낙은 아니었다.

내가 밥보를 비운 사이 이탈리아에 갔던 파스타 스테이션의 닉 안데레가 돌아왔다. 마리오와 지나의 대화를 듣자니 닉은 외로웠고 여자 친구가 그리웠다는 것이다. "묵사발을 낸 거지." 마리오가 말했다. "이런 기회가 또 언제 온다고. 제 앞날에 아주 오줌을 깔겨요."

"그래도 사랑을 위해서였다잖아요." 지나가 말했다.

"사랑? 그게 무슨 자다가 봉창 두드리는 소리야?"

닉을 찾아갔다. 맨해튼의 한 레스토랑에서 점심시간에 라인쿡을 맡고 있었다. 내가 이 얘기를 했더니 마리오는 믿을 수 없다는 표정이었다. "그렇게 능력 있는 사람이 점심시간을 맡고 있단 말이야?" 닉은 로마에 정착하고 싶었고, 이탈리아 남부의 요리 철학에 따라 신선한 재료로만 음식을 만들고 싶었지만 무보수로 일을 배울 만큼의 여유는 없고, 그렇다고 로마에서 자신을 정식으로 고용해 줄 레스토랑도 찾을 수 없었다. 결국 밀라노의 '산 조비오 에 일 드라고(성 조지와 용)'라는 곳에서 리조토 스테이션을 맡았다. 거기서 6개월 동안 일하면서 리조토만큼은 완전히 터득했다. "일반적으로는 쌀이 바닥에 들러붙지 않도록 하라는 게 통설이지만, 사실은 그래야 좋은 리조토를 만들 수 있어요. 거칠게 간 쌀이 팬에 들어붙고 쌀이 거의 타서 갈라지며 녹말이 나와야 좋아요. 그 녹말을 뽑아내는 게 핵심이죠." 하지만 밀라노는 현대적인 도시고, 비가 많고 추웠으며, 너무 외로웠다.

메모도 밥보를 떠났다. 미국 최고의 요식업체로 꼽히는 레스토랑 연합회라는 곳에서 그랜드센트럴 역 인근에 낸 '나폴리45'라는 피자·파스타 전문점의 수석주방장 자리를 제안했다. 점심시간에 직장인들로 붐비는 곳이었다. 밥보에 있는 동안 메모는 갈수록 성질을 부렸다. 그러다 급기야 음식을 공개적으로 비난하기에 이르렀는데, 군대에 버금가는 주방의 위계질서에서 있을 수 없는 일이었다. "이 닭다리가 별 세 개짜리 요리란 말야? 이건 수치야." 그는 마치 죽은 메뚜기를 집어내기라도 하듯 집게로 오븐 속의 닭 다리 하나를 꺼내 카운터에 내던지며 말했다. 이게 그렇게 형편없는 걸까? 나는 의아했다. 뼈를 발라내고 오렌지 제스트와 파슬리를 넣어 빵가루를 묻힌 것이었는데, 내가 만들었기 때문에 확실히 알고 있었다. "이 엉터리 같은 피자도 그래. 이것 좀 봐." 메모는 스타터 주방장이 플랫톱 위에서 만들고 있던 피자를 가리켰다.

마리오는 피자 레스토랑을 개점할 장소를 물색하다 결국 마땅한 곳을 찾아냈고, 이제 이런저런 음식을 만들어보는 중이었다. 그곳은 많은 레스토랑이 문을 닫고 나간, 이른바 저주받은 곳이었다. 그래서 마리오와 조는 그 맥을 끊겠다고 건너편 거리인 8번가를 따서 이름을 지었다. 오토는 이탈리아어로 8이라는 뜻이었다. 원래는 9월에 문을 열 예정이었는데, 10월로 미뤘다가 다시 11월로 연기됐다. 이젠 언제가 될지 아무도 확답을 하지 못했다. 저주를 풀어내기란 그렇게 쉬운 일이 아닌 모양이었다.

"이게 뭔지는 모르겠지만, 아무튼 피자는 아니야." 주방이 잠잠해졌다. "다 당신들 탓이에요." 메모는 갑자기 버럭 화를 냈다. "당신들, 기자니 저널리스트니 하는 사람들 말이에요. 몰토 마리오의 발을 핥겠다고 드는 언론 나부랭이들. 그는 그걸 전부 믿는단 말이에요. 자기가 만지면 뭐든 금이 된다고 믿는다니까. 그가 이제 더 이상 요리를 하지 못한다는 건 몰랐겠지."

하지만 새로 옮겨간 레스토랑에서 만나 점심을 먹었을 땐 자신의 오해였다고 말했다. 실망스러운 부분이 없지는 않지만, 마리오는 정말 훌륭한 요리사라는 것이었다. "다시 그의 밑에서 일하고 싶어요. 내가 견딜 수 없는 건 앤디였어요. 요리를 못하는 건 그 인간이었죠. 레스토랑 운영이야 웬만큼 할 줄 알아도 요리를 못하는 주방장이라면 요리를 어떻게 하라고 주문할 수가 없잖아요. 그건 용납될 수 없는 일이에요." 앤디가 독립해서 에스파냐 레스토랑을 차릴 거라는 얘기도 끝없는 의구심을 자아냈다. "마리오가 그랬어요. 앤디가 떠나면 그 자리는 내 거라고. 앤디는 떠나기로 돼 있었죠. 그게 벌써 언제 적 얘긴데, 그 얘기는 쏙 들어가고 어이없게도 온통 오토 얘기뿐이니."

메모는 자리를 옮기면서 연봉도 두둑해졌다. "1년에 12만 달러예요. 앤디보다 많죠. 마리오는 손이 작아서 이렇게 못 쥐죠." 그런데도 그는 밥보를 그리워했다. "그곳의 단점은 그곳의 완벽함이에요. 거긴 조각 그림 같아요. 너무 비좁아서 손만 뻗으면 뭐든 집을 수 있고, 너무 친해서 이게 누구 방귀 냄새인지도 알 수 있죠." 그는 밥보를 떠날 때 눈물을 흘렸고, 밥보만큼 진지하게 요리를 대하는 곳이 상당히 드물다는 걸 이제야 깨달았다.

"여기선 마리오가 예술 요리라고 부르는 걸 할 수가 없어요. 하루는 특별 요리를 만들었는데 주문이 없었어요. 카포나타를 깔고 스테이크 저민 걸 올린 요리였죠. 그게 왜 안 나갔는지 알아요? 카포나타가 뭔지 아는 사람이 아무도 없었거든요. 발렌타인데이 때는 나무 화덕에 구운 바닷가재와 레몬 리조토를 준비했죠. 가재를 서른다섯 마리나 준비했는데 한 그릇도 안 팔렸어요. 발렌타인데이는 끝장났어요. 뉴욕에서 가장 바쁜 날이지만 다들 특별한 요리를 먹으러 다른 데로 간 거예요. 그날 밤에 내가 직접 가재를 손질했어요. 맨손으로 집게를 잘랐죠. 서른다섯 마리를 전부. 손이라도 다치고 싶은 심정이었어요. 피라도 났으면. 살은 냉동실에 넣어놨으니까 나중에 다른 걸 만들 거예요."

메모가 나간 후 프랭크가 선임 수석으로 올라가고, 노련한 토니 리우가 세컨드를 맡았다.

도미니크도 떠났다. 브롱크스에 있는 미국식 이탈리아 식당의 지배인으로 발탁됐다. "생각을 좀 해봐요. 그 친구가 레스토랑을 운영할 수 있다는 걸 누가 알았겠어요?" 마리오는 도무지 모를 일이라는 표정이었다.

그릴 스테이션의 사수였던 마크 배럿은 이제 파스타를 맡고 있었다. 증기가 뿌옇게 뿜어 나오는 곳에 8시간씩 서 있는 그는 살이 빠졌고, 시력교정 수술을 받은 후 안경을 벗었고, 다듬지 않고 내버려 둔 머리는 습기 때문에 보기 좋게 구불거렸다. 주방의 스테이션을 두루 거쳤다는 자신감 때문인지 어딘가 거들먹거리는 인상을 풍겼다. 새 웨이트리스나 배달을 처음 온 여자가 주방에 들어오면 다가가 전화번호를 물었다. "안녕하세요, 난 마크라고 해요. 혹시 결혼하셨어요? 목요일에 저녁 같이 드실래요?" 긴 근무시간도 이젠 아무렇지 않았다. 타고난 뉴욕 올빼미라 한낮의 햇빛을 기꺼이 포기했고, 인파와 교통체증이 사라진 심야에 밤늦도록 문을 여는 바와 클럽들을 들락거렸다.

마리오는 본격적으로 영업을 시작하기 전에 미리 만들어보라며 알레한드로에게 나를 붙여주었다. (밥보에서는 낮에 프레시 파스타를 만들어서 냉동시켰다가 저녁에 썼다. 미리암의 목소리가 들리는 듯했다. "마리오 바탈리는 냉장고를 쓰겠지. 너무 똑똑하니까.")

처음으로 만들어야 할 것은 오레키에테였다. '작은 귀'라는 뜻으로, 제일 만들기 쉽다는 파스타였다. 물과 밀가루(일반 밀가루 말고 결이 좀더 거친 세몰리나)만으로 반죽을 해서 원통형으로 길게 밀고, 한 입 크기로 자른 다음 엄지를 이용해서 골이 진 나무판에 대고 문지른다. 마술처럼 파스타의 모양이 바뀌고 나무판에서 떼어내면 아래에 굴곡이 들어간 귀 모양이 된다. (첫날에는 엄지에서 반죽을 떼어내면 장기판이 되어 있었는데, 두 번째 문지를 때 결을 제대로 못 맞췄기 때문이다. 게다가 귀도 어찌나 크고 제멋대로였는지 만화에 나오는 코끼리 귀 같았다. 드디어 파스타를 만들게 됐다는 흥분으로 손에 땀이 차서 반죽이 잘 안 떨어졌다.) 알레한드로는 내가 만든 걸 요리에 써도 될지 마리오에게 검사를 받았다. 내가 만든 건 일반적인 오레키에테보다 두툼하고 제대로 문지르지 못해 돌연변이 귀처럼 보였다. 꼼꼼히 살펴보던 마리오는 "뭐, 괜찮네"라고 말하곤 킬킬 웃었다. 그 웃음엔 이런 뜻이 담겨 있는 듯했다. "아이고, 빌. 이건 제일 만들기 쉬운 파스탄데. 다른 건 어떻게 할 거예요."

결국에는 문지르는 기술을 터득했다. 조그만 귀를 2,000개쯤 만들다 보니 마음이란 놈을 종잡을 수 없다는 것도 알게 됐다. 생각이 제멋대로 드나들고 온갖 잡념이 피어올랐다가 머릿속이 텅 비기도 했다. 파스타 도 닦기라고 부를 수도 있겠지만, 파스타 만드는 게 그만큼 지루하다는 얘기도 됐다. 아직은 진지하게 임하는 단계였기 때문에 마음이 종잡을 수 없어지더라도 눈앞의 상황에서 그리 멀리 벗어나지는 않았다.

그리고 이런 의문이 솟아났다. 대체 짓이겨진 귀처럼 생긴 걸 왜 먹고 싶어하는 걸까. 그래서 오레키에테 하나를 만들 때마다 모양을 유심히 들여다봤더니 이게 배꼽하고 관련이 있다는 생각이 들었다. 배꼽처럼 파스타에도 속이 들어간 것과 겉을 중시하는 두 종류가 있었다. 속이 들어간 실속 파스타는 라비올리나 토르텔리처럼 안의 내용물로 사람들의 감탄을 자아낸다. 한 입 베어 무는 순간 그 속에 숨겨져 있던 촉촉한 속 맛을 보게 된다. 겉모양 파스타는 익숙한 모양을 흉내 낸다. 사람들이 오레키에테를 먹고 싶어하는 이유는 귀에 그런 모양을 매달고 있기 때문이고, 골짜기를 따라 펼쳐진 풍겨도 사실상 그런 모양이기 때문이라는 생각이 들었다.

계몽철학에 버금갈 만한 결론에 도달하자, 이제 실속 파스타를 만들 순서인 것 같았다. 사실 내가 진짜 만들고 싶은 건 그것이었다. 미리암의 토르텔리 디 주카도 속을 채운 실속파다. 예전에도 한 번 직접 만들어본 적이 있는데(아주 예전에 저녁 파티를 열면서 시도했다가 실패했다), 이 열렬한 관심의 뿌리가 거기에 있는지도 몰랐다. 무슨 배짱으로 프레시 파스타를 만들 수 있을 거라고 믿었는지 지금 생각해도 이해가 되지 않는다. 요리책에 그 과정이 너무 쉽게 묘사됐기 때문일 것이다. 제시간에 친구들이 도착했을 때 나는 포르치니로 속을 채운 라비올리 12인분을 만드느라 정신이 없었다. 물이 펄펄 끓어서 유리창에 김이 서리고 벽에까지 물방울이 맺혔다. 처음으로 시도하는 라비올리였는데, 삶아낸 걸 체에 받쳤더니 흐물흐물한 껍질은 녹아 사라지고 체에는 곤죽이 되어버린 속만 남았다.

밥보의 실속 파스타에는 다채롭고 이국적인 이름이 붙어 있지만, 이제는 그것들이 본질적으로 종류만 다른 라비올리라는 걸 깨달았다. 예를 들어 마리오의 토르텔리 디 주카는 일반 호박 대신 버터호두호박이라는 것으로 속을 채우고, 둥그런 원형으로 만들어 루네라고 불렀다. 말린 대구를 채운 파스타를 메차루네라고 부르는 건 반달 모양으로 접었기 때문이다. 스위트피와 민트를 넣고 항공우편에 붙이는 스티커처럼 길쭉한 사각형으로 만든 러브레터도 있었다. 우표라는 뜻의 프랑코볼리라는 파스타를 시적으로 승화한 것이라고 볼 수 있다.

이국적인 이름과 독특한 모양이 너무 많아서 잠시 일손을 놓고 거기에 담긴 문화적 의미를 따져봤다. 달과 반달, 우표, 작은 귀와 배꼽. 이게 다 뭐람. 전통 음식을 소꿉놀이 장난감처럼 만드는 나라가 또 있을까? 이탈리아 사람들이 늘 음식을 가지고 장난을 치는 것처럼 보이는 까닭은 뭘까. 13세기에 나온 『요리책』에도 토르텔리를 만드는 반죽은 "말굽이나 브로치나 반지, 알파벳, 또는 온갖 동물" 모양으로 만들 수 있다고 나와 있다. 그러니 음식을 장난감 취급하는 게 사실상 이탈리아의 오랜 전통이라는 결론을 내릴 수밖에. 파스타가 향수를 자아내는 이른바 컴포트푸드의 대명사인 까닭은 어린 시절의 추억을 상기시키기 때문일까? 이탈리아의 음식은 동물 크래커의 변주 같은 것일까? 파스타는 어마어마한 주제였다. 거기에는 가늠할 수 없는 미스터리가 담겨 있었다. 한 나라의 놀이 문화, 반죽을 주무르는 마돈나들의 내밀한 역사. 그런데 솔직히 이 모양들을 알아볼 수 없다면—이게 정말 배꼽이야? 아니 이게 우표라고?—그걸 어떻게 만들 수 있단 말인가.

하지만 지금은 조금 더 낙관적이 됐는데, 이탈리아 사람이라고 해서 모든 형태를 다 아는 건 아니라는 의심이 들었기 때문이다. 나비넥타이와 기타줄과 연필을 먹으면서 자랐다고 해도 파스타를 전부 아는 건 아니었다. 이탈리아 로마에 있는 국립 파스타 박물관—여기에 가면 나비 표본처럼 전시된 음식 장난감들을 구경하느라 시간 가는 줄 모른다—의 아멜리아 지아몰레오는 파스타의 종류가 워낙 많기 때문이라고 설명했다. 그렇기는 해도 파스타의 기본 어휘를 알고 있으면 새로 접하게 되는 다양한 변형을 이해할 수 있다. ("아, 알겠다. 이건 펜네랑 똑같은데 조금 더 크고 굴곡이 있군요.") 그렇다면 다른 건 몰라도 기본적인 어휘만큼은 터득해야겠다는 생각이 들었다.

겉모양 파스타에 버무리는 소스는 완전히 다른 갈래의 철학이었다. 대개 라구를 사용하는데, 솔직히 말해서 밥보의 주방에 들어오기 전까지는 라구가 뭔지 잘 몰랐다. 슈퍼마켓에서 병에 담긴 제품을 본 적은 있지만 별로 입맛을 당기는 모습이 아니라 그게 그렇게 대단한지 몰랐다.

이탈리아와 프랑스의 표기는 달라도(이탈리아에서는 ragù, 프랑스에서는 ragout) 주방의 표현을 그대로 옮기자면 빌어먹을 고기를 곤죽이 되도록 익힌다는 건 똑같았다. 알고 봤더니 프랑스와 이탈리아는 몇 세기 전부터 저마다 원조를 주장하며 논쟁을 벌여왔다. 자신들을 흥미로운 미개인 정도로 취급한다며 발끈하는 이탈리아의 주장은 유럽의 요리 역사를 놓고 볼 때 세련되고 고급스러운 요리의 전통을 구축한 건 15세기 마에스트로 마르티노를 필두로 한 이탈리아가 먼저인데, 1533년에 카테리나 데 메디치가 프랑스 왕실로 시집을 가면서 모든 비법을 프랑스에 전파했다는 것이다.

이후 프랑스는 자체적인 요리의 르네상스를 구가했고 구체제 붕괴 후 앙토넹 카렘이 올림피아 신들의 만찬—정교한 아스픽〔고기와 생선, 조개, 토마토 즙 따위를 젤리로 만든 프랑스식 냉요리〕, 만드는 데 하루가 꼬박 걸리는 소스, 건축물처럼 정교한 디저트—을 선보이며 정점에 이른 반면, 이탈리아에서는 신세계에서 들여온 토마토를 먹을 수 있으며 심지어 소스로 활용할 수 있다는 결론을 내린 후로는 250년간 요리의 침체기에 빠졌다가 쇼비니스트적인 태도를 버리고 프랑스 요리를 모방하기 시작했다.

이탈리아 메뉴에 적힌 '알라(alla)'—리조토 알라 밀라네제, 폴로 알라 카치아토라, 부카티니 알라 만트리치아나—는 메뉴판에서 고른다는 뜻으로 일품요리를 의미하는 프랑스어 '알라(à la)'의 이탈리아 버전이며 괜한 멋을 부리려고 붙인 말이다. 다른 음식 용어도 달라져서, 이를테면 육즙이나 소스를 뜻하는 수고(sugo)가 라구로 변했다. 오귀스트 에스코피에는 1903년에 방대한 프랑스 요리를 『요리 가이드(Guide Culinaire)』로 집대성했는데, 백과사전적인 이 책은 아직까지도 고전적인 조리법의 교과서로 남아 있다. 이탈리아 쪽 교과서라고 할 수 있는 『주방의 과학과 잘 먹는 기술(La Scienza in Cucina e l'arte di Mangiar Bene)』도 같은 시기에 나왔다. 포목상이자 미식가였던 펠레그리노 아르투지가 가정의 레시피를 정리한 책이다. 에스코피에는 유명 호텔 수석주방장 경험을 바탕으로 소스를 만드는 방법만 200가지를 열거하는데, 아르투지는 시골 주부에게서 받은 편지를 거론하며 배꼽과 토르텔리니 얘기를 한다. 프랑스 요리가 전문적이고 과학적이며 도회적이 되었다면, 이탈리아 요리는 몇 세대에 걸쳐 내려온 시골의 아마추어 조리법이 됐다. 이탈리아 사람들은 여전히 음식을 가지고 장난을 친다는 얘기가 나올 법도 했다.

라구의 방정식을 간단히 정리하면 고체와 액체에 약한 불을 가함으로써 엄밀히 말해 고체도 액체도 아닌 상태를 만드는 것이다. 아무래도 가장 유명한 라구라면 역시 볼로네제를 들 수 있지만 볼로네제에도 여러 종류가 있다. 포레타에 갔을 때 잔니 발디세리한테서 들은 얘기인데, 베타가 열여섯 살 학생 신분에 덜컥 임신을 해서 결혼을 서두르는 통에 베타의 라구 맛을 못 보고 결혼하는 게 못내 걱정이었다고 한다. 숙모에게서 집안 대대로 내려온 조리법을 배웠다지만 자기 어머니가 만들어주던 영혼을 울리는 깊고 오묘한 맛을 따라오지 못할 것 같아서였다. 라구는 대단히 개인적인 요리여서, 이미 자신의 방식을 익힌 베타에게 다른 라구를 만들라고 가르칠 수도 없었다. 그렇게 걱정을 하다 베타가 만들어준 라구를 처음으로 먹어보게 됐다. 역시나 어머니의 맛과는 달랐지만, 훨씬 좋다는 걸 알았을 때의 기쁨은 이루 말할 수 없었다고 한다.

볼로네제는 중세 부엌의 장식과 맛에 대한 독특한 취향의 결과물이다. 고기는 두 가지 이상(쇠고기와 돼지고기를 넣는데 지역에 따라 쇠고기 대신 송아지 고기, 돼지고기 대신 프로슈토를 고집하기도 한다), 액체로는 세 가지(우유, 와인, 육수)를 사용하며 토마토는 집안의 레시피가 현대적이냐 콜럼버스 이전으로 거슬러 올라가느냐에 따라 사용할 수도 있고 사용하지 않을 수도 있다. 그리고 육두구나 계피, 아무튼 할머니의 할머니의 할머니가 넣어야 한다고 여겼던 것들을 넣는다. 미리암의 경우를 예로 들면 고기는 소시지만 넣어서 버터와 기름을 붓고 낮은 불에서 익혔으며, 직접 만든 토마토소스와 마늘을 약간(한 쪽을 넣었다가 완성되기 전에 꺼냈다) 넣었다.

이런 다양한 변주가 라구의 질감으로 나타난다. 고기가 바스러져서 착착 감기는 느낌. 고체도 아닌 것이 액체도 아닌 것이 촉촉하면서도 어딘가 건조한 느낌. 이를테면 소스보다는 드레싱에 가깝고, 마리오도 파스타에 얹어내는 것에 '양념'이라는 표현을 썼다. 그러니까 핫도그에 뿌리는 케첩처럼 파스타보다 더 중요할 수 없다는 걸 설명하기 위한 표현이었다. (그렇더라도 여전히 중요하긴 하다. 잔니는 라구를 만드는 건 아주 에로틱하다고 말했다. 집안 가득 번지는 냄새, 마침내 먹게 될 때까지 고조되는 욕망. 그건 이를테면 프레시 라구 미 다 리비디네, 이른바 호색한의 신선한 라구였고, 잔니는 그걸 먹을 때까지 대단히 각성된 상태로 돌아다닌다고 한다.)

베타는 밥보의 볼로네제 라구가 완전하지 않다고 말했다. 마리오에게 만드는 법을 가르쳐줬기 때문에 아는 모양이었다. 베타와 잔니는 1998년도에 처음 뉴욕에 왔다가 밥보에서 식사를 했는데, 내가 어땠냐고 묻자 믿을 수 없다는 표정으로 이렇게 말했다. "프로슈토가 안 들어갔더군요, 글쎄." 이 얘기를 마리오에게 전했더니 그 역시 놀란 표정이었다. "한 번 먹고 그걸 알다니!" 프로슈토가 들어가지 않은 밥보의 라구는 기계로 뽑아낸 길고 납작한 국수인 파파르델레에 얹어 낸다. 베타는 이것도 단박에 알았고, 라구에 프로슈토가 들어가지 않은 것보다 더 경악할 일이라고 했다.

사실 파스타 스테이션에서 일해도 좋다는 허락을 받았을 땐 이런 것들이 별로 중요하지 않았다. 그때 내게 중요한 건 파파르델레(주방 용어로 "팝!")가 가장 쉬운 요리라는 것이었다. 잘못될 구석이 없었기 때문이다. 팬에 라구 두 국자를 붓고, 물을 넣고, 생토마토 두 개와 버터를 약간 넣으면 끝이다. 완성된 요리 위에 치즈와 파슬리(깃털처럼 썰어서 시포나드라고 부르는데, 그걸 다시 줄여서 '시프' 썰기라고 한다)를 솔솔 뿌린다. 사실 라구 요리 자체가 상당히 단순하다. 뇨키("소!")는 쇠꼬리 라구(힘줄이 많은 쇠고기 스튜)와 함께 나가고, 러브레터("러브!")는 양고기 소시지 라구와, 오레키에테("오르크!")는 돼지고기 소시지 라구에 브로콜리라베를 한 움큼 얹는다.

이 스테이션의 관건은 머리로 생각하지 않고도 모든 걸 척척 담을 수 있는 능력에 달렸다. 벽에 커닝페이퍼가 있었다. 누구나 처음에는 이런 커닝페이퍼를 필요로 했다는 사실이 위안이 됐고, 올리브기름이 튀어 투명한 기름종이로 변한 노란색 메모지는 선배들도 나만큼이나 갈피를 못 잡았다는 증거 같아서 마음이 놓였다. 뭉뚝한 연필로 요리에 필요한 재료와 간략한 도형이 그려져 있었다. 예를 들어 동심원 두 개는 속이 빈 부카티니(부코는 '구멍', 부카티니는 '작은 원들'을 뜻한다)이고, 납작한 직사각형은 링귀네(혀라는 뜻의 링구아에서 유래된 링귀네의 원래 뜻은 '작은 혀'이다)다. 키타라는 기타의 베이스 줄처럼 굵고 거친 선으로 표시했다. 그리고 대부분은 대강 소리 나는 대로 부른다. 오레키에테는 '오르크'가 됐는데, 주방에서 이걸 배운 사람은 오레키에테라는 말을 몰랐다. 그 말을 쓰는 일이 없기 때문이다. 말하고 듣는 건 '오르크'뿐이고, 그나마 글로 적힌 걸 볼 일도 없다. 다른 스테이션과는 달리 주문 수신기가 눈높이보다 높은 선반에 놓여 있고, 그걸 붙여놓을 곳도 없거니와 붙여놓더라도 수증기 때문에 금세 눅눅해져서 너덜거린다. 그뿐만 아니라 주문이 워낙 빠르게 밀려들기 때문에 표기야 어떻든 일단 머릿속에 집어넣는 수밖에 없다.

문제는 변주였다. 쇠꼬리 라구를 다시 촉촉하게 만들려면 물을 붓는 게 아니라 볼로네제를 만들 때처럼 생토마토를 반 국자 넣는데 버터는 넣지 않는다. 마지막에도 치즈와 파슬리를 뿌리는데, 파슬리는 시프 썰기로 썰지 않고 잎을 통째로 넣는다. 왜냐고? 그건 알 수 없었다. 나는 아직도 그 이유를 모른다. 아마 내 머리를 뒤죽박죽으로 만들려고 그러는 게 아닐까 싶기도 했다. 그리고 러브레터에 곁들이는 양고기 소시지 라구는 볼로네제처럼 물과 버터를 넣지만 이번엔 토마토가 들어가지 않는다. 그리고 다른 것들처럼 치즈로 마무리하는데, 파슬리가 아니라 민트 잎을 쓴다. 러브레터는 속에도 민트와 스위트 피를 넣었으니까 그건 그럴 만도 하다. 이해가 안 되는 건 홍고추 플레이크다. 말이 돼? 러브레터 속에 고추 플레이크가 들어 있다니.

"이 러브레터에 고추가 안 들어갔잖아요." 프랭크가 말했다. 앤디가 쉬는 날이어서 프랭크가 엑스퍼다이터를 맡고 있었다. 요리를 접시에 담고 손가락을 찔러 라구의 맛을 봤지만 그대로 가지고 나가게 했다. 다른 요리 세 가지와 함께 나가기 때문에 그걸 다시 만들려면 다른 요리도 보류시켜야 했기 때문이다. 하지만 만족스럽지가 않았다. "어떻게 고추를 잊어버릴 수가 있어요? 번번이!"

나는 마크를 쳐다봤다. "어떻게 고추를 잊어버릴 수 있을까? 번번이."

그가 나를 빤히 쳐다봤다. "당신이 어떻게 고추를 번번이 잊어버릴 수 있는지 내가 알아요?"

파스타 스테이션은 쉽지 않았다. 주방은 매끄러운 조화가 생명인데, 구경꾼 저널리스트가 프레시 파스타의 신비 같은 사치스러운 상념에 빠져 있다간 실수 연발이었다. 그곳의 분위기는 터지기 일보직전의 풍선처럼 팽팽해지기도 했다. "나 때문에 뎄나요?" 프랭크는 껍질째 먹을 수 있는 작을 게를 볶고 있었는데, 그게 열을 못 이겨 펑하고 터지면서 뜨거운 기름과 물기가 사방으로 튀자 이렇게 물었다. 재치 있게 받아넘길 만한 대답을 생각하기도 전에 그는 "잘됐네요"라고 말하고는 팬에 있던 기름을 쏟았는데, 어찌나 힘차게 따라 부었는지 또 튀어서 다시 한 번 데고 말았다.

속을 채운 파스타는 라구를 얹지 않는 게 보통이다. 파스타 속에 라구가 들어 있는 것과 마찬가지기 때문이다. 그래서 이 실속 파스타의 겉에 뿌리는 것은 무척 단순하다. 대개는 버터소스를 쓴다. 마리오가 주방에 있으면 버터소스에 버터를 조금만 넣고 파스타 스테이션에도 늘 조금만 쓰라고 당부했다. 마리오가 주방을 나서면 앤디는 많은 양을 주문하고, 파스타 담당자에게 늘 더 쓰라고 했다. 한번은 내가 반박을 했더니 마크가 입을 다물라고 눈치를 줬다. "윗사람한테는 절대로 말대꾸를 하지 말아요. 그가 틀렸을 경우엔 더더욱. 안 그러면 그 사람이 당신의 인생을 지옥으로 만들 수도 있거든요. 감당할 수 없을 만큼 주문을 쏟아내고, 사사건건 트집을 잡을 거예요. 처음부터 완벽했던 요리까지 다시 하게 만들지도 몰라요."

버터소스는 이른바 유상액(乳狀液)이다. 집에서 육수에 버터를 넣어 소스를 만들어보긴 했지만, 그 말 자체를 제대로 파악한 건 아니었다. 프랑스 요리책을 보면 이건 방심할 수 없는 순간이었고, 모든 걸 한 치의 오차도 없이 처리해야 한다고 부담을 줬다. 육수는 아주 뜨겁게 하고 버터는 아주 차갑게 해서 그걸 작게 썰어 집어넣되 육수에 하나씩 넣으며 계속 저어줘야 한다는 것이었다. 유상액이 '해체'될지 모른다는 것도 두려운 일이었다(그게 무슨 뜻인지는 몰라도). 그런데 레스토랑 주방에 와보니 전혀 달랐다. 여기서는 너무 많은 일을 끊임없이 처리해야 하기 때문에 그중 하나가 특별히 더 어렵다는 생각은 들지 않았다.

이런 식이다. 토르텔로니 주문이 들어온다("토르트!"). 끓는 물에 담근 철망에 토르텔로니 여덟 개를 넣는다. 프레시 파스타는 말린 것보다 덜 까다롭고, 요리의 주안점도 다르다. 알덴테니 하는 것엔 신경을 쓰지 않는데, 탱글탱글한 씹는 맛보다 부드럽게 투항하는 느낌을 중시한다. 토르텔로니는 약 3분간 삶지만 그보다 오래 놔둬도 상관없다. 머리 위쪽 선반에서 팬을 내리고 벽에 달린 찬장에서 버터를 꺼낸다. 모든 스테이션이 마찬가지지만 여기서도 발은 절대로 움직이면 안 된다. 이제 팬을 파스타 솥 위에 살짝 기울인 상태에서 뜨거운 물을 조금 붓는다. 집게 끝의 모종삽 같은 부분을 끓는 물에 담갔다가 퍼 올리는 것인데, 팔뚝이 아니라 팬에 떨어지게 하려면 정교한 동작이 요구된다. 물론 내 팔뚝은 붉은 채찍 자국으로 부풀어 오르기 일쑤였지만 내 팔뚝에 떨어지면 그나마 나았다. 가끔씩 마크가 흠칫 놀라기도 했다.

이제 맛을 낼 차례인데, 그건 허브와 감귤류의 몫이다. 토르텔로니는 오렌지 제스트를 넣고, 루네는 삶은 세이지 잎 다섯 개, 메차루네는 골파 다섯 쪽(상당히 강렬하지만 복잡할 건 없다)을 넣는다. 어느새 팬은 상당히 더부룩해 보인다—희뿌연 파스타 국물이 흥건한 옆에서는 버터 덩어리가 녹고 있고 말라붙은 오렌지 껍질이 군데군데 떨어져 있으니까. 아무튼 플랫톱 위에서 팬을 뒤흔든다. 파스타 솥 안의 철망을 살펴본다. 토르텔로니 몇 개가 수면에 떠올랐다. 다시 팬을 뒤흔든다. 열을 가하고 흔들어주면 내용물이 섞이면서 노르스름한 오렌지 빛깔의 수프로 변한다—노르스름한 건 버터에서, 오렌지 빛깔은 당연히 오렌지 제스트에서 나온 것이다. 철망을 다시 한 번 들여다본다. 토르텔로니가 둥둥 떠올랐다. 팬을 다시 뒤흔든다. 커스터드처럼 보이면 다 된 것이다. 그런데 주문 세 건을 처리하고 한 30초 후에 다시 팬을 들여다봤더니 얼룩덜룩 반점이 생겼다. 소스는 여전히 소스지만, 병들어서 보기 흉해진, 나라면 먹고 싶지 않을 그런 상태가 됐다. 이걸 보고 '해체'됐다고 하는 것이다. 병색이 짙은 소스를 되살리려면 다시 한 번, 또는 팬에 떨어질 때까지 계속 집게로 물을 붓고, 플랫톱에 올려 기적의 손놀림으로 뒤흔들어주면 얼룩덜룩하던 반점이 녹아 사라진다.

이게 유상액이다. 전혀 어울릴 것 같지 않은 두 성분(버터와 물)이 열과 운동에 의해 조화된 상태. 이 균형이 조금이라도 어긋나면 어울리지 않는 성분은 분리되고 해체된다—소스가 마를 때 물과 지방의 균형이 깨지는 것처럼. 가끔 소스를 일부러 방치해서 흉한 상태로 만들기도 한다. 그래야 화학실습을 하듯 물을 조금 뿌려 다시 이상적인 상태로 되돌아가는 걸 눈으로 확인할 수 있기 때문이다. 한번은 백일몽에 빠지기도 했다.

그때 나는 버섯소스를 만들고 있었다. 이 스테이션의 특징은 두 가지로 요약되는데, 열을 어떻게 가하고 어떻게 멈추는가였다. 소스를 만드는 과정에서도 그 두 가지 특징은 여실히 발휘되고, 대부분의 소스처럼 정해진 몇 개의 재료만을 사용했다. 야생 버섯이면 어느 것이나 상관없지만 주로 노란발버섯을 쓰고, 여기에 신선한 타임과 다진 셜롯, 그리고 버터 약간이 필요한 재료의 전부다. 처음부터 센 불을 가한다. 팬을 플랫톱 위에 얹고 뜨겁게 달군다. 검게 변해서 녹아내릴 것 같은 순간에 올리브기름을 붓는다. 팬에서 연기가 솟으면 버섯을 넣는다. 그러고는 일단 정지. 버섯이 캐러멜화되면서 나무 태우는 달착지근한 냄새가 감지될 때까지 팬을 건드리지 않는다. 버섯이 달착지근하고 바삭해진다. 타지는 않았지만, 타기 직전의 상태. 팬에 셜롯과 타임을 넣고 어느 정도 익으면 파스타 삶은 물을 적당히 붓는다. 팬이 식느라고 피시식거리고 김이 나다가 잠잠해진다. 여기까지가 1단계다. 열을 바짝 가했다가 제거한 상태. 2단계는 주문이 들어왔을 때 시작된다. 팬을 꺼내 유상액을 만든다. 버터를 넣고, 버섯 물이 파스타에 들러붙을 만큼 질척거릴 때까지 흔들고 뒤흔드는 동작이 반복된다.

앞에서 말한 백일몽에 빠져든 건 1단계의 끝 무렵이었다. 플랫톱에서 팬을 들고 타임 잎을 뿌릴 때, 그 느낌을 뭐라고 설명할 수 있을까. 나는 그 순간이 너무 좋았다. 찰나 동안 아무 일도 일어나지 않는다. 잎은 뜨거운 팬에 떨어져 열을 흡수한다. 그러다 하나씩 하나씩, 거의 알아보지 못할 만큼 부풀어 오르며 터진다. 미세한 폭발이 연이어 일어나는데, 마치 작은 허브 팝콘이 터지는 것 같다. 잎이 터질 때마다 타임의 향기가 퍼진다. 그럴 때면 눈을 감은 채 얼굴을 팬에 바짝 대고 터져 나오는 허브의 향기를 한껏 들이마신다. 얼마나 그렇게 서 있었을까.

"지금 대체 뭐 하는 겁니까?"

눈을 떴다. 프랭크였다.

"대체 뭐 하는 거냐고요?" 그는 얼굴을 내 앞에 바짝 들이밀었다. 모두가 나를 쳐다보고 있었다.

"타임이 터질 때의 향기가 너무 좋아서 그만." 목소리가 기어들어 갔다. 된통 욕을 먹거나 최소한 놀림감이 될 줄 알았다. 그런데 프랭크는 놀라서 무슨 말을 해야 할지 모르는 표정이었다. 얼굴이 강아지처럼 순해졌다. 그리곤 입을 열었다.

"아, 뭐, 그렇다면야. 그럼 됐어요." 그는 당황한 눈치였다.

여기서 만드는 파스타에는 일반 가정에선 구할 수 없는 재료가 들어간다. 다른 게 아니라 레스토랑 주방의 파스타 삶은 물이다. 저녁 영업을 시작할 무렵엔 솥의 바닥이 보일 정도로 맑고 굉장히 짜다. "바닷물처럼." 마리오는 늘 이렇게 강조하면서 태어나서 처음으로 바닷가에 놀러 갔었던 어린 시절의 추억이 되살아날 때까지 그 끓는 물에 손가락을 담가 맛을 보며 간을 조정하라고 하지만, 나는 손가락을 재빨리 넣었다 빼는 기술을 좀처럼 터득할 수 없었고, 그러니 어린 시절의 추억을 되살린다는 건 어림도 없었다. 그저 애꿎은 손가락이나 델 뿐이었다.

저녁 시간이 중간쯤 접어들면 반짝이던 바닥은 자취를 감춘다. 이렇게 희뿌연 상태도 두 시간쯤 지나면 우중충해지는데, 이때에 이르면 물은 그냥 물이 아니라 녹말이 녹아서 걸쭉해진 용매 상태가 된다. 보기엔 거북스러워도 맛은 꽤 좋다. 이 정도가 되면 소스를 더 짙게 만들어주는 역할을 한다. 각각의 요소를 결합시키는 동시에 파스타의 고유한 풍미까지 더해준다. 하지만 6시 무렵의 물과 저녁 영업이 끝나갈 무렵의 물이 전혀 다른 상태라는 건 부인할 수 없다. 엘리 자는 이렇게 단언하기까지 했다. "10시 이후에는 어디서도 파스타를 시켜 먹지 않을 거야." 그 '망할 놈'을 씻어야 할 때가 되면 차이를 더 실감하게 된다. 그걸 경험하고 나면 파스타 솥을 '망할 놈'이라고 부르지 않을 재간이 없고, 그 일이 내게 떨어졌다는 사실은 주방의 위계질서에서 차지하는 내 위치를 말해준다. 나중에 누군가 무슨 말끝에 실수로, 내가 없을 때 나를 '주방의 망할 놈'이라고 부른다는 얘기를 했다. 거참 절묘하군. 나는 생각했다. 내 위상과 일과를 마감하면서 내가 하는 일 사이의 관계가 그렇게 똑 떨어지다니. 주방의 망할 놈이 주방의 망할 놈을 씻는단 말이지.

하지만 파스타 솥은 복잡할 게 없었다. 파스타 망만 빼내면 두 칸으로 나누어진 커다란 솥에 불과하다. 문제는 밑바닥에 가라앉은 것들이다. 이건 거의 고고학 발굴현장에 버금가는데, 염소 치즈(토르텔로니의 속은 늘 삐져나오기 때문에)와 버터호두호박(루네의 속도 다르지 않기 때문에), 그리고 조개(이건 어디서 헤엄쳐 왔다지?)를 비롯한 거의 모든 재료가 조금씩 섞여 있다. 그런 데다가 뜨겁기가 용광로 저리가라다. 불을 꺼놔도 열이 금세 식지 않아서 녹색 쇠수세미는 솥에 닿는 순간 김을 뿜으며 부드러워지다 못해 라비올리처럼 익어버린다. 망할 놈을 씻다가 화상을 입는 건 아니지만, 몸의 열이 식지를 않았다. 내 몸도 똑같은 시간만큼 열을 받아 뜨거운 상태인데 그 뜨거운 놈까지 끌어안아야 하니. 내 평생 몸이 그렇게 달궈진 적은 없었다. 체온이 떨어지기까지 몇 시간은 걸리는 것 같았다. 새벽 4시에야 간신히 침대에 들어가 누울 때도 몸속에서는 고깃덩어리가 계속 익는 것 같고, 머릿속에서는 이게 내 인생이라는 생각이 돌림노래처럼 반복됐다. 나는 이제 소시지가 돼버렸어.

집에서는 왜 파스타 물을 쓰지 않을까. 이걸 병에 담아 팔아야겠다는 생각이 들기도 했다. 집에서는 레스토랑만큼 걸쭉한 점성을 띠기 어려우니까, 그냥 버리느니 큰 병에 담아 아주 저렴하게 파는 것이다. 병은 아무래도 와인병처럼 짙은 색을 넣어야겠지. 그 안에서 둥둥 떠다니는 걸 자세히 보여줘 봐야 좋을 게 없을 테니.

그러다 미국 요리의 한 단면에 호기심이 동했다. 미국은 맛보다 효율성을 택했다는 생각이 들었다. 그러니까 집게로 스파게티를 꺼내는 대신 여과기(아주 몹쓸 장비)를 이용하면서 이 걸쭉하고 진한 '육수'를 죄다 흘려버리기 시작한 것이다. 1931년에 발행된『요리의 즐거움(The Joy of Cooking)』을 보면 '스파게티, 마카로니, 크리메트, 그리고 국수 삶는 법'에 그렇게 하라고 나와 있다. 더 끔찍한 건, 1시간 동안 삶아 흐물거리는 스파게티와 20분간 삶아서 씹는 맛을 따질 것도 없는 마카로니, 또는 크리메트(안타깝게도 더 이상 슈퍼마켓에서 볼 수 없지만, 한때는 크리메트 로프 구이에 없어서는 안 되는 재료였다)를 여과기에 넘치게 담고 뽀드득 소리가 날 때까지 찬물에 헹구라는 설명이었다. 이런 이단 중의 이단이 있나!

이 책이 나오고 2년 후에 태어난 우리 어머니가 내 어린 시절 내내 소스를 한가득 얹은 스파게티를 만들어준 건 다 이 책 때문이었다. 그러니 미트소스 스파게티가 엄밀한 의미에서 파스타에 속하지는 않는다 해도, 영원한 향수를 자아내는 추억의 음식이라는 건 인정해야 한다. 하지만 문화적인 요소를 경시함으로써 내가 이 국수에 무지한 원인이 됐다. 그리고 마른 파스타에 대한 편견에도 일조했다. 하지만 그 편견은 계시와도 같은 깨달음 덕분에 결국 극복할 수 있었다.

늦은 밤에 주방 식구들끼리 즉석에서 만들어 먹은 간식, 사실상 두 번의 간식이 그 계기가 됐다. 첫 번째는 마크가 웨이터와 설거지 담당을 위해 만든 링귀네 알레 봉골레였다. 다들 접시를 받아 뚜껑을 덮어 솥 뒤에 숨겨놓거나 수건을 뒤집어씌워 놓았다─지금은 바빠서 먹을 수 없지만 일이 끝날 때까지 내 몫을 남겨줄 거라고 믿을 수도 없었기 때문이다. 두 번째는 내가 만들었다. 지배인과 와인 담당을 위해 만든 새조개 찜이었는데, 그들은 위상에 맞게 간식도 홀의 테이블에서 먹었다.

그러다 문득 대합조개와 새조개가 어떻게 다른지 궁금해졌다. 전통적으로 새조개가 더 크고, 지중해가 원산이었다. 뉴잉글랜드 연안에서 많이 나는 대합조개는 전혀 달랐다. 일반적으로 조개의 종류가 분명치 않을 땐 그냥 대합조개라고 부른다. 이 두 가지는 사실상 뒤섞여 사용되고, 밥보의 주방이라고 해서 다르지 않았다. 똑같이 조개류고, 지중해나 뉴잉글랜드가 아니라 뉴질랜드산이며, 월요일과 목요일 아침에 들어온다. 뉴질랜드 '대합 새조개'는 크기가 작고 보라색을 띠며 모양이 둥글고 일정한 것을 높이 쳐준다. 생김새도 차이가 없고 삶는 시간도 같아서 화력을 최대한으로 놓고 딱 6분이다. 링귀네의 6분 30초에 조금 못 미치는데, 알고 보니 그건 링귀네 피네(얇아서 조리시간이 단축되는 사촌뻘)고, 진짜 링귀네는 9분이 걸린다.

솔직히 나는 조개가 들어간 두 요리가 다 싫었다. 조리과정이 너무 성가셨다. 하나("링!")는 마늘과 붉은 양파, 홍고추 플레이크로 시작하고, 다른 하나("콕!")는 마늘과 붉은 양파, 그리고 얼얼한 청고추저민 걸로 시작한다. 청고추? 홍고추? 누가 그 맛의 차이를 알 거라고. 하나는 버터가 들어가고 하나는 안 들어간다. 하나는 화이트와인을 쓰고 다른 건 토마토소스를 쓴다. 하나는 위에 파슬리를 뿌려서 마무리하고 하나는 타이바질을 뿌린다. 어째서 타이바질이람? 뉴질랜드 조개를 대합조개라고 부를 땐 파슬리를 얹고, 새조개라고 부를 땐 얹지 않는 이유가 뭘까. 그리고 나는 이렇게 투덜거리면서 조개 요리를 하고 있는 이유가 뭐지? 파스타는 어쩌고? 도대체 왜? 몰라서 물어?

나는 레스토랑의 모든 조리법을 메모장에 정리했고, 내가 보기엔 완전히 조작된 것에 불과한 링과 콕의 차이를 외우면서 아침나절을 보냈다. 어느 게 어느 건지 구분하기 힘든 건 아니지만, 아무튼 양쪽에 똑같은 조개가 들어갔다. 그래도 파스타 스테이션에 서서 주문이 들어올 때마다 바로바로 기억을 되살리는 건 어려웠다. 팬을 왼쪽에서 오른쪽으로만 바꿔 들어도 문제가 생긴다(시간이 너무 지체된다). 집게가 어디 있는지 두리번거려도 문제가 생긴다(시간이 너무 지체된다). 물어보거나 따져보거나 기억을 뒤적이기만 해도 문제가 생기기 때문에 아주 깊이 뿌리를 박아 숫자나 알파벳처럼 의식적인 사고과정을 거치지 않고도 되살릴 수 있을 정도가 돼야 한다. 게다가 파스타에 조개를 넣는다는 것 자체를 이해할 수 없었다. 껍질은 먹을 수도 없잖아. 조개가 있으면 여간 복잡한 게 아니다. 턱받이도 해야 하고, 빈 껍질을 담을 그릇과 핑거볼도 필요하고, 냅킨도 산처럼 쌓이고, 껍질에 입을 찔리지 않도록 조심해야 한다. 이 정도면 거의 목욕 수준이고, 아무튼 식사라고 하기엔 적당치 않아 보였다.

그날 깨달은 또 한 가지는 밤이 깊어갈수록 중요한 요리는 레스토랑 식구를 위해 만드는 것이지, 주변을 지나다 무심코 들어온 손님을 위해 만드는 게 아니라는 사실이었다. 자정 무렵의 주방은 일종의 비무장지대다. 이미 마감을 했어야 마땅한데도 아직 문을 닫지 않은 건 지배인이 고집을 피워서다. 존 마이니에리는 늦게까지 손님을 받아 주방의 원성을 샀다. 그가 들어오면 야유를 하고, 휘파람을 불고, 일부러 거칠고 큰 소리로 인사를 했다. "여, 안녕하쇼." 나는 존을 좋아하기 때문에 그런 모습을 보면 마음이 불편했다.

사실 주방이 마감할 시간이라도 소란을 피우면 레스토랑에서 주문을 하는 게 가능하다. 하지만 지배인을 설득—교통체증이나 인파를 들먹이며 구차하게 변명을 하든, 비굴하게 알랑방귀를 뀌며 지폐를 슬쩍 건네든—해서 식사를 하더라도, 주방에서 단단히 벼르고 있다는 걸 알아야 한다. 그들은 주문 수신기 주변에 모여 이제나저제나 기다리고 있다. 결정을 내리지 못하고 망설이는 동안 시시각각 당신의 머리 위엔 저주가 쌓여간다. 그들은 점을 친다. 가볍게 시키려나?

단품요리? ("나라면 그렇게 하겠다!" 여기저기서 동의가 쏟아진다.) 파스타 솥의 물을 뺄 수 있으려나? 그릴의 불을 끌 수 있으려나? 손님—이렇게 늦게 들어오는 사람은 '빌어먹을 놈'이라고 따로 구분해서 부른다—들이 눈치 없이 맛보기 다섯 코스를 시키지는 않을까? 그런 경우도 없지 않고, 그러면 주방의 반응은 어찌나 격렬한지, 홀에서도 다 들을 수 있을 정도다.

이 시간쯤 되면 주방은 전혀 다른 모습이 된다. 11시부터는 맥주를 마셔도 되기 때문에 요리사들은 1시간 동안 술을 마신 상태다. 수석이라는 꼬리표를 단 사람들은 사라지고 없다. 앤디는 아래층 컴퓨터 앞에 앉아 있고, 프랭크는 워크인에 들어가서 뭔가를 하고 있다. 책임자는 아무도 없다. 남아 있는 사람들은 피곤에 절고 후줄근하다. 바닥은 기름과 물에 뒤덮여 워크인에서 무심코 나오던 사람이 하늘로 솟구치는 일도 다반사다. 파스타 솥에는 뭔지 모를 것들이 덕지덕지 묻고 묵직하게 가라앉아 보라색 물에서는 거품까지 일기 시작한다. 더 시시콜콜히 말해야 할까. 그러니 가만히 생각해 보라. 주방이 문을 닫을 시간에 들어가 마지막 주문을 넣었을 때 과연 그 음식이 사랑으로 요리될 수 있을지.

그런데 그 순간, 청소를 하고 설거지를 하는 그 북새통에, 1쿼트 용기를 찾아다니고(어째서 1쿼트 용기는 늘 부족한 걸까?), 트레이끼리 부딪히고, 치우고 정리하고 버리려던 것에서 마지막 주문을 위한 재료를 찾아내고(미안하지만 늦게 와서 음식을 시키면 다 그렇다), 들어와서 간식을 찾는 지배인에게 야유를 쏟아내고 설거지 담당들은 배가 고프다고 하소연(그들은 집에 가서 아무것도 먹지 않는다)을 하는 와중에, 조금 뿌옇고 조금쯤 취기가 도는 가운데 주방을 마무리하는 그 늦은 밤에, 일을 빨리 끝내고 얼른 밖으로 나가고 싶은 마음이 굴뚝같은 그 순간에, 나는 대합조개를 넣은 파스타의 의미를 깨달았다.

마크가 6분 30초 동안 링귀네를 잔뜩 삶아서 뉴질랜드 대합–새주

개가 담긴 팬에 옮겨 담다가, 걸쭉한 물이 너무 많이 들어가는 바람에 조개 수십 개 위에 축축한 파스타가 산처럼 쌓인 상태가 됐다. 마크는 팬을 흔들어서 뒤집고, 또 흔든 다음, 30초 정도 부글거리며 익게 놔뒀다. 흥미롭군. 그 모습을 보면서 나는 속으로 생각했다. 보통은 파스타 팬을 플랫톱 위에 그렇게 얹어놓지 않는다. 마크는 한 가닥을 집어 맛을 봤고, 내게도 한 가닥을 건네줬다. 내가 예상했던 맛이 아니었다. 엄밀히 말해서 링귀네라고 할 수 없었다. 색과 질감이 뭔가 다른 걸로 변해 있었다. 한 번 더 맛을 봤다. 그레이비에 담근 빵 맛이었다. 그런데 무슨 소스지? 팬을 들여다봤다. 몇 분 전까지 입을 꾹 다물고 있던 대합 새조개가 익으면서 껍질이 벌어져 안에 있던 물이 나왔다. 링귀네 가닥에 스며든 건 바로 그 맛이었다. 바다의 알싸함. "중요한 건 껍질 안에 들어 있는 그 코딱지만한 조갯살이 아니라 바로 이 소스라니깐. 그 코딱지에는 아무도 신경 안 써요." 마리오는 나중에 내게 이렇게 말했다.

대부분의 파스타 요리에서 중요한 건 소스가 아니라 파스타다. 소스는 양념에 '불과'하다는 말은 귀에 딱지가 앉을 정도였다. 하지만 나는 이 링귀네 한 가닥에서 중요한 건 파스타도 소스도 아니라는 사실을 깨달았다. 중요한 건 두 가지의 상호작용, 바다에 놀러 갔던 어린 시절을 떠올리게 하는 결과물, 기막힌 맛으로 새롭게 변신한 국수였다.

집에서 주방의 레시피에 따라 대합조개 링귀네를 만들 때 유일하게 계량을 해야 하는 재료는 파스타뿐이다(1인분에 약 110그램). 나머지는 손끝으로 집는다. 살짝 집거나, 듬뿍 집거나, 그 중간이거나. 도움이 안 되는 소리지만 레스토랑에서 실제로 사용하는 양이 그런 걸 나도 어쩔 수 없다. 요리책을 만들 때는 감수자가 요리에 필요한 모든 재료를 가져가서 일반 독자들이 이해할 만한 단위로 고쳐 쓴다.

새하얀 주방과 복잡한 오븐과 정교한 계량기를 갖춘 이 감수자들은 활자화된 레시피의 폭군이다. 나는 이들이 고쳐 쓴 단위를 신뢰하지 않는다. 레스토랑에서 사용하는 양은 너무 많아서 줄여놓으면 적절치 않거나 너무 적어서 정확하게 측량할 수 없다. 예를 들어 양 다리 34인분에 해당하는 조리법을 2인분으로 옮겨놓으면 화학반응이 다르고 소스의 깊이가 달라진다. 밥보의 요리책에 뱀장어 링귀네에는 마늘 네 쪽을 넣고 바닷가재 스파게티에는 두 쪽, 그리고 키타라에는 세 쪽이라고 했다고 그걸 정말로 믿는단 말인가? 그렇지 않다. 다 똑같이 '조금' 넣으면 된다. 그리고 바닷가재 스파게티에 꼭 필요하지만 책에는 나오지 않은 붉은 양파도 적당히 넣는다. 손대중의 단점은 손이 고생을 한다는 것이다. 일과를 마무리할 무렵이 되면 손끝에 머리가 혼미할 정도로 강한 냄새가 배는데 그걸 없앨 방법은 없다. 손을 씻고, 물에 담그고, 샤워를 하면서 또 벅벅 문질러 씻는다. 아침에 일어나도 양파와 마늘과 돼지비계 냄새는 여전하고, 옆 사람한테도 냄새가 날 거라는 생각에 손을 주머니에 찌른 채 강박증에 시달리는 맥베스 부인처럼 미친 듯이 손가락을 문지른다. 파스타 스테이션에서 일하는 동안에는 아내도 힘들어했다. 자다가 얼굴에 내 손이 닿으면 아내는 흠칫 놀라 깨곤 했다.

그래서 나는 이런 충고를 해주고 싶다. 밥보의 요리책은 무시하고 뜨겁게 달군 팬에 올리브기름을 두른 다음 마늘과 고추 플레이크는 약간, 그리고 양파와 판체타는 적당히 넣고 볶기 시작할 것. 뜨거운 기름은 요리시간을 단축시켜 준다. 재료들이 무르기 시작하면 기름을 따라내고(재료는 집게로 눌러줘야 한다), 버터 한 덩이에 화이트와인을 조금 붓고 불을 끈다. 여기까지가 1단계로 홍건한 버터 죽 상태인데, 이탈리아에서는 볼 수 없었던 재료가 벌써 두 가지나 들어갔다. 버터(또는 다른 유제품을 해산물 요리에 넣는 건 거의 불경죄에 해당된다)와 판체타다. 마리오는 돼지고기와 조개를 타고난 천생연분으로 여기는 곳이 많다고 했다. 포르투갈의 아마이주아스 나 카타플라나(대합조개와 돼지고기), 에스파냐의 파에야(초리소와 가리비), 또는 미국식 이탈리아 요리인 대합조개 카지노. 물론 이탈리아에서는 찾아볼 수 없다. "이탈리아 사람들은 생선으로 장난을 치지 않아요. 레몬이 강하다고 안 쓰는 레스토랑도 있으니까요." 마리오의 말이다.

2단계에서는 파스타를 끓는 물에 삶는 동안, 흥건한 버터 죽에 대합조개를 한 움큼 넣고 제일 센 불에 볶는다. 이때의 핵심은 빠르게 익히는 데 있다. 3~4분이 지나 조개가 입을 벌리기 시작하면 팬을 흔들어서 조개에서 나온 물과 버터·돼지고기·화이트와인 유상액을 잘 섞어준다. 6분 30초가 됐으면 집게로 면을 꺼내서 팬에 넣는다. 이때 묻어가는 걸쭉한 파스타 물은 좋다. 팬을 다시 흔들어준다. 위아래를 뒤집고, 다시 한 번 흔들어서 파스타를 소스에 잘 버무린다. 이제 30초 정도 익게 놔뒀다가 흔들고, 또 흔들어서, 소스가 아래로 흐르게 한 다음 올리브기름 약간과 파슬리를 뿌린다. 저녁 식사 완성!

파스타 스테이션에서 많은 걸 배웠지만, 성취감을 과장하고 싶은 마음은 없다. 치욕을 느끼지 않고 지나간 날이 없었다. 일주일에 닷새씩 주방에서 일을 하는데, 저녁 영업이 시작될 때면 늘 한결같은 마음이었다. 오늘은 무사히 지나갈 수 있을 거야, 어쩌면. 애초의 시나리오는 파스타를 완전히 통달해서 20대만 할 수 있다는 그 일을 척척 해내는 모습을 마리오에게 보여주는 것이었다. 하지만 그 시나리오에는 현실성이 부족했다. 스테이션을 혼자 맡게 된 날 나는 한 시간을 간신히 막아내곤 무너져 버렸다. 주문이 쇄도했다. 나는 1단계를 준비하면서 파스타 솥 주변 선반에 팬들을 겹쳐 쌓았다. 비상사태에 버금갈 때는 3층으로 쌓아 올렸다. 나는 신속하게 움직였고 확신에 찼다. 준비완료!

그런데 갑자기 등 뒤의 팬이 와르르 무너지면서 파스타 솥으로 떨어지는 소리가 들렸다. 풍덩! 풍덩! 풍덩! 주방은 생각만으로도 끔찍한 '올스톱' 상태에 처했다. 두려운 건 그 물! 라구와 버터에 볶은 송로버섯과 구완치알레와 토마토소스, 조개, 양파와 마늘을 비롯한 온갖 향료와 돼지비계로 얼룩진 그 물을 쓸 수 없게 됐다는 사실이었다. 솥의 물을 비우고 다시 채워서 끓여야 했다. 1시간은 족히 걸릴 일이었다. 대기 중인 주문만 스물여덟 건이다. 우리는 다 죽었다. 앤디 대신 엑스퍼다이터를 맡았던 토니 리우가 다가와 펄펄 끓고 있는 검은 물을 살피고 선반을 올려다봤다. 팬이 몇 개만 떨어진 걸 확인한 토니는 괜찮다고 말했다. 진짜? 그날 저녁 내내 마크는 요리를 내가기 전에 섞여 들어간 대합조개를 걷어냈고, 대부분의 파스타에서는 (말하기 미안하지만) 거의 똑같은 맛이 났다. "주방 사람들은 누가 실수하는 걸 좋아해요." 마크가 나중에 내게 말했다. "아이고, 저것 좀 봐! 저치가 팬을 떨어뜨렸네! 사람들은 일주일 동안 당신 얘기를 했어요."

그러다 마크는 떠났고, 내게는 정해진 시간이 다가오고 있었다. 그는 과거에 연연하지 말고 앞으로 나가야겠다고 판단했다. 두 스테이션에 걸쳐 나를 가르치는, 그 혹독한 시련을 묵묵히 참아낸 그는 차기 수석주방장이 예약되어 있는데도 도전을 원했다. 봄이면 서른이 될 그는 마리오처럼 자리엔 관심이 없었다—마리오도 샌타바버라의 직장을 그만둘 때 스물아홉이었다. 그는 이탈리아에 가고 싶었고 마리오에게 조언을 구했다. 마리오는 이번에도 뿌듯해하며 본인이 생각하기에 완벽한 곳을 찾아냈다. 미슐랭 가이드에서 별 하나를 받은 레스토랑인데 수제 파스타로 유명한 지역에서도 최고의 명성을 누리는 볼로냐 외곽의 '일 솔레'라는 곳이었다. 아무튼 마크는 그곳으로 가게 됐다고 생각했다. "마리오는 말이 너무 빨라요. 뭐라고 하는지 통 알아들을 수가 없어요." 그건 아무것도 아닐 텐데. 나는 속으로 생각했다. 마크는 아직 이탈리아어를 할 줄 몰랐다. 그곳—거기가 어디지 알 수 없지만—에서 2년, 어쩌면 더 오래 일을 하며 배울 작정이었다. "이런 기회가 언제 다시 오겠어요. 최대한 오래 있고 싶어요."

마크가 떠난다고 하자 괜스레 착잡했다. 그는 진짜 요리, 손으로 만드는 프레시 파스타를 배우기 위해 마리오가 걸었던 길에 오르려 했다. 그건 내 소명이 아니었던가. 그런데 나는 그러는 대신 한때 공산품이라고 우습게 여겼던 파스타슈타를 이해하게 됐다. 그동안 배운 것은 감사할 일이었다. 그러면서도 모험을 떠나는 마크에게 질투가 났다. 그건 모두가 마찬가지였다.

아무튼 스테이션을 맡을 새로운 사람이 필요했고, 훈련을 받아야 했다. 그 자리에 익숙해지려면 노련한 요리사도 몇 주가 걸리는 일이라, 나는 자진해서 포기했다. 견습생 둘이서 일을 할 수는 없었다. 마크가 떠나면서 새로운 사람이 들어왔다. 마크는 꼭대기에 가까웠는데, 맨 밑바닥인 스타터 스테이션을 충원했다(이런 충원 구조 덕분에 애비 보디커도 신참 딱지를 떼게 됐다).

새로 들어온 사람의 이름은 알렉스 펠드먼이었다. 그가 처음 나온 날 나는 주방에 있었다. 수많은 시간을 함께 보내야 하는데 그에 대해 알고 있는 사람이 아무도 없었다. 이건 사소한 문제가 아니었다. 사실, 그 사람 자체가 사소하지 않았다. 일단 키가 190센티미터였다. 본인 입으로 그렇게 말했지만, 도무지 믿기지 않았다. 내가 보기엔 더 크고, 더 위협적이고, 지금도 계속 자라는 중인 것 같았다. 먹성도 한창 자라는 남자 아이 같았다. 간식으로 핫도그를 만들면 혼자서 열두 개를 먹었다. 스물두 살의 알렉스는 열정적이고, 사교적이고, 서투르고, 잘 까먹었다. 그를 보면 만화 캐릭터가 떠올랐다. 팔다리가 길고 어수룩한, 강아지 구피 같은 캐릭터. 실제로 코도 어딘가 강아지를 닮았고, 아직 마무리를 짓지 않은 인상이었다. 발은 어찌나 큰지 곰 발바닥 같고, 가운데 가르마를 탄 장발은 몸만 커다란 학생 같았다.

"마리오가 왜 이렇게 몸집이 큰 사람을 썼을까?" 엘리자가 들릴 듯 말 듯한 목소리로 말했다. "공간이 비좁다는 걸 알 텐데." 하지만 마리오는 알렉스를 만나기도 전에 마음을 정했다. 이번에도 이탈리아에서 일한 경력 때문이었다. 그는 투스카니 정통 요리를 고집하는 피렌체의 '치브레오'라는 레스토랑에서 1년간 일했다. 나는 들어보지 못한 레스토랑이었다. 사실 마리오 말고는 다들 금시초문이었다. 하지만 한 달쯤 지났을 땐 다들 많은 걸 알게 됐다. 치브레오에서는 신선한 올리브기름을 쓰고(방금 짠 기름을 쓰는데 방금의 차원이 "며칠이나 몇 주가 아니라 몇 시간"이라고 했으며, 밥보의 기름 맛을 본 알렉스는 못마땅한 듯이 콧잔등을 찡그렸다), 소프리토의 중요성이나 투스카니 수프의 미스터리, 그걸 준비하는 데 아침나절이 걸린다는 사실도 알게 됐다. 주방에서 소프리토가 뭔지 아는 사람은 한 명도 없었지만, 아무튼 꽤 중요하다는 건 느낄 수 있었다. 알렉스는 이탈리아어도 잘 알아서 누가 잘못 말하면 바로잡아 줬다. 아예 거의 이탈리아어를 썼다.

"어쩌면 우리가 여기서 만드는 건 우리 입맛에 익숙해진 걸지도 몰라요." 애비가 나직한 목소리로 말했다.

# 텔레비전 스타의 탄생,
# 〈몰토 마리오〉

1995년 5월 15일, 뉴욕. 푸드네트워크라는 신생 케이블 방송국의 직원은 《뉴욕 옵저버》를 읽다가 제작국장인 조너선 린이 관심을 가질 만한 기사를 발견했다. 요리사들이 '블루 리본'이라는 레스토랑에 모인다는 내용이었다. 그곳은 늦도록 문을 열었고(마지막 주문을 새벽 4~5시에 받았다), 열 명까지 앉을 수 있는 문 앞의 라운드테이블을 제외하고는 예약을 받지 않았다. 포를 개점한 직후였던 마리오는 블루 리본을 발견하고는 토요일 영업을 마치면 요리사 친구들과 그 라운드테이블을 점령했다. 프랭크 디지아코모는 기사의 서두를 이렇게 열었다. "1920년대와 1930년대에 문학의 꿈과 사랑의 아픔을 토로하고 재담을 나눴던 유명한 알공킨 원탁처럼 블루 리본의 라운드테이블에는 지옥에서 올라온 것 같은 손님들의 끔찍한 일화와 조리법, 업계의 풍문, 비정상적인 스케줄 때문에 감수해야 하는 실연의 아픔을 함께 나누려는 요리사들이 둘러앉았다."

늦은 밤에 음침하고 기묘한 일들을 만들어내는 뉴욕이라는 도시의 신화에는 전형적인 배경 두 가지가 있었다. 도로시 파커와 그녀의 친구들이 자주 찾았던 유명한 도심 호텔의 라운드테이블과 도시의 예술가들이 모여드는 아지트. 사람들은 언제나 이런 곳을 배경으로 한 이야기가 등장하길 기다렸고, 도심이라는 위치에 라운드테이블까지 갖춘 블루 리본은 두 가지 조건을 모두 충족시켰다.

예의 그 클로그를 신고 '캘리포니아 잼' 스타일의 옷을 입은 당시 서른넷의 마리오는 그곳의 중심 역할을 하는 익살꾼으로 묘사됐고 (일행 중 한 명은 마리오가 광대 노릇을 하는 것처럼 보일지 몰라도 실제로 알게 되면 해박한 지식에 깜짝 놀랄 거라고 말했다), "친구를 가리지 않는" 태도는 샌프란시스코에서 겪었다는 일화에서도 잘 드러났다. 마리오는 술친구를 체포하려는 경찰관의 환심을 사야 했다. 그날 우연히 만나 함께 술을 마신 그 사람은 헌터 S. 톰슨이라는 작가였는데, 케이블카 기사가 자신을 앞자리에 못 타게 한다는 이유로 권총을 뽑아 들었기 때문이다.

그런데 깨어보니 수영복 차림으로 페어몬트 호텔에 있더란 것이다. 체크인을 하지도 않았을뿐더러 수영장도 없는 호텔에서. 마리오가 "테스토스테론이 넘치는 인간들"이라는 말로 열정과 재능을 표현한 라운드테이블의 일행 중엔 톰 발렌티와 "거칠기론 누구에게도 뒤지지 않지만 얼굴만큼은 아기 같은" 보비 플레이도 끼어 있었다. 플레이는 그때 이미 책도 내고 "올해의 신예 주방장"으로 선정되기도 했으며 홍보전문가까지 두고 있었다. 누가 그를 찾으면 이런 대답이 나오곤 했다. "오늘은 못 와. 여기 옥상에는 헬리콥터가 이착륙을 못 하거든."

그때의 풍경은 7년이 지나 바로 그 테이블에서 나와 내 친구들이 마리오를 만났을 때와 그리 다르지 않았을 것 같다. 그날은 '미식가'를 자처하는 소설가 짐 해리슨이 뉴욕에 온 기념으로 모인 자리였다. 마리오 바탈리와 짐 해리슨은 서로를 너무나 존경했고, 둘이 나누는 대화는 좌중을 즐겁게 했다. 마리오에게 해리슨은 음식을 이해하는 지성계의 지미 헨드릭스이자 호머이자 미켈란젤로, 람보르기니, 윌리 메이스이며 당서기장이었다. "전문가, 사냥꾼, 식도락가, 미친 잡종개이자 술꾼, 이 뇌조가 오늘 아침에 뭘 먹었기에 이렇게 맛이 좋은 건지 흥분하기를 두려워하지 않는 사람." 그에 비해 해리슨은 훨씬 차분한 말로 마리오를 정신적 동지로 묘사했다. "어쩌면 전생에 그랬는지도 모르지." 그는 탁해서 거의 알아들을 수 없는, 아직까지 살아 있다는 사실이 놀라워질 만큼 늙은 목소리로 말했다. 마리오는 그걸 더 구체적으로 표현했다. "돼지였던 전생에." 두 사람은 모두 거인이었다. 두 사람은 라운드테이블의 상당 부분, 사실상 거의 절반을 차지했다. 보통 사람보다 훨씬 거구여서 치명적인 (일곱 가지) 죄를 다룬 중세 연극에 출연해도 손색이 없을 것 같았다.

화이트와인이 도착했고, 마리오는 지난번에 둘이서 스물여덟 병을 마셨던 일을 일깨웠다.

"다른 사람도 있었잖아." 해리슨은 미심쩍은 표정으로 반박했다.

"그 사람들은 술을 안 마셨어요." 마리오가 그의 기억을 바로잡아 줬다.

마리오는 즉흥적으로 첫 코스를 주문했다. 총 열여덟 가지였는데, 해리슨은 굴에는 손을 대지 못했다. 그는 노르망디에서 예전에는 엄청난 양의 굴을 먹는 것으로 연회를 시작했다는 19세기 음식전문가 장 앙트렘 브리야 사바랭의 주장을 몸소 시험하고 오는 길이었다(엄청난 양이란 144개를 의미했다). 브리야 사바랭은 굴이 물기까지 포함해서 10그램이 안 된다는 말로 주장에 신빙성을 더했는데, 그러면 엄청난 양의 굴은 거의 1.5킬로그램에 육박한다는 계산이 나온다. 껍질을 제외한 굴 1.5킬로그램은 너무 많은 듯하지만, 주변의 설득에 넘어간 해리슨은 144개의 굴을 먹는 것으로 저녁 만찬을 시작했다.

그는 한숨을 푹 내쉬었다. 그걸 다시 반복할 수는 없었다.

두 병째 와인과 함께 요리가 도착했다. 생굴과 비교해서 맛을 보라며 굴튀김이 나왔고, 스위트브레드라고 하는 짭짤한 송아지 췌장에 열네 살 적 풋사랑을 떠올린 해리슨은 어느새 프루스트로 변해 있었다. 그 외에도 참새우 튀김과 껍질째 구운 대하, 돼지 갈비 바비큐, 톱으로 썰어서 골수까지 바삭해지도록 구운 소뼈에 쇠꼬리 마멀레이드를 곁들인 요리가 나왔다.

세 병째 와인이 도착하자 해리슨이 마리오의 맥을 짚었다. "아, 아직 살아 있군." 그러고는 건배를 했다. "마리오, 우리를 위해."

"그리고 빌어먹을 세상을 위해." 마리오가 화답했다.

자정 무렵이 되어 우리가 다섯 병째 와인을 마시고 있을 때 레스토랑은 사람들로 붐볐다. 자리가 나길 기다리는 사람들은 달리 있을 곳이 마땅치 않아 바 주변에 모여 있었는데, 마침 우리 테이블이 바 옆이었다. 머지않아 생전 처음 보는, 하지만 붙임성이 너무나 좋은 사람들이 테이블에 합류했다. 여섯 병째 와인을 땄다. 거나하게 취한 우리는 누구든 기꺼이 환영하며 의자를 가져다 자리를 만들었는데, 눈부신 금발에 도무지 알아들을 수 없는 억양으로 말을 하는 러시아 창녀도 끼어 있었다. 와인은 줄기차게 도착했다. 그러다 마리오는 해리슨을 끌고 뭔가를 영화로 만든 것을 축하하는 파티에 갔고, 그날 저녁의 술자리는 러시아 창녀를 중심으로 작가인 세바스찬 융거가 얼마 전에 개점한 하프킹이라는 바에서 노래를 부르다 새벽녘에야 파했다. (나는 이 얘기를 나중에 전해 들었다. 그때만 해도 출퇴근을 하는 직장인이라 아침에 일어나기 위해 1시 30분에 먼저 자리를 떴다.)

조너선 린은 《옵저버》를 읽으면서 무릎을 쳤다. 그래, 푸드네트워크엔 바로 이런 게 필요해. "시애틀에서 토요일 밤에 모여 연주하는 밴드랄까. 아니면 도심 술집에 모인 예술가나 창의적인 사람들. 푸드네트워크에선 그런 문화를 육성하고 싶었거든요. 내가 텔레비전에서 보고 싶은 것도 그런 거였죠." 린은 주방장을 예술가로 인식했고, 그들의 "독창적인 비전"과 "개성적인 미감"에 대해 열변을 토했다. 물론 주방장을 그런 식으로 인식한 최초의 인물은 아니었다. 아피시우스의 『요리책』이 『요리의 예술(L'arte Culinaria)』로 번역 출간된 이래, 이탈리아와 프랑스 사람들은 위대한 요리사의 작품을 형이상학적으로 부풀려 묘사해 왔다. 단순한 기술의 차원이 아니라 다빈치에 버금가는 예술적 성취로 본 것이다.

린은 마리오에게 전화를 걸어 TV 스타가 되고 싶은 마음이 있냐고 물었고, 마리오는 그를 점심 식사에 초대했다. 린은 그날 세이지와 버터로 맛을 내고 절인 꽃상추를 곁들인 토르텔로니를 먹었던 걸 정확히 기억하고 있었다. 마리오는 처음 보는 사람이 재료 준비를 하느라 바쁜 아침 시간에 찾아와 열변을 늘어놓은 것만 기억했다. 그리고 6개월 뒤인 1996년 1월 8일에 〈몰토 마리오〉가 첫 방송을 시작했고, 다시 3주가 지났을 때 포에서 식사를 하려는 사람들의 줄이 길게 늘어섰다.

제작비가 저렴했던 초창기 프로그램의 경우 진행방식은 조금 투박하지만(카메라를 정면으로 응시하고, 가스를 연결할 수 없어서 전기오븐을 사용했다), 그래도 익숙하고 핵심적인 레퍼토리가 주종을 이뤘다. 물론 근대를 넣은 라비올리(역시 할머니의 레시피), 별다른 재료가 들어가지 않는 소박한 수프인 치오피노, 또는 오레키에테처럼 마리오의 대표적인 메뉴들이 처음부터 선을 보였다. 오레키에테를 소개할 때는 마리오가 굴려서 만드는 시늉을 하긴 했지만, 대부분은 이 요리에 대한 개념이 없는 보조요원들이 만들었기 때문에 크고 못생긴 오레키에테를 물에 삶으면 아기 목욕용 장난감처럼 통통 부풀어 올랐다. 마리오는 그걸 보며 혼잣말처럼 중얼거렸다. "아이고, 세상에. 이 귀는 〈스타트렉〉에 나온 스폭 박사의 귀인 모양이군." 어색하긴 했지만 열정만큼은 고스란히 전달됐다. 이탈리아에서 돌아온 지 얼마 안 되는 마리오는 당시만 해도 아는 사람이 거의 없었던 한 가지 사실을 터득하고 있었다. 정통 이탈리아 요리는 우리가 알고 있는 이탈리아 요리와 다르고, 생각보다 훨씬 단순하지만 그 단순함도 배워서 익혀야 한다는 사실이었다. 그리고 〈몰토 마리오〉에서 가르쳐준 것이 바로 그 방법이었다.

나는 촬영을 직접 지켜봤다. 나중에는 식탁 앞에 지인을 세 명 정도 앉혀놓고 그 사람들을 위해 음식을 만드는 형식으로 프로그램이 꾸며졌다. 굉장한 영광인 건 틀림없지만, 촬영 시간을 비롯해서 문제도 적지 않았다. 초대 손님을 아침 7시 전에 데려다 놓고, 커피나 한 잔 더 마셨으면 딱 좋을 1시간 후에 첫 요리를 먹었다. 하루는 그 요리가 삶은 오징어 뇨키였다. "칼로 이 부분을 약간 잘라서 기타 피크처럼 생긴 뼈를 뽑아내고 내장도 꺼내세요. 와, 이것 좀 봐요." 마리오는 먹색 내장을 손가락에 감아쥐고 말했다. "이게 이 녀석이 어제 점심에 먹은 겁니다." 촬영은 착착 진행돼서 점심시간(점심? 누가 점심을 먹겠대?) 직후에는 네 번째 요리를 먹게 된다. 방송을 보는 사람들은 초대 손님의 표정—어서 먹고 싶어 눈을 반짝이는지, 더 이상은 못 먹겠다는 물린 표정인지—에서 그날의 몇 번째 촬영이라는 걸 짐작할 수 있다. "자, 여러분. 본 아페티토." 마리오는 먹는 시늉이라도 해보라고 부추긴다. 접시에는 엉겨 붙은 파스타 가락, 식으면서 점점 왁스 빛깔을 띠는 글루텐 덩어리가 놓여 있다. 초대 손님 중 한 명은 그날 아침에만 열두 그릇째였다.

제작진에서는 초대 손님들에게 속사포처럼 쏟아내는 마리오의 열변 사이사이로 질문을 던지라고 주문했다. 다시 말해서 꼭두새벽에 푸짐한 식사를 하게 된 것에 대해 짧고도 분명한 찬가를 부르라는 얘기였다. 하지만 그건 쉽지 않았다. 회당 방영시간은 25분에 불과한

데, 그 시간 동안 이탈리아 식사의 3단계, 즉 안티파스토와 파스타, 그리고 세콘도를 모두 소화해야 했다. 요리와 설명이 모두 100미터 달리기 속도로 진행됐다. 그건 주방의 모노드라마 같아서, 생뚱맞은 일화까지 곁들여가며 정신없이 쏟아내는 말을 자르고 들어갈 만큼 담대한 초대 손님은 거의 찾아볼 수 없었다. 그의 속도를 제대로 따라가지도 못하는 마당에, 그만큼 흥미진진한 질문을 할 수 있을까.

예를 들면 이런 식이다. 마리오는 무심한 말투로 정어리는 껍질이 얇아서 센 불로 조리하려면 빵가루를 입혀야 한다고 말한다. 그러면 우리는 속으로 생각한다. "아, 그렇구나. 껍질이 얇구나." 그러다가 느닷없이 셀러리가 로마 요리의 숨은 공신이라고 말한다. 그러면 또 우리는 셀러리 줄기가 무슨 공을 세웠을까 열심히 생각한다. 그런 우리 앞에 마리오는 감자 전분을 섞은 밀가루 반죽을 내밀며 뇨키를 만들기 적당한 크기로 굴리라고 한다. 그러면서 집에서 만들 때는 매끈한 감자가 아니라 녹말기가 많은 감자를 써야 한다고 덧붙인다.

맨 끝에 앉아 있던 사람이 용케 말을 자른다. "아이다호 감자 같은 거요?" "아이다호 감자 같은 거요." 마리오는 재빨리 답을 하고 말을 이어간다. "그리고 같은 양의 밀가루를 섞으세요." "어느 정도요?" 그 남자가 다시 물었다. 발동이 걸린 모양이었다. "뭐, 필요한 만큼이죠." 마리오는 할머니를 들먹이며 대답하곤(할머니의 방식은 무척 순수하지만 그다지 도움은 되지 않는다), 우리가 만든 못생긴 덩어리들을 죄 쓸어 담아 솥에 붓는다. 있는지도 몰랐던 솥에서 물이 끓고 있다. 마리오는 반죽이 물에 뜬다고 해서 다 익었다고 생각하는 건 잘못이라고 말한다. "이 덩어리들이 적극적으로 솥에서 빠져나오려고 시도할 때"라야 제대로 익은 상태라는 것이다. 그 말에 사람들이 의자에서 몸을 일으킨다. 뇨키 덩어리들이 살겠다고 집게발을 휘두르는 바닷가재처럼 굴기 시작했는지 보려는 것이다.

이때 마리오는 뜬금없이 목소리를 권투시합의 사회자처럼 바리톤으로 낮추고는 파르메산 치즈를 "치즈의 왕"이라고 선언한다. 그러자 의문이 든다. 정말 그럴까? 파르메산이 정말로 왕위에 오를 자격이 있을까? 이때쯤 해서 파르메산에 대한 질문을 던져도 괜찮을 것 같다. 14분이 지나도록 입 한 번 뻥끗하지 않았으니까. 언제 하지? 뭐라고 하지? 뇨키를 접시에 담던 마리오는 또다른 인물을 설정한다. 지금이 기회야, 어서 해! 마리오는 어느새 소크라테스로 변했다. "이탈리아 요리는 시인의 날개에서 떨어진 것처럼 보여야 합니다." 어? 이걸 물어볼까? 시인의 날개에서 떨어지면 음식이 어떤 꼴이 되는지? "어렸을 때 맞고만 다닌 프랑스 사람 아홉 명이 달라붙어 만든 것처럼 보이면 곤란하죠."

드디어 쉬는 시간. 휴! 모두가 잠시 긴장을 푸는데 혼자 프로그램을 이끄느라 숨이 턱에 찼을 마리오는 여전히 수다를 쏟아낸다. 아티초크와 코브라 고기 같은 재료들을 보고 장난스러운 말을 던지고, 엉덩이를 두드리며 춤을 추고, 자신의 꽁지 머리와 셔츠를 옹호하고(내 머리 스타일은 내가 안다느니, 셔츠가 너무 뻣뻣하다는 건 조연출이 잘못 본 거라느니), 토마토를 가지고 아슬아슬한 농담을 한다. 토마토가 화면에 신선하게 보이도록 스프레이로 물을 뿌리는 소품 담당에게 마리오는 느끼한 목소리로 말한다. "우리 예쁜이, 내 딸랑딸랑 방울 토마토엔 언제든 물을 줘도 돼요." 왜 가만히 있냐는 초대 손님의 말에 소품 담당은 반문한다. "글쎄요, 왜 기분이 나쁘지 않은 걸까요."

또다른 초대 손님은 왜 이런 걸 방송에선 볼 수 없냐고 따진다. 명랑한 주제곡이 흐르자 마리오는 찬물을 뒤집어쓰기라도 한 듯이 제 역할을 되찾고, 또 한 번 쉬는 시간이 돌아올 때까지 나는 끝내 한마디도 하지 않는다.

"저야 늘 천천히 하라고 말하죠." 프로그램의 연출을 맡은 제리 리델은 말했다. "시간은 충분하거든요."

조종실에 앉아 녹화를 지켜봤다. 스포츠 시합을 중계하는 것과 다르지 않았다. 재촬영은 없으며, 카메라 선택은 현장에서 이뤄진다.

"요리라는 건 형질의 전환이잖아요." 리델은 말했다. "여러 재료를 가져다 뭔가 다른 걸로 만드는. 그게 이 프로그램의 성격이고 줄거리예요. 우리야 그 많은 재료들이 한데 모였을 때 어떻게 반응할지 전혀 예측할 수 없죠. 조종실이라고 해서 다르지 않아요. 메뉴를 손에 들고 모니터를 들여다보는 우리도 다음에 무슨 일이 일어날지 알 수 없어요. 그게 이런 생방송의 묘미죠. 마리오는 결과가 어떻게 나올지 알고, 사람들이 자신을 따라한다는 것도 알아요." 하지만 그렇게 많은 형질 전환이 그렇게 빠른 속도로 일어나면 현기증을 유발할 수도 있다. "뭔가를 배운다는 건 분명하지만 너무 빨리 진행되기 때문에 지나치게 많은 것처럼 느껴지기도 하죠. 지금이 딱 그 경계선인 것 같아요."

하지만 뭘 배울 수 있을까. 그 답을 얻기 위해 아홉 달치의 프로그램을 비디오로 봤다. (짐 해리슨이 먹은 엄청난 굴의 시각적 변형이라고 할 수 있으며, 절대로 권하고 싶지 않다.) 반복되는 교훈이 있었다. 이를테면 "집에서 레스토랑과 같은 깊은 맛을 낸다는 건 거의 불가능하다"라는 것. 마리오는 1회에서 뜨겁게 달군 팬에 버섯을 볶으며 말했다. "집에서 음식을 만드는 사람들은 전문요리사처럼 모험을 감수할 준비가 돼 있지 않기 때문이죠. 전문가는 팬을 끝까지 밀어붙여요. 여러분이 집에서 하는 것 이상으로 더 까맣게, 더 강하게, 더 뜨겁게 만듭니다."

이 말은 이후로도 계속 반복됐다. 연기가 나기 시작할 때까지 올리브기름을 달구는 이유도 그 때문이다. 물론 질문이 제일 많이 나오는 것도 그 순간이다. "꼭 그렇게 해야 하나요?" "그러다가 타지는 않나요?" 그는 10년 동안 이런 질문에 한 번도 대답을 하지 않았다. (그러다 팬이 불길에 휩싸이는 일도 있다. 그러면 촬영이 잠시 중단된다.) 파스타 삶은 물을 소스에 활용하는 것과 파스타에서 소스는 양념에 불과하다는 얘기도 반복된다. 진부한 표현("오징어는 30초냐 30분이냐, 거기에 고무줄의 운명이 달렸죠")도 있고, 기존에 홀대받던 부위(어깨 살, 그리고 예외 없이 양고기)를 시적인 표현을 써서 칭송하기도 한다.

비디오를 절반쯤 봤을 무렵에 마리오를 TV에서 처음 봤던 때가 생각났다. 1996년 11월 1일에 나는 그가 방송에서 시범을 보였던 아란치나를 만들 생각이었다. 그건 토마토소스와 훈제 생선으로 버무린 리조토를 주먹밥처럼 만들어 기름에 튀겨낸 음식이었다. 마침 냉장고에 훈제 은대구가 있는데 그걸로 뭘 할지 마땅히 생각나는 게 없어서 푸드네트워크의 웹사이트에 들어가 레시피를 인쇄했다. 일요일 점심용으로 2인분을 넉넉히 준비했고, 동네 슈퍼에서 산 올리브기름 2리터에 튀겨냈다. 나중에 포레타 테르메의 한 가게에서 바삭하게 튀긴 조그만 아란치나를 보고서야 이 말의 뜻을 알게 됐다. 아란치아는 오렌지, 그리고 아란치나는 작은 오렌지라는 뜻이었다. 포레타에서 본 귤 크기만한 주먹밥을 부르기엔 적절한 말이었다. 그런데 내가 만든 건 오렌지도 저리가라였다. 할로윈데이 때 속을 파고 초를 담아 현관 앞에 내놔도 될 정도였다.

이 일화는 내가 어쩌다 이런 지경에 처하게 됐는지를 설명해 준다. 나는 단순히 〈몰토 마리오〉라는 프로그램을 본 게 아니라, 거기에 담긴 모든 것을 총체적으로 받아들인 것이었다. 그에게 매료됐고, 라인 쿡으로 살아남으려고 노력하면서 눈물이 쏙 빠지게 혼쭐나는 현장에서 요리를 배우고 싶어졌다. 물론 나는 전문요리사가 아니다. 그건 두말할 필요도 없다. 나는 이때껏 펜을 휘둘러서 먹고살아 왔다.

내가 밥보와 얽히기 시작한 건 《뉴요커》 시절로 거슬러 올라간다. 마리오의 인물 기사를 써야 했는데 마땅한 사람이 없어 내가 직접 하게 됐다. 이걸 빌미로 마리오의 주방에 들어갈 수 있겠다 싶었고, 속셈은 적중했다. 거기서 6개월을 보냈다. 취재를 하기에는 긴 시간이었는데 막상 떠나려니 아쉬웠다. 잡지 기자라는 정체성에도 익구신이 일었다. 요리와 나 자신에 대해 새로운 걸 발견하려는 찰나였다. 능력에 대한 성취감도 있었다. 누구의 도움 없이도 까다로운 스테이션을 너끈히 맡아 처리할 수 있는 능력을 얻은 듯했고, 그 일을 하고 싶어졌다. (물론 이건 나만의 생각이었다. 나는 그 능력의 근처에도 가지 못했지만, 이때까진 그걸 몰랐다.)

기사는 작성했지만 기회를 놓치는 건지 모른다는 생각에 마음 한 구석이 무거웠다. 결국 두 달 후에 잡지사를 그만두고 주방으로 돌아갔다. 꼭 그 이유만은 아니지만(23년이나 기자로 일했으면 할 만큼 했다) 결과는 마찬가지였다. 앉아서 하는 일을 떠나 서서 하는 일을 시작했다. 어쩌면 치기였는지도 모른다. 내가 요리사가 되고 싶어한다는 건 소방관이나 파일럿이 되고 싶다는 아이들의 꿈과 같을지도 모른다. 하지만 요리사의 지식은 책에서 얻을 수 없었고, 나는 그 지식을 원했다. 나는 허점투성이였다. 내가 만든 요리는 어지럽고, 느리고, 엉망이었다. 하지만 나는 호기심도 많았다. 그렇지 않았다면 애초에 우리 집 냉장고에 은대구가 있을 까닭이 없었다.

맛있는 음식을 만들었을 때의 만족감은 굉장히 다채로운데, 그걸 직접 먹는 건 만족감의 일부일 뿐이고 중요도에서도 많이 밀린다. 사랑으로 만드는 요리 외에 음식을 만드는 행복이라는 말도 후렴구처럼 반복된다. 이때는 준비나 조리가 아니라 만든다는 게 중요하다. 이건 너무 기본적인 얘기라 말하는 게 오히려 새삼스럽다.

내가 파스타 스테이션에서 일을 하고 있을 때 프랭크는 그릴로 돌아가서 그 일을 완전히 익히라고 했다. 그쪽의 성취감이 더 크다면서. 파스타 스테이션에서는 다른 사람의 재료로 조리를 하는 거라고 했다. 라비올리, 라구, 이런 것들은 이미 준비되어 있었다. 하지만 그릴에선 날것 그대로의 재료를 가져다 직접 익히고, 내 손으로 요리를 담았다. "음식을 만드는 거죠." 그가 말한 그 순수한 즐거움은 장난감이나 간단한 가구를 만들었을 때, 또는 예술 작품을 완성했을 때와 비슷할 것이다. 그런데 이 수공예 예술품은 심지어 먹을 수도 있다. 정확하고도 근사한 요리를 만들어 앤디에게 넘길 때면 조용한 짜릿함이 일곤 했다. 바쁜 날 근사해 보이는 요리를 50개 만들면 짧은 짜릿함을 50번 느끼게 되고, 일을 마무리할 때는 기분이 참 좋았다. 어떤 심오한 깨달음 같은 건 없지만(성찰의 양은 거의 제로에 가까우니까), 더없이 진실된 순간이었고, 도시에 사는 현대인의 삶에서 이만큼 순수한 즐거움을 안겨주는 경험은 많지 않았다.

푸드네트워크는 10년 전과 달라졌다. 출범 첫해의 가입자는 650만 가구였는데, 지금은 그 수가 열다섯 배로 늘어났고, 증권거래소에 상장되어 우량주 대접을 받고 있다. 규모가 커진 지금은 주방장은 물론 예술가라는 말도 쓰지 않는다. 제작자들은 그 대신 재능과 브랜드라는 말을 즐겨 쓴다. 〈몰토 마리오〉는 이제 '구식'이라는 평가가 공공연히 오간다. 2000년에 부임해서 회사를 성공적으로 경영하고 있는 주디 지라드 사장은 "서서 휘젓는 실용기술" 포맷이라는 표현을 썼다. "프로그램이 시범보다 흥미로운 정보에 의존하는 형식이에요. 책상 앞에 앉은 아나운서처럼 주방장은 스토브 뒤에 서 있기만 하죠."
마리오가 첫 방송을 탄 후 그의 '브랜드'를 확장하려는 시도가 있었는데 지라드는 그런 노력들의 "성패가 엇갈렸다"라고 평가했다. 그 중 하나가 〈지중해 마리오〉라는 프로그램이었다. 사실상 〈몰토 마리오〉를 북아프리카와 에스파냐, 포르투갈, 그리스와 프랑스까지 범위를 넓힌 것으로, 어딘가 억지스러운 느낌을 줬다. 프로방스 요리를 만드는 마리오는 옳지 않은 수준을 넘어 부도덕해 보이기까지 했다. 그 프로그램은 결국 두 시즌을 끝으로 막을 내렸다.
최근에는 〈마리오가 이탈리아를 먹는다〉라는 제목의 프로그램이 제작됐는데, 친구 한 명과 작가를 동반하고 미각 여행을 다니는 일종의 로드쇼였다. 하지만 작가는 마리오를 과장되게 포장했고, 정식 소개도 없이 등장한 길동무라는 티셔츠 차림의 뚱뚱한 사내는 하는 말마다 이렇게 시작했다. "저기, 마리오. 이건 이해가 안 되는 걸……" 그 다음으로 시도된 〈차오 아메리카〉에서는 마리오가 미국식 이탈리아 레스토랑을 찾아가서 대표적인 요리의 설명을 듣는 형식이었다. 하지만 마리오는 '미국식 이탈리아' 요리사가 아니고 음식 저널리스트도 아니었기 때문에 이 프로그램도 13회 만에 끝이 났다.

푸드네트워크는 세트를 집 안처럼 꾸몄고 그 안에 마리오를 어떻게 끼워 넣을지 고민했다. "마리오는 고급 소비층이에요." 지라드가 말했다. "방송국은 고급 소비층을 중심으로 돌아갈 수 없어요." 새로운 프로그램은 지식보다 시범에 중점을 뒀고, 재료의 클로즈업이 빈번했다. 그리고 성적인 뉘앙스가 가미됐다. 살을 찰싹 때리는 효과를 높이고, 튀기고, 자르고, 으깨고, 씹고, 삼키는 소리를 키웠다. 혓소리도 빠지는 법이 없어서 거품이 이는 듯한 작고 촉촉한 소리를 냈다. '재능' 있는 진행자('크로스오버' 재능이라는 말을 쓰기도 하는데, 보통 앞치마를 두르지 않은 채 활짝 웃는 여자들을 가리켰다)에게는 혀를 많이 사용하라는 주문을 했고, 진행자는 그 주문을 충실히 따랐다. 숟가락으로 떠서 맛을 보거나, 거품기에 묻은 걸 떼어 먹거나, 입술에 묻은 걸 핥아 먹는 식이었다. 이전 제작자였던 아일린 오파투트는 이런 방식의 의도를 이렇게 설명했다. "사람들이 바짝 다가와 화면을 핥고 싶어지는 그런 프로그램을 만들려는 거예요." 우웩.

조너선 린은 푸드네트워크를 떠났다. 사임의 변은 여러 가지였지만 일본에서 제작된 〈아이언 셰프〉의 방영을 둘러싼 논란도 한 몫을 했다. 요리를 일본의 씨름인 스모처럼 취급하는 프로였다. "나는 그 프로그램을 미국에 방영한 장본인이 되길 거부했어요." 조너선이 떠난 후에 〈아이언 셰프〉는 푸드네트워크에서 시청률 1위를 달리는 프로그램이 됐다.

마리오가 미국판인 〈아이언 셰프 아메리카〉에 나왔을 때(빠르고,

경쾌하고, 놀랍도록 즉흥적이며, 몸만큼 큰 존재감을 과시하며) 방송국 관계자들은 그에게 어울리는 자리가 어디인지를 마침내 깨달았다. 그에겐 각본 같은 것 없이 그저 멍석만 깔아주는 게 제격이었다. '브랜드'는 그대로였다. 결국 조너선의 판단은 틀렸던 게 됐다. ("그는 옛날 사람이에요. 미국의 텔레비전을 이해하지 못한 거죠.") 하지만 방송의 힘은 잘 알았다. 토요일 저녁에 밥보 앞에 늘어선 줄. 예약이 꽉 찼다는데도 어김없이 기다리는 25~30명의 대기자 명단. "그건 푸드네트워크 때문이죠." 조너선은 내게 말했다. "우리 솔직해집시다. 푸드네트워크가 아니었다면 마리오는 아무것도 아니었을 거예요. 흥미롭긴 해도 이름은 없는 도심의 주방장이었겠죠. 현지인들 사이에서는 인기가 있지만 시카고와 로스앤젤레스에서까지 사람들이 일부러 찾아오는 밥보 같은 레스토랑은 운영하지 못했을 거예요."

# 나는 요리사가 아니라
# 스파이야!

폴렌타보다 더 오래된 음식이 있을까? 이탈리아에는 없다. 최소한 내가 아는 바로는 그렇다. 콜럼버스가 서인도에서 옥수수 자루를 가지고 돌아올 때까지 폴렌타라고 알려졌던 건 노란색이 아니라 회색이었다. 수천 년 동안 폴렌타라고 하면 으레 보리를 뜻했다. 기후에 민감하지 않고 통통하게 잘 자라는 곡물, 탄수화물은 풍부하고 단백질은 적으며 진흙색에 갈대처럼 소박한 맛이 나는 보리. 보리 폴렌타는 시기상 쌀보다 먼저이며, 1만 년 동안 사람들은 저녁을 먹을 때까지 불 앞에 서서 그걸 저었다.

일부에서는 이게 에트루리아에서 시작됐다고 주장하기도 한다. 그건 피시앤칩스를 아서왕 전설에 나오는 마법사 멀린이 처음 먹었다고 주장하는 것과 다르지 않다. 사실일 수도 있지만 아닐 수도 있는, 아무도 알 수 없는 일인 것이다. 에트루리아에 대해서는 고분벽화를 근거로 이들이 먹고 마시고 춤추며 난교를 즐겼을 것이라고 추정하고, 국수주의자들이 종교처럼 모든 이탈리아적인 특징의 뿌리로 떠받든다는 것 외에는 알려진 바가 거의 없다. 그에 비하면 이 음식이 그리스에서 유래됐다는 로마인들의 주장은 훨씬 설득력이 있다. 1세기 고대 로마의 정치가이자 학자였던 플리니우스는 그리스 보리가 "가장 오래된 먹을거리"라면서 폴렌타와 대단히 흡사한 음식의 기본재료로 언급했다. 그리스 사람들은 보리를 어떻게 먹는지 누구에게서 배웠을까? 인류 역사에 보리가 처음 등장한 시점은 기원전 8000년경으로 추정되지만, 그건 아무도 모르는 일이다.

보리는 밀처럼 글루텐이라는 단백질도 없고, 옥수수처럼 달지도 않다. 현대사회에서 보리차(속이 매슥거리게 달달한 차, 주로 스코틀랜드 국경 근처에서 마신다)와 히피들이 먹는 수프, 가축용 사료, 그리고 맥주—세계적으로 보리를 가장 많이 소비하는 건 양조업자들이다— 이외에는 보리를 이용한 음식을 찾기 힘들어진 이유도 그 때문이다. 호기심이 발동한 나는 교황 피오 5세의 개인 요리사였던 바르톨로메오 스카피가 1570년에 펴낸 여섯 권짜리 『요리의 예술 작품(*work in the art of Cooking*)』의 레시피대로 폴렌타를 만들어보기로 했다.

시간이 흐르면서 점점 스카피의 추종자가 됐지만 르네상스 문헌을 뒤적이는 건 처음이라 내용을 이해하기가 쉽지 않았다. 끌탕을 치다 못해 사전을 냅다 집어던져 누더기를 만든 후에야 폴렌타를 찾아냈고 거기 적힌 대로 따라 했다. 보리를 세 번 씻고 담가서 불렸다가 익히며, 완성될 때까지 마르지 않도록 주의하며 끓였다. 막판에 폴렌타가 건조해지는 걸 스카피는 "부서진다"라고 표현했다. 완성된 폴렌타를 한 국자 듬뿍 푸고, 기나긴 보리의 역사에서 최고의 성공작으로 손꼽히는 몰트위스키도 한 잔 따랐다. 액상 보리와 액상 고체 상태의 보리로 식사를 하는 셈이었다.

하지만 위스키로도 보리 폴렌타의 우중충한 맛은 감출 수 없었다,

소금과 후추로 간을 하고 올리브기름을 듬뿍 뿌릴 수도 있었다. 스카피는 닭 육수 한 스푼과 치즈와 버터, 또는 설탕, 심지어 멜론, 맛을 낼 수 있는 건 뭐든 넣으라고 했다. 맛을 내는 것, 바로 그게 문제였다. 이 식용 진흙 한 대접을 앞에 놓고 나는 그 안에서 무슨 맛이든 찾아내려고 안간힘을 쓰는 심정이었다. 전통적으로 폴렌타는 겨울에 먹는 음식인데(아무것도 자라지 않는 이때 곡식은 저장할 수 있기 때문에), 보리 폴렌타를 먹자 먼 옛날의 인류에게 1월과 2월이 얼마나 참담했을지 짐작할 수 있었다. 그 시기의 하늘빛 같은 음식으로 처절하게 연명해야 하는 무채색의 슬픈 계절.

나는 어느새 폴렌타(그것의 역사와 다양한 조리법, 그리고 서구 역사에서 차지하는 위치)에 집착하고 있었는데, 내가 알아본 바에 따르면 역사상 이런 집착을 보인 사람은 아무도 없었다. 누구에게나 한계가 있기 마련이지만, 폴렌타라는 문제에서 내가 가진 한계는 어떤 특정한 맛에서 시작됐다. 단 한 번 성공했던 실험을 재현하지 못하는 화학자처럼 나는 아무리 애를 써도 그 맛을 찾아낼 수 없었다. 그때만 해도 폴렌타에 무슨 매력이 있을까 의아했다. 내가 아는 폴렌타라곤 끓는 물에 붓고 한 번 저으면 끝나는 2분 즉석요리가 고작이었고, 그나마 기억에 남을 만한 맛도 아니었다. 그랬으니 이탈리아 레스토랑에서 우연히 그걸 먹게 됐을 때 진짜 폴렌타를 경험할 준비가 안 됐던 건 당연한 노릇이었다. 피에몬테의 장인 방앗간에서 옥수수 가루를 공급받는다는 그 폴렌타는 하나의 깨달음이었다. 낮은 불에서 서서히 끓여 알알이 부풀어 오르지만, 입천장에 닿았을 때의 질감은 거칠다 못해 까끌까끌했다. 리조토랑 비슷하다는 생각이 들었다.

하지만 리조토는 육수를 부어 끓이고, 버터와 치즈로 마무리를 하며, 쌀과 그 밖에 추가된 모든 재료의 맛이 난다. 그런데 맷돌에 거칠게 간 이 옥수수 죽은 오로지 그 자체의 순수한 맛만을 지니고 있었다. 진하고 달콤하고 고도로 농축된 옥수수의 맛이었다. 급격한 변화의 기로에 섰던 유럽의 식습관이 떠올랐다. 인류의 역사가 시작된 이래 늘 한결같았던 회색빛 저녁 식사가 달고 바삭한 황금색으로 변한 것이다.

하지만 그런 변화가 일어난 구체적인 시기는 알 수 없었다. 이탈리아에서 옥수수가 먹을거리로 언급된 최초의 사례는 1602년에 발행된 의학 논문인데, 콜럼버스가 항해에서 돌아오고 100년이 더 지난 시점이었다. 나는 그 당시 이탈리아 사람들이 그걸 어떻게 먹었을지 궁금했다. 옥수수를 끓는 물에 넣고 2분 만에 먹을 수 있다는 생각, 버터를 듬뿍 얹고 천일염을 뿌린 후 바비큐 햄버거에 곁들이면 여름 저녁거리로 그만이라는 생각은 아무도 못 했다. 그 대신 그들은 이렇게 생각했다. "거참 희한하게 생겼네. 보리 이삭처럼 생겼지만 훨씬 커. 껍질을 벗기고 알을 훑어내서 햇볕에 말렸다가 가루로 빻아 오래 끓여서 먹어야겠군."

9,600년 동안 보리죽을 먹어온 이탈리아 사람들이 나아갈 길은 분명했다. 이들은 그만큼 절박했을 것이다. 그랬으니 그걸 너무 많이 먹다가 펠라그라라는 병에까지 걸리게 된 것이다. 두 세기 동안 원인을 알 수 없었던 이 병은 폴렌타 편식 때문이었다. 이 병에 걸리면 몸이 흉하게 오그라들면서 기형이 됐고 여름에도 폴렌타를 계속 먹다간 결국 쪼글쪼글 말라 죽게 된다. (옥수수 편식은 니아신 결핍을 야기한다. 미국 원주민들은 주식인 옥수수와 콩을 같이 심었는데, 콩은 니아신의 보고다.)

이런 것들로 인해 지금도 이탈리아 사람들은 폴렌타 얘기만 나오면 그 음식처럼 감상적이 돼서 검게 탄 솥과 북쪽 지방의 아낙들이 젓던 긴 나무 주걱을 떠올린다. (북쪽 사람들은 '폴렌타 먹는 사람들'이라는 뜻으로 만지아폴렌타라는 별명이 붙었고, 투스카니는 '콩 먹는 사람들,' 그리고 나폴리는 '마카로니 먹는 사람들'로 통한다. 이탈리아 사람들은 먹는 음식이 곧 그 사람을 말해준다는 생각에서 한 걸음 더 나아가

섭취하는 녹말의 종류가 곧 그 사람이라고 믿는 것 같다.)

그러면서 하나같이 폴렌타가 단순한 음식이 아니라 이탈리아의 영혼이라는 증거로 알레산드로 만초니가 쓴 『약혼자들(*promessi Sposi*)』의 한 구절을 인용한다. 격동기인 1820년대(침략과 빵 폭동, 폭압적인 지주 과두정치)에 역시 격동기였던 1620년대(침략과 빵 폭동, 폭압적인 지주 과두정치)를 배경으로 집필한 『약혼자들』은 이탈리아 국민소설이라는 평답게 모든 아이들이 학교에서 이 책을 읽고, 만초니의 서거 1주년이던 1873년에는 베르디가 고인을 기려 〈레퀴엠〉을 헌정하기도 했다. 폴렌타가 나오는 부분은 찰스 디킨스의 『리틀 도리트(*Little Dorrit*)』에서처럼 어느 소작농 가족이 저녁 식사를 하는 장면이다. 아버지는 무릎을 꿇고 그 빈약한 저녁거리를 젓다가 국자로 떠서 너도밤나무 도마에 얹는다. 식구들은 "병적인 욕망이 어린 소름 끼치는 표정으로 모두가 먹을 식사를 바라보고" 있다. 이 구절의 매력은 풍습과 소품—너도밤나무 도마, 솥, 국자로 퍼 담을 때 방울져 떨어지는 곤죽—에 담겨 있고, 폴렌타 레시피가 실린 곳이면 어김없이 인용된다.

그런데 사소한 것 한 가지를 간과했으니, 바로 만초니의 폴렌타는 메밀가루로 만들었다는 사실이다. 옥수수가 보급되기 직전인 1500년대에 보리에 물린 이탈리아 사람들은 가루로 만들 수 있는 건 전부 갈아서 죽을 만들고 그것들을 다 폴렌타라고 불렀다. 완두콩, 황태콩, 강두, 병아리콩, 그리고 메밀까지 뭐든 가리지 않았다. 사실 소설의 시대적 배경이 폴렌타 혁명 이후기 때문에 메밀은 시대착오적으로 보이기도 하지만, 만초니에게도 그 나름의 이유가 있었다. 소작농의 삶이 얼마나 열악한지, 폴렌타가 얼마나 참담한 음식인지 보여주려는 것이었다. 하지만 책을 인용하면서 메밀을 언급하는 경우를 거의 찾아볼 수 없다는 건 흥미롭다. 그 사소한 사실이 음식의 이데올로기를 훼손하기 때문일까? 하긴 유명한 국민소설에 인용된 폴렌타의 재료가 메밀이라는 사실을 밝힌다면 지금 먹는 건 토종이 아니고 이탈리아 사람의 배 속에 북아메리카가 한 움큼씩 들어 있다는 걸 인정하는 셈이 된다.

하지만 나야 그 레스토랑에서 먹은 폴렌타가 미국 것이든, 이탈리아 것이든, 심지어 아이슬란드 것이어도 상관없었다. 내가 그걸 먹었고, 그 맛이 황홀했다는 사실만이 중요했다. 처음으로 폴렌타를 먹은 수많은 사람들처럼 먹구름 짙게 드리웠던 세상이 햇살에 밝게 빛나는 노란 하늘로 변하는 느낌이었다. 이탈리아 사람들이 미쳐 날뛴 것도 무리가 아니었다. 나라도 그랬을 것 같았다. 그리고 실제로도 조금 그랬다.

피에몬테의 장인 방앗간을 찾아내진 못했지만, 손으로 직접 빻은 9킬로그램짜리 한 포대를 구입했다. 포장에 적힌 조리법대로 폴렌타를 만들었다. 폴렌타 1컵에 물 4컵, 소금 약간. 오래, 구체적으로 얘기해서 40분간 저어주면 바스타! 짜잔! 하지만 웬걸. 그게 끝이 아니었다. 아무튼 내가 보기엔 완성과는 거리가 멀었다. 그게 완성이라면 내가 먹었던 그 맛과는 달랐다. 게다가 잠시라도 쉬었다간 폴렌타가 솥 바닥에 눌어붙을까 봐 40분 동안 내리 저었더니 다른 음식은 준비할 수가 없었다. 폴렌타 가루는 아직도 8.9킬로그램이나 남아 있었다.

이걸로 옥수수빵을 만들 수도 있을까? 그러자 자명한 사실이 깨달음이 되어 머릿속에서 메아리쳤다. 그래, 옥수수빵과 폴렌타는 같은 재료로 만들잖아. 옥수수가루: 폴렌타. 옥수수가루: 옥수수빵. 여태까지는 왜 이 생각을 못 했을까? 이건 기적의 효과를 발휘했고, 마침내 폴렌타의 신비가 걷혔다. 이제 알았어! 이건 남부에 사는 가난한 백인의 음식이야. 남부 사람들의 옥수수에 대한 애정은 북부 이탈리아 사람에 버금간다는 걸 설명할 필요가 있을 것 같다(미국 남부는 이탈리아를 제외하면 펠라그라가 대대적으로 발병하는 유일한 지역인데, 둘 사이엔 한 가지 중요한 차이가 있다. 미국 남부에서는 20세기에, 병의 원인이 밝혀진 후에도 옥수수를 많이 먹어서 병에 걸렸다는 사실이다).

나는 루이지애나에서 태어나 옥수수빵을 먹으며 자랐다. 감상에 빠질 때면 내 정체성의 한 부분을 이루는 기억이 되살아나곤 한다. 까맣게 그을린 무쇠 솥 앞에 허리가 굽은 할머니가 서 있고, 뜨거운 돼지비계의 짭조름한 냄새와 몽글몽글 달콤하게 익어가는 빵 냄새. 옥수수빵이 남부의 영혼을 관통한다는 사실을 증명이라도 하듯 무덥고 질퍽한 기운. 폴렌타는 베이킹파우더가 안 들어간 옥수수빵이라는 사실을 깨달았다. 그런데 그걸 여태까지 제대로 못 만들다니. 까짓 게 어려우면 얼마나 어렵다고.

그건 마리오가 집에서 만들지 말라고 권할 만큼은 어려웠다. 그는 방송에서 인스턴트 가루를 사용하라고 했다. 물론 레스토랑에선 절대로 인스턴트를 쓰지 않는다. ("일부러 플라스틱을 찾아 먹을 필요가 있나요?") 그런데 폴렌타 만드는 법은 어디에도 나와 있지 않다. 포장지에 적힌 조리법은 거짓말이다. 다른 요리책을 다 뒤져봤지만 전부 거짓말이다. 그런 곳에 실린 레시피는 다 쓸데없고, 그대로 따라 했다간 일을 그르치기 딱 알맞다. 사실은 얼마만큼의 물과 얼마만큼의 폴렌타와 얼마만큼의 시간 같은 건 다 필요 없다. 그냥 물과 폴렌타와 시간만 있으면 된다. 양은 적당히, 시간은 다 익을 때까지. 40분은 말도 안 되고, 길면 3시간도 될 수 있다.

나는 이 사실을 밥보의 주방에서 알게 됐다. 그곳에서 일한 지도 1년이 다 됐을 무렵이었다. 그리고 그때, 그만한 시간을 그곳에서 보내고, 저녁 영업을 준비하는 바쁜 와중에 그 사실을 발견했다는 건 의미가 크다. 주방은 마침내 이해가능한 공간이 됐다. 분주하게 움직이는 사람들의 막연한 풍경이 구체적인 업무로 정리됐고, 각각의 업무에는 시작과 끝과 목적의식이 있었다. 그건 명백했고, 내가 발견한 사실도 복잡할 게 없었다. 그 깨달음이란 폴렌타를 그냥 놔둬도 된다는 것이었다. 그게 전부였다. 약한 불 위에 구리 솥을 얹어놓으면 된다. 안을 들여다봤다. 폴렌타가 부글댄다기보다 삼투현상이 일어나는 것에 가깝게 서서히 끓으면서 두꺼운 풍선껌 같은 거품을 만들고 있었다.

나는 거기에 담긴 의미를 단박에 이해했다. "그러니까 내내 휘젓지 않아도 된다는 거야?" 누구에게랄 것도 없이 큰 소리로 외쳤다. 흥분하지 않을 도리가 없었다. 내내 저을 필요가 없다면 그냥 내버려둬도 되고, 그냥 내버려둬도 된다면 그사이에 다른 걸 만들 수 있다. 그러면 몇 시간이 걸리든, 근처에만 있으면 상관없었다.

"와! 드디어 알았다!" 나는 소테 담당인 토드 쾨닉스버그를 보며 말했다. 폴렌타는 소테 담당의 일이고, 도미니크가 그만둔 자리에 검은 곱슬머리와 검은 곱슬수염에 히피 같은 얼굴을 한 토드가 와 있었다. "토드! 폴렌타 말이야. 그걸 내내 젓지 않아도 된다는 게 정말이야?"

토드는 흥분한 내 모습이 당황스러운 눈치였다. 지금도 그 표정이 눈에 선하다. 그는 내 질문이 아니라 자신의 마음속에서 일어나는 질문이 더 급한 듯했다. 이 인간, 뭘 잘못 먹었나?

"물론이죠." 대답은 했지만, 억양엔 이런 뉘앙스가 담겨 있었다. 당신은 주방의 멍청이로 사는 게 행복한지 몰라도, 다른 사람들은 먹고살기 위해 일을 한다고요.

토드는 폴렌타에 집착하는 것 같지 않았고, 그렇기 때문에 내 열정을 이해할 수도 없었다. 그에게 폴렌타는 부담스러운 일일 뿐이었다. 그걸 만들려면 내가 늘 하던 것처럼 우선 주걱으로 힘차게 저어야 한다. 하지만 어느 정도 자리가 잡히면 주걱을 솥에 꽂은 채 사람들이 지나가면서 한 번씩 젓도록 그냥 놔둔다. 물론 그런 일은 주방을 주도면밀히 관찰하는 내 눈에도 포착된 적이 전혀 없다. 문제는 폴렌타가 제일 먼저 완성되는 경우가 없다는 데 있었다. 그건 늘 일곱 번째나 여덟 번째였다. 그러니 바빠서 잊어버렸다가 4시 30분쯤에 갑자기 "이런 제기랄, 폴렌타!"라고 외치게 된다면 큰 문제가 아닐 수 없다. 3시간이 기본인 음식을 60분 만에 해치울 순 없었다. 이런 위기시에 대비해서 워크인 맨 꼭대기에 인스턴트 폴렌타를 감춰두긴 했지만, 그걸 쓴다는 건 패배를 자인하는 꼴이었다.

그리고 프랭크가 알았다간 거품을 물었는데, 그는 이런 실수를 개인적인 모욕으로 받아들였다. "나 물 먹이려고 이러는 거지." 영업 개시 1시간 전에 누군가 좀도둑처럼 까치발을 하고 인스턴트 상자를 몰래 꺼내려다 발각되면, 그는 이런 레퍼토리를 읊어댔다. "지금 내 꼬라지 우습게 만들려고 이러는 거 아니야. 빌어먹을 인스턴트를 냈다간, 빌어먹을 별 세 개를 잃어버릴 테고, 빌어먹을 별이 없어지면 내가 이 빌어먹을 직장에서 쫓겨날 테니까." 프랭크는 폴렌타 상자를 낚아챘고, 그 바람에 옥수수 가루가 와르르 쏟아졌다. 이때 제일 좋은 전략은 입을 꾹 다무는 것이고, 가능하면 아예 사라지는 것도 좋다. 일과가 끝날 때까지 험악한 분위기가 이어질 테니까.

그러다 직접 폴렌타를 만들 기회가 생겼다. 구리 솥에서 끓이는 20인분이 아니라 무려 200인분이었다.

테네시 주 내시빌에서 열린 자선만찬이었는데, 한 참가자의 표현을 빌리자면 "이 지역에 사는 와인 얼간이와 컨트리뮤직 얼간이가 모여서 하룻밤 신나게 노는 자리"였다. 세상에서 제일 비싼 술을 마시고, 유능한 요리사들을 거느리고 달려온 유명 주방장의 요리를 먹는 자리. 그런데 그 유능한 요리사가 앤디와 엘리자와 프랭크, 그리고 나였다.

수백 명분의 음식을 정기적으로 만드는 주방에 들어가 본 건 그때가 처음이었다. 홀은 굉장히 넓었지만 조리 공간은 작고, 장비라고 할 만한 건 네 개뿐이었다. 쓰지 않은 채 방치된 플랫톱(갈라진 틈으로 불꽃이 넘실거렸다)과 오븐, 알쏭달쏭한 기구 두 가지. 하나는 쇠로 만든 관 같았고, 하나는 시멘트 믹서처럼 보였다. 호텔에서 일해봤던 프랭크는 그게 관이 아니라 '틸팅 스킬렛'이라는 건데 단시간에 많은 양의 물을 끓일 수 있으니까 거기에 파스타를 삶을 거라고 했다. 그리고 시멘트 믹서는 '케틀'이었다. 그는 그걸 손으로 쓰다듬으며 "여기다간 폴렌타를 끓일 것"이라고 나직이 말했다. 대형 엔진에 환호하는 어린 소년처럼 그 두 가지를 보는 것만으로도 가슴이 설레는 모양이었다.

주방을 빙 둘러봤다. 남은 공간엔 기다란 철제 테이블이 놓여 있었는데, 주방이라기보다 무슨 공장의 발송부서 같았다. 수백 명분의 만찬을 준비하는 진정한 어려움은 음식을 만드는 데 있지 않았다. 파스타 200인분을 만드는 것도 쉬운 일은 아니지만 이론적으로는 2인분과 다를 게 없었다. 더 큰 솥만 있으면 됐다. 문제는 접시에 담는 것이었다. 그 일을 위해 주최 측에서 도움을 요청했고, 정오 무렵에는 모두 서른두 명이 봉사를 자청했다. 그들은 모두 실력이 대단한 주방장으로, 이런 일을 하러 온 건 아니었다. 하지만 도와줄 기회가 생겨서 기쁜 표정이었고, 유명한 주방장이 지휘하는 주방에서 어떤 일이라도 해보고 싶어했다.

그런데 아쉽게도 요리는 거의 끝난 상태였다. 앙트레는 쇼트립이었고, 엘리자는 일주일 전부터 그걸 준비했다. 심지어 유명한 주방장은 주방에 있을 필요도 없었다. 그는 한 번 나타났다가 풍파에 시달린 듯한 양고추냉이 세 상자를 내려놓더니 근처에 있는 자원봉사자들에게 줄기를 다듬으라고 시키고는 휙 나가버렸다. 사람들이 침울한 표정으로 주변에 모였다. 4시간쯤 걸릴 일이었지만, 그래도 최소한 할 일이 생겼다. 중간에 코파 소시지―안티파스타를 만들 재료―를 가지러 보냈더니 두 명이 신이 나서 갔다. 하지만 아직도 자원봉사자는 스물여섯 명이 더 남아 있었다. 너무 힘들어 하기에 마고라는 사람한테 양고추냉이를 썰게 했는데, 휴대용 단두대 같은 만돌리노라는 장비가 손에 익지 않은 나머지 제 손을 뭉텅 베어냈다. 피가 콸콸 쏟아지는 응급사태가 발생하자 자원봉사자 여덟 명이 달려들었다. 그녀의 고통과는 별개로, 할 일이 생겨서 한시름 놨다는 표정이 역력했다.

이제 실제로 만들어야 하는 유일한 음식은 폴렌타뿐이었다.

폴렌타는 3시간 동안 약한 불에서 서서히 끓이면 원래의 여섯 배 가까이 불어나기 때문에 8인분을 만들어 쇼트립(또는 진한 소스의 다른 앙트레. 폴렌타와 고기는 링귀네와 해산물의 관계와 비슷하다—뭔가 다른 맛을 담아내는 탄수화물 매개체인 것이다)에 곁들일 생각이라면 1컵으로 충분하다. 여기서는 200인분이었으므로 4.7리터를 준비했다. 물의 양은 중요하지 않다. 정해진 양보다 더 많은 물을 넣게 되기 때문이다. 단, 일정한 온도로 끓을 수 있도록 뜨거운 물을 부어야 한다.

이날은 프랭크가 케틀의 4분의 1까지 물을 채우고 폴렌타를 부은 다음, 내가 젓기 시작했다. 이 상태에서는 호박 수프처럼 묽지만 몇 분 지나지 않아 물을 다 흡수해 버려서 당장 먹어도 될 것처럼 보인다. 물론 모래알로 밥해 먹는 미감의 소유자라면 모를까, 그걸 먹어보라고 권하고 싶지는 않다. 물을 더 부으면 바로 흡수하고, 또 부으면 그대로 흡수했다가 어느 순간에 이르러 폴렌타의 갈증이 어느 정도 가신 것 같았다. 폴렌타를 저었다. 물기가 촉촉했다. 계속 저었다. 여전히 촉촉했다. 일종의 균형 상태를 유지했는데, 곡물이 머금은 수분이 밖의 액체와 비슷한 수준에 이르렀다는 얘기다. 이게 뜨거운 옥수수 죽의 조건이다. 태초부터 폴렌타를 만들어온 대부분의 사람들은 이 단계에서 화산 분화구를 목격했다. 진짜 분화구를 본 적은 한 번도 없지만 이렇게 뜨겁고 김이 펄펄 나는 웅덩이를 들여다보는 건 쉬운 일이 아닐 것 같다. 골프공처럼 묵직한 거품이 일더니 펑 터지면서 폴렌타 덩어리가 둔중하게 날아와 내 팔뚝에 떨어졌다. 용암이 이런 느낌일 것 같다는 생각을 하려는 찰나, 폴렌타가 말을 걸어왔다.

활화산인 줄 알면서 손을 집어넣지는 않겠지? 폴렌타가 물었다.

물론이지. 내가 대답했다.

그럼 가봐. 폴렌타가 말했다. 가서 다른 일을 해. 나는 리조토처럼 변덕스럽지 않아. 어서 가서 남은 저녁 요리를 만들어.

내시빌에 가던 날, 마리오는 옷장에서 재킷을 챙기라고 했다. 그건 엄청났다. 두 줄로 달린 천 단추, 각이 잡힌 어깨선, 그리고 무엇보다 수로 새긴 레스토랑 로고가 가슴에 박혀 있었다. 프랭크의 옷에는 로고 밑에 그의 이름이 화려한 장식체로 적혀 있었다. 수석주방장이 되었을 때 마리오에게서 선물로 받은 것인데, 그 재킷은 '프랭크 란젤로'가 주방장이라는 사실을 만천하에 알렸다.

요리사와 주방장은 다르다. 나는 이제 요리사—라인쿡—였고, 주방장의 지시를 따랐다. 주방장이 상관이었다. 요리사의 이름을 재킷에 새기는 일은 절대로 없다. 주방에서 아예 제 이름을 잃어버리는 일도 허다하다. "어이, 병아리콩!" 프랭크는 알렉스를 그렇게 불렀다. 그의 병아리콩이 엉망일 때—알렉스는 한동안 병아리콩을 제대로 다루지 못했다—뿐만 아니라, 늘 그렇게 불렀다. 너무 하찮아서 병아리콩을 망쳐놓는 일 이상은 할 수 없다는 뉘앙스가 담겨 있었다. "어이, 흰 셔츠!" 한번은 주방과 홀 사이의 공간에서 노닥거리는 웨이터를 보고 화가 난 앤디가 외쳤다. 거기는 화장실로 이어지는 통로였고, 흰 셔츠는 알고 보니 웨이터가 아니라 손님이었다. 이 얘기는 마리오의 귀에까지 들어갔다. "네, 주방장님! 시키는 대로 하겠습니다, 주방장님! 시정하겠습니다, 주방장님!" 주방장 자리에 십장을 넣으면 그대로 건축현장이 된다.

내시빌의 자원봉사자들도 옷을 차려입었다. '바운드리'의 수석주방장은 염소수염에 테 없는 안경을 쓴 왜소한 체구의 남자였는데 동서양의 퓨전을 표방하는 메뉴에 어울리는 옷을 입고 나타났다. 깃이 없는 검은 재킷에 검은 캡은 어딘가 마오쩌둥을 연상시켰다. 만돌리노 때문에 피를 본 마고는 자기 이름을 건 음식점을 운영했다. 그녀와 같이 온 수석주방장은 푸른색 두건과 품이 넉넉한 푸른색 바지를 입었는데, 두 사람은 포크송 가수처럼 나붓하고 정겨운 인상이었다. 유대 식당의 주방장이라는 사람은 야구모자에 운동복을 입었고, 말투는 브루클린 억양이었다. 프랑스 레스토랑 주방장이 쓰는 높다란 모자를 쓰고 온 사람도 있었다. 그 사람은 상체를 꼿꼿이 세우고 팔을 접어 빳빳한 흰 타월을 늘어뜨렸으며, 가는 세로줄 무늬 바지와 눈부시게 하얀 순면 셔츠를 입었다. 다른 사람들은 그를 피하는 눈치였고, 그로서도 굳이 어울릴 마음은 없는 듯했다. 그는 지나치게 진지했다.

그러는 사이에 폴렌타가 변했다. 보기에도 윤기가 흐르고 끈기도 생겼다. 모든 곡물의 주성분인 녹말은 고온—옥수수의 경우 섭씨 60~93도 사이—에 분해되고, 그렇게 분해된 미세한 분자가 물과 결합한다. 처음부터 뜨거운 물을 붓는 건 이 때문이다. 온도가 떨어지면 분해되어 결합하는 데 시간이 오래 걸린다. 이런 과정을 '젤라틴화'된다고 하며, 분자가 부풀면서 끈끈한 점성을 띤다. 나는 손잡이가 긴 주걱으로 폴렌타를 젓기 시작했는데, 물을 흡수하면서 양이 불어나 손잡이가 거의 남지 않을 지경이 됐다.

물을 조금 더 붓고 다시 저었다. 많이 붓지는 않았다. 폴렌타와 물은 이미 안정된 관계를 유지하고 있었다. 폴렌타가 조금 더 올라왔다.

이것의 끝은 어딜까? 문득 궁금했다.

그러다 과연 끝이 날까 싶었다. 어리석은 생각이었다. 물론 끝은 있었다. 그래도 그게 언제인지 알면 좋을 듯했다.

다시 한 번 물을 붓고 휘저었다. 폴렌타가 더 올라왔다.

머릿속에서 가벼운 경보음이 울렸다. 위급하지는 않지만 우려할 상황이었다. 이러다간 폴렌타를 저으려면 내가 그 속으로 들어가야 할 것 같았다. 죽을 뒤집어쓰고 짙은 소스를 끼얹어 내는 고깃덩어리가 되기 전에 이걸 끝낼 수 있을까. 주걱을 내려놓고 잠시 산책이라도 하고 오는 게 좋을 것 같았다. 폴렌타도 나보고 옆에서 얼쩡거릴 필요 없다고 말했으니까. 하지만 경쟁자들이 호시탐탐 기회를 노리는 마당에 주걱을 내려놓기가 겁났다. 내시빌의 자원봉사자가 옳거니 하면서 낚아채 갈 게 분명했다. 특히 프랑스 주방장 모자를 쓴 저 사람. 그는 어느 틈엔가 내 뒤에 바짝 다가와 있었다. 나는 힐끔힐끔 그의 동태를 살폈다. 요리를 만드는 곳과 자원봉사자들 사이엔 보이지 않는 경계선이 있었는데, 그는 다른 사람들과 달리 그 선을 넘어왔다. 한 번에 한 걸음씩, 아무도 제동을 걸지 않자 그렇게 계속 한 걸음씩 다가왔다.

"와아아아아."

무슨 소리람. 나는 못 들은 척했다.

"와아아아아." 그가 다시 반복했다.

나는 그가 뭘 노리는지 알았다. 내 주걱이었다. 틀림없었다. 나는 젓는 일에만 온 정신을 집중했다.

그가 또 한숨을 내쉬더니 또박또박 말했다. "폴-렌-타!" 완전한 이탈리아 발음이었다. 이걸 그렇게 강렬하게 말하는 건 들어본 적이 없었다. 곁눈으로 힐끗 훑어보니 빳빳하게 다린 흰 옷깃에 이탈리아 국기가 붙어 있었다. 깜짝 놀랐다. 옷차림만으로 프랑스 사람이겠거니 지레짐작한 탓이었다. 다시 한 번 쳐다봤더니 재킷엔 이런 글귀가 적혀 있었다. 알프레스코 파스타.

"폴-렌-타!" 가운데 음절을 길게 늘이다 'ㅌ'에서 입천장을 찰싹 때렸다.

그래요, 폴렌타예요. 맞장구를 쳐줬다.

"안녕하세요. 저는 리카르도라고 합니다."

오른손에 쥐고 있던 주걱을 왼손으로 옮겨서 재빨리 악수를 한 후, 다시 손을 바꿔 젓기 시작했다.

"저는 리카르도라고 해요. 볼로냐에서 왔어요. 여기 온 지는 8년 됐죠."

그렇다면 진짜 중의 진짜였다. 이탈리아에서도 북부의 에밀리아로마냐, 다름 아닌 폴렌타의 본고장, 마에스트로 마르티노와 알레산드로 만초니가 태어난 롬바르디아에서 멀지 않은 그곳. 리카르도는 순수한 만지아폴렌타로 너도밤나무 도마와 커다란 주걱을 쥔 할머니의 추억이 있을지도 모른다. 하지만 볼로냐 주방장이 테네시엔 뭐 하러 왔담? 볼로냐 사람은 외지에서 만날 일이 없다고들 한다. 거기가 너무 좋아 떠나는 사람이 없다면서. 나는 미심쩍은 눈초리로 그를 쳐다봤다. 그는 내 주걱을 탐하고 있었다. 그의 태도는 도저히 다른 말로는 표현할 수 없었다. 나는 슬그머니 등을 돌리며 생각했다. 네 이웃의 주걱을 탐하지 말지어다.

그는 더 바짝 다가섰다. 이제 숨소리가 들릴 정도였다. 한 번만 더 "폴-렌-타"라고 했다면 주걱으로 후려쳤을지도 모른다.

프랭크가 나타났다. 프랭크는 리카르도 옆으로 돌아가야 했다. 그는 애써 차지한 자리를 포기할 마음이 없어 보였다. 프랭크는 그 틈으로 비집고 지나가며 수플레 같은 모자를 뒤집어쓴 낯선 사람의 시선을 피한 채 손가락을 잽싸게 넣었다 빼는 맛보기 기술을 발휘했다. 그는 소금을 더 넣었다. "간단한 건 아무것도 없어요. 모든 건 사랑으로 만들어야 해요."

"폴-렌-타." 리카르도는 기대에 찬 눈빛으로 프랭크를 쳐다보며 말했다. 프랭크는 대꾸도 않고 가버렸다. 리카르도는 다시 내 쪽으로 몸을 돌렸다. 그렇게 서서 나를 지켜봤다.

나는 폴렌타를 저었다.

리카르도는 꼼짝도 하지 않았다.

나도 젓기를 멈추지 않았다.

"와아아아아아." 그가 마침내 입을 열었다. "한 가지만 대답해 주세요. 당신은 뉴욕 출신인가요?"

네, 뉴욕 출신이에요. 나는 그를 쳐다봤다. 그런데 팔뚝에다 수건은 왜 걸고 있는 걸까?

"아, 뉴욕." 그가 말했다.

계속 저었다.

"뉴욕은 어떤 곳인가요?"

"뉴욕, 좋은 곳이죠."

"아, 뉴욕."

폴렌타가 슬금슬금 올라와 주걱의 손잡이는 이제 2~3센티미터밖에 남지 않았다. 젓는 걸 잠시 중단하고 손에 묻은 걸 핥아 먹었다.

"있잖아요." 리카르도가 말했다. "나는 내가 왜 내시빌에 왔는지 모르겠어요. 생각해 봐도 기억이 나지 않아요. 이유야 있었겠죠. 사실은 뉴욕에 가고 싶었는데, 여기서 여자를 만났어요. 여자를 만나러 왔던 건 아닌데, 하여간 여자를 만났어요. 그래서 사랑에 빠졌고, 결혼을 했고, 지금은 알프레스코 파스타의 주방장이에요." 그는 잠시 쉬었다가 덧붙였다. "내시빌에서." 그리곤 한숨을 쉬었다.

나는 여전히 주걱을 휘저었지만, 내 의지와는 상관없이 마음이 흔들렸다. 그것의 정체는 알 수 없었다. 동정? 연민? 아니, 어떻게 연민을 느낄 수 있지? 빵 같은 모자를 쓰고 나타나 요리사가 세상에서 가장 괴짜라는 사실을 온 세상 사람들에게 광고를 하고, 내 주걱을 노리다 못해 이젠 자신의 인생 역정까지 늘어놓고 싶어하는 사내한테? 만난 지 얼마나 됐다고?

"내시빌도 아주 멋진걸요."

"나는 뉴욕의 주방장이 될 수도 있었어요."

그리곤 한참을 아무 말도 없이 생각에 잠겨 폴렌타 솥의 가장자리만 뚫어져라 쳐다봤다. "그런데 내시빌의 주방장이 됐죠." 감상에 푹 빠진 목소리였다. "사랑. 아모레."

"아모레." 나는 맞장구를 쳤다.

그 사이에 폴렌타의 질감이 달라졌다. 세 번째 변신이었다. 처음엔 걸쭉한 상태로 갈증 난 사람처럼 물을 들이켠다. 그렇게 한 시간 정도 지나면 윤이 나고 덩어리가 지면서 갈라진다. 폴렌타가 다 되어간다는 신호다. 하지만 거기서 더 오래, 한 시간이나 두 시간쯤 가끔 한 번씩 저어주고 필요할 경우 뜨거운 물을 더 부으면서 끓이면 맛이 더 깊어진다. 사실상 폴렌타는 스스로 부글거리는 용암—저절로 생겨난 진흙 오븐처럼—에 적당히 구워지면서 캐러멜화되어 옥수수의 달착지근한 맛을 끌어냈다. 케틀 바닥에는 얇은 누룽지처럼 갈색 반죽이 눌어붙었다. 주걱으로 긁어내서 뒤섞었다. 밀가루 반죽 같은 탄성이 느껴졌다. 냄새도 달라졌다. 파스타처럼 냄새로 익은 정도를 파악할 수 있었다. 마리오는 이 상태를 "글루텐을 다 뽑아내는 것"이라고 표현했고, 이탈리아에서는 한낮에 열려 있는 창문 앞을 지나가다 뭉게뭉게 피어나는 진한 글루텐 냄새에 점심 무렵이라는 걸 알게 된다고 했다.

손가락 마디에 묻은 폴렌타를 다시 핥아먹었다. 맛이 좋았다. 이제 다 됐다.

프랭크와 함께 폴렌타를 통에 옮겨 담고 온도가 내려가지 않도록 '스팀 테이블'에 넣었을 때, 마리오가 나타났다. 6시였다. 자원봉사자들은 보이지 않는 경계선 너머에 오밀조밀 모여 있었고, 뿌루퉁한 표정의 리카르도만 빼면 한결 느긋해 보였다. 리카르도는 미동도 없이 서 있었는데, 희한하게도 꼿꼿한 자세를 유지하면서 동시에 풀 죽은 느낌을 풍겼다.

식사 시작까지는 이제 1시간이 남았다. 서둘러야 했다. 마리오는 일정을 적어서 벽에 붙였다. "7:00, 코파 소시지 담을 것. 7:15, 음식 내갈 것. 7:30, 파스타 삶기 시작. 7:40, 접시에 담아 내갈 것." 프랭크는 플랫톱의 균열이 걱정됐다. 버터를 올려놨는데도 녹지 않았다.

마리오가 와서 살펴봤다. 놓은 위치가 잘못이었다. "충분히 뜨거워." 그러면서 그 말을 입증하려는 듯 플랫톱에 침을 뱉었다. (아니, 저 양반이 지금 플랫톱에 침을 뱉은 거야? 왜 아냐.) 그의 침이 지글지글 끓고 있었다. 너무나 극적인 순간이었고, 관객들이 동시에 숨을 들이마시는 소리가 들리는 것 같았다. 헉. 마리오는 아무 생각 없이 왔다가 불현듯 자신이 무대에 서 있다는 걸 의식했다. 그래서인지 양갓냉이 샐러드를 버무릴 때 올리브기름 병을 머리 위로 치켜들고 현란한 동작으로 기름을 부었고, 이번에도 관객들은 행여 놓칠까 열심히 쳐다봤다. 메모를 하던 자원봉사자들은 손을 멈추고 숨도 멈췄다. 하지만 플랫톱에 침을? 그런데 사실이다. 보통은 그 위에서 직접 요리를 하지 않지만, 밥보에서는 도라지나 판체타를 거기에 구웠다. 뻔뻔하기 짝이 없는 행동이었다.

어쩌면 유명한 주방장으로 산다는 건 우리가 생각하는 것보다 훨씬 어려운 일인지도 몰랐다. 사람들은 끊임없이 뭔가를 기대했다. 평범하지 않은 모습을 원하는 낯선 사람들의 시선은 여간 부담스럽지 않을 것이다. 마리오는 언젠가 이런 얘길 들려준 적이 있다. 텔레비전 출연 후 길거리에서 처음으로 누군가가 그를 알아봤다. 남자 두 명이 마리오를 보자마자 이렇게 외쳤다. "어이, 이봐요, 와, 이런, 푸드 거기에 나온 사람이네." 기분이 좋아진 마리오가 예의를 갖춰 인사를 했지만 남자들은 실망이 이만저만이 아니었다. "좌절하더군요." 마리오는 그 다음부터 방송용 이미지를 유지하기 위해 농담거리를 몇 가지 챙겨서 다녔다고 한다. 아무튼 자원봉사자들은 즐거운 표정이었다. 마리오 바탈리가 내시빌에 왔고, 플랫톱에 침을 뱉었고, 현란한 동작으로 올리브기름을 따랐다. 과연 그는 평범하지 않았다.

버터는 녹았고, 식사는 이렇다 할 극적인 요소나 느닷없이 터져 나오는 호통도 없이, 순조롭게 진행됐다. "나가고, 나가고, 나가고"의 속도로 정신없이 진행된 코스에는 자원봉사자들이 모두 달려들었고,

긴 테이블에 오글오글 모여 전광석화 같은 속도로 요리를 담았다. 마리오는 나한테 밖으로 내가는 요리를 마지막으로 점검하며 행주를 들고 가장자리를 닦으라고 했다. 나는 나 자신에게 놀랐다. 자원봉사자들은 엄청난 양을 접시에 담았는데, 이해가 안 되는 건 아니지만 너무 많은 파슬리, 너무 많은 오렌지 제스트, 너무 많은 파르메산 치즈, 모든 게 너무 과했다. 양념과 향료는 요리의 맛을 돋우는 게 목적이지, 경쟁을 하려고 들면 곤란하다. 밥보에서는 귀에 못이 박이도록 듣는 얘기였다.

"다시 담아요." 나는 배에 힘을 주고 말했다.

"이건 안 돼요! 틀렸어요! 엉망이잖아! 다시 해요!"

"이런 젠장, 너무 많이 담았잖아요. 다시. 다시 담아요."

"지금 뭐 하자는 거예요, 염병, 똑같은 말을 몇 번이나 해야 돼요?"(이 대사를 정말로 내가 읊었단 말이야? 내 안에도 이런 모습이 숨어 있었단 말이야?)

그런 다음엔 축제 분위기 속에서 엄청난 양의 와인을 마셔댔다. 행사가 마무리될 때까지 다들 넘치는 아드레날린을 주체하지 못했다. 물속에서 눈을 뜨고 헤엄을 칠 때처럼 뿌옇기는 하지만 마리오가 어느 부잣집 부엌에서 스크램블에그를 만들었던 기억이 난다. (거긴 어떻게 갔지? 그리고 어떻게 나왔더라? 내일은, 아니 그러니까 오늘 저녁엔 누가 요리를 하지?) 대부분의 사람들이 새벽 5시에야 집에 돌아갔다. 마리오는 호텔로 돌아가는 택시 안에서 베르디 오페라에 나오는 폴스타프처럼 펑크 스타일로 코를 골았다. 사교적인 (우리끼리 하는 말로는 헤픈) 자원봉사자와 친해진 프랭크는 따로 움직였고, 공항으로 출발하기 15분 전에야 나타났다.

벌써 탑승해서 앉아 있던 마리오가 통로를 비틀비틀 걸어오는 프랭크를 보며 말했다. "좋아 보이는 걸." 물론 좋아 보일 리 만무했다. 사실은 더 이상 나빠 보일 수 없는 지경이었다. 창백한 안색으로 식은땀을 빠직빠직 흘리고, 면도도 안한 얼굴에 살은 축축하고 끈적였다. 무너진 폐의 카리스마, 어둠의 물건들, 검은색 예복과 선글라스, 이마에 질끈 묶은 축축한 푸른색 두건 같은 것들에 둘러싸여 내시빌의 긴 밤을 보낸 냄새가 물씬 풍겼다. 우리는 뉴워크 공항에 내려 주방으로 직행했다. 앤디는 주문을 외치는 걸 한 번씩 빼먹었고, 프랭크는 잠깐이라도 짬이 나면 물에 젖고 기름에 미끈거리는 주방 바닥에 누워 잠을 청했다.

그 짧은 여행에서 나는 놀라울 정도로 많은 걸 배웠다. 폴렌타를 직접 만들었고, 혹사에 가까운 일정을 소화할 수 있다는 걸 확인했다. ("자자, 여러분." 맨해튼이 보이기 시작할 때쯤 보릿자루처럼 축 늘어져 있는 우리를 향해 마리오가 활기찬 목소리로 외쳤다. "인간이란 신기한 유기체라서 늘 회복을 한단 말이지.") 요리사들이 기회를 얻기까지 얼마나 많은 시간을 기다려야 하는지도 깨달았다.

볼로냐의 리카르도를 보며 나는 주방의 알렉스를 떠올렸다. 리카르도는 미국에 온 이탈리아 사람이었고, 반대로 알렉스는 이탈리아에 간 미국 사람이었다는 점 때문인지도 모른다. 그곳에서 보낸 한 해는 알렉스의 인생을 바꿔놓은 소중한 경험이었고, 그는 지금도 그때 얘기를 한다. 그런데 물어보기 전까지 꽁꽁 담아뒀던 얘기는 따로 있었다. 그가 거기서 요리를 해본 적이 없다는 사실이었다. 1년 동안 그는 당근과 양파와 셀러리를 썰었다. "그 시간 동안 밑바닥을 벗어나지 못했죠. 초라했어요. 똥구멍이 빠지게 열심히 일하면 올라갈 수 있을 거라고 생각했는데, 천만의 말씀이었죠. 당근 써는 데는 달인이 됐어요." 잘게 썬 당근과 양파와 셀러리는 중요하다. 올리브기름에 넣고 살짝 볶으면 소프리토라고 하는 투스카니 수프의 기본이 됐다.

하지만 알렉스는 소프리토건 수프건 만들어보지를 못했다. 밥보에 들어와서도 요리는 하지 못했다. 다른 사람들처럼 찬 음식, 스타터를 준비하는 것부터 시작했다. 몇 달이 지나 빈자리가 생기고 앤디의 인정을 받고서야 소테 스테이션에서 시험적으로 일을 해볼 수 있었다. 내가 파스타에 미쳐서 아침마다 알레한드로와 일할 무렵이었다. 그때까지 알렉스가 보기에 나는 '라틴계 중 한 사람' 그러니까 사다리의 아래쪽이었다. 그런데 몇 주 후에 나는 프랭크의 충고를 받아들여 그릴로 돌아갔다.

"당신이 어째서 그릴을 맡았는지 말해줄 수 있나요?" 3년 동안 요리학교에 다니고 이탈리아에서 1년을 일해서 별 세 개짜리 레스토랑에 취직한 알렉스는 아직 요리를 시작도 못 하고 있는 처지였다. "왜 당신이 나보다 앞서 가는지 말해줄 수 있어요?"

"알렉스." 나는 목소리를 낮춰서 이렇게 속삭였다. "나는 요리사가 아니야. 쉿. 나는 스파이야."

내시빌 여행에서는 또 내가 얼마나 많이 알고 있는지도 깨닫게 됐다. 그게 제법 많다는 사실에 나 자신도 놀랐다. 그동안은 가늠을 할 수 없었다. 유리창도 없는 뜨거운 주방에서 1년 넘게 일만 했으니까. 어이없지만 그게 내 인생이었다. 봄이 되어 마리오가 제임스 비어드 재단 행사에 게스트 주방장으로 초대됐을 때 같이 가게 됐다. 그의 일을 도와줄 예정이었던 요리사 한 명이 오지 않았고 결국 내가 40인분에 달하는 파스타를 포함한 이런저런 요리를 하게 됐다. 하지만 전에도 해본 일이었고, 주문이 쏟아져 들어올 때보다 부담이 더 크지도 않았다. 다음날 마리오가 이메일을 보냈다. "어제는 고마웠어요. 정말 큰 도움이 됐어요." 그의 옆에서 일한 게 1년하고도 반이 지났는데, 고맙다는 말을 들은 건 그때가 처음이었다. 주방에서 나란 존재는 사람들이 참고 봐주는 견습생이었기 때문에 고마워하는 건 내 몫이라는 걸 잘 알고 있었다. 그런데 마리오가 내게 고맙다고 인사를 했다. 그건 내겐 엄청난 의미였다.

# 주방장님,
# 시키는 대로 하겠습니다!

오토는 이름까지 바꿨는데도 장소의 저주가 가시지 않은 듯했다. 2003년 1월에 드디어 개점을 했을 때 그 저주는 다시 돌아와 레스토랑의 핵심에 마수를 뻗쳤다. 그건 다름 아닌 피자였다. 초창기의 실험은 밥보의 주방 식구들을 어리둥절하게 만들었고, 오토를 찾은 사람들도 어리둥절하긴 마찬가지였다. "아직 피자에 대한 오토만의 표현을 정리하지 못했어요." 수석 웨이터는 개점 2주째의 직원회의에서 이렇게 말했다. "손님이 질문을 하면 지배인을 부르세요." 마리오는 오토만의 특징이 번철 피자에 있다는 생각을 고집하고 있었다. 나무 화덕 대신 플랫톱에서 밑에 열을 가해 굽는 피자. "아니요, 이탈리아 방식은 아니에요. 이탈리아 방식을 내 스타일로 변형한 거죠. 집에서 내가 아이들에게 만들어주는 거예요." 마리오에겐 베노와 레오라는 두 아들이 있었다. "아이들이 얼마나 좋아하는지 몰라요." 그건 마리오의 아이들이 좋아하면 온 세상이 다 좋아해야 한다는 말처럼 들렸다. 그런데 세상은 과연 그래야 할지 확신이 서지 않는 듯했다.

"걱정돼요." 조가 말했다. "이 피자는 먹지 못하겠어요. 우리 어머니도 못 잡수시겠대요. 이걸 먹으면 배 속에 돌멩이가 들어앉은 것 같아요."

손님들도 불만이었다. 스펀지 같아요, 덜 익었어요, 왜 바삭거리지 않죠, 칼로 자를 수가 없어요. 조는 밤잠을 설쳤다. "갑자기 다들 피자 전문가라도 된 것 같아요."

"이제 알았어!" 어느 날 오후에 마리오가 말했다. "피자를 담는 접시를 데우면 안 돼. 그걸 차갑게 해야 해." 하지만 접시는 해결책이 아니었다.

"이제 알았어!" 마리오는 그 다음주에 또 말했다. "글루텐이 과해서 그래. 비결은 이스트를 20퍼센트 늘리고, 반죽은 딱 3분만 치대는 거야." 그랬더니 생빵을 씹는 것 같았다. 한 쪽을 먹은 조는 노골적으로 불쾌한 표정을 지었다. 불만은 해소되지 않았다.

"이제 알았어!" 마리오는 다시 두 주 후에 말했다. "케이크 밀가루야. 질이 좋은 옛날 다목적 케이크 밀가루. 왜 이 생각을 못 했을까?" 하지만 케이크 밀가루도 아니었다. 마리오는 며칠 만에 케이크 밀가루를 치워버리고 이탈리아에서 수입한 정제 파스타 밀가루를 사용했다.

"밤마다 맥기의 책을 펴놓고 연구를 해요." 요리의 과학을 다룬 해롤드 맥기의 책을 말하는 것이었다. 오토는 어느새 개점 두 달째를 맞고 있었다. 그런데 아직도 레시피를 가지고 실험을 하다니, 있을 수 없는 일이었다. "글루텐을 철저하게 이해할 필요가 있어요. 해법은 다목적 밀가루와 이탈리아 밀가루를 반반씩 섞어 22킬로그램에 올리브기름은 딱 1테이블스푼, 설탕 3테이블스푼, 그렇게 반죽을 해서 3시간 동안 숙성을 하는 거예요."

마리오가 이렇게 자세한 것까지 시시콜콜 털어놓는다는 것도 놀라웠고(밀가루 22킬로그램에 올리브기름 1테이블스푼 같은 건 이른바 핵심기술이었다), 자기가 하는 말을 내가 알아들을 거라고 생각한다는 것도 놀라웠다. 사실은 알아듣지 못했고, 그런 게 중요하지도 않았는데, 이것도 해결책이 되지 못했기 때문이다.

"이젠 진짜 알았어요." 어느 날 아침에 그는 바에 앉아 있었다. "반죽의 공식은 밀가루 더하기 땀이에요." 그는 지쳐 있었다. "어젯밤엔 밀가루 13킬로그램을 삼켰어요. 아침에 샤워를 하다 기침을 했더니 빵 덩어리가 튀어나오더군요. 손을 떼야겠어요. 하루에 피자를 500개씩 만들고 있어요. 그게 맛이 있나요? 없나요? 내가 어떻게 알겠어요. 너무 많은 얘기를 듣고, 너무 많은 생각을 해요. 이제 와서 흔들릴 순 없죠. 배짱으로 밀어붙여야 해요."

피자의 레시피가 제자리를 잡지 못했는데도 레스토랑의 인기는 무척 좋았다. 밥보의 바텐더가 11시쯤 맥주를 가져다주며 오토의 바텐더 동료에게서 들은 소식을 전해줬다. 하루 800판. 그 다음날은 923판. "이건 레스토랑의 수치가 아니야. 무슨 운동시합 같은 걸." 오토의 손님 수는 밥보의 네 배에 육박했다. 그 얘기에 주방이 술렁였다. 이러다 밥보가 스타 자리를 내주게 되는 거 아닐까? 앤디에게도 기운이 빠지는 소식이었다.

"오토 때문에 앤디가 조용히 미쳐가고 있어요." 엘리자는 말했다.

"앤디를 어떻게 하면 좋을까?" 3월 초의 어느 날이었다. 점심을 먹다가 조가 물었다. 피자는 제 궤도에 올랐다. 반죽에 뭐가 들어가는지는 아무도 몰랐지만 상관없었다. 사람들은 찾아왔고, 오토는 성공이라는 평가를 들었고, 이제 마리오와 조는 다른 것에 관심을 돌릴 여유가 생겼다. 조는 저녁에 밥보에 들렀지만 마리오는 그러지 않았다. 그는 푸드네트워크에서 스트롬볼리에 대한 내용을 녹화하느라 바빴다. 조는 문제가 있음을 감지했다.

"좀더 주인의식을 가지라고 말해봤어?" 마리오가 물었다. 앤디는 드러내놓고 성질을 부리고, 입이 거칠어졌으며, 얼마 전에는 기분 내키는 대로 웨이터를 해고해 버렸다.

"주인이 아닌데 어떻게 주인의식을 가지라고 해." 신기루처럼 떠 있는 에스파냐 레스토랑 얘기를 하는 거였다. 벌써 한참 전부터 조와 마리오와 앤디, 셋이 공동으로 투자하기로 합의했던 프로젝트였다. 그런데 현실로 눈을 돌리면 신기루는 사라졌다. 그런 레스토랑은 존재하지 않았다. 그 자리에 대신 오토가 들어앉았다.

"너무 힘들게 굴어." 조가 말을 이었다.

"그건 의외인 걸. 프랭크 말로는 앤디가 훨씬 나아졌다던데. 감정을 잘 다스린대."

"틀렸어. 나아지긴, 무슨. 더 나빠졌는걸."

앤디는 다른 사람들과 달랐다. 책을 많이 읽고 논리가 정연했다. 쉬는 날엔 영화를 보거나 연극을 보거나 화랑에 갔다. 내가 보기에 주방에서 철이 든 사람은 앤디뿐이었다. 고함을 치지도 않고, 소문을 쑥덕이지도 않았다. 머리도 좋았다. 엑스퍼다이터로서 모든 테이블의 위치를 머릿속에 담아두고, 각 테이블의 식사 속도와 주방의 준비 상황을 파악해서 한 코스가 끝나는 순간에 정확하게 다음 코스를 내갔다. 그런 효율적인 서비스 덕분에 증가하는 수익은 다 앤디의 공이었다. "나는 내가 여기 주인인 것처럼 굴죠." 앤디가 속마음을 털어놓았다. "그게 말이나 돼요?"

하지만 눈에 보이지 않는 문제도 있었다. 앤디는 말을 빨리 하는데 가끔은 지나치게 빨라서 미친 사람이 중얼거리는 것 같기도 했다. 그럴 때면 앤디의 정신상태가 내리막을 전속력으로 질주하는 것처럼 느껴졌다. 날카로운 소리로 앵앵거리기도 했다. "아유, 어찌나 듣기 싫던지." 저녁 영업시간에 함께 일했던 기억을 떠올리며 엘리자가 말했다. "꼭 자기처럼 당장이라도 무너져 내릴 것 같은 목소리였어요."

"지금 앤디 기분 안 좋아." 프랭크는 돌아다니면서 사람들 귀에 대고 속삭였다. 섣달그믐날 영업을 시작하기 직전이었다. 프랭크가 어떻게 알았지? 앤디를 쳐다봤다. 과연 그랬다. 부글부글 끓다가 터져버릴 것처럼 스트레스에 싸여 있었다. 그건 결국 터졌는데, 늘 직접적으로 업무와 관련이 있는 건 아니었다. 이를테면 이런 식이다. 정신없이 바쁜데 앤디가 주문 여섯 건을 빨리 처리하라고 말한다.

그러면 이런 생각이 드는 건 당연하다. 좀 기다려, 이 양반아. 여기서 더 빨라질 수 없다는 거 안 보여.

아무튼 지시를 받았으니 허둥지둥 재료를 꺼내 간을 하고 서두르는데, 앤디가 주문 4건을 더 얹으며 재촉한다. 이번엔 입 밖으로 말이 새어 나온다(묵직한 "뭐?" 한마디에 불과하더라도). 앤디는 주문 2건을 더하고("해보자고"), 또 2건을 더하고, 맛보기 메뉴 4건을 더한다("도대체!"). 왜 그러냐고? 그럴 힘이 있으니까. 속이 부글부글 끓고 있으니까. 자신의 고단한 처지, 매일 반복되는 일, 쉴 틈도 없고 편한 날도 없이 5년 동안 되풀이해 온 그 일, 자기를 믿고 나 몰라라 하는 조와 마리오한테 화가 나 있으니까. 거기에다 자기파괴 본능이 발동하는지, 집에 가서도 새벽 3시까지 에스파냐 요리책을 들척이며 있지도 않은 레스토랑의 메뉴를 고안했다.

에스파냐 레스토랑은 생길 것 같지 않았다. 그냥 그런 생각이 들었다. 그날 점심 식사를 끝내고(조가 앤디와 다시 얘기를 해보기로 했다), 조는 마리오에게 보여줄 게 있다며 차에 타라고 했다.

15분 후, 우리는 그곳에 도착했다. 비어 있는 큰 건물. 조는 대단히 구체적인 청사진을 펼쳤다. "500석은 되겠지. 크게 원을 그리는 계단을 놓고, 대리주차 직원도 두고, 옆에는 담배 가게도 하나 있고 말이야."

"저 친구가 생각하는 우아함의 기준이에요, 대리주차가." 마리오가 나를 보며 말했다.

조는 그 말은 들은 척도 않고 얘기를 이어갔다. "뉴욕에도 별 네 개짜리 이탈리아 레스토랑이 있을 수 있다는 걸 보여주자고." 말을 할수록 즉흥적인 아이디어가 떠오르는 모양이었다. "아니야, 꼭 정통 이탈리아 레스토랑일 필요는 없지. 미국식 이탈리아 레스토랑이면 어때?" 그는 자신의 뿌리, 그러니까 어머니인 리디아의 요리로 회귀하고 있었다. 레스토랑이 탄생하는 창의적인 순간을 지켜보는 건 신나는 일이었다. 6개월 후, 조는 건물을 임대하고 길거리에서 펼쳐 보였던 청사진대로 공간을 꾸미기 시작했다. 이름은 이탈리아어로 장소라는 뜻인 '델 포스토'로 정해졌다. 앤디의 에스파냐 레스토랑은 또다시 멀어졌다.

마리오는 주방에 드나들지 않을 때도 전체적인 상황을 한눈에 꿰고 있는 듯이 굴었다. 프랭크라는 믿음직한 소식통을 두고 있었기 때문이다. 프랭크는 앤디의 동향을 보고하는 첩보원이었다. 조의 말에 의외라는 반응을 보인 것도 그 때문이었다. (사실, 첩보원은 한둘이 아니었다. "엘리자한테는 말하지 말아요." 지나는 언젠가 내게 털어놓았다. "사실은 마리오가 엘리자를 잘 지켜보라고 했어요.") 하지만 프랭크는 등 뒤에서 누군가를 험담하는 짓은 하지 않았다. 얼굴을 맞댔을 땐 달랐다. 대놓고 쏘아붙일 땐 그보다 퉁명스럽고 쌀쌀맞을 수 없었다.

프랭크는 내가 아는 젊은 사람 중에 가장 늙었다. 아직 서른도 안됐으면서 쉰은 된 것처럼 굴었다. 아니면 제 나이이긴 한데 시대를 잘못 타고났거나. 이를테면 할아버지의 젊었던 모습이랄까. 그는 필라델피아(미국 내 다른 지역보다 50년은 뒤떨어진) 출신인데, 유연하고 민첩하며 손이 빠른 요리사이고, 세상 물정을 다 아는 듯이 굴었다. 눈썹, 그리고 여자들의 미용점 같은 뺨의 점을 제외하면 예전 사람들이 남자답다고 했던 그런 외모를 지녔다. 가족들과의 사이도 각별해서 쉬는 날이면 자주 찾아갔다. 어머니는 미용실이 세 들어 있는 건물을 하나 갖고 있고, 70대이신 아버지는 트럭 운전을 하다 지금은 일선에서 물러났다.

한번은 그를 따라 집에 가본 적이 있다. 필라델피아 치즈 스테이크, 스트롬볼리, 닭고기 커틀릿, 이탈리아 이민자들의 재래시장, 대부분 2층인 벽돌건물 등은 에드워드 호퍼의 그림과 영화 〈로키〉를 연상케 했다. 차를 몰고 다니며 동네를 구경했다. 프랭크의 첫 직장은 성당이었다. 교구 신부들을 위해 음식을 만들었다. 언젠가 물려받아서 레스토랑으로 꾸미고 싶다는 어머니의 건물도 구경했다. "요란하지 않고, 그냥 좋은 요리로 승부하는 곳. 누나랑 매형과 같이 하고 싶어요." 9월이 되면 토마토 주스기를 가지고 돌아다녔던 거리. 그 주스기는 손으로 돌리는 방식인데, 이탈리아 사람들은 지금도 그걸로 토마토의 껍질을 벗기고 씨를 빼서 소스를 만든다. 이 동네에선 그걸 '그레이비'라고 부르고, 9월이면 집집마다 토마토를 잔뜩 사 들인다.

프랭크는 전문대학에 갈 생각이었는데("글쎄요, 회계학 정도") 어느 날 집에 왔더니 식탁에 요리학교 안내서가 있었다. 어머니가 신청한 거였다. 그리고 4년 후, 그는 처음으로 그럴듯한 직장에 취직했다. 당시에 별 네 개를 달았고, 캄보디아 출신으로 파리에서 실력을 쌓은 소타 쿤이 수석주방장으로 있던 '르 시르크'였다. 다들 그렇듯이 처음에는 프랭크도 요리를 하지 못했다. "들어가서 석 달 동안 스타터를 만들었어요. 지금 알렉스가 하는 일이죠. 소타 쿤이 시키는 대로 온갖 일을 했어요. 네, 주방장님. 시키는 대로 하겠습니다, 주방장님. 프랑스 주방의 잡부였죠. 좋아, 그게 이 바닥의 방식이라면 그렇게 해야지. 3개월이 지났을 때 쿤이 그릴 담당자를 잘 보라더군요. 요리를 한 게 아니라 보기만 했어요. 그러던 어느 날, 저를 라인에 투입했는데 그릴이 아니라 생선 쪽이었어요. 그쪽 담당이 안 나왔거든요. 실습도 안 했는데." 참담했다. 긴장한 탓에 모든 게 어긋났고, 일과가 끝나자 내일부턴 아침조에서 일하라는 절망스러운 통보가 기다리고 있었다.

소타 쿤은 호통을 치는 스타일이었다. "그가 뭘 달라고 하면 그걸 주고, 다른 방식으로 하라고 하면 그렇게 해요. 절대로 토를 달거나 이의를 제기하면 안 돼요. 이 사람이 호통을 치기 시작하면 하루가 엉망이 된다는 걸 알기 때문이죠. 쫓아내거나 아예 잘라버릴 때까지 멈추질 않았어요." 쿤은 완벽주의자였고, 프랭크에게 많은 영감을 줬다. "요리학교 3년보다 르 시르크 석 달 동안 배운 게 더 많아요. 요리학교에 가는 건 쿤 같은 사람 밑에서 일할 기회를 얻기 위해서죠." 호통 치는 사람 밑에서 일했으니 프랭크도 그러지 않을까. 밥보에서의 책임이 점점 막중해짐에 따라 프랭크에게서도 그런 면모가 엿보였다. 그는 주방의 호통꾼이 됐다.

호통의 대상은 주로 알렉스였다. 물론 알렉스가 자초하는 경우도 많았다. 그는 여전히 스타터 스테이션에서 일했는데, 거기도 녹록한 곳은 아니었다. 열세 가지 애피타이저마다 제각각 복잡하게 정해진 구조가 있고, 본인도 시인하듯이 늘 완벽한 준비를 갖추고 영업을 시작하는 건 아니었다. 솔직히 고백하는 건 가상하지만 끔찍한 일이었다. 그러면 주문이 들어올 때도 여전히 준비 중이라는 뜻인데, 주문은 빠르게 밀려들었다.

준비가 안 됐으면 뒤처질 수밖에 없다. "그렇게 바쁜 상황에 익숙하지 않았어요. 하룻밤에 애피타이저를 300~400개나 만들었고, 팔을 뻗어 물 한 모금 마실 시간이 없었어요." 이를테면 누가 파스타와 스타터를 주문했는데 파스타는 다 끝나서 식어갈 때 알렉스는 콩을 가지고 수선을 떠는 식이었다.

"이봐, 알렉스." 프랭크가 소리쳤다. "미장플라스가 무슨 뜻인지 알아?"

누가 알렉스 아니랄까 봐 그는 질문의 핵심을 이해하지 못했다. 일에 몰두한 나머지 사람들이 기다리고 있는 줄도 몰랐다. 그냥 곧이곧대로 생각했다. 프랭크가 정말 몰라서 묻는 줄 안 것이다. 손을 멈추고 단어를 곰곰이 생각하다 막 대답을 하려는데 프랭크가 말을 뚝 잘랐다[mise en place는 '제자리에 놓다'라는 뜻으로, 요리를 시작할 때 필요한 재료들을 다 준비해서 제자리에 갖춰놓는 것을 의미한다]. "아니야, 이 새대가리야. 그건 네 똥 덩어리를 제때에 있어야 할 자리에 놓으란 뜻이야!" 알렉스는 놀란 표정이었다. 그리고는 프랭크에게 말했다. "때때로 당신의 정보전달 방식은 그다지 적절하지 않아요. 조금쯤은 덜 거칠어도 좋을 것 같은데요." 설상가상이라는 건 그런 걸 말했다. 프랭크는 알렉스의 요리시간을 쟀고, 카운트다운을 했다. 다른 요리들도 돌려보냈다. 샐러드를 충분히 쌓지 않았다고, "다시 담아!" 녹색이 부족하다고, "다시 담아!" 담기 전에 접시를 닦지 않았다고, "다시 담아!" 로즈마리가 마음에 들지 않았고, 콩은 너무 익혔고, 판체타를 빼먹었다.

"꼭지가 돌 지경이었죠." 알렉스가 내게 말했다. "나는 동네북이에요. 나를 콕 찍어서 물 먹이는 거라고요." 하지만 그건 아니었다.

"나는 속물에 저질, 속물에 저질, 속물에 저질이야." 프랭크는 이 말을 입에 달고 다녔다. "내가 속물에 저질인 건 별 세 개를 잃지 않기 위해서죠. 여기 친구 사귀려고 오나요." 이번엔 마리오 갈란드가 걸려들었다. 마크 배럿의 후임으로 파스타 스테이션을 맡은 친구였다. 그의 접시는 너무 흥건했다. "너무 친절하게 군 게 잘못이에요. 나를 관리자가 아니라 친구처럼 보잖아요." 홀리는 계속 말대꾸를 하다 찍혔다. "오리의 색을 충분히 살리지 못했어요." 팬을 제대로 달구지 않아서 오리를 노릇하게 굽지 못했다는 얘기다. "그래서 색을 더 내라고 했더니 변명이 늘어지는 거예요. 한창 바쁠 때. 변명은 필요 없어요. '네, 프랭크! 즉시 시정하겠어요, 프랭크! 시키는 대로 할게요, 프랭크!' 이러길 원할 뿐이죠." 프랭크는 어디서든 맘에 들지 않는 구석을 발견했다. "어떤 재료를 조리하는 방법이야 100가지가 있지만, 그걸 마리오의 방법으로 조리하게 만드는 게 제 일이에요." 문제는 마리오가 주방에 없다는 데 있었다. "그에게 얼굴을 비치라고 했어요. 내가 하는 말이 곧 그의 뜻이라는 걸 사람들에게 보여줄 필요가 있거든요. 내 말은 듣지를 않아요."

프랭크는 지배인 재목은 아니었다. 그는 천성이 사교적이고, 친구처럼 동료들과 장난을 치다가도(재채기를 한 듯이 달걀흰자의 거품을 설거지 담당자의 목덜미에 묻혀놓는다거나) 순식간에 무섭게 돌변해서 거칠게 굴 수 있는 사람이었다. 정오가 되어 그가 나타나면 오늘은 어느 쪽일지 찬찬히 살펴봤다. 그것에 따라 주방의 분위기가 결정되니까. 어쩌면 나는 맡은 일이 적기 때문에 다른 사람들보다 수월했을지도 모른다. 나는 비난에 개의치 않았고(배우러 간 거니까) 노예의 처지를 받아들였다. "네, 프랭크." 나는 늘 이렇게 말하곤 했다.

"내 말이 맞아요, 빌?" 그는 온 주방이 다 듣도록 큰 소리로 외치곤 했다.

"네, 프랭크."

"내 말은 항상 옳은가요?"

"네, 프랭크."

"내가 틀릴 수도 있나요?"

"아니요, 프랭크."

그러면 그는 씩 웃었다.

하지만 내 차례도 결국 돌아오고야 말았다.

주방에 결원이 생겼다. 애비가 6일간 휴가를 냈다. 그녀는 오래전부터 성형수술을 받고 싶어했다. 독특한 사례이긴 하지만, 찬란하기 그지없는 홀리의 성생활과 갈란드의 2세 프로젝트처럼 주방에서 오가는 주제들을 생각하면 그렇게 특별할 것도 없었다. 그렇게 많은 시간을 함께 지내다 보면 비밀이 없어지기 마련이다. 아무튼 애비는 수술을 받기로 결심했다.

그녀는 월요일에 복귀할 예정이었다. 함께 그릴에서 일을 할 때였다. 마크와 그랬던 것처럼 일을 분담해서 처리하고 있었다. 처음엔 내가 고기를 맡고 그녀가 콘토르노를 맡았는데, 시간이 흐르면서 내가 콘토르노도 만들고 접시에 담기까지 했다. 물론 내가 뭘 잘못할 경우를 대비해서 옆을 지키기는 했어도. 일요일에 애비에게서 전화가 왔다. "증세가 가라앉지 않아서 하루 더 쉬어야겠어요. 내 자리를 누가 맡아줄 수 있을까요?"

기다려온 순간이었다. 그날은 3월 17일, 주방에서 일을 한 지도 15개월이 지났을 때였다. 나는 이 일을 해낼 준비가 됐을까? 그렇기도 했고, 그렇지 않기도 했다. 모든 걸 거의 다 알고 있었지만, '거의 다'는 전부가 아니었다.

재료 준비만 하더라도 너무 복잡하기 때문에 벼랑에 몰린 심정이 아니고서는 통달할 수 없다. (아무튼 내 경우에는 그랬다.) 내겐 스테이션의 지도가 있었고, 그걸 막 머리에 집어넣은 참이었다. 고기와 생선은 카운터 밑 낮은 냉장고에 있는데, 그건 문제될 게 없었다. 문제는 머리 위에 있었다. 콘토르노와 자잘한 장식을 담은 소형 트레이들. 이 스테이션에서 사용하는 재료는 모두 서른세 가지로, 거의 대부분을 영업 시작 전에 준비해 놔야 했다. 붉은 양파는 사탕무 즙과 레드와인 식초에 절이고, 마늘잎쇠채는 허브 향이 나는 단술인 삼부카를 부어 뭉근히 끓이고, 파로타라는 건 사탕무 퓌레에 넣고 끓였다. 양념병 여섯 가지에 발사믹 식초 두 가지, 올리브기름도 두 가지, 빈산토와 달콤한 포도시럽인 빈코토와 사바소스, 물론 어린양배추와 삶은 회향과 토끼고기 파테도 빼놓을 수 없었다. 그런데 이런 젠장. 오늘에야 지도를 보고 그게 머릿속에 하나도 들어 있지 않다는 사실에 경악했다.

바짝 긴장이 됐고, 아니나 다를까 손을 베는 것부터 시작했다. 예루살렘 아티초크라는 걸 준비하고 있었는데 꼭 흙덩이처럼 못생긴 구근이었다. 하지만 얇게 저며서 아주 뜨겁게 볶아내면 소박한 맛이 난다며 좋아하는 사람도 있었다. 마리오 같은 사람. 요리를 하다 보면 가끔 궁금해졌다. 아니 어떻게 이런 조합을 좋은 생각이라고 내놓은 거지? 예루살렘 아티초크가 갈색을 띠기 시작하면 표고버섯을 넣고 식초 몇 방울과 파슬리 한 줌으로 마무리를 한다. 이렇게 해서 양갈비 밑에 깐다. 하지만 예루살렘 아티초크는 아주 얇게 썰어야만 먹을 수 있고, 그렇게 얇게 썰려면 정육점에 있는 것 같은 슬라이서 기계가 필요했다. 기계는 아주 크고 예루살렘 아티초크는 조그만 데다가 미끈거리기까지 한다. 뭔가 갈리는 듯한 소리가 들렸다. 습관적으로 펄쩍 뛰어 뒤로 물러났다. 모두가 얼어붙은 듯 일손을 멈췄다. 토니 리우가 와서 손이 칼날에 끼었는지 살펴봤다.

"아니, 아니에요." 내가 말했다. "손톱이랑 손가락 끝만 갈려나갔어요."

늘 하던 대로 했다. 소독약, 붕대, 고무장갑.

상쾌한 출발은 아니었다. 준비도 늦어졌다. 사실은 모두가 그랬고, 묵직한 기운이 감돌았다. 불쾌하고 찜찜한 종류의 부담감이었다. 엘리자도 평소보다 오래 걸렸고, 서두르다 조개 통을 떨어뜨려 조개가 구슬처럼 사방으로 굴러갔다. 프랭크가 무슨 말인가를 했다. "프랭크, 저리 꺼져." 그는 또 무슨 말인가를 웅얼거렸고, 엘리자는 더 큰 소리로 같은 말을 반복했다. "프랭크, 저리 꺼지라니까." 엘리자는 짜증을 냈고, 프랭크도 짜증을 냈다. 내가 짜증을 유발한 장본인인 걸까? 로즈마리를 써는 데 너무 오래 걸린다고 프랭크가 한마디 했다. 타임을 준비하는 데도 너무 오래 걸려요.

토니 리우가 가세했다. "더 빨리 움직여요. 준비할 게 많은데, 당신은 너무 느려요."

영업이 시작됐고, 두 시간 동안 내가 구운 고기는 하나하나 검사를 거쳤다.

좋아, 테스트를 받고 있군. 긴장하지 마. 어떻게 하는지 다 아는 거잖아.

양고기 주문이 들어왔다. 미디움레어. 완성된 접시를 통관대에 놓으려는 순간 프랭크가 막아서더니 고기를 하나씩 쥐어짜는 것이었다. 말은 한마디도 하지 않고 눈도 마주치지 않았다. 립아이, 미디움레어. 고기를 다 익히자 네 사람이 즉시 달려들어 꼬챙이로 찔렀다가 입술에 대서 고기의 상태를 점검했다. 돼지고기 안심. 이번에도 요리는 해체됐다. 고기에는 문제가 없었다. 프랭크는 실망한 기색이 역력했다. "다시 담아요."

그때 토니 리우가 내 손을 봤다. "그 고무장갑 벗어요."

나는 그에게 손가락 끝이 잘려나갔던 조금 전의 사건을 상기시켰다.

"그래도 벗어요. 장갑을 끼고 고기를 요리할 수는 없어요. 촉감으로 느낄 수가 없잖아."

고무장갑을 벗고 붕대를 풀었다. 다른 손가락을 써보려고 했지만 쓸모가 없었다. 재빠른 촉감을 얻을 수 없었다. 상태를 알기 위해 가운뎃손가락을 너무 많이 썼다가 손가락을 뗐고, 그러자 더 이상 고기의 상태를 알 수가 없었다. 이제 어쩔 도리가 없었다. 검지로 그릴에 얹혀 있는 양 갈비를 눌렀다. 상처 난 부위를 고기에 대자, 상처가 눌리면서 터졌다. 고기는 짜고 뜨거운 기름에 덮여 번쩍였다. 소금(쓰라려!)과 기름(뜨거워!)이 느껴졌다. 뭐, 그런 게 그릴이었다. 비눗물에 손을 담그려고 보니 어느새 검은색을 띠고 있었다. 잠시 멈칫하다 손을 담갔다.

프랭크가 얼굴을 바짝 가져다 댔다. "오늘은 뒤를 받쳐줄 애비가 안 나왔네요. 대신 내가 있어요. 당신과 나, 이렇게 단둘."

프랭크가 플랫톱에서 판체타 두 조각을 집어 들었다. 끈이 묶여 있었다. "이 끈도 내갈 건가요."

물론 아니었다. 이 판체타는 처음에 잘못 말아서 모양이 흐트러졌다. 워크인에서 꺼내오다가 그걸 보고는 토니가 끈을 묶은 채로 익혀서 접시에 담을 때 풀라고 말해줬다. 변명을 했지만, 그럴수록 그의 심기를 건드릴 뿐이었다.

"네, 프랭크." 내가 말했다.

그는 끈을 풀어서 내 얼굴에 집어던졌다.

"오늘은 형님들하고 일을 하니까 자기 힘으로 해야죠."

소테 팬에 오렌지 즙을 붓고 졸이다 버터를 조금 넣고 회향을 넣었다. 이건 농어에 곁들일 것이었다.

프랭크가 팬을 들었다.

"지금 이 회향이 쓸 만하다고 생각하는 거예요?" 팬을 집어던지는 줄 알았다. 나도 모르게 움찔했다. 그는 가만히 서 있었다. 회향은 두 조각이 있었는데, 구근의 3분의 1 크기였다. 뭐라고 해야 할지 알 수가 없었다.

"당신이 시킨 요리에 이만한 회향이 들어 있으면 기분이 좋겠어요?"

다시 쳐다봤다. 조금 작기는 했다.

"좋을 리가 있나. 다시 해요." 그러고는 뜨거운 회향을 집어서 내 얼굴에 던졌다. 다행히 빗나갔다. 하지만 구운 고기를 얹어놓은 트레이에 떨어지면서 버터-오렌지 향이 퍼졌다. 나는 회향을 들어내고 고기를 닦은 후, 팬을 다시 준비했다.

"오늘은 형님들하고 일을 하는 거예요. 제 몫을 다하란 말이에요."

앤디가 토끼고기 주문을 외쳤다.

그건 인기가 좋은데, 제일 복잡하기 때문이었다. 토끼고기는 소테, 그릴, 콩피, 이렇게 세 가지 방식으로 준비했고, 민들레 잎을 깔았다. 요리가 여러 단계로 진행되기 때문에 여러 사람이 함께 일을 해야 했다. 낮에 준비팀에서 앞다리와 뒷다리를 구워놓는다. 영업이 시작되기 전에 내가 뜨거운 팬에서 갈색을 내고 파스닙을 얇게 썰어 넣고 (금세 색이 변한다), 빈산토 약간(불이 확 붙는다), 판체타와 토끼고기 스톡(극단적인 프랑스 스타일인데, 어째서 이걸 쓰게 됐는지 아직도 모르겠다)을 넣었다. 그러고는 주문이 들어올 때까지 팬을 한쪽에 치워놓는다. 그릴에 굽는 부위는 토끼의 허리 살이다. 그리고 콩피는 파테인데, 크로스티노 같은 빵에 바른 후 요리의 맨 위에 얹으면 모양이 아주 그럴싸하다.

이 요리를 완성하려면 두 사람이 필요하다. 나와 프랭크.

시작하기 전에 소테 팬을 차곡차곡 쌓아놨다. 하나를 꺼내 플랫톱에 얹었다. 허리 살을 그릴에 얹고 민들레 잎용으로 또다른 팬을 꺼냈다. 허리 살이 거의 다 될 때쯤 프랭크가 구울 빵을 카운터에 내려놓았다. 빵이 구워지는 동안 나는 파테를 준비했다. 그게 정해진 순서였다.

빵을 꺼냈더니 프랭크가 으깨버렸다.

영문을 알 수 없었다. 빵에 무슨 문제가 있었나? 프랭크를 쳐다봤다. 노기가 등등했다.

"다른 걸 가져와요."

박살 난 빵을 버리고, 부스러기를 닦아내고, 다른 빵을 꺼냈다.

프랭크는 그것도 으깨버렸다.

이번에 꺼낸 빵은 앞의 것과 똑같았다. 뭐가 잘못됐다는 건지 알 수 없었다.

"다른 걸 가져와요."

빵을 치우고 새로 꺼냈다. 그것도 같은 운명에 처했다. 프랭크를 쳐다봤다. 대체 뭐 하자는 거야. 그는 속속들이, 어떻게 해볼 도리 없이 짜증이 난 상태였다. 무슨 독성 화학물질에 머리가 어떻게 된 게 아닌가 싶을 정도였다. 앤디가 있는 곳을 넘겨다봤지만, 그는 고개를 돌려버렸다. 그것도 희한한 노릇이었다. 구워야 할 빵을 프랭크가 계속 박살 내는 바람에 완성되지 못하고 있는 요리를 기다리는 처지면서.

"다른 걸 가져와요."

다른 걸 꺼냈다. 앞의 세 개와 조금도 다르지 않았다. 이번 건 순순히 받았고, 요리는 완성되어 통관대에 놓였다.

기나긴 밤이었다. 악몽은 그걸로 끝나지 않았다. 앤디가 브란지노를 외치는 소리를 듣지 못해서(그걸 어떻게 못 들을 수 있을까?) 아무것도 굽질 않았다. 그리고 양 갈비 주문이 들어왔다. 이것도 못 들었던 거야? 앤디의 얼굴을 쳐다봤다. 그의 얼굴은 무표정했다.

아마 그걸로도 끝이 아니었을 것이다. 그날 밤의 기억은 흐릿하다. 존 마이니에리가 들어와 "다 끝났어"라고 하자 안도감이 밀려들었다. 평소보다 일러서 11시밖에 안 됐을 때였다. 나는 1시부터 주방에 있었다. 땀에 흠뻑 젖어 옷이 등에 찰싹 달라붙었다. 간신히 틈을 내서 화장실에 갔더니 소변이 샛노란 색이었다. 탈수증세였다. 드높은 기대감으로 시작했던 날이 끝났다. 집에 돌아간 나는 창문 앞에 의자를 가져다 놓고 멍하니 밖을 내다보며 새벽까지 꼼짝도 하지 않았다.

다음날 일을 하러 나갔다. 걸음에서 눈에 띄게 활기가 사라졌을 것이다. 아예 굼벵이였고, 모든 게 느려터졌다. 생각은 끈적끈적한 당밀 속에 빠진 것 같고, 움직임은 물속에서 달리는 것 같았다. 요즘 슬로푸드 운동이 한창이라는데 거기 마스코트로 취직해도 손색이 없을 것 같았다.

애비가 나왔지만, 나오지 말았어야 했다. 창백한 안색은 금방이라도 쓰러질 것 같고 팔도 제대로 들지 못했다. 팔도 들어올리지 못하는 사람이 요리를 할 수는 없는 일이었다. 주방은 비상이었다. 어제는 토니 리우가 비번인데도 만약을 대비해 나왔었는데, 오늘은 그렇게 뒤를 받쳐줄 사람도 없었다. 애비는 자신의 몸 상태가 일할 수 없는 지경이라는 걸 잘 알았다. 하지만 사람들이 기다린다는 것도 알았다. 주방의 좌우명은 "아무도 아프지 말 것"이었다. (주방에서 일을 하기 전까지 겨울이 되면 왜 그렇게 많은 뉴욕 사람들이 갑자기 병이 날까 늘 궁금했다. 지하철 때문일까? 병균을 보유한 사람들이 다닥다닥 붙어 있어서? 그런데 뉴욕 사람들 대부분이 집에서 음식을 만들어 먹지 않고 식당에 가서 먹기 때문이었던 걸까?)

어제와 똑같은 도전이 눈앞에 펼쳐져 있었다. 나는 그걸 감당할 준비가 됐을까?

물론. 두 번 물어도 물론.

스테이션을 준비했다. 빠진 게 없는지 확인했다. 회향을 볶아 갈색을 냈다. 로즈마리를 썰었다. 빠르게 탁, 탁, 탁. 타임을 다듬고 토끼고기 소테를 여섯 팬 준비해 놨다. 운동선수가 워밍업을 하듯 일을 할수록 여유가 생겼다. 묵직하던 머리도 말끔해졌다. 움직임이 점점 유연해졌다. 한 가지 일을 마치면 그 다음에 해야 할 일이 눈에 보였다. 영업이 시작됐다. 나도 준비완료였다. 나는 리듬을 탔다. 어쩐지 주방이 달라 보였다. 주방을 전체적으로 꿰뚫는 기분이었다. 아드레날린의 효과일까, 탈진으로 인해 머리가 맑아진 걸까? 기분이 왜 이렇게 좋은지 알 수 없었다. 그것도 엉망진창이었던 그 다음날에. 주문이 찍히면 바로바로 이해했다. 프랭크와 함께 일을 하고 있었지만, 이번에는 왠지 모르게, 그가 이제 뭘 할지, 뭘 달라고 할지 미리 알 수 있었다. "빌, 저기" 그러면 나는 벌써 그걸(붉은 양파, 어린양배추, 빵 조각) 들고 있었다. 요리를 했다. 빠르게, 열심히, 효과적으로. 주방에서 일을 시작한 이래 가장 만족스러운 날이었다.

영업이 모두 끝난 후 바에 앉았다. 열기를 식혀야 했다. 톰에게 맥주를 달라고 하는데, 프랭크가 다가와 내 옆에 앉았다. 그는 고맙다고 했다. "훌륭했어요. 아무도 그렇지 않다고 말 못 해요. 당신이 우리를 살렸어요."

나는 맥주를 단숨에 들이켰다. 좋았어. 나 오늘 훌륭했대. 아, 기분 좋다.

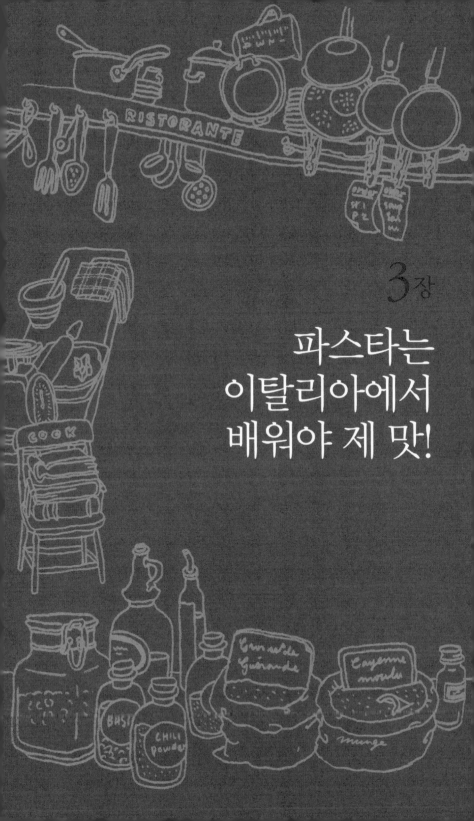

3장

파스타는
이탈리아에서
배워야 제 맛!

나폴리 요리에 대한 이해의 폭이 확장되는 계기가 있었다. 어떤 저녁 식사에 초대를 받았는데, 스파게티 먹기 시합이 벌어지는 자리였다. 이런 시합은 예전부터 사회의 일상적인 한 면모였지만, 최근 들어 필요한 재료들이 암시장에 다시 등장하면서 되살아나 거의 숭배의 대상이 되고 있다.

상황: 전 경찰부국장, 로마은행장, 유력한 법률가 등, 부와 명예를 지닌 사람들이 모여 있지만, 여자는 찾아볼 수 없다. 스파게티는 접시에 담기 전에 무게를 쟀다. 공략법은 고전적인 방식으로, 듣자니 페르난도 4세에게서 유래됐다고 한다. 그는 나폴리 오페라 극장의 지정 관람석에서 환호하는 사람들을 위해 시범을 보이기까지 했다. 포크로 스파게티를 양껏 감아 높이 추켜올린 후 고개를 젖힌 채 쩍 벌린 입에 떨어뜨리는 것이다. 비슷비슷하게 생긴 참가자들은 스파게티를 씹을 생각도 하지 않고 목구멍 앞에 쌓아서 더 이상 집어넣지 못할 지경이 되면 꿀꺽 삼켜 입속을 비웠는데 그럴 때면 목젖이 격렬하게 요동을 쳤고, 얼굴이 새빨개지는 사람들도 있었다.

승자: 듬뿍듬뿍 네 접시로 1.4킬로그램을 먹어치운 65세의 의사에게 박수와 환호가 쏟아졌다. 그는 기쁜 표정으로 화답하고는 먹은 걸 게워내기 위해 밖으로 나갔다.

—노먼 루이스, 『나폴리, 1944(*Napoli, 1944*)』

# 파스타와 달걀의
# 수수께끼를 풀다

나는 요즘 장구한 이탈리아 반도의 요리 역사에서 파스타 반죽에 달걀을 쓰기 시작한 게 언제인지에 대한 궁금증에 빠져 있다. 이건 이성적인 호기심일까? 물론 그렇지 않다. 그렇지만 도무지 머릿속에서 지워버릴 수가 없었다. 그리고 다른 의문으로도 이어졌다. 이를테면 파스타라는 말이 전적으로 틀린 건 아닐지 몰라도, 오해의 소지가 있다는 생각이 들었다. 일반적으로 파스타는 두 가지로 나뉜다. 마른 것과 젖은 것. 링귀네처럼 마른 것은 파스타슈타라 하고, 미리암의 토르텔리니처럼 젖은 것은 파스타 프레스카, 즉 프레시 파스타라고 한다.

하지만 이 두 가지는 대부분의 사람들이 알고 있는 것보다 훨씬 더 다르고, 그게 비슷한 것처럼 여겨지는 까닭은 언어의 탓이라는 게 요즘의 내 생각이다. 이 둘은 사용하는 밀가루도 다르고, 조리법도 다르고, 문화적 배경도 다르다. 건조한 파스타는 단백질 함량이 높은 듀럼

밀과 나무에서 난 올리브기름을 쓰고, 프레시 파스타는 더 차진 제빵용 밀가루에 유제품인 버터를 사용한다. 마른 파스타는 12세기 초에 시실리에서 등장해서(마르코 폴로가 중국의 국수를 들여온 것보다 거의 200년 앞서서) 아랍 무역상이 전파했다. 프레시 파스타의 경우도 지금 우리가 라자냐라고 알고 있는 것이 로마에서는 라가눔, 그리고 그리스에서는 라가논이라는 이름으로 벌써 1,000년 전부터 있었지만, 아랍 상인들은 그 존재를 전혀 몰랐다.

혼선이 빚어진 까닭은 12세기 중반까지도 파스타가 요리 이름이 아니라 재료를 가리키는 용어였으며(그래서 옛날 요리책에서는 이 말을 거의 찾아볼 수 없다), 반죽으로 만든 모든 것을 가리켰기 때문이다. (1351년 칼리아리의 한 부기장부에는 파스타 항목이 들어 있다. 사디나의 선적회사에서는 이 말을 다른 화물—소금에 절인 생선, 둥근 치즈 덩어리, 양, 사프란 깡통, 그리고 벽에 잔뜩 쌓아 올린 물건들—과 말린 국수 상자를 구분하기 위해 사용했다. 그래, 그 반죽으로 만든 거. 파스탄가 뭔가 하는 거. 그건 저 위에 올려.)

마른 파스타 대신 사용한 말은 마카로니였다. 이 말은 5세기 동안 그걸 통칭하는 용어로 쓰였다. 속이 빈 튜브처럼 생긴 것뿐만 아니라, 시실리에서 시작해 사디니아 섬과 나폴리로 퍼지고, 제노바를 거쳐 유럽의 주요 항구로 두루 전해진 모든 종류의 마른 파스타를 가리켰다. 프랑스에서 이 맛에 매료된 토머스 제퍼슨은 몇 트렁크 분량을 고국으로 보내 마른 파스타를 미국에 소개한 최초의 인물이 되었다. (26년 후에는 해마다 22킬로그램을 주문했는데, 250인분에 해당되는 양이었다. 1817년에는 그 양을 두 배로 늘리고, 손자를 위해서도 22킬로그램을 따로 주문했다가 이듬해에 다시 두 배로 늘렸다. 이 맛에 빠진 대부분의 사람들이 그렇듯이, 아무리 먹어도 성에 차지 않았던 모양이다.)

마카로니는 예전부터 큰 시장이었지만, 프레시 파스타는 그럴 수가 없었다. 프레시 파스타는 북쪽 지방의 가정주부들이나 작은 식당에서 만들었고, 상할 우려가 있기 때문에 수출도 할 수 없어서 만든 자리에서 팔았을 뿐 유통이 되지 않았다. 그 사람들을 1300년대부터 라자냐리, 즉 라자냐 만드는 사람이라고 불렀는데, 지금 우리가 프레시 파스타라고 알고 있는 것을 통칭하는 말이 라자냐였기 때문이다. 반죽을 얇은 판(스폴리아)으로 밀어서 썰고 자르고 비틀고 저미면서, 이탈리아 사람들은 저녁으로 먹을 이런저런 장난감을 만들었던 것이다. 그리스 로마 시대부터 라자냐는 밀가루와 물을 반죽해서 밀 특유의 단백질과 물분자의 결합체인 글루텐이라는 성분을 이끌어냈다. 여기서 유럽 음식의 풀리지 않은 미스터리가 발생한다. 그리스 로마 시대에는 달걀이 없었는데, 그렇다면 그건 언제 등장했던 걸까.

1200년대 말에 출간된 작자 미상의 『요리책』 레시피에도 달걀은 들어 있지 않다. 여기서는 발효시킨 반죽(쓰다 남은 반죽을 섞은 유사 발효 반죽)을 최대한 얇게 밀고 손가락보다 길지 않은 사각형으로 잘라서 삶아낸 다음 치즈와 향료를 뿌리라고 나와 있다. 향료로는 아마 육두구와 계피 정도가 사용됐을 것이다. 조 바스티아니크와 내가 포레타 테르메에 갔을 때 베타가 만들어준 콰드리니가 생각나는 단순한 파스타다. '작은 사각형'이라는 뜻의 콰드리니에는 버터와 파르메산 치즈를 뿌렸다.

1300년대 말에 나온 투스카니 판 『요리책』에도 달걀은 등장하지 않는다. 익명의 투스카니 작가는 질 좋은 흰 밀가루, 폭신하고 점성이 좋은 걸 쓰고, 치즈와 라르도를 얹으라고 권했다. 이보다 나중에 나온 베네치아 판에도 달걀은 보이지 않는다(이 책 역시 미심쩍은 익명의 작가가 쓴 것으로 돼 있다).

15세기가 되도록 달걀은 등장하지 않는다. 마에스트로 마르티노의 파스타에도 들어가지 않은 것 같다. 하지만 그는 흰자를 사용했고, 그건 하나의 도약이었다. 그는 시실리 마카로니의 면발을 더 빳빳하게 하기 위해 흰자를 사용했지만, 남은 노른자를 어떻게 할지에 대해서는 아무런 말도 하지 않았다. 마르티노가 달걀을 좋아했고(스위트 와인에 수란을 뜨고, 굽고, 삶고, 볶고, 모양을 내고, 우유나 기름이나 벌 겋게 달군 숯에 익히기도 했다), 라비올리 속이 잘 뭉쳐지게 달걀을 사용하라고 했던 걸 감안하면 조금 의아스러운 일이 아닐 수 없다. 속은 언급하면서 겉을 만드는 반죽에 넣으라는 말은 하지 않은 것이다.

궁금증이 어찌나 컸던지, 고민 끝에 충동적으로 비행기에 몸을 싣고 이탈리아로 갔다. 이유는 이번에도 물론, 파스타였다. 밥보의 파스타 스테이션에서 보낸 시간을 과소평가할 마음은 없다. 링귀네와 조개에 대해 알게 된 것만으로도 그 경험은 평생 잊지 못할 것이다.

하지만, 본질을 들여다보면 나는 진짜와 너무나 거리가 멀었다. 이탈리아에서도 대단히 지역적인, 시골의 해묵은 레시피를 정신없고 분주한 뉴욕 한복판의 레스토랑 주방에서 배웠으니까. 심지어 이탈리아 사람에게서 직접 배운 것도 아니고, 이탈리아 사람에게서 배운 마리오에게서 배운 요리사에게서 배운 또다른 요리사에게 배웠으니까. 그리고 국수도 기계로 뽑았다. 최고의 파스타는 나무판에서 밀방망이로 밀어야 한다는 얘기를 들어왔고, 나무 위에서 나무로 밀어야 마리오가 늘 얘기하는 것처럼 할머니의 라비올리나 미리암의 토르텔리에서 맛볼 수 있는 고양이 혓바닥 같은 질감이 나온다고 했다. 나는 그런 걸 만들고 싶은데, 그렇게 오랜 시간을 주방에서 보내고도 아직 그 방법을 배우지 못했다. 미리암한테 직접 부탁해 보면 어떨까?

전화를 걸었다. 미리암, 당신 밑에서 일하고 싶어요.

"체르토." 그렇게 해요. 미리암은 다음에 이탈리아에 오면 전화를 하고 언제 시간을 내서 오후에 들르라고 했다.

그건 좀 곤란했다. 나는 지나다가 잠깐 반나절 시간을 내는 게 아니라 한 2주 정도를 생각하고 있었기 때문이다. 또는 한 달, 아니면 더 오래. 묵을 곳도 정하고, 수업을 받기 위해 필요한 장비들도 챙겨서.

미리암은 펄쩍 뛰었다. "지금 무슨 말을 하는 거예요? 한 달? 나는 아무도 주방에 들여놓지 않아요—절대." (목소리가 희한했다. 숨도 못 쉴 지경인 걸까?) "말이 안 나오네요. 당신 미쳤어요?" 그녀는 불같이 화를 냈다.

그래서 그 계획은 수포로 돌아갔지만, 바로 그 다음주에 또다른 기회가 찾아왔다. 이탈리아 최고의 레스토랑이라는 평을 받는 '다 카이노'의 주방장 발레리아 피치니가 뉴욕에 온 것이다. 프랑스 주방장으로 이름을 날리던 알렝 두카세가 뉴욕으로 발레리아를 초청했다. 나는 그녀를 만나고 싶은 마음에 행사에 참가했다.

그날 발레리아는 더할 수 없이 참담했다. 주방부터가 잘못됐다. 사람이 너무 많고, 다들 냉혹하고 지나치게 효율적인 데다, 만지지도 않은 채 요리를 만들라고 했다("나는 모든 요리를 다 만져봐야 해요"). 접시도 어찌나 몰개성적인지 차마 볼 수가 없었다("눈을 감아야 했어요"). 맨 마지막의 파스타가 거의 재앙이었다고 말할 땐 눈물까지 글썽였다. 그녀는 이탈리아 사람들에게 사과한 후 내 옆에 있는 의자에 털썩 주저앉았다(이탈리아 사람들은 이해한다는 듯이 고개를 끄덕였고, 나는 뭐가 잘못됐는지도 모른 채 아무 생각 없이 맛있게 접시를 비웠다).

그녀는 왜 그렇게 엉망이 된 건지 영문을 알 수 없었다. 평소처럼 반죽을 했는데. 똑같은 양의 달걀, 똑같은 양의 밀가루. 그런데도 결과는 엉망이었다. 그녀는 그걸 미련 없이 버렸다. 뭔가 잊어버린 모양이지. 처음부터 다시 반죽을 했다. 같은 양의 달걀, 같은 양의 밀가루. 하지만 결과는 달라지지 않았다. "당황스러웠어요. 어떻게 이런 일이 있을 수 있지?" 어느새 주문이 들어오고 있었다. "좀 누웠으면 싶고, 호텔로 돌아가 숨어버리고 싶었어요. 어찌나 부끄럽던지." 그녀는 괴로운 표정으로 잠시 말을 멈췄다. 그녀는 미리암과 비슷하게 생겼다. 남자 같은 매부리코에 넓적한 얼굴과 흰 주방장 모자. 물론 더 어렸다. 미리암은 예순둘인데 그녀는 마흔다섯이니까. 미리암처럼 자신의 고향에서, 그리고 자신이 경영하는 레스토랑의 주방에서 일을 했다. 뉴욕에서는 그런 사람을 찾아볼 수 없다.

"밀가루 때문일까요?" 목소리에 기운이 없었다. "사람들은 내가 쓰는 걸 가져가라고 했지만, 내가 그랬어요. 무슨 소리냐. 여긴 뉴욕 최고의 레스토랑이다. 아니면 달걀? 사람들은 달걀도 가져가라고 했죠. 하지만 나는 미국에도 닭은 있다고 큰 소리를 쳤어요."

나는 이 슬픈 독백을 열심히 들었다. (엄밀히 말하면 한쪽 귀로는 무슨 말인지 통 모르는 소리를 듣고, 다른 쪽 귀로는 아내의 유창한 통역을 들었다.) 그녀의 독백은 내가 파스타에 대해 갖고 있던 생각이 옳았음을 확인시켜 주었다. 그건 너무 단순하면서도 너무 어려웠다. 단순한 재료(밀가루와 달걀)로 단순한 과정(반죽)을 거칠 뿐인데, 제아무리 훌륭한 주방장의 손에서도 어긋났고, 그녀는 그 이유를 통 알 수가 없었다.

"저를 써주세요!" 내가 불쑥 영어로 이렇게 말했다.

그녀는 무슨 말이냐는 표정으로 나를 쳐다봤다.

"저를 써주세요!" 격앙된 목소리로 다시 반복했다. "내일 당장 떠날 수 있어요."

그녀는 당황한 눈치였고, 내 말뜻을 이해하기까지 한참이 걸렸다. 열정으로 밀어붙이는 미국식 방법은 좋은 전략이 아니었을지도 모른다. 그리고 마침내 그녀가 내 말을 이해했을 때에도, 그녀에게선 내 열정의 메아리를 전혀 찾아볼 수 없었다. 상체를 일으켜 세웠고, 자신이 어디에 와 있는지 기억이 난 듯했다. (아마 그녀에게 나는 이렇게 보였을 것이다―엉망이 된 음식에 열광하는 불가해한 능력을 소유한 이방인.) "아, 네." 그녀는 몸을 사리며 영어로 물었다. "견습생이 되고 싶다는 건가요?"

"네!" 내가 대답했다. "네! 네!"

"그건 대단히 어려운 일일 것 같군요."

그래서 그 계획도 실패로 끝났다. 어째서지? 이유를 알 수 없었다. 미국인을 안 좋아하나? 내가 마음에 안 들었나? 이탈리아 산악지대의 외국인 혐오증을 지닌 퉁명스러운 사람이라 이방인을 경계하는 건가? 혹시, 자신의 파스타 비법을 알려주고 싶지 않아서? 그래, 바로 그거야. 하지만 지금은 다른 요인도 작용했을 거라는 생각이 든다.

단서는 '견습생'이라는 말에 있었다. 이탈리아는 견습생 사태를 겪는 중이었고, 주방장만 되면 노예가 되겠다는 사람들이 줄을 섰다. 행복한 비명을 지르겠다고 생각할지도 모른다. 공짜로 부려먹을 수 있으니 인건비가 안 나가겠네. 그런데 거기에도 문제가 있었다. 대부분은 일본인이지만, 프랑스를 제외하면 사실상 모든 국적의 사람들이 섞여 있었다. 게다가 어찌나 인기가 좋은지, 노예가 되려면 허가를 받아야 했다. 노예 법규, 노예 비자, 노예 약정서, 여권에 찍히는 노예 스탬프. 이 스탬프를 받으려면 합의된 일을 시키는 대가로 돈을 지불하지 않겠다는 조항이 포함된 레스토랑의 계약서 사본을 이탈리아 출입국사무소에 제출해야 한다. 주방 노사관계의 역사에서 흥미로운 순간이 아닐 수 없다.

나는 몰랐는데, 내게 대담한 모범 사례를 제공해 준 마크 배럿은 이런 걸 갖추지 못한 채 이탈리아로 떠났다. '나는 당신의 노예이므로 돈을 주지 않으셔도 됩니다' 비자를 받지 않았다는 얘기는 그와 노예 계약을 한 레스토랑에서 그를 착취할 수 없다는 뜻이었다. 4주 동안은 돈을 안 받고 일을 할 수 있었지만, 결국 돌아가라는 얘기를 들었다. 뉴욕의 친구들은 그의 귀국을 환영할 준비가 안 돼 있었다. 그러기는커녕 환송 파티의 축제 분위기에서 슬슬 깨어나는 중이었다. (사정 얘기를 들은 마리오는 이렇게 말했다. "이걸 어째. 내가 일했던 때하고는 상황이 많이 달라졌나 보네.")

하루는 마리오와 마크, 이 두 사람과 얘기를 나누게 됐다. 마크는 참담한 심정으로 어떻게 하면 그 말도 안 되는 법을 피해 이탈리아로 돌아가 돈을 받지 않고 일을 할 수 있는지 궁리 중이었다. 그때 마리오에게 한 가지 묘책이 떠올랐다.

"잔니랑 베타한테 가서 일하면 어때? 잔니는 모르는 사람이 없으니까 비자를 해결해 줄 거야. 거기서 몇 달만 일하면 몇 년간 지낼 방도를 찾을 수 있을 거야."

마크는 곰곰이 따져봤다. 잔니가 비자 문제를 해결해 줄 수 있을지는 모른다. 하지만 마리오가 잔니와 베타한테 가서 일을 했을 땐 야심 차고 제대로 된 라 볼타라는 레스토랑을 운영하고 있었다. 그런데 지금은 피자 집을 한다. 피자 집에서 일하겠다고 이탈리아까지 갈 필요가 있을까?

"그게 어때서?" 마리오는 일부러 더 과장된 표정을 지으며 물었다. "거긴 피자와 파스타를 만드는 피자 집이야. 베타가 파스타를 만든다고."

내가 포레타에 간 것도 그래서였다. 그리고 달걀에 목숨을 걸게 된 이유이기도 한데, 첫날 아침에 베타가 반죽하는 걸 보면서 달걀이 현대의 파스타에서 가장 중요한 재료라는 걸 깨달았기 때문이다. 물론 좋은 달걀일 경우. 좋은 달걀인지 아닌지는 깨보는 순간 알 수 있다. 흰자가 주르륵 흐르면 비좁은 계사에 갇힌 닭이 낳은 달걀이고, 그걸로 만든 파스타는 끈적끈적 들러붙어서 작업하기가 쉽지 않다. 잔니가 낮에 와인을 너무 많이 마시고 곯아떨어진 어떤 날엔 달걀 사는 걸 깜빡한 나머지 옆 마을의 찜찜한 가게에서 양산된 달걀 12개를 사왔다. 역시나. 그건 노른자에서도 드러났다. 찜찜한 가게의 노른자는 대부분의 도시인들이 스크램블을 해 먹는 흐릿한 노란색이다. 그런데 제대로 된 노른자는 색깔부터가 달라서 이탈리아 사람들은 아직도 그걸 일 로소, 붉은색이라고 부른다. 달걀의 제철이라고 할 수 있는 봄과 여름에 곡물을 먹이고 반쯤 풀어 키우는 닭이 낳은 달걀의 노른자는 노란색이라기보다 붉은색에 가깝다. 지금도 슈퍼마켓이 아니라 마을의 작은 농장에서 달걀을 살 경우, 운이 좋으면 이런 원시의 강렬한 색을 만날 수 있다.

베타는 다목적 밀가루 1에토에 달걀 1개를 넣는다. 에토는 100그램인데, 이탈리아 사람들이 보편적으로 쓰는 이 단위는 '중(中)에서 대(大) 사이' 정도로 이해하면 된다. 물은 넣지 않는다. 달걀의 물기만으로 충분하기 때문이다(좋은 달걀일 경우). 소금이나 올리브기름으로 풍미를 더할 필요도 없다. 이번에도 풍미는 달걀에 이미 다 들어 있다(좋은 달걀일 경우). 밥보에서는 반쯤 풀어 키운 작은 농장의 달걀을 안정적으로 공급받을 수 없다는 단점을 노른자를 세 배로 늘리는 것으로 상쇄한다. 마리오는 밀가루 400그램(4에토)에 달걀 3개를 넣고, 노른자 8개를 추가하고, 소금과 올리브기름과 물도 약간 넣는다. (이런 건 밥보 요리책에는 나오지 않는다. 내가 여기서 밝히기 전까지는 비밀이었다.) 노른자를 세 배로 늘린 마리오의 파스타가 베타의 것보다 나을까? 그렇지 않다. 맛은 다르지만, 둘 다 맛있다. 하지만 내가 기억하는 건 베타의 레시피다. 1에토에 달걀 1개. 한 재료의 품질에 전적으로 의존하는 레시피의 단순함도 마음에 들었다. 1에토에 좋은 달걀 1개.

나는 허겁지겁 포레타로 달려갔다. 교실이 비좁아지기 전에 가고 싶었다. 왜 그렇게 서둘렀는지는 모르겠다. 베타는 서두르지 않았다. 열흘쯤 지나 마크가 왔을 때에야 베타는 내게 반죽을 만져 봐도 된다고 허락했다. 그리고는 손으로 치대라고 했다. 그때까진 구경만 했었다.

"보는 건 좋은 거예요." 그녀는 말했다. "나도 어렸을 때 그렇게 배웠는걸요. 숙모들이 일하는 모습을 몇 시간씩 지켜보면서요." 많이 듣던 얘기긴 한데, 대체 얼마나 지켜봐야 하는 걸까? "마리오는 보는 것엔 관심이 없었어요. 당장 파스타를 만들고 싶어했죠. 아침마다 오늘은 파스타를 만들 수 있냐고 물었어요. 만들어도 돼요? 돼요? 돼

요? 이러면서." 그녀는 어이가 없다는 듯 콧방귀를 뀌었다. 수십 년
동안 그 일을 해온 여자들의 손놀림을 기억하지도 않고 어떻게 파스
타를 만들 수 있냐는 얘기였다.

장단을 맞춰주려고 같이 콧방귀를 뀌다가 내가 그곳에 간 이유를
떠올렸다. (이 대화는 음모론에 대한 내 의구심을 확인시켜 주었는데,
그건 다름이 아니라 이 사람들이 나한테 이걸 가르쳐주고 싶어하지 않는
다는 것이다.)

그렇기는 하지만 반죽을 치대는 것도 재미가 없지는 않았다. 밥보
에서는 이렇게 하지 않는다. 기계로 '45분간' 치대기 때문이다. 마리
오는 다른 어떤 레스토랑보다 길다며 "글루텐을 더 끌어내기 위해서"
라고 자랑했다. 글루텐이 우리가 보지 않을 때 나타나는 마당의 달팽
이라도 되는 것 같은 표현이었다. 그런데 마리오는 모르고 있었지만
반죽은 10분간만 치댔다. 그 정도면 충분했고, 내가 30분 더 해야 하
는 거 아니냐고 물었더니 알레한드로는 정신 나간 사람 보듯 나를 쳐
다봤다.

손으로 반죽을 치대는 것만으로도 이탈리아까지 간 의미가 있었을
지 모른다. 내 무게를 실어 반죽을 치대고, 그걸 반으로 접어서 다시
치대고, 내 온기를 반죽에 더하고, 그렇게 반복하면서 조금씩 늘여가
는 일. 제빵사들은 이 순간을 너무나 잘 알았고, 촉감이 주는 관능적
인 매력을 읊어댔다. 서서히 반죽에 윤기가 돌고, 밀 단백질이 늘어
나면서 부드럽고 찰기가 생긴다. 몇 분쯤 지나면 글루텐 냄새, 코를
자극하는 향기로운 냄새를 맡을 수 있다. 시상에 사로잡혔을 때 나는
이걸 기억 저 끝에 놓인 오븐으로 생각했다. 아주 오랫동안 빵과 파
스타는 모두 물로 반죽을 했다. 이제 파스타를 만드는 사람들은 물
대신 달걀을 사용한다. 이 질문은 여전히 나를 괴롭힌다. 그러니까
그 시점이 언제였냐고?

나는 바르톨로메오 스카피에게서 그 첫 번째 레시피를 발견할 거라고 확신했다. 우선 스카피의 『요리의 예술 작품』에서 옥수수 도입 이전의 폴렌타 만드는 법을 찾아봤고, 1570년에 나온 2권짜리 복사본을 손에 넣은 다음에는 16세기 장식체와 씨름을 하며 여기저기 되는 대로 펼쳐보다가 규율이 엄격한 르네상스 주방을 들여다보는 즐거움에 푹 빠졌다. 당당하며 허세도 조금 있었던 스카피—표지에 실린 초상화는 식성 좋은 플라톤처럼 보인다—는 화려한 요리들을 꼼꼼히 기록했고, 메뉴를 보다 보면 몇 시간이 훌쩍 지났다.

10월 28일의 점심을 예로 들면 연도나 장소에 대한 언급은 없이 그저 여느 가을의 프란조, 즉 정찬과 같았다고 살짝 비아냥거리는 투로 말했을 뿐이다. 올해나 작년이나, 아함, 매년 10월 28일이면 이런 일을 치러야 돼. 스카피는 그 식탁이 모든 것을 조금씩 모은 성찬이라며 기름진 것과 담백한 것, 가벼운 것과 그렇지 않은 것, 모두 여덟 코스 1,347개 요리로 이루어졌다고 말했다. 코스 중에는 와인에 익힌 햄과 그릴에 구운 대합조개처럼 상당히 단순한 것도 있긴 하지만 대부분은 대단히 정교했다. 수탉의 가슴살 미트볼에 송아지 족편을 곁들이는가 하면, 수탉의 볏과 돼지 목 살로 속을 채운 비둘기 요리, 달콤쌉싸래하며 배도 든든해지는 별미인 소마타 디살라타는 고기를 다져서 소금물에 절였다가 창자에 채워 비치볼처럼 만든 후, 꼬치구이를 해서 레몬과 설탕을 찍어 먹는 요리였다. 그릴에 구운 작은 새가 160마리(이탈리아어로 오르톨라니라고 하고, 프랑스어로는 오르톨랑이라고 하는데, 마르코 피에르 화이트가 초창기 술집 시절에 메뉴에 올렸던 바로 그 멧새다), 튀긴 개구리 200마리, 공작새 8마리에 구체적인 숫자가 언급되지 않은 칠면조, 뿔닭, 야생 오리, 꿩, 거위, 산비둘기, 개똥지빠귀, 누른도요, 종달새, 하여간 날아다니는 모든 걸 요리로 만들었다. 저녁으로 뭘 먹을지 걱정하는 사람은 거의 없었다고 스카피는 무심한 어조로 덧붙였다.

머지않아 나는 스카피의 책으로 공부를 하고 있었고, 특히 어떤 재료가 어떤 재료와 어울리는지를 눈여겨봤다. 엽조와 과일(자두와 야생 능금과 골수와 견과류로 속을 채운 꿩), 날것과 익힌 것, 날것과 가공한 것(스카피도 프로슈토로 돼지고기 테린을 감쌌다) 등의 조합은 익숙했다. 그는 토르텔리니에 송아지와 수탉의 고기를 채웠다. 소와 새는 현대에서는 잘 볼 수 없는 조합이지만 볼로냐 라구에서는 이런 고기들을 함께 사용한다. 한 라비올리에는 비트와 시금치를 썼고, 또다른 라비올리에는 완두콩과 치즈 세 덩어리를 섞었는데, 나는 이런 걸 배우고 싶었다. 리코타와 파르메산과 페코리노 치즈에 여름 완두콩을 넣어 파스타의 속을 채우는 것. 하지만 이런 환상적인 속을 품을 스카피의 반죽은 실망스러웠다. 장미 우린 물과 버터, 설탕 약간을 넣으라는 것을 제외하면 달걀을 넣지 않고 2,000년간 반복되어 온 익숙한 방식일 뿐이었다.

다른 데서는 달걀이 등장했다. 스카피의 뇨키에 노른자가 쓰이고 로마식 마카로니(손으로 밀어 면이 굵은 국수이며, 삶는 데 30분이 걸린다)에도 다시 등장한다. 하지만 중요한 순간은 탈리아텔레 수프다. 레시피는 단순하다. 밀가루 900그램, 어디든 빠지지 않는 미지근한 물, 그리고 허억! 달걀 3개. 물의 양은 구체적으로 적혀 있지 않지만 가늠해 볼 수 있다. 스카피는 중세의 단위를 사용하는데, 밀가루 2 '프랑스' 파운드면 약 700그램이다. 그리고 달걀 3개를 넣었다. 밀가루 700그램에 달걀 3개? 레시피대로 반죽을 해봤다. 그랬더니 물기가 적당해지려면 달걀에 해당되는 양, 또는 그보다 조금 더 많은 물이 필요했다. 그러므로 물만 사용하는 것도 아니고 달걀만 사용하는 것도 아니라, 두 가지를 대략 비슷하게 섞어서 반죽을 한 것이다. 달걀이 물을 대체하지는 않았다. 그래도 파스타 역사상 최초로 이 두 가지가 동등한 위치에 올랐다. 나는 책을 덮었다. 달걀의 순간을 발견하진 못했지만 멀지 않은 것 같았다. 나는 그 순간을 향해 점점 다가가고 있었다.

그때 기막힌 생각이 떠올랐다. 로마에 있는 파스타 박물관에 편지를 쓰는 거야! 아멜리아 지아몰레오 관장과는 연락을 해본 적이 있는데, 그녀라면 알 것 같았다. 왜 여태까지 이 생각을 못했는지 나 자신이 한심스러웠다.

이메일 제목에 '화급'이라는 머리말을 붙이고 파스타 반죽에서 달걀이 물을 대체한 게 언제냐고 물었다. 그리고 여태까지 조사한 것을 간략히 설명했다. 14세기에는 이렇다 할 자료가 발견되지 않고, 15세기에는 달걀흰자가 약간 사용되다가 16세기 말에 접어들 때 스카피의 책에서 '달걀의 순간'에 근접해 보이는 걸 찾아냈다고. 파스타가 완전히 달걀로 돌아선 건 언제인가요? 그 시초는 누구인가요?

사흘 후에 답장이 왔다. 그녀는 답을 알지 못했다. 동료들에게도 물어봤는데 마찬가지였다. 처음으로 달걀을 사용한 사람이 누구인지 아는 사람은 아무도 없었다.

아멜리아 지아몰레오가 모른다고? 파스타 박물관을 운영하는 사람이? 어떻게 모를 수가 있지? 그리고 어째서 "아직은 모르지만 계속 알아보겠다"라고 하지 않았을까? 이런 중대한 질문을 받고도 모르겠다며 그냥 외면할 수 있는 거야? 도무지 이해할 수 없었다. 어떻게 파스타 박물관을 운영하는 사람이 달걀이 사용된 최초의 파스타에 관심을 갖지 않을 수 있는 걸까.


처음으로 밀방망이를 들고 반죽을 밀어도 좋다는 허락이 떨어졌을 때, 그걸 그만 찢어버리고 말았다.

"하!" 베타가 킬킬거리며 웃었다. "마리오 짓을 했네." 마리오 짓이라는 건 반죽을 직사각형의 얇은 판, 그러니까 스폴리아로 밀다가 찢는 것을 뜻했다. "마리오가 여기서 일할 때도 파스타를 배우려고 너무 서두르다 늘 찢어버리곤 했지." 베타는 나를 밀어내고는 찢어진 부분을 엄지와 검지로 매만져 붙인 후 밀방망이로 밀었다. 그리고는 의기양양함을 조금도 숨기지 않고 이렇게 말했다. "마리오는 파스타 만드는 덴 그다지 소질이 없었어요."

"마리오는 절대로 그렇게 생각 안 할 걸요." 마크가 귓속말로 속삭였다. 마크도 이제 주방에 있었다. 노에 비자도 손에 넣었다. 마리오의 짐작대로 잔니는 누군가에게 신세를 갚아야 할 누군가를 아는 누군가를 알고 있었다. 마크는 훨씬 더 오래 머물 작정이기 때문에 내게 파스타 개인 지도를 받을 수 있게 양보해 줬다. 나는 3주를 예정하고 있었다. 이제 일주일 남았다.

두 번째로 파스타를 만질 수 있게 됐을 땐 몇 분 동안 혼자서 밀방망이로 밀었다가 거뒀다가 다시 밀었다가 거둬들이길 반복했다. 디저트 스테이션 주방장의 일이라고 생각해서 살아생전 하게 될 날이 있을까 싶었던 그 기술이었다. 반죽은 어김없이 손과 밀방망이에 들러붙었고, 심지어 반죽끼리도 들러붙어 제멋대로 굴곤 했다. 그런데 지금 이 순간, 밀방망이로 밀고 거둬들이는 나 자신의 모습이 그렇게 근사하게 느껴질 수가 없었다. 그런데 스폴리아를 찢지 않겠다고, 마리오 짓을 하는 일은 없을 거라고 다짐하며 도취감에 빠진 나머지, 베타가 못마땅한 표정으로 팔짱을 끼고 서 있는 걸 눈치 채지 못했다.

"꼭 할머니 같네요." 베타는 내 어깨를 찰싹 때렸다. "왜 할머니처럼 굴어요? 이 팔이 할머니 팔이에요? 할머니처럼 반죽을 밀어서는 생전 가야 파스타 만드는 법을 배울 수 없어요." 그리고는 한숨을 쉬더니 밀방망이를 힘껏 밀어댔고, 반죽은 아래의 도마가 비칠 정도로 얇아졌다. 그녀는 한 걸음 물러서서 스폴리아를 가리켰다.

"보여요?"

"네." 나는 할머니처럼 굴지 않겠다고 약속했다.

이제 어떻게 하는지는 알았다. 기본원리를 알 만큼은 충분히 지켜봤다. 그런데 그걸 실전에 옮길 때는 계속해서 난관에 부딪혔다. 원칙은 반죽을 최대한 얇게 만들고, 일단 그렇게 얇아지면 더 얇게 만드는 것이었다. 그러니까 얇기에는 한계가 없다는 얘기인데, 그건 무한수가 포함된 수학 문제처럼 아득한 기분이었고, 이제 더는 할 수 없겠다 싶을 때 밀기를 멈췄다. 할머니 역할에서 벗어나자 그 일은 너무나 육체적인 노동으로 바뀌었고, 밀방망이를 내려놨을 땐 땀으로 뒤범벅이 됐다. 걱정은 또 있었다. 막판에 마리오 짓을 해서 모든 걸 망치지나 않을까. 그렇게 숨이 턱에 차도록 밀었더니 심지어 나조차 반죽을 대단히 얇게 밀 수는 있었지만, 그러면 대단히 찢어지기 쉽다는 문제가 있었다. 이렇게 얇아진 상태에서 찢어지면 감쪽같이 매만지는 게 불가능해서 그 부분을 떼어내야 하며, 찢어진 부분이 크면 전부 다 내버려야 한다.

"아무리 해도 충분히 얇게 만들진 못할 거예요." 재치를 부린답시고 한 말이었다. "공기! 공기처럼 만들겠다고 이렇게 애를 써야 하나요?" 파스타를 너무 얇게 만들면 그게 공기나 다름없지 않겠냐는 뜻으로 나름대로는 기발한 비유를 해본 건데, 그 의도를 이탈리아어로 잘 살릴 수 없었다. 사실은 무슨 말을 했는지도 잘 모르겠다. 그러니 치빌리지에 있는 이탈리아 학원을 다니긴 했어도 이탈리아어 실력은 여전히 빈약했고, 나를 곤경에서 구해줄 아내가 옆에 없는 상황에서 처음 나누는 대화였다. 도대체 그 실력에 이탈리아어로 농담을 할 수 있다고 믿었던 거야?

베타는 어리둥절한 표정으로 쳐다보다가 호들갑스럽게 웃음을 터뜨리며 마크에게 말했다. "케 파조 디알로고!" 웬 정신 나간 소리람! "이 양반 입에서는 무슨 소리가 나올지 모르겠어!"

하지만 내가 무슨 말을 하는지 모르겠다는 베타의 말을 이번엔 마크가 알아듣지 못했다. "뭐라고요?" 그리곤 내게 이렇게 속삭였다. "가끔은 베타가 무슨 얘기를 하는지 통 모르겠어요."

흥미로운 3인조였다. 우리는 매일 베타의 파스타 판 앞에 모여 하루를 보냈다. 그건 폭이 1미터가 넘는 정사각형의 커다란 수공예품이고, 무늬를 박아 넣은 건 알곡을 씹는 질감을 내기 위한 디자인 같았다. 그 아래에는 기다란 나무를 받쳤는데, 이건 일종의 닻처럼 테이블 가장자리에 딱 맞게 괴어서 판이 미끄러지지 않게 했다. 반죽을 고정하는 데도 슬쩍 사용한다. 파스타 만드는 사람들의 비결인데, 베타에게서 배운 가장 중요한 교훈이기도 했다. 요령은 배를 잘 사용하는 데 있었다. 반죽의 자락이 나무판 너머로 늘어지면—한 5센티미터 정도—밀방망이로 미는 동안 배로 눌러서 찰싹 붙여 자리를 잡는 것이다. 그러면 스폴리아를 늘이기가 쉽다. 실전에서 발휘하기엔 좀 더 까다로운 아주 섬세한 기술이지만 아무튼 이론상으로는 그랬다.

문제는 내 배에 있었다. 다방면에서 요리 교육에 몰두해 온 배—그 안에 쌓인 수많은 교육용 파스타를 생각하면, 이걸 복부 교육이라고 부르고 싶어진다—지만, 그래서인지 다루기가 힘들었다. 아니면 그걸 내민 채 요리를 하는 데 아직 익숙해지지 않았거나. 하여간 수많은 반죽을 망쳤다. 사실은 도저히 있을 수 없는 얇기에 도전하며 밀어붙이는 몸의 힘 때문에 나무판 너머로 찢어져 떨어진 게 대부분이었다.

꼭 받침대가 있는 나무판을 써야 하는 건 아니다. 스카피도 그냥 긴 테이블에서 파스타를 만들었지만, 여기엔 두 사람이 필요했다. 한 사람이 밀어서 테이블 너머로 넘기면(베타의 요령), 다른 사람이 그걸 더 잡아 늘였다. 그리고 꼭 밀방망이가 필요한 것도 아니다. 물론 네 손으로 치는 피아노처럼 두 사람이 함께 밀기에도 충분할 만큼 큰 밀방망이가 있다는 건 마음 뿌듯한 일이긴 했다. 이건 그해 여름에 다시 돌아갔을 때(베타는 파스타라는 건 그렇게 몇 번에 나눠서만 배울 수 있다고 했다) 포레타의 토요시장에서 구입했다. 묵직한 습기에 숨이 막힐 것 같은 아침이었다. 그 전날 저녁에는 다섯 시간이나 천둥·번개를 동반한 엄청난 비가 쏟아져서 잔니가 계획했던 행사가 취소됐다. 여름철을 맞아 야외에 그릴을 가져다 놓고 악단까지 불렀는데,

며칠 동안 준비한 게 비 때문에 수포로 돌아갔다. 베타에겐 삶이 예측불허란 걸 확인시켜 주는 또 하나의 사례였고. 이 이탈리아의 구석에서는 결국 내 뜻대로 할 수 있는 게 아무것도 없다는 믿음이 더 굳어졌다. (그곳의 역사는 행운과 불운이 뒤섞인 가혹한 롤러코스터였다. 현대에 들어와 풍요를 선사해 준, 이 산골의 예기치 못한 전리품 같은 비행기 부품 공장마저도 독재자의 변덕에 따른 것이어서 별안간 생겼다가 홀연히 사라졌다. 마치 악마가 빚을 징수해 가기라도 한 것처럼.) 베타는 아펜니노 산맥이 '산골의 숙명론'을 가르쳐준다고 말했다.

가끔 나보다 앞서 이 모든 걸 배운 사람이 얼마나 많은지 새삼 놀라곤 했다. 그건 전혀 불쾌한 느낌이 아니었고, 낯선 곳에서 문득 모퉁이를 돌다 지평선 가득 펼쳐진 아름다운 풍경을 보게 됐을 때와 비슷했다. 한없이 작아지는 느낌. 베타가 파스타 중에서 가장 만들기 쉬운 탈리아텔레 만드는 법—스폴리아를 몇 분 정도 마르게 놔뒀다가 냅킨처럼 말아서 칼로 썰어 살살 흔들어주면 마술을 부리는 것처럼 금색 머리카락이 되어 찰랑거린다—을 가르쳐줄 때, 그녀가 스카피와 거의 똑같은 표현을 사용한다는 걸 알게 됐다. "스폴리아를 말리는데, 너무 말리면 안 돼요." 스카피는 "스폴리아가 마르지만, 너무 마르지는 않는다"라고 했다. 사람들은 500년 동안 토씨 하나까지 전수한 걸까? 가끔은 이런 느낌이 어찌나 강렬한지, 베타의 어깨너머에서 그 유령들이 전부 물끄러미 바라보고 있는 것 같기도 했다. 하루는 그 지역에서 가장 유명한 파스타인 토르텔리니 만드는 법을 보여주겠다더니 돌연 취소해 버렸다. "마리오한테 말하겠지. 마리오한테는 토르텔리니 만드는 법 안 가르쳐줬거든요."

"아니에요, 아니에요." 나는 시치미를 뚝 떼고 말했다. "당연히 말 안 하죠. 제가 마리오한테 왜 말하겠어요."

"아니야, 말할 거야. 내가 알아요."

뭐라고 할 말이 없었다. 얼굴을 빤히 쳐다봤다. 표정을 보니 농담이 아니었다.

　다음날도 베타의 머릿속엔 토르텔리니가 들어 있었다. 그건 크리스마스를 떠올리게 만드는 음식이었다. 그때 만들어 먹는 음식이고, 평소와는 달리 끓는 물 대신 맑은 닭고기 육수에 삶는다. 그리고 어린 시절도 떠오르는데, 제일 처음 만들어본 파스타였기 때문이다.

　베타는 그곳에서 32킬로미터 떨어진 베르가토—볼로냐로 가는 길의 중간 지점—라는 산골 마을 출신이고, 엄마와 숙모 네 명까지 여자가 모두 다섯 명인 대가족에서 자랐다. 12월이 되면 부엌에 모여 파스타를 만들었다. 정겹고 수다스러운 자리였다. 농담이 오가고, 소문을 주고받고, 더없이 유쾌한 이야기 속에 스며드는 음식 냄새, 옆에서는 불이 활활 타오르고, 모두들 손을 바쁘게 움직였다.

　토르텔리니를 만드는 것은 언제나 그렇게 사람들과 어울리는 일이었고(베타는 레스토랑 주방의 고독을 상상도 하지 못했다), 그렇게 솜씨 좋은 어른들 사이에 끼어 앉게 됐을 땐 우쭐한 마음이 들었다. 베타의 나이 열두 살 때였고, 그녀의 손으로 처음 만들어본 파스타가 바로 토르텔리니였다. 그건 결코 작은 일이 아니었다. 복잡하고 꼼꼼한 작업이었고, 베타가 생각하기엔 더 큰 것들, 이를테면 볼로냐라는 도시, 토르텔리니가 상징하는 것 같은 그 지역, 그리고 어른이 되는 것과도 관련이 있는 일종의 성취였다. "파스타 만드는 법을 배운다는 건 어른이 되고 여자가 되는 법을 배우는 것과 같았죠." 지금도 토르텔리니를 만들 때면 숙모들이 떠오른다. 숙모들에게서 배운 비법(한 숙모는 파스타가 어찌나 얇은지 살 사이로 빠져나가기 때문에 포크로 먹을 수 없을 정도라는 사실을 무척 자랑스러워했다)이나 조리법(또다른 숙모의 탈리아텔레는 너무 섬세해서 끓는 물에 넣자마자 익었다—"넣었다 꺼내기만 하면 끝이었죠")이 떠오르기도 하지만, 대개는 스케치 같은 풍경들이다. 크리스마스 식탁, 행복한 웃음소리, 정겨운 얼굴들. 이제는 모두 저세상 분들이 됐다.

"마리오는 우리가 얼마나 많은 걸 줬는지 모를 거예요. 이건 여기서만 배울 수 있죠. 평생 이걸 만들어온 사람에게서만. 알겠어요? 우린 그걸 마리오에게 준 거예요. 다른 어디서도 얻을 수 없는 걸."

베타는 잠시 생각에 잠겼다. "내일은 토르텔리니 만드는 법을 가르쳐줄지도 몰라요."

포레타는 이 지역에서 가장 복잡한 파스타를 배우기에 적당한 곳은 아니었다. 음식으로 이름을 날린 적도 없고, 역사에 기록을 남긴 것도 몇 번 되지 않는다. 카사노바의 자서전에 모호하게 언급된 적은 있다. 1790년대로 거슬러 올라가, 피렌체의 한 미녀를 데리고 그녀의 어머니를 피해 도망을 치다가 근방에서 길을 멈췄다. 자정을 넘긴 시간에 여인숙 주인을 깨워서 음식과 술을 내오게 했는데, 마카로니를 너무 많이 먹은 나머지 사랑을 나눌 수 없었다는 내용이었다. 하지만 비슷한 시기인 1771년에 나온 루카 제네롤리 박사의 『포레타 목욕과 의학 이야기(*Selection of Medical Stories Pertaining to the Porretta Baths*)』에서는 이런 부작용을 다루지 않았다. 이 책은 마을의 천 년 역사 속에서 유일하게 남아 있는 요리 문헌인 듯했다. 괴테도 아펜니노 산맥을 넘으면서 포레타를 지났을지 모르지만, 아마 쫄쫄 굶으며 여행을 했던 모양이다. 조지 엘리엇은 반대 방향인 볼로냐로 여행을 했지만(포레타는 어딘가 다른 데로 가는 길에 거치는 곳이었던가 보다), 역시 이 마을에 들러 뭘 먹거나 하지는 않았다.

어려운 시기는 혹한의 겨울이다. 우리만 적당하면 가축들도 겨울을 난다. 돌집에 초가를 얹고 나무문을 단 오두막은 무척 인상적이었는데, 문을 열었더니 엄청나게 못생기고 어마어마하게 덩치가 큰 돼지 한 마리가 들어앉아 있었다. (이곳 사람들도 녀석의 몸무게를 그저 짐작만 할 뿐이었다. 900킬로그램? 1,300킬로그램?) 수퇘지라는데 화물칸 몇 량을 연결해 놓은 듯했고, 몇 년 동안 이 지역의 프로슈토 생산을 도맡다시피 했다—비록 간접적인 공헌이긴 했어도. 돼지가 그렇게 못생기고, 또 그렇게 큰 종도 있는지는 여기 와서 처음 알았다. 돼지를 빼면 이렇다 할 게 없었다. 땅은 울창한 숲으로 뒤덮이고 포도나 올리브를 기르기엔 너무 추워서 여기서 거두는 건 단 하나, 건초용 풀뿐이다. 얼마 안 되는 개간지에서 건초용 풀이 자랐다.

하지만 푸주한들의 자부심은 대단하다. 공기가 상쾌하던 어느 날 밤, 별이 반짝이는 하늘 아래에서 푸주한 여섯 명과 한 테이블에 앉게 됐다. 연기됐던 잔니의 잔치가 열린 날이었다. 날이 개고, 모두 500명이 다녀갔다. 5세기 만에 가장 더웠다는 여름이 바야흐로 시작되고 있었다. (숨 돌릴 틈 없이 더위가 계속되자 잔니의 피자 집도 드디어 수익을 올리게 됐는데, 예상치 못한 매출은 장사의 성패가 전적으로 변덕스러운 산중의 날씨에 좌우된다는 의구심을 짙게 했다.) 푸주한들은 고기를 그릴에 굽고, 잔니와 베타는 피자를 만들고, 마크와 내가 파스타를 준비했다. 자정 무렵에는 녹초가 됐다. 많은 사람을 치러냈다는 기꺼운 탈진이었다. 우리는 스테이크와 레드와인으로 즉석에서 음식을 만들어 여태까지 지글거리는 그릴 옆의 테이블에 모여 앉았다.

나는 도무지 실체가 드러나지 않는 이 지역의 음식사가 궁금했다. 이탈리아의 다른 지역과 구분되는 음식의 특징이 뭐냐고 물었더니, 다들 한목소리로 하는 말이 숲에서 나는 것이라고 했다.

여기 사람들은 채소를 사 먹는 걸 싫어한단다. 비싸고, 여기서 나는 게 아니기 때문이다.

그건 사실이었다. 다른 곳에서라면 수백 달러에 거래되는 흰 송로버섯이 여기서는 신선한 녹색 채소보다 더 구하기 쉬운 것 같았다. 숲에서 나는 건 전부 공짜고, 사람들은 언제 뭘 먹을 수 있는지 줄줄 꿰고 있는 듯했다. 5월은 야생 아스파라거스와 아르굴라와 아티초크의 달이었다. 6월은 야생 상추와 따끔한 쐐기풀, 7월은 체리와 야생 딸기, 그리고 8월은 각종 나무 열매의 차례였다. 9월이면 포르치니버섯을 먹었다.

"하지만 포르치니는 너무 많아요." 한 여자가 말했다. "허구한 날 포르치니, 포르치니, 포르치니." 9월이면 아들이 오후에 나가 포르치니버섯을 20킬로그램쯤 들고 돌아온다고 했다. "아니, 그렇게 많은 포르치니를 나보고 어쩌라고." 여자는 그걸 데치고, 말리고, 얼리다가 결국 "이제 그만!"이라고 외치며 내다 버린단다.

10월은 멧돼지 철이다. "이 숲에 수천 마리가 살아요."

"설마 수천 마리야 있으려고요." 내가 미심쩍은 반응을 보였다.

"맞아요." 그랬더니 사람들이 한목소리로 대답했다. "수천 마리 맞아요. 그리고 비둘기랑 사슴이랑 늑대까지 있는걸요." 늑대라는 말에 고개를 돌려 어둑한 밤하늘을 배경으로 우뚝 솟은 산을 바라봤다. 살이 부러진 빗처럼 삐죽빼죽 제멋대로 솟아오른 산봉우리와 별이 총총한 여름 하늘 아래 검게 뭉쳐 있는 숲을 보니 『그림 동화』를 읽는 것 같은 원시적인 두려움이 들었고 사람들과 어울려 불가에 앉아 있다는 사실이 또 그만큼이나 원시적인 위안을 안겨주었다.

다달이 먹을 수 있는 음식들을 읊다가 11월에 이르자 다들 한숨을 내쉬었다. 11월은 밤을 딸 차례인데, 이 밤이 문제였다. 아무도 그걸 먹을 수가 없었다.

"여긴 가난한 동네예요." 한 사람이 설명을 해줬다. "우리는 밤을 넣은 음식을 수없이 먹으며 자랐죠. 그래서 우리한테는 그게 가난을 상징해요. 그래서 이젠 그걸 먹지 못하게 된 거예요. 서둘러 전수하지 않으면 머지않아 밤을 넣어 만드는 음식들이 자취를 감출 테지만, 어쩌겠어요. 지금 당장은 아무도 그걸 건드리려고 하지 않는걸."

1년 열두 달을 다 돌고 나니(그중에서 가장 잔인한 달은 아무것도 나지 않는 3월이다), 베타의 파스타를 새롭게 이해한 듯한 느낌이 들었다. 그것이 지닌 가치는 이를테면 미리암의 삶이 담긴 파스타, 또는 발레리아의 파스타와도 달랐다. 이들 모두에게 파스타는 전통이고 문화이며 정체성이었다. 베타에게 그것은 기꺼이 소속되고 싶은 전통이었다. 그녀는 발버둥 쳐봐야 소용없음을 늘 일깨워주는 산에서 살았다. 올해는 늘 넘쳐났던 포르치니마저, 내가 결국 포레타의 맛이라고 받아들이게 된 그 포르치니마저 씨가 말랐다. 너무 건조했다. 야생 버섯을 잔뜩 캐가겠다고 찾아오는 외지 사람들을 상대하는 식품점에서는 그걸 스웨덴에서 수입했다. 베타에게 파스타는 자의식의 중요한 부분을 차지한다. "마리오는 큰 성공을 거뒀는데 나는 이 모양이죠. 마리오는 부자가 됐는데 나는 가난해요. 하지만 그는 파스타 만드는 실력이 영 아니었어. 그는 절대로 내 실력을 못 따라왔어. 나는 아주 아주 잘 만드는데."

다음날 마크와 내가 주방으로 갔더니 베타는 벌써 나와 있었다. 그녀는 마음을 굳혔다. 우리에게 토르텔리니 만드는 법을 보여주겠다고 했다. 하지만 시작하기에 앞서 조건을 달았다. 마리오한테는 알려주지 말 것.

"약속할 수 있어요?"

마크와 눈이 마주쳤다. (둘 다 입을 열지 않았지만 우리가 눈으로 주고받은 대화에는 오해의 여지가 있을 수 없었다. 이거 정말 곤란한 상황인걸.)

나는 약속했다.

"좋아요." 베타는 진지하기 이를 데 없었다. "이게 속이에요. 네 가지 고기를 쓰죠. 돼지고기, 닭고기, 프로슈토, 그리고 모르타델라[볼로냐 지방에서 유명한 살라미의 일종]." 단위는 에토였다. "돼지고기 2에토를 가는 것부터 시작해요."

"부위는 어디든 상관없나요?" 내가 물었다.

"어깨 살이나 엉덩이 살을 써요." 베타는 자신의 어깨와 엉덩이를 가리켰다. 사용하는 부위를 말하면서 자신의 몸을 가리키는 건 요리사들의 버릇이었다. "기름기 없는 살코기로."

나는 그녀의 말을 따라 하면서 공책에 적었다. 2에토는 약 200그램이었다.

"닭고기는 그것의 반 정도. 가슴살로. 이것도 갈아야 해요. 팬에 버터를 두르고 이 두 가지 고기를 같이 볶아요."

공식을 적었다. 마이알레+폴로=파델라 콘 부로. 다시 말해서, 돼지고기+닭고기=팬+버터.

"그 다음이 가공육 차례예요. 프로슈토와 모르타델라 반 에토, 그러니까 50그램. 그것도 갈아줘요." 프로슈토는 이탈리아 전역에서 생산되지만 에밀리아-로마냐 지역에서도 심부라고 할 수 있는 포 강 계곡의 것이 가장 좋다. 모르타델라도 볼로냐의 명물이다. (흔히 볼로냐 소시지를 부르는 '발로니'라는 말은 가장 형편없는 모르타델라에 붙인 가장 형편없는 이름이라고 할 수 있다.) 이런 것들이 주방 창문 밖으로 보일 만큼 가까운 투스카니에서조차 찾아볼 수 없는 이 지역의 고유한 맛이다.

"다 갈았으면 프로슈토와 모르타델라도 팬에 넣으세요. 천천히 볶아요. 맛이 서로 잘 섞여야 해요." 고기를 모두 합치면 450그램이 된다. "조금 식혔다가 달걀 2개, 파르메산 조금……."

"얼마나요?"

"걸쭉해질 만큼. 그리고 강판에 간 육두구 약간……."

"얼마나요?"

"조금이요." 그러면서 손가락 두 개를 마주 댔다. "손으로 잘 버무려요. 그게 소예요."

달걀과 치즈와 육두구를 섞기 전에는 결이 거친 모래알 같더니 그 다음에는 질척거리는 회색빛 죽이 됐다. 보기에는 썩 근사하지 않지만 반죽 속에 넣을 거니까 그건 그리 중요하지 않았다. 그런데 냄새는 강렬했다. 이게 무슨 냄새지? 볼로냐의 고기? 생고기와 가공육의 결합? 코를 가져다 댔더니 물씬 풍기는 그 냄새는 피자 토핑과 에그노그와 독립기념일의 바비큐, 모든 공휴일의 느낌이 뒤섞인 듯했다. 그런데 마음 한편에서는 또 이렇게 말하고 있었다. 이건 내가 모르는 냄새야. 축축한 버섯 같은 갈색으로 생각하게 된 산의 냄새와도 달랐다. 확실히 입맛을 돋우는, 어딘가 겨울 같은, 그러면서도 대단히 구체적인 냄새. 여기가 아니면 이 세상 그 어디에서도 찾을 수 없는 맛. 나는 결국 중세 도시의 향기라고 결론 내렸다. 볼로냐 주방의 냄새, 베타네 집안의 누군가가 전수받아 대를 물리다가 베르가토의 숙모들에게까지 이어진 그 냄새였다. 나는 그렇게 믿고 싶었다.

다음 단계, 이렇게 만든 속을 넣기 위한 반죽을 만드는 복잡한 과정은 새로운 조건이 충족될 때까지 보류되었다. 베타는 여름이 좀더 지났을 때 다시 오라고 했다. 세 번째 여행이 될 것이다. 마리오에게 레시피를 알려주지 않겠다고 한 약속을 지키는지 보려는 것 같았다. 시간이 어느 정도 흘렀는데도 밥보의 메뉴에 자신의 토르텔리니가 올랐다는 얘기가 들려오지 않는다면, 그때는 믿어도 된다고 볼 수 있을 테니까.

토르텔리니를 만드는 남자에게 가장 큰 난관은 손가락이다(이걸 알게 됐다는 건 내가 다시 돌아갔다는 얘기다). 안타깝게도 여자의 손이, 그것도 모자라 거의 요정의 손이 필요한 작업이기 때문이다.

손가락이 작아야 하는 건 모든 동작이 손가락에서도 가장 작은 새끼손가락 위에서 이뤄지기 때문이다. 그 위에 세상에서 제일 작은 네모난 파스타를 올려놓는다. 이제 그 자그마한 네모에 담을 수 있는 최대한의 속을 올리고 반으로 접어 터질 듯 빵빵한 미니 삼각형으로 만든다. 그런 다음 삼각형의 윗부분을 절하듯이 앞으로 숙이고, (여기가 중요한데) 절하는 머리에 헤드록을 걸 것처럼 남은 두 꼭지를 당겨 세 부분을 함께 눌러 고리를 만든다. 그런 다음 뒤집으면 깜짝 놀랄 모양이 완성되어 있다. 바로 배꼽이다. (아, 이걸 어떻게 표현할 수 있을까? 정말 너무나 에로틱하다.)

이 코딱지만한 토르텔리니 하나를 만드는 데 기나긴 시간이 걸리고, 이 섬세한 과정을 반복하는 동안 나는 행여 이 염병할 녀석을 잘못해서 터뜨리지나 않을까 신경이 곤두섰다. (물론 나는 그 염병할 녀석들을 무수히 터뜨렸다.) 그런데 이 코딱지만한 토르텔리니를 먹는 건 또 얼마나 순식간인지를 생각하면 이 녀석들의 정체를 이해하게 된다. 손은 작디작고 시간은 넘쳐나는 사람들이 만든 난쟁이 음식. 그렇지만 천사라도 입맛을 다실 만큼 맛있는 음식. 맑은 육수에 넣고 약한 불에 끓이다가 불을 끈 채 그대로 놔둔다. 그러면 육수의 맛이 파스타에 스며들고 파스타에서는 녹말이 나와 그렇게 맛을 주고받는 사이에 부드럽고 흐늘거리고 풍미가 가득해져서 한 그릇 떠놓으면 크리스마스의 향기를 풍긴다.

그리고 베타가 옳았다. 그걸 평생 만들어온 사람을 지켜보는 것만으로도 만드는 방법을 배울 수 있었다. 그건 단순해 보인다. 그렇게 보이는 건 실제로도 단순하기 때문이지만, 모든 이탈리아 요리의 공통된 특징이라면 그 단순함도 배워야 한다는 것이다. 그러므로 나는 그곳에 가라고 말하고 싶다. 베타를 스타로 만들어주자고. 이제 그럴 때도 되지 않았을까? 포레타에서 지내려면 인내심이 필요할 것이다.

너무나 소외된 나머지 더없이 순수하지만 버려졌다고 생각하는 고장의 특징인 예민함을 지닌 곳(주차기에서 거스름돈을 받을 생각은 하지도 말 것). 터무니없이 비싼 값을 부르면서도 욕실조차 없고, 물도 어쩌다 나오고(가끔은 뜨거운 물이 나온다), 플라스틱 벽(색은 나무 색이지만)에 창문도 없으며(있어봤자 전망이 좋을 것도 아니지만), 전화는 일요일 오후부터 월요일 아침까지만 연결되는 호텔에 묵어야 한다. 그리고 일단 정착을 했으면(정착이라고? 하!) 계곡 아래쪽으로 내려가 레노 강의 소리를 듣다가 낡은 송수관 근처(지금은 하수도관으로 쓰이기 때문에 냄새가 좀 난다)에서 손으로 쓴 표지판을 찾아보라. 거의 읽을 수가 없고, 아마 넘어져 있을지도 모른다. 거기에 '카판니나'라고 적혀 있고, 화살표도 있을 것이다. 그 화살표를 따라 800미터쯤 가면 강이 휘돌아 나가는 곳에 투스카니에 둘러싸여 반도처럼 삐죽 솟아 나온 에밀리아-로마냐 땅이 있고, 거기에 우리의 피자 집이 있다. 베타는 4시쯤에 나온다. 행운을 빈다.

포레타를 떠난 후 나는 토르텔리니 학자가 됐다. 베타의 레시피를 다른 데서도 찾을 수 있을지 궁금했다. 찾지 못했다. 하지만 베타의 토르텔리니와 내가 찾은 대략 스물다섯 건의 레시피 사이에 엄청난 차이가 있다고는 말할 수 없었다. 16세기 이래, 이 자그마하게 접은 파스타 속에는 새고기(닭이나 칠면조), 돼지고기, 가공육(또는 골수와 가공육), 치즈(거의 대부분 파르메산), 그리고 간간이 허브가 들어갔다. 그리고 기억할 수 없는 때로부터 육수에 삶거나 크림(생크림)을 얹었다. 하지만 재료의 양은 레시피마다 다르고, 그것이 미세한 차이에 불과하더라도 그렇게 변주된 것을 비법으로 간직하며 대를 물렸고, 저마다 자기 집안의 것이 정통이라고 확신했다. 진정한 토르텔리노를 둘러싼 논란은 어찌나 뜨거웠던지 1971년에는 총회까지 개최됐다. 이름하여 토르텔리노 전문가 총회. 올바른 조리법 한 가지를 확정짓기 위한 자리였다. 온갖 의식과 절차를 거쳐 3년 후인 1974년 12월 7일에 조리법이 공표됐고, 그것은 볼로냐의 상공회의소 금고에 고이 보관됐다. 지금은 농업이나 공공기관 사이트에서 찾아볼 수 있다.

조리법을 지키지 않는 데 따른 위험을 엄숙히 경고하고 있지만, 다 헛수고다. 전문가 총회에서 한 가지 레시피를 말해줄 수 없는 건 그런 게 존재하지 않기 때문이다. 그것을 찾아 나서거나 정통이라는 확신이 들 때까지 수많은 다양한 레시피를 시험하는 건 이 요리에 담긴 이데올로기를 간과하는 처사다. 단 하나의 레시피란 없다. 내 손에 맡겨진 단 하나의 레시피가 있을 뿐이다. "마리오한테는 가르쳐주지 말아요." 베타가 다시 한 번 당부했다. "이건 내가 당신한테 주는 선물이에요."

그건 큰 영광이었고 마리오에게는 가르쳐주지 않았다. 물론 그에게 소용도 없을 것이며, 이런 당부가 그를 당혹스럽고 슬프게 하리라는 것도 알고 있었다. 그는 여기에 담긴 한스러움을 이해할 수 있을까? 잔니와 베타는 당연한 몫을 챙기지 못하는 데 이골이 났다. 그들은 산골 사람들이다. 그들의 요리에는 고단한 삶이 담겨 있다. 두 사람의 입장에서는 요리를 할 수 없다고 믿어 의심치 않는 웬 남자(아마도 두 사람이 한 가지 요리법만을 알고 있기 때문에 그렇게 믿은 것이겠지만)를 받아들여서 자신들이 알고 있는 것을 가르쳐줬다.

그런데 그 남자가 미국으로 돌아가 부와 명예를 얻고, 모든 걸 산골 마을에 사는 '제2의 가족'에게 배웠다고 떠벌리고 다녔다. 하지만 마리오는 이 지역의 요리를 배워서 그걸 정통으로, 교과서적으로 재현할 마음은 없었다. 마리오는 앞으로도 자기의 방식대로 음식을 만들 것이다. 번철 피자나 돼지고기를 넣은 링귀네 알레 봉골레나 위에 날달걀을 얹은 카르보나라뿐만 아니라, 그의 접근법 자체가 그렇다. 내가 그릴에서 쌓아 올린 악몽 같은 콘토르노의 모양, 비밀 소스, 메뉴에는 절대로 밝히지 않는 재료들, 식초와 시럽과 과일즙을 담은 병들, 뮤지션 같은 행동들이 전부 그렇다.

하지만 나는 교과서를 얻으러 왔고, 그걸 손에 넣게 되어 기뻤다. 이제 베타의 토르텔리니는 내 머릿속에, 그리고 내 두 손에 담겼다. 나는 그녀의 방식대로 반죽을 한다. 밀가루 1에토에 달걀 한 개. 물기가 부족하다 싶으면 슬그머니 노른자를 하나 더 넣는다. 나무판의 결이 비칠 만큼 얇게 미는 법도 배웠다. 탈리아텔레를 만들 때는 살짝 마르게 두고, 토르텔리니를 만들 때는 촉촉함에 신경을 쓴다. 적은 양을 만들어서 스폴리아를 밀고, 또 한 장 밀며 파스타의 리듬을 타다. 마음이 저절로 비워진다. 오로지 눈앞의 일만을 생각한다. 반죽이 너무 끈적거리나? 혹시 찢어지지는 않을까? 내 손가락 사이의 이 스폴리아가 제대로 된 느낌일까?

하지만 가끔은 베타가 지금의 나를 보고 어떻게 생각할지 궁금했다. 그리고 그러다 보면 어느새 살이 부러진 머리빗 같은 산을 두르고 밤이면 늑대가 울어대며 세상이 한없이 크다는 느낌이 떠나지 않던 계곡이 눈앞에 펼쳐지고 마음속에서는 숙모들과 원탁과 이제는 들을 수 없는 웃음소리 같은 것들이 꼬리를 물고 이어지다가, 기어코 가슴이 미어졌다. 그건 이런 음식의 부작용인 모양이었다. 한 세대에서 다음 세대로, 그것도 고단한 삶 속에서 대를 물리다가 끝끝내 죽은 이들을 떠올리게 되고, 목숨을 연명해 주는 것에서 나고 죽는 인간의 운명을 희미하게 맛보게 되는 그런 음식의 부작용인 모양이었다.

그래서, 달걀은?

파스타의 성격을 뒤집어버린 결정적인 레시피가 존재하지 않는다는 사실이 명백해 보이는데도 나는 포기하지 않았다. 음식보다는 글의 보존 확률이 높아도(500년 전의 라구와 탈리아텔레를 발견한다면 끔찍하지 않을까?) 주방장들은 거의 글을 쓰지 않기 때문에, 유레카의 순간이 일어났다 해도 그 주방에 문필가가 없었다면 그건 기록되지 않은 채 흘러갔을 것이다.

그러나 낙심천만이었던 파스타 박물관의 반응을 접한 후에도 나는 계속 밀고 나갔다. 1570년에 나온 스카피의 『요리의 예술 작품』 다음으로 널리 알려진 음식 책은 1581년에 빈센조 체르비오가 쓴 『일 트린치안테(*Il Trinciante*)』였다. 트린치안테는 '식칼' 또는 '고기를 자르는 사람'이라는 뜻인데, 르네상스 연회에서 중요한 역할을 했고, 사실상 푸주한 최초의 자서전이라고 할 수 있는 체르비오의 이 책도 역시 고기를 다룬다. 거세에 대한 유용한 조언을 싣고, 어떤 가축에게 필요하고 어떤 가축은 필요하지 않은지 같은 다양한 궁금증을 해소해 준다(엉뚱한 동물을 거세하면 낭패일 테니까). 하지만 체르비오는 고기 외골수이기 때문에 달걀에 대해서는 일언반구도 없었다.

나는 연대순으로 진행하기로 했다. 1638년에는 안토니오 프루골리가 쓴 『스칼코 실무(Pratica e Scalcaria)』라는 책이 나왔다. 스칼코란 명문가 주방의 우두머리에 해당된다. 그때는 레스토랑이라는 게 없었기 때문에 스칼코라면 우리의 유명한 주방장과 비슷한 위상을 지녔고 1500년대와 1600년대에는 이 스칼코들의 회고록이 쏟아져 나왔는데, 프루골리의 경우처럼 내가 준비한 연회가 너희들 것보다 낫다는 자화자찬 일색일 때도 많았다. 그 뒤를 이어 나온 마티아 기거의 『세 가지 주제(The three Theses)』에는 냅킨 접는 법이 포함됐고 (1639), 베니스에 있었던 에스파냐 궁의 수석주방장 바르톨로메오 스테파니도 책을 썼다(1662). 용의선상에 오른 것들을 모아놓고 하나씩 지워나가자니, 무슨 먹을거리 탐정이라도 된 듯했다. 어이 거기, 그 달걀을 가지고 대체 뭘 하는 거야?

교수들에게도 편지를 썼다. 볼로냐 대학의 중세음식전문가인 마시모 몬타나리 교수는 내 질문에 담긴 중대한 의미를 이해했다. 맞습니다, 달걀의 순간은 파스타 역사에서 중요하지요. 그러면서 밀가루에 수분을 공급하는 달걀의 기능을 설명하는 표현도 가르쳐주었다〔밀가루 수화(水和)〕. 달걀에 함유된 수분이 물의 자리를 차지하게 되는 과정이라고 했다. 하지만 그도 달걀이 물을 대체한 최초의 순간은 알지 못했다. 아마도 한 번이 아니라 여러 번에 걸쳐, 맛을 내기 위해 달걀을 사용하기 시작한 중세부터 점진적으로 늘려가다가 현대에 들어와 맛뿐만 아니라 수분의 용도로도 쓰이게 된 게 아닐까 짐작만 해볼 뿐이었다.

하지만 그게 언제일까?

그로서는 섣부른 추측을 할 수 없었다. 파스타 전문가인 동료에게 물어봤지만 신통한 대답은 나오지 않았다.

그러다 내가 찾아냈다. 처음으로 달걀이 들어간 레시피를! 연대상으로 한참 뒤인 17세기 말엽에 안토니오 라티니가 쓴 『근대의 스칼코(Lo scalco alla moderna)』에서였다. 레시피에는 '마카로니, 라자냐, 그리고 뇨케티를 만드는 정교한 방법'이라는 제목이 붙어 있고, 멜루자 코마스카라는 주방장의 것이라고 출처를 밝혀놓았다(이런 관행은 일반적인데, 이탈리아에는 독창적인 레시피가 없고 오직 발견만 있기 때문이다). 하지만 혹자는 코마스카가 수사학적으로 만들어진 이름이 아닐까 의구심을 표했고, 나 역시 음식 역사의 다른 어디서도 그의 이름을 찾기 힘들었던 게 사실이다. 알려진 것이라곤 서문에서 라티니가 존경을 표하며 언급한 내용뿐이었다. 우리에게 새로운 파스타 레시피를 선사한 후 코마스카는 곤충에 물려 때 이른 죽음을 맞았다는 것이다. 어쩐지 앞치마를 두른 뚱뚱한 사람이 죽어라 긁어대는 모습이 떠오르면서 말라리아모기 때문이 아니었을까 싶었다.

아무튼 그의 독창적인 반죽은 어찌나 유명했던지 비문에까지 새겨졌다고 한다. 코마스카가 어디 묻혔는지에 대한 언급은 없지만, 곤충 얘기가 나온 것으로 보아 치명적인 벌레로 유명한 투스카니 해안의 마렘마 지역일 것으로 짐작된다. 발레리아 피치니의 '다 카이노'에서 그리 멀지 않은 곳이다. 코마스카와는 달리 발레리아는 눈에 흙이 들어가기 전까지는 자신의 파스타 비법을 내게 알려주지 않을 테지만.

레시피는 주로 과정을 다룬다—반죽을 만드는 어려움에 이어, 여섯 손가락 길이가 되도록 스폴리아를 밀었다가(모든 걸 재는 기준은 손이다), 충분히 얇아질 때까지 계속 밀라고 나와 있다. 파스타의 레시피 자체는 단순하다. 밀가루 6에토에 달걀 4개를 섞고(베타의 비율과 일치하지는 않지만 그렇다고 크게 다른 것도 아니다), 소금을 살짝 뿌린다. 그리고 물도 약간 넣으라고 했는데, 흩뿌리는 정도다. 그러므로 밀가루에 수분을 가하는 역할은 달걀의 몫이다. 이 시점까지 이탈리아 요리에서는 한 번도 인정받지 못한 역할이었다.

다른 사람들은 못 찾은 걸 나는 어떻게 찾아낸 걸까? 도대체 뭐가 달랐던 건지, 혹시 너무 멍청한 질문이라 다른 사람들은 물어볼 생각조차 하지 않았던 건 아닌지, 곰곰이 따져봤다. 그러다 내 발견이 더 급진적인 것에 가려진 것이라는 생각이 들었다. 즉, 파스타 속이 아니라 그 위가 문제였던 것이다. 『근대의 스칼코』에는 토마토소스를 이용한 최초의 레시피도 담겨 있었다. 이때까지는 이탈리아에서 아무도 토마토를 먹지 않았다. 토마토 6개를 그릴에 구워 그을린 껍질을 벗겨낸 후(당도가 높아진다), 붉은 양파와 붉은 고추와 레드와인 식초로 우리에게 아주 익숙한 달콤새콤매콤한 맛을 내라고 한 바로 이 레시피가 이탈리아 반도 사람들에게 채소 행세를 하며 수상쩍게 반짝이는 이 신대륙의 과일을 먹어도 죽지 않는다고 설득한 것이다. 이보다 더 중요한 게 있을 수 있을까? 이 두 레시피, 달걀을 사용한 국수와 그 위에 올라가는 소스에 대한 레시피를 한데 합친 음식이 이 책이 나온 순간부터 지금까지 파스타 요리법의 핵심을 차지해 왔다. 요리의 역사에서 별것 아닌 것처럼 보이면서도 이 두 가지처럼 지속적인 영향력을 행사한 것은 찾아볼 수 없다.

라티니의 『근대의 스칼코』는 예술에 조예가 깊은 인문학자가 여름휴가를 맞아 우연히 추기경의 주방에 들어갔다가 그곳에서의 경험을 글로 써낸 이래, 음식을 다룬 가장 우아한 책이라고 할 수 있다. 초급 이탈리아어밖에 모르는 나 같은 사람마저도 라티니가 박력 있는 문체로 내용을 풀어가는 뛰어난 기교의 문필가라는 걸 알 수 있을 정도였다. 회고록 원고가 발견된 1992년까지 라티니에 대해서는 알려진 게 없었다. 그는 후기 이탈리아 르네상스의 위대하면서도 거의 익명에 가까운 주방장이었지만, 남다른 취향을 가진 조리계의 인문학자로서 이후 4세기에 걸쳐 이탈리아 사람들의 식탁을 바꿔놓았다.

하지만 알고봤더니 글을 쓴 장본인은 라티니가 아니었다. 라티니는 글을 거의 쓸 줄 몰랐다. 철자법이 너무 엉망이라 난독증이 아니었을까 의심이 될 정도다. 명문을 남긴 사람은 아마도 친구였을 것이다. 라티니는 문맹이었고, 거리의 부랑아였다가 혼자 힘으로 주방을 장악한 인물이었다. 이런 얘기를 들으면 주방에 들어갈 때와 나올 때의 모습이 천양지차로 달랐던 마르코 피에르 화이트를 비롯한 여러 사람들이 떠오른다. 라티니는 다섯 살 때 가족을 잃었다(마르코는 일곱 살 때 어머니를 여의었다). 그는 먹고살기 위해 로마로 갔다(마르코도 같은 나이에 해러게이트로 떠났다). 그리고 여기저기 문을 두드린 끝에 추기경의 주방에 들어가 트린치안테(일종의 푸주한으로, 마르코도 같은 나이에 같은 일을 했다)에 이어 요리사가 되어 주방의 계통을 밟아 올라갔고, 마침내 스물여덟에 주방의 최고 영예인 스칼코가 됐다(마르코도 거의 비슷한 나이에 별 세 개를 얻었다).

라티니는 이탈리아 음식 르네상스의 마지막 작가라는 평가를 받고 있는데, 거의 300년 전에 플라티나가 마에스트로 마르티노의 레시피를 표절했던 것으로 그 시대가 열렸던 걸 생각하면 처음과 끝을 비교해 보고 싶은 유혹을 뿌리치기 힘들다. 처음에는 작가가 전면에 나오고 주방장이 감춰졌는데, 막판엔 주방장이 전면에 나오고 작가가 숨어 있다. 처음에는 인문학자가 장인의 솜씨를 빌려오면서 주제가 너무 가벼운 게 아닐까 걱정했는데, 막판엔 제 힘으로 일가를 이룬 장인이 스스로를 인문학자로 포장하고 자신의 주제가 대단히 위엄 있다는 자신감에 넘쳤다.

라티니 이후, 이제 더 남은 게 없다는 듯 영광스러운 미식의 시대가 저물었다. 이탈리아는 이제 자체의 음식과 요리와 철학을 갖췄다. 라티니의 책은 20년 후에 절판됐다. 한 세기 가까이 인쇄됐던 스카피의 책들도 더 이상 구할 수 없었다. 마에스트로 마르티노에 대한 플라티나의 책은 프랑스에는 있었지만, 이탈리아에서는 사라졌다. 이후 두 세기 동안 이렇다 할 요리책이 나오지 않았다. 르네상스는 끝났고, 그와 함께 모험 정신도 자취를 감췄다. 모험의 기운은 눈 깜짝할 사이에 사라지는 요정처럼 짐으로 꾸려져 알프스를 넘어가는 마차의 행렬 속으로 사라진 듯했다. 그러고 보면 카테리나 데 메디치가 이탈리아 요리의 비법을 챙겨갔다는 이탈리아 사람들의 믿음도 이해가 간다. 그렇지 않고서야 돌이킬 수 없는 이런 종말을 달리 어떻게 설명할 수 있을까.

미리암에게 전화를 걸었다. 지난번의 통화가 마음에 걸리기도 했고, 내가 배운 것을 인정받고 싶기도 했다. 다른 건 몰라도 그녀의 제안을 받아들여야 하는 게 아닐까 싶었다. 하루나 이틀 정도는 주방에 받아주겠다는 제안. 하루나 이틀 정도 시간을 내서 솜씨를 가다듬고 싶었다.

미리암은 내 목소리를 듣고 무척 반가워했다. 내 소식을 전하고, 아직도 잠깐 들르라고 했던 말이 유효하냐고 물었다.

"체르토. 다음에 이탈리아에 오면 전화해요."

절대로 확약을 하지 않는 비공식적인 태도를 이제는 이해한다. 다음에 이탈리아에 오면 전화해요. 하지만 미리암은 궁금해했다. "나한테서 뭘 배우겠다는 거야?" 그러면서 늘 하던 말을 반복했다. "난 독창적인 요리사가 아닌 걸."

나도 후렴처럼 외우는 말들을 반복했다. 프레시 파스타의 신비, 나무판에 대고 나무 방망이로 미는 노동, 까다로운 질감을 얻어내는 비법.

"무슨 소리야. 내 팔은 늙었는걸. 이 팔로는 이제 그런 일을 하지 못해." 그리고는 이제 파스티나를 구할 수 없다는 말을 덧붙였다.

그건 내가 모르는 말이었다. 파스티나는 파스타를 만드는 동네 여자를 말한다고 했다. 그게 그녀의 일이었다. 매일같이 반죽을 미는 건. "예전에는 언제나 파스티나를 구할 수 있었지. 이제는 아무도 그런 일을 안 해. 너무 바빠서. 그게 현대의 생활이라는 건가. 이젠 기계를 써요. 내 손으로 반죽을 하고, 써는 것도 손으로 썰지. 하지만 스폴리아를 미는 건 기계로 한다오."

기계라고? 미리암이? 전통 주방의 낭만적인 수호자, 마에스트로 마르티노의 문하생, 스카피의 후계자, 라티니의 제자인 미리암이? 그 미리암이 기계를 쓴다고? 말이 나오지 않았다.

"체르토. 파스타는 맛있어요. 중요한 건 달걀이지. 나는 이 지역 최고의 달걀을 쓴다오. 정말이지 아주 좋은 달걀들이야."

네. 나는 맞장구를 쳤다. 달걀은 아주 중요하죠.

# 꿈의 이베리아 레스토랑
# 카사 모노

이제 '앤디를 어떻게 할 것인가?' 하는 문제는 무시할 수 없을 정도로 심각해져서, 이러다간 머지않아 해고되겠다는 생각이 들 정도였다. 그는 상황을 힘들게 만들었다. 앤디에게 해법은 죽어도 한 가지뿐이었고, 그건 누군가의 투자를 받아 레스토랑을 여는 것이었다. 신기루 같은 그 이베리아 식당이 생길 거라는 고집을 굽히지 않았다. 나마저도 이런 의구심이 들었다. 조와 마리오가 왜 이걸 받쳐줘야 한다는 거야? 그들은 이탈리아 혈통인데. 하지만 앤디는 자신에게 빚진 게 뭔지 똑 부러지게 말하지는 않고 그저 그런 게 있다고 생각만 하며 집착했다. 어쩌면 일에 지칠 대로 지친 나머지 이런 꿈이라도 부여잡는 게 아닐까 싶었다. 이런 스트레스를 감내하며 다른 누군가의 음식을 요리하는 데는 한계가 있는 법이다. 인원의 통솔, 그 중압감, 남의 의견을 옮기는 내 목소리 "감귤을 가미하거나 조금 짭짤하게 해서 침이 고이도록 하는 게 어때?"

가끔은 마리오가 앤디의 삶을 짓누르는 커다란 짐은 아니었는지 궁금했다. 우연히 주방에서 과일 맛 캐러멜과 푸아그라로 마법을 부리는 사람을 보고 요리사가 되기로 결정한 날, 그의 인생에서 가장 중요했던 그날은 동시에 가장 저주받은 날이기도 했다. 그 후 17년 동안, 그 마법사는 앤디의 상관이었다. 마리오의 2인자가 되어 주방을 함께 지휘했던 포에는 좌석이 서른여섯 석이었고, 문밖에는 줄이 늘어섰으며 하룻밤에 150명의 손님이 들었다. 3년 후 마리오가 조 바스티아니크와 밥보를 차리자, 앤디도 이곳으로 와서 5년 동안 주방을 지휘했다. 이제 마리오는 제2의 삶을 살았다. "그는 내 머릿속의 칩이에요. 이젠 원한다 해도 제거할 수가 없어요."

5년 동안 앤디는 한 번도 요리를 하지 않았다. 그건 메모가 그만둔 이유였다. 앤디가 요리를 하지 않는 걸 요리를 못하기 때문이라고 믿었고, 요리를 못하는 사람에게서 지시를 받을 수는 없다는 논리였다. 그건 정곡을 찌르는 비난이었다. 앤디가 요리하는 걸 본 사람이 없고, 그 솜씨를 아는 사람도 당연히 없었기 때문이다. "5년 동안 나는 접시에 파스타를 담고 웨이터를 다그치기만 했어요. 5년째가 되니까 내 꼴이 내 손으로 버터소스를 바른 칠면조 같았고, 나는 익을 대로 익은 상태였죠. 오래 구워 살이 퍼석해진 요리 같았어요."

나는 마리오와 조(오토의 성공을 누구도 부정할 수 없었기 때문에 의기양양하기 이를 데 없는)를 따라 이베리아 레스토랑을 열 만한 곳에 가봤는데, 두 사람은 웨스트빌리지에 있는 그 커다란 2층짜리 건물을 "다음번 대박"으로 여겼다. 뜰과 옥상정원이 있고, 수백 석으로 꾸밀 만큼 공간도 넓었다. 대형 피자 집도 먹혔는데, 대형 에스파냐 식당이라고 안 될 이유가 없었다. 그러고 나서 이 두 경영자는 숫자를 엉성하게 읊어댔다. 음식 재료를 주문하기 전에 이미 200만 달러에 육박하는 예산만으로도 앤디의 충성심에 붙은 가격표를 알 수 있었다.

나중에 주방에서 앤디를 만났을 때 이 얘기를 들려주었다. 그는 같이 가자는 말을 듣지 못했다. 그는 호기심이 동하면서도 애써 감췄는데, 그러면 자신이 처한 무기력한 처지가 고스란히 드러날 것이었기 때문이다. 표정에 근심이 어렸다. "규모가 틀렸어요." 마침내 이렇게 중얼거렸다. "보기 좋게 나가떨어지는 파에야[해산물을 재료로 하는 볶음밥의 일종으로 에스파냐의 전통 요리] 맥줏집이 되겠군요."

앤디는 자신의 마음에 드는 곳을 직접 찾아냈다. 최근에 자리가 난 작은 터로, 뉴욕 기준에서 보면 저렴한 편이었고(월세가 2만이 아니고 8,000달러였으니까), 유니언스퀘어 유기농시장에서 가까우며 워싱턴 어빙이 살았다고 해서 어빙플레이스라는 이름이 붙은 짧은 거리의 모퉁이였다. 창문으로 에스파냐풍 세라믹 바닥을 본 앤디는 그동안 어떻게 설명해야 할지조차 몰랐던 바로 그 장소를 찾아냈음을 깨달았다.

앤디는 에스파냐에서 음식을 발견했다. 역사와 풍습과 삶의 방식을 뭉뚱그린 문화라는 게 미술이나 음악이나 건축만이 아니라 그네들이 먹는 것에서도 여실히 드러날 수 있다는 걸 처음 깨달은 곳이 거기였다. 앤디가 10대 시절을 거기서 보냈다는 건 알고 있었다. 하지만 마리오와 같은 시기였다는 건 최근에야 깨달았다. 아버지가 보잉사의 중역이었던 마리오는 마드리드의 외국인 아파트에 살았고, 앤디는 코스타 브라바[거친 해안이라는 뜻으로 에스파냐에서 가장 인기 있는 해안 휴양지이다]의 예술인 마을에 살았다. (그의 어머니는 탭 댄서였고, 아버지는 카우보이와 서부의 석양을 주로 그리는 화가였다.)

바르셀로나는 이를테면 앤디의 포레타와 같아서, 그는 해마다 그곳을 찾았다. 특히 "너저분하고 월세가 싼" 음식점과 그들의 단순함이나 허세 부리지 않는 솔직함에서 원기를 되찾고 요리사가 되려고 했던 초심을 확인했다. 신혼여행을 겸해서 갔을 때는 바르셀로나에서 '캄 펩'이라는 레스토랑을 발견했다. (앤디의 아내도 밥보의 요리사였는데, 이때 첫아이를 임신 중이었다. 희망에 찬 행복한 부부였지만, 요리사들의 사회생활이라는 것에 의문을 갖게 되는 구절이다. 당연한 말이지만, 두 사람은 주방에서 만났고 신혼여행도 음식 연구 여행이었다.) 그리고 다음 여행에서는 '바 피노키오'를 찾아냈다.

'바 피노키오'는 앤디가 모델로 삼은 레스토랑이었다. 가족의 에스파냐어 대변인이었던 10대 시절에 어머니를 대신해서 장을 보곤 했던 바르셀로나의 보케리아 시장에 있었고, 신선함을 원칙으로 운영되는 '장터의 음식점'이었다. 재료는 문 앞의 가게에서만 구입하고, 주방은 개방되어 있으며, 카운터를 테이블로 삼았다. 사람은 많고, 메뉴는 없고, 간신히 주방장의 관심을 끌어서 음식을 손으로 가리키면 주방장은 그걸 만들고 마침내 식사를 하게 된다. "정직함이 그곳의 매력이죠. 마법이랄 것도 없고, 기교를 부리지도 않고, 비법도 없어요. 좋은 재료를 가져다 최소한의 조리만 하죠. 지금도 이런 얘기를 하면 소름이 돋아요."

대부분의 레스토랑과는 달리 칼 펩이나 바 피노키오는 미리 조리를 해두지 않고, 손님이 보는 앞에서 세 가지 방식으로만 음식을 만든다. 플랫톱, 튀김, 아니면 팬. 주문이 들어오면 그제야 가리맛조개를 열어서 올리브기름을 뿌리고, 소금과 후추로 간을 하고, 플랫톱에 뒤집어 얹은 후 30초간 익혔다가 생마늘로 마무리한다. 대구 살 완자인 크로케타는 기름에 튀긴다. 어린오징어를 아주 뜨겁게 달군 소테팬에 던져 넣으면 팬에 닿는 순간 풍선처럼 부풀어 오르면서 바다의 풍미를 토해낸다. 이걸 흔들고, 졸이고, 조금 더 흔들다가 맨 마지막에 예팥을 한 줌 넣어 물기를 흡수하게 한다. 전세계 음식의 근본인 바다의 액체와 녹말의 또다른 결합이다. 앤디는 이게 자기 메뉴의 뼈대가 될 거라고 했다.

"친구." 마리오는 앤디와 함께 바르셀로나에 다녀온 후 이렇게 말했다. "자넨 홈런을 쳤어."

그런가.

뉴욕에 돌아온 조는 앤디가 정한 장소에 가봤다. "뭐가 이렇게 작아." 그는 앤디가 어떻게 돈을 벌겠다는 건지 알 수 없었다. 수지타산을 맞추기에 충분한 인원을 수용할 공간이 부족했다. 덜컥 겁이 난 앤디는 냅킨을 펼쳐놓고 마흔두 명을 어떻게 앉힐 수 있는지 그림을 그렸다. "포보다 일곱 석이나 더 많아요!" 다만 그러려면 대기석 없이 사람들을 전부 다른 곳에서 기다리게 해야 하며(예를 들면 옆집의 빈 커피숍—거기도 빌릴 수 있을지 모른다), 바 근처로는 아무도 다니지 못하게 하고(안 그랬다간 퇴근시간의 교통체증 같은 혼잡함이 벌어질 테니까), 서랍을 달아 물 컵을 넣어둘 수 있는 테이블을 주문해야 했다(쳐서 쓰러뜨리지 않도록). 앤디는 계산을 해봤다. 하루에 9,000달러의 매상을 올린다면(포보다 2,000달러가 많다) 손익분기점은 넘길 수 있을 것이다. 그건 매일 밤마다 자리가 꽉꽉 찬다면 괜찮을 거라는 얘기였다. 이건 현실적인 계산이었을까?

그건 또다른 걱정으로 이어졌다. 앤디가 요리를 할 수 있나?

그걸 판단하기 위한 비공식 시식단이 꾸려졌다. 나와 마리오와 조, 그리고 친구들까지 여덟 명이 앤디가 평생 처음 고안한 메뉴를 먹기 위해 모였다.

앤디는 신경이 바짝 곤두섰다. "나는 멍석을 깔아놓으면 떨려요." 오랜 세월 동안 그는 마리오의 메뉴를 만들어왔다. 그랬던 그가 이제 자신만의 요리를 만들고 있는 것이다. "영 형편없으면 어쩌죠? 이런 음식을 만들었는데 아무도 먹으러 오지 않으면 어쩌죠?" 레스토랑의 견적은 20만 달러가 나왔고, 앤디는 20퍼센트의 지분을 확보하기 위해 삼촌에게서 돈을 빌렸다. 밤에도 잠이 오지 않았다. 살도 빠졌다. 지금까지 무려 18킬로그램이나 빠졌다. 바닥을 기어 다니며 강한 세척제로 청소를 하느라 무릎이 시큰거려 다리까지 절룩거렸다. 게다가 아내는 몸을 풀러 갔다 샌타바버라의 그 결정적인 순간 이후 거의 20년이 지났고, 이후의 모든 노력―미국요리학교 4년, 견습과 실습과 오랜 현장 경험―이 지금 이 한순간으로 집약됐다.

앤디는 나중에 마리오가 작성한 성적표를 보여줬다. 모든 요리에 1부터 10까지 점수를 매겼다. 그건 두 주방장의 암호 교환처럼 보였다. 닭 볏(닭 볏을 먹어보긴 난생처음이었다―아주 쩍쩍 달라붙는 느낌이었다)은 10점 만점에 10점이지만, 올리브기름을 조금 뿌리고 상온으로 데운 접시에 담을 것을 권했다. 그걸 보고서야 나는 무릎을 쳤다. 닭 볏! 상온으로 데운 접시! 나는 왜 이런 생각을 못 했지? 바칼라 크로퀘타, 완벽! 그것에 곁들이기 위해 앤디가 만든 오렌지 아이올리[달걀노른자와 올리브기름에 레몬 즙과 마늘을 넣어 만든 일종의 마요네즈소스], 완벽! 메추리는 완벽, 완벽!! (10자 밑에 줄을 두 개 그었다.) 쇠꼬리, 거의 완벽. "하지만 쇠꼬리를 다시 데우기 전에 팬의 기름기를 닦아낼 것." (앤디는 그걸 보면서 말했다. "이런 바보 같으니, 알고 있었는데. 나는 왜 이 모양이지?" 나는 다 안다는 듯이 고개를 끄덕였지만 사실은 무슨 얘긴지 통 몰랐다.) 칼라마리, 거의 완벽. "레몬 제스트와 파슬리를 위에 뿌리면 더 좋을 듯." 양 갈비, 완벽. 그리고 한마디가 덧붙었다. "밑에는?" 그건 접시에 비법 소스(밥보의 경우 메뉴에는 절대로 언급하지 않는 매운 홍고추 요구르트가 들어간다)를 뿌려서 고기의 육즙과 섞이게 하라는 뜻이었다. 침이 고이게 하기 위한 밥보의 맵고 짜고 달게 하기 전략은 정직을 표방하는 앤디의 접근법은 아니었다. 앤디는 이걸 무시할 것이다. 그의 양 갈비 밑에는 아무것도 더하지 않을 것이다. 그건 그의 레스토랑 스타일이 아니었고, 이제 그의 주방을 직접 맡고 있기 때문에, 그가 침 따위를 고이게 하고 싶지 않다면 그건 그의 재량이었다.

조의 성적표는 훨씬 간단명료했다. "일대 센세이션을 일으킬 요리."

우리는 바에 앉았다. 플랫톱과 튀김 솥과 프라이팬과 재료가 모두 눈에 들어왔다. 주방은 비좁고, 연기가 자욱하고, 레스토랑은 열두어

명도 안 되는 인원으로도 꽉 차는 느낌이었다. 우리는 메뉴에 실린 서른 가지 요리를 전부 먹었는데, 음식이 너무 맛있어서 다시 만들어 먹은 것도 많았다. 그러다가 바에서 일어나 모퉁이 레스토랑에서도 통유리로 둘러싸인 모퉁이 자리에 앉았다. 워싱턴 어빙이 살던 적갈색 벽돌집이 길 건너에 있고, 밤을 맞은 도시의 거리는 사람들로 붐볐다. 누군가 와인을 땄다. 너무나 행복한 순간이었다. 앤디는 레스토랑의 이름을 '카사 모노', 원숭이 집이라고 지었다. 이제 그는 주방장이 됐다.

# 많은 친구들이
# 밥보를 떠날 때

앤디가 없는 밥보는 어떤 모습일까? 아무튼 절대적인 주방장이라는 관행이 시험대에 오르긴 할 것이다. 그 관행을 간단히 말하면, 마리오처럼(또는 마르코 피에르 화이트나 알랭 뒤카세처럼) 성공한 주방장은 자신의 이미지에 딱 들어맞게 레스토랑을 꾸밀 수 있기 때문에 굳이 현장에 있을 필요가 없다는 것이었다. 하지만 그건 앤디가 주방에 있기 때문에 가능했고, 앤디는 자신의 뇌에 마리오라는 컴퓨터 칩이 내장됐다고 믿었던 사람이다. 그의 뒤를 이을 사람도 같은 칩을 이식하게 될까?

한때 유력한 후임자였던 메모는 이제 후보에서 벗어났다. 밥보를 떠나면서 스스로를 제명한 것이다. 하지만 떠난 후로 그는 행복하지 않았다. "마리오한테 안부 좀 전해주세요. 그래줄 수 있죠?" 나폴리 45에서의 생활은 전혀 수월해지지 않았다. 저녁에 분위기도 띄우고 맥주 한 잔에 피자 한 조각만 먹고 기차 시간에 맞춰 서둘러 돌아가는 사람들을 좀더 오래 붙잡고 있기 위해 초를 켜보려고도 했고(기각), 제철 재료를 이용한 특별 요리도 시도했고(기각), 메뉴를 바꿔보려고도 했다(기각). 레스토랑이 적자라는 소리에 경상비 감축도 제안했다(기각). "검수 쪽의 누군가"—메모가 "검수 쪽의 누군가"라는 표현을 썼다는 건, 뭐랄까, 새로웠다—가 파스타 계약을 체결했고, 메모에게는 새 제품으로 요리하라는 지시가 떨어졌다. "그건 뭐, 그럭저럭 괜찮았어요." 검수 쪽의 누군가는 캔자스산 12온스 스테이크를 좋은 가격에 공급받기로 했고, 메모는 이제부터 이걸로 요리하라는 지시를 받았다. "그건 괜찮지 않았어요."(그리곤 밑도 끝도 없이 "리베이트"라고 덧붙였다.) 검수 쪽의 누군가가 바닷가재를 납품받았고, 유럽 맥주를 받았다. 하루는 레스토랑연합회의 부사장인 피터 와이스가 찾아왔다.

"할 만한가?" 그가 물었다.

덩치가 산만한 메모는 그날의 대화를 떠올리자 화가 나서 몸이 더 부풀었는데, 아마 그 당시에도 그랬을 것이다. 그는 분노와 냉소를 담아 와이스 씨가 한 질문을 반복했다. 강세가 영 엉뚱한 곳에 놓였는데, 만약 와이스 씨에게 그가 요리에 대해서는 쥐뿔도 모르는 땅꼬마라고 말하려는 게 목적이었으면 영 엉뚱한 건 아니었다. 그가 정말로 요리에 대해 쥐뿔도 모르는 땅꼬마인지는 알 수 없는 노릇이지만, 아무튼 윗사람한테 하기에 적당한 말투는 아니었다. "할 만하냐고요?" 메모는 쩌렁쩌렁 울리는 목소리로 전혀 "할 만하지 않은 것들"을 조목조목 읊기 시작했다. 와이스 씨는 레스토랑이 돌아가는 상황에 전혀 불만이 없었고, 메모는 직장을 잃었다. 어쩌면 "지겨운 프랑스 인간들"이 운영하는 별 네 개짜리 레스토랑으로 돌아가야 할 때—캘리포니아 '프렌치 런드리'의 주방장인 토마스 켈러가 새 레스토랑을 개점할 예정이었다—라는 생각이 들었고, 마리오에게 조언도 구할 겸 전화를 걸었지만 마리오에게선 전화가 오지 않았다. "아마도 어디 갔었나 보죠." 메모가 말했다.

메모는 서른 살이었다. "나한테는 시간이 있어요." 주방장 경력을 쌓으려면 시간이 걸린다. "내가 정말 하고 싶은 건 서른 명에서 마흔 명 정도의 규모에서 어릴 때 먹었던 음식을 만드는 거예요. 마리오가 했던 포랑 비슷하지만, 멕시코 식당인 거죠."

이 점에서 메모는 밥보의 거의 모든 요리사와 똑같았다. 이상적인 동네 구멍가게 스타일의 레스토랑이라는 포의 신화에 푹 빠진 것이다. 그것은 감질나는 꿈처럼 이들의 머릿속을 드나들고 그것을 실현하기 위해 몇 년의 세월을 보냈다. 언젠가, 돈이 생기면, 투자자가 나타나면. 메모는 벌써 포와 운이 맞는 이름까지 지어놨다. 몇 년 전 르 시르크에서 일할 때 영업이 끝난 직후에 떠올랐다고 한다. "아호." 마늘이라는 에스파냐어였다. "새벽 3시에 할렘행 버스를 타고 집으로 가다 생각났어요. 아호. 아주 작고, 아주 살가운 공간으로 꾸밀 거예요."

토니 리우도 후보자가 아니었다. 그도 프랭크처럼 수석이긴 하지만, 프랭크가 선배였다. 그러나 토니가 보기엔 프랭크와 본인 모두 자격미달이고, 외부에서 영입해 와야 할 것 같았다. "프랭크는 음식은 잘 다루지만 사람은 못 다뤄요. 그가 앤디 후임이 되는 건 전적으로 반대고, 마리오한테도 그렇게 말했어요." 주방에서 다혈질 순위를 매긴다면 토니는 맨 꼴찌였다. 차분하고, 과묵하고, 욱하는 성질도 없었다. 프랭크를 반대하는 것도 그런 성격 탓인 듯했다. 하지만 마리오가 그의 의견을 무시하면 어떻게 될까? 토니가 나갈까? 토니는 주방의 비공식 대변인이 되어 주방의 입장을 전달해야 한다는 책임감을 느꼈다. 그는 유일하게 분별 있는 수석이었고, 다들 남이 듣지 못하고 보지 못하도록 그를 워크인으로 불러 점점 고압적이 되어가는 프랭크의 최근 사례를 들려주곤 했다.

"그건 프랭크의 머리글자를 따서 '에프' 효과라고 불렀어요. 나는 늘 중간적인 입장을 고수해요. 프랭크는 장광설을 늘어놓곤 했어요. 언제나 자기중심적이죠. 그러면 거기에 당한 사람은 나한테 와서 하소연을 해요. 한동안은 프랭크와 얘기를 해보려고도 했지만, 그런 말을 하는 데도 한계가 있는 법이잖아요. 프랭크는 얘기를 하고 싶어하지 않았어요."

가장 큰 피해자는 홀리였다. 처음 들어왔을 때부터 봐왔지만, 모든 스테이션을 두루 거치며 이젠 실력 있는 요리사가 됐는데도 걸핏하면 프랭크와 설전을 벌였다. "그는 늘 홀리를 쪼아대요." 토니가 말했다. "이유를 알 수가 없어요. 기분이 안 좋은 날이어서 그런지도 모르지만 그렇다면 프랭크가 기분 좋은 날은 언제냐 말이죠. 그렇게 욕을 해대니, 홀리도 참는 데 한도가 있으니까 얘기를 하고 싶은 거예요. 프랭크는 거절하죠. 영업 중이야, 나중에, 그러다 관둬버려요." 에프 효과의 또 한 가지 특징은 묵살이었다. "5년 전부터 그랬어요. '아니, 너랑은 얘기 안 해. 아니, 아니, 아니, 아니, 아니.'" 토니가 보기에 주방의 사태는 위험할 정도로 악화되고 있었다. "지나가 한구석을 차지하고, 또다른 구석은 엘리자가 차지하고, 그런데 그 중간에 프랭크를 책임자로 세워놓는다고요? 그게 좋은 생각일까요? 그렇지 않아도 기분에 따라 오르락내리락 성질들을 부리는데. 지나와 엘리자와 프랭크, 이 세 사람한테 제발 어른처럼 행동하라고 소리라도 치고 싶어요."

마리오는 주방이 어떤 모습인지 알고 있었을까? 토니는 이렇게 말했다. "마리오는 자신이 알고 싶지 않은 게 뭔지 정확히 알고 있어요."

마리오가 알고 있는 건, 프랭크가 남달리 환상적인 요리사라는 사실이었다. 어느 누구도 그만큼 빠르고 그렇게 본능적이지 못했다. 그가 일하는 걸 보고 있으면 유쾌했다. 그는 앤디처럼 뇌 의존형이 아니다. 컴퓨터 칩 같은 얘기는 하지도 않는다. 프랭크는 생각을 하지 않았고, 논리정연하게 말을 하지도 않았다. 언어는 그에게 부담이고 속도의 장애물이었다. 프랭크에게 요리는 관념적이지 않았다. 그에겐 마리오의 요리가 있었고, 그것의 조리법을 암기했다. 그것은 그의 근육에 담겼다. 마리오의 입장에서 뭘 더 알아야 한단 말인가. 게다가 주방에서 프랭크가 어떻게 행동하는지 한 번도 본 적이 없는데, 마리오가 옆에 있으면 딴사람이 됐기 때문이다. 구부정하게 서거나 어깨를 늘어뜨리거나 아니면 고개를 숙여 턱을 쇄골에 박고 눈을 똑바로 쳐다보지 않는 등, 온몸으로 누가 윗사람인가를 여실히 보여줬다.

"프랭크가 적임자지." 조는 이렇게 말했고, 프랭크는 주방의 총책임자가 됐다.

제일 먼저 나간 사람은 갈란드였다. 주방에서는 어중간한 시간인 오후 4시에 그와 마주쳤다. 이 도시에서는 모든 레스토랑이 동시에 일손을 멈췄다. 그 순간을 알게 된 후 뉴욕이 새롭게 보이기 시작했다. 모든 레스토랑이 문을 내리고, 재료준비팀에서 영업준비팀으로 교대를 하며 다 같이 휴식을 취한다. 이들은 너저분한 복장과 땀에 젖은 두건을 개의치 않고 홀에서 가장 좋은 테이블에 모여 간식을 먹거나, 뜨거운 상자 속에 들어가 10시간을 보내기에 앞서 문 앞에 나와 담배 한 대를 피우며 그날의 마지막 햇살을 쐰다. 갈란드는 유니언스퀘어 옆에 새로 문을 연 멕시코 레스토랑 담벼락에 기대서 있었다. 예전에 함께 일했던 상관에게서 주방을 맡아달라는 제안을 받은 것과 프랭크의 승진이 때를 같이했다. "꼭 프랭크 때문에 관둔 건 아니에요. 여긴 좋은 자리니까. 하지만 어찌 됐건 그만두기는 했을 거예요." 갈란드는 행복했고, 밥보에서 나가는 모든 사람처럼 금세 9킬로그램을 뺐다. "멕시코 요리엔 버터가 많이 들어가지 않아요."

다음 차례는 홀리였다. 그녀는 이탈리아로 떠났다. 모아둔 돈이 조금 있었고 이탈리아 사람들과 음식을 만들면서 요리사가 되고자 했던 열정을 되찾고 싶었다.

그 다음은 알렉스였다. 11개월 만이었는데, 1년을 채우지 못하고 떠났기 때문에 마리오에게서 추천서를 받지 못했다. 알렉스도 밥보의 규칙을 알고 있었다. 하지만 마리오가 어떻게 추천을 해줄 수 있겠냐고 공공연히 의문을 표했다. 알렉스는 자신이 일하는 동안 마리오가 주방에 들어온 적이 한 번도 없다고 했다. (사실은 들어갔었는데, 알렉스가 너무 정신이 없었던 나머지 알아차리지 못했던 것이다.)

하지만 타고난 낙천주의자답게 밥보에서의 경험을 긍정적으로 정리했고, 프랭크의 좋은 점들을 기억했다. "예를 들어 스파게티 알라카르보나라 만드는 새로운 방법을 가르쳐 준 것." 알렉스는 즐거운 표정이었다. "구완치알레를 볶아서 달걀흰자와 섞어 소스를 만들고, 그걸 접시에 담은 후에 노른자를 익히지 않은 채로 넣는 거예요. 프랭크가 어떻게 그렇게 훌륭한 자리에까지 오를 수 있었는지를 말해주는 한 가지 사례인 셈이죠. 그 바쁜 와중에 나한테 카르보나라 만드는 법을 가르쳐주다니. 물론 있는 대로 고함을 지르긴 했지만."

그 고함에도 나름대로의 교훈이 없지 않았다. "프랭크가 욕을 할 땐 늘 이유가 있었어요. 나를 더 좋은 요리사로 만들려는 거였죠. 그런 욕도 도움이 됐는데, 그걸 보며 내가 닮고 싶지 않은 모습이 어떤 건지 알았거든요. 나중에 수석주방장이 된다면 그런 식으로는 굴지 않을 거예요. 이런 통찰력을 갖게 해줬으니 프랭크에게 감사해야죠." 그리곤 그가 미친 영향력의 크기를 가늠하려는지 잠시 말을 멈췄다. "서로 다르긴 하지만, 이제 프랭크는 저의 가장 좋은 친구예요."

토니도 그만뒀다. "프랭크가 이끄는 주방에서 일하고 싶지 않았어요." 그러곤 웨스트빌리지에 새로 생긴 쉰 석 규모의 레스토랑을 맡았다. (아니나 다를까, 토니도 그곳을 이렇게 비유했다. "포보다 그렇게 많이 크지 않아요.") '오거스트'라는 이름(왜 오거스트인지는 아무도 몰랐다)의 유럽 레스토랑이었다. 성격이 모호했지만 토니가 옮겨가기엔 완벽했다. 스스로 생각하기에 그는 프랑스, 에스파냐, 그리고 이탈리아 요리까지 섭렵했다. 여기서는 벨기에 요리를 익히고, 가끔씩 독일 요리도 할 수 있었다.

나중에 그곳에서 식사할 기회가 있었는데 사우어크라우트와 초리소를 같이 내는 식으로 여기저기서 조금씩 모아놓은 무슨 유럽연합 잡탕 메뉴 같았지만, 토니가 워낙 훌륭한 요리사기 때문에 음식은 맛있었다. 홀리가 이탈리아에서 돌아왔을 때 토니는 수석주방장을 맡아달라고 했다. "나는 여자들과 일하는 게 더 좋아요. 테스토스테론 때문에 괜한 허세를 부리지 않으니까."

애비를 끝으로 나갈 사람은 다 나갔다(이제 저녁팀에는 여자가 한 명도 없었다). 스테이션마다 한 명씩 그만뒀다. 레스토랑이 문을 열고 5년 동안 이렇게 대규모로 사람들이 빠져나간 적은 없었다. 상황이 다급했고, 외부에서 수석주방장을 데려왔다. 신속하게, 프랭크의 의견을 묻지 않은 채. 그건 실수였는데, 프랭크가 그와 일하길 거부했기 때문이다.

"프랭크가 걱정돼요." 메모는 내게 말했다. "그는 너무 불행해요. 너무 화가 나 있어요. 무슨 일이든 터지고야 말 거예요."

무슨 일이 터질까? 하지만 그건 나중에야 알게 됐는데, 내 발등의 불을 끄느라 뉴욕을 떠나야 했기 때문이다.

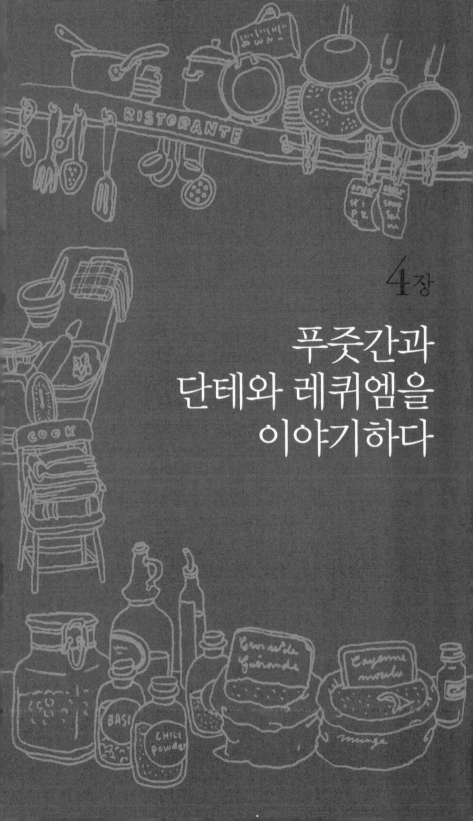

4장

푸줏간과
단테와 레퀴엠을
이야기하다

티베리우스 황제가 로마를 통치할 무렵, 아피시우스라는 대단히 부유하고 사치스러운 사람이 살았다. 그의 이름을 따서 '아피시언'이라는 치즈케이크 종류가 생겨나기도 했다. 그는 주로 캄파니아의 민투르나이라는 도시에서 살았고, 배를 채우는 데 수많은 드라크마를 썼다.

특히 아주 비싼 가재를 좋아했는데, 스미르나 심지어 알렉산드리아에서 잡히는 것보다도 큰 그 지역의 명물이었다. 아프리카에서 잡히는 가재도 무척 맛이 좋다는 얘기를 들은 그는 그날 당장 배를 타고 그곳으로 떠났다.

뱃길은 험했고, 고생도 이만저만이 아니었다. 해안에 닿으려는데 어부 한 사람이 배를 타고 다가와 물이 아주 좋은 가재를 사라고 했다(그가 온다는 소문이 돌면서 아프리카에서는 일대 소동이 벌어졌다). 그걸 본 아피시우스가 더 좋은 건 없냐고 물었더니 그게 최고라는 말이 돌아왔다. 그는 민투르나이의 가재를 떠올리곤 땅한 번 밟지 않은 채 뱃머리를 돌려 이탈리아로 돌아왔다.

—아테나이우스, AD 3세기

# 푸주한 대학교에
# 입학했네

이탈리아로 돌아가 이번엔 제대로, 다시 말해서 오래, 머물러야겠다고 작정했다. 그게 얼마가 될지는 나도 몰랐다. 잠깐? 잠깐의 두 배? 아니면 그 이상? (그런데 잠깐이라는 게 얼마지?) 이런 기회가 다시 오지 않을 거라는 이 거머리 같은 느낌이 사라질 만큼 오래. 마크 배럿은 그 느낌을 잘 알았다. 잔니와 베타(첫 번째 잠깐)에게서 배울 만큼 배운 그는 최대한 많은 것을 배우겠다는 희망을 품고 마리오의 발자취를 좇아 이탈리아 반도를 종횡으로 누비면서 볼로냐와 피렌체, 칼라브리아의 레스토랑을 전전하고 있었다.

마크는 몇 년쯤 머물 생각이었다. 나는 몇 년까지는 곤란하지만(안 될 건 뭐람?) 얼마가 됐든 당분간 이탈리아로 돌아가야 한다는 건 분명했다. 안 그러면 남은 평생을 후회하며 살게 될 것 같았다. 나는 신경과민 상태였다 1년 전에 멀쩡한 직장을 그만두고 밥보의 주방에서 라인쿡을 맡기 전에도 이런 생각에 시달렸었다. 그런데 이제는 아내한테도 일을 그만두고(제시카는 맨해튼의 잡지사에서 고액의 연봉을 받는 편집자였다) 내가 돈 한 푼 안 받고 하루 종일 일하게 될 생면부지의 이탈리아 산골 마을로 같이 가자고 설득하는 중이었다. 그나마 운이 좋아서 누군가 나를 받아준다면, 그리고 정말로 뭔가를 배울 만한 소임을 맡게 된다면. 당근 썰기의 달인이 되기 위해 이탈리아에 갈 마음은 없었다.

제시카는 내 제안을 곰곰이 따져봤다. "얼마 전에 이탈리아에 갔다 왔잖아."

"그래, 맞아, 그렇지. 좋은 지적이야. 얼마 전에 이탈리아에 갔다 왔지."

"그리고 토르텔리니 만드는 법을 배우지 않았어?"

"어, 그래, 그것도 맞아." 하지만 토르텔리니는 수많은 요리 중 하나일 뿐이고, 아직도 내가 찾아내야 할 요리의 비법—감각, 솜씨, 마리오가 늘 "거기"서만 배울 수 있다고 말하는 그런 것들—이 많이 남아 있거든. 그렇기 때문에 우리는 돌아가야 해.

제시카는 이해하는 눈치였다. (우리 결혼이 시험대에 놓인 순간이었다.) "그런데 그런 비법을 누가 가르쳐줄 건데?"

다리오 체키니 얘기를 해줬다. 나는 그 사람 밑에서 일을 해야겠다는 확신을 갖게 됐어. 그는 나를 모르고, 나를 받아줄지도 알 수 없어. 하지만 한 다리 건너면 연줄이 엄청나게 많아. 글쎄 나를 안 받아줄 수가 없다니까! 마리오의 아버지인 아르만디노 바탈리가 보잉을 그만두고 이탈리아 고기 조리법을 배우겠다고 결심했을 때 그는 다리오의 푸줏간부터 찾아갔다. 아르만디노에게 전화를 걸어 그렇게 한 이유가 뭐냐고 물어봤다. 다리오가 이탈리아에서 첫손 꼽히는 푸주한이고, 가게도 단순한 정육점이 아니라 투스카니 음식의 박물관이라는 대답이 돌아왔다. 생고기, 익힌 고기, 키안티 쇠고기와 라구와 소스와 가공 돈육—그 분야의 대학교라는 것이었다.

엘리자도 다리오를 알았다. 그녀는 여름이면 근처에서 일주일 일정의 요리강습을 했고, 영감을 받기 위해 다리오의 가게를 찾곤 했다. (그녀는 주방의 자기 자리에도 그의 사진을 붙여놓았다.)

그리고 음식전문가인 페이스 윌링거는 다리오의 가게에서 회향 가루를 발견했고, 그걸 옷 가방에 몰래 숨긴 채 대서양을 건너와 마리오의 토르텔로니에 뿌렸다. 셰 파니스의 25주년 기념 파티에 참가하기 위해 미국을 찾았을 땐 이 푸주한과 동행했고 그 기사가 《인터내셔널 헤럴드 트리뷴》에 실렸다. 나는 우연찮게 그 기사를 보고 스크랩을 해두었다. 거기서는 체키니를 세계에서 가장 유명한 푸주한이라고 설명했다.

그에게 전화를 걸었다. 시뇨르 체키니, 저는 마리오 바탈리의 친구입니다.

"아치덴티!" 이 말은 "저런, 큰일났군!" 정도의 뜻이었지만 그땐 그걸 몰랐다.

아시겠지만 마리오는 아르만디노의 아들이지 않습니까. 나는 미리 적어놓은 걸 읽기 시작했다. (이탈리아어로 통화를 한다는 생각에 심장이 떨릴 지경이라 아침 내 물어볼 말을 연습하고 또 연습했다.)

"아치덴티!"

그리고 페이스 윌링거와도 친구 사이시죠.

"아치덴티!"

그래서 말인데 제가 투스카니 푸주한 수업을 받고 싶거든요.

"아치덴티! 비에니! 프론토! 오라!"—와요! 어서! 당장!

그러고는 어떤 여자에게 전화기를 넘겨줬다. 다리오의 부인이라고 자신을 소개한 앤 마리는 다행히도 미국인이었고, 우리가 방금 나눈 대화를 내가 제대로 이해했다고 확인해 주었다. 그로부터 일주일 후에 나는 복잡한 키아티지아나, 피렌체에서 시에나까지 키안티를 따라 흐르며 판자노를 가로지르는 고속도로를 달리고 있었다. 그러자 밥보의 주방에 첫발을 들여놓던 때의 기분이 고스란히 느껴졌다. 이곳을 떠날 때면 또다른 사람이 되어 있을 것 같았지만, 과연 어떻게 변해 있을지는 알 수 없었다.

다리오의 마첼레리아는 우체국 건너편의 가파른 길에 있었다. 그 푸줏간은 사실상 가게 두 개를 이어붙인 모양이었다. 아래쪽은 거실 느낌이었다(더 구체적으로 말하자면 가축과 함께 사는 집의 거실). 식탁과 의자, 책꽂이, 단테의 흉상, 도자기로 만든 분수(소가 물을 마시는 곳 같은)가 있었다. 위협적으로 보이는 검은 대못 세트에는 '투스카니 방문 환영'이라는 글자가 박혀 있고, 뭔가를 형상화한 종이찰흙 조각이 있었다. 나중에야 그게 지옥 불 속으로 사라지는 실물 크기의 사람들 모형이라는 걸 알게 됐다.

고기들이 진열된 위쪽 가게에는 들어갈 수가 없었다. 그곳은 북새통이었다. 입구를 너머 길거리까지 인파가 넘쳐흘렀다. 한 100명? 그 이상? 사람들은 잔뜩 흥분해서 땀까지 빠직거리고 있었다. 까치발을 하고 들여다봤다. 어깨에 방송국 카메라를 멘 사람이 있고 조명 불빛이 반짝였다. 합창곡이 크게 울렸는데, 모차르트의 〈레퀴엠〉인 것 같았다. (웬 레퀴엠? 하긴 푸줏간인데 레퀴엠이 어울리지 않을 것도 없지.)

사람들 사이를 비집고 들어갔다. 다들 한 손엔 포도주 잔을 들고, 다른 손으로는 하얀 크림 덩어리 같은 걸 먹고 있었다.

"라르도." 누가 이렇게 말하며 내게도 먹어보라고 권했다. 라르도 크루도, 가공하지 않은 생라르도. 남자의 턱에는 치약 같은 라르도가 잔뜩 묻어 있었다.

좀더 앞으로 나갔다. 양복 차림의 남자가 레드와인이 담긴 커다란 피아스코 병을 흔들고 있었다. 정말 형편없는 레스토랑에서 볼 수 있으며, 웬만하면 마시지 말라고 충고하는 짚으로 감싼 와인 병이었다.

그는 내게 와인을 따라주려고 했지만 조준을 잘못하는 바람에 신발만 적셨다. 아침 11시였는데도 다들 술기운에 넘쳐 소란스럽기 그지 없었다. 술 냄새를 풍기며 옆구리를 찔러대고 얼굴을 바짝 들이댄 채 귀청이 떨어지게 웃어댔다. 고기와 살라미와 소시지가 들어 있는 유리 진열장 뒤에는 우리의 주인공이 발판에 올라가 가게를 굽어보고 있었지만 자신에게 뭔가—주문, 돈, 사인을 해달라는 종이—를 건네며 환호하는 사람들은 보이지 않는 것 같았다. 그는 사람들을 무시했다. 그도 와인을 마시고 있었는데, 보아하니 꽤 마신 모양이었다. 행복한 듯 씩 웃었다. 음악 소리가 너무 컸고—"진노의 날, 운명의 날!"—사람들은 그 속에서 고래고래 소리를 질렀다.

푸주한의 손에는 톱니 날이 반짝이는 칼이 들려 있었는데, 고기 써는 칼이라기보다 기병도에 더 가까워 보였다. 키도 커서 180센티미터가 넘었다. 그땐 발판에 올라섰기 때문에 한 195센티미터 정도로 보였고, 만화 속의 혈거인처럼 어딘가 우스꽝스러운 느낌이 들 정도였다. ("만물이 재가 되리니!") 손도 엄청났다. 내 평생 그보다 더 큰 손은 본 적이 없었다. 몸의 다른 부분에 비해서도 확실히 컸다. 손이 팔 길이의 반은 돼 보였다. 손가락도 팔다리 못지않게 길었다. 분홍색 클로그와 양말을 신고, 목에 분홍색 손수건을 두르고, 분홍색 면셔츠를 입었다. 셔츠는 너무 꽉 끼고, 근육이 지나치게 발달된 어깨 부분은 터져나갈 지경이어서 꼽추 같은 인상을 풍겼다. 머리는 상고머리로 짧게 잘랐고, 큰 눈썹에 큰 코와 큰 입술을 가졌다. 이목구비가 큼직큼직했다. 40대 후반, 나와 비슷한 연배였다.

이 사람이 다리오 체키니로군. 그는 내가 자신을 알아봤다는 걸 알아봤다. 그는 음악을 끄고 사람들에게 입을 다물라고 했다. 가게가 조용해졌다. "넬 메조 델 캄민 디 노스트라 비타" 목소리가 쩌렁쩌렁 울렸다. "미 리트로바이 페르 우나 셀바 오스쿠라, 케 라 디리타 비아 에라 스마리타." 나도 그게 단테의 「지옥편」 도입부라는 건 알 수 있었다. 인생길 반 고비에 이르러 길을 잃고 어두운 숲에 들어갔네. 그래, 인생의 반 고비에서. 그럼 내가 가는 곳도 거기란 말이야? 지옥?

비가 내리기 시작했고, 비를 피하기 위해 사람들이 밀고 들어왔다. 다리오는 멈추지 않았다. 어쩌면 새로운 걸 읊기 시작했는지도 모른다. 뭐가 됐든 하여간 엄청난 기운이었다. 눈에는 붉은 핏발이 서고, 눈동자가 흐리멍덩했다. 그걸 알 수 있었던 건 어느새 발판에서 훌쩍 내려온 그가 내 어깨를 움켜잡고 얼굴을 바짝 들이댄 채 침과 거품까지 튀기며 시를 외우고 있었기 때문이다. 2행 대구를 낭독하는지 노래 같은 리듬이 느껴졌다. 한 행은 소리 높여 외치고, 다음 행은 소리 죽여 속삭였다. 사람들을 놀래키려는 듯이 몸을 움츠리는가 하면 성명서를 발표할 것처럼 몸을 쭉 폈다. 눈을 부릅떴다가 실눈을 뜨고, 손가락을 흔들다가 기도하듯 양손을 모았다. 이렇게 신파조로 시를 낭독하는 건 평생 처음 봤다.

누군가 바이올린까지 켜고 있었다. 가스등 조명과 빅토리아 시대의 높은 모자가 있어야 할 것 같았다. 디킨즈를 이렇게 읽으면 제격일 것도 같았다. 솔직히 말해서 어처구니가 없었다. 하지만 가게에 운집한 사람들은 모두 좋아했고, 다리오가 낭송을 멈추고 발판으로 다시 올라가자 사람들은 병적 흥분 상태(술, 생비계, 열기, 꽉 닫힌 문, 그 안에 들어와 있다는 특권의식)에 가까운 환호성을 지르며 요란하게 박수를 쳤고, 다리오는 손을 흔들어 답례했다. 그리고는 모차르트 CD를 꺼내고 볼륨을 높인 뒤 살사 느낌의 이탈리아 음악을 틀었다.

"페스타!" 그는 이렇게 소리치고는 빙글빙글 돌며 발판의 한쪽 끝으로 갔다. "페스타, 페스타, 페스타!" 다시 빙글빙글 돌며 다른 쪽 끝으로 갔다. "페스타, 페스타, 페스타, 페스타, 페스타!" 잔치를 합시다!

나는 다음날 아침 8시부터 일을 하기로 돼 있었다.

# 〈오 솔레 미오〉,
# 고기의 영혼을 노래하는 곳

grilled STEAK with
acorn squash caponata

　월요일 아침의 판자노는 사뭇 다른 모습이었다. 일요일에는 이곳을 찾은 관광객들의 에너지, 그들이 여기까지 찾으러 왔던 낭만이 있었다. 그러나 월요일이 되자 외딴 마을, 조용하고 흥하기까지 한 마을로 되돌아왔다.

　차츰 알게 된 바로는 그곳엔 900명이 살았고, 푸줏간이 두 곳, 카페가 두 곳, 술집도 두 곳, 가족이 운영하는 알리멘타로, 그러니까 식품점이 네 곳, 레스토랑 두 곳, 호텔 두 곳, 그리고 (특이하게) 제과점은 세 곳이 있었다. 이렇게 가게에까지 엄밀한 선이 그어져 이를테면 빵한 덩이를 사거나 커피 한 잔 마시는 일로도 그 사람의 성격, 어쩌면 정치적인 성향, 그리고—알게 뭐람?—내세를 보는 시각까지 짐작할 수 있다는 걸 알게 됐다. 하지만 와인만큼은 완전히 달랐다. 그 이유는 양조장은 둘이 아니라 열여덟 곳이었기 때문이고, 술집에서 와인

한 잔을 주문하는 건 능란한 사교 행위가 될 수도 있었다. 그리고 마을도—왜 아니겠어?—구지역과 신지역, 이렇게 둘로 나뉘었다.

구지역에 가면 오래된 것과 오래된 것을 모사한 것들이 미로처럼 얽혀 있었다. 고성의 유적, 중세의 벽, 20세기에 다시 지은 12세기 성당(성과 성당은 1100년대부터 약 100년 주기로 파괴되었다), 열악한 하수도, 시끄러운 동네, 자취를 찾을 수 없어진 사생활. 이곳은 시에나파와 피렌체파, 그 땅을 일구는 사람들을 방어하겠다는 두 세력이 벌인 오랜 전쟁 기간 중에 언덕에 만든 중세의 요새였다. 판자노의 역사에서 크게 변한 적 없는 땅에는 분지 같은 계곡들이 이어졌다. 강물이 깎아놓은 전형적인 협곡이라기보다 거대한 세숫대야처럼 보였다. 풍경은 예쁘고 평온했다. 숲이며 자연이 그대로 보존된 모습은 놀라웠다. 주로 경작되는 것은 포도였다. 포도밭의 급격한 증가가 지난 500년간 이 땅이 겪은 유일하게 큰 변화였다. 4월 초의 포도밭은 거무스름한 땅을 쟁기질해 긴 고랑을 파놓고 검은 밑동이 줄지어 선 수학 도형 같았다. 나무들은 머지않아 움켜쥔 주먹을 펴듯 푸른 잎을 활짝 펼쳐 보일 태세였다.

신지역은 치장벽토를 칠한 깔끔한 벽들이 즐비했다. 전후의 효율성이 느껴졌다. 수많은 산골 마을처럼 판자노도 나치에 점령됐고 그들은 퇴각하면서 큰길가의 건물에 불을 질렀다. 몇 세기 동안 굳건히 자리를 지켰던 건물들이 화재로 소실됐고, 같은 자리에 있었던 안티카 마첼레리아 체키니도 그때 불에 탔다. 체키니 가문의 장자가 여덟 대를 물려가며 지켜온 푸줏간이었다. 마첼레리아 위층의 빈 공간을 보니 옛날 건물이 어땠을지 짐작할 수 있었다. 돌 벽과 바닥은 다리오에게 이름을 물려준 할아버지가 어려운 가운데 스물두 명의 가족을 건사하던 그 시절 그대로였다. 전쟁 때 할아버지는 동이 트기 전에는 산에 올라가는 빨치산에게 고기를 팔았다. 2시간이 지나 정확히 8시가 되면 파시스트들이 고기를 사러 나타났다. 키안티에서는 아무도 고기 없이는 못 산다는 걸 나는 곧 알게 됐다.

이날 아침에 마첼레리아는 정신이 없었다. '만드는 날'이었기 때문이다. 그나마도 나중에야 알았고, 그때는 그저 정신없이 움직이는 사람들에게 방해가 되면 안 된다는 생각뿐이었다. 뒤쪽에 작은 주방이 있었다. 오븐과 대리석 카운터. 그리고 노인네가 사용하는 푸주한의 도마가 있었다. 그 노인은 거장이라는 뜻의 '마에스트로'라고 불렸고, 그에 걸맞은 예의를 갖췄다. 그에게 하는 말은 무조건 이 호칭으로 끝을 맺었다. 예를 들면 이런 식이었다. 안녕하세요, 마에스트로? 커피 드시겠어요, 마에스트로? 이 찌꺼기들 치울까요, 마에스트로?

11시가 되면 마에스트로는 간식을 먹었다. '마에스트로의 빵'은 아침에 일하러 나오는 사람이 나무 화덕에 구운 것을 사왔고, 소금을 솔솔 뿌려 올리브기름에 찍어 먹었다.

빵을 준비해 드릴까요, 마에스트로? 다 드셨어요, 마에스트로? 접시를 치울까요, 마에스트로?

칼을 쓸 수 있는 사람은 다리오와 마에스트로 둘뿐이었다. 다리오는 전면에서, 사람들이 보는 앞에서 칼을 휘둘렀다. 마에스트로는 뒤에서, 도마 아래쪽 서랍에 보관하는 칼을 썼다. 예순두 살인 마에스트로는 흰색 작업복을 입었다. (다른 사람들은 푸주한의 유니폼이랄까, 바닥까지 끌리는 중세풍 '안티카 마첼레리아 체키니' 앞치마를 둘렀다.) 마에스트로는 옆 마을에 살았다. 가까이 사는 아들 엔리코는 올리브 천 그루에서 향기롭고 진한 기름을 짰다. 그 기름은 구하기가 무척 어려운데, 다리오가 대부분을 사 들이기 때문이다. 은발의 마에스트로는 호리호리하며 표정 주름이 깊고, 검은 눈썹과 큰 귀와 크고 남자다운 코를 가졌다.

"저 얼굴을 좀 보라고." 마에스트로의 친구가 내게 말했다. 오가는 농담을 어렴풋이 이해할 수 있을 만큼 이탈리아어에 익숙해졌을 때였다. "에트루리아 사람 같지 않아? 고분벽화에서 저런 얼굴 못 봤나? 이 언덕만큼이나 오래된 얼굴이지." 마에스트로는 신중하고(고대의 남자처럼) 과묵하고(고대의 남자처럼), 가끔 과장되게 엄숙한 말투로 얘기를 하며 구두점을 찍듯 긴 손가락을 한데 모았다. 손가락이 어마어마했다. 마에스트로의 손은 놀랍게도 다리오보다 더 컸다. 너무 커서 불안할 정도였다. (내 손은 왜 이렇게 작은 걸까. 고된 하루 일과를 끝내고 집에 갈 때면 손을 내려다보며 이렇게 묻곤 했다. 지금은 내 손도 그렇게 작지 않다는 걸 안다. 평균과 비교하면 오히려 크다는 얘기를 들을 수도 있다. 언젠가 장갑을 샀을 때도 제일 큰 걸 샀다. 그런데도 마첼레리아에 있을 땐 가끔씩 손을 앞뒤로 뒤집어보곤 했다. 너무 퉁퉁하고, 손가락은 뭉뚝하고, 도무지 조화롭지가 않았다. 이 일을 하려면 그게 필요한지도 몰랐다. 거대한 손. 숲에서 뛰노는 야생동물 같은 것이 팔뚝 끝에서 자라고 있지 않다면 빵이나 굽는 게 제격이었다.)

예전엔 앤 마리도 마첼레리아에서 일을 했다는데 지금은 일요일에만 나왔다. 일요일은 너무나 바쁘기 때문에 다리오와 관련이 있는 사람이면 죄다 나와서(심지어 내 아내도 인사나 하려고 들렀다가 붙들려서 일을 했다) 앞치마를 두른 채 와인을 따르고, 빵에 라르도를 바르고, 다리오가 맛보기용으로 준비해 놓은 고기들을 손님들에게 내갔다. 다리오가 발판에서 내려와 운집한 사람들 속에서 무릎을 꿇고 커다란 반지를 건네며 앤 마리에게 청혼을 해서 박수와 환호와 카메라 플래시 세례를 받은 것도 그런 어느 일요일이었다. 몇 년 전의 일이고, 실제로 결혼을 하지는 않았지만—"대신 영화 같은 추억을 줬죠"—앤 마리는 자신을 다리오의 아내라고 소개했다.

167센티미터면 작은 키가 아닌데도 다리오 옆에서는 집 없는 아이처럼 왜소해 보였다. 길들일 수 없는 밝은 구릿빛 머리카락은 빗자루처럼 억셌다. 흰 피부에 주근깨가 있고, 시원한 웃음 뒤로 신랄한 냉소도 엿보였다. 빨간색 카우보이 부츠를 신고, 터키석과 밝은 녹색의 장신구도 했다. 보색으로 치장한 붉은 머리의 여인. 그녀는 패션계 출신이었다. 첫 번째 직장은 〈플래시댄스〉라는 영화의 의상 담당이었고, 바나나 리퍼블릭에 취직해서 이탈리아에 왔다가 다시 돌아가지 않았다. 다리오의 독특한 로고와 라벨과 명함(접힌 부분을 펼치면 그 안에 선명한 생고기 사진이 나타난다)도 그녀의 솜씨였다.

가게를 운영하는 것은 카를로와 테레사 부부였다. 두 사람은 피렌체에서 남자용 와이셔츠 공장을 운영했는데, 어느 날부터인가 남자들이 티셔츠를 입는 바람에 사업이 망해서, 본인들의 표현을 빌리자면 "쇠락한 환경"에 처하게 됐다. 아직도 피렌체에 아파트가 있지만, 여기서는 어느 과부의 농장에서 먹고 자는 대가로 그녀를 보살펴 준다고 했다.

카를로는 가게의 회계와 배달을 맡는다. 그는 쉰다섯이고 검은 콧수염 못지않게 태도도 음울하다. 제 몫을 다 치르지 못한 사람, 여리고 멍든 가슴을 가진 무뚝뚝한 사내. 다리오에게 듣자니 부도가 나고 1년 동안은 말을 하지 않았다고 한다. 단 한마디도. 지금이야 말을 하지만—사흘에 한 번 정도는 미소도 짓는다—그의 억양은 알아듣기 힘들다. 피렌체 말은 과장된 느낌을 준다. 'c'도 센소리를 지우고 부드럽게 처리해서 예를 들면 집이라는 뜻의 '카사'는 '하사'처럼 들린다. 그런데 투스카니 산골로 들어오면 그냥 조용한 '하사'가 아니라 침을 푸푸 튀기는 '하-하-하-하아아사'가 되어, 사람의 말이라기보다 동물의 소리에 가까워진다. 아직도 나는 카를로에게 뭘 물어볼 엄두가 나지 않는다. 대답을 들어봐야 이해를 못 할까 봐 걱정이 되기 때문이다.

아내인 테레사는 주방을 관리한다. 익히고 준비하는 모든 활동의 절반 이상이 그녀의 손을 거친다. 나는 아직 그것들의 정체를 파악하지 못했다—젤리, 소스, 테린, 콩. 어떤 건 포장해서 팔고, 어떤 건 국자로 떠서 판다. 일반적인 푸줏간에서 기대할 만한 것들은 하나도 없다. 대부분은 너무나 독특해서 다른 어느 푸줏간에서도 볼 수 없다.

테레사는 키가 작고, 엉덩이가 통통하고, 대단히 여성적이며, 끝없이 다이어트를 했다. 테레사는 2시쯤에 마첼레리아 식구들이 먹을 샐러드를 만드는데, 신선한 채소를 구경하는 유일한 순간이었다. 그녀는 심심하면 머리색을 바꾸고 늘 명랑하다. 콧노래를 흥얼대다 노래를 부르고, 별로 우습지도 않은 것에 웃음을 터트린다. 그녀가 보는 세상은 우스운 곳이기 때문에 그녀는 늘 웃고, 너무 웃다가 눈물까지 찔끔댄다. 남편이 어둠이라면 그녀는 햇살이었다. 남편처럼 그녀도 전문적인 주방 경험은 전혀 없었다. 그런데도 지금 이곳의 관리를 맡고 있었다. 이 점에서 그녀는 다른 모든 사람들과 다르지 않았다.

다리오의 가게에는 이런저런 일을 하는 사람들이 많았다. 그 일이라는 게 10시에 나와 신문을 읽고 투스카니 관련 기사에 표시를 하거나, 11시에 나와 커피를 끓이는 것에 불과하다 해도(이건 두 가지 일이고, 그래서 두 사람이 따로 맡았다). 경력은 필요하지도 않고 원하지도 않았다. 채용되기 위해 필요한 건 고달픈 팔자와 달리기 실력뿐이었다. 고달픈 팔자는 테레사와 카를로처럼 사업의 부도가 될 수도 있고, 앞치마를 빠는 루치아처럼 병든 남편이거나, 어느 날 아침에 여권도 없이 모로코에서 도착한 라시드처럼 비자 문제일 수도 있다. 법과의 사소한 마찰, 오늘내일하시는 어머니, 암에 걸린 아버지, 부모의 학대, 근친상간으로 인한 낙인, 정신장애, 언어장애, 잘 걷지 못하거나 척추가 주저앉았거나 그저 사회적으로 부적절한 기행 같은 것일 수도 있었다.

"투스카니 사람들은 미치광이에게 애정을 느껴요. 왜 그런지는 설명할 수 없어요." 다리오는 나중에 이렇게 말했다. 달리기 실력이 필요한 건 무슨 일을 맡든 그렇게 해야 했기 때문이다. 다리오가 소리를 지르면 그의 지시를 재깍 처리해야 했다.

"리-카아아아르-도!" 다리오는 하루 종일 소리쳐 불렀다. 그는 가운데 음절에 조급함을 담아 길게 늘이고 마지막에 짜증 섞인 강세

를 찍어 이름을 부르는 데 일가견이 있었다. 그러면 리카르도가 숨이
턱에 차게 달려온다. 그는 내가 머릿속으로 그리던 푸줏간 견습생의
모습 그대로였다. 둥글둥글 통통한 몸집에 장밋빛 발그레한 뺨과 검
은 곱슬머리가 열네 살밖에 안 돼 보였다(실제 나이는 스물한 살이었
다). "도-대에에에-체!" 다리오는 가운데를 잡아끌고 마지막 음절
을 가래침 뱉듯 내뱉곤 했다.

　재료의 이름을 부를 때도 많았다. "페-페!" 그러면 주방에서는 다
들 허겁지겁 후추를 찾아 손으로 그걸 갈았다. 푸줏간엔 기계가 딱
세 개뿐인데, 그나마도 내키지 않는 걸 번민과 갈등 끝에 구입했다는
기색이 역력했다. "아-글리오!" 다리오는 누구에게랄 것도 없이 쩌
렁쩌렁 소리를 질렀는데, 요란스러운 푸치니 오페라 흉내를 겸하고
있었기 때문이다. 누군가 밀짚으로 엮은 바구니에서 마늘을 꺼내 껍
질을 벗겨서 다리오에게 달려갔다. "보!" 이건 투스카니 특유의 툴툴
거리는 소리였는데, 이 경우엔 내가 이걸 달라고 할 때까지 이게 필
요한지 몰랐냐는 어처구니없음을 한마디로 압축한 것이었다. 그러고
는 카운터에 붙여놓은 분쇄기를 돌려서 마늘을 다졌다.

　나는 보탬이 되려고 애썼다. 밥보 사람들에게서 배운 새로운 주방
에서의 행동 요령이 있었다. 눈에 띄지 말 것, 쓸모 있는 사람이 될
것. 그러다 보면 언젠가는 더 많은 일을 할 기회가 주어진다는 것이
었다. 바닥을 쓸고, 팬을 닦고, 로즈마리 수천 줄기를 다듬었다.

　하루 이틀 지나자, 다리오가 후추를 외치면 그걸 갈 정도의 눈치도
생겼다. 셋째 날에는 모스타르다라고 하는 매콤하고 달콤한 젤리에
쓸 홍고추를 준비했다. 고추에 설탕과 매운 칠리고추와 젤라틴을 넣
고 끓이는 건데, 내가 레시피를 적는 걸 본 카를로는 가게에서 가장
큰 수입원인 비법을 훔쳐갈까 노심초사하는 눈치였다. 그러다가 사
업가적인 기질이 발동됐는지 나를 옆으로 불러내서 묵직한 투스카니
억양으로 이렇게 말하는 것이었다. 뉴욕에 돌아가면 자기와 동업을

하지 않겠냐고. "미국은 엄청나게 큰 나라잖아요." 2,500개의 고추를 다듬었을 때였다. 상자마다 50개씩 들어 있었는데, 그걸 아는 이유는 숫자를 세며 버텼기 때문이다. 종처럼 생긴 고추를 4등분해서 안의 하얀 부분을 조심스레 잘라내고 씨를 턴다. 나는 레시피를 훔칠 생각이 없었다. 그 이후론 고추를 입에 대지도 않았다.

그날 밤 뻘겋게 물든 손으로 집에 가자니 문득 궁금했다. 이곳의 정체가 뭘까? 여기는 비스테카 피오렌티나, 전설적인 그 피렌체 스테이크로 유명한 곳이었다. 그것에 대해 쓴 시도 있어서, 다리오가 가끔씩 읊곤 했다. 스테이크는 무게가 2킬로그램이 넘고, 두께는 12~15센티미터, 값은 125달러 정도였다. 그런데 팔리는 일은 거의 없었다. 푸줏간에 온 지 나흘이 됐는데, 그걸 사가는 사람을 한 명도 보지 못했다. 첫 번째 날에는 세 사람이 그걸 달라고 했는데 거절당했다. 이유는 알 수 없었지만, 다리오는 그 사람들이 그걸 먹을 만한 자격이 없다고 생각하는 것 같았다. 그리곤 고기를 파는 대신 문을 닫다시피 하곤 고추 젤리나 잔뜩 만들었다.

엘리자의 재료준비팀에서 일할 때와 비슷하지만 더 특이하고 하나에 집중하는 경향이 있었다. 우리는 날마다 새로운 걸 만들었다. 고추 젤리에 이어 다음날엔 파스티치오 루스티코라는 테린을 만들었다. 루스티코라는 말이 들어가기도 했지만, 정말, 정말이지 정말, 시골스러웠다. (사람들이 진짜로 이런 걸 먹고 싶어 한단 말이야? 마에스트로도, 테레사도 맛을 보려 하지 않았다.) 정말 가난하고, 그런 데다가 냉장고도 없고, 그뿐만 아니라 배가 너무 고파 헛것이 보이지 않는 이상 이걸 먹고 싶어한다는 건 상상도 할 수 없었다. 주재료는 제 피를 붓고 비닐로 봉해 숙성시킨 아주 오래된 돼지고기다. 비닐을 열면 역겨운 냄새에 한 방 제대로 얻어맞은 기분이 든다. 어찌나 고약한지("말 오도레!" 테레사는 비명을 질렀다) 다리오가 환풍기를 켜려고 달려왔을 정도였다. 가게에 있는 손님들까지 코를 막았다. 우리는 아침에 그 냄새 고약한 테린을 만들기 시작해서 오후에 끓이고 밤새 식혔다.

그 다음날은 소금을 만들었다. 몇 포대를 가져다 말린 허브와 섞어서 맷돌에 갈면 프로푸모 델 키안티라는 허브염이 완성된다. 정말 향긋해서 그 냄새를 맡고 있으면 여덟 살 때 갔었던 여름 캠프가 떠올랐다. 곱게 갈면 눈처럼 푸슬푸슬 날렸다. 그런데 우리 다섯 명이 그 푸슬거리는 소금을 조그만 1.5온스 병에 담아 포장하는 데는 여섯 시간이 걸렸다. 이런 일 하는 기계는 어디 없는 거야?

내가 원한 건 고기에 대해 배우는 거였다. 나는 투스카니 푸줏간의 문화를 이해하지 못했다. 그걸 배우러 여기 온 건 아니었다. 그것에 대해선 아무것도 몰랐으니까. 사실 내가 여기 온 이유는 이탈리아 방식으로 음식을 만들고 싶어서였고, 솔직히 어떤 곳이었어도 상관없었을 텐데 이탈리아 모든 지역의 음식이 내가 기존에 알았던 것과 다르기 때문이다. 아무튼 우연찮게 이곳엘 오게 됐고, 나는 고기 요리에 관심이 있었다.

고기를 먹지 않는 사람들의 문헌은 상당히 방대하다. 반면에 고기를 먹는 사람들에 대해서는 그만큼의 자료를 찾아볼 수 없는데, 아마도 자신들의 행동을 정당화할 필요를 느끼지 않기 때문일 것이다. 내 생각에, 대부분의 육식생활자들도 한 번쯤은 왜 자신이 고기를 먹는지 자문을 해보지만, 철학적으로 깊이 들어가지 않으면 답을 할 수 없을 것 같다. 내가 고기를 먹는 건 그걸 좋아하기 때문이고, 한 번도 그 즐거움을 포기할 생각이 없었다. 더 무슨 말이 필요한가. 나는 육식동물이어서 행복하다. 내게 고기를 먹는 건 자연스러웠다("무엇이 자연스러운가?"에 대해서는 양쪽 주장에 모두 설득력이 있다고 보지만).

물론 나도 생각이라는 게 있기 때문에 내가 먹는 고기 중에 상당 부분이 아마도 자연스럽지 못한 과정으로 처리되고, 마치 고기가 아닌 것처럼, 이를테면 대량소비 시장의 재생가능한 공산품처럼 취급된다는 사실을 인식하고 있다(호르몬, 항생제, 갑갑한 우리에 가두는 잔혹한 사육 방법). 하지만 전체적인 그림을 그려볼 만한 정보가 턱없이 부족하다는 것이 답답했다. 고기의 세계는 너무나 알 수 없는 곳이어서, 그걸 사서 집에 가져와 내 마음대로 해 먹는 것 말고는 동물이 어떻게 먹을거리가 되는가에 대한 정직한 시각을 접할 수 없었다. 내가 모르는 기초적인 지식이 엄존했고, 이제 푸줏간에 들어왔으니 그걸 얻을 수 있으리란 희망을 품었다.

나는 고기 다루는 법을 배우고 싶었다. 그런데 한편으론 알렉스가 피렌체의 어느 주방에서 1년 동안 채소만 썰었다는 얘기가 끊임없이 나를 괴롭혔다. 단 두 사람만이 칼을 휘두를 수 있는 이곳에서 내 전망이 그것보다 나으리라고 기대할 수 있을까? 게다가 고추 젤리를 만들고, 소금을 조그만 병에 담고, 그렇게 매일 해야 할 일이 산더미 같았다.

사고도 쳤다. 혼자서 부딪히고, 베고, 넘어졌다. 당장 눈앞의 일, 마늘 까는 일에만 집중한 나머지 발치에 묵직한 고기 통이 있는 줄 모르고 냅다 걷어찼다가 공중에 붕 떠올랐다. 그 모습을 보고 테레사는 어이없다는 표정을 지었다. 아니, 저 커다란 미국 양반이 어째서 바닥으로 곤두박질치고 있을까. 내가 고기 속에 떨어져 마늘 껍질을 사방에 흩날렸을 때 그녀는 웃음을 참으려고 주먹으로 입을 틀어막았지만, 다친 데가 없다는 걸 확인하고는 미친 듯이 웃어댔다. 그러다 아예 울기 시작했다.

머리도 깼다. 고기를 두드리는 데 쓰는 기계를 씻는 중이었다. 웬만한 남자 키만한 각진 쇳덩이에 고깃점이 들러붙어 있어서 무슨 고문도구처럼 보였다. 그 빨간 조각들을 닦아내려면 바짝 다가서야 했는데도 팔 하나만큼의 거리를 유지하려다 보니 자세가 영 부자연스러웠다. 그러다 뭔가에 이마를 쾅 하고 부딪쳐 살이 찢어졌다. 별안간 일어난 일이라 무슨 영문인지도 몰랐다. 상처 난 곳을 손으로 만져봤다. 깊었다. 1분 후, 똑같은 짓을 또 저질렀다. 똑같이 날카로운 뭔가에 똑같은 곳을 또 찔러서 이미 나았던 상처를 열어젖혔고. 자리에 주저앉았다. 얼굴에 피가 철철 흘렀다.

밥보가 그리웠다. 그곳의 규칙들, 익숙한 일들, 영업시간이면 넘쳐나는 활기, 내 실력으로 받아낸 인정. 그걸 처음부터 다시 시작하고 있으니. 그러다가 몸도 태웠다.

라구 알라 메디치라는 걸 만들고 있을 때였다. 다리오는 르네상스 시절에 이름을 떨친 이 피렌체 가문의 주방이 이탈리아 요리의 전성기라고 했다.

여기에 쓰는 고기는 팔리지 않아서 유통기한이 다 됐거나 넘긴 것들이었다. 생고기, 양념에 잰 고기, 심지어 익힌 고기, 있는 대로 다 사용했다. 고기는 전부 갈아서 1미터가 넘는 커다란 솥에 집어넣었다. 으레 들어가는 채소들, 붉은 양파와 당근과 셀러리, 마늘도 그라인더에 갈아서 뽑으면 밝은 색 곤죽이 기둥처럼 길게 이어졌다. 내가 손에 쥔 건 배 젓는 노라고 해야 적당할 것 같았다. 1.5미터 길이에 끝은 바닥을 긁어내느라 타서 삽처럼 변했다. 바닥에 버너를 내려놨다. 그래야 내가 솥을 내려다볼 수 있었다. 앞으로 여덟 시간 동안 그걸 저어야 했다.

솔직히 말하면 여섯 시간이었다. 이곳 식구들과 올리브기름에 마늘, 그리고 첫 수확한 방울토마토 등으로 즉석 소스를 만들어 파스타를 먹으며 2시간은 쉬었으니까. 점심을 먹다 말고 다리오는 『신곡』의 끝부분을 읊기 시작했다. 왜 그러는지는 알 수 없었다. 아마 음식, 토마토 때문이었을 공산이 크다. 붉은 토마토를 보니 지옥이 연상됐고, 그러다 발동이 걸린 것이다. 처음에는 다들 먹던 걸 멈추고 예의상 조용히 들었지만, 금방 끝날 일이 아니라는 걸 금세 알 수 있었다. 카를로는 '점심 먹다 또 이러니 내가 못 살아' 하는 표정을 지었고, 다른 사람들은 하던 얘기를 계속하고 먹던 음식을 마저 먹고 설거지를 한 후 다리오야 계속 읊거나 말거나, 하던 일을 하러 갔다. 나는 분위기 파악을 잘 못한 터라 그럴 수가 없었다. 이게 배관 문제와 비슷하다 는 걸 미처 몰랐다. 젠장, 화장실이 또 막혔네! 젠장, 다리오가 또 시 작이네! 게다가 다리오가 벌겋게 상기된 채 땀으로 번들거리는 얼굴 을 내게 향하고 있었기 때문에도 차마 빠져나갈 수가 없었다. 태양과 별들을 움직이는 사랑에 대한 말로 끝을 맺은 그는 자리에서 일어나 찬장에서 위스키 병을 꺼내 벌컥벌컥 마신 뒤, 발판에 올라섰다. 부 들부들 몸을 떠는 게 역력했지만 손을 카운터에 얹은 채 등만 보였 다. 그러다 뒤로 돌아섰다. 그는 울고 있었다. "모든 열정, 분노나 번 민의 모든 감정, 모든 생각이 이 구절에 압축되어 있어."

나는 고개를 끄덕였다. 그의 말이 옳았다. 하지만 내겐 할 일이 있 었다. 처음으로 라구를 만들던 중이었다. 이거 하려고 이탈리아에 온 게 아니던가―이탈리아 사람에게서 라구 만드는 법을 배우려고. 즐 거운 마음으로 돌아가 버너의 불을 켜서 다시 젓기 시작했다. 한참을 익힌 고기는 자갈투성이 흙 같았다. 마침내 다리오가 나타났다. 단테 를 암송하던 것에서 마음을 추스르고 내 일을 살펴보러 온 것이었다. 그는 토마토를 좀더 넣었다. 많이는 아니고, 토마토소스보다 즙에 더 가까웠다. 그냥 흙에서 짙은 흙으로 색이 더 깊어졌다. 나는 노를 저 으며 뜨거운 솥의 바닥을 뒤집듯이 긁어줬다. 그렇게 한 번씩 밀어낼 때마다 고기가 쉭쉭거리며 내 얼굴에 김을 뿜었다. 뜨거웠다. 셔츠가 젖고, 얼굴과 목과 팔까지 땀이 비 오듯 흘렀다. 마르코 피에르 화이 트가 한 말이 떠올랐다. "사내들은 하나같이 땀으로 간을 하지. 먹어 보면 그 맛이 난다니까." 정말로 땀이 부엌의 감춰진 양념이 아닐까 싶었다. 하여간 지금 라구 솥에 내 땀이 떨어지고 있다는 데에는 의 심의 여지가 없었다. 비록 닿기 무섭게 김으로 변하기는 해도.

그런데 걱정이 있었다. 노 젓듯이 고기를 밀어대다 아예 솥까지 엎 어서 기껏 몇 시간 동안 애쓴 노력이 다 헛고생이 되지 않을까 하는 걱정이었다. 고기를 밀 때마다 솥이 무릎에 부딪혔다. 내가 하는 일이 다 그렇잖아? 나는 솥에 더 바짝 다가섰다. 그러다 보니 또다른 걱정이 들었다. 바닥까지 늘어진 앞치마에 불이 붙지 않을까 하는 것이었다. 마음속으로 그 상황을 그려봤다. 허리끈을 바짝 묶었는데, 앞치마를 벗으려면 그걸 풀어야 한다. 그러니까 그게 첫 번째야. 끈 풀기. 안 그러면 큰일이 날 수 있었다. 불길에 휩싸인 내 모습을 떠올려봤다. 끈을 풀지 못하고 끙끙거리는데 다리오가 용감하게 달려와 그 커다란 손으로 나를 패대기치고 발로 밟아 불을 끄는 모습도. 그 발에 밟히고 싶지는 않았다.

5시쯤 됐을 때 테레사가 고기를 살펴봤다. "다리오, 에 프론토." 다 됐어요. 다리오가 주걱에 라구를 조금 떠서 사금을 캐는 사람처럼 살살 흔들었다.

"모래 같아야 하거든." 그가 이렇게 설명하고 맛을 봤다. "보!" 그러고는 주걱을 테레사에게 건넸다.

테레사도 맛을 봤다. "보!" 그러고는 다시 주걱을 카를로에게 넘겼다.

카를로가 맛을 봤다. "보!"

리카르도가 맛을 봤다. "보!"

마에스트로가 맛을 봤다. "보!"

아니, 도대체 뭣들 하는 거야. 나도 맛을 봤다. 다들 나를 쳐다봤다. "보!" 나도 그렇게 말하고 말았다. 그것 말고 다른 말은 할 수가 없었다.

다리오가 다시 맛을 봤다. "페르페토." 그가 말했다. 솥을 들여다봤다. 몇 시간 동안 저어댄 것은 지저분하고 끈끈한 모래로 변해 있었다.

"페페!" 다리오가 천장에 대고 소리쳤다. 후추를 대령했다.

"살레!" 소금을 대령했다.

"리모네!" 이번엔 레몬 제스트를 한 사발 가져왔다. 계피와 고수와 육두구와 정향. 다 익은 다음에 양념을 넣는다는 게 흥미로웠다. 메디치 주방에서 쓰던 양념들의 조합도 흥미로웠다. 전통적인 라구에서는 볼 수 없는 것들이고, 걸쭉한 밀도는 동일하지만 볼로네제와도 달랐다. (다리오의 요리라는 건 죄다 음식으로 포장된 논리가 아니던가? "이것들이 어디서 유래됐는지는 우리도 몰라요." 한번은 테레사가 내게 말했다. "다리오가 집에서 옛날 책을 읽을 때마다 새로운 메뉴가 생겨요.") 몸을 숙여 익숙지 않은 냄새를 들이마셨다. 크리스마스와 부활절과 가을 버섯 냄새가 한데 섞인 듯한 냄새였다. 그때 다리오가 외쳤다. 빈산토! 두 병!

나는 입이 떡 벌어졌다. 안 돼! 물기를 없애자고 그 애를 썼는데. 이제 이걸 다시 김으로 증발시켜야 한다는 거야? 다리오가 빈산토를 부었다. 믿을 수 없는 마음으로 솥을 들여다봤다. 걸쭉한 수프 상태가 됐다. 그리고 우려했던 대로 그걸 다시 저어야 했다. 불이 붙은 건 그때였다.

가장자리에 붙은 불은 눈 깜짝할 사이에, 한 2초 만에, 앞치마 전체로 퍼졌다. 와! 영화에서 본 그대로였다. (이게 동물성 지방이라는 데 생각이 미쳤다. 왜 아냐? 지금 기름에 불이 붙은 거잖아!) 미리 예상은 했다지만 불은 부지불식간에 퍼졌고, 어느새 앞치마를 따라 내달리고 있었다. 불이 원을 그렸다. 과연 「지옥편」의 불길 같았다. 하지만 나는 어떻게 대처해야 할지를 알고 있었다. 다리오도 그랬던 모양이다. 어디선가 그가 나타났다.

나는 재빨리 끈부터 찾아 매듭을 풀려고 했다. 단순한 매듭이라 한 번만 당기면 됐다. 그런데 다리오 역시 용감하고도 다급하게 끈을 공략했다. 나는 오후 내 머릿속으로 소방훈련을 해왔던 터라 그에 비하면 한결 여유가 있었다. 하지만 다리오는 내 앞치마의 끈을 풀어야 한다는 생각에 몰두한 나머지 내가 이미 매듭을 찾았다는 걸 모르고 내가 쥔 끈을 다시 움켜잡았다. 이 말은 이탈리아어로 어떻게 하지? "이봐요, 다리오! 그 빌어먹을 곰 발바닥 좀 치워주지 않을래요?" 우리는 밀고 당기는 형상이었다. 나는 이쪽으로 그는 반대쪽으로. 그러다 내가 끈을 쥐게 됐다. 잘됐군! 그런데 다리오는 매듭을 움켜쥐었다. 그가 움켜쥔 매듭을 어떻게 푼담? 아무튼 그의 노력과 나의 안간힘 사이에서 결국 매듭은 풀렸다. 앞치마는 패대기질에 이어 다리오에게 무자비하게 짓밟혔다.

그날 밤, 나는 형이상학적인 상념에 잠겼고 한동안 뜸했던 상식 씨의 목소리가 들렸다. "왜 푸주한이 되려는 거지? 웨스트빌리지 정육점의 베니가 좋은 고기를 대주잖아? 그리고 이 나라 말도 그래. 그냥 쓰던 말 쓰면 되지. 도대체 요리사는 돼서 뭐 하겠다는 거야, 그 나이에. 어디 말 좀 해봐."

도약의 순간이 되어준 건 소프레사타였다. 테레사가 도와달라고 했다. 그 다음날이었다.

내가 보기에 소프레사타는 돼지의 고기와 비계를 내장에 넣은 건데, 살라미와 비슷하지만 고기도 많고, 비계도 많고, 더 크다. 이건 지방마다 제각각이다. 다리오가 만드는 건 메디치 스타일의 소프레사타 데 메디치였는데, 내장을 채우는 젤라틴 같은 돼지 반죽에 이제는 새삼스러울 것도 없는 메디치의 재료들, 정향, 계피, 육두구, 시트러스 껍질, 그리고 달콤한 와인이 들어갔다.

메디치 주방 얘기를 듣는 건 이제 일상이 됐다. 줄거리도 꿰었다. 나중에 프랑스 여왕이 되는 카테리나 데 메디치가 1533년에 이탈리아를 떠난 후에 프랑스 요리 혁명에 시동이 걸렸을뿐더러, 이탈리아 요리의 온갖 비법이 유출됐다는 것이었다. 그녀의 행렬 속엔 양상추와 파슬리, 그리고 이탈리아에선 익숙했지만 프랑스에선 낯설었던 아티초크도 담겨 있었다. 게다가 연회의 시중을 드는 시종과 푸주한과 제빵사까지 줄줄이 데려갔기 때문에 프랑스 생활에 정착한 후 그곳 사람들이 난생처음 보는 과자와 커스터드와 프로피테롤레[오븐에 구운 작은 공 모양의 속을 채운 디저트], 채소와 허브를 소개했고, 거기에 르네상스 요리의 정수와 음식에 대한 진지한 태도와 포크(이탈리아의 발명품이다—이게 없으면 어떻게 파스타를 먹었겠는가?)까지 고스란히 전해줬다. 물론 학계에서는 이 이야기를 철석같이 믿는 이탈리아 사람들을 비웃는다. 그래, 하늘을 나는 양탄자도 있고, 새 이를 나게 해주는 요정도 있지…… 하지만 다리오에겐 추호의 의심도 없었다. 그가 어떤 요리에 셜롯을 넣는 걸 보고 한마디 했다가 그걸 확실히 알게 됐다.

"셜롯?" 나는 일부러 의아하다는 표정을 과장하며 물었다. "다리오. 셜롯은 프랑스 재료잖아요." 짓궂은 질문이었다. 그의 음식이 무늬만 이탈리아지 실은 프랑스 요리가 아니냐는 내 농담을 그는 가볍게 받아넘기지 않았다.

"아니에요!" 목소리가 쩌렁쩌렁 울렸다. "아니, 아니, 아니에요!" 다리오는 셜롯도 이탈리아에서 프랑스로 넘어간 재료라고 주장했다. "당신이 여기 온 지 얼마나 됐다고? 부댕 블랑!" 그건 프랑스의 흰 소시지였다. "부댕 느와르! 라 크렘 카라멜! 르 수플레! 라 크레페네트!" 소리를 버럭버럭 질렀다. "르 파테! 라 마요네즈! 이 살루미— 라 카르퀴테리! 카나르 아 로랑주! 이것들은 프랑스에서 만들어진 게 아니라 프랑스에 전해진 거라고요!" 투타 라 쿠치나 에 아리바타. "카테리나 데 메디치 이전에는 프랑스에 대단한 요리법이 없었어요."

얼굴까지 시뻘겋게 달아올랐다. 상황을 수습해 보려 했다. "아니, 다리오. 나는 그냥 농담한 거예요." 그런데 그럴 틈이 없었다. 그는 멈추지 않았다. 독일 요리와 빈 요리까지 거론했다. "자허토르테 케이크? 흥? 시실리에서 만든 거라고! 아르헨티나의 치미추리? 그게 대체 어디서 건너간 거라고 생각하는데?" 점심때 와인을 너무 많이 마신 모양이었다. 아예 "전세계 요리법의 거의 대부분이 지중해에서 생겨났고, 또 그것들의 대부분은 투스카니에서 만들어진 것"이라고 주장하기에 이르렀다.

나는 그를 쳐다보며 투스카니가 전세계 모든 맛의 근원이라는 주장의 개연성을 따져봤다.

생각해 보니 그러지 말라는 법도 없었다. 그동안 막연히 프랑스 요리라고 생각해 온 것 중에 투스카니 전통음식이 얼마나 많은지 놀란 게 한두 번이 아니었다. 크레페는 이탈리아어로 크레스펠라였고, 플랜은 스포르마토였다.

아침에 소프레사타를 만들다가 다리오는 아르만디노가 그곳에 머물던 때를 떠올렸다. 아르만디노는 시애틀에 돌아가서도 배운 대로 할 수 있도록 모든 걸 비디오로 찍었다. 하지만 이탈리아어를 할 줄 몰랐기 때문에 페이스 윌링거가 통역을 맡았다. 두 사람 사이에 다리를 놔준 건 마리오였다. 소프레사타를 만들 때 아르만디노는 의자 위에 올라가서 다리오의 어깨너머로 비디오 촬영을 했고, 윌링거는 연방 영어로 설명을 붙였다. 그런데 갑자기 다리오의 감정이 격해졌다. 소프레사타를 만들려면 세 사람이 필요한데 다리오에게 그 세 사람은 늘 아버지와 어머니와 할머니였기 때문이다.

이제 그분들이 모두 저세상으로 갔다는 사실에 가슴이 미어졌다. 여기엔 너무 많은 추억이 담겨 있었고, 다리오는 슬픔에 복받쳐 이렇게 외쳤다. "소프레사타를 만드는 덴 세 사람이 필요해! 혼자선 할 수 없다고!" 그는 아르만디노에게 의자에서 내려오라 했고, 페이스에게는 그 입 좀 다문 후 손 더럽혀지는 거 걱정 말고 일을 도우라고 했다.

이번엔 테레사와 마에스트로에 이어 내가 세 번째 사람이었다. 처음엔 고기의 무게를 달았다. 돼지의 남은 부위들, 오돌뼈와 머리 고기와 족발과 젖꼭지와 혀와 부위를 짐작하기도 어렵게 문드러진 고기들이 솥에 담겨 있었다. 여기에 르네상스의 재료를 추가해서 끓이

다가 걸쭉한 회색 곤죽이 되면 불을 끄고 식혔다―살짝만. 돼지 뼈
는 젤라틴 덩어리라 실온이 되면 시멘트만큼 단단해진다.

일을 시작했다. 테레사는 솥에서 되는대로 섞인 것들을 컵으로 떠
서 해진 양말 같은 캔버스 포대에 넣고, 그걸 내게 넘겼다. 그러면 나
는 그걸 탁탁, 두 번 쳐서 정리한 다음 옆을 닦았다. 틈새로 걸쭉한
것이 새어 나왔다. 위를 덮어서 마에스트로에게 주는데, 윗부분을 단
단히 틀어쥘 때면 그의 거대한 손이 내 자그마한 손을 뒤덮을 지경이
었다. 마에스트로는 재빠른 손놀림으로 우체국 소포처럼 윗부분을
끈으로 묶었다.

차츰 리듬이 생겼다. 테레사는 내게 넘기고, 나는 마에스트로에게
넘기고. 언제부턴가 테레사가 콧노래를 부르기 시작했다. 그녀는 워
낙 콧노래를 자주 부르기 때문에 거의 느끼지도 못할 정도지만 그건
흥겨운 배경음 역할을 했다. 그런데 마에스트로의 귀엔 그게 들렸고,
휘파람으로 따라 불렀다. 노래는 〈오 솔레 미오〉였다.

우리 셋의 일은 계속됐다. 테레사가 자루를 채우고, 내가 탁탁 쳐
서, 마에스트로가 끈으로 묶었다. 그러면서 테레사는 콧노래를 부르
고 마에스트로는 휘파람을 불렀다. 어느새 노래가 끝나는 부분에 이
르렀다. 마에스트로가 헛기침을 했다.

설마. 나는 속으로 생각했다. 그럴 리가 없어.

"케 벨라 코사." 그가 노래를 불렀다. 인상적인 바리톤이었다. "나
주르나타 에 솔레." 이 얼마나 아름다운가, 햇살이 빛나는 날. 전에는
가사를 들어본 적이 없었다. 그걸 아는 사람이 있다니 놀라웠다. 하
긴, 누군가 그걸 안다면 마에스트로가 적당하지 않겠어? 어쨌거나 이
탈리아 사람이니까.

테레사도 화답을 했다. "나리아 세레나." 테레사의 목소리는 메조
소프라노로 손색이 없었고, 그녀도 가사를 안다는 사실에 감명을 받
았다. 그녀는 또 한 자루를 채워 내게 건네며 노래를 계속했다. "도포

아 나 템페스타." 태풍이 지나간 잔잔한 대기에.

사실 너무나 달콤한 풍경이었다. 문제는 노래였고, 진짜 문제는 내가 영국에 살았던 적이 있는데 공장에서 대량생산되는 '코르네토'라는 가짜 이탈리아 아이스크림 광고에 망가진 그 노래가 쓰였다는 사실이었다. 베니스, 곤돌라, 그리고 베레모를 쓴 남자가 나와서 "코르네토 하나 더"라는 말을 〈오 솔레 미오〉의 후렴구 가락에 맞춰 불렀다. 같은 노래의 두 가지 버전은 영 섞여 들지를 못했다. "코르네토 하나 더"는 우스꽝스럽고 공공연한 농담이었는데, 이 이탈리아 산골 마을에 왔더니 사람들이 르네상스 레시피에 따라 소프레사타를 만들며 이탈리아 키치의 대명사가 된 이 노래를 부르고 있었다.

"펠라리아 프레스카," 마에스트로가 뒤를 이었다. "파레 지아 나 페스타."

"케 벨라 코사 나 주르나타 에 솔레." 테레사가 화답하며 자루를 내려놓았다. 마에스트로도 자루를 내려놓고 숨을 깊이 들이마셨다. 높이 올라가는 그 유명한 후렴구를 준비하는 태세였다.

(안 돼. 나는 속으로 이렇게 말하고 있었다. 제발, 그것만은 참아줘요. 당신들은 민망하지도 않아요? 제발, 그만 해.)

그러나 그들은 멈추지 않았다. 고개를 뒤로 젖히고 천장을 향해 아랫배에서부터 소리를 뽑아 올렸다. "오, 솔레 미오." 두 사람은 합창을 했다. "스탄프론테 아 테! 오 솔레, 오 솔레 미오……."

(두 사람은 아무렇지도 않은데 내가 괜히 창피했다. 이 사람들은 이게 아이스크림 광고에 쓰인 노래라는 걸 모르는 걸까?)

노래가 끝나고 그들은 잠시 말이 없었다. 그러다 테레사가 입을 열었다. "브라보, 마에스트로." 그녀는 눈물을 훔쳐내며 말했다.

"브라바, 테레사." 마에스트로가 헛기침을 하며 대답했다.

그날 밤에 집으로 걸어가는데 후렴구가 머릿속에서 떠나지 않았다. 이 얘기를 누가 믿을까? 아무도 안 믿겠지. 나도 믿을 수가 없을 지경이었지만, 내 몸이 증거에 뒤덮여 있었다. 그 걸쭉한 것이 온몸에 묻어 끈적였고, 손가락 두 개는 아예 들러붙어서 한참을 문지른 후에야 간신히 떨어졌다. (그렇다면 이 대목에서 궁금하지 않을 수 없다. 이런 걸 소화시키려면 위장이 어떤 고생을 해야 한단 말인가?) 밝기도 했다. 세 사람의 손을 거치는 동안 바닥은 소프레사타 천지가 됐다. 그건 소리로도 알 수 있었다. 그걸 밟았다가 떼려고 하면 강력한 흡반 소리가 났다. 그사이에도 후렴은 계속됐다. 사실은 나도 콧노래로 따라 불렀다. 키치일지도 모르지. 그래, 아이스크림 광고로 쓰였는지도 몰라. 하지만 전염력만큼은 인정하지 않을 수 없었다. 그리고 사람들이 노래를 부르며 일하는 곳이 또 있을까 싶었다. 두 사람이 노래를 부른다는 게 좋았다. 내가 여기서 이 이상한 음식을 만들고 있다는 게 참 좋았다.

# 수의학도는
# 어떻게 푸줏한이 되었나

다리오 체키니는 1955년 9월 10일에 푸줏간 앞집에서 태어났다.
지금은 카를로가 책을 보관하고, 루치아가 아침마다 전날 더럽혀진
앞치마를 빨아 너는 곳이다. 다리오의 아버지인 툴리오는 지금도 판
자노 사람들이 정겹게 추억하는 인물인데(요란한 아들보다 더 낫다고
할 때가 많다), 남성미에 운동 실력도 좋아서 여자들에게 인기가 높았
다. 그래서 아버지 속을 무던히 썩였고, 아버지는 임종 자리에서 아
들에게 여자들 치마폭에서 뒹구는 짓 그만두고 결혼해서 가정을 꾸
리라는 유언을 남겼다. 그것도 아주 구체적으로 한 동네 사는 안젤리
나와 결혼하라고 했다. 그 말을 남기고 아버지가 돌아가시자 툴리오
는 유언에 따라 곧 안젤리나와 결혼을 했다. 다리오가 말해주는 아버
지는 꼭 선생님 같았다. 그것도 미학적인 감상이나 그림의 이해, 르
네상스에 대한 당당하고 확고한 시각을 가르치고, 마치 그것의 가장

뛰어난 성취가 투스카니라는 데 이견이 있을 수 없다고 믿는 선생님. 이런 철학은 비공식적인 가르침을 통해 전해지는 것 같았다. 이를테면 아버지는 아들을 데리고 미술관에 가서 이렇게 말했다. "저기 저 다비드 상 보이지? 마지막 만찬이라는 그림 보여? 다 투스카니 것이란다. 우리가 한 것들이야." 아버지가 아들에게 가르쳐주지 못한 건 고기 다루는 법이었다.

다리오는 푸주한이 되고 싶지 않았다. 가문의 육백 년 역사에서 처음으로 푸주한이 되지 않는 체키니가 되기로 결심했다. 학사 학위를 지닌 최초의 체키니가 되고 싶은 마음에 피사대학에서 수의학을 공부했다. "나는 가축을 도살하는 게 아니라 치료해 주고 싶었어요." 그런데 2학년 때 여동생이 전화를 했다. 아버지가 암에 걸리셨대. 벌써 많이 진행된 상태래. 다리오는 병원으로 달려왔고, 죽음을 앞둔 아버지는 자신의 실수를 통탄했다. 언젠가 때가 올 거라고 생각해서 아들을 푸주한으로 가르치지 못한 실수. "마에스트로를 찾아가거라." 아버지가 말했다. "얘기를 해뒀어. 좋은 고기를 어떻게 구분하는지 가르쳐주실 게다." 그 말을 남기고 아버지는 세상을 떠났다.

다리오의 나이 스무 살 때였다. 아버지의 유언을 따라 학업을 중단했다. 재정적으로도 다른 수가 없었다. 아버지가 돌아가시고 남은 가족(할머니와 여동생—어머니는 열한 살 때 세상을 떠났다)에겐 돈이 한 푼도 없었다. 1976년의 어느 날, 다리오는 마에스트로를 찾아가 도움을 청했고 마에스트로는 그러마고 했다.

다리오가 다시 돌아온 마을은 자랄 때와 달랐다. 노인네들뿐이었다. 다른 사람들은 전부 떠났다. 아니, 도망을 쳤다. 역병이라도 피하듯이. 아버지의 가게를 찾던 손님들은 가까이 사는 사람들이었다—콘타디노, 소작농이거나 약간의 땅을 가진 그 사람들, 이것저것 섞어 기르는 이른바 혼합농업이라는 걸 하는 사람들이었다. 포도나무와 올리브나무를 길러서 와인을 만들거나 기름을 짜고, 목초지가 있어서 가축을 키우고, 밀과 채소도 길렀다. 이곳의 소는 키아니나라는 품종으로 일을 부리기 위한 흰 소였는데 키와 덩치와 힘이 남달랐다. 키는 보통 소를 훌쩍 넘고, 여섯 달 된 송아지 무게가 600~700킬로그램에 이르는 경우도 드물지 않았다.

키아니나는 사람들이 기억도 할 수 없는 옛날부터 이곳에 있었다. 이 소들 없이는 비탈진 땅을 일굴 수 없었다. 일반적으로 두꺼운 목덜미에 맞게 'm' 자로 만든 나무 멍에를 두 마리에게 한꺼번에 씌우고 일을 한다. 나이든 키아니나(어쩌다가 수소)와 송아지(소농이 요청하면 덤으로)는 언덕을 따라 8킬로미터 아래쪽에 있는 그레베에서 일주일에 한 번씩 열리는 우시장에 내다 팔았다. 키아니나는 쇠고기의 '깊은 맛'으로 높이 평가된다. 일로 단련되어 가끔은 질기기도 하지만 비계가 거의 없어서 야생동물과 다르지 않은 근육은 독특하고 복합적인 풍미를 지녔다. 비스테카 피오렌티나는 전통적으로 이 키아니나 고기를 썼다. 하지만 혼합농업은 자취를 감췄다.

1956년 봄에는 2세기 만에 최악이라는 서리가 내려 대부분의 올리브나무가 죽고 말았다. 어떤 역경에도 꿋꿋하게 버텨온 수백 년 된 나무들도 예외가 아니었다. 그리고 이 마을의 상징—영원과 끈기—과도 같았던 그 나무들이 죽으면서 그걸 가꾸던 사람들도 풀이 죽은 것 같았다. 그리고 또 한 번의 혹한이 닥쳤다. 다리오가 판자노에 돌아와 처음 맞은 겨울이었다. 어린 묘목이 죽어나갔다. 사람들은 마을을 떠나고 싶어했다. 많은 사람들이 집을 버렸다. 흙바닥 돌집에 배관도 설치되어 있지 않고, 나무까지 죽어버린 집을 누군들 원할까. 돕겠다며 달려든 정부는 외려 더 망쳐놓더니(정책이 너무 엉성한 데다 때도 너무 늦었다) 발을 빼는 것도 그만큼이나 엉성했다.

슈퍼마켓이 들어오고 냉장고와 포장도로와 여행사와 텔레비전이 일상적인 풍경이 됐으며, 이른바 전기문화도 뒤를 이었다(그것만 들어오지 않아도) 종합하자면 이런 것들은 여러 면에서 시골 마을

투스카니의 오랜 역사가 끝났음을 의미했다. "마침내 이곳에서 20세기가 시작된 것"이라고 할 수도 있었다. 1976년에는 농사꾼이 되고 싶어하는 사람이 아무도 없었다. 다리오가 푸주한의 길에 들어섰던 그해에 키안티는 황량했다.

푸줏간이 문을 닫은 날 오후에 아내와 함께 일 그레포에 있는 다리오의 집을 방문했다. 1970년대에 농사를 짓던 사람들이 버리고 떠난 바로 그런 돌집이었다. 푸줏간에서 가파른 언덕길을 따라가다 보면 키안티의 미개발 지역에 접어들었다. 양쪽으로 계곡이 있었는데 그레베 방향은 바위가 많고 개간하지 않은 땅에 양 떼가 보였다. 다른 쪽은 커다란 분지 같은 곳으로, 하루 종일 해를 받는 그런 독특한 지형을 라 콘카 도로라고 했다. 콘카는 소라 같은 조개이고 오로는 금이니까 금빛 햇살을 받는 소라 모양의 계곡이라는 뜻이었다.

1960년대에 찍은 사진에서는 흰 소와 잘 자란 밀, 올리브나무, 돼지우리, 그리고 약간의 포도나무를 볼 수 있다. 지금은 신고적주의적인 자태로 덩굴을 뻗는 포도나무들이 줄지어 서 있고, 날이 따뜻해지면서 감아쥐었던 초록을 마침내 펼쳐 봄의 파릇한 균형미를 선보이고 있었다. 얼마 안 되는 땅을 경작하는 이들도 있지만, 계곡의 대부분은 와인을 만드는 두 집안이 양분하고 있었다.

한쪽 집안의 대표는 나폴리의 공작인 알체오 디 나폴리였다(키안티의 상당 부분이 작위를 지닌 사람들의 소유다). 알체오 집안은 1700년대부터 계곡 끝자락에 있는 카스텔로 데이 람폴라라는 성에 살았다. 알체오의 이야기를 들으면 결단력 있고 고지식하며 공격적일 만큼 무뚝뚝하지만 세속의 지혜를 지닌, 직선적이고 권위적인 그런 사람이 연상된다. 다리오는 일말의 존경심도 담지 않은 채 그를 테스타 디 카조, "쪼다 중의 쪼다, 쪼다 중의 왕쪼다"라고 했다. "쪼다의 거장이었지. 늘 송사를 벌이고, 늘 싸움을 하고. 정말 대단한 인간이었어. 몰토 브라보!" 마을이 혹한에 이어 '대이민'이라는 말까지 나온 탈출 러시에 시달리고 있을 당시 알체오는 브라질에 살았다. 그는 돌아온 후 버려진 채 방치됐던 땅을 갈아엎고 포도나무를 심었다. 그곳에서 첫 와인이 생산된 건 마리오가 돌아온 바로 그해였다.

알체오는 이 지역에서 가장 권위 있는 와인을 만들려고 했지만, 1991년에 그가 세상을 떠나자 남은 가족에겐 양조장 운영이 힘에 부쳤다. 알체오의 아들 중에서 가장 똑똑하다는 말을 들었던 마르코는 부잣집 반항아답게 내키는 대로 살다가 헬리콥터 사고로 아버지보다 먼저 세상을 떠났다. 둘째 아들인 마테오가 사업을 물려받았지만 과도한 투자와 방만한 운영 끝에 조세와 관련된 추문까지 일으키곤 자취를 감췄다. 남은 가족은 아버지의 기준에 부합하는 와인을 만들어 낼 여력이 없는 것 같았다(아버지는 죽어 귀신이 돼서도 꾸지람을 하는 듯했다). 셋째 아들 루카가 일을 이어받았고, 딸인 모리지아도 힘을 보탰다. 2000년이 되자 와인의 품질이 다시 좋아졌다. 모리지아는 아버지가 만드셨을 바로 그 와인이라고 믿었고, 이들의 최고 성공작에는 비냐 달체오라는 이름이 붙었다.

또 한 집안은 마네티였다. 르네상스 시대부터 인근 임프루네타 마을에서 테라코타 타일을 만들어온 유서 깊은 피렌체 가문이었다. 최근까지 이 집안을 이끌던 디노 마네티는 1968년에 보르고, 그러니까 작은 촌락 하나를 통째로 매입했다. 안마당을 중심으로 몇 집이 옹기종기 모여 있었고, 9세기경의 칸티나(주방과 찬방, 포도주 저장실이 합쳐진 공간)와 키아니나를 위한 외양간이 있었다. 보르고에는 살림을 분담하는 전통이 있는데 토요일 아침에(오로지 토요일에만) 나무 화덕에서 빵을 굽는 것도 그런 일 중 하나였다. 토요일에 빵을 굽는 건 많은 사람들이 소금을 넣지 않은 투스카니의 빵은 오래 묵을수록 맛있다고 여기는 탓도 있었다. 신선할 때는 별 맛이 없기 때문에 그렇게 생각할 만도 했다. 나는 마지막으로 보르도에 살았던 콘타디노를 만났다. 팟자노에 살다 보면 결국 모든 사람을 만나게 된다. 베페는 체구가 컸고, 나이는 일흔이라는데 훨씬 더 늙어 보였다. 퉁퉁한 배에 바지가 흘러내리지 않도록 멜빵을 차고, 덥수룩한 긴 머리에 앞니가 빠졌으며, 눈빛이 형형했다. 늦은 오후에 노인들이 모인 광장에서 그를 만났다. 한창때 베페는 가축을 쳤다. 밭을 갈거나 수확에 필요한 키아니나를 사육했다. 거기에는 오래된 시골 농부의 정서가 함축되어 있었다. 가축이 삶과 너무나 가까이 밀착되어 있을 때 사람들은 그 가축을 가족처럼 아끼고 돌본다. 그걸 저녁으로 먹을 생각이라도. 어쩌면 그걸 저녁으로 먹을 생각이기 때문에.

디노 마네티가 보르고를 매입했을 때는 사방에 포도나무 천지였지만, 역시 돌보지 않은 채 방치됐기 때문에 이웃 집안처럼 나무를 뽑아버리고 새로 심었다. 그러기에 4년이 걸렸고, 역시 1975년에 끝이 났다. 나는 디노 마네티는 만나보지 못했다. 그는 우리가 도착하기 몇 주 전에 죽었는데, 아무것도 모르는 내가 느끼기에도 그를 추억하는 사람들의 말투엔 슬픔이 담겨 있는 듯했다. 판자노의 비공식 시장 같은 인물이었던 그는 널리 사랑받았고, 듣자니 키안티의 뿌리를 재발견하려고 노력하던 낭만주의자였다고 한다.

아들인 조반니는 마흔 살이었는데, 아버지의 유훈을 이어받아 더 깊이 파고들었다. 아버지를 여의고 석 달이 지났을 때 조반니는 옛 보르고의 발굴을 시작했다. 나름대로 현대식이라는 바닥 밑에서 나무를 때는 화덕이 발견됐다. 산등성이에 서서 보면 인부들이 특별한 장식품이었던 즉석 칸막이를 무너뜨려 방을 허무는 모습이 눈에 들어왔다. 마치 고고학 발굴 현장 같았다.

일 그레포는 3층짜리 돌집이었다. 산등성을 따라 1.6킬로미터쯤 더 들어가야 했고, 깎아지른 협곡을 굽어보며 서 있었다. 다리오는 푸줏간 일을 시작한 지 5년이 지난 1980년에 이 집을 샀다. 외로운 시기였다. 얼마 전까지만 해도 새롭고 다채롭고 희망에 찬 학생의 삶을 살던 그였다. "영화라는 걸 처음 봤어요." 투스카니 산골 마을엔 영화관이 없었다. "여자도 사귀고, 책도 읽고, 화랑에도 가고, 파티도 즐겼죠. 그렇게 살다가 판자노의 푸줏간으로 돌아왔으니 아프리카에 가는 것 같은 심정이었어요. 어쩌면 아프리카에 가는 게 더 쉬웠을지도 몰라요." 가족과 함께 살면서 아침마다 아버지가 다녔던 그 길을 지나갔다. 아버지의 아버지, 또 그의 아버지도 같은 길을 지나다녔다. 다리오가 칼을 가는 쇠막대는 아버지의 것이었다. 고기를 조리하는 카운터도 마찬가지였다. 그는 손을 뺐다. 능력이 없었던 걸까, 두려웠던 걸까? 그는 두 가지 다였다고 했다. 사람을 의기소침하게 만드는 두려움. 팔뚝은 흉터투성이가 됐고, 칼을 보면 겁이 났다. "처음에는 칼날만 보느라 고기를 계속 망쳐놨어요. 마음의 상처가 깊었죠."

그는 이해할 수 없는 수많은 이유 때문에 이 새로운 삶에 정착해야 했다. 마음이 급했다. 뭐든 빨리 서두르고 싶었다. 아무것도 모르는 주제에. 마에스트로가 그 속도에 제동을 걸었다. "전통적인 일을 현대의 속도로 할 수는 없는 거야. 전통적인 일에는 전통의 리듬이 있는 법이거든. 침착하려무나. 바쁘게 일하는 건 좋지만 침착해야 해."

다리오에게 일 그레포 얘기를 해준 건 여든두 살의 수도사 파드레 조반니였다. 산스크리트어를 연구하는 학자, 시인, 죽은 언어를 가르치는 강사이자 연금술사였던 그는 다리오의 또다른 스승이었다. 다리오는 종교적인 환경에서 자라지 않았다. "진정한 투스카니 사람이라면 예수를 믿을 수가 없어요. 진정한 투스카니 사람은 오로지 자유만을 신봉하니까." 그래도 아버지는 다리오를 데리고 수도원과 성당을 찾아가곤 했다. "평온한 공간을 경험하게 해주려는 거였죠."

파드레 조반니는 다리오를 이해하는 듯했고, 다리오는 아버지의 빈자리 속에서 피구리 마셜리, 그러니까 남자가 되는 법을 가르쳐줄 남성상이 필요했다고 털어놓았다. 마에스트로 같은, 그리고 파드레 조반니 같은 그런 사람. 이탈리아 르네상스, 요리법, 마르티노와 스카피와 라티니를 잇는 '영광스러운 전통'을 소개해 준 사람도 파드레 조반니였다. "파드레 조반니는 제가 열정을 통제할 수 있도록 도와주셨어요. 저더러 혼자 머물 곳이 필요하다고 하셨죠." 다리오가 일 그레포를 매입한 건 수도사가 옆에 살았기 때문이다. "자주 만난 건 아니지만, 그래도 그분이 옆에 있다는 사실 때문에 더 차분해질 수 있었어요."

다리오는 건너편 산비탈의 폐허를 가리켰다. 이끼에 덮이고 관목에 둘러싸인 집터가 보였다. 이탈리아 연시(戀詩)의 창시자이자 일찍이 돌체 스틸 누오보, 즉 새로운 달콤한 문체를 옹호했던 귀도 카발칸티의 옛 성터라고 했다. 카발칸티는 피렌체에서 추방되어 1300년에 여기서 세상을 하직했다. 푸줏간에서 "돈나, 메 프레가", 카발칸티가 남긴 유명한 연시의 첫 구절을 읊으면 여러 사람이 그 다음 구절을 합창할 것이다. 카발칸티는 단테의 절친한 친구였기 때문에 두 사람의 이름이 나오자 그것은 뻔한 연상으로 이어져서 다리오는 어느새 「지옥편」, 그중에서도 제10곡을 낭송하고 있었다. 단테가 지옥에서 시인의 아버지, 조금도 행복하지 않은 카발칸테 카발칸티를 만나는 장면이었다.

다리오의 집은 방치된 미술관 같았다. 앤 마리가 그를 설득해서 욕실을 설치한 2층을 제외하면 마지막으로 살던 사람이 놔두고 떠난 거의 그대로였다. 아래층의 역사는 12세기까지 거슬러 올라가고, 평로(平爐)가 설치된 부엌이 거의 대부분의 공간을 차지했다. 다리오는 그걸 일 포르노라고 불렀는데, 오늘날로 치면 오븐이었고 여러 면에서 난로보다는 역시 오븐에 더 가까웠다. 넓고 쓰기 쉬운, 요리도 하고 난방도 되는 거대한 열원. 다리오는 차분해졌다. "아무것도 바꾸고 싶지 않아요. 여기는 냄새를 맡으러 들어오죠. 가끔은 아무것도 안 하고 구석에 앉아 냄새만 맡아요." 나는 공간에 서린 곰팡내 나는 역사를 들이마시려다, 문득 어처구니없다는 생각이 들었다. 수도와 가스와 전기가 그렇게 사악한 걸까? 아무튼 그곳에 가만히 서서 속속들이 들어찬 침묵을 음미하고 있자니, 그 공간에 어린 오싹한 힘을 부인하기 힘들었다. 회색 재가 내려앉은 흙바닥에 발자국을 찍으며 난로 앞으로 걸어가 옆에 붙은 침실들을 들여다봤다. 방들은 작았다. 침대 하나 들어가면 고작이었다. 창문에는 원래의 십자 무늬 창살이 붙어 있었다. 더운 계절에는 그 틈으로 바람이 들어오고, 동물들과 과일과 올리브 같은 여름 냄새가 실려왔다. 겨울 한기를 덧문만으로 막기엔 역부족이었을 테니 사람들은 따뜻한 오븐 주위에 모였을 것이다.

나는 방문 앞에 서서 습관처럼 반복된 과거의 삶을 떠올리며 상념에 잠겼다. 사람들은 여기서 사랑을 나누고, 힘겨운 임신기를 보내다 아이를 낳고, 그 아이들을 키우다 병들어 죽고, 그러는 동안에도 부엌 평로에서는 늘 불이 타오르고 있었겠지. 또 그 다음 세대가 똑같은 과정을 반복하는 동안에도 여전히 불이 타고 있었겠지. 천 년 동안 그렇게 이어져 왔겠지.

날이 어두워지고 있었다. 현관 앞 댓돌에 서서 카발칸티가 살았다는 허물어진 집터 방향을 바라봤다. 보이지 않았다. 그건 날이 밝을 때, 그게 거기 있다는 걸 알고 봐야 눈에 들어왔다. 더 짙고 형광 빛을 띠는 녹색 그늘 속에 있어야 윤곽이 뚜렷했다. 하지만 이제 해가 저물었고 윤곽은 지워졌다. 날이 저물었고 배가 고팠다. 다리오는 뭘 좀 먹자며 라몰레라는 인근 마을에 가자고 했다.

# 낮에는 고기를 만지고
# 밤이면 살을 희롱하지

일 년 중 이맘때면 으레 텅 비어 있는 레스토랑에서는 기념 파티가 열리고 있었다. 우리가 들어서려는데 나이 든 부부가 작은 무대로 나가 노래방 기계를 어떻게 사용하는지 설명을 듣고 있었다. 서른세 살이고 영어와 독일어와 프랑스어를 구사하는 성실한 주인,(얼마 전에 아버지에게 물려받아 동생과 운영하기 시작한) 필리포 마시니는 우리를 돌려보내야 한다는 걸 알았다. 도에 넘치는 인사에는 시장이 예고없이 들이닥치기라도 한 것처럼 당황한 기색이 역력했다.

"에콜로!" 필리포가 소리쳤다. "다리오 체키니 씨. 이렇게 반가울데가. 어서 오세요! 정말 영광입니다. 위대한 다리오 씨께서 저의 누추한 레스타로 디 라몰레를 다 찾아주시고!" 하지만 태도에서는 다리오의 등장이 얼마나 언짢고(어떻게 미소도 짓지 않은 채 반갑다는 얘기를 할 수 있을까), 얼마나 달갑잖은지 여실히 드러났다.

"비스테카만 먹을 생각이에요. 피가 뚝뚝 떨어지는." 다리오는 필리포의 안내를 받아 안으로 들어가면서 이렇게 말했다. "푸주한은 생고기를 좋아하지. 푸주한은 갓 잡은 동물의 따뜻한 살코기, 오로지 피 맛뿐인 그런 고기를 좋아한다오. 나한테 피를 줘요!" 그는 레스토랑이 다 울리도록 말하더니, 그 큰 입을 벌리고 우적우적 씹는 시늉을 했다. 테이블 옆에서 그 모습을 보는 필리포는 안절부절못했다. 스테이크를 씹어 먹는 그의 흉내는 사실상 하나의 과제였다. 필리포, 당신의 비스테카 맛이 얼마나 좋은지 한번 볼까? 투스카니 레스토랑에서는 어디나 비스테카를 만들지만, 다리오의 고기를 쓰는 곳은 한군데도 없었다. 너무 비싸기도 하거니와, 어떤 면에서는 너무 이데올로기적이기도 했다. 필리포의 메뉴에는 그레베의 푸주한인 가브리엘라에게서 고기를 공급받는다고 적혀 있었다.

재앙은 와인에서부터 시작됐다. 필리포는 투스카니에서 이름난 와인을 전부 수록한 몇 페이지짜리 와인 목록을 자랑스럽게 다리오에게 건넸다. 그 커다란 책을 받은 다리오는 혐오스럽다는 듯이 머리위로 쳐들었다가 바닥에 내팽개쳤다. 나는 너무나 놀란 나머지 그게 무슨 행동이냐는 표정으로 다리오를 쳐다봤지만, 그는 역겹다는 듯이 필리포만 노려볼 뿐이었다.

"내가 이런 와인을 원치 않는다는 거 알잖아요."

필리포는 당황했다.

"망가지지 않은 레드와인 한 병 가져와요." 다리오가 말했다.

필리포가 더듬거리며 와인의 이름 하나를 말했다.

"아니!" 가족 모임을 하고 있던 곳에서 고개를 돌려 다리오를 쳐다봤다. "나무로 만든 와인은 원치 않는다니까. 진짜 와인을 달라고. 단순한 와인. 여기서 생산되는 와인."

필리포가 또다른 와인을 얘기했다. 마을에서 만드는 저렴한 레드와인이었다

다리오는 못 견디겠다는 듯이 툴툴거렸는데, 트림과 누가 등을 한 대 내리쳤을 때 저도 모르게 내뱉는 숨의 중간쯤 되는 소리였다. 필리포는 이 고압적인 인간을 어떻게 상대해야 할지 번민하며 수심에 찬 표정으로 와인을 가지러 갔다.

와인을 둘러싼 이 논란에는 판자노의 최근 역사 한 자락, 그리고 다리오의 또다른 논리가 작용했다. 알체오와 마네티 집안에서 못 쓰게 된 포도나무를 뽑아버리고 연이은 경작 실패의 뿌리를 뒤엎을 무렵, 적잖은 현지 농부들이 프랑스 스타일로 와인을 만드는 실험에 들어갔다. 그런데 결과가 워낙 성공적이어서 다들 그 뒤를 따랐다. 다만, 문화적 논리라는 건 묘하게 비틀린 구석이 있어서 새 와인에는 슈퍼프렌치가 아니라 슈퍼투스칸이라는 이름이 붙었다. 비냐 달체오만 해도 보르도의 대표적인 포도 품종인 카베르네 쇼비뇽으로 만들었다. 1975년 이전에는 키안티 땅에서 볼 수 없었던 품종이었다. 디노 마네티의 와인은 산지오베제라는 투스카니 품종으로 만들지만, 작은 오크통인 바리크에서 숙성하는 건 완전히 프랑스 방식이었다. 다리오가 보기에 그건 와인을 나무에 절이는 것과 다르지 않았다.

메뉴는 두 번째 재앙이었다. 전반적으로는 현지의 색을 담고 있었다. 그건 갈색 천지라는 뜻이었다. 이탈리아 표현에 브루토 마 부오노, 못생겼지만 맛은 좋다는 말이 있는데, 손으로 만들어 들쭉날쭉한 아마추어의 솜씨를 높이 사는 말이었다. 투스카니에서는 그 표현을 브루토 에 마로네, 못생기고 갈색이라고 고쳐 말해도 무방했다. 예를 들어 구석구석 닭의 간 파테로 뒤덮은 크로스티노도 갈색이었고, 파파 알 포모도로는 농익은 토마토에 오래된 빵(소금을 넣지 않은 밍밍한 투스카니 빵, 그러니까 정말로 아주 오래된 빵)을 넣고 갈색의 죽이 될 때까지 끓인 음식이다. 진한 갈색 위에 또 갈색. 여기서 나는 콩 중에도 갈색이 많다.

한번은 다리오를 따라 소라나의 유명한 콩을 기념하는 열한 코스

연회에 간 적이 있다. 송아지 머리 고기와 콩, 참치의 곤이와 콩, 포르체타와 콩, 새우와 콩, 콩 토르타—갈색을 갈색으로 축하하는 세 시간의 연회는 비스코티와 빈산토, 또다른 갈색으로 마무리됐다. 소프레사타, 소시지, 유명한 비스테카 피오렌티나가 모두 갈색이고, 다른 색은 눈곱만큼도 찾아볼 수 없었다. 고명으로 쓰는 다진 파슬리가 있지 않냐고? 그건 오염된 미국식이다.

여기 파스타 중에 피치라고 커다란 지렁이 굵기만한 게 있다. 어째서 다른 문명은 다 사라졌는데 이것만 남았는지는 의문이지만 아무튼 에트루리아 사람들이 만들어 먹던 파스파와 비슷하다고 한다. 이건 20분 넘게 삶지 않으면 먹을 수가 없다. 더 오래 삶으면 최소한 씹을 수는 있고 솔직히 갈색은 아니지만 베이지색으로 변한다. 그리고 여기에는 라구를 끼얹어 먹는 게 전통이고, 라구는 두말할 것도 없이 갈색이다. 갈색과 베이지의 조화인 것이다. 여기는 채소도 없냐고?

아티초크는 녹갈색이고, 올리브도 녹갈색이며, 포르치니버섯은 갈갈색이다. 누구 말대로 투스카니가 전세계 요리에 적잖은 영향을 미쳤다면, 그건 다름 아닌 이 갈색 부분일 것이다. 필리포도 투스카니의 기본적인 요리들을 메뉴에 담았고, 메뉴는 너무나 적절하게도 갈색 종이에 인쇄했다. 그런데 그중에 거위 카르파치오가 있었다. 고기를 바람에 건조시키는 카르파치오는 투스카니의 고유한 방식이 아니었다. 거위도 마찬가지였다. 키안티에는 거위가 별로, 사실은 한 마리도 없었다.

필리포가 가슴을 쭉 내밀고 마음을 가라앉히려는 듯 거들먹대는 걸음으로 와인을 가지고 돌아왔을 무렵, 다리오는 메뉴에서 거위 요리를 발견했고 어이가 없다 못해 기가 다 막힌다는 표정으로 그를 쳐다봤다. 가여운 필리포. 어떤 상황이 기다리는지도 모르고. 나는 코르크 마개를 여는 그를 보며 이렇게 생각했다. 필리포가 애써 외면하는 다리오의 시선은 강렬하고 분노에 찼다. "내 불알에 대고 묻는데 말이지." 그가 마침내 낮고 차분한 목소리로 물었다. "메뉴의 이 요리가 대체 어떻게 된 거요?"

필리포는 무심히 다리오가 가리키는 쪽으로 시선을 옮겼다. "케카조 디치?" 무슨 말씀이신지요. 그는 성기를 들먹이는 투스카니 남자들 특유의 말버릇을 무시한 채 가볍게 받아넘겼다.

"이런 멍청한 자지 같은." 다리오가 큰 소리를 냈다. "이게 어째서 메뉴에 올라와 있느냐고?" 그는 거위 카르파치오를 손가락으로 짚었다. "카르파치오 디 오카? 엉?"

오카는 거위라는 뜻이다. 다리오는 오를 길게, 처음에는 낮게 시작해서 점점 높이다가 점심때 먹은 걸 게우기라도 하듯 카를 내뱉었다.

"오카?" 그가 다시 한 번 다그쳤다.

"아니, 다리오. 그건 늘 있었던 건데요." 필리포는 별일 아닌 듯이 대처하려고 애를 썼지만, 어깨너머를 살피는 것까지는 자제하지 못했다. 행여 기념 파티를 하는 사람들이 자신의 굴욕적인 모습을 보기라고 할까 봐. 다행히 그들은 그럴 여유가 없었다. 부부는 비치보이스풍의 이탈리아 노래에 맞춰 나름대로 몸을 흔들어대고 있었다.

"오카?" 다리오가 재차 반복했다. "오오오오오오오오호호—카?"

"손님들이 찾으셔서요." 필리포도 물러서지 않았다. 이곳은 영국의 한 가이드북에도 수록됐고, 단골들도 꽤 있었다. "그분들이 제일 좋아하는 음식을 주문할 수 없으면 실망하시지 않겠어요."

"그들이 제일 좋아하는 오오오오오오호호—카!" 여전히 믿을 수 없다는 투였다.

"맛을 좀 보시겠어요? 맛이 정말 좋답니다."

"필리포, 이건 프리울리 요리야. 프리울리는 저 북쪽에, 크로아티아 근처에 있다고." 마치 다섯 살짜리를 붙들고 얘기하는 투였다. "여기가 뭐야, 디즈니랜드야? 투스카니에는 거위가 없어. 당신 가게에서는 사방이 다 보이는데, 그래 오늘 저녁에 거위를 몇 마리나 봤어? 당신의 그 좆같은 인생을 사는 동안 거위를 몇 마리나 봤느냐고. 이건 겉멋만 잔뜩 들어간 음식이야. 퓨전처럼. 겉멋이 들어간 투스카니 퓨전 요리." 그러고는 메뉴 판을 바닥에 내동댕이쳤다. "오오오오오오—카!"

필리포가 메뉴를 집어 테이블 위에 올려놓았다. "다리오, 제발." 그가 속삭였다.

다리오는 다시 집어던졌고, 필리포는 또 집어 올렸다. 외교적으로 교묘한 순간이랄까. 자신의 레스토랑에 영광스럽게 시장을 모신 것까지는 좋았는데, 그 시장은 자신을 때려눕히고 싶어했다. "다리오, 다리오, 다리오." 그는 애원을 하며 메뉴로 다리오의 머리를 톡톡톡, 가볍게 쳤다. 훨씬 더 공격적인 반응을 예상했는지 다리오가 잠시 움찔했고, 기회를 감지한 필리포는 다시 한 번 내리쳤다. 그리고 또다시, 더 세게. 그러다 이성을 잃은 것처럼 어찌나 빠르고 세게 내리쳤는지 다리오는 팔을 치켜들어 메뉴판 세례를 막아야 했다.

휴전이 이루어졌다. 이성을 잃고 자신의 머리를 내려치는 필리포를 보면서 다리오도 자기가 조금쯤 비이성적으로 굴었다는 걸 깨달은 모양이었다. 다들 한시름 놨다. 모두가 동시에 한숨을 내쉬었다. 필리포는 마침내 주문을 받을 수 있었다. 가브리엘라의 비스테카 2.5킬로그램. 다리오가 말했다. "거의 익히지 말아요. 피 맛을 볼 수 있게."

한숨 돌린 필리포는 일반적인 고객을 대하듯 평소 주문을 받을 때 하는 말들을 읊어댔다.

"안티파스토를 드셔야죠." 레스토랑 주인의 면모를 되찾은 그가 물었다.

"아니!" 다리오는 다리오의 면모 그대로 대답했다. "무슨 안티파스토? 카르파치오 디 오카? 됐어."

"프리모는요?" 필리포도 작정한 듯이 밀어붙였다.

"아니!"

"그럼 샐러드라도. 뭔가 녹색도 좀 드셔야죠."

"아니!"

"그러지 말아요, 다리오." 앤 마리가 말했다. 여기 온 후 처음으로 입을 연 것이었다. "시금치 좀 먹어요."

"아니!"

"다리오!"

"싫어."

"다리오, 난 시금치를 먹고 싶어요."

"좋아. 시금치. 그리고 빵."

필리포는 메뉴 판을 소리 나게 찰싹 덮고 주방으로 갔다. 다리오가 테이블 위에서 검정색 병을 발견했다. 그게 세 번째 재앙이었다.

"믿을 수가 없군." 다리오가 병의 마개를 뽑고 손바닥에 조금 따라 맛을 봤다. 발사믹 식초였다. 160킬로미터 떨어진 에밀리아로마냐 지역의 모데나산이었다.

"필리—포!" 다리오가 소리쳤다. 마지막 음절에 짜증을 응축시킨 예의 그 목소리, 자기 푸줏간에서 하는 그대로였다. 주방까지 거의 다 갔던 필리포가 걸음을 멈췄다. 그리고 천천히 돌아봤다. 다리오는 눈에 불을 켜고 팔을 테이블 밖으로 쭉 뻗었다. 손에는 식초병이 들려 있었다. 그는 병을 거꾸로 들고 식초를 바닥에 쏟아버렸다.

이런 일이 일어나는 동안 앤 마리는 시금치를 먹겠다는 말밖에 하지 않았다. "무슨 말을 할 수 있었겠어요?" 나중에 이 얘기를 꺼냈더니 그녀는 이렇게 반문했다. "멍청한 짓 좀 하지 말라고? 외식을 하러 갈 때마다 일어나는 일인걸요. 레스토랑 주인한테 그렇게 소리 지르는 거요? 너무 끔찍해서 식사하러 나가기가 싫어요."

다리오는 요리법 파수꾼을 자처하고 불변의 법칙을 강요했다. 다리오는 시간을 멈춰 세우려 했다. 사람들이 더 이상 전통을 고수하지 않는 마을에서 그는 옛날 방식이 전부 사라지기 전에 모든 걸 제 궤도에 올려놓겠다고 작정했다. (역사적으로 시간의 흐름을 멈추려고 시도한 사람들은 '쓸데없는 짓이긴 했어도 의도는 좋았다'는 감상적인 항목에선 좋은 점수를 받을지 몰라도, 통산 전적은 신통치 않다.) 다리오가 생각하는 옛날 방식에는 그 지역의 문화란 언어와 예술, 그리고 음식으로 표출된다는 원칙이 내포되어 있다. 어쩌면 음식이야말로 가장 직접적인 표현 방법이 될 텐데, 요리법과 식습관은 그야말로 땅에서 자라나는 것이기 때문이다.

그렇다면 구체적으로 투스카니 음식이란 뭘까? 그의 집에 갔을 때 물어봤더니 모호하게 얼버무렸지만, 내가 다시 한 번 묻자 그제야 투스카니 음식은 바로 그때 그 순간에 젖은 대지에서 피어나는 독특한 향기에서 연상되는 거라고 말했다. 그러면서 늦은 오후의 소나기가 지나가 촉촉이 젖은 바깥 풍경을 가리켰다. 풀잎이 햇볕을 받아 반짝이고 있었다. "비가 그친 후의 흙냄새." 그가 말했다. 하지만 그건 그다지 큰 깨우침을 주지 못했다. 투스카니 음식이 진흙이란 말이야?

마지막 재앙은 고기였다. 흥건한 핏물에 담긴 12센티미터 남짓한 두께의 고기가 나왔다. 다리오는 늘 가지고 다니는 주머니칼로 고기를 썰어 우리에게 나눠주다가 결국 참지 못하고 서빙용 접시에서 그대로 한 조각 잘라 칼끝으로 찍어 허겁지겁 맛을 봤다. 조금 전에 큰 입으로 우걱우걱 씹는 흉내를 냈던 그 모습 그대로였다.

"고기가 안 좋아." 숨을 깊이 들이마시곤 이렇게 말했다. 계속 씹으면서 한 조각을 또 찍었다. "안 좋아. 좋은 고기가 아니야."

다리오가 가브리엘라의 스테이크를 먹는 건 그때가 처음이었다. 가브리엘라는 흔치 않은 여자 푸주한이었고(그 집은 딸에서 손녀, 증손녀로 대를 잇는 푸주한 집안이었다), 가게는 그레베 광장에 있었다. 가축 시장이 열리는 곳이라 광장이 네모반듯하지 않고 양쪽 끝이 좁았다. 키아니나는 한쪽 끝의 입구로 들어와 선을 보이고, 상은 타고,

새로운 주인에게 팔려 아래쪽 끝의 출구로 나갔고, 광장의 짧은 영광을 누린 후 그만큼의 고기로 변해 저녁 식탁에 올랐다. 가축 시장이 열리지 않는 날이면 광장에는 관광객들이 넘쳐나고, 가브리엘라의 최대 고객도 바로 그들이었다. 60대인 나이에 어울리지 않게 머리를 금발(레몬보다 딸기에 가까운)로 물들이고, 굉장히 두꺼운 안경을 끼고, 옷은 푸주한의 복장이라기보다 잠옷에 가까웠다. 저번에 그녀의 가게를 찾았을 땐 도마 위에 내장을 제거한 닭 한 마리를 얹어놓은 채—그 일을 하다 잊어버렸다—메스꺼워하는 독일 사람들에게 손으로 날 소시지 고기를 먹여주고 있었다. 그러면서 이탈리아어와 독일어를 섞어 이렇게 외쳤다. "몰토 구트!" 진짜 좋아요!

다리오는 또 한 덩이를 칼끝으로 찍었다. "혓바닥을 입천장에 대봐요. 느껴져요? 기름기가 끼잖아요."

그가 하라는 대로 했더니 과연 그랬다. 입천장에 기름기가 꼈다. 왁스를 바른 게 이렇게 명백하다면 얘기를 듣기 전에 알 수 있었을 텐데. 계속해서 혓바닥으로 입천장을 문질렀다. 그 미끈거리는 느낌과 함께 또다른 뭔가가 기억날 듯 말 듯했다. 이게 뭐지? 무슨 맛이지? 그러다 어린 시절에 먹던 것이 떠올랐다. 마음이 어수선해지는 연상들이 주체할 수 없이 이어졌고, 그러다 문득 부엌 식탁에 앉아 있는 어린 시절의 내 모습이 떠올랐다. 아버지가 오른쪽에, 어머니는 건너편에 앉아 있다.

이건 난데없이 어디서 튀어나온 광경이지? 입천장을 계속 문질렀다. 그 기억을 불러낸 건 바로 이것, 뒤에 남은 이 느낌이었다. 어머니가 교외의 슈퍼마켓에서 사오는 스테이크 고기는 바로 이런 기름기가 특징이었다. 무슨 날이었을 것이다. 이건 사실상 내가 태어나서 처음으로 먹은 스테이크였을지도 모르고, 아버지는 그걸 살 능력이 있다는 사실에 뿌듯함을 느꼈을 것이다. 나는 그걸 먹어보고 이렇게 생각했다. 이게 다야?

다리오는 또 한 입을 베어서 씹다가 멈췄다. 입 안에서 누가 한 방 친 것처럼 뺨이 볼록하게 부풀었다. 들러붙고 물리는 느낌의 근원을 파악하려는 중이었다. "입천장에 왁스를 바른 느낌이 들면 절대로 안 되거든. 이런 왁스를 바른 듯한 느낌은 소한테 뭘 먹였는지를 말해주 는데, 살만 찌우려고 싸구려 곡물을 먹였을 거예요." (내 인생의 첫 번 째 스테이크에 대해 내가 기억하는 것도 바로 그것인 게 틀림없었다. 곡 물을 먹여 살찌운 미국 쇠고기 특유의 맛.) 다리오는 또 한 덩이를 찍었 다. 그는 맹렬한 기세로 먹고 있었다. "이런 고기는 위장에 묵직하게 얹혀요." 그러면서 또 한 덩이를 먹었다. 위장을 확실하게 눌러보겠다 는 듯이. "고기의 비밀은 지방에 있지. 지방이 좋으면 2킬로그램을 먹 어도 묵직한 기분이 들지 않아요. 그런데 이런 고기는 배가 부르지도 않은데 포만감이 들거든. 밤새 그 무게가 느껴질 거예요. 여기 이 부 분에서." 그는 윗배를 가리켰다. "돌덩이 같은 게." 그는 툴툴대며 먹 었고, 그렇게 계속 툴툴대며 먹다가 결국 빈 접시만 남았다.

어느새 열두 시가 넘었고, 집에 가야 할 시간이었다.

주차장에서 다리오가 짐짓 엄숙한 태도로 나를 불렀다. "푸주한은 잠을 자지 않아요. 낮에는 고기를 만지고, 밤이면 살을 희롱하지. 진 정한 푸주한은 육욕의 화신이에요."

이탈리아어로 해야 그 맛이 사는 말장난이었다. 이탈리아어로는 고 기와 살을 가리키는 말이 둘 다 카르네였다. "말씀이 육신이 된다"는 성경 구절도 이탈리아어로 하면 "말씀이 카르네가 된다"였다. 카르네, 육신, 육욕, 섹스, 고기, 살갗, 저녁 식사, 죄, 그리고 신의 말씀, 또는 단테를 읊어대는 다리오의 경우라면 악마의 말. 이것들이 자유연상을 타고 한 줄기로 꿰어졌다.

다리오는 말을 이었다. "이제 당신도 푸주한 육욕 연맹의 일원이 에요. 푸주한처럼 고기 다루는 법을 배우고 있으니까. 그럼 이제부터 푸주한처럼 사랑을 해야지. 밤새도록 그 어두운 육욕, 푸주한의 육욕을 드러내는 그 행위를 해야만 해. 그러다가 동이 트기 전에 일어나 육욕의 냄새를 풍기면서 트럭에서 고기를 내리는 거야. 그래야 푸주한이지."

뭐라고 해야 할지 난감했다. 상사가 집에 가서 섹스를 하는 게 내가 할 일이라고 말하고 있었으니. 그렇잖아도 그놈의 고기 속에서 기나긴 하루를 보낸 터였다. 고기 트럭은 새벽에 도착한다. 여기서 육욕을 더 발휘해서 밤새 아내와 푸주한다운 사랑을 나누다가 잠 한숨 안 자고 동이 트기 전에 일하러 나갈 정력이 내게 있을 것 같지 않았다. 어쩌면 나는 정말로 이 일을 할 체질이 아니었는지도 모른다. 그래도 최선을 다했다. 우리 길드를 실망시키고 싶지는 않았다.

# 푸주한 길드의
# 견습생

grilled STEAK with
acorn squash caponata

　다리오가 나보고 길드의 일원 운운한 건 얼마 전에 가게에서 보여
준 도약을 염두에 둔 말이었다. 다리오에게 내가 소시지를 만들 수 있
다는 확신을 줬고, 일주일 분량을 맡아 그 일을 깔끔하게 해치웠다.
　다리오는 수제 소시지 만드는 기술을 이렇게 빨리 터득한 사람은
난생처음 본다고 했다. "당신은 타고난 푸주한이에요. 찾아보면 집안
에 푸주한이 있었을 거예요. 피를 물려받았다니까."
　기분이 우쭐해지는 칭찬이었고, 그때부터 나는 어엿한 푸주한 견
습생이 됐다. 우리 집안에 푸주한의 피가 흐른다는 말은 좀 미심쩍었
지만. 다리오는 내가 밥보의 주방에서 보낸 시간을 대단찮게 여겼다.
그래도 이젠 전문적인 주방에서도 어느 정도 일을 해봤겠다, 다리오
에겐 말할 엄두가 나지 않았어도—왜냐하면 '피를 물려받은 푸주한'
쪽 이론이 더 마음에 들었으니까—뉴욕대에서 소시지 만들기 일인

특강을 받은 적도 있었다. 물론 뉴욕대가 투스카니 푸줏간은 아니지만(그리고 돼지비계 냄새를 풍기며 직장에 나갔다가 욕을 바가지로 먹었지만), 그래도 기본은 배워서 알고 있었던 것이다.

어찌 됐거나 나는 새로운 단계로 격상됐고, 다음날 고기를 다 내렸을 때 다리오는 내게 자신의 칼을 건넸다. 그리고 그것의 의미를 언급하며 손을 다치지 않도록 철장갑 한 짝도 함께 줬다. 그가 이 일을 처음 시작한 25년 전에 꼈던 바로 그 장갑이었다. 너무 커서 머리를 집어넣을 수 있을 정도였다. 장갑이라기보다 마상 창시합을 하는 기사의 보호장구 같았다. 그러니 그걸 끼고 일을 한다는 건 생각도 못 할 일이었다. 내가 맡은 일은 마에스트로와 함께 아리스타에 쓸 돼지의 뼈를 발라내는 일이었다.

아리스타는 최고를 뜻하는 그리스어이고, 전해지는 이야기에 따르면 로마가톨릭과 그리스정교의 1439년도 피렌체 평화정상회의에서 처음 선보인 요리라고 했다. 그리스정교회의 고위성직자들이 요리가 너무 흡족한 나머지 "아리스타, 아리스타, 아리스타"라고 입을 모아 노래를 불렀다는 것이다. 정말로 그렇게 합창을 했을까?

그 얘기를 듣고 나서 아리스타라는 말이 최초로 언급된 문헌을 발견했다. 프랑코 사케티가 1400년에 쓴 이야기였다. 연회보다 거의 40년 앞선 시점이니 그리스와 이탈리아의 즉흥적인 외침이라는 시적인 주장은 힘을 잃는다. 기원이야 어찌 됐든, 아리스타는 현재 투스카니 메뉴에 꾸준히 등장한다. 으레 돼지고기의 제일 좋은 부위(이탈리아 사람들은 종종 등심인 카레를 최고로 친다)에 여러 가지 허브를 섞은 것이긴 하지만, 내 경험에 의하면 레스토랑마다 전부 맛이 달랐다.

다리오의 아리스타는 한 부위가 아니라 돼지의 거의 절반, 아예 몸통을 전부 사용했다. 뼈를 발라낸 고기에 마늘과 타임, 회향 가루, 고추, 로즈마리, 두 번 간 바닷소금 같은 허브와 양념을 넉넉하게 넣고 말아준다. 새로운 재료를 점점 더 많이 추가하는 방식이라, 후추 차례가 되면 고기는 두툼한 검정색 담요를 덮은 형국이 되고, 여기에 로즈마리를 잔뜩 추가한 후(녹색 담요), 두 번 갈아서 인형놀이용 눈보라처럼 된 소금으로 마무리를 한다. 이렇게 해서 고온의 오븐에 넣었다가 4시간 후에 꺼내면 이글거리고 지글거리며 난리 법석이다. 비계가 익어 구이용 트레이에서 펑펑 튀면서 눈이 시큰거리는 검은 연기를 뿜어대지만, 윤기가 자르르 흐르는 모습은 꽤나 아름답다(물론 갈색이다).

이걸 저미면 다양한 부위가 나온다. 연한 스테이크 맛이 나는 카레부터 베이컨 같은 뱃살에 이르는 모든 부위를 얻게 된다. 하지만 이건 무척이나 떠들썩한 음식이어서 혀의 맛 봉오리가 수많은 방향으로 오락가락한다. 한 조각에서도 탄 맛과 부드러운 맛, 캐러멜화됐으면서도 짭짤한 맛, 담백하면서도 기름진 맛이 동시에 느껴지고 로즈마리와 회향의 풍미로 터져나갈 지경이다. 그리고 많이 먹을 수가 없다. 몇 점을 먹고 나면 감각의 맹폭으로 입속이 기진맥진한 느낌이 든다.

이걸 내가 만들게 된 것이다. 아침 6시 15분, 나는 반으로 길게 가른 돼지를 앞에 놓고 칼을 들었다. 쇠장갑은 끼지 않았다. 마에스트로가 이등분한 돼지의 한쪽을 가지고 뼈 바르는 시범을 보이면 내가 나머지 한쪽을 따라서 하기로 했다. 내 칼을 쥔 그의 첫 가르침은 이런 식이었다. "구아르다!" 잘 봐! "코시." 이렇게 하는 거야. "코시." 저렇게 하는 거야. "탈리알레." 여기를 잘라. "하나씩, 하나씩. 등뼈를 뽑아내면, 바스타."

그러곤 칼을 넘겨줬다.

"그렇군요." 나는 허공에 대고 일련의 쿵후 동작 같은 손놀림을 흉내 냈다. "이렇게 하고, 저렇게 하고, 여기를 하나씩 잘라서, 등뼈를 뽑아내면, 바스타." 물론 완전 헛소리였고, 내가 뭘 하는지도 통 몰랐다.

아무튼 일단 이렇게 했다. "이렇게"는 등뼈의 한쪽을 베어내는 일이었다. 우선 그 몸뚱이를 옆으로 밀어서―묵직하고 약간 미끈거리는 일이었다―등뼈가 위로 올라오게 했다. 왜 그렇게 하냐고? 그건 나도 모르지. 마에스트로가 이렇게 하라고 했고, 그래서 그렇게 했다.

두 번째는 저렇게 할 차례였다. "저렇게"는 작은 돼지의 어깨였을 곳에 붙은 네모난 살코기를 잘라내는 일이었다. (어깨? 목? 머리? 이 살덩이가 한때 어디였을지를 따지는 일은 기묘한 일이어서, 그걸 너무 열심히 생각했다간 속이 메스꺼워지거나 심지어 신경쇠약에 걸려 채식주의자가 되지나 않을까 두려웠다. 그렇다고 또 생각을 너무 안 해서 손에 쥔 이 녀석과 살아서 농장을 뛰어다니고 있는 다른 녀석들 사이에 선 긋기를 거부하면 전체적인 그림을 그릴 수가 없었다. 내 해법은 자동차 정비공처럼 생각하자는 것이었다. 이건 차축이고, 저건 기어야. 이건 정직하되 거리를 두는 것―신비를 지우되 존중하는 것―이었고, 내가 깊숙이 들어와 살을 바르고 있다는 사실을 이해하는 데 도움이 됐다. 그리고 그제야 내가 자동차의 작동 원리를 전혀 모른다는 걸 깨달았다.)

그 다음은 "여기를 자르기". "여기"는 갈비뼈였다. 갈비뼈를 발라내려면 칼날을 한쪽 뼈에 바짝 붙이고 조직 한 점, 한 점이 전부 고기이며 고기는 절대로 허투루 버리면 안 된다는 사실을 명심한 채 얇게 베어내야 한다. 예를 들어 가게에 누가 들어온다고 고개를 들었다가 칼날이 미끄러지기라도 하면 고기 한 덩이가 순식간에 엉망이 되고, 기분은 더 엉망이 된다. (수입이 줄어드는 게 문제가 아니라 가축을 낭비한 것이기 때문이다. 먹이고, 씻기고, 보살피고, 살찌워 키우고, 그걸 잡아서 운반해서 이제 고기를 쓰려는데, 한 가지 목적을 품고 달려온 그 오랜 노력의 막판에 내가 집중을 잃어―카조! 이런 좆같은!―가축의 그만큼을 쓸 수 없게 되는 것이다. 어떻게 이럴 수가 있어? 논 바 베네!)

그런 다음 갈비의 다른 쪽을 따라 저민다. 이번에도 포 뜨듯 뼈가 하얗게 일어날 정도로 칼날을 바짝 붙여야 한다. 이건 갈비를 살과 분리해서 끝을 잡고 위로 당길 수 있게 만드는 과정이다. 그러면서 아래쪽 조직을 정리한다. 당기고 정리하고, 당기고 정리하고.

마지막으로 등뼈를 뽑아냈다. 여기에는 푸주한의 칼을 이용하지 않았다. 그 대신 손가락—근육의 경계선을 따라—과 중력을 사용했다. 돼지를 옆으로 눕힌 이유가 여기 있었다는 걸 깨달았다. 그래야 쑤시고 찌르고 밀다 보면 등뼈가 자연스레 떨어지기 때문이다. 그러면 바스타! 시계를 봤다. 여덟 시였다. 이등분한 돼지 한 쪽에 1시간 45분이 걸렸다. 아직도 열두 개가 남아 있었다.

마에스트로가 잘하고 있는지 살피러 왔다. "저 부위를 좀 봐." 그가 내 등 뒤에 서서 말했다.

"이 부분이요?" 분홍빛이 도는 직사각형 모양으로 살점이 두둑한 부분을 가리키며 물었다.

"그래. 그 부분. 거기가 돼지에서 제일 좋은 부위라네."

"이 부분이군요." 나는 배운 걸 다시 확인하며 말했다. 나는 우리가 나누는 대화의 의미를 깨달았다. 나는 다른 누구도 아닌 마에스트로에게서 푸주한의 기술을 배우는 중이었다.

"그래 맞아. 그 부분. 아주 좋은 부위야."

"여기가 카레겠군요." 나는 프랑스 억양을 최대한 살려서 말했다. 아는 체를 하려는 건 아니었다. 이 일을 아무 생각 없이 하고 있는 게 아니라는 인상을 심어주고 싶었을 뿐이다.

"브라보." 그가 말했다. "맞아. 거길 그렇게 프랑스 명칭으로 부르는 사람들도 있지."

"감사합니다." 내가 말했다.

"이탈리아어로는 론자라고 한다네."

그 말을 따라한 후 마에스트로에게 가르쳐줘서 고맙다고 인사했다. 그가 말을 이었다. "그리고 가장 연한 부위이기도 해."

"그렇군요."

"그리고 가장 귀하고. 그러니 가장 비싼 게 당연하겠지. 그런데 지네가 이걸 반으로 잘라놨구먼."

"이런 젠장." 이건 영어로 말했다. "제가 그랬나요? 제기랄!" 그러다가 여기가 이탈리아라는 사실을 기억하곤 이탈리아어로 덧붙였다. "실수를 한 거네요?"

"사실은 엄청나게 큰 실수라네. 여기 이 부분은," 그가 두 동강이 난 부분을 가리키며 말했다. "이 요리의 핵심이거든. 알아듣겠나? 그런데 자네가 이걸 반으로 썰어버린 거야. 논 바 베네."

"다시는 안 그럴 게요." 나는 믿음을 주려고 애를 썼다.

"브라보." 그는 이렇게 말하곤 엄청나게 커다란 허벅지를 다듬던 일로 돌아갔다.

다음날은 5월 10일이었고, 나는 뉴욕으로 돌아갔다. 거기서 해야 할 일이 있었다. 우리 부부는 판자노에서 거의 한 달을 살았다. 하지만 정식 푸주한 견습생으로 인정받았고, 다른 누구도 아닌 마에스트로의 지도를 받았다. 이제 와서 중단할 수는 없는 노릇이었다.

# 돼지가
# 소시지가 되기까지

집에 돌아온 나는 돼지를 사고 싶었다.

근처 시장에서 닭과 토끼와 돼지를 파는 폴이라는 친구가 있었다. 폴이 파는 돼지들은 젖먹이 새끼들이었다. 나는 새끼는 원치 않았다. 제대로 된 돼지, 큰 놈을 원했다. 이탈리아에서 배운 기술을 활용해보고 싶었다.

폴이 돼지를 구해줄 수 있을까?

아마도 그럴 수 있을 것 같았다. 이웃에서 크고 건강한 암퇘지를 키우니까 한 마리 달라고 하면 농무부 허가 같은 것 없이 산 채로 받을 수 있을 것이다. 그러는 편이, 그러니까 농무부를 거치지 않고 목장에서 식탁으로 직행하는 편이 좋을 것 같았다. 정부기관의 개입은 뭐든지 간섭이어서 나쁜 것으로 간주되며 그건 병들어 죽는 걸 막아주는 기관의 개입도 마찬가지라고 생각하는 시골 축산업자의 논리는 자가당착처럼 보이기도 한다. 예를 들어 판자노의 식품점에서는 우오바 프로이비티, 즉 불법 달걀을 물밑으로 거래하는데, 유럽연합 담당자의 검사를 거치지 않은 할머니네 달걀들이었다. 나도 사서 먹어 봤는데 아주 싱싱했다. 그 매력이 달걀 자체의 맛에 있었는지, 아니면 관청의 도장 자국에 얼룩지지 않은 껍질에 있었는지는 확신할 수 없지만.

아무튼 내 경우엔 미국농무부의 검사가 필요 없었다. 정육점에서 죽은 고기를 사는 게 아니라 폴의 이웃에게서 살아 있는 돼지를 사는 거라면 사실상 애완동물을 구입하는 것과 다를 바 없었기 때문이다. 그런데 아내와 함께 돼지를 데리러 갔더니 녀석은 완전히 죽은 채 투명 비닐에 싸여 폴의 자동차 뒷좌석에 늘어져 있었다. 약 100킬로그램인 중간 크기의 돼지였다. 모든 게 다 보였다. 발굽, 다리, 작은 돼지꼬리와 머리, 게다가(체강에 채웠다고 폴이 말한) 허파와 심장과 간까지.

문제는 이걸 아파트에 가지고 들어가는 것이었다. 투명 비닐은 내가 뭘 샀는지 만천하에 보여줬다. 도시인의 장바구니에서 흔히 볼 수 있는 품목이 아니고 시장에서 으레 사고파는 것도 아니었으니, 오가는 사람들은 나를 무슨 나쁜 놈 보듯 쳐다봤다. 그런 시선을 견디는 데도 한계가 있었고, 나는 유기농 갯보리 가게에 돼지를 세워놓고 싶은 마음이 굴뚝같았다. "저기, 장을 다 보고 올 때까지 이것 좀 여기 놔둬도 될까요?" 가게 앞에 선 여자는 팔짱을 낀 채 못마땅한 기색을 숨기지 않았다.

나한테는 스쿠터가 있었다. 시장에는 차량 통행이 금지됐고, 만약 스쿠터가 없었다면 어떻게 했을지 궁금할 따름이다. 돼지를 어깨에 걸쳐 메고 집까지 걸어갔을까? 택시를 잡아탔을까? 쇼핑 뭉치를 스쿠터 짐칸에 붙들어 맸더니 마음이 놓였다. 발굽은 앞바퀴 양쪽에 대롱거리고, 귀는 손잡이 바로 아래에 놓였다. 아내가 뒤에 타고, 우리

셋은 조심조심 균형을 유지하며 간신히 집까지 왔다. 건물 앞에 스쿠터를 세우고 낑낑대며 짐을 풀어 그걸 끌어안고 어기적어기적 현관으로 걸어가다 문득 궁금해졌다. 이걸 금지하는 법이 있지는 않을까? 이걸 들고 로비에 들어가도 되는 걸까?

우리 건물의 문지기인 개리는 이탈리아 혈통에 대한 자부심이 대단하고 고기의 참맛을 아는 사람답게 감격에 겨워 나를 맞았다. 우리는 엘리베이터에 올라탔다. 그런데 엘리베이터가 미처 올라가기도 전에 문제가 발생했다. 토요일의 간이 정장 차림을 한 월스트리트의 은행가가 따라 들어온 것이었다.

"개리, 다른 사람은 안 태우면 안 될까?" 나는 낑낑거리며 물었다. 100킬로그램이면 거구의 남자에 해당됐다. 더 심각한 건 운반하느라 고기가 이리저리 움직였고, 비닐의 주름진 곳에 피가 고였다는 것이다.

더운 여름날의 작은 엘리베이터. 개리와 월스트리트 은행가가 타고, 바로 뒤에 아내와 나와 내 돼지가 섰다. 월스트리트 은행가가 뒤를 돌아봤다. 이유는 알 수 없었다. 아마 무슨 냄새를 맡은 모양이었다. 비록 이런 상황치고는 그리 나쁜 냄새가 아니었지만. 그는 내가 뭘 끌어안고 있는지 쳐다봤다. 투명 비닐 속에 빤히 드러난 내용물을 눈으로 빠르게 훑더니 문이 열리자마자 범상치 않은 속도로 내렸다.

"그 사람이 내는 소리 들었어요?" 개리의 말투에선 고기를 좋아하는 사람들의 가학적인 즐거움이 느껴졌다. 나도 그 소리를 들었고, 마음이 무거웠다. 유기농시장에서도 마음이 불편했는데 이제 이웃 사람까지 역겹게 만들었다.

식탁에 돼지를 내려놓고 일할 준비를 갖췄다. 냉장고를 비우고 조리대를 닦았다. 뼈를 바르는 데 쓰는 새 칼—짧고 얇고 단단하다—을 날카롭게 갈았다. 마에스트로는 내가 뉴욕에서 사갔던 길고 휘청거리는 칼을 보고 놀려댔었다. 케 카조 파이 콘 퀘스토? 이런 물거으로 대체 뭘 하겠다는 거야? 그러다가 집에서 돼지를 잡았으면 얼마나 더 힘들었을지 생각해 봤다. 이웃 사람의 마음을 불편하게 만들고 싶지는 않았다. 잘 모르긴 해도 나는 그가 육식주의자일 거라고 짐작했고, 나중에는 확신했다.

이건 익숙한 아이러니였다. 내 돼지는 그가 여태껏 먹어온 고기와 같은데, 단지 더 기초적인 단계일 뿐이었다. 이건 익히 알고 있었지만 인정하고 싶지 않았던 사실을 확인시켜 주었다. 사람들은 고기가 뭔지 알고 싶지 않은 것이다. 그 이웃 남자에게(내 친구들, 그리고 얼마 전까지의 나 자신에게도) 고기는 고기가 아니었다. 그건 일종의 추상이었다. 사람들은 고기라고 할 때 그 살을 내준 동물을 생각하지 않는다. 단지 식사의 한 요소로 생각할 뿐이다. ("오늘 저녁에는 치즈버거를 먹고 싶어!")

나는 변절자가 아니다. 고기 때문에 변절할 이유를 느낀 적은 한 번도 없었다. 채식주의자를 가게에서 쫓아내며 지옥에나 떨어지라고 말하는 다리오처럼 강경하지는 않았다. 내가 생각하기에 채식주의자들은 고기에 대해 실제로 생각하는 몇 안 되는 사람들이었다. 그들은 최소한 그게 뭔지 알고 있었다. 나는 단지 사람들이 자기가 뭘 먹는지 알아야 한다고 믿을 뿐이다.

어쨌거나 청과물 시장에 가면 비료니 유기농 토양이니 하는 대화가 들리고, 닭을 완전히 풀어놓지는 않더라도 얼마만큼의 자유를 줘야 하는지에 대해 듣게 된다. 그렇다면 내가 먹는 고기가 무엇인지 알고 싶어지는 게 자연스러운 순서가 아닐까? 그리고 내가 생각하기에 나는 지금 바로 그걸 하고 있었다. 나는 방금 잡은 돼지를 집에 가져왔다. 가게에서 구입하는 것보다 더 건강하고, 더 신선하고, 더 잘 키운 것이다. 이걸 만지면서 음식을 만드는 오래된 방식을 다시 발견할 수 있길 바랐다. 그건 다분히 긍정적인 일이었다. 하지만 그것 때문에 생고생을 하고 있었다.

나는 일을 해야 했다.

엉덩이를 따라 둥글게 원을 그려 뒷다리를 잘라내는 것부터 시작했다. 그게 프로슈토였다. 이탈리아어로 프로슈토는 돼지의 다리와 식품점 천장에 매달린 소금에 절인 맛있는 햄을 모두 뜻했다. 나는 이걸 저장하지 않고—미리암의 쿨라텔로에서처럼 전통적으로 1월에 하는 작업이었다— '다리오의 여름철 돼지'라는 걸 만들 생각이었다. 다리오는 그걸 늙은 콘타디노에게서 배웠고, 그 콘타디노는 아버지가 돌아가시기 직전에 배운 거라고 했다.

아버지는 그에게 이 레시피를 체키니 푸줏간 사람에게 전해주라는 유언을 남겼다. 아버지가 염두에 둔 사람은 다리오가 아니었다. 그는 태어나기도 전이었으니까. 아마 다리오의 아버지였을 것이다. 콘타디노는 아버지의 뜻을 받들기까지 왜 그렇게 오래 걸렸는지 자신도 모르겠다고 했다. 판자노에 오는 일이 거의 없고, 운전을 할 줄 모른다는 것밖에. 아무튼 아버지의 뜻대로 키안티의 유서 깊은 조리법이 완전히 사라지기 전에 믿음직한 사람에게 전하게 되어 다행이라며 즐거워했다.

그 레시피라는 건 사실상 고기(그리고 그 안의 모든 것)를 실제로 살을 그을리지 않고 굽는, 수준 높은 방법이었다. 우선 마르코 피에르 화이트가 '쿠션'이라고 부르는 형태로 다리를 자른다. 마에스트로가 시범을 보이는 과정은 무슨 지도를 그리는 것 같았다. 그는 중력과 손가락으로 각 근육들을 전부 만지며 '솔기'를 찾아냈다. 그렇게 하면 돼지고기 덩어리가 한 사발, 약 열두 덩어리쯤 나왔다.

그 다음엔 소금에 절인다. 소금물은 소금 한 봉지를 양동이에 붓고 물을 넣어서 소금이 반쯤 녹을 때까지 저어 만든다. 하루나 이틀쯤 지난 후에 고기를 꺼내서 화이트와인을 채운 솥에 넣고 몇 시간 끓여 밤새 식힌다. 아침이 되면 다 익은 고기를 올리브기름에 담가 저장할 수 있다. 소금물에 반쯤 절여 다시 와인의 풍미를 더한 고기를 올리브기름에 담가 1년간 보관한다.

이제야 이 방법이 더운 계절에 다 먹을 수 없는 돼지고기를 보관해 치우기 위해 고안됐다는 생각이 들었다. 일반적으로 뭔가 잘못되지 않는 한 여름에는 돼지를 잡지 않고, 언젠가 다리오도 무심결에 콘타디노가 병든 돼지를 그 레시피로 처리했다는 얘기를 한 적이 있다. 푸주한이 손님에게 털어놓기에는 적당치 않은 정보였다. 자, 이것 좀 드셔보세요. 내가 때려잡은 병든 돼지의 고기랍니다.

하지만 다리오가 무슨 말을 하고 하지 않는지는 중요하지 않았다. 몇 년이 지나도록 그걸 사가는 사람이 하나도 없었기 때문이다. 누가 기름에 담은 지방을 원하겠는가? 하지만 고기는 순 살코기여서 육질이 거의 생선 같았고, 그는 번뜩이는 마케팅 실력을 발휘해서 이름을 토노 델 키안티라고 바꿨다. 토노는 참치라는 뜻이다. 이제 그건 가게에서 제일 인기가 높다. 2001년에는 유럽연합에서 그걸 지역의 고유 음식으로 지정했고, 레시피를 투스카니 문화의 일부로 보존하게 했다. 나는 여기에 콩과 파슬리, 그리고 레몬과 올리브기름을 곁들여 먹는 걸 좋아한다. 진짜 참치처럼.

돼지 다듬기 둘째 날에는 앞다리를 잘라내서 뼈를 발랐다. 이건 마리오의 숨은 공신이었다. 육질이 단단하고 약한 불에서 서서히 끓이면 풍미를 가득 담아 맛이 좋았다(서서히 끓이는 브레즈 조리법에만 좋았거나). 하지만 나는 그걸로 소시지를 만들 생각이었다.

내가 푸줏간에서 이걸 만들 때면 사람들은 그릇에 담긴 고기를 날로 집어 먹곤 했다. 모르겠다. 나를 구식이라고 할지 모르지만, 그건 잘못인 것 같았다. 하지만 좋은 고기를 대하는 태도를 잘 보여주는 것이기도 했다. 좋은 고기를 손에 넣을 만큼 운이 좋다면 쓸데없이 만지작거릴 필요가 없었다. 가게에서는 살코기 세 부위에 지방 한 부위라는 레시피를 따랐다(레시피라는 게 있다면. 대부분은 눈으로 보고 기억했으니까). 지방은 돼지 윗부분에 있는 기름진 등쪽 비계였다. 이걸 전부 갈고, 마늘과 후추와 소금을 섞는다. 그게 전부다. 분홍빛이 도는 걸쭉한 곤죽이 될 때까지 잘 섞어서 커다란 총알처럼 보이는 통에 다져 넣는다. 이 통 끝에는 주둥이가 달려 있다. 여기에 6미터 정도 되는 돼지 창자를 끼우고 고기 다진 것을 채운다. 그 주둥이에 내장을 끼우는 일은 아프리카 뱀의 길이만한 콘돔을 끼우는 것과 다르지 않은데, 그 과정에는 누구나 다 알아보는 손동작이 필요하고, 그러다 보면 맙소사, 언제 나오나 조마조마했던 투스카니의 거시기한 농담들이 내게 쏟아졌다(그러면 나는 프로이트적인 사고에 빠져들고, 유머가 문화에 대해 뭘 말해줄 수 있는지 속으로 조용히 따져보곤 했다).

투스카니 소시지는 미국 것보다 작고, 한 덩이씩 끈으로 묶는데, 우아하게 고리를 만들어 단단히 매듭을 짓는다—고리 만들어 매듭짓고, 고리 만들어 매듭짓고. 그러다 보면 좌우대칭으로 느슨하면서도 미적인 매력을 지닌 리듬이 형성된다. 푸줏간의 아래쪽 가게에서 소시지를 만들고 있으면 사람들이 구경하러 모여들었다. "와아. 이렇게 만드는 거로군요." 목소리가 갈라지는 한 남자가 나지막하게 말했다. "우리 할아버지도 이걸 만드셨는데." 가끔은 늘어지게 수다를 떨고 싶어하는 사람도 있었지만 나는 대답을 최소한으로 줄여서 그 교묘한 순간을 모면하곤 했다. 내가 어떻게 수다를 떨어? 입만 뻥끗하면 정체가 탄로 날 텐데.

"살리체?" 소시지예요? 이걸 묻는 사람이 꼭 있었다. 아니, 보면 모르나?

"시." 나는 힘차게 대답하곤 했다. "시"라는 이 한 음절에 다양한 음을 담아내는 현지인들의 노래 같은 리듬을 나름대로 흉내 낸다고 믿으면서.

"디 마이알레?" 돼지고기인가요? 다음으로 묻는 건 이거였다. 참 집요하기도 하지. 그렇게 뻔한 걸 꼭 물어야 해? "시." 대답은 똑같았지만, 이번엔 내가 바쁘다는 걸 알아주길 바라는 마음으로 조급한 기색을 실었다.

한번은 궁지에 몰리기도 했다. "어떤 허브를 써요?" 누가 물었다. 당황스러웠다. 이 질문은 피해야 했다. "시!" 물론 말이 안 되는 대답이었다. 그래도 남자가 자신이 기만당하고 있다는 걸 깨닫지 못하게 해야 했다. 낭만과 역사, 손으로 만든다는 자부심이 이 모든 것에 담겨 있는데, 그 소시지를 만드는 사람이 미국인이라는 걸 알지 못하게 해야만 했다.

돼지의 다리들은 모두 떨어져나갔지만 어깨 사이를 한 번 더 잘라야 했고, 그걸 셋째 날 저녁에 먹을 생각이었다. 처음 네 개의 갈비뼈가 감싸고 있는 고기는 이른바 포크찹의 '눈'이었다. 이탈리아어로는 코파, 또는 카포콜로라고 한다. 카포는 머리를 뜻하고 콜로는 목이라는 뜻이므로, 카포콜로는 목덜미 끝에서 시작되는 부위다. 절여서 숙성시키면 내시빌 사람들의 저녁상에 올랐던 담백한 살루미가 된다. 이건 볼로냐 쪽에서 유래된 것이라 투스카니에서는 보기 힘들다. 투스카니에서는 보통 코파를 저며서 날것 그대로 판다. 통째로 구우면 또다른 것으로 변신하는데, 최고의 요리로 치는 로스티치아나다. 뼈가 붙은 그대로 뜨겁게 달군 오븐에 35분 동안 구우면서, 완전 날것과 금방 구워낸 것 사이의 거리가 참 짧다는 생각을 했다.

넷째 날에는 아리스타를 만들었다. 몸통을 썰어서 이등분하고, 마에스트로가 가르쳐준 대로 각각의 뼈를 발라낸 후 다리오가 외쳐대던 재료를 추가했다. 마늘, 타임, 회향 가루(옷 가방 속에 몰래 넣어온 것. 다들 밀수하는데 나라고 왜 못 해?), 검정 담요 같은 후추, 로즈마리의 녹색 담요, 그 다음은 소금의 눈보라. 그걸 커다란 크리스마스 장작처럼 말고, 기름이 빠지도록 겉에 절개선을 넣고, 잘 묶어서 겉이 바삭해지고 거무스름한 연기가 날 때까지 구웠다.

다섯째 날에는 라구를 만들었다. 200명이 먹기에 충분한 양이었다. 거, 일깨나 시키는 돼지일세.

여섯째 날에는 헤드치즈를 만들었다. 살점이 물러서 떨어질 때까지 끓이다가 자체적으로 형성된 젤라틴에 굳혀 치즈처럼 만든 것이었다.

일곱째 날에는 아피시우스의 책에서 본 레시피에 도전해 보고 싶은 마음에 허파를 한참 쳐다봤다. 우유에 담가 하룻밤 재운 허파 구멍에 달걀을 두 개씩 넣고 약간의 꿀을 채운 후(세상에 이보다 쉬운 방법이 또 있을까?) 다시 봉해서 허파가 수영장 튜브처럼 둥둥 떠오를 때까지 끓이는 것이었다. 허파가 언제 익는지에 대해서는 언급이 없지만, 허파가 두 개라는 건 첫 번째가 아직 안 됐다면 두 번째는 조금 더 기다리라는 걸 알게 하려는 것 아니겠어? 결론만 말하자면 허파 요리는 하지 않았다. 그걸 버리려니 너무 속상했다. 엄청난 낭비 같았다. 허파를 내버리려면 돼지는 왜 통째로 산 거야? 하지만 너무 오랫동안 돼지를 만졌다. 일곱째 날이었고, 내게도 휴식이 필요했다.

우리는 실컷 먹었다. 사 들고 온 돼지로 450끼를 먹었으니까 한 끼에 50센트에도 못 미친다는 계산이 나왔다. 하지만 이번 일의 교훈은 돼지의 경제성이 아니라 그것의 다양함과 풍부함이었다. 물론 너무 풍부했는지도 모른다. 아내도 나도 우리가 돼지고기를 너무 많이 먹는다는 생각을 일찌감치 하기 시작했다. 우리는 주둥이(소시지에 넣어서)부터 꼬리(라구에 넣어서)까지 전부 먹어치웠다. 돼지라면 신물이 났다. 얼른 이탈리아로 돌아가야 했다. 이제 쇠고기에 대해 배울 때가 됐다.

# 5장

# 투스카니 푸주한과
# 울고 웃은 시간들

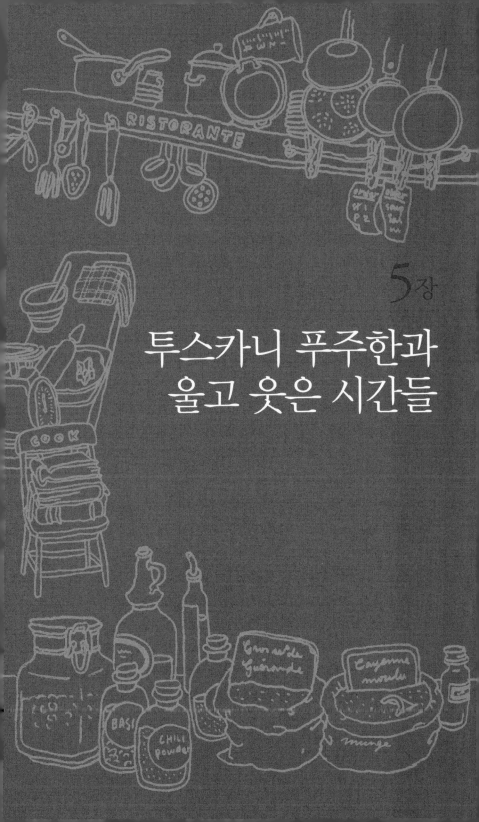

아이들 스스로 무엇을 먹고 안 먹을지를 결정하는 건 중요하다. 선택의 기준은 도덕이거나 맛이거나 상관없다. 아이들에게 필요한 모든 정보를 제공하는 것은 부모인 우리들의 책임이다. 식생활과 관련된 우리의 콤플렉스를 물려줘서는 안 된다.

일례로, 나는 우리 아이들이 쇠고기를 먹고 있을 때 그 아이들의 입에 들어가는 것이 사실상 소라는 사실을 늘 일깨워줬다. 가축이 건강하게 잘 살다가 인도적으로 도축됐다면 전혀 문제될 게 없다. 고기의 품질은 그 고기를 준 가축이 살았던 삶의 질과 직접 관련된다. 어찌 됐거나 우리는 진화에 의해 식습관과 음식을 처리하는 방식 모두에서 육식동물이 되었다.

슈퍼마켓의 가격 전쟁은 안타깝게도 모든 음식의 가격을 인하시켰는데, 고기 값도 예외가 아니다. 하지만 생각해 보라. 이게 어떻게 가능한지. 부지 값과 시설비와 임금은 모두 오르고 인플레이션도 여전히 기승을 부리는데 어떻게 고기 값만 떨어질 수 있는 건지.

—헤스톤 블루멘탈, 『가족의 음식(*Family Food*)』

# 스테이크는
# 투스카니의 영혼

다시 돌아간 첫날 아침에 마에스트로는 이런 말로 나를 맞았다. "그래, 허벅지 살에 대해 배우러 돌아온 거로군." 물론, 나는 다시 돌아갔다. 그러지 않을 도리가 없었다.

신기하게도 다리오는 내가 다시 올 줄 알고 있었다. 그는 뭐 하느라 이렇게 오래 걸렸냐고 물었다. 내가 다시 올 줄 어떻게 알았을까?

그는 뉴저지에서 왔던 남자 얘기로 대답을 대신했다. 그 남자는 제빵 기술을 배우러 산지미냐노를 찾아왔다. 여기서 1시간 거리에 있는, 탑으로 유명한 마을이었다. 일정을 다 마친 남자는 돌아갈 비행기를 타기 위해 짐을 꾸려서 피사로 갔다. 하지만 그는 떠나지 못했다. 비행기에 오를 수가 없었다. 그는 비행기 표를 찢어버렸다. "그러곤 여기서 22년을 살았어요. 아주 실력이 좋은 빵장수였지." 다리오는 신이 말씀을 전차기라도 하는 것처럼 오만한 목소리로 말했다.

"당신도 그럴 수 있어요." 옆에 있던 아내가 발로 바닥을 문지르는 기색이 영 불안해 보였다. 내게는 심지어 찢어버릴 비행기 표조차 없다는 걸 아내는 알고 있었다.

내 상황은 나도 모르는 새 바뀌었다. 전문적인 주방의 지하세계 탐험쯤으로 생각해서 멋모르고 뛰어들었을 땐 구경꾼이었다. 관광객이었다. 관광객처럼 아무 거리낌 없이 여행에 몰두한 건 언젠가 끝이 난다는 걸 알았기 때문이다. 밥보에서도 다른 이들에 비해 모욕을 흔쾌히 받아넘기는 것처럼 보였다면, 그건 이게 내 인생이 아니었기 때문이다. 그런데 이제 궁금했다. 여기 너무 오래 눌러 있었던 건 아닐까?

언젠가 마리오가 어느 주방에서든 일을 제대로 배우려면 1년은 있으면서 모든 계절을 다 겪어봐야 한다고 했을 때 나는 생각했다. 그것쯤이야. 그래서 나는 2002년 1월부터 2003년 3월까지 밥보의 주방에서 일을 했다(사무실에 나가야 하는 일을 맡았을 때를 제외하고). 마리오가 이탈리아 요리의 달인이 되고 싶으면 이탈리아어를 배우고 이탈리아에 가서 일을 해야 한다고 했을 때도 나는 생각했다. 그것쯤이야. 그런데 그걸로는 충분치 않았던 모양이다. 어느새 마리오의 교육과정을 약식 코스로나마 밟아야 한다는 생각이 뇌리에 박혀버렸기 때문이다. 스승을 통해 그 사람을 알아야겠다고 생각한 것이다. 그래서 마리오의 첫 번째 스승인 마르코 피에르 화이트에 이어 마리오의 파스타 스승인 베타와 잔니를 찾아갔었다. 마리오 본인은 다리오 체키니 밑에서 일을 한 적이 없지만 그의 아버지가 와서 배웠다. 꼭 맞아떨어지는 건 아니지만, 제법 근접했다.

그러다 선을 넘었다. 이제 더는 밖에서 안을 들여다보고 있지 않다. 주방의 경험에 대한 글을 쓰는 작가가 아니라, 그곳의 일원이 됐다. 주변 사람들이 보기엔 너무나 뚜렷했던 나의 변모—오래도록 속을 끓인 아내는 흔히 강박증환자의 증상으로 일컬어지는 특징들을 내게서 발견하고 있었다—가 정작 내게는 분명하게 느껴지지 않았다. 심지어 어느 날 아침에 뉴욕의 집에서 눈을 뜨곤 판자노로 돌아가야겠다고 결심했을 때에도. 꼭 그렇게 돌아가야 할 필요가 있었냐고? 물론 아니다. 하지만 자주 반복되던 그 말을 머리에서 지워버릴 수가 없었다. 향수병에 걸려 밀라노에서 돌아온 닉에게 호통을 치며 마리오가 했던 그 말. 그렇게 많은 것을 배울 기회는 두 번 다시 오지 않을지도 모른다는 그 말. 다리오 체키니는 칼을 맡길 만큼 나를 신임했다. 그리고 마에스트로에게, 자신의 스승인 마에스트로에게 나를 가르쳐달라고 부탁했다. 그런데 내가 어떻게 중간에 그만둘 수 있겠는가?

그래서 나는 돌아갔다. 네, 마에스트로. 허벅지 살에 대해 더 배우려고 돌아왔어요.

그건 소의 허벅지 살이고, 이걸 제대로 다루는 건 투스카니 푸주한이 되기 위한 결정적인 자격증이었다. 지난번에 이곳을 떠나 뉴욕으로 가기 전날, 마에스트로가 지켜보는 앞에서 시도를 해봤지만 고기를 엉망으로 망쳐놓고 말았다. 괜찮네. 언제나 참을성 있게 나를 가르쳐주던 마에스트로는 앞으로 몇 주 더 연습하면 제대로 배울 수 있을 거라고 했다. 그때까지 돌아간다는 얘기를 하지 않았고, 그 소식을 전하자 그는 정말로 이해를 하지 못했다.

"무슨 말을 하는 거야? 허벅지 살 다루는 법을 연습해야 하는데 떠난다니?" 당혹감에 체머리까지 흔들었다. 믿음을 저버린 기분이었다. 사실은 관광객인 주제에 투스카니 푸주한이 될 것처럼 사기를 쳐서 마에스트로를 속이고 허벅지 살 다루는 법을 알아낸 것 같았다.

앞치마를 두르고 일을 시작했다. 그때 어떤 상징적인 일이 일어났다. 일본인 가족이 가게에 들어왔다. 영어를 할 줄 아는 호들갑스러운 어머니를 중심으로 우르르 모여 있었다. "어머, 세상에, 이분이 다리오 체키니예요? 이게 진짜 키안티예요?" 사진을 수없이 찍더니 아래쪽 가게로 내려와 손에 칼을 들고 어느새 피로 얼룩진 앞치마 차림의 나까지 찍었다. 그 순간 나는 선을 완전히 넘었다. 나는 이제 관광객이 아니었다. 관광객들이 모여드는 볼거리였다.

수업과정을 정리해 보니, 처음 학기에는 여러 가지를 배웠어도 전공은 돼지였다. 향학열에 더 불타는 이번 학기(나는 이걸 푸주 대학원이라고 생각했다)에는 소를 공부할 예정이었다. 돼지는 쉬웠다. 소는 복잡하다. 돼지는 대단히 이탈리아적이다. 돼지를 아는 사람은 수없이 많다. 하지만 소를 아는 사람은 드물다. 소는 투스카니적이고, 소를 안다는 건 판자노의 본질이었다.

아내와 함께 조반니 마네티를 만나러 갔을 때 그는 이걸 설명해 줬다. 우리는 콘카 도로에 있는 드넓은 폰토디 부지에서 와인이 만들어지는 과정을 보고 싶었다. 광활한 부지에는 주렁주렁 매달린 보라색 포도송이에 가지가 휘어진 나무들이 가득했다. 하지만 그의 여동생인 조반나(낮 동안 소일거리가 필요했던 아내는 판자노 주민 900명과 모두 친구가 됐다)는 우리에게 오빠가 소를 자랑하려 들지 모른다고 미리 귀띔을 해줬다.

충동구매였다는 눈부시게 하얀 네 마리의 어린 송아지는(조반니는 아직도 키안티의 뿌리 찾기에 열중이었다), 계곡 아래쪽 외양간에 있었다. 이탈리아 사람들에게 키아니나는 키안티의 상징이었다. '키안티'라는 말이 그 속에 묻혀 있는 것과 같았다. 이 지역에 대한 모든 선입견이 이 동물에서 나왔다. 세련되지 못하고, 돌집에 살며, 쇠고기를 먹는 소작농이라는 딱지. 하지만 안타깝게도 이런 모습은 더 이상 찾아볼 수 없었다.

실제로 조반니가 키우는 네 마리를 제외하면 어디서도 소를 보지 못했다. 이 소들을 키우던 조반니는 더 큰 사명감에 싸이게 됐다. "미친 짓이라는 거 알아요. 판자노 사람들이 죄다 나를 비웃으니까." 그 사명이란 관광객들과 포장도로와 전기로부터 키안티의 유산을 되찾아, 한때 이 땅을 일궜던 그 유명한 소를 다시 살려낸다는 것이었다.

"성질이 예민해요." 조반니는 외양간의 나무에 이마를 지그시 누르고 안을 들여다보며 말했다. "감기에도 잘 걸린다고 하더군요."

내 눈엔 별로 약해 보이지 않았다. 체구도 커서, 이제껏 내가 본 중에 가장 큰 소들이었다.

"에코 레 감베! 다리가 아주 길고 우아하고 정말 예쁘죠. 정말이지 패션모델 같다니까." 그가 한숨을 내쉬었다.

아무리 봐도 내 눈에는 전혀 패션모델처럼 보이지 않았다. 그냥 소처럼 보였다. 비범한 소인 건 틀림없었다. 너무나 하얗고 대단히 컸다. 일반적인 소보다 날씬하기도 하고, 그만큼 넓적하지도 않았다. 보통 소들은 대체로 둥글둥글하다. 이 소들은 곁눈을 뜨고 보면 직사각형 같다. 횡단면은 별로 그렇지 않지만, 위에서 아래로 보면 더 (훨씬 더) 그렇다.

그러다가 녀석들의 생김새에서 전통적인 비스테카 피오렌티나가 언뜻 느껴졌다. 그 높이, 그 좁은 등뼈. 왜 그랬는지는 모르겠다. 그나마 푸줏간에서 일을 해봤다고 그런 모양이었다. 그런데 스테이크가 한 번 보이니까, 오로지 스테이크만 보였다. 비스테카 피오렌티나는 삼각형 모양이다. 티본스테이크와 유사하지만, 거대하고 기하학적인 모양이 더 정교하다. 나는 어느새 그 스테이크 만드는 걸 머릿속으로 그려보고 있었는데, 저 등뼈를 가르면(소는 이미 잘린 채 푸줏간으로 배달된다) 그게 스테이크의 바닥, 그러니까 삼각형의 밑변이 된다. 고기는 뼈에 붙은 두 개의 근육이다. 인간의 척추 양쪽에 있는 것과 다르지 않은 황색건[갈비와 목심의 등쪽 중심선 근처에 박힌 노란 섬유질의 결체조직]과 그 아래쪽으로 좀더 작은 안심. 제대로 만든 비스테카 피오렌티나는 꽤 아름답다.

그에게 내가 지켜본 느낌을 말했다. 저 소들로 예술 작품 같은 스테이크를 만들 수 있겠다고. 조반니는 하들짝 놀라는 기색이 역력했다.

"저건 식용이 아니에요. 씨를 받을 거예요." 조반니가 충동적으로 수소도 산다면(다그쳐 물었더니 가축 대회에서 상을 받은 수소에게 눈독을 들이는 중이라고 털어놨다), 네 마리의 미녀 암소들이 씨받이가 되는 것이다. 그렇게 해서 태어난 새끼 역시 식용으로 잡아도 될 만큼 양이 늘어날 때까지는 새끼를 받는 데에만 집중할 것이다.

조반니는 소들에게서 눈을 떼지 않았다. 조반니는 대체로 굉장히 세속적인, 심지어 통속적이라고까지 말할 수 있는 사람이었다. 양조계에서도 그는 유명했다. 자신의 분야에 정통하고, 언론을 잘 다루고, 달변이며, 이미지에 좌우되는 이 업계에서 유연하게 처신했다. 검은 머리와 고전적인 이목구비를 갖춘 미남형에 흠잡을 데 없는 옷차림, 지나칠 만큼 예의가 바르고. 나르시시스트 같은 것들을 걱정했다. 전혀 그럴 필요가 없는데 몸무게를 걱정하는 것도 그렇고, 머리 모양을 가지고 법석을 떠는 것도 그랬다. 아마 도시에 살았다면 체육관 회원이었을 것이다. 아무리 봐도 소에 홀딱 빠져 있을 사람으로는 보이지 않았다.

"투스카니 사람은 쇠고기를 좋아해요. 모두들 그걸 최고로 치고, 어디서 좋은 걸 살 수 있는지도 알고, 푸주한은 친척이나 다름없어요." 마네티 집안에서 전수되는 레시피 중에 토르텔리니는 없을지 몰라도 소의 다양한 부위—볼때기, 혀, 어깨, 배, 가슴, 허리, 꼬리—로 뭘 해야 할지는 들어 있을 것이다. 그래도 단연 최고는 언제나 스테이크다. "우리에게 스테이크는 영혼의 음식이죠. 세 가지 기본음식 중 하나예요." 나머지 둘은 투스카니의 빵과 고유한 품종인 산지오베제 포도로 만든 레드와인이다. "이 세 가지를 함께 먹는 건 거의 신비로운 경험이에요." 맛없는 빵과 좋은 와인과 훌륭한 스테이크—과연 훌륭한 식사이고, 키안티의 모든 레스토랑에서 이런 조합을 찾아볼 수 있다.

녹색 채소는 잘 보이지 않는다. 하지만 나는 투스카니 사람들이 녹색 채소를 좋아하지 않고, 그걸 먹으라고 종용하는 부모 밑에서 자라지도 않았다는 사실을 받아들였다. 여기 어머니들은 녹색을 먹으라는 말 대신 분명히 이렇게 말할 것이다. 갈색을 먹거라. "쇠고기는 우리의 영혼에 말을 걸어요. 이렇게밖에는 설명할 수가 없어요. 쇠고기를 좋아하는 성향, 그것을 먹어야 하는 필요 자체가 우리 유전자 속에 있는 거예요. 우리를 투스카니 사람으로 만들어주는 특징이죠."

머리가 빙빙 돌 만한 얘기지만 뭐, 대강 이해할 수는 있었다. 쇠고기가 투스카니의 영혼의 음식이라는 거였다. 나는 조반니 레보라라는 중세 역사가의 탁월한 분석에 관심이 동해서 직접 조사해 본 적이 있었다. 그의 분석은 명백하면서도 인정되는 일이 거의 없는 사실에 기반하고 있었는데, 그건 다름 아니라 최근까지도 고기는 언제나 풍부했다는 것이다. 고무와 플라스틱과 프레온가스라는 냉매가 등장하기 전까지의 오랜 인간의 역사에서 고기는 대량으로, 우리가 보기엔 과할 만큼 많이 소비됐다. 게다가 저렴했다. 고기가 그렇게 풍부했던 까닭은 플라스틱이 등장하기 전까지 가축은 저녁 식탁에 오르는 것 외에도 수많은 일에서 꼭 필요한 존재였기 때문이다. 이를테면 허리띠와 부츠와 모자를 만들기 위한 가죽, 유럽의 대규모 군대의 장식품 등등.

사실 영국의 의류업계에서 소비하는 울과 에스파냐 양조업자들에게 필요한 염소 가죽 같은 고기 외적인 수요가 가축을 키우는 '가장 큰' 이유일 때도 있었다. 오스트리아 군대와 다시 맞서야 한다면 군사용 안장이 급히 필요할 테고, 돈이 얼마가 들더라도 가죽을 확보할 용의가 있으면 얼마 안 있어 엄청난 양의 고기가 발생한다. 이 분석은 '지배적 수요 음식 이론'이라고 알려져 있다. 지역에 국한된 우연 이상으로 여겨졌던 현상을 논리적으로 설명했다는 게 마음에 들었다.

역사적으로 유럽 가죽의 본고장이었던 피렌체와 이탈리아 쇠고기의 중심인 퐈자노 사이의 거리는 32킬로미터에 불과하다. 지금도 피렌체의 여행 가이드들은 아침에 가죽신발을 사고 점심에 피렌체 스테이크를 먹으라고 안내하지만, 둘의 연관성에 주목하는 사람은 아무도 없다. 나는 이제야 그걸 이해했다. '지배적 수요 음식 이론'을 적용한다면 키아나나 소는 여러 점에서 높이 평가됐을 텐데, 그중에는 비탈진 밭을 일궈야 하는 농부들에게 축복과 같은 강한 힘과 조반니 마네티가 이 소들을 그토록 아름답다고 믿는 이유도 포함되어 있다. 즉, 키가 크기 때문에 대부분의 다른 품종에 비해 그만큼 가죽도 많이 생산했던 것이다.

조반니를 쳐다보며 이 이론을 어떻게 설명할 수 있을지 머릿속으로 잠시 정리해 봤다. 하지만 할 수 없었다. 낭만주의자에게 모든 것이 경제적으로 설명된다고 말할 수는 없는 노릇이었다. 더군다나 그 낭만주의자의 집에 초대받은 상황에서는. 그뿐만 아니라 어쩌면 낭만주의자가 옳을 수도 있었다. 어쩌면 모든 걸 경제 논리로 설명할 수는 없을지도 모른다. 어쩌면 경제학이라는 것 자체가 훨씬 더 신비롭고 심오한, 조반니가 투스카니의 영혼이라고 말한 그런 것을 설명하려는 하나의 은유, 유사과학적인 방법인지도 모른다. 따지고 들면 경제이론이 완전히 틀렸을지도 모른다. 그래서 나는 이론에 대해선 아무 말도 하지 않았다. 사실은, 그 이론을 폐기해 버렸다. 그리고 조반니에게 덕분에 키안티를 더 잘 이해하게 됐다고 감사를 전했다.

마에스트로는 이름부터 시작했다.

"아, 이거. 이건 아주 귀한 거야." 그는 아주 흡족한 표정으로 설명했다. 그리고는 허벅지 살 어디선가 길이가 한 20센티미터쯤 되고 양쪽 끝으로 갈수록 폭이 좁아지는 살을 베어냈다. 바로 옆에 서 있었는데도 나는 그게 어느 부위인지 보지 못했기 때문에, 어디서 떼어냈는지 알 수 있을까 싶어 허벅지를 들여다봤다. 그런데 알 수가 없었다. 가축이란 조각 그림처럼 딱 들어맞지 않는 조각도 있는 모양이었다. 나는 지금도 그렇게 믿고 있으며, 어째서 그 부분을 찾을 수 없었는지 통 모르겠다. 모든 게 너무 크고, 복잡하고, 그래서 겁을 집어먹었다는 걸 제외하면.

마에스트로가 베어낸 살점을 들어올렸다. 비계나 힘줄은 하나도 없이, 나무처럼 결이 있었다. 손으로 만져봤다. 부드러웠다. 모르는 사람이라면 안심이라고 생각했을 것이다. 하지만 물론 다리엔 안심이 없다.

"내가 제일 좋아하는 부위라네. 캄파넬로라고 하지."

그 말을 따라하며 공책에 적었다.

"아주 부드러워. 어찌나 부드러운지 날로 먹을 수도 있다네. 레몬이랑 올리브기름을 쳐서 말이야. 그런데," 마에스트로는 긴 손가락으로 나를 가리키며 말했다. "아주 좋은 기름이어야 해. 알아듣겠나? 올리브기름이 중요해."

캄파넬로의 특징을 설명할 것 같더니 문득 말을 멈추고 활짝 웃으며 또다른 것을 끄집어냈다. "아, 그리고 이것도 특별하지." 이번 것은 더 큼지막했다. 마에스트로가 가장자리를 다듬어서 보여준 것은 45센티미터 길이의 원통 모양이고, 분홍빛이었다. 이번에도 단일한 근육이었으며, 결이 대단히 일정했다.

"이건 지렐로라는 거라네. 많은 걸 할 수 있지. 조직이 치밀해서 아까 것만큼 부드럽진 않지만 그래도 아주 좋아." 마에스트로는 행복한 표정으로 고기를 바라봤다. "키안티에서는 지렐로에 마늘 저민 것을 박아서 통째로 올리브기름에 구워 레어 상태로 콩을 곁들여 낸다네. 움브리아 지방에선 잠두랑 같이 먹지." 그 차이를 설명하는 마에스트로의 말투가 얼마나 절대적이고 권위에 가득한지, 판자노에서는 절대로 지렐로와 잠두를 같이 먹지 않는다는 걸 분명히 알 수 있었다.

마에스트로는 칼을 들고 리듬 있게 몇 번 휘두르더니 또 한 부위를 도려냈다. 이제까지 중에서 제일 컸다. 이건 "소토페사"라고 했다. 페사는 엉덩이 살이고, 소토는 밑이라는 뜻이었다. 그러니까 엉덩이 살 아래쪽에서 베어낸 것이었다. 예상대로 큼직하고, 많이 움직인 근육이었다. 소의 엉덩이는 아주 크다.

"어떤 푸줏간에서는 이걸 스테이크용으로 썰어서 팔기도 하지만." 마에스트로는 못마땅하다는 듯이 고개를 저었다. "논 바 베네. 너무 질겨." 마에스트로 생각에 소의 엉덩이 살을 스테이크용으로 판다는 건 온당치 못한 짓이었다. "이건 올리브기름과 토마토와 로즈마리를 넣어 서서히 익히는 게 좋아. 그렇게 만든 걸 스트라코토라고 하지." 코토는 익혔다는 뜻이고, 스트라는 강조의 표현이다. 그러니까 사실상 비프스튜를 뜻했다.

그날 저녁에는 새로 배운 말 세 가지를 머리에 담고 집에 갔다. 캄파넬로, 지렐로, 소토페사. 아주 부드러운 부위, 덜 부드러운 부위, 전혀 부드럽지 않은 부위. 아니, 그건 정확하지 않다. 새로 배운 말은 서른 개였지만 알아들은 게 이 세 가지였고, 더 자세히 알고 싶은 것도 이 세 가지였다.

내가 가진 이탈리아 사전에서는 이 말들을 찾을 수 없었다. 그러다가 아르투지의 『주방의 과학과 잘 먹는 기술(*The Art of Eating Well*)』을 뒤져봤다. 지렐로는 나오는데 나머지 두 가지는 찾지 못했다. 다음날 가게에 나가 번역된 것을 포함해서 여러 권의 책을 살펴봤다. 이번에도 지렐로뿐이었다. 사실 이건 여러 번 등장했는데, 매번 뜻이 다른 것 같았다. 아르투지의 책을 번역한 미국 판에서는 '엉덩이 살 로스트'로 옮겼고, 또다른 책에서는 '엉덩이 윗부분'으로 나왔다. 영어로 된 세 번째 책에서는 '소의 허벅지 살'이라고만 설명했다. 전부 소의 뒷다리 부분이긴 한데, 마에스트로가 보여줬던 바로 그건 아니었다. 그러기는커녕 복잡한 근육이어서 서서히 구워야 먹을 수 있다고 했다. 마에스트로가 보여준 건 단순하고, 결이 일정하며, 빨리 익혀 먹으라고 했다.

이 경험은 작은 깨달음을 줬다. 지금까지는 고기에 보편적인 용어가 있어서(다리가 다리면 다리지!) 다른 언어로도 쉽게 번역될 수 있다고 생각했다. 이런 믿음을 갖게 된 건 프랑스어나 영어로 된 요리책에서 소를 그려놓고 각 부위의 용어를 적어놓은 도표를 봤기 때문인 것 같다. 그런데 다시 돌아온 직후에 마에스트로에게서 부위의 이름을 배우며 그런 식으로는 소를 알 수 없다는 걸 깨달았다.

하루는 철자를 확인하려고 다리오가 갖고 있는 음식백과사전을 꺼냈는데, '보비노'라는 항목 밑에 서너 개도 아니고 몇 페이지에 걸쳐 무려 서른 개의 그림이 있는 걸 보고 질려버렸다. 프랑스어나 영어가 아니라 오로지 이탈리아어로 정리한 지역별 그림이었는데, 부위도 용어도 전부 달랐다. 투스카니의 그림은 현기증이 날 지경이었다. 모든 조직마다 이름을 붙여놓은 듯했고, 허벅지는 아예 미로였다. 난공불락의 중세 도시 같았고, 2차원으로 그린 다리에 전부 담을 수 없을 만큼 명칭이 넘쳐났다.

지렐로와 캄파넬로, 또는 소토페사를 명쾌하게 옮겨주는 용어가 왜 없는지 이제 알 것 같았다. 이탈리아 밖에서는 그런 부위가 존재하지 않기 때문이다. 아니, 투스카니만 벗어나도 그것들은 거의 찾아볼 수 없었다. 쇼트립에 대해 알아보다가 내가 거래하는 정육점 주인이 에든버러나 파리에서 쓰는 것과 전혀 다른 용어를 쓴다는 걸 알고 놀랐던 기억이 났다. 하지만 난 반밖에 몰랐다. 각 나라마다, 그리고 이탈리아에서는 각 지역마다, 심지어 마을마다 가축을 저녁거리로 해체하는 그곳만의 독특한 방식이 있었다. 그리고 마침내 깨달았다. 푸주한의 보편적인 용어란 없다는 걸. 그건 다른 나라 말로 옮길 수 없다는 걸.

그러다 잠시 멍해졌다, 내가 무슨 소리를 지껄이는지 알아들을 사람이 있을까?

마에스트로의 가르침은 대부분 간접적으로 이루어졌다. 나는 그곳에 있음으로써 그의 가르침을 터득했다. 그건 좋은 고기의 냄새와 같았다. 강하지 않지만, 그런 미약한 냄새 때문에 심지어 날것 그대로 먹고 싶어지는 것이다. 마에스트로가 좋아하는 부위라며 잘라주면 그 고기를 받아 코에 대보곤 했다. 풀을 먹고 자란 소들이기 때문에 잔디를 깎아낸 축구경기장 같은 느낌이 들 줄 알았는데, 로스트비프 생각을 하고 있었다.

식욕을 노골적으로 자극한다는 걸 제외하면, 그런 연상은 전혀 쓸모가 없다. 어떤 꽃의 향기를 궁금해하다가 "그래 이거야. 꽃 냄새가 나네!"라고 말하는 것과 비슷했다. 좋은 날고기는 맛있는 요리를 떠올리게 한다. 색으로도 구분할 수 있다. 붉은색보다는 장미색에 가깝다(다시 한 번 말하지만 이게 건강한 색이다). 소가 병들거나 부상당하는 경우는 빈번히 발생한다. 어깨가 부러지기도 하고, 신경쇠약에 걸리기도 한다. 그러고는 잔인하게 도축된다. 그런 고기는 장미색보다 붉은색을 띤다. 고기에는 그 소의 아드레날린이나 불행이 반영된다.

다리오는 마에스트로의 가장 큰 강점이 고기를 판별하는 능력이라고 했다. 당연히 나도 그런 능력을 갖고 싶었고, 가끔씩 고기를 가져가 감정을 부탁하곤 했다. 레스토랑에서 먹던 걸 싸오거나 다른 푸줏간에서 산 고기들이었다. 자꾸 그러니까 짜증스러워하긴 했지만, 그래도 늘 배우는 게 있었다. "익힌 고기는 판별하기가 어려워." 그는 고기를 꼼꼼히 씹었다. "날것이어야 그 가축에 대해 더 많은 걸 알 수 있어." 마에스트로는 변명하듯 덧붙였다. "어디서 자랐고, 무엇을 먹었고, 어떤 삶을 살았는지 말이야." 그는 한숨을 쉬었다. 익힌 고기는 그를 언짢게 했다. 그러고는 판정을 내렸다. 프랑스 소로 만들었군, 숙성을 너무 오래 시켰네, 이건 다양한 먹이를 먹지 않았어, 곡물만 먹여 키운 소야.

하루는 내가 무척 좋다고 확신한 고기를 들고 갔다. 전날 밤에 맛있게 먹은 키아니나 스테이크 반쪽이었다. 엄숙한 자세로 포장지를 풀어 마에스트로에게 고기를 건네줬다. 마에스트로는 한참을 씹었다. 고기의 결을 분석하는 데 집중하는 듯했다. 그리고 입천장에 문질러서 질감을 느꼈다. 그러곤 알아냈다.

"자네가 속았군, 이건 키아니나가 아니야." 그는 조금 더 씹었다. "하지만 나쁘진 않아. 이건 마렘마의 해변 근처에서 방목해 키운 마렘마나라는 품종의 소야." 키아니나처럼 흰 소지만 그렇게 크지 않고 성격이 강하지도 않다. 카우보이 영화에 나오는 것처럼 큰 뿔을 가진 튼튼한 소였다. 작은 소 떼가 바다 옆 언덕에서 어슬렁거리는 모습을 나도 본 적이 있었다.

칼 다루는 기술이 그 다음이었다. 이미 밥보에서도 어느 정도 배웠지만, 마에스트로가 가르쳐준 기술은 계통이 달랐다. 이건 형이상학에 가까웠다.

무엇보다 철학적인 흥미가 동한 건 이른바 '포인트 컷'이라는 기술로, 칼을 작은 붓처럼 다뤄야 했다. 칼날은 사용하지 않고 오로지 칼끝만 사용했다. 포인트 컷은 큼직한 근육을 도려낼 때 사용한다. 근육 사이의 솔기를 "붓질하듯" 그어서 근육을 연결하고 있는 투명한, 거의 액상에 가까운 막을 아주 살짝 잘라내는 것이다. 그러면 전혀 힘들이지 않고 거의 기적처럼 스르르 떨어진다. 아무튼 원리는 그랬다.

"가볍게." 마에스트로는 내 어깨너머로 지켜보며 말하곤 했다. "칼을 부리는 게 아니라 자네의 손 안에서 칼이 자유로워져야 해. 그래야 고기들 사이의 선을 찾을 수 있어." 그는 칼을 다루는 선사(禪師)가 된 듯했다. "우아하게, 칼은 수월해야 해. 일을 하는 건 칼이지 자네가 아니야. 자네의 손은 칼 속으로 사라졌어."

나는 그의 지시를 되풀이해서 말하곤 했다. "맞습니다! 제 손은 사라졌어요." 하지만 그러면서도 이런 생각이 들었다. 그게 무슨 도움이 된다는 거야? 내 손은 아무 데도 가지 않았는걸. 나는 땀을 빠직빠직 흘렸다. 마에스트로가 이렇게 바짝 붙어 서 있으면 나는 늘 땀을 흘렸다. 그리고 잔뜩 긴장한 나머지 허리에서 전신으로 퍼지는 예리한 통증도 견디기 힘들었다. 그런 데다가 이런 좋지 않은 느낌들이 손에 좋은 영향을 미칠 리 없다는 걸 알기 때문에 그걸 막는 데도 안간힘을 쓰고 있었다. "이봐, 손. 긴장 풀어." 나는 손을 달래보려 했다. "너는 오늘 쉬는 날이라는 걸 잊지 마. 일을 하는 건 네가 아니야. 이 예리한 녀석이 하는 거지."

'단검 컷'이라는 것도 있다. 무성영화에 등장하는 악당처럼 칼을 머리 위로 치켜들었다가 찌르는 공격적인 기술이었다. 이건 뼈에 악착같이 붙은 고기를 떼어내는 데 썼다. 아리스타를 만들 때도 비슷한 기술을 사용했었다. 살인마 잭처럼 칼을 쥐고 하얗게 포가 일어날 때까지 뼈를 긁어댔다. 하지만 그건 돼지고기였고, 이건 소였다. 소는 다르다. 너무나 크다. 엉덩이 살을 예로 들면 포인트 컷으로 아름다운 두 개의 근육이 물길 갈라지듯 갈라지면서 그 밑에서 플린스톤 가족의 아버지 같은 대퇴골이 드러난다. 여기에 두 근육이 여전히 찰싹 달라붙어 있다. 살코기를 떼어내려면 근육과 뼈를 연결하는 두꺼운 막 아래쪽에 칼을 (쑤셔서라도) 넣고, 일단 위치가 잡히면 뼈를 가른다. 격렬한 순간이고, 누가 그 일을 한다 싶으면 사람들은 뒤로 물러섰다.

"칼을 두려워하면 안 돼." 마에스트로가 단호하게 말했다. "주저해서도 안 돼. 칼과 하나가 되는 거야. 자, 공격!"

최선을 다했지만, 까다로운 일이었다. 조금 전까지 칼은 붓이었고, 그땐 손이 없어졌기 때문에 그걸 느낄 수도 없었다. 그러다가 느닷없이 공격 무기로 변했다.

'실버스킨'을 제거하기 위한 '실버 슬리버'도 있었다. (이름이 살짝 엉터리처럼 들린다는 건 인정한다. 다른 누구도 그런 이름을 입에 올리는 것 같지 않았다. 사실, 거의 대부분은 알아듣지 못했다. 푸주한을 아버지로 둔 피트에게, 이 친구라면 내 말을 알아듣겠지 싶어 이 거대한 허벅지 속에 깊이 들어가면 내가 어디 있는지 모르겠다고 편지로 하소연했던 기억이 난다. 사실 이 이름들은 내가 머릿속으로 지어낸 것이다. 길 잃은 사람이 지도를 그리는 심정으로.) 실버스킨은 이름 그대로 은색 코팅 같은 것이고, 다른 면에서는 아주 훌륭한 고기를 못 쓰게 만드는 고약한 부분이었다. 내 말을 들어서는 잘 모르겠지만, 정육점에서 비싼 부위를 사서 집에 가져왔는데 은색 같은 살점이 영 떼어지지 않는다면 그게 뭔지 알게 될 것이다. 그건 지방도 아니고, 힘줄도 아니고, 먹는 데 전혀 보탬이 되지 않는다.

이 기술의 요령은 칼을 밑에 집어넣고 쭉 내려오는 것이다. 마에스트로는 실버스킨을 한 번에 깨끗하게 걷어내서 매끄러운 분홍빛 고기를 드러냈다. 내가 하면 매듭처럼 뭉쳐서 열여덟 조각으로 뚝뚝 떨어지고, 고기는 간신히 건져낸 수준이었다. 여기서 주목할 것은 실버스킨의 질감이다. 그게 얼마나 단단한지 깨달았으면—거의 플라스틱 수준이어서 칼을 찌르면 그대로 서 있을 정도다—이제 다음 기술을 배울 차례다. 이름 하여 '조각 저미기.'

이 기술을 연마하는 데 왜 그렇게 애를 먹었는지 모르겠지만, 영화를 보듯 몇 시간씩 마에스트로를 지켜보며 그의 동작이 내 머리에 깊이 박혀서 생각을 하지 않고도 고스란히 흉내 낼 수 있길 바랐다. 이 기술은 뭉뚝한 조각들, 좋은 부위를 정리하고 남은 부분에 적용하는 것이고, 칼을 눕혀 들고 수평으로 획획 휘두르는 게 기본이었다. 보기 흉한 것을 그렇게 획획 저며내는 것이었다.

이쯤 되면 충분히 예상하고도 남겠지만, 첫째 주에는 마지막 획에서 고기가 완전히 떨어진 것까지는 좋은데 칼날이 다른 손 검지의 관절까지 내달리는 바람에 구슬 같은 핏방울이 송알송알 맺혔다. 밥보의 재료준비팀에서 오리의 굴을 찾다가 벴던 부분이었다. 이젠 그게 거기 있다는 걸 알 때도 됐으련만.

조각 저미기는 고기의 모양새가 중요하지 않을 때 쓴다. 마르코 피에르 화이트는 해러게이트 푸줏간에서 남은 것들을 가져다 고기파이 재료를 준비할 때 이 기술을 이용해서 살을 정리했다. 다리오는 테린이나 라구, 또는 페포조[고기와 고추를 넣어 만드는 투스카니 고유의 매운 스튜 요리]라는 걸 만들 때 사용한다. 이 마지막 요리는 요즘 내가 제일 좋아하는 겨울 음식인데, 워낙 오래 끓이기 때문에 운동화를 던져 넣는다고 해도 누구 하나 알아차리지 못할 정도다.

쇠고기 정강이 살로 서서히 익히는 전통 요리인 페포조의 기원을 놓고도 이탈리아 사람들은 논란을 벌인다. 투스카니 북부해안의 베르실리아에서 유래됐다고 하지만, 레시피—잘게 썬 채소들을 넣는 익숙한 프랑스 스타일. 게다가 대체용 허브들(로즈마리, 타임, 말린 월계수 잎)과 육수를 넣고, 심지어 돼지 발까지 넣는 레시피—를 보면 판자노에서 접할 수 있는 음식이라기보다 어딘가 뵈프 부르기뇽[쇠고기와 양파, 버섯 등을 레드와인에 넣고 끓인 음식]에 더 가까워 보인다. 그런 점들 때문에 이 요리가 피렌체와의 중간 지점에 있는 임프루네타에서 유래됐다고 믿는 사람들도 있다.

조반니 마네티네 집안의 가마에서 7세기 동안 붉은 테라코타 기와를 구워낸 바로 그곳이다. 이들은 기와를 굽는 그 불로 항상 페포조를 만들어왔다고 허세를 부린다. 다리오는 15세기에 필리포 브루넬레스키[1377~1446: 르네상스 시대의 이탈리아 건축가]가 타마리아 델 피오레 대성당의 돔 지붕을 올리면서 밤샘 작업을 할 때 이 음식을 고안해 냈다고 확신했다. 브루넬레스키의 천재성을 입증하는 또 하나의 증거라는 것이다. 최초의 위대한 돔을 만든 것도 모자라, 최초로 페포조를 생각해 냈으니까.

366

쇠고기 외에는 네 가지 재료—고추, 마늘, 소금, 그리고 키안티 한 병—만 필요하고, 만드는 법도 단순하다. 재료를 전부 냄비에 담아 잠자기 전에 오븐에 넣고 일어나서 꺼내면 된다. 레드와인에 익힌 쇠고기 요리는 흔하고, 유럽도 각 나라마다 독특한 방식이 있지만, 이보다 기초적인 건 어디서도 찾을 수 없을 것이다. 이걸 먹다 보면 거기 들어가지 않은 것들을 떠올리게 된다. 소스의 맛을 높여주는 채소(당근, 셀러리, 양파)가 없고, 육수가 없고, 허브도 없다. 물도 들어가지 않는다. 기름기도 없다. 그 흔한 올리브기름조차 넣지 않는다. 베이컨이나 판체타나 올리브처럼 짭짤한 맛을 더해주는 것도 들어가지 않는다. 오렌지 제스트도 넣지 않고, 고기에 갈색을 내지도 않는다. 다섯 가지 재료를 냄비에 넣고 밤새 익힐 뿐이다. 밤새 익힌 얼얼함이라는 뜻의 페포조 노투르노라는 이름도 거기서 나왔다.

이 요리의 비밀은 정강이 살에 있는데, 이걸 준비하려면 마에스트로가 가르쳐준 칼 쓰는 기술을 총동원해야 한다. 포인트 컷으로 큰 근육을 분리하고, 단검 컷으로 정강이뼈를 발라내며, 실버 슬리버로는 혹 같은 것들을 제거하고, 조각 저미기로 연결된 살을 자른다. 집에서는 정강이뼈 두 개를 한꺼번에 놓고 거칠게 간 후추를 네 테이블스푼 듬뿍 뿌린다.

다리오는 더 많이 쓰는데, 그의 페포조는 너무 매워서 테레사도 눈물을 찔끔거린다. 바닷소금 한 테이블스푼과 마늘 한 쪽을 넣고 오븐의 온도를 확 높였다가 93도로 낮춘다. 2시간쯤 지나면 고기가 익는다. 4시간이 지나면 스튜 같은 씹는 맛이 생긴다. 이때부터 다시 8시간에 걸쳐 요리가 더 짙게 졸아서 걸쭉한 소스가 되고 마침내 고체와 액체의 경계에 도달하면, 그게 페포조다. 와인과 담백한 살코기와 후추 냄새가 난다. 소박한 흰 빵과 단순한 레드와인을 곁들여 내는데, 고기에 넣고 요리한 그 와인이면 더 좋다.

이렇게 해서 초반 피 메데티기 투스기니의 성혼이라고 밀한 세 가지 음식이 다시 한자리에 모였다. 쇠고기, 흰 빵, 그리고 와인. 맛은 눈이 번쩍 뜨인다고 할까. 그렇게 적은 것으로 이렇게 깊은 맛을 낼 수 있다는 게 믿어지지 않는다. 이걸 먹으면 "깨끗하다", "자연스럽다", 또는 "건강하다"라는 말이 절로 나온다. 고기 요리에는 잘 쓰지 않는 말들이다. 이걸 통해서 나는 옛날부터 흔히 들었지만 그다지 믿지 않았던 얘기를 다시 생각하게 됐다. 많이 쓴 근육이 가장 풍미가 좋다는 그 말. 물론 제대로 요리하는 법을 배운다면.

# 푸주한은 장사꾼이 아니라
# 예술가야!

마에스트로에게는 전에 어디서도 보지 못했던 고요함이 느껴졌다. 인내와 질서, 오래되고 믿을 수 있는 세계와의 안정된 관계 같은 것들. 내겐 너무나 새로웠고, 푸줏간의 풍경을 이루는 나머지 것들과도 확연히 달랐다. 다리오는 아무래도 차분한 쪽하고는 거리가 멀었다. "이건 병이에요. 열정이 지나치다는 것. 그걸 어떻게 통제해야 할지 모르겠어요!" 게다가 다시 돌아와 보니 평소보다 더 불안정한 상태였다.

앤 마리와 헤어진 그는 부루퉁하고 침울하지 않으면, 종잡을 수 없게 날뛰었다. 상심이 큰 것 같았다. 그런데 어떤 때 보면 새로운 사랑에 빠진 것 같기도 했다. 아마 둘 다였을지도 모른다. 고기를 받은 직후엔 그 새벽에 길가에 앉아 시를 읊었다. 한참 만에 가게에 들어오는 건 엘비스의 노래를 틀기 위해서였다. 매일같이 〈러브 미 텐더(Love Me Tender)〉로 하루를 시작했다. 그걸 수없이 틀어댔고, 어떤 날은 아침 내내 쉬지 않고 그 노래만 들을 때도 있었다. 그러다가 봐준다는 듯이 교체하는 노래도 여전히 엘비스의 〈이츠 나우 오어 네버(It's now or never)〉였다.

"우울한 거야." 마에스트로가 밑도 끝도 없이 이렇게 말했다.

다리오의 심리 상태는 손님들까지 힘들게 했다. 어떤 날은 관악기를 불어댔다. 관은 여러 개인데 소리는 이탈리아 사이렌의 세 음만 연주되는 게 있었다. 이걸 마지막으로 불었던 건 사이먼이라는 친구를 만나러 갔을 때였다(다리오의 자선활동 중 하나였는데, 사이먼은 감정 나이가 어린이에 머물러 있는 중년의 남자로 투스카니 남부에 있는 그로세토의 보호시설에 살고 있었다). 점심을 먹은 후 다리오는 사이먼과 광장에 나가 경찰차 놀이를 했다. 두 사람은 진짜 경찰이 나타나 그만 하라고 할 때까지 이 사이렌 악기를 번갈아가며 불어댔다고 한다.

그 악기를 다리오가 불었다. 소리가 어찌나 크고, 또 어찌나 사이렌과 똑같은지 당장 비켜나야 할 것처럼 마음이 조급해졌다. 다리오의 눈에 물기가 어렸다. 가게 식구들과 간식을 먹으면서 레드와인을 너무 많이 마신 모양이었다. 선반에 잭다니엘이 한 병 있었다. 그는 그걸 벌컥벌컥 마시고는 밖으로 나갔다.

판자노는 경찰서가 설치되기엔 너무 작은 마을이라 다리오가 아무리 사이렌을 불어도 와서 제지할 경찰이 없었다. 그래서 그는 멈추지 않았다. 다급한 소리에 사람들이 놀라 거리로 뛰쳐나왔다. 다리오는 사이렌을 불고 잭다니엘을 좀더 마시느라, 자신의 관심을 끌려고 애쓰는 한 남자를 보지 못했다. 울 바지와 재킷을 아래위로 맞춰 입고 좋은 신발을 신은 그 남자는 60대였고, 콧수염을 길렀으며, 교양이 있어 보였다. 남자는 눈에 띄려고 노력했지만 다리오의 눈엔 아무것도 들어오지 않았다. 흥분해서 앞이 보이지 않는 모양이었다. 사이렌을 불고, 잭다니엘을 마시고, 다시 사이렌을 불었다.

"잠시만요." 남자가 다리오 앞으로 불쑥 다가서며 말했다. "다리오 체키니 씨죠? 안녕하세요, 당신을 만나러 모나코에서 여기까지 왔습니다." 모나코는 꽤 먼 곳이었다.

다리오는 보일 듯 말 듯 고개를 끄덕이곤 술 한 모금을 삼켰다.

"굉장히 유명하시더군요. 《르 피가로》에 당신 기사가 길게 실린 거 알고 계세요?"

다리오는 어깨를 들썩였다. "그럴 수도 있겠죠." 그러곤 몸을 살짝 돌렸다. 남자가 앞을 막고 있었기 때문이다. 다시 사이렌을 불고, 술을 마시고, 소매로 입을 훔쳤다.

"《르 피가로》에서는 아주 높이 평가를 했던데요." 남자는 물러서지 않았다. "세계 최고의 푸주한이라고요. 그래서 먼 길을 마다하지 않고 이렇게 찾아온 거랍니다. 세계 최고의 푸주한을 보고 싶어서."

다리오는 그 사이렌 악기를 옆에 내려놓고 흐릿한 눈으로 최대한 강렬하게 남자를 쳐다봤다. 그러더니 소리 내어 웃었다. "하! 하! 하!" 웃음이라기보다 거친 으르렁거림에 더 가까운 그 소리를 남자의 얼굴에 쏟아냈다. "하! 하! 하! 하! 하! 하!" 다리오는 나를 보고 말했다. "나는 악몽이야!" 그러고는 다시 남자에게 시선을 돌렸고, 사이렌을 불었다.

남자는 실망에 가득 차서 뒤로 물러나더니 차를 세워둔 곳으로 걸어갔다.

어느 바쁜 토요일에는 웬 여자가 처음으로 비스테카를 사러 왔다가 다리오에게 고기가 좋으냐고 물었다.

"에 부오나?" 좋으냐고요? 다리오는 일부러 과장되게 목소리를 높였다. "논 로 소. 프로비아모." 모르겠군요, 알아봅시다. 그러고는 여자가 사려던 날고기를 한 입 베어 멜로드라마의 주인공처럼 씹다가 꿀꺽 삼키고는 "네, 좋군요"라고 말한 뒤 포장지에 둘둘 싸고 여자에게 거스름돈을 내줬다. 여자는 어처구니가 없다는 표정으로 고기 뭉치를 들고 휙 나가버렸다. 그런데 그 여파로 다리오에게 자기 스테이크도 한 입 먹어주지 않겠냐고 묻는 사람이 몇 명 있었다. 그가 이로 물어뜯은 자국이 무슨 사인이라도 되는 것처럼. "부탁해요." 한 남자는 이렇게 말했다. "아내에게 주려고요."

분위기가 명랑할 땐 이런 대화가 유쾌할 수 있었다. 반면에 일촉즉발의 상황이 연출될 수도 있었다. 싸움을 벌이지 않을까 두려웠던 적도 두 번이나 있었다. "아니! 아니! 아니!" 내준 것보다 좀 작게 썰어 달라는 남자에게 다리오는 냅다 소리를 질렀다. "진열된 걸 파는 거야. 보이는 게 마음에 안 들면 가란 말이지. 당신은 내 영역에 들어와 있어. 당신 같은 사람 반갑잖다고. 아니, 가줘야겠어. 잘 가쇼."

하마터면 여기가 식품점이라는 걸 잊을 뻔했다. 한때 무례함으로 정평이 났고, 지금도 항구불변한 조급증에 시달리는 뉴욕에서도 이런 풍경은 본 적이 없었다. 그곳의 가게 주인들은 아무리 닳고 닳았어도 손님이 왕이라는 진리를 떠받드는 시늉을 했다. 그에 비해 다리오는 손님은 좆이라는 단호하고 퉁명스러운 철학을 고수했다.

하루는 가게에서 진열장을 살펴보다가("진열된 걸 파는 거야") 양갈비가 없다는 걸 깨달았다. 새고기도 없었다. 심지어 닭도 없었다. 스튜용 고기도 없고, 멧돼지나 토끼도 없었다. 투스카니가 사냥으로 유명한 곳인데도. 사람들이 정육점에서 구입할 수 있다고 생각하는 대부분의 것들이 보이지 않는다는 걸 처음으로 알게 됐다. 그걸 어째서 그때까지 몰랐냐고 묻는다면 (밥보의 폴렌타 사례에서 터득한 교훈처럼) 어떤 것들은 충분히 익숙해진 다음에야 눈에 들어오는 법이라고밖에 대답할 수 없을 것 같다.

지금 눈앞에 있는 것들은 다리오가 "르 미에 오페레", 그러니까 자기의 작품이라고 부르는 것들인데, 사실 너무 허세에 찬 말이라 인정하기가 거북했다. 하지만 푸줏간에 있는 건 푸주한과 그의 작품이다.

푸줏간도 장사라고 했다가 한참 타박을 들었던 기억이 난다. 나는 순수한 마음으로 한 말이었다. 사실은 이렇게 물었다. 다리오, 당신이 죽으면 어떻게 될까요? 실수였는지도 모른다. 다리오가 죽는다는 걸 생각해 보자는 뜻은 아니었다. 내가 말하고 싶었던 건 성공하는 장사나 사업의 특징은, 최소한 미국에서는, 핵심인물이 없어도 굴러갈 수 있는 능력에 있다는 이론적인 얘기였다.

그런데 다리오는 버럭 화를 냈다. "무슨 소리를 하는 거예요? 나한테는 성공적인 비즈네스가 없고, 내 가게는 나쁜 비즈네스예요. 난 성공적인 비즈네스에 관심 없어요." 이탈리아어로 장사나 사업은 코메르치오라고 하지만 다리오는 외국의 오염된 느낌을 담아 침이라도 뱉을 듯이 마찰음을 쉭쉭거리며 망가진 발음의 영어를 고집했다. "나는 마리오 바탈리가 될 마음 없어요." 이번엔 바탈리의 'ㅂ'을 펀치백 치듯 강하게 발음했다. "마케팅은 역겨워요. 나는 장인이에요. 손으로 일하는 사람! 내가 모범으로 삼는 건 르네상스 시대의 보테가이고, 예술가의 공방이라고요. 조토, 라파엘, 미켈란젤로. 나한테 영감을 주는 건 이런 사람들이야. 그런 내가 비즈네스에 관심이나 있을 것 같아요?"

나는 다리오의 고기를 다 먹어봤는데, 가슴에 손을 얹고 말할 수 있다. 아주 훌륭하다. 내가 먹어본 최고의 고기다. 그렇다고 해서 그게 미켈란젤로의 그림은 아니다. 그건 단지 저녁거리일 뿐이다. 그건 먹으면 사라진다.

그래도 문득 진열장을 바라보고 서 있자니 음식에도 예술가의 장인혼 비슷한 게 있다는 걸 인정하지 않을 수 없었다. 요리마다 특징이 있었다. 어떤 음식은 조리과정이 길고 복잡하다. 홍고추 모스타르다 같은 건 만드는 데 꼬박 하루가 걸렸고, 아주 좋은 올리브기름과 날쇠고기로 만드는 쇠고기 '초밥'은 아침 나절이 걸렸으며, '투스칸 참치'는 거의 일주일이 소요됐다. 하지만 아주 단순해 보이는 것마저도 모든 요리는 정말로 다 '작품'이었다.

 예를 들어 햄이나 돼지의 허리 고기는 없지만, 포크찹은 언제든지 살 수 있었다. 왜냐고? 거기엔 회향 가루를 뿌리기 때문이다. (그냥 포크찹? 안 돼. 고전적인 궁합에 따라 인근 언덕의 강렬함을 곁들인 요즘 보기 힘든 포크찹? 좋아.) 양 다리는 살 수 없지만 부활절에는 새끼 양의 어깨 살을 팔았다. 분홍 꽃 같은 색을 지닌 섬세한 부위에서 뼈를 발라 로즈마리와 페코리노라는 양젖으로 만든 현지의 치즈를 넣고 돌돌 만다. '어미의 젖과 새끼의 고기'라고 하면 왠지 육식의 불문율을 어기는 듯하지만, 다리오에 의하면 지중해의 역사만큼이나 오래된 로마의 조리법이라고 했다. (전통적인 양고기? 안 돼. 고대의 레시피에 따라 사람들의 기억에서 사라졌던 부위와 독특한 재료를 결합시킨 것? 좋아.)

 이탈리아 북부에서는 어딜 가나 폴페토네를 찾아볼 수 있다. 잘게 다진 고기를 빵 모양으로 만든 일종의 미트로프인데, 비계가 많은 부위를 쓴다. 하지만 다리오는 다르다. 정강이 살(이번에도)을 곱게 갈아 붉은 양파와 마늘과 달걀을 섞고, 커다란 공 모양을 만든다. 정말이지 거대하다. 왜 그러냐고? 한번은 같이 일을 하다가 다리오가 이렇게 중얼거리는 걸 들은 적이 있다. "이건 가문의 요리야, 가문의 요리. 그러니까 우리 가문의 미트로프처럼 보여야 해."

 그의 머릿속엔 그림 하나가 있었다. 주말에 함께 모여 식사를 하는 가족의 풍경. 폴페토네를 먹는 건 그때였다. 투스카니의 빵은 대개 한 주가 시작될 때 굽고, 이 요리에는 남은 빵을 사용하기 때문이다. 그리고 정강이 살을 제외하면 주재료는 바로 이 묵은 빵이다. 빵을 잔뜩 가져다가 으깨고 치대서 미트볼을 만든다. 치고 때리고 두드려서 빵가루가 두툼한 이스트 껍질이 되게 한다. 이렇게 해서 '구우면' 소박한 미트로프가 완성된다. 둥글고 갈색이고 껍질이 딱딱한. (전통적인 폴페토네? 안 돼. 시골 생활이 연상되는 돌연변이 공룡 알? 좋아.)

어느 날 밤에는 자신의 메시지가 도무지 전달되지 않는다는 생각에 답답한 마음으로 일어나 앉았단다. 새벽 3시의 한기 속에, 서늘한 보름달 빛이 일 그레포의 방으로 한가득 쏟아졌다. 다리오는 신의 부름을 받기라도 한 것처럼 일어나 앉아 글을 쓰기 시작했다. "내가 작가는 아니지만 사람들에게 알려야 할 게 있어요." 그는 자신의 작품 중에서 가장 중요하다고 생각되는 스무 가지를 추려서, 그것에 대해 한 페이지씩 써 내려갔다. 그리고 『브레비아리오(Breviario)』라는 제목을 붙였는데, 기도서를 뜻하는 교회의 용어였다. "뒷주머니에 쏙 들어갈 정도로 작아야 해."

다리오는 타자를 치지 못하기 때문에 미리암이 대신 했다. 미리암은 '은퇴한 여성 시인'인데 다리오가 자선을 베푸는 또다른 경우였다. 와서 신문을 읽는 대가로 보수를 받았으니까. 다리오가 쓴 글을 타자로 정리한 미리암은 내게도 한 부를 줬다. 예상했던 대로 사명감이 철철 넘쳐흘렀다. 마에스트로에게 헌정("내게 고기의 질을 판별하는 법을 가르쳐주고…… 나를 남자로 만들어주신 분")한 그 책은 원칙을 선언하는 것("나는 장인이다!")으로 시작해서 독자에게 장담하는 것("이 요리를 먹으면 여러분의 삶이 향상될 것")으로 끝을 맺었다.

레시피 모음집은 아니어서, 요리 자체의 묘사도 어쩌다 한 번씩만 등장했다. 이것은 차라리 항변이며, 각각의 요리가 왜 중요한가를 역설하는 해명서에 가까웠다. 글은 너무 멋을 부린 경향이 있었고(허브 소금은 "키안티의 향수"이고, 아찔한 그 향기는 "이 땅의 뿌리"와 "태양과 별들을 움직이는 사랑"을 표현한다), 개인적인 얘기를 늘어놓기도 했다(폴페토네는 "빵의 리듬"에 따라 빵을 굽는 일상의 순서를 지키며 만들어야 하는데, 그걸 다리오에게 제일 먼저 만들어준 사람은 토스카 고모였다). 그리고 대단히 뻔뻔스럽다.

서서히 익힌 정강이 살의 노골적인 음탕함(뼈를 바르고 골수를 채워 캐러멜화한 셜롯을 넣은 냄비에서 브레이즈 조리법으로 익힌다)을 참을 수 없다는 사람들을 위해, 다리오는 성스러운 술이라는 뜻을 지닌 이탈리아의 디저트용 와인인 빈산토를 뿌렸으니 요리가 신성해졌다고 주장했다. 사실상 그 책은 푸줏간에서 판매하는 음식을 다뤘다기보다 그곳에서 어떻게 행동해야 할지를 가르쳐주는 지침서였다. 그러니까 외지인들, 푸주한을 보겠다고 판자노를 찾아온 개념 없는 풋내기들을 위한 매뉴얼이었던 것이다.

어쩐지 다리오의 비밀을 희미하게 엿본 느낌이었다. 그는 애초에 푸주한이 되길 원치 않았지만, 그런데도 될 수밖에 없다면—가장이라서, 또는 다른 선택의 여지가 없어서—다른 어디서도 볼 수 없는 푸주한이 되려는 것이다. 그에게 푸주한은 단순한 직업이 아니라 소명이었고, 그렇기 때문에 그는 노동자가 아니라 장인이었고, 그의 '작품'은 역사와 자의식과 투스카니의 정체성을 다루며, 저녁거리와는 그저 간접적인 상관관계밖에 갖지 않았다.

궁극적으로 그것들은 비통함에 대한 고뇌의 결과이며, '작품들'은 다리오가 자신의 곁을 떠난 사람들과 인연의 끈을, 그것도 물리적으로(그 거인 같은 손으로) 유지하는 방법이 되었다. 그는 자신의 가게를 찾는 사람들이 푸주한을 보기를 원치 않았다—왜 그런지는 말할 수 없을 테지만. 그 대신 장인을, 상실이라는 주제를 다루는 한 예술가를 발견하길 원했다.

판자노는 죽은 아버지들의 마을이라는 생각이 든다. 처음에는 그들을 유령으로 여겼다. 무덤에서 몸을 일으켜 아들에게 복수, 또는 유업의 계승을 맹세하게 만드는 수많은 햄릿의 아버지들. 그리고 햄릿처럼 나 역시 그들이 좋은 유령인지 나쁜 유령인지 분간을 할 수 없었다. 이제 이곳 생활도 6개월 가까이 되고 보니 나쁘거나 좋다기보다, 그저 짜증나고 비실거리는 존재들로 여겨졌다. 자신이 죽었다는 사실을 받아들이려 하지 않는 강압적인 가부장들. 꺼져버려. 이 소름 끼치는 늙은이들아! 자식들이 알아서 하게 무덤에 처박혀 있으란 말야.

이런 생각을 하게 된 건 다리오 때문이었다. 키안티의 유산을 찾으려던 아버지의 노력을 물려받은 조반니 마네티도 마찬가지였다. 그는 망설임 없이 수소를 사 들였다. 두 주 동안 사람들은 온통 그 얘기뿐이었다.

"들었나? 조반니가 그 수소를 샀다는구먼."

"아이고, 그 녀석 정말 좋겠군." 쿡, 쿡, 찡긋, 찡긋. "수컷 한 마리에 암컷이 네 마리라."

"수컷은 다음주에나 온다던데."

"아니야. 그렇지 않아. 내일 도착해."

"무슨 정신 나간 소리야. 조반니는 지금 뉴욕에 갔단 말이야. 그가 여기 없는데 무슨 소가 오겠어."

조반니는 와인 판매차 뉴욕에 가 있었다. 공교롭게도 다리오는 고기 홍보차 베네토에서 열린 회의에 참석했다. 이 두 사람은 친구가 되어야 마땅했다. 각각 레드와인과 쇠고기를 중심으로 판자노의 전통을 잇는 데 매진하고 있으니까. 나는 두 사람을 다 좋아했다. 그런데 정작 두 사람은 어울리질 않았다. 둘의 배경은 너무나 판이했다.

조반니는 가문의 이름과 유서 깊은 역사를 자랑스러워하는 아버지의 아들이었고, 다리오는 손으로 일하는 사람들의 일원이라는 사실과 그것의 유구한 역사를 자랑스러워하는 아버지의 아들이었다. 하지만 이 두 사람을 갈라놓는 가장 큰 문제는 명예였다. 거기에는 한 연애사와 어디서건 빠지지 않는 가부장의 문화가 연루되어 있었다. 조반니의 여동생인 조반나와 마에스트로의 아들인 엔리코는 한때 사랑하는 사이였다.

엔리코는 서른 살이고, 키가 크고 호리호리하며, 아버지의 은발을 검은 머리로 바꿔놨을 뿐 참흙으로 빚은 듯한 쿠와 편안한 미소, 장난기 가득한 갈색 눈하며, 너무나 저음이라 일부러 그러는 것 같은 목소리까지 아버지의 판박이였다. 몸을 약간 뒤로 젖힌 채 강조할 게 있으면 손동작을 활용하는 것하며, 역시나 긴 손가락을 한데 모으는 행동도 똑같았다. 다리오가 쓰는 '아주 좋은 올리브기름'은 엔리코가 만드는 것이다. 쇠고기 정강이 살에 뿌리는 빈산토 역시 엔리코가 만들었다. 그리고 그는 나무 접붙이기의 일인자였다.

자연을 조정하는 그 섬세한 기술 덕분에 7년 전에 디노 마네티의 폰토디 포도밭에 들어가서 일을 하다가 조반나를 만났다. 두 사람은 사랑에 빠졌고 현대를 살아가는 대부분의 사람들은 이제 신경 쓰지도 않는 경계선을 넘었다. 그런데 조반나의 아버지는 신경을 썼고, 두 사람의 관계를 알고는 심기가 불편했다. 다리오에게 듣자니 엔리코는 해고되고, 조반나에게는 다시는 만나지 말라는 엄명이 떨어졌다. 판자노 아버지들의 자식답게 조반나는 엄명을 따랐다. 판자노의 자식들은 아버지의 말을 따른다. 하지만 조반나는 엔리코가 제 발로 떠났다고 주장했다.

어느 쪽이든 젊은 날의 치기였다. 그녀는 열아홉 살이었고, 이탈리아 산골 마을 아이들이 대개 그렇듯이 바깥세상이 어떻게 돌아가는지를 통 몰랐다. 이유야 어떻든 엔리코가 갑자기 사라진 것만큼은 공공연한 사실이었다. 다리오가 보기엔 "네가 어떻게 감히?"식의 공공연한 힐난이었고, 아버지나 다름없는 분이 겪은 모욕에 더 흥분해서 펄펄 뛰었다. "뭐라고? 마에스트로, 우리 마에스트로의 아들이 마네티 집안에 비해 모자란다는 거야?" 그리고 그 분노는 지금까지도 사그라지지 않았다.

디노 마네티가 세상을 떠났을 때도 다리오는 수백 명이 운집한(세상의 모든 사람들에게서 사랑을 받았던 분이기 때문에) 장례식에 가지 않았다. 그건 일종의 공개 항의였지만, 그걸 인식한 사람은 다리오 본인뿐인지도 모른다. 그날 오후에 조촐하게 열린 입관식에는 참가했기 때문이다. 그 차이는 중요했다. 아무리 화가 났더라도 입관식에는 참가하지 않을 수 없었다. 아버지의 죽음은 판자노 아들의 인생에서 여전히 가장 큰 사건이다. 다리오는 그 자리에서 조반니와 주고받은 조의와 감사의 말이 10년 만에 처음 나눈 말이었다고 했다.

여름이 끝나갈 무렵, 아내와 광장에 있는데 다리오와 조반니가 우연히 마주쳤다. 다리오의 계산에 따르면 10년 만에 두 번째가 되는 순간이었고, 조반니는 둘이 대화를 나누지 않는다는 사실을 깨닫지도 못했다. 하지만 아마 사실이었을 것이다.

다리오의 분노는 가끔 너무나 개인적이었다. 그날은 해마다 수확기에 열리는 와인 축제 중이었다. 판자노의 양조장 열여덟 곳(대부분이 세상을 떠난 아버지의 뒤를 이은 아들과 딸들이 운영하는)에서 저마다 진열대를 마련해 놓고 시음을 권하고 있었다. 다리오는 판자노에서 만드는 대부분의 와인이 나무통에서 숙성된다는 사실을 못마땅해하기 때문에 평소에는 이 행사를 본척만척했지만, 새로 사랑에 빠진 킴이 가보고 싶어 했다.

두 사람은 늦게야 나타났다. 다리오는 조잡한 리넨 셔츠에 카우보이 스타일의 가죽조끼, 그리고 선명한 붉은색 줄무늬 바지까지, 예의 '날 좀 봐달라' 하는 파티 복장이었다. 암청색 실크 양복에 하늘색 셔츠와 타이를 매고 갈색 가죽구두를 신은 조반니는 역시 수확기에 열리는 양조장 대표 만찬에 참가했다 돌아오는 길에 폰토디 행사장에 들렀다. 다리오가 그를 알아봤다.

"에콜로!" 어찌나 쩌렁쩌렁 울리는 목소리로 외쳤는지 사람들이 하던 일을 멈추고 돌아봤을 정도였다. "안녕하쇼."

조반니가 고개를 숙여 인사를 했다.

다리오도 인사를 했다.

그렇다면 두 사람이 친구긴 한 거로군. 그런데 또 한편으로는 이렇게 무늬만 다정한 시늉을 하는 건 진짜 친구가 아닌 경우일 뿐이라는 생각이 들었다. 6미터가량의 안전거리를 유지하고 있었기 때문에 악수를 해야 하는 위험한 상황에 처할 일도 없었다. 두 사람이 브루타 피구라, 그러니까 볼썽사나운 장면을 모면하게 해줄 근사하면서도 별 뜻 없는 말을 생각하려 애쓰는 사이에 초조한 순간이 흘러갔다.

다리오는 다시 한 번 고개를 숙여 인사를 하고 괜히 헛기침을 했다.

조반니도 고개를 숙였다.

다리오가 씩 웃었다.

그러다 마침내, 조반니가 "바로 저번 주에" 다 카이노에 저녁을 먹으러 갔다가 메뉴에서 다리오의 고기를 봤다고 인사를 건넸다. 다리오의 고기를 쓰는 레스토랑에서는 푸줏간을 명시한다. 자긍심을 표현하는 동시에 값을 설명하려는 의도도 담겨 있었다. 다 카이노는 내게 파스타 만드는 법을 가르쳐주지 않았던 발레리아 피치니가 주방장으로 있는 투스카니 남부의 유명한 레스토랑이다.

"맞아요. 다 카이노에서 내 고기를 쓰죠." 다리오는 이렇게 말하고는 칭찬을 들은 것처럼 다시 고개를 숙였다. 하지만 이 칭찬은 아이러니투성이였다. 조반니는 그 고기를 먹었다고는 하지 않았고, 만일 그렇더라도 다리오의 고기를 보거나 먹기 위해 160킬로미터를 달려갈 필요는 없었다. 푸줏간이 바로 모퉁이 너머에 있으니까. 하지만 조반니는 다리오의 고기를 사 먹지 않았다. 그는 필리포 부자의 푸줏간을 이용했다.

두 사람—다리오가 콧노래를 불렀던가?—은 엄청난 일이 일어날 거라는 생각에 눈을 떼지 못하는 열댓 명의 구경꾼들에게 둘러싸인 채 한동안 그렇게 서 있었다. 그 관음증적인 사람들 속에는 나도 끼어 있었다. 내 주머니엔 카메라가 있었고, 두 사람의 조우가 두려움과 외경심에 싸인 독특한 순간이라는 생각에 사진을 찍어두고 싶었다. 하지만 어떻게? 두 사람이 워낙 멀리 떨어져 있어서 카메라에 다 들어오지 않는데, 그렇다고 좀 다가서라고 할 엄두는 나지 않았다.

움직이지 말라고 요구할 용기도 없었다. (조반니는 발을 끌면서 몸을 움직여댔다.) 그러다 결국 포기하고 말았다. 내가 카메라를 꺼내면 그게 뇌관 역할을 해서 끔찍한 일이 일어날지도 몰랐다. 그게 뭐든 간에. 제우스의 번개가 나한테 내리꽂힐지도 모르지. 마침내 두 사람은 헤어졌다.

"그럼." 다리오가 말했다.

"그럼." 조반니가 말했다.

다리오가 몸을 180도 휙 돌려 성큼성큼 걸어갔고, 킴은 보조를 맞춰 바쁘게 따라갔다. 조반니도 몸을 돌려 정확히 반대 방향으로 걸어갔다. 자기들이 어디로 가는지 아는 것 같지는 않았다. 처음 마주쳤을 때 가려던 곳은 아마 다른 데였을 것이다. 급히 몸을 돌려 도망치듯 떠나는 두 사람의 등이 동시에 눈에 들어왔다. 그리고 그때 그걸 처음 봤다. 다리오의 목덜미에 매달려 있는 것. 조반니도 똑같았다.

나는 옆에 서 있던 아내를 팔꿈치로 툭툭 쳤다. 아내는 숨을 헉 들이마셨지만 잘 보이지 않는다고 했다. "다시 잘 봐. 조반니는 그게 거기 들러붙어 있는지 몰라." 그는 시나브로 땅거미 지는 저녁의 어둠 속으로 접어들고 있었다. 와인 축제의 등불이 비치는 곳을 막 지나쳤지만 뭔가를 골똘히 생각하는지(처리해야 하는 포도 수확량이거나 방금 나눈 대화, 또는 다 카이노에서 스테이크를 주문하지 않은 것에 대한 후회) 그걸 전혀 눈치 채지 못하고 있었다. 뼈가 앙상한 손으로 매달려 있는 할아버지처럼 보이는 작고 쪼글쪼글한 존재를.

# 다리오 푸줏간의
# 비밀

조반니의 수소가 배달된 날은 한동안 내가 본 중에 가장 극적인 상황이 연출된 날이었다. 그날은 마침 푸줏간이 쉬는 수요일이어서 아내와 함께 구경하러 급히 계곡을 달려 내려갔다. 아무도 그걸 맞을 준비가 되어 있지 않았다. 이제야 드는 생각이지만, 다들 눈으로 직접 보기 전까지는 비록 말은 하지 않았어도 저 깊은 무의식의 단계에서는 이 짐승이 실제로 존재한다는 걸 믿지 않았던 것 같다.

문제의 그 짐승은 트레일러 안에서 어슬렁거리고, 포도밭 일꾼들은 정신없이 뛰어다니기만 했다. 몇 명은 말뚝을 박고 있었다. 울타리가 필요했다. 그것도 당장. 울타리도 없고 풀밭도 없이 거대한 흰 수소가 계곡을 멋대로 뛰어다니는 건 아무도 원치 않았다. 여물통도 이제야 만드는 중이었다. 언덕 너머에서 대여섯 명의 목수가 미친 듯이 망치질을 해대는 소리도 들렸다. 암소 네 마리도 다른 데로 옮겨야 했다. 암소들은 라 로사라고 하는 프랑스 품종의 소 한 마리와 좀 더 작게 울타리 친 풀밭에 있었다. 하지만 포도밭 일꾼들은 소들을 어떻게 구슬러서 옮겨야 할지 갈피를 잡지 못했다.

아무튼 할 일이 태산이었고, 트레일러 기사는 도무지 이해할 수 없다는 표정이었다. "믿을 수가 없네. 내가 온다는 거 몰랐어요?" (운전 기사도 전에 보지 못했던 생김새의 인물이었다. 총탄 같은 머리에 목은 보이지 않고, 금방이라도 개굴개굴 울어댈 것 같은 배까지 흡사 커다란 개구리 같았다. 군대의 막사에 버금가는 커다란 티셔츠를 입은 건 그 배를 덮을 수 있는 얼마 안 되는 옷이었기 때문일 것이다. 이제까지 소를 운반하는 사람에 대해서는 생각해 본 적이 없지만, 만약 그랬다면 꼭 이 사람처럼 생긴 사람을 상상했을 것 같았다.)

첫 번째 난관은 네 마리의 마누라였다. 도무지 협조적으로 나오질 않았다. 카우보이로 변신한 포도밭 일꾼들은 나뭇가지를 들고 소리를 지르며 소들을 몰았다. 소들 입장에서는 공황 상태에 빠질 일이었고, 경중경중 뛰고 막무가내로 달려나가 도망치는 것도 당연했다. 이제까지 보여준 가장 활동적인 모습이래야 여물 씹는 게 고작이었던 녀석들이 아예 이제 흰 영양이라고 해도 무방할 정도였다.

"이 사람들이 누구 불알 터지는 거 보려고 이러나?" 개구리 사내가 고함을 쳤다. "아침에 다시 오겠소."

일꾼 한 사람이 허리띠를 풀어 머리 위로 빙빙 돌리자 그걸 더 큰 위협으로 받아들인 소들은 사방으로 내달렸다. 이제 풀밭의 네 귀퉁이에 소가 한 마리씩 퍼져 있었다. 일꾼 두 사람은 포기 상태였다. 울타리에 기댄 그들의 셔츠는 땀으로 얼룩이 지고, 가쁘게 몰아쉬는 숨에 가슴이 심하게 요동쳤다. 소 한 마리가 옆에서 그 모습을 물끄러미 쳐다봤다.

왜 암소부터 먼저 옮기지 않았는지 이해할 수가 없었다. 베페가 일을 지휘하기로 되어 있었다. 베페는 마을 광장에 가면 만날 수 있는

잇새가 뜬 노인으로 폰토디 보르고에서 자랐고, 도무지 알아들을 수 없는 시골 억양으로 말을 했다. 키아나나 사육을 결심한 조반니는 이 일을 맡아줄 사람이 필요했다. "다들 그 일을 맡고 싶어했지만 자리는 하나뿐이라 사람들에게 적임자를 골라달라고 했죠." 조반니가 내게 말했다. 투스카니에서도 특정한 세대의 남자들은 소를 직접 쳤다는 걸 자의식의 핵심으로 여기는 경향이 있지만 실제로 그 일을 해본 사람은 거의 없었다. 사실상 경험이 조금이라도 있는 사람은 베페 노인 한 명뿐이었다. 조반니는 한 바퀴를 빙 돌아 베페를 고용했다.

베페는 그루터기에 앉아 있었다. 수소가 왔다고 흥분해서 서부영화의 엑스트라처럼 뛰어다니는 포도밭 일꾼들이 짜증스러운 눈치였다.

"저치들이 뭘 알겠어? 포도 따는 사람들인걸. 흙이야 알겠지만 동물은 몰라. 이 베페는 동물을 알지. 동물들한테는 그들이 내켜하지 않은 일은 시킬 수 없는 법이야."

개구리 기사가 고함을 쳤다. "수소를 풀밭에 풀어놓겠소. 그러면 암소들을 몰아낼 거요." 그는 호탕하게 웃었고, 그러자 커대한 티셔츠에 파도가 쳤다. "수컷이 간다." 기사가 트럭의 뒷문을 열려고 했다. "수컷이 나가신다."

"좀 참고 기다려요." 누군가 소리를 질렀다.

"참으라고?" 기사가 침을 퉤 뱉았다. "참는 것에 대해선 말하지 마쇼. 참는 거라면 책 한 권도 쓸 수 있고, 제일 첫 꼭지는 당신네 새대가리들 차지일 테니." 그는 뒤뚱뒤뚱 트럭으로 걸어가 빗장을 흔들었다. 수컷이 어슬렁거리던 걸 멈추고 발을 굴렀다. 풀어놓으려는 소를 왜 자극하는 걸까?

"녀석을 더는 가둬둘 수 없어요. 잔뜩 발정이 나서 위험하다고요."

베페가 낄낄거렸다. "저 녀석 복 터지겠구먼. 오늘 밤에 마누라 넷을 품게 됐으니." 그러고는 내 아내의 허벅지를 노골적으로 쳐다봤다. ("내가 반바지를 입고 간 게 잘못이었지." 아내는 나중에 이렇게 말했다.)

그러다 포도밭 일꾼들이 차례로 포기를 했다. 그리고 그들이 주저앉는 게 신호라도 되는 것처럼 베페는 발을 질질 끌며 임시로 지은 외양간으로 가서 곡물을 부었고, 먹을 것과 다정한 말로 구슬러 암컷들을 옆 울타리의 풀밭으로 몰았다.

"피날멘테." 기사가 이렇게 말하면서 트럭의 뒷문을 열었다.

수컷은 과연 힘이 넘쳤다. 얼굴도 확실히 어려 보였다. 모두의 시선이 녀석에게 집중됐다. 크고 근육질의 어린 수소. 암컷에 비해 근육이 크고 뚜렷했으며 특히 어깨가 발달했고, 뒤로 갈수록 몸이 좁아져서 만화에 등장하는 근육질 캐릭터를 연상시켰다. 아내와 나는 행여 소가 달려들면 보호가 될까 싶어 바위 뒤에서 구경했다. 포도밭 일꾼들이 우리 뒤에 바짝 다가섰는데, 우리가 방패막이가 되어줄 거라고 믿는 듯했다.

"아름답네." 누군가 말했다.

"신화적이야."

"하지만 부담이 심하지. 당장 하지 않으면," 이 시점에서 그는 제목에 손을 대고 긋는 시늉을 했다. "돌려보낼 테니까. 녀석도 제가 해야 할 일을 알 거야."

내가 보기에 수소는 자신에게 그런 사명이 있는 줄 모르는 게 틀림없었다. 녀석은 훨씬 기본적인 의문에 관심을 보였다. 이를테면 자기가 왜 이런 데 와 있는지, 어째서 트럭을 타고 여기 와서 자기가 난생처음 보는 암컷과 짝을 짓는 걸 보려고 안달난 사람들에게 둘러싸이게 됐는지가 더 궁금한 것 같았다. 녀석은 왼쪽을 봤다가 오른쪽을 보고, 다시 왼쪽으로 고개를 돌렸다. 그때 암소들을 발견했고, 고개 돌리던 걸 멈추고는 트랩을 내려가 암소들에게 다가갔다. 한동안 떨어져 있던 옛 친구들을 만난 것처럼 스스럼이 없었다. 1분도 되지 않아—그건 누가 알아? 아마도 즉시—녀석은 수소의 역할을 맡았고,

암소들을 밀어내고 앞으로 나섰다. 그런 다음 작은 무리를 이끌고 새 집을 보러 갔다.

그러고도 1시간 동안 사람들은 수소가 일을 시작하길 기다리며 자리를 뜨지 않았다. 하지만 녀석은 자신의 근로계약을 잘 이해하지 못한 모양이었다. 암컷 한 마리가 수소의 거시기에 흥미를 보이며 머리를 다리 사이로 밀어 넣자 잠시 흥분이 감돌았다.

"저 암컷은 준비가 됐군." 일꾼 한 명이 속삭였다.

"토로. 어이 수컷! 뭘 기다리는 거야?"

"마누라가 넷이나 되는데. 아따!" 베라멘테! "뭘 더 바라는 거야."

하지만 수소는 여전했다. 어쩌다 걸음을 멈추면 안달이 난 그 암소가 기회를 포착하고는 얼른 몸을 숙이고 거시기를 또 핥았다. 수소는 더 이상 무심할 수 없었다. 암소가 다정하게 핥아주는 혓바닥을 무슨 모기쯤으로 생각하는 듯했다.

이제야 드는 생각이지만 판자노 사람들도 나만큼이나 수소가 생소했는지 한동안 온통 소 얘기밖에 하지 않았다. 했대? 아직도 안 했대? 지도편달이 필요한 거 아니야? 혹시 호모인 거 아니야? 이런 얘기가 들리지 않는 건 다리오의 푸줏간뿐이었다. 전혀 이상할 게 없는 일이었다. 그의 푸줏간은 자체적인 법과 대표자를 갖춘 판자노의 외국이었으니까. (바티칸처럼. 바티칸이 거대한 푸줏간이라고 한다면.) 하지만 수소를 둘러싼 호들갑—키아니나! 투스카니의 쇠고기! 투스카니의 영혼!—과 별개로, 아니 그것과 관련해서 한 가지 정리하고 넘어갈 게 있었다. 나로서는 너무 의외의 사실에 느닷없이 직면한 터라 몇 주 동안 마에스트로의 지도를 받고서야 간신히 이해를 할 수 있었다.

그 사실을 알게 된 후로, 과연 그 엄청난 파장을 제대로 전달할 수 있을지가 의문이었다. 하지만 사실을 있는 그대로 말하는 것밖에는 다른 도리가 없었다. 다리오 체키니, 이탈리아에서 가장 유명한 푸주한이자 현재 살아 있는 투스카니 사람 중에 가장 유명한 그가 파는 고기는 에스파냐산이다.

여기서 짚고 넘어가야 할 점은, 푸주한은 가축을 직접 잡지 않는다는 것이다. 이건 널리 퍼진 오해인데, 이탈리아에서는 특히 푸주한을 뜻하는 마첼라이오라는 말이 도살업자라는 마첼로에서 나왔기 때문에 그렇게 생각하는 사람이 많다. 푸주한의 일은 허벅지 살에 통달하는 것이고, 거기에 함축된 모든 의미로 볼 때, 그리고 키안티라는 지역을 감안할 때, 그 허벅지 살은 1,000~2,000년 동안 현지의 쇠고기를 뜻했다. 매일 밤 집에 가다 보는 그 소.

그런데 다리오의 고기는 에스파냐 쇠고기였다. 1,600킬로미터나 떨어진 코스타 브라바의 작은 농장에서 잡은 소는 매주 목요일에 에스파냐를 출발해서 금요일에 판자노에 도착한다. 라 쿠르바의 부지런한 직원만 제외하면 마을 사람이 아무도 일어나기 전에 일찌감치. 라 쿠르바의 직원은 6시에 문을 열고 다리오와 마에스트로와 내가 고기를 다 내리기 직전에 카푸치노를 만들어놓는다. 나는 한동안 고기가 새벽에 배달되는 이유가 그것 때문일까 궁금했다. 트럭에 붙은 에스파냐 번호판을 아무도 보지 못하게 하려고?

의심이 들기 시작한 건 돼지의 뼈를 발라내다가 배에 찍힌 도장을 봤을 때였다. 에쵸 엔 에스파냐. 에스파냐산? 어리둥절했다. 뼈를 바른 고기를 다리오에게 가져다주고, 그가 아리스타를 만드는 걸 옆에서 지켜봤다. 그런데 살을 통나무처럼 말기 전에 흠이 없는지 살펴보던 다리오는 에쵸 엔 에스파냐 도장 자국을 발견하곤 칼로 정리해 버렸다. 뭐야? 지금 증거인멸하는 거야?

내 의심은 오해였다. 다리오는 고기의 출처를 절대 부인하지 않았다. 물어보면 사실대로 대답했다. 하지만 일부러 나서서 광고를 하지는 않았다.

"비에네 디 도베?" 이게 어디서 오는 거라고요? 고조되는 의구심에 목소리가 멜로드라마 주인공처럼 올라간다.

푸줏간 사람들에겐 익숙한 대화였다. 웬 남자가 투스카니 지도를 옆 좌석에 펼쳐놓고 몇 시간씩 차를 몰아 주차장에 차를 세우고, 광장 노인네들에게 길을 물어 유명한 푸줏간을 찾아온다. 대개는 중년에 전문직 종사자이며, 학력도 높고, 음식과 문화와 국가의 정체성 사이의 미묘한 상관관계에 관심이 많은 사람이다. 잠시 가게를 둘러본다. 진열장, 미적 감각이 돋보이는 요리들, 커다란 음악. (음악은 여러 가지가 나올 수 있었지만, 내가 떠날 무렵이 되자 마침내―"이제야!" 리카르도는 외쳤다―엘비스가 자취를 감췄다. 다리오는 모차르트로 돌아가〈돈 조반니〉를 집중적으로 틀어댔다. 아침마다 레포렐로가 돈 조반니의 성적 정복을 읊는 노래가 흘러나왔다. "행복해졌군." 마에스트로는 또 밑도 끝도 없는 말을 했다.) 남자는 카운터 앞으로 다가가 자신의 추방을 불러올 말을 외친다. "우나 비스테카 디 키아니나, 페르 파보레!"

다리오가 음악을 끈다.

키아니나 소로 만든 스테이크는 드릴 수 없는데요. 단조롭고, 지루하고, 착 가라앉은 목소리에 눈꺼풀까지 무겁다. 왜냐하면 저는 키아니나 소를 팔지 않기 때문이죠.

"아!" 남자가 말한다. "그럼 어떤 소를 파시는 건가요?"

다리오는 대답을 해준다. 호기심이 많은 성격이라면 이렇게 말할 것이다. "와, 그것참 흥미롭군요." 단순한 문장이고, 내가 푸줏간에 있는 동안 두 사람이 그렇게 말하는 걸 들었다. 둘 다 지체 없이 스테이크를 상으로 받았다. 출처를 물었을 때조차. 호기심보다 경의를 중시하는 성격이라면 이렇게 말한다. "아! 왜죠?" 그는 비스테카를 받지 못하지만, 나중에는 구입할 수 있을 것이다.

아무리 낭만적이어도 융통성이 없고, 일의 옳고 그름을 따지는 사람이면 상황이 험악해진다. 이런 종류의 사람은 열이면 열, 내가 앞에서 말한 질문을 던진다. "이게 어디서 오는 거라고요?" 하지만 그건 심문보단 선언에 가깝다. 거기에 담겨 있는 진짜 뜻은 이렇다. "내가 진정한 투스카니를 맛보겠다고 귀중한 시간을 내서 구불거리는 길을 달려 이 황량한 오지까지 댁 같은 촌사람을 찾아왔건만, 바르셀로나에 가도 됐었을 거라는 말이오?"

그 남자에게는 곧 추방 명령이 떨어지지만, 가게 문을 나서 집으로 돌아가며 덧없이 사라지고 있는 이탈리아의 정신을 아스라이 추억하기 전에, 키아니나가 없는 건 이제 키아니나의 품질이 좋지 않기 때문이라는 얘기를 듣게 된다. 그건 사실상 '한 번만 더 말하면 백만 번'이라는 뉘앙스로 빠르게 읊어대는 연설—누구나 듣게 되는—에 가깝다.

"키아니나의 품질이 좋지 않은 건 본질적으로 평범해졌기 때문이에요. 그건 이름이죠. 프라다도 이름이고, 베르사체도 이름이고, 아르마니도 이름이고, 키아니나도 이름이에요. 내가 그걸 판다고 해도, 물론 그걸 팔지도 않지만, 결국 이름을 파는 겁니다. 이름을 팔면 돈을 벌까요? 물론이죠. 비즈니스에 보탬이 될까요? 두말하면 잔소리죠. 하지만 난 비즈니스에 관심 없어요. 이름 따위엔 관심이 없다고요. 내가 관심이 있는 건 고기예요. 내가 이름이 아니라 고기를 파는 건 그 때문이죠. 게다가."

다리오는 마지막으로 장식을 얹듯이 이렇게 덧붙였다. "나는 종의 순수성 같은 건 믿지 않아요. 보아하니 당신은 그걸 믿는 모양이군요. 히틀러도 그랬지. 하지만 내가 보기에 히틀러는 글러먹었거든." 전설의 흰 소는 졸지에 아리안 나치가 되고, 외지인은 파시스트이자 이탈리아 민족주의라는 대의를 저버린 변절자가 돼버린다. 그리고 이제 추방 명령이 떨어진다.

푸줏간에서 손님과 주인 사이에 벌어진 모든 갈등 중에, 화르르 타올라 파르르 번지는 그 누라 줌에 가장 큰 문제는 뭐니 뭐니 해도 키아니나였다. 이럴 때의 다리오—같은 말을 또 해야 한다는 지겨운 심정이 되어 고개를 숙일 때의 굳은 표정—를 보고 있으면, 그도 속으로는 인근에서 자라는 소를 팔고 싶어한다는 걸 알 수 있다. 그는 신화를 깨뜨리는 사람이 되길 원치 않았다. 다른 건 몰라도 그 역시 그런 신화의 한 자락을 붙들고 살아왔기 때문에 그게 얼마나 널리 퍼져 있고, 또 얼마나 끈질긴지를 잘 알았다. 투스카니를 맛보겠다고 산길을 달려온 사람도 그걸 너무나 철석같이 믿은 나머지 맹목적이 돼버렸다.

판자노까지 오면서 소를 한 마리도 보지 못했다는 생각은 하질 못했다. 그리고 집에 가는 길에도 다리오에게 욕을 퍼붓느라 여전히 한 마리도 보이지 않는다는 걸 깨닫지 못할 것이다. 한번은 토르텔리니를 배우러 포레타에 갔다가 무심코 다리오의 고기가 에스파냐산이라는 얘길 했더니, 잔니는 땅이 흔들린다는 듯한 과장된 제스처로 테이블을 움켜잡고선 내 말을 중간에 뚝 잘랐다. "이런 망연자실할 노릇이 있나. 이제 모든 환상은 깨져버렸어."


마에스트로를 찾아가 설명을 부탁했다.

"70년대까지만 해도 키아니나는 아주 좋았지. 고기에선 언덕과 맑은 공기 맛이 났다네. 몇 에이커의 땅에서 마음껏 풀을 뜯고, 일하는 소니까 계속 움직였고. 그러니까 고기가 단단하면서 순수할밖에. 그게 무르려면 한 2주는 있어야 할 정도였어." 고기의 숙성 얘기였다. 밥보의 워크인에서 그 과정을 지켜본 적이 있다. 매일 손가락으로 눌러보면 고기가 조금씩 더 들어갔다. "이젠 산비탈이 포도나무로 뒤덮였으니 키아니나가 노닐 땅이 있나. 포도나무 가꾸는 데는 가축이 아니라 트랙터를 쓰니 할 일이 있나. 게다가 풀을 뜯는 게 아니라 단백질 알갱이를 섞은 곡식 가루와 곡물을 먹어. 죽을 먹는다고. 그러니 고기에서도 죽 맛이 나지. 소를 잡으면 고기가 죽 같아. 며칠이면 흐물흐물해지는 거야. 그러니 키아니나한테서 도망쳐야지." 다 스푸지레!

마에스트로는 푸줏간에서 제일 연장자지만, 노회한 구석이 전혀 없고 오히려 청년보다 더 순수하다. 목소리를 높이는 법도 없고, 논쟁을 벌이지도 않는다. 히틀러나 마케팅에 대해 일장연설을 하는 법도 없다. "나는 적이 없어." 한번은 푸줏간 식구들과 밥을 먹다가 이런 말을 했다. 아들인 엔리코와 조반나 마네티의 연애를 은근히 언급하는 얘기가 나온 후였다. "악감정 따위는 없어." 그렇기 때문에 마에스트로가 판단을 내리면 그것에 대해서는 두 번 다시 생각할 필요가 없고, 이제 그의 입에서 키아니나가 좋지 않다는 얘기를 들었기 때문에 나는 힘들여 알아보려는 노력을 접었다. "마에스트로가 말을 할 땐 귀 기울여 들어야 해요." 다리오는 내게 말했다. "왜냐하면 말을 많이 하지 않으니까. 한 달이면 여섯, 어쩌면 여덟 문장쯤 할까. 하지만 거기엔 생각의 무게가 담겨 있죠."

나도 마에스트로의 말에 귀를 기울여야 한다는 것쯤은 알고 있었지만, 대체 한 달에 여섯에서 여덟 문장이라는 과묵함의 근거는 어디서 나온 건지 알 수가 없었다. 아무래도 다리오가 마에스트로와 단둘이 보내는 시간이 없어졌기 때문인 것 같았다. 아침 5시에 나와 에스파냐에서 오는 고기 트럭을 기다릴 때를 제외하면. 만약 그렇다면 한 달에 여섯에서 여덟 문장만 들어도 운이 좋은 것이다.

하루는 마에스트로가 추억에 잠겼다. "내가 어렸을 땐 이런 프로슈토가 있었다네. 겨울에 손으로 만들어서 2년 동안 숙성을 시켰지. 냄새를 맡아보면 달콤하기가 짙은 향수 같았어. 다른 걸로 오인할 여지가 없는 냄새였어. 그걸 숙성시키는 건 아주 섬세한 작업이어서 날이 따뜻하면 숙성이 시작되질 않아. 고기가 상하니까. 너무 건조해도 고기가 망가져. 습하면서도 서늘해야 해. 여름은 너무 덥지. 겨울, 살루미는 이때 만드는 거야. 프로슈토든, 소프레사타든, 소시지든."

문득 미리암이 떠올랐다. 어째서 그때까지 비슷하다는 생각을 안

했는지 모를 노릇이었다. 1월이 고기를 만드는 때라서 쿨라텔로를 그
때 만들어야 한다던 미리암의 말이 기억났다. 두 사람 다 '오래된 방
식이 최고야, 왜냐하면 오래된 방식이니까' 학파에 속했다.

"내가 어렸을 땐 말이지." 마에스트로는 말을 이었다. "그땐 슈퍼
마켓이라는 게 없었어. 지금은 너무 많아. 거기선 만들어낼 수 있는
것보다 더 많은 프로슈토를 팔 수 있거든. 그래서 그 사람들은 새로
운 프로슈토를 만들어냈어. 2년 동안 숙성시키는 것 외에 이제는 싼
1년짜리, 더 싼 6개월짜리, 그리고 아주 싼 3개월짜리도 나와. 프로슈
토 공장에서 1년 내내 만들어내는 것들이야. 하지만 프로슈토는 단
한 종류뿐이고, 그건 공장에서 만드는 게 아니라 겨울에 손으로 만들
어서 2년 동안 숙성시키는 거지. 새로 나오는 것들은 좋지 않아. 달콤
한 냄새도 나지 않는 나쁜 것들이야."

마에스트로의 말에는 2차대전 이후의 안타까운 축산농업의 역사
가 담겨 있다. 그 익숙한 풍경은 이탈리아의 역사일 뿐만 아니라 유
럽과 미국의 역사이기도 하다. 그렇다고 해서 슈퍼마켓을 비난해야
하는지는 잘 모르겠다. 저질 신문의 경우처럼 그걸 표적으로 삼는 건
너무 쉽지만, 사람들이 원치 않았다면 존재하지 않았을 것이다. 하지
만 뭔가가 아무튼(이번에도 20세기 탓으로) 엄청나게 잘못됐다. 거의
모든 지역에서, 마치 지구의 드넓은 지역에 까닭 모를 미각적 기억상
실증이라도 퍼져서 쇠고기가 소에서 나온다는 사실을 망각하고, 가
축도 모든 동물과 마찬가지로 잘 다뤄야 한다는 걸 잊어버린 것만 같
았다.

"이탈리아 사람들은 다들 스테이크를 좋아하지. 그리고 슈퍼마켓
은 이번에도 공급받는 것보다 많은 양을 팔 수 있었어. 어떤 문제가
발생하는지를 알겠지." 슈퍼마켓은 다양한 종류의 프로슈토를 만들
어냈던 것과는 달리 새로운 스테이크를 발명하지는 못했다. 그러므
로 이번에는 스테이크를 더 빠르고, 더 저렴하게 생산하는 게 당면과

제가 됐다. 스테이크를 제외한 나머지 부분도 식용으로 팔아치울 수 있었다. "누군가 소한테 생선을 먹이자는 아이디어를 냈지. 파리나 디 페쉐, 생선 분말은 싸고 단백질이 풍부해서 소들이 금방 살이 쪘어. 하지만 고기에서 생선 맛이 났지. 그러더니 이제는 공장에서 만든 단백질 사료, 소를 처리하고 남은 것들로 만든 사료를 먹이려 했어. 고기에서 생선 맛이 나진 않았지만, 옳지 않은 짓이지." 첨단의 카니발리즘 풍습이 낳은 재앙의 결과는 우리도 잘 알고 있다. 바로 광우병이다. "그래서 이제……" 마에스트로는 한숨을 쉬었다. 목소리에서도 힘이 빠졌다. 나는 단단히 마음을 먹었다. 금방이라도 채식주의자가 됐다고 선언할 것만 같았다.

"왜 다리오가 키아니나를 팔지 않는지 알았겠지. 품종은 문제가 아니야. 우리가 받는 이 에스파냐 고기. 이것도 흰 소라네. 키아니나는 아니지. 하지만 그건 의미가 없어. 미국 소일 수도 있고 프랑스 소일 수도 있어. 중요한 건 어떤 품종이냐가 아니라 그걸 키우는 방법이야."

에스파냐 고기를 대는 곳은 외딴 시골의 목장이다. 가족끼리 운영하고, 복권에라도 당첨되어 인근의 산을 매입하지 않는 이상 규모를 더 키우는 게 불가능한 작은 목장이다. 그들은 땅에서 뭘 할 수 있고, 뭘 할 수 없는지를 잘 알고 있다. 마에스트로가 보기에 세상에서 제일 중요한 지식은 자신이 뭘 할 수 없는지를 아는 것이다. 마에스트로가 보기에 좋은 고기를 공급하는 사람들은 대부분 작고, 옛날 방식을 고수하며, 보수적이다.

"나미비아의 쇠고기는 아주 좋다네." 하루는 이렇게 말했다.

맙소사, 나미비아라고? 좋은 스테이크를 먹으려면 나미비아에 가야 한다는 거야?

"유고슬라비아. 거기도 쇠고기가 아주 좋아.

또 어느 날에는 아르헨티나를 언급했다. "쇠고기가 아주 아주 좋

아. 아마 세계 최고일 거야. 고기에서 탁 트인 공기와 길게 자란 풀과 거친 언덕 맛이 나. 아르헨티나. 30년 전의 투스카니 고기 맛을 찾을 수 있는 곳이지." 그러더니 하던 일을 멈추고 그 긴 손가락으로 나를 가리켰다. "빌리." 마에스트로는 나를 빌리라고 불렀다. 그쪽이 더 이탈리아 이름 같다는 이유였다. "자넨 아르헨티나에 가야 해. 쇠고기를 위해서." 그는 잠시 말을 멈추고 마당의 화덕에서 음식을 만들던 시절의 추억에 젖어 미소를 지었다. "거기 가면 정말로 좋은 염소 고기도 먹을 수 있어."

나는 공책에 이렇게 적었다. "잊지 말 것—아르헨티나에 가면 염소를 먹을 것."

마에스트로가 언급한 곳들은 전부 현대화되지 않은 시골이었지만, 한 곳은 예외였다. 바로 덴마크였다. "나도 왜 그런지는 설명할 수 없어. 하지만 덴마크 고기는 아주 좋다네."

"품종이 아니라 키우는 방식." 그것이 다리오 푸줏간의 비밀이었다.

# 작별인사 따위는
# 하지 말자

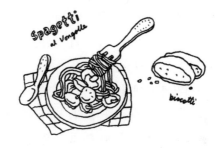

9월의 어느 금요일이었다. 판자노에서 제일 오래된 교회인 라 피에베 디 산레올리노로 걸어갔다. 거기서 산 지 거의 일곱 달이 되어갈 무렵이었는데, 아직 본 적이 없었다. 공동묘지를 따라 흙 골짜기를 올라간 높은 언덕에 있었고, 인근의 풍경을 제일 잘 감상할 수 있는 곳으로 알려져 있었다. 그 교회는 무슨 퍼즐 같았다. 900년대에 세워졌는데 얼마 가지 않아 파괴됐다가(그 계곡이 피렌체 시에나 전쟁 지역이어서) 1100년대에 다시 지어졌고, 지금은 로마네스크 양식의 뒤범벅이다. 네모반듯한 건물에 예전의 흔적들이 아슬아슬 쓰러질 듯 붙어 있다.

이곳의 계보를 더 복잡하게 만들어놓을 양인지, 근처에서 돌 유적 하나가 발굴됐는데, 가장자리를 따라 판독이 불가능한 에트루리아 문자가 적혀 있었고, 연대는 기원전으로 판명됐다. 사람들은 정말 오래전부터 이곳에 올라와 전망을 즐겼던 모양이다.

　다리오는 이 계곡이 지구상에서 가장 오래된 경작지 가운데 한 곳이라고 했다. 에트루리아 사람들이 사라진 후에 로마인들이 이주했다가(가축용 사료를 보관하기 위한 곡물탑이 남아 있다), 몇 세기 후에 역사에서 이른바 북쪽 야만인으로 통하는 롬바르드족에게 쫓겨났고, 그런가 하면 이들은 700년대에 기독교로 개종했다. 그렇게 몇 세기 동안 이곳에 사는 사람들은 바뀌었지만 계곡은 변함이 없었고, 새로 이곳을 점령한 사람들은 이전 사람들의 생활을 이어받아 괭이가 발명된 이래 지속된 농사의 일상을 지켜갔다.

　그 일상은 13세기에 시에나 군대에게 약탈당한 루카 디 마테오라는 지주가 쓴 편지에서도 엿볼 수 있다. 병사들이 외양간과 집에 불을 놓고 소와 가축을 죽였으며, 한 해 동안 먹을 곡식이나 여물이 남아 있는 사람이 하나도 없었다. 이 편지에 언급되지 않은 것들을 통해서도 당시의 상황을 짐작해 볼 수 있다. 극심한 파괴를 당했다는데 올리브나무나 포도나무, 그리고 밀에 대한 내용은 찾아볼 수 없었다. 그러나 나는 이것들이 모두 이 땅의 풍경을 이루는 요소들이었을 거라고 확신한다. 다만, 교회와 집 다음에 중요한 것은 소와 소에게 먹일 여물이었던 것이다. 이 땅이 오래전부터 경작됐다는 다리오의 말은 옳을지도 모른다. 하지만 그렇더라도 가축을 키우기 위한 목적이었다. 소들은 사람들만큼이나 오래전부터 이 땅에 살았다.

　내가 선 자리에서는 조반니의 작은 소 떼가 보였다. 어린 수컷은 알고 보니 호모도 아니었고, 따로 뭘 가르칠 필요도 없었다. 그저 수줍을 뿐이다. "밤에 사랑을 나누는 스타일이더구먼." 광장에서 만난 베페가 말했다. "어깨를 다쳤어." 그리고는 누가 봐도 뭔지 알 수 있는 엉덩이 돌리는 시늉을 했다. 작업을 끝내기 전은 아니었지만, 아무튼 올라타다가 꼴사납게 자빠졌다고 했다. 암컷 네 마리가 모두 월경 때를 넘겼다. 조반니는 성공했고, 키아나나는 키안티 언덕에 다시 등장할 전망이었다. 생각해 보면 흥미로운 일이었다. 역사는 시간을 되돌릴 수 없다는 사실을 끊임없이 일깨워주는데도 어쩐지 내 주변엔 끝없이 그걸 시도하는 사람들뿐인 것 같았다.

가을이 시작되는 첫날인데, 날씨가 다시 뜨거워졌다. 포도밭의 일꾼들은 점심을 먹으러 들어갔다가 오후에 다시 나오지 않았다. 포도가 너무 열을 받으면 예기치 못한 일들이 벌어졌고, 아침에 날이 선선해지길 바라는 게 보통이었다. 조반니는 다른 사람들보다 서둘렀고, 그가 기르는 산지오베제는 대부분 수확을 마쳤다. 양동이를 작은 트럭에 비우고, 포도 스튜가 되지 않도록 위에 드라이아이스를 부었다. 조반니에게 포도는 투스카나의 정체성을 구성하는 또 하나의 본질적인 요소였고, 그것으로 와인을 만드는 것은 그와 이 땅의 역사를 이어주는 끈이었다. "산지오베제가 로마 시대부터 여기 있었다는 건 다들 아는 사실이에요."

그는 언젠가 내게 말했다. "이름에서도 알 수 있죠. 상구에(sangue)는 피, 더하기 조베(Jove). 하지만 로마 사람이 들여왔다고 믿는 사람은 거의 없어요. 그 전부터 있었다는 게 우리 생각이죠." 소를 키우는 것처럼 산지오베제 포도를 기르는 것은 조반니가 보기에는 이 땅에 새로 정착한 사람들이 계속해서 물려받은 관습이었다. 이 계곡에서 사람들이 살기 시작한 이래 사람들은 신의 피를 마셔왔다.

계곡의 끄트머리에는 카스텔로 데이 람폴라가 있었다. 그곳에서 자라는 포도는 알체오라는 또 한 명의 유령 같은 가부장이 심은 더 작고 색이 짙은 보르도 품종이었다. 언덕에서 내려다봐서는 구분이 가지 않았고, 그저 잎이 좌우대칭으로 달린 녹색 선과 그 사이로 비탈진 언덕을 힘겹게 오르내리는 피곤한 사람들만 보일 뿐이었다. 얼마 전에 아내와 알체오의 딸인 모리지아를 찾아갔었다. 불면 날아갈 듯 갈대 같은 체구에 보헤미안처럼 헐거운 옷을 입고, 배운 사람의 언겨한 태도를 지닌 40대 후반의 그녀는 동생과 함께 카스텔로에 살고 있었다. 보통은 방문객도 받지 않고 바깥출입도 거의 하지 않았다. 와인 홍보도 하지 않고, 마시는 것도 어쩌다 한 번, 그나마 "피렌체에 있을 때나" 마시고, 맛보다는 보르도의 향을 더 좋아한다고 공공연히 말했다. "식사를 할 때는 우유를 마시는 편이죠."

키안티에서 와인을 만드는 다른 사람들과는 달리 여름의 혹서를 걱정하지 않고("수확이 좋지 않으면 나쁜 거죠, 뭐") 극단적인 기후를 달관한 듯 무심히 여겼다("자연은 자연이 알아서 하겠죠"). 수확 시기는 특정한 별자리를 따르지 않는 이상 달을 보고 정하고, 명백하게 현대적인 관습들은 거부했다. 이를테면 냉장고나 펌프, 에어컨, 또는 필터링의 사용 같은 것들이다. 비록 아내와 내가 어느 날 밤에 계곡 저편의 카스텔로에서 전깃불이 반짝인다는 걸 눈으로 확인하긴 했지만. 모리지아는 1,100년 넘게 와인이 익어온 유명한 포도주 저장실을 구경시켜 줬다. 900년대에 지었다니 교회와 나이가 같았다.

나는 어떤 이론 하나를 만지작거려 왔는데, 그건 지금 여기 이 계곡에도 적용될 수 있었다. 처음 이 생각을 하게 된 계기는 마에스트로의 아들인 엔리코 때문이었다. 한 번씩 푸줏간에 들르기는 해도 시에나에서 그리 멀지 않은 몬타페르티에서 열린 행사에 참가하기 전까진 대화를 나눠본 적이 없었다. 피렌체 시민 1만 명이 한 명씩 차례대로 희생됐고 총포 발명 이전까지 이탈리아 반도 최악의 전쟁으로 손꼽힌 1260년 9월 4일 전투를 기리는 행사였다.

다리오는 칼에 대한 푸주한의 열정으로 가끔씩 그 얘기를 하곤 했다. 다리오가 행사의 주빈이었다. 그날은 단테가 무수히 등장했고, 가스등 불빛을 받으며 풍자극을 펼치는 듯한 다리오의 모습에 엄청난 박수갈채가 쏟아졌다. 공연의 마지막은 구슬픈 노래를 부르는 가객이 장식했다. 피스토이아 출신이라는 그는 노래를 즉석에서 만든 것처럼 꾸몄다. 이런 노래였다.

나는야 늙은이, 지루해서 하품이 난다네.

당신들도 알 테지, 그렇게 코를 골고 있으니.

나더러 어쩌란 거야, 이게 내 밥벌인데.

이게 시처럼 보이지만, 사실은 넌더리야.

게다가 게임도 아냐, 그렇다면 점수라도 따겠지.

나는야 술에 취한 노인네, 지루한 노인네.


저녁은 끝없이 이어졌고, 엔리코와 잠깐 올리브기름 얘기를 나눈 것 외엔 기억에 남는 것도 거의 없다. 엔리코에게 그렇게 좋은 기름을 만드는 비결이 뭐냐고 물어봤다.

"비결은 두 가지죠. 언제 따느냐와 무엇을 따느냐. 그 밖에 다른 건 하나도 중요하지 않아요."

엔리코는 일반적으로 나무를 건드리지 않는 9월에 수확을 한다. 그때의 올리브는 단단한 녹색이다. 다른 사람들은 대부분 11월 말에서 12월 사이에 딴다. "그렇게 10~12주가 더 지나면 올리브가 커지고 즙이 가득하죠. 그러면 기름을 더 많이 짤 수 있고 수입도 많아져요. 하지만 제가 보기에 그 즈음의 올리브는 부풀어서 흐물거리고 물이 많아요." 그의 아버지가 했던 말처럼 올리브도 "죽"이 돼버린다. "그러면 기름이 묽어져요. 양이야 많지만 짙은 맛이 없죠. 저한테는 농도가 제일 중요해요. 적을수록 좋은 거죠. 제 기름은 아주 아주 진해요."

엔리코가 보유한 나무는 1,000그루지만, 그중에서 절반만 올리브를 딴다. "나머지는 너무 어려요." 어린나무에서 딴 올리브는 팔거나 저절로 떨어져 썩게 한다는데, 명예도 없고 자존심도 없고 진정한 투스카니 사람이라고 할 수 없는 달팽이 같은 인간들이나 어린나무에서 딴 올리브로 기름을 짠다는 뉘앙스가 역력했다. "나는 돈을 벌려고 기름을 만드는 게 아니에요."

(이야기를 잠깐 중단하고 이런 식의 대화가 꽤 빈번해지고 있다는 걸 짚고 넘어가야 할 것 같다. 나는 엔리코가 대단히 평범한 사람인 것처럼 그의 말을 인용하고 있다. 하지만 긍정하는 것처럼 고개를 끄덕이고는 있어도 이런 종류의 이야기, 이를테면 "나는 비즈니스에 관심 없다"라든가 "날씨 때문에 포도 농사를 망친다고 해도 상관 안 해요"라든가, "내가 이걸 만드는 건 오로지 향기 때문"이라는 말들을 듣다 보면 상상 속의 정지 버튼을 누르지 않을 도리가 없다. 바로 지금처럼. 그리고는 지금 듣고 있는 얘기가 결코 평범하지 않다는 걸 스스로에게 일깨워줘야 한다. 이렇게 한 번씩 정지 버튼을 누르다가, 이 사람들을 산골짜기 괴짜 시인으로 만드는 원인이 뭘까 궁금해졌다. 어려서 채소를 많이 먹지 않았기 때문일까? 단백질 과잉 때문일까? 나는 소리라도 지르고 싶은 심정이었다. 이봐, 자네, 엔리코! 멋진 섬 여행이나 평면 TV를 원치 않는다는 거야? 돈이 싫다는 거야?)

엔리코의 기름은 정말 좋다. 그건 내가 장담할 수 있지만, 세상엔 좋은 올리브기름이 많다. 돈에 무심한 채 냄새에 집착하고 자신이 이 계곡에서 떫고 덜 익은 녹색 올리브를 처음으로 수확한다는 사실에 자부심을 갖고, 늙은 나무에 달린 올리브에서 한 방울의 진한 기름을 쥐어짜는 또다른 괴짜들이 만든 기름이다. 돌멩이 같은 올리브에서 한 방울씩 똑똑 떨어지는 끈끈한 황금빛 액체는 지금껏 맛봤던 기름과 확실히 다르고, 이들은 국수주의자처럼 이 기름이 이탈리아 밖으로 새나가지 않는다고 자랑한다.

내가 보기에 이런 기름과 이 지역에서 나는 좋은 와인 사이에는 공통된 특징이 있다(키안티에는 좋은 와인이 많다—키안티에서는 맨정신으로 잠자리에 들기가 힘들다). 조반니가 만드는 최고급 와인인 플라치아넬로는 굵기가 웬만한 둥치만한 옹이지고 늙어서 생산성이 떨어지는 포도나무로 만든다. 늙은 올리브나무처럼 늙은 포도나무도 생산량은 적지만, 이런 나무에 열린 포도는 어린나무에서는 기대할 수 없는 포도의 깊은 맛(강렬한 농도)을 담고 있다. 조반니의 와인도 아주 좋지만 내가 생각할 때 귀한 건 올리브기름이다. 값비싼 와인과는 달리 기름은 오래 둔다고 더 좋아지지 않는다. 올리브기름은 짜낸 직후에 가장 생생하다. 시간이 지나면 생생함이 흩어진다. 시시각각, 점점 더 희미해지다가 결국엔 완전히 사라진다. 계절처럼 덧없이 스러진다.

그래서 내가 만지작거린다는 이론이라는 건 '작음의 논리'다. 이제 내 기준은 작음이다. 마에스트로의 "품종이 아니라 키우는 방식"이라는 말이나 엔리코의 "적을수록 좋다"는 것도 전부 작음을 찬미하는 말들이다. 사실 이론이라는 말이 어색할 정도로 투박한 생각이다. 작은 음식은 좋고, 큰 음식은 나쁘다. 우리가 현대의 음식을 논하는 데 사용하는 언어는 그다지 정확하지 않고, 아무튼 이탈리아의 이 산골 마을이 내게 가르쳐준 것을 제대로 표현할 수 없다. 그 언어는 으레 속도의 은유를 담고 있다. 패스트푸드는 문화를 망쳐놨고, 슬로푸드가 그것을 구원해 줄 것이라는 것도 그렇다(슬로푸드 운동에 뜻을 함께하는 이들이 성명서를 발표한 곳이 바로 이탈리아 북부의 브라라는 곳이다). 그런 은유에는 설득력이 있지만, 문제의 본질을 흐린다. 이 문제의 본질은 속도와는 아무 상관이 없는, 크기에 있기 때문이다.

패스트푸드가 우리의 문화를 망쳐놓은 게 아니다. 문제는 이미 존재했다. 사실은 시스템 자체에 문제가 있었다. 음식을 무생물로 취급하기 시작하면서 여타 생필품처럼 시장의 수요를 만족시키기 위해 점점 대량으로 생산하기에 이른 것이다. 그리고 먹이사슬의 근본적인 두 주체(생산자와 소비자)의 역할이 사실상 뒤바뀌었다. 예전엔 생산자(자신이 사육하는 소를 잘 아는 축산 농부, 1월에만 쿨라텔로를 만드는 요리사, 9월에 올리브를 따는 청년)가 먹을거리의 종류와 그것을 만드는 방식을 결정했다. 그런데 그 역할이 슬그머니 소비자에게 넘어갔다.

마에스트로는 슈퍼마켓을 탓했지만, 슈퍼마켓은 하나의 증상일 뿐이다. (아니면 우리에게 좀더 익숙한 표현을 써서 이렇게 말할 수도 있다. 음식업계에서 소비자가 언제나 옳다는 생각에 충실하면서 세상이 바뀌었지만, 다들 알다시피 사실 소비자가 언제나 옳은 건 아니다.) 음식업계에서 일어난 현상은 현대 생활의 모든 측면에서 발생했으며, 그런 변화는 많은 이점을 낳기도 했다. 나는 멋진 섬에서의 휴가와 평면 TV를 좋아하고, 글로벌 시장경제에도 유감이 없다. 단지 하나, 그것이 음식에 저지른 짓을 제외하면.

잔니가 점심때 와인을 너무 많이 마시고 곯아떨어졌을 때 샀던 물 같은 달걀은 큰 음식이다. 판자노의 식품점에서 단골들에게만 몰래 파는 할머니네 달걀은 작은 음식이다. 비록 너무 많은 나머지 끝내 다 먹어치우지 못했지만 내가 유기농시장에서 사서 스쿠터에 싣고 온 돼지도 작은 음식이다. 모든 걸 과학적으로 관리하고 옴짝달싹 못하게 실내의 좁은 우리에 가둬 화학적인 처리로 키운 돼지의 햄(모든 부위가 기계로 찍어낸 듯 동일한)은 큰 음식이다.

슈퍼마켓에서 파는 이름만 리코타인 제품은 큰 음식이다. 건드리지도 말아야 한다. 뉴욕의 '루 디 팔로'라는 작은 이탈리아 음식점에서 파는 리코타는 슈퍼마켓에서 파는 것보다 값도 싸지만, 루가 카운터를 비우고 주방에 들어가 그걸 만들기 때문에 1시간은 기다려야 받을 수 있다. 작은 음식이다. (심지어 뉴욕이라는 거대도시에도 새대가리 소비자라는 이유로 서두르지 않으려는 사람이 적잖다.) 루의 치즈는 작은 음식이면서 슬로푸드다. 정말 말 그대로 느려터진 슬로푸드다. 하지만 이런 건 예외일 뿐이다.

이탈리아에는 카사링가라는 말이 있는데, 그대로 해석하면 집에서 만들었다는 뜻이지만 '손으로 만들었다'는 뜻으로 더 많이 쓰인다. 내 이론은 카사링가의 변주인 셈이다. 작은 음식은 손으로 만들었기 때문에 귀하고 구하기 힘들다. 큰 음식은 공장에서 만들어서 값이 싸고 풍부하다. 내가 이탈리아에서 배운 거의 모든 조리법은 손을 사용할 뿐 아니라, 사용하는 기술도 전부 제각각이다. 나는 손으로 반죽을 미는 법을 익혔고, 칼로 허벅지 살을 도려내는 법, 소시지와 라르도와 폴페토네 만드는 법을 배웠다. 내 손은 베타의 손처럼 작아져야 하고, 그런가 하면 마에스트로의 손처럼 커져야 한다. 다리오의 말처럼, 손이 전부다. 요리사도 예술가처럼 손으로 자신을 표현한다. 사람들이 손으로 먹을 음식을 손으로 만든다. 다리오는 그 손으로 자신이 배운 것을 내게 전수했다. 베타는 그 손으로 숙모의 지혜를 전해 줬다. 미리암의 어머니와 할머니의 손, 다리오의 할아버지와 증조할아버지의 손. 한 번도 뵌 적은 없지만 손에 손을 거쳐 이어지는 것들.

파스티나를 구할 수 없게 된 미리암은 더 이상 수제 파스타를 만들지 않는다. 그녀의 딸이 가게를 물려받는다면 딸은 손으로 반죽을 밀까? 투스카니에서 전통 요리법의 정수를 제대로 담아낼 고기를 찾을 수 없게 된 다리오와 마에스트로는 그 익숙한 강렬한 맛을 담은 작은 농장을 찾아냈다. 그 맛의 기억은 얼마나 오래 지속될까? 마에스트로는 언젠가 세상을 떠날 것이다. 다리오도 그렇고, 나도 그럴 것이다. 그 기억도 땅에 묻힐 것이다. 손으로 만드는 음식은 저항의 행위이며, 현대인의 삶을 이루는 모든 것에 역행한다. 그것을 찾아서 그것을 먹는다면 그것은 지속될 것이다. 천 년을 이어져 내려왔는데 이제 계절처럼 덧없이 스러지는 신세가 됐다.


교회를 보러 간 건 이제 곧 여기를 떠나리라는 걸 알았기 때문이다. 마침내 배울 만큼 배웠다는 느낌이 들었다. 비록 마지막으로 푸줏간에 갔을 때에야 내가 배운 걸 어떻게 표현해야 할지 알 수 있었지만. 다리오와는 형제 같은 사이가 됐으니 그를 떠나는 건 쉽지 않을 것이다. 게다가 마에스트로는?

나 자신에게 과제를 내줬다. 마에스트로에게 칼 가는 쇠막대를 줘야지. 그건 내 나름의 농담이었다. 마에스트로는 하루에도 500번쯤 칼을 갈았다. 그건 하루의 일을 해나가는 그의 리듬이었다. 그의 칼은 아주 날카로운데 쇠막대는 아주 무뎌서 가끔 내 것을 쓰곤 했다. 묻지도 않고 그냥 가져다 썼다. 나는 내심 뿌듯했다. 이유는 정확히 설명할 수 없다. 아마 그의 신뢰를 받고 있다고 느꼈기 때문일 것이다. 그래, 자네가 모든 걸 엉망으로 만들고 있긴 하지만, 앞으로 나아질 걸세.

"마에스트로. 여기요. 이걸로 칼을 가세요." 나는 쇠막대를 그에게 밀었다.

그는 그걸 한참 쳐다봤다. 그리고 고개를 들었을 때 눈물이 그렁그렁 맺혀 있었다. 나는 허둥대며 생각했다. 이 사람들한테 어떻게 작별인사를 한단 말이야. 난 못 떠나.

그러더니 버럭 고함을 쳤다. "아니!" 그 익숙한 외마디. 얼마나 많이 들었던 말인가. "아니, 나는 이걸 받을 수 없네. 그건 옳지 않아." 그는 칼을 넣어두는 서랍을 열었다. "이건 여기 넣어두겠어. 자네가 돌아올 때까지."

그래, 여기서 떠나는 길은 그것뿐이었다. 작별인사 따위는 하지 말아야 한다.

그리고 마지막으로 그걸 배웠다. 돌아가는 법. 나는 이듬해에 다시 돌아갔고, 그 다음해에도 갔다. 돌아온 나를 맞아줄 사람이 하나도 남지 않을 때까지 그렇게 매년 돌아가고 싶다. 그렇게 많은 것을 배울 기회는 다시 오지 않을지도 모르니까.

# 다시,
# 마리오와 함께한
# 저녁 식사

음식에 대해 좋은 글을 쓰기 위해 첫째가는 필수요건은 식욕이다. 그게 없이는 일정한 시간 내에 언급할 만한 가치가 있는 것들을 충분히 먹는 게 불가능하다. 하루에 현장조사를 할 수 있는 기회는 단 두 번뿐인데, 콜레스테롤 섭취량을 줄여서 그걸 허비한다는 건 있을 수 없는 일이다. 이건 현상수배범 사냥꾼이 길 위를 헤매는 것만큼이나 우리에겐 필수적인 일이다. (프랑스 미식가인 고 모리스 쿠르농스키가 하루에 저녁만 한 끼를 먹었다는 글을 읽은 적이 있지만 그건 말년이었고, 그렇잖아도 나는 그의 전문가적인 지식을 늘 미심쩍어했다. 재치를 부린 진부한 말들을 그렇게 많이 쏟아냈으니, 그러느라 언제 음식을 먹을 시간이 있었겠는가.) 식욕이 좋으면 늘 더 들어갈 공간을 만들어낼 수 있다.

—A. J. 리블링, 『식사와 식사 사이에(*Between Meals*)』

# 실력 있는 얼간이,
# "나는 지금 행복해"

1998년 8월, 뉴욕.《뉴욕타임스》리뷰에서 밥보에 별 세 개를 달아 줬던 레스토랑 비평가 루스 라일은 마침내 모험을 시도할 준비가 된 곳이 등장했다고 말했다. 서비스는 섬세하면서도 독특하다고 평가했다. 특히 스푼을 이용해서 테이블의 빵가루를 치우는 웨이터의 솜씨가 인상적이었다면서, 이탈리아에서는 빵가루를 그렇게 치운다던데 "그 모습이 보기 좋았다"라고 했다. 와인도 철저하게 이탈리아 것만을 고집했다. "드셔보세요. 정 마음에 안 드시면 제가 마시겠습니다."

마리오는 생소한 이름의 와인을 추천하며 이렇게 말했다고 한다. 그리고 메뉴에는 "미국인들이 좋아하지 않을 요리"가 가득했다. 라일은 헤드치즈, 문어, 소 볼 살, 양의 혀, 송아지 뇌 등을 예로 들었다. 그녀가 제일 좋아한 요리는 '2분 칼라마리, 시실리 인명구조대 스타일'이라는 이름의 "매콤하고 속이 든든한" 오징어 요리였다. 라일은

"이걸 먹으면 언제나 바람이 휘몰아치는 시실리 해변에 와 있는 듯한 기분이 든다"라고 적었다. 음식이 비평가의 마음에 들었을 뿐만 아니라, 비평가가 이미 그곳의 단골이 됐음을 말해 주는 우아한 선전 효과였다.

그녀는 레스토랑의 표적이었다. 레스토랑의 전 직원이 그녀를 위해 얼마나 헌신적으로 준비했는지를 눈치 채게 해서는 안 됐다. 라일의 리뷰가 실릴 때까지 2층은 문을 닫았다. 바에도 여섯 명 이상은 앉히지 않았다. 테이블도 11개까지만 받았다. 영업이 종료될 때까지 주문은 50건을 넘지 않았다. (지금이야 많은 날은 350건에 이른다.) 가장 노련한 웨이터가 그녀를 담당하고, 보조 웨이터가 대기했으며, 지배인까지 투입됐다.

음악도 의도적으로 계산됐거나 최대한 분위기를 살려서 틀었다. 마리오는 어디선가 그녀의 음악 취향을 입수했고, 라일이 처음 왔을 때 그에 맞춰 밥 말리의 노래를 틀었다. 아니면 늘어지는 오페라 아리아 모음이었으니 지금과는 사뭇 달랐다. 지금은 1982년도 럿거스 졸업생들이 즐겨 들었을 만한 노래들, 이를테면 모비, 제이호크스, 스퀴즈, REM, 롤링스톤즈 초창기 노래들이 뒤섞여 흐른다. 주로 바에서 화이트와인 잔을 기울이는 스타 주방장 겸 주인의 귀를 즐겁게 해주는 게 목적인 노래들이며, 볼륨도 키워서 '여기는 내 가게니까 내 맘대로 한다'는 주인의 철학을 확실히 보여준다.

전체적으로 볼 때 라일의 방문에 대처하는 모습은 결정적인 시합을 준비하는 감독을 방불케 했다. 홀의 차분함과 주방의 완전무결한 차분함이라는 환상도 조작됐다. 어쩌면 음식도 달랐을까? 그것까지는 알 길이 없지만, 그걸 준비하는 과정은 스트레스 가득한 평소의 주방과는 달리 대단히 질서정연했다. 그때 스타터를 담당했던 엘리자는 주방이 끝없는 실전 리허설 상태였다고 회상했다. 조가 홀에서 서비스를 감독하고, 마리오는 주방에서 모든 주문을 속삭이듯 말하며 음식을 내가기 전에 꼼꼼히 확인했다. 심지어 그때는 앤디도 요리를 했다. 라일의 리뷰가 실릴 때까지 그릴을 맡았고 음식을 재촉하지 못하게 했다.

라일은 밥보를 다섯 번 찾아와 메뉴에 실린 모든 음식을 먹었다. 《타임스》에서는 비평가에게 되도록 신분을 노출하지 말도록 하기 때문에, 라일은 검은 머리인데 금발의 가발을 쓴다고 알려졌고, 본명으로는 절대로 예약을 하지 않았다. 하지만 리뷰를 몇 번만 쓰면 거기에 목숨을 거는 사람들의 눈에 포착되기 마련이다. 마리오는 라일이 밥보의 문을 들어서기 훨씬 전부터 그녀가 온다는 걸 알고 있었다.

리뷰의 중요성은 조금 과장된 면이 없지 않지만, 새 레스토랑의 야심이 드러나는 대목이라고 할 수 있다. 마리오와 조는 별 세 개를 원했다. (오토를 개점하기 전에도 비슷한 리허설을 했다. 이곳의 목표는 소박한 별 두 개였고, 어렵지 않게 목표를 달성했다. 피자 집에 별 두 개는 월계관 이상의 영광이다.) 하지만 전략이니 비밀스러운 준비니 하는 얘기들은 조금 어리둥절했고, 마리오에게 비평가가 왔다는 걸 알면 평소보다 더 나은 요리를 만들 수 있냐고 물어봤다. 주방의 핵심은 일관성이라면서요. 그 요리가 그 요리인 일관성이 중요한 거 아니에요?

"내가 장담하건대, 그걸 알면 달라져요."

라일은 1999년에 《타임스》를 떠났고, 윌리엄 그라임스가 후임으로 와서 5년간 레스토랑 리뷰를 담당했다. (오토에 별 두 개를 준 사람이 바로 그라임스였다.) 마리오는 그라임스가 새로 왔으니 밥보를 재평가할 거라고 확신했다. 내가 주방에 나간 첫날, 늘 준비하고 있으라고 강조한 것도 그 걱정 때문이었다. 대비하라, 비평가가 돌아오리니. 마리오는 그 말을 두 번 다시 입에 올리지 않았지만, 그 대신 프랭크가 편집증적으로 읊어대는 후렴구가 됐다. "너희들, 밥보가 별 세 개를 잃어서 나 짤리라고 일부러 이러는 거지!"

그라임스에 이어 그 자리를 맡은 사람은 실력 있는 음식 저널리스트이며 마리오 바탈리와 조 바스티아니크의 접근법을 옹호하는 것 같은 아만다 헤서였다. 통합적 분류법 같은 게 있는지는 모르겠지만, 마리오는 믿는 구석이 있는 눈치였다. "그녀는 우리를 사랑해요." 마리오는 그녀가 루파의 로마풍 트라토리아를 좋아한다는 걸 이유로 들었다. 루파를 좋아한다면 그와 비슷한 것들도 좋아할 거라는 논리였다. 하지만 헤서는 그 자리에 오래 있지 않았고, 리뷰 담당은 5개월 동안 공석으로 있었다.

그때는 내가 요식업계에 깊이 발을 들여놓지 않았다는 사실에 감사했다. 이 시기가 되면 레스토랑 주인들이 어떤 상황인지를 지켜볼 수 있었기 때문이다. 끝없는 추측, 그리고 그 밑에는 당연히 사업에 대한 걱정이 깔려 있었다. 뉴욕은 유럽의 도시들과는 다르다. 그런 곳들은 대부분 몇 개의 고급 신문이 고급 레스토랑을 드나드는 고급 독자들을 놓고 경쟁을 벌인다.

그런데 뉴욕엔 그런 신문이 《뉴욕타임스》 하나뿐이다. 그리고 그 신문의 비평가는, 레스토랑을 경영하는 사람들의 입장에선, 사업 흥망의 열쇠를 쥐고 있다. 두려운 건 비평가의 개인적인 취향 여부가 아니다. 그 평가가 예측불허이며 때로는 독단적이기까지 한데, 그로 인한 결과는 절대적일 수 있다는 것이다. 어떤 이유가 됐든 혹평을 받으면 사업에 타격이 크다. 설사 그 위기를 견디고 버텨낸다 하더라도, 가치를 입증할 또다른 기회를 얻지 못할 수도 있다.

6월의 어느 토요일엔 마리오가 저녁 약속을 해놓고, 만나기 직전에 취소했다. 그라임스의 후임이 결정됐다는 정보를 막 입수했기 때문이다. 그 주인공은 《뉴욕타임스》 로마지국에 있던 프랭크 브루니였다. 그 사실이 알려지기 전에 브루니는 밥보에서 여러 번 식사를 했는데(이런 제기랄!) 마지막으로 식사를 할 때에야 눈에 띄었다. 그는 첫 리뷰의 대상으로 밥보를 정했고, 아무도 모르게 모든 요리를 맛봤다. 마리오가 저녁 약속을 취소한 건 브루니가 다시 올지도 모른다고 생각해서였다. 그는 오지 않았다. 그럴 필요가 없었기 때문이다. 그는 리뷰를 이미 탈고했다. 그건 다음 수요일에 실릴 예정이었다.

그런데 지역방송국에서 그걸 미리 예고해 주는 코너가 있었다. 신문이 나오기 전날 밤 9시 15분에 비평가가 리뷰를 직접 읽었다. 물론 정체가 드러나지 않도록 실루엣만 보여줬다. 방송이 나오는 날 오후에 아내는 밥보 앞을 지나다가 직원들 틈에서 존 마이니에리가 땀에 흠뻑 젖은 셔츠를 입고 담배를 뻑뻑 피우는 걸 봤다. 존은 평소에 담배를 피우지 않는다. "저녁때 와보세요. 잔치를 벌이고 있지 않으면 초상집일 거예요. 우리의 미래가 달려 있으니까."

"지금 어떻냐고요?" 마리오는 상태를 묻는 내 질문을 고스란히 되돌려줬다. "내일 말해 줄게요. 한 해 장사를 망칠 수도 있어요."

나는 그날 저녁에 아내와 밥보에 갔다. 시시각각 카운트다운이 진행되는 동안 자신감은 점점 희박해졌다. 브루니가 올 때마다 우연히 테이블을 담당했던 마틴은 그와 나눴던 대화를 끝없이 되새김질했다. 또다른 웨이터는 얼마 전에 브루클린에 아파트를 샀다며 탄식했고("맙소사, 담보로 샀는데!"), 와인 전문가인 데이비드 린치의 아내는 임신 중이었다("그러니까, 이제는 미래가 탄탄하다고 생각했거든요"). 마리오는 보이지 않았다.

두려운 건 두 가지였다. 하나는 비평가 때문이었다. 그에 대해 알려진 사실은 단 하나, 이전에 로마에서 근무했다는 것뿐이었다. 그렇다면 브루니라는 이 사람은 진짜 이탈리아 음식을 알고 있을 것이다. 그건 밥보가 뉴욕의 레스토랑만이 아니라 이탈리아의 정통 요리와 비교된다는 뜻이었다. 지금까지 뉴욕 비평가 중에 그런 지식을 지녔던 사람은 아무도 없었다.

또 한 가지 두려움은 프랭크 때문이었다.

프랭크는 여전히 안정을 찾지 못한 채 애를 먹였다. 주방의 거의 모든 사람이 그만뒀으니 그럴 법도 했다. 그사이에도 새로 뽑은 수석

주방장을 해고하고, 또다른 사람을 고용했다. 그러고는 재료준비팀의 아벨라르도에게 예고도 없이 그 다음날부터 주방에서 제일 어려운 파스타 스테이션을 맡게 했다. 마리오는 이제 밤마다 밥보를 지켜야 하는 처지였다. 그뿐만 아니라 안 좋은 입소문이 돌았다. 어떤 단골(작가이자 가끔씩 음식 기사도 쓰는)이 형편없는 음식을 먹고 돌아가서는 양고기는 오래 익혀서 납덩이 같고 비둘기는 분홍빛이 도는 날고기였다고 어찌나 떠벌리고 다녔는지("앤디가 그만둬서 그런 걸까?"), 이제 모르는 사람이 없을 정도였고 마리오와 조의 귀에도 심심찮게 들려왔다.

두려운 건 재평가를 받게 된 계기가 이 소문일지 모른다는 생각 때문이었다. 늘 재평가를 준비해 왔으면서 이런 걱정을 하는 건 모순이었지만 말이다. "단골들은 그럴 때가 있어요." 조의 말이었다. 가시 돋친 이야기는 사그라지지 않은 채 돌고 돌았다. "그런 입소문들은 타격이 크죠. 단골들은 이게 장사라는 걸 잊어버리고 너무 많은 걸 기대해요. 그 사람들을 다 만족시킬 수는 없어요. 단골들은 결국 상처를 받고 떠나게 되죠." 조가 그렇게 열을 올리는 모습은 처음이었다.

최근에 프랭크 브루니에게 연락을 해봤다. 물어보고 싶은 게 있었다. 밥보의 요리법이 이탈리아 정통인가, 이탈리아에서 먹은 것과 비교할 때 어느 정도 수준인가. 하지만 정말 궁금했던 건 좀더 통속적인 것이었다. 그는 자신의 리뷰가 모든 사람을 공황 상태에 빠뜨렸다는 걸 알았을까? 주방이 요동을 치고 있는 와중에 재평가를 받는다는 사실이 모든 사람을 두려움에 떨게 했다는 걸 알기나 했을까? 그가 식사를 할 때마다 마리오가 레스토랑에 있었는데, 그걸 정말 일상적이라고 생각했을까?

브루니는 자신이 비평가라는 사실을 아무도 몰랐다는 게, 더구나 세 번 모두 담당 웨이터가 같았는데도 그걸 몰랐다는 게 놀라웠다고 털어놨다. 하지만 주방의 솜씨가 고르지 않다는 생각은 하지 않았다.

그곳의 전체적인 (그리고 상당히 심한) "파괴적인 느낌"을 넘어설 정도는 아니었다는 것이다. 그리고 로마에서 먹었던 것과 비교가 되는 건 어쩔 수 없었지만 그것 때문에 밥보를 선택한 건 아니라고 했다. "밥보의 요리는 정통 이탈리아 요리라고 하기엔 너무 정교합니다. 이탈리아 요리는 단순한데, 밥보는 그렇지 않아요. 이탈리아 음식에서 출발했다고 보는 게 옳은 표현일 겁니다."

하지만 무엇보다 누가 왜 긴장을 했겠냐며 놀라워했다. 그는 한 달 동안 뉴욕의 레스토랑을 두루 돌아다녔고, 제일 재미있었던 곳이 어디였는지 따져봤다. "첫 리뷰인 만큼, 뉴욕에서 식사를 하는 즐거움에 대해 쓰고 싶었어요. 논리적이진 않죠. 나는 그냥 밥보가 참 좋았어요. 일관된 유쾌함이 느껴졌기 때문에 그걸 쓰면 좋겠다고 생각했어요."

리뷰는 흔한 말로 대박이었다. 마리오는 9시 30분에 확대 복사한 기사(인터넷 판에 실렸다)를 들고 들어왔다. "내 위장이 특별한 춤을 추게 만든 레스토랑들을 꼽으라면 밥보는 맨 꼭대기 부근에 놓는다. 문을 연 지 6년이 됐고 루스 라일이 이미 별 세 개를 줬는데도 새로운 리뷰를 쓰는 이유는 그 때문이다." 브루니는 그 세 개의 별을 재확인했지만, 하나를 더 추가하고 싶은 심중을 비쳤다. 그는 현재 뉴욕에 별 네 개를 단 레스토랑은 모두 다섯 곳인데 전부 프랑스 식당뿐이라는 사실을 지적했다. 이탈리아 레스토랑이라고 거기 끼지 못할 이유가 있을까? "밥보가 그 주인공이 되면 어떨까?"

"이 질문에 대한 짧고 함축적인 대답은, 음악이다. 처음으로 밥보에 갔을 땐 음악이 쿵쿵(말 그대로 천둥 치듯 쿵쿵) 울렸다. 하드록 계열이었다. 블랙크로우즈의 음악을 들으면서 먹는 부카티니? (웨이터는 자랑스럽게 그 음악이 블랙크로우즈의 두 번째 앨범이라고 알려줬다.) 레드제플린과 링귀네?"

마리오 바탈리를 완벽하게 꿰뚫은 리뷰였다. 음식은 프랑스 음식에 뒤지지 않을 만큼 훌륭하고, 뉴욕에서 최고의 찬사를 받기에 손색이 없다는 것. 하지만 마지막으로 고려해 봤을 때 네 번째 별을 달기엔 로큰롤 취향이 너무 강한 반항아라는 것.

그건 프랭크의 재신임이기도 했다. 다시 찾아갔더니 그가 통로에 기대서서 확대 복사한 기사를 읽고 있었다. 주방을 맡은 지 6개월째였다. 버터 때문에 살은 찌고, 머리숱은 줄어서 이탈리아계의 까만 곱슬머리가 뒤로 물러나며 드러난 이마에 현자의 분위기가 어렸다. 그는 전에 없이 차분해 보였다. 처음 봤던 날부터 그는 그 날을 준비해 왔다. 비평가가 느닷없이 찾아와 자신의 요리를 평가해 주는 날. 그날은 마침내 찾아왔고, 그는 부담감을 벗었다. 그의 주방은 별 네 개를 받기에 충분한데, 단지 주인의 음악 취향 때문에 어그러진 곳이 됐다.

사실 마리오가 프랭크 걱정 때문에 여기 있지 않았다면 음악이 그렇게 쿵쿵 울리지는 않았을 것이다. 레스토랑에 있는 모든 사람이 안 듣고는 못 배길 만큼 볼륨을 높이는 사람은 마리오뿐이다. 프랭크가 독자적으로 주방을 운영했다면 네 번째 별을 달 수 있었을까? 프랭크는 그냥 껄껄 웃고는 이렇게 말했다. "나는 지금 행복해요." 나는 그를 안아줬다. 거기에 무슨 말을 할 수 있을까. 그는 얼간이지만, 실력 있는 얼간이였다. 하지만 마리오가 마르코 피에르 화이트에게서 그렇게 많은 것을 배우고도 마르코가 되지 않고, 다시 세대를 바꿔 프랭크가 마리오에게서 그렇게 많은 것을 배우면서도 마리오가 되지 않는 레스토랑의 교육법은 통 이해가 되지 않았다.

나는 프랭크의 행복, 평생 한 번 올까 말까 하는 그 순간, 마침내 배울 만큼 배운 시점에 이를 때까지 뜨거운 주방에서 배우고 연마하고 기억하며 보낸 그 세월의 정점을 좀더 오래 만끽하고 싶었다. 런던의 선술집과 이탈리아의 굴욕과 로코의 실패를 견뎌낸 마리오의 지난날들도 떠올랐다. 오랜 시간이 걸리는 일이다. 앤디에게도 오랜 시간이 걸렸다. 그리고 이젠 프랭크 차례였다. 오랜 시간을 참아낸 그에게 마침내 그 순간이 왔다.

# 이제 프랑스로 가겠어

"그러니까, 레스토랑을 직접 운영하는 건 어떻게 됐어요?" 마리오
가 내게 물었다. "이탈리아에, 산골 마을 같은 데 작게 차리는 거예
요. 이탈리아 사람들을 위한 이탈리아 음식. 테이블은 몇 개만 놓고,
주말에만. 완전 정통으로. 제시카가 홀을 맡고 당신이 주방에서 일하
면 되잖아요. 아니면," 그는 극적인 효과를 높이기 위해 잠시 뜸을 들
였다. "여기서 해보든가." 그러면서 눈썹을 장난스럽게 오르내렸다.
"우리한테 그럴 만한 능력은 있으니까……."

말도 안 됐지만, 그저 내가 그만큼 많이 배웠다는 걸 인정해 주는 칭
찬으로 이해했다. 마리오와 마주 앉아 지렐로에 대해 수다를 떨고, 소
토페사로 뭘 만들 수 있을지 따져보고, 정강이 살로 이뤄낼 수 있는 기
적을 열거할 때까지도 나는 내가 터득한 것이 어느 정도인지 가늠하지
못했다. 이탈리아에 다녀온 사람이라면 이 정도는 다 알 거라고 생각했

다. 사실은 대부분의 이탈리아 사람들도 모른다는 걸 깨닫지 못했다.

"아이고." 오히려 마리오가 이렇게 말했다. "무슨 말 하는지 하나도 모르겠어요."

와! 이 좁은 전문 분야에서만큼은 내가 마리오보다 더 많이 알았다. 견습생이 제자가 되고, 제자는…… 뭐가 됐지? 대단해졌지. 다른 건 몰라도 마에스트로와 다리오와 베타한테서 배웠으니까. (푸줏간의 중요한 교훈을 이제껏 잊고 있었다는 걸 깨달았다. 미국에 돌아가면 내가 무슨 얘기를 하는지 아무도 모를 거라는 것.) 그런데 얼토당토않다는 걸 알면서도 마리오의 제안에 마음이 흔들렸다. 순수한 이탈리아식으로 단순한 음식을 만든다고? "단순"이 뉴욕에서 먹힐까? 아니면 마첼레리아 스타일로 해봐? 진열장을 놓고, 내 마음대로 가게문을 열고, 단테를 외우는 내 모습을 상상해 봤다. "넬 메조 델 캄민 디 노스트라 비타." 인생의 반 고비에 이르러, 다시 한 번.

그날은 이탈리아에서 돌아온 기념으로 저녁을 함께 먹는 자리—마리오가 브루니 때문에 연기했던 자리—였다. 하지만 브루니의 평가가 나온 후의 마리오는 내가 알고 있던 테스토스테론을 감당하지 못하고 호언장담을 늘어놓던 모습에서 벗어나 더 큰 존재가 되어 있었다. 글쎄, 전지전능한 존재랄까. 우리의 저녁은 문 앞의 작은 베란다에서 시작됐다.

마리오는 휴대전화로 웨이터를 불러 와인 잔을 계속 채우게 했다. 그는 단거리 주자처럼 뛰어나왔고, 문을 나설 때까지 손님들에게 붙들렸다. ("캐서린 터너가 혀를 줬어요." 그는 숨이 턱에 차서 말했다. 막판에 이 여배우에게 붙잡혔는데, 볼에 가볍게 입을 맞추는 대신 끈적거리는 키스를 했다는 것이다. "정말 싫어. 특히 남편이 눈을 부릅뜨고 있을 땐.") 마리오는 화이트와인을 두 병 들고 나왔지만, 어찌나 순식간에 사라졌는지 마신 기억도 없다. ("어이, 린치." 그가 와인 담당에게 전화를 걸었다. "두 병 더 부탁해. 그리고 자네가 거느린 최고의 멕시코 여자 두 명도.") 그걸 다 비운 다음엔 루파로 갔지만, 그 전에 경찰 셋을 오토로 보냈다. 경찰들은 우리의 초점이 점점 흔들리는 걸 참을성 있게 지켜보면서 베란다에서 우리와 얘기를 나눴다. "헤이, 아만다." 마리오는 지배인에게 전화를 걸었다. "이 사람들한테 구석에 있는 테이블을 내주고, 계산서는 찢어버려."

루파에서는 베르나치아 디 산지미나뇨(다섯 병째 와인)와 서른다섯 가지 요리를 먹었다. 대부분 그곳의 천재적인 주방장인 마크 라드너가 즉석에서 만든 것들이었다. 이탈리아에 가기 전이라면 그렇게 늘어놓은 걸 지나치다고 생각했겠지만 이젠 더없이 합리적으로 보였다. 사실 스카피의 1,347가지 프란조에 비하면 명함도 못 내미는 수준이다. 절인 음식에 튀긴 요리에 채소도 빠지지 않았다. 호박꽃의 속을 채우고 올리브기름과 버터를 섞어 튀긴 것도 있었다. 그렇게 하면 일반적으로 쓰는 땅콩기름에 비해 더 독특한 질감이 나온다는 게 주방장의 설명이었다. 나는 관심이 동해서 공책에 그걸 적었다. 아침에 유기농시장에 나가 호박꽃을 찾아보리라 다짐하면서. 결론만 간단히 말하자면, 나는 다음날 아침을 구경도 하지 못했다.

레드와인으로 넘어가 조반니 마네티의 플라치아넬로 두 병을 마셨다. 판자노의 오래된 교회 옆 골짜기의 바로 그 포도밭에서 만든 와인이었다. 그걸로 와인 반 상자를 넘겼고, 마리오와 나의 흐리멍덩한 눈에 와인 궤짝이 희미하게 들어왔다. 파스타가 나올 때쯤부터는 공책의 글씨가 도저히 판독 불가능한 상태가 됐다(나는 그때까지 먹은 서른다섯 가지 요리가 스타터라는 걸 미처 몰랐다). 어느 부분을 보니 파스타가 여덟 종류였던 것 같기는 한데, 완전한 문장이 없었다. "도라지, 빵가루, 스파게티, 마누라." (아내가 언제 온 거지?) 이어서 마리오가 아내에게 한 말, "파스타를 먹지 않으면 이 새우를 당신 가슴에 대고 비빌 거예요." 이것도 혼란스러운데, 새우가 통 기억나지 않기 때문이다.

아무튼 그때까지 우리가 먹은 요리는, 내가 센 바로는, 마흔세 가지였다. 그런 다음에 주 요리가 도착했다. 그리고 더 많은 와인도. "브리코 델 우첼로네." 공책엔 그렇게 적혀 있었다. 그 세 병으로 우리는 열 병을 채웠다. 술을 마실 세 번째 사람인 아내가 왔으니 양이 좀 줄었을 테지. 아내가 술을 마셨다면. 아내가 정말 왔었다면.

돼지고기와 쇠꼬리 스튜가 생각나고 황새치의 등장과 함께 벌어진 소동도 기억난다. "완벽하게 근사해!" 마리오가 외쳤다. "하지만 이 봐, 이건 생선이잖아. 바다에서 잡아온 거 아냐. 누가 생선을 먹고 싶어한다는 거야." 그 다음은? 누가 안담. 일단 내 공책의 아래위가 뒤집어졌고(끝내 바로 잡히지 않았다), 이건 또 무슨 뜻이람. "봉투를 좀 더 밀어붙이자"? 그리고 마리오가 웨이트리스에게 한 말. "당신이 몸을 숙였을 때 보이는 광경을 나 혼자 감상하긴 너무 아까워. 디저트를 가져올 땐 다른 사람들도 볼 수 있게 블라우스를 벗어줄 테야?" (이 인간 밑에서 일을 하지 않는 게 다행이지.) 그리고 이런 것도 있다. "2시 30분, 해충 방역 요원." 레스토랑을 소독하러? 아니면 우리를? 기가 막히게도 우리는 술을 더 마시겠다고 그곳을 나섰다. (마리오는 목이 탔다.) 그때 그가 다시 그 질문을 꺼냈다. 그래서, 레스토랑은?

그리고 마침내 깨달았다. 아니오, 나는 레스토랑을 하고 싶지 않아요.

처음 발을 들여놓았을 때도 나는 레스토랑을 할 생각이 없었다. 내가 원한 건 레스토랑을 경영하는 사람들의 노하우였다. 나는 주방장이 아니라 그냥 요리사가 되고 싶었다. 그리고 이탈리아에서의 경험은 그 이유를 가르쳐주었다. 천 년 동안 사람들은 자신들의 음식을 어떻게 만드는지 알고 있었다. 자신들이 사육하는 가축을 이해했고, 그것으로 뭘 해야 하는지를 알았다. 계절에 따라 음식을 만들었고, 농부들은 땅이 어떻게 돌아가는지를 알았다. 그렇게 지킨 요리의 전통을 세대를 이어가며 보존했고, 그것으로 한 집안의 색깔을 표현하기에 이르렀다. 이제 사람들은 그런 종류의 지식을 원치 않는다. 그

것이 땅만큼이나 근본적으로 보이는데도. 그리고 그런 지식을 지닌 사람들이 전문가, 그러니까 주방장 같은 사람들에 집중된 경향이 있는 것도 사실이다. 하지만 나는 전문가가 되기 위해 그 지식을 원했던 게 아니다. 나는 그저 좀더 인간적이 되고 싶을 뿐이다.

그리고 아직 끝마치지 못한 일 한 가지가 있는데, 아마 마리오는 이해하지 못할 것이다. 벌써 1년 전부터 나는 카테리나 데 메디치를 생각해 왔다.

푸줏간에서는 메디치 이야기가 끊임없이 거론됐다. 물론 다른 곳에서도 들었다. 예를 들어 포레타의 잔니도 다리오만큼이나 메디치 얘기를 자주 했다. 투스카니 최고 가문의 딸이 알프스를 넘어가 프랑스의 왕비가 되면서 이탈리아의 비법을 모두 넘겨줬다는 얘기. 그렇게 해서 이탈리아 요리의 르네상스는 막을 내리고, 프랑스의 시대가 시작됐다는 얘기. 물론 투스카니를 제외하면 이런 얘기를 믿는 사람은 아무도 없다. 『옥스퍼드 컴패니언 시리즈: 음식(*The Oxford Companion to Food*)』에서도 '음식계의 잘못된 신화'라는 항목에서 이걸 역사상 가장 바보 같은 우화로 거론했고, 역사가들이 카테리나는 왕비가 아니라 단지 왕세자비가 될 예정이었음을 반복해서 지적해 왔다고 덧붙였다.

게다가 당시 카테리나는 열네 살에 불과했으니, 요리에 대해 안다고 해봐야 얼마나 알았겠는가. 그리고 알프스를 건넌 게 아니라 배편으로 마르세유에 도착했다는 설도 있으며(그렇다면 먹을 것을 잔뜩 실은 가축의 행렬도 없었을 것이다), 결혼해서 10년 동안은 후손을 보지 못한다는 이유로 미움을 샀다. 마지막으로, 항목별로 정리된 프랑스 요리법은 1세기 뒤에야, 그녀가 세상을 뜨고도 한참 후에야 나타났다.

이런 반박들에 설득력이 있다는 건 부인할 수 없지만, 그렇다면 그 이야기가 조작됐다는 걸까? 투스카니 사람들이 카테리나를 과대평가하는 건 사실이다. 하지만 그들을 탓할 수 있을까? 그들은 투스카니 사람들인걸. 게다가 현대의 역사가들이 신화 파괴라는 틈새시장에서 너무 과도하게 힘을 발휘한 것도 한두 번이 아니지 않은가.

왕비가 고달픈 시기를 지냈다는 건 우리도 알고 있다. 그녀는 서른이 거의 다 되어서야 첫아이를 낳았다(16세기에는 엄청나게 늙은 나이였다). 하지만 한 번 낳기 시작하자 다섯을 줄줄이 낳았다. 가서 봤더니 남편이라는 인간은 여자 꽁무니나 쫓아다니는 한량에 갑옷을 입고 돌아다니는 걸 좋아하는 얼간이였다. (결국 마상 창시합을 벌이다 죽었는데, 프랑스에서 카트린이 된 왕비의 나이 마흔일 때였다.) 프랑스는 내란에 직면해 있었고(가톨릭과 위그노), 점심 따위를 생각할 여력이 많지 않았다.

하지만 카테리나 데 메디치의 삶과 요리를 가장 잘 보여주는 일화는 1560년대에, 열네 살이 아니라 마흔 줄에 얼간이 왕이 죽고 프랑스에서 가장 막강한 여자가 되었을 때 일어났다. 분열의 시기에 나라를 통합시키고 왕실(그리고 세 아들의 통치)에 대한 존경심을 일깨우기 위해 섭정왕후가 된 그녀는 이례적인 캠페인에 돌입했다. 8,000마리의 말과 병사와 시종, 왕실의 주방장과 자르고 썰고 조리하고 시중드는 대부대를 이끌고 2년에 걸친 프랑스 미식 여행 길에 오른 것이다. 연회를 열고, 잔치를 벌이고, 왕실의 볼거리를 개최하면서 16세기 판 왕실 로드쇼를 벌였다. 2년 동안 그녀는 이탈리아 사람이라면 충분히 이해할 수 있는 방법으로, 국민들을 배불리 먹이는 그 방법으로 왕권을 강화하려 했다.

1560년대에 수많은 코스로 화려하고 정교한 연회를 마련한 사람이 유럽에 또 있었던가? 프랑스나 영국이나 독일엔 없었다. 하지만 여덟 코스의 이탈리아 프란조, 1,347가지 요리를 준비한 바르톨로메오 스카피의 정회가 있었다. 날짜는 적혀 있지 않지만 1570년에 책이 발표된 것으로 보면 앞선 10년 사이에 만들어졌을 게 거의 확실하다. 그런 연회, 아무튼 그런 비슷한 것이 카테리나 데 메디치가 로드쇼를 벌이면서 참고로 삼은 모델이었을 것이다. 르네상스 이탈리아의 연회.

그러나 이 가설도 한 가지 요점을 간과하고 있다. 나는 카테리나 데 메디치가 프랑스 사람들에게 요리를 가르쳐줬다는 얘기에 설득당한 게 아니다. 나는 그녀가 요리 역사상 가장 중요한 영향력을 행사한 사람 가운데 하나라고 믿는다. 16세기 프랑스에서는 이탈리아 요리법이 오랜 르네상스를, 이를테면 만개한 문화 르네상스에 붙은 곁다리로 향유했다는 사실을 인식한 사람들이 많았다.

1505년에는 플라티나의 마에스트로에 대한 책이 프랑스어로 번역되어 널리 읽혔다. 10년 뒤에는 조반니 로셀리가 마에스트로 마르티노의 자필 원고(플라티나가 표절한)를 발견하고는 그걸 자기가 썼다고 주장하며 이탈리아 연회라는 뜻의 『에풀라리오(Epulario)』라는 이름으로 출판했다. 이 책도 즉시 번역되었다. 아비뇽의 교황청에도 이탈리아 요리사가 있었고, 카테리나의 시아버지도 마찬가지였다. 라블레는 세 차례에 걸친 이탈리아 반도 여행에 대해 이미 글을 썼고, 몽테뉴도 머지않아 여행을 떠났다. 카테리나 혼자 힘으로 프랑스 요리를 바꿔놓았을까? 천만에. 하지만 알프스(또는 지중해)를 건널 무렵에 이미 한창 조성되고 있었던 경향의 정점이 된 것은 분명하다.

지금은 내가 레스토랑을 열 시점이 아니다. 이탈리아에서 배운 것—15세기의 아리스타, 메디치 가문의 테린과 라구, 허벅지 살, 르네상스의 라비올리, 마르티노의 레시피—을 돌이켜보니, 한 가지 전통에 따른 음식을 일정 시점까지 통달했다는 걸 알 수 있었다. 이름 하여 피렌체·투스카니·후기 르네상스 전통의 음식을 카테리나가 알프스(또는 지중해)를 건너 프랑스에 가서 카트린이 되는 시점까지.

아직 준비가 안 됐어요. 나는 마리오에게 말했다. 아직 배울 게 많은데, 이런 기회는 두 번 다시 오지 않을지도 모르잖아요. 나는 카테리나 데 메디치의 발자취를 따라가고 싶었다. 내가 이탈리아 요리법을 정말로 이해하려면 알프스를 넘어 그 다음에 벌어진 일들을 알아야 했다. 나는 이제 프랑스로 가야 한다.

# 용기와 가르침, 우정으로 씌어진 책

1351년에 칼리아리에서 처음 사용됐다는 '파스타'의 어원에 대해서는 실바노 세르벤티와 프랑스와즈 사방이 쓰고 안토니 슈가르가 번역한 『파스타: 보편적인 음식 이야기(Pasta: The Story of Universal Food)』(2000)를 참고했다. 이탈리아 옥수수 폴렌타에 대한 최초의 기록은 알베르토 카파티와 마시오 몬타나리가 쓰고 아이네 오힐리가 번역한 『이탈리아 요리: 문화역사적 고찰(Italian Cuisine: A Cultural History)』(1999)에서 도움을 받았다. 이『이탈리아 요리』에는 또한 안토니오 라티니의 자서전에 대한 내용도 수록되어 있다. 지배적 수요 음식 이론은 조반니 레보라가 쓰고 알베르트 소넨펠트가 번역한 『포크의 문화: 유럽 음식 약사(Culture of the Fork: A Brief History of Food in Europe)』에 실린 내용을 참고했다.

본문 중에 내용이 거론되지는 않았어도 큰 도움을 준 책들로는 해롤드 맥기의 『음식과 요리에 대하여: 주방의 과학과 전설(*On Food and Cooking: The Science and Lore of the Kitchen*)』(1984년, 2004년도 개정확대판), 매리 엘라 밀햄 편역의 『플라티나, 참된 기쁨과 행복한 건강에 대하여(*Platina, On Right Pleasure and Good Health*)』(1998), 조셉 도머스 벨링이 편역한 『아피시우스, 로마제국의 요리와 만찬(*Apicius, Cookery and Dining in Imperial Rome*)』 등이 있다. 이탈리아 책들 중에서는 에밀리오 파치올리가 편찬한 『주방의 예술(*Arte della Cucina, Libri di recette testi sopra lo scalco, il trinciante, and i vini*)』(1966)과 안토니오 라티니의 『근대의 스칼코(*Lo scalco alla moderna, overo l'arte di ben disporre i conviti*)』, 클라우디오 노벨리가 편찬한 『토마토와 파스타(*Ne pomodoro ne pasta, 150 piatti napoletani del seicento*)』의 복사본, 그리고 1570년에 나온 바르톨로메오 스카피의 『요리의 예술 작품(*Opera dell'arte del cucinare*)』 복사본(2002) 등이 많은 도움이 됐다.

원고를 읽고 조언을 아끼지 않은 라일라 아커, 제시카 그린, 오스틴 켈리, 크레시다 레이숀, 데이비드 렘닉, 앤드류 와일리, 그리고 담당 편집자인 런던의 댄 프랭클린과 뉴욕의 소니 메타에게 깊은 감사의 마음을 전하고 싶다.

하지만 무엇보다 마리오 바탈리의 지지와 인내, 용기와 가르침, 그리고 우정이 없었다면 이 책은 결코 어떤 식으로도 세상에 나올 수 없었을 것이다. 그 고마움을 제대로 표현하려면 아마 책 한 권으로도 모자랄 것이다.

## 앗 뜨거워

초판 1쇄 2007년 1월 30일
초판 13쇄 2017년 9월 10일

**지은이** | 빌 버포드
**옮긴이** | 강수정
**펴낸이** | 송영석

**편집장** | 이혜진 · 이진숙
**기획편집** | 박신애 · 정다움 · 김단비 · 정기현 · 심슬기
**디자인** | 박윤정 · 김현철
**마케팅** | 이종우 · 김유종 · 한승민
**관리** | 송우석 · 황규성 · 전지연 · 황지현 · 채경민

**펴낸곳** | (株)해냄출판사
**등록번호** | 제10-229호
**등록일자** | 1988년 5월 11일(설립일자 | 1983년 6월 24일)

04042 서울시 마포구 잔다리로 30 해냄빌딩 5 · 6층
**대표전화** | 326-1600 **팩스** | 326-1624
**홈페이지** | www.hainaim.com

ISBN 978-89-7337-824-1